Elias Baik

Balki

und der verlorene Schatz

Bibliografische Information der Deutschen Nationalbibliothek:

Die Deutsche Nationalbibliothek verzeichnet diese Publikation in der Deutschen Nationalbibliografie; detaillierte bibliografische Daten sind im Internet über dnb.dnb.de abrufbar.

Verlag: BoD · Books on Demand GmbH,
In de Tarpen 42, 22848 Norderstedt

Druck: Libri Plureos GmbH,
Friedensallee 273, 22763 Hamburg

ISBN: 978-3-7597-7554-2

Die nachfolgende Geschichte basiert auf den
Aufzeichnungen und Notizen Balkis, die im
sechsten Jahrhundert nach Christus angefertigt wurden,
vermutlich von ihm selbst. Das Originalmanuskript ging
1813 bei dem Brand in der Klosterbibliothek verloren,
in der es all die Jahrhunderte über gelagert hatte.
Zwar gelangte im siebzehnten Jahrhundert über Umwege eine
Abschrift in den Privatbesitz eines mittellosen Kaufmanns,
aber leider wurde diese Abschrift in den darauffolgenden
Jahrhunderten von seinen Nachfahren als Einband
zweckentfremdet und schließlich von seinem letzten
lebenden Nachfahren im Jahre 1981 unwissentlich zu Origami
verarbeitet, eine Behandlung von der sich das empfindliche
Material leider nie wieder erholt hat.
Da die einzig verbliebene Abschrift dieses kostbaren Manuskripts
nun leider ein Elefant ist, konnten nicht alle Stellen vollständig
entziffert werden. Etwaige historische Ungenauigkeiten
sind deshalb zu entschuldigen.

Der Ritt der Hunnen

Die Nebelschwaden des Nordens wichen ihrem unbändigen Ansturm. Wie die Hagelkörner in einem Unwetter auf die Häuserdächer einschlugen, so prasselten nun ihre Hufe über den unebenen Waldboden. Hier und da war ein knirschendes Geräusch zu vernehmen, wo ein Pferdehuf eine morsche Wurzel in Stücke riss. Doch trotz den Wurzeln und Winkeln, den Sträuchern und Stauden, die Pferde der Hunnen fanden stets ihren Weg. Und so geschickt wie die Rosse ihre Hindernisse überwanden, so duckten sich auch die Reiter unter jedem vermoderten Ast der zahllosen Bäume des Waldes hinweg. Wie ein einziges Lebewesen arbeiteten sie zusammen und jagten ihrem Ziel hinterher. Nur für einen kurzen Augenblick tauchte das verzweifelte Gesicht eines Mannes zwischen den Pflanzenbänken auf, ehe er wieder im Dickicht verschwand. »Jagt sie! Fangt sie! Macht sie nieder!«, brüllte ihr Anführer und trieb sein Pferd zu einem solchen Galopp an, dass die Baumwipfel um ihn herum erzitterten.

Doch ehe er die Senke erreichen konnte, in die sich ihr Opfer geflüchtet hatte, preschte ein anderer Hunne so schnell und todesverachtend an ihm vorbei, dass er sein Pferd vor Schreck zum Stehen bringen musste. Mit offenem Mund beobachtete er, wie der Reiter, der eine seidene Kapuze über sein Haupt gezogen hatte, sein Ross vor ihm in die Tiefe springen und durch das Gestrüpp jagen ließ. Weder Stock noch Stein waren da in seinem Wege, die er nicht mit Leichtigkeit überwand. Voller Entschlossenheit hetzte er durch den unwegsamen Forst und endlich erkannten seine scharfen Augen das sich bewegende Ziel. Reflexartig zog er seinen mit Goldblech verzierten Kompositbogen hervor. Er bestand aus mehreren Schichten verschiedener Materialien und war mit Horn verdickt. Dadurch war er stabiler und setzte der Sehne mehr Widerstand entgegen, als der Schütze sie spannte. Und umso mehr Kraft und Geschwindigkeit gingen nun in den Schuss über.

»Dich hab ich«, flüsterte er, als der Pfeil seinen Fingern entwich und blitzschnell mit einem Surren zwischen den bemoosten Stämmen und Ästen verschwand. Wie ein glühender Draht schnitt er durch jeden pflanzlichen Widerstand und traf präzise sein Ziel.

Das Pferd des Schützen kam so jäh zum Stehen, als habe es die Gedanken seines Herrn vernommen.

Er sprang aus dem Sattel und landete auf einem taufrischen Moosbett. Um ihn herum ertönte noch mehr Knacken und Hufgeprassel. Der Hauptmann der hunnischen Reitereinheit kam neben ihm zum Halt. Zwischen ihnen und dem Verwundeten lag nun eine unüberwindbare Wand aus Baumstämmen und Gestrüpp.

»Bist du lebensmüde?!«, bellte er ihn an. Der vermummte Hunne antwortete nicht. »Hast du ihn erwischt?!«

Diesmal nickte er und schulterte seinen Bogen.

Noch mehr Hunnen drangen in die überwucherte Senke vor und ihr Anführer gebot ihnen, von ihren Pferden abzusteigen. Sie gehorchten überaus widerwillig.

»Hört zu Männer! Einen der Flüchtenden haben wir erwischt. Er wird nicht weit gekommen sein und es steht zu hoffen, dass auch seine Gefährten innehalten werden. Rückt in den Wald vor wie eine Horde hungriger Wölfe! Fangt sie ein!«

Alle gehorchten und schwärmten aus wie ein aufgeschreckter Wespenschwarm. Kein Blatt ließen sie auf dem anderen. Es dauerte nicht lange, da hatten sie zwei Gefangene gemacht.

Als sie die beiden ins Freie geschleppt hatten, war die Sonne bereits weit im Westen und berührte die Erde.

Der Hauptmann wirkte sehr zufrieden und auch auf eigenartige Weise erleichtert. »Wir werden nicht mit leeren Händen zu unserem König zurückkehren«, rief er laut und seine Männer antworteten mit stürmischem Jubel. »Er wird uns für unseren großen Erfolg fürstlich belohnen.«

Doch ehe sich die ausgelassene Stimmung unter den Steppenreitern ausbreiten konnte, ging jäh der verhüllte Schütze auf die stummen und vor Angst zitternden Gefangenen zu. Ohne auf den wütenden Blick seines Vorgesetzten zu achten, beugte er sich zu ihnen hinunter und begann sie zu untersuchen.

»Er wird uns nicht belohnen«, sagte er ruhig, aber gut vernehmbar. »Einer fehlt. Offenbar waren sie zu dritt.«

Zornig griff der Hauptmann zu seinem Kurzschwert und richtete es auf seinen Gefolgsmann.

»Verschwinde sofort von den Gefangenen! Es waren nur zwei Männer im Wald zu finden. Es sind die Männer, die wir seit Monaten verfolgen, die Männer, die unser König so unbedingt haben will.«

»Er braucht vor allem einen: den Historiker. Womöglich befindet sich dieser noch immer auf freiem Fuß. Ich habe einen von ihnen mit dem Pfeil am Bein erwischt, doch keiner von diesen beiden hier trägt eine Wunde. Das bedeutet, einer von ihnen ist uns entkommen.«

Der Hauptmann konnte nicht verbergen, dass ihn Unbehagen überkam. Dennoch wollte er wohl vor einem gewöhnlichen Soldaten sein Gesicht nicht verlieren, denn er donnerte laut: »Ich gehorche nur den Befehlen meines Königs! Und dieser hat mir befohlen, die Gefangenen auf der Stelle zu ihm zu bringen!«

»Dann ist es vielleicht notwendig geworden, dass ich Euch neue Befehle erteile«, sagte der Bogenschütze kalt und zog sich die Kapuze vom Kopf. Ein schmales, vernarbtes Gesicht kam zum Vorschein, das trotz seiner Jugendhaftigkeit die Sorgen vieler Menschenjahre trug. Ein schwarzer Zopf fiel ihm von seinem bartlosen Schädel und unter seinen Lidfalten schimmerten zwei strahlend blaue, mandelförmige Augen.

Auf der Stelle fielen die Hunnen vor ihrem König auf die Knie. Der Hauptmann griff vor Schreck zu seinem Schwert und drückte es gegen die eigene Brust. »König Balaban. Verzeiht mir! Ich wusste nicht, dass Ihr es seid. Wünscht es und ich strecke mich selbst zu Euren Füßen hier nieder!«

»Steckt das weg!«, zischte der Hunnenkönig. »Welchen Nutzen würde Euer Tod denn erfüllen? Steigt auf die Pferde und durchkämmt den Wald von allen Seiten. Ich selbst werde an eurer Spitze reiten.«

»Ja Eure Hoheit«, erwiderte der Hauptmann augenblicklich und senkte das Haupt. »Doch bitte lasst mich die gefahrvolle Aufgabe für Euch übernehmen. Wenn Ihr Euch in Gefahr befändet, wäre mir das unerträglich.«

Die Antwort des Königs kam prompt und fiel wenig schmeichelhaft aus. »Diese Aufgabe ist zu wichtig, als dass ich sie jemand anderem als mir selbst überlassen könnte. Ihr sieben bringt die beiden Gefangenen in das Lager und sperrt sie getrennt voneinander ein. Ich möchte sie einzeln verhören. Ihr anderen reitet mir nach und brecht dann zu allen Seiten aus. Wir werden ihn finden!«

Schreiend und von neuem Tatendrang erfüllt jagten die Pferde der Hunnen über die Ebene, dann durch das Gehölz und in die überwucherten Winkel des Waldes. Der Hunnenkönig Balaban gönnte seinem Pferd nicht einen Moment der Ruhe. Über umgestürzte Bäume und glitschige Tümpel hinweg donnerte er durch das Dickicht, seine scharfen Augen auf jede ungewöhnliche Form oder Farbe geheftet. Doch als die Sonne endgültig hinter dem Horizont verschwunden war und die Nacht sich wie ein schwarzer Mantel über die fremde Landschaft legte, erteilte König Balaban seinen Truppen den Befehl zum Rückzug. *Mit fortschreitender Dunkelheit werden sich meine Reiter verirren,* dachte er kalkulierend. *Ein zu großes Risiko.*

Im dunklen Hag erwachten die Rufe der Wölfe und wurden aus allen erdenklichen Richtungen beantwortet. Ein letztes Mal versammelten sie sich am Waldessaume und zählten Reiter und Ross. Dann jagten sie im matten Sternenschein über die Ebene, weg von dem Wald und zurück zu ihrem Feldlager. Dünne Nebelschwaden krochen über den Boden, als sie polternd und klirrend ihrem Anführer folgten, der die Position ihres Lagers mithilfe der Sterne ermittelte. Raben zogen krächzend ihre Bahn über ihren Köpfen.

Endlich nach fast einer Stunde tauchte am Horizont ein kleiner Schimmer auf, der mit jeder zurückgelegten Meile größer wurde.

»Ich sehe das Lager«, sagte einer der Reiter.

Balaban verringerte seine Geschwindigkeit. »Wir teilen uns in drei Scharen auf. Eskams Schar reitet durch das Nordtor, Rumirs Schar nimmt das Südtor und der Rest folgt mir durch das Westtor.«

Sie folgten ihm ohne Zögern und Murren. Der Versammlungsplatz im Zentrum des Lagers erbebte einen Moment von ihren donnernden Hufen. Dann kamen die Hunnen zum Stillstand und ihr König Balaban entsprang seinem Ross.

»Ruht euch gut aus und esst kräftig. Bei den ersten Sonnenstrahlen wird das Lager abgebaut. Dann ziehen wir nach Westen.«

Die Männer verschwanden mit ehrfurchtsvollen Gesichtern und der Hauptmann verbeugte sich noch ein weiteres Mal, so tief bereute er es, seinen König aus Unwissenheit gekränkt zu haben. Der Hunnenkönig marschierte furchtlos und ohne Leibwächter durch die lagernden Hunnen. Es waren nicht nur Krieger hier zu sehen, die ihre Waffen schärften und ihre Pfeile schnitzten, nein, es war ein ganzes Volk hier versammelt. Frauen stillten ihre Kinder, Bauern fütterten ihre Ochsen und einige Greise wärmten ihre alten Glieder am Feuer. Balaban fühlte sich vollkommen sicher unter seiner Gefolgschaft. *An dem Tag, an dem ein Mitglied meines eigenen Stammes die Waffe gegen mich erhebt, will ich ohnehin nicht mehr ihr Anführer sein*, dachte er stumm.

Viele der Hunnen waren Schafshirten. Dementsprechend bestanden auch die meisten Zelte aus Schafshäuten oder einem Filz aus der Wolle der Schafe. Seines befand sich an der höchsten Stelle des Hügellandes. Ansonsten unterschied es sich abgesehen von seiner Größe kaum von den anderen Zelten. Auf Baldachine oder sonstigen Unsinn hatte er verzichtet. Er seufzte tief und trat hinein. Sofort kamen ihm seine Kriegshunde entgegen gesprungen.

»Geri, Argos«, sagte er mit einem geistesabwesenden Lächeln, als sie an ihm hinaufsprangen und versuchten sein Gesicht abzulecken. Er kraulte sie kurz hinter den Ohren, dann schritt er an ihnen vorbei zu seinem Schreibtisch. »Und wie lange wartest du schon hier?«, fragte er laut.

Eine finstere Gestalt erhob sich aus den Schatten und schritt auf den Tisch zu, an dem Balaban sich unbeeindruckt niedergelassen hatte. »Seit die Gefangenen hier angekommen sind. Wir haben sie, wie Ihr befohlen habt, gefesselt und in getrennte Zelte gesperrt.«

Der Mann der gesprochene hatte, war von gewaltiger Größe. Im Gegensatz zu Balaban trug er keinen Zopf, sondern ließ sein schwarzes Haar lang und wild über seine Schultern wuchern. In seinem Gesicht waren mehr Narben zu finden als in den Gesichtern aller anderen Hunnen des Stammes zusammen.

»Ich nehme an, du hast sie noch nicht verhört?«, fragte der König.

»Nein. Ich weiß ja, dass Ihr solche Aufgaben niemandem anvertraut ... nicht mal mir.«

»Ich vertraue dir mehr als sonst einem Rigula. Aber von dieser Befragung hängt das Schicksal unseres Volkes ab. Bring sie herein zu mir ... einzeln.«

Rigula senkte kurz den Kopf, dann verschwand er durch die Zelttür und ließ seinen König alleine zurück. Dieser kraulte die Ohren seiner Hunde und versuchte, seine Gedanken zu ordnen. Er musste um jeden Preis die Wahrheit erfahren, koste es, was es wolle.

Er hörte das scharrende Geräusch von widerwilligen Schritten vor seinem Zelt und erhob sich augenblicklich von seinem Stuhl. Durch die Zelttür traten sein engster Berater Rigula und einer seiner heutigen Gefangenen ein. Es war ein kleiner braunhaariger Mann mit bernsteinfarbenen Augen und zerschlissenen Kleidern. Balaban blickte in das furchtsame, ehrliche Bauerngesicht und wusste, dass er gute Aussichten hatte, von diesem hier die Wahrheit zu erfahren. Er trat einen Schritt auf ihn zu und starrte ihm mit seinen stählernen blauen Augen direkt ins Gesicht.

»Kommen wir zu dir! Deinen Freund habe ich eben schon verhört und viele Antworten von ihm bekommen«, log er ohne eine Miene zu verziehen. »Sollte sich deine Fassung der Ereignisse von seiner Fassung unterscheiden, weiß ich, dass einer von euch beiden gelogen hat, und der Lügner wird es mir mit dem Leben bezahlen. Fangen wir an.«

Der Mann zitterte und sprach dann mit gebrochener Stimme: »Ich flehe Euch an. Ich bin nur ein einfacher Kaufmann. Ich habe den Römer zufällig getroffen und bin ein paar Tage mit ihm und Folkward gereist. Ich wollte doch nur den Geschichten lauschen, die er aus der Ferne mit sich gebracht hat.«

»Welche Geschichten?«, fragte Balaban scharf.

»Es waren nur Mythen und Legenden, die er uns am Lagerfeuer erzählt hat ... von Aeneas, der aus dem brennenden Troja floh, um

Rom zu gründen … und von Menschen, die in Steine verwandelt wurden. Ich hab ihm doch nur gelauscht, um die Geschichten eines Tages meinen Kindern erzählen zu können.«

»Beantworte mir meine Fragen ehrlich und ich gebe dir mein Wort, dass du sie wiedersehen wirst. Kein Hunne soll dich daran hindern.«

Der Kaufmann nickte und wischte sich die Tränen aus seinen großen Augen. Er hob das Haupt und blickte in Balabans strenges Gesicht, doch gleich nach wenigen Atemzügen musste er den Kopf wieder senken.

»Meine erste Frage«, begann Balaban mit donnernder Stimme. »Wie hieß der Römer, mit dem ihr gereist seid?«

Die Antwort kam sofort. »Kelsus«, jammerte er. »Kelsus. Kelsus. Kelsus.«

Balaban ließ ihn nicht zu Atem kommen. »Wo hast du ihn getroffen?«

»Es war ein Dorf im Osten bei diesem riesigen Brocken von einem Berg.«

»Hat er dir gegenüber erwähnt, warum er Rom verlassen hat und wohin er seine Schritte zu lenken gedenkt?«

»Er sagte, er habe sich mit einem reichen Römer Ärger eingehandelt und dass dieser ihn so hoch im Norden nicht finden würde. Er sagte, er wolle ein neues Buch schreiben über Germanien und wolle irgendein altes Schlachtfeld besuchen. Er sprach von Steinen.«

»Steinen?«, hakte Balaban nach.

»Externsteine. Eine Kultstätte der Germanen. Er hat behauptet, dort hätte vor langer Zeit eine große Schlacht stattgefunden. Mehr weiß ich nicht. Das schwöre ich.«

»Ein Schwur ist auch nur eine Aneinanderreihung von Worten. Rigula! Bring ihn weg!«

Mit eisiger Ruhe erwartete Balaban das Auftauchen des nächsten Gefangenen. Er konnte nur hoffen, dass dieser von ähnlichem Schlage sein würde, wie der, den er soeben verhört hatte. *Es ist möglich, wenn auch sehr unwahrscheinlich, dass er mir etwas vorgespielt hat. Ich muss ganz sichergehen.*

Rigula kam zurück mit einem wilden, gelbbärtigen Mann im Schlepptau, der sich immer wieder hin und herwarf und an seinen Armfesseln zog und zerrte. Balabans Hunde begannen zu knurren. »Na!«, brüllte der Mann und versuchte, nach ihnen zu treten.

»Du wirst diesen Unsinn bleiben lassen. Deinen Freund habe ich eben schon verhört und viele Antworten von ihm erhalten. Sollte sich deine Fassung der Ereignisse von seiner Fassung unterscheiden, weiß ich, dass einer von euch beiden gelogen hat, und der Lügner wird es mir mit dem Leben bezahlen.«

»Dann bringt es hinter euch, Dreckshunnen! Ihr seid doch alle ein mörderisches Pack! Macht es Spaß Dörfer zu zerstören?! Macht es Spaß, ehrbare Menschen um ihr Hab und Gut zu bringen?!«, bellte der Mann.

»Wir haben schon seit vielen Monden kein Dorf mehr zerstört.«

»Was wollt ihr dann hier? Warum führt ihr mich vor, als wäre ich ein verdammter Verbrecher?!«

»Würde ich dich für einen Verbrecher halten, wärst du bereits tot«, entgegnete Balaban eisig. »Nein, ich halte dich lediglich für einen Mann, der sich mit den falschen Freunden herumgetrieben hat. Einer davon hat sich einen mächtigen Mann in Rom zum Feind gemacht. Darum muss ich ihn finden.«

Der Bärtige fing an zu lachen. »Na so ist das also! Ich habe mich schon gefragt, was eine Horde Hunnen so weit in den Norden geführt hat. Ich dachte schon, ihr wärt vor feindlichen Stämmen geflohen. Dabei seid ihr nichts als ein erbärmlicher Söldnerhaufen und arbeitet für irgendeinen stinkenden Römer.«

»Du weißt nicht, wovon du sprichst«, sagte Balaban und in seiner beherrschten Stimme schwang nun eine Spur Ungeduld mit. »Erste Frage: Wie hieß der Römer, mit dem ihr gereist seid?«

»Ich verrate meine Freunde nicht, Hunne!«, zischte er und knurrte in seinen Bart.

»Es wird kein Verrat sein«, erwiderte Balaban. »Ich habe nicht vor, Kelsus zu töten. Ich werde ihn lediglich zurück nach Rom bringen.«

»Damit die ihn dann töten können? Denkt Ihr das macht einen Unterschied?!«

»Für mich macht es einen«, sagte Balaban ruhig, ohne auf seinen kleinen Sieg einzugehen. *Er hat nicht widersprochen. Also hat der Händler die Wahrheit gesagt. Sie beide waren mit dem Historiker Kelsus unterwegs. Ich sollte ihm nur nicht unter die Nase reiben, dass er sich versprochen hat, sonst wird er vorsichtiger in seinem Reden.*

»Wo hast du den römischen Historiker kennengelernt?«

Der Bärtige schluckte und schüttelte seine lange Mähne. »Irgendwo in der Wildnis. Was kümmert es Euch?!«

Balaban fuhr unbeirrt fort. »Hat er dir gegenüber erwähnt, warum er Rom verlassen hat und wohin er seine Schritte zu lenken gedenkt?«

Der Gefangene begann leise zu lachen und verengte seine Augen zu Schlitzen. »Das werde ich Euch nicht sagen. Eher sterbe ich, als einen Freund zu verraten.«

»Vermutlich hast du sowieso nicht verstanden, was er dir über die Externsteine erzählt hat und die Schlacht, die dort vor langer Zeit stattgefunden hat. Du kannst doch bestimmt nicht mal lesen. Wie solltest du dann die Geschichte kennen.«

»Dazu muss man nicht lesen können! Alle Stämme hier kennen diese Geschichte!«

»Dann sag mir doch, wie der römische Feldherr hieß, der vor all diesen Jahrhunderten in diesem Wald sein Ende fand!«, verlangte Balaban herausfordernd.

»Er hieß Varus! Er hat die Germanen unterdrückt und von ihnen Tribut eingefordert. Da haben ihn Arminius und Segimer in eine Falle gelockt und sein Heer vernichtet!«

Balaban lächelte. »Dein Bericht ist erstaunlich nahe dran an dem römischen Bericht im großen Geschichtsbuch des Cassius Dio. Das weiß ich, weil ich das Buch dort drüben auf dem Tisch liegen habe und erst gestern Abend darin gelesen habe. Ich vermute mal, der Historiker Kelsus hat das Buch ebenfalls gelesen.«

»Ich erzähle Euch nichts mehr!«

»Du hast mir bereits alles erzählt.« Er wandte sich an Rigula. »Der Bauer hat uns die Wahrheit gesagt. Kelsus ist zu den Externsteinen unterwegs. Die einheimischen Söldner werden uns den Weg dorthin zeigen. Die Gefangenen werden wir mitnehmen! Sobald wir Kelsus haben, können wir sie freilassen.«

Jäh spuckte der Gefangene auf den Boden. »Feigling!«

»Du wagst es!«, zischte Rigula und zerrte ihn zu sich her.

»Nicht doch«, sagte Balaban mit ruhiger Stimme. »Es sind nur Worte aus dem Mund eines ungebildeten Herumtreibers. Kein Grund zornig zu werden.«

»Wenn Ihr kein Feigling seid, dann stellt Euch mir zum Kampf! Mann gegen Mann!«

Der Hunnenkönig schüttelte unbeeindruckt den Kopf. »Lebend bist du uns von größerem Nutzen. Schaff ihn raus!«

Ehe der Bärtige sich versah, hatte ihn Rigula auf den Platz vor dem Zelt geschleppt. Da begann er plötzlich aus voller Kehle zu brüllen: »Euer sogenannter König ist ein Feigling! Ich hab ihn zu einem Duell herausgefordert und er hat abgelehnt! Jetzt versteckt er sich hinter seinen Büchern!«

»Verflucht!« Balaban knirschte mit den Zähnen und rauschte ihnen hinterher.

Als Rigula ihn sah, verstand er sofort, durchtrennte die Fesseln des Gefangenen und warf ihm eine Waffe vor die Füße. Balaban schritt um seinen engsten Berater herum und positionierte sich direkt vor dem Fremden. In seiner Hand kreiste ein dünnes Schwert. Viele Hunnen hatten sich dem Platz genähert, um zu sehen, was vor sich ging.

»Du wolltest kämpfen«, sagte Balaban kalt. »Nun kämpfe!«

Brüllend ging der Bärtige auf ihn los und schwang sein Schwert mit brutaler Gewalt durch die Luft. Balaban wich mühelos aus. Als der Gefangene an ihm vorbeigestolpert war, stach er ihm blitzschnell mit dem Schwert in die Seite. Er brach auf der Stelle zusammen.

»Kümmert euch darum!«, sprach er zu den Wachen und blickte ein letztes Mal auf seinen besiegten Gegner hinab. Er schloss für einen Moment die Augen, fast schon so, als würde ihn der Anblick schmerzen. Dann marschierte er ohne ein weiteres Wort in das Zelt zurück und hielt nicht inne, bis er vor einem provisorischen Bücherregal zum Stehen kam. Seine Kriegshunde folgten ihm winselnd. Er hatte noch immer sein blutverschmiertes Schwert in der Hand und seine Knöchel über dem Griff färbten sich weiß. Er versuchte sich zu beruhigen, indem er die Schriftrollen zählte, die er von überall auf der Welt zusammengetragen hatte. Rigula kam hinter ihm in das Zelt gestapft.

»Morgen brechen wir zu den Felsen auf, von denen unser Gefangener gesprochen hat«, sagte Balaban laut, ohne sich umzudrehen.

»Es gibt viele Felsen da draußen«, meinte Rigula grimmig.

»Er sprach von den Externsteinen. Ich habe die schriftlichen Aufzeichnungen über diese Gegend sorgsam studiert, auch die Karten. Auf einer Karte waren diese Steine abgebildet. Angeblich versammelte dort einst der Germane Arminius die umliegenden Stämme zum Kampf gegen die Römer. Damals als das Römische Reich noch in seiner Blütezeit erstrahlte und ihre Soldaten bis weit in den kalten Norden vorgedrungen waren. Lange ist es her. Die Externsteine. Ja! Ein sehr passender Ort für einen Historiker.« Balaban zog eine zerschlissene, lateinische Schriftrolle hervor, auf der noch ganz schwach der Name *Tacitus* zu erkennen war. »Ich werde mich heute Nacht noch einmal in die Gegend einlesen. Du bereitest die Krieger vor. Bei Sonnenaufgang reiten wir zu den Externsteinen und holen uns unseren Historiker. Er ist ganz alleine, verängstigt und verletzt. Mit seinem verwundeten Bein wird er uns nicht mehr lange davonlaufen können. Und dann werden wir ihn nach Rom zurückbringen und die Belohnung einkassieren. Eine letzte Belohnung! Sie wird ausreichen, um unserem Volk eine neue Zukunft aufzubauen. Und dann wird all das hier endlich enden.«

Die Externsteine

Das Pferd des hunnischen Kundschafters trottete müde und lustlos durch den verschlungenen Wald. Balki beobachtete es mit zusammengekniffenen Augen und lauschte dem Knacken und Knistern im Geäst, das sich langsam, aber allmählich, aus seiner Reichweite entfernte.

So so, dachte er und legte die Stirn in Falten, wobei seine buschigen Augenbrauen seine Nase kitzelten. *Hunnen. Und das im Teutoburger Wald. Und ich dachte, ich hätte schon alles gesehen. Nichts wie weg hier.*

Unter größten Mühen bewahrte er Ruhe, bis der Späher vorübergezogen war. Das war für Balki absolut kein leichtes Unterfangen, denn für gewöhnlich machte er bei allem, was er tat, eine Menge Krach.

Er lauschte dem Rascheln des Windes und atmete in tiefen Zügen die würzige Waldluft ein, die nach Moos und nassem Holz roch. Dann sprang er aus dem Dickicht und hüpfte summend zu seinem Versteck zurück. Es lag inmitten eines undurchdringlichen Gestrüpps aus Dornen und Sträuchern. Unbeholfen kletterte er über zwei Äste, plumpste schmerzhaft in eine Pflanzenbank und grub sich schließlich wie eine Wühlmaus einen Tunnel durch das Unterholz. »Aus Ästen ist mein Haus. Ich buddel' wie ne Maus«, summte er leise vor sich hin. Als er endlich sein Ziel erreichte, ließ er sich auf den Rücken fallen und kraulte sich seinen Bauch.

Das heißt wohl, ich muss hier verschwinden. Schade, hier hätte ich es noch ein Weilchen ausgehalten. Er entkorkte eine Flasche und nahm einen kräftigen Schluck Wein. Eigentlich hatte Balki schon vor drei Tagen weiter nach Norden aufbrechen wollen, aber dieses Versteck hier hatte sich als so ideal erwiesen, dass er sich eine seiner Meinung nach äußerst verdiente Ruhepause gegönnt hatte.

Er war umgeben von dichtem, verwurzeltem Gestrüpp, aber irgendjemand hatte hier inmitten des Buschwerks mit einem großen Messer oder einem Schwert hantiert und einen etwa zwei Klafter breiten Raum freigelegt. Die Wände und die Decke bestanden aus Ästen und Blattwerk, aber hier in diesem natürlichen Haus konnte er sich ausgestreckt auf den Boden legen und in Ruhe seine Bücher lesen.

Und jetzt trottet ein Späher der Hunnen durch den Wald. Und wo ein Späher zu finden ist, ist auch meist ein Heer nicht weit.

Er wusste, sollten die Hunnen mit ihren Kriegspferden durch das Unterholz galoppieren, würden auch diese Pflanzenbänke sie nicht aufhalten, die Balki hier auf so praktische Weise umgaben. Er seufzte und packte die verstreuten Habseligkeiten in seinen Beutel. Da waren eine kleine Waage, ein Wachstäfelchen, mehrere Feldflaschen, ein Kalender und ein kleiner Spiegel. Bei den Schriftrollen hielt er inne und seufzte noch einmal. Eigentlich hatte er vorgehabt, den Nachmittag über auf dem Rücken liegend in den wunderbaren Abenteuern des Odysseus zu schwelgen, aber das konnte er jetzt wohl vergessen.

Wie lange wird es dauern, bis ich wieder so ein sicheres Versteck finde? Wäre die Welt doch nur ein sichererer Ort, dann könnte man den ganzen Tag lesen und lachen und singen.

Er warf sich seine Tasche über die Schulter und verschnürte sie unter seinem Arm. Dann kämpfte er sich murrend zurück durch das dichte Gewirr aus Gesträuch und Gestrüpp und fand sich endlich auf einem breiten Trampelpfad inmitten des uralten Waldes wieder. Erst vor wenigen Wochen hatte er das gigantische Waldgebiet betreten, in dem vor vielen Jahrhunderten die Armeen des Varus besiegt worden waren.

Beeile dich besser Balki, du alter Vagabund! Wenn dich die Hunnen kriegen, werden sie dich an ihren Pferden über den Boden schleifen. Und wenn die Sachsen dich bekommen, werden sie dich in einen Sumpf werfen.

Balki war schon viel herumgekommen in der Welt und hatte eines gelernt. *Als Fremder muss man an fremden Orten ganz besonders vorsichtig sein. Trotzdem! Der Kundschafter sah sehr müde aus. Sicher ist er eine ganze Weile geritten. Das heißt, sie sind noch außerhalb des Waldes.*

Er spähte zum Himmel, suchte den Norden, und begann dann munter hüpfend mit der Fortsetzung seiner Reise. Mit jedem Hüpfer knirschte Laub unter seinen Füßen. Fröhlich griff er in seine Tasche, holte eine Feldflasche hervor und benetzte die Lippen mit Wein. Dann stopfte er seine Tonpfeife mit ein paar getrockneten Blättern, entzündete sie mit seinen Feuersteinen und begann munter paffend ein Liedchen zu singen.

Erst wenn früh die Vögel singen,
kann ich aus dem Bette springen,
wie ein Frosch aus seinem Teich.
Alles bleibt gleich.

Wenn die Blumen wieder blühen,
vor mir ihren Duft versprühen,
dann weiß ich, der Winter weicht.
Alles bleibt gleich.

Er spazierte nun schon fast eine Stunde und hatte fünf Pfeifenköpfe geraucht. Riesige, uralte Bäume zogen wie steinerne Wachmänner an ihm vorüber und streckten ihre dürren, verwinkelten Hände nach ihm aus. Mit jedem weiteren Schritt wurde der Wald lichter. Seine Muschelkette klapperte um seinen Hals. Mit tiefen Atemzügen sog er die klare Luft mit ihren tausend Gerüchen in seine Lungen ein und er meinte, ein nahes Gewässer herausriechen zu können. Als er schließlich das Echo seiner eigenen Stimme an den Felswänden zurückhallen hörte, wusste er, dass er sein Ziel erreicht hatte.

Noch einmal atmete er tief durch, dann trat er hinaus auf die Lichtung und musste als aller erstes seine Augen schließen. Gleißend helle Sonnenstrahlen leuchteten ihm entgegen.

Mit verzogenem Gesicht öffnete er die bebenden Augenlider und gewöhnte sich an das strahlende Licht. Es war der erste klare Sonnenschein des Jahres und er sah es als Zeichen an, dass der fürchterliche Winter endlich zum Erliegen gekommen war. Das Licht tanzte wie ein weißer Schleier über der Wasseroberfläche des kleinen, klaren Sees, der sich neben diesen mystischen Felsformationen erstreckte.

Kalter, frischer Wind spielte mit seinem Zopf, als er sich über die Wasseroberfläche beugte, um sein Gesicht darin zu betrachten. Balki war ein mittelgroßer Mann mit dichtem, goldenen Haar und gewaltigen Augenbrauen. Diese waren so buschig und lang, dass sie nicht selten seine Ohrmuscheln kitzelten, an denen das Haupthaar bereits ein bisschen ergraute. Darunter, sicher verborgen, befanden sich zwei wache, braune Augen, die häufig nachdenklich und unverschämt dreinschauten. So auch jetzt.

Er erhob sich wieder und richtete seine Aufmerksamkeit auf das, wonach er hier im kalten Norden gesucht hatte: eine wichtige Sehenswürdigkeit auf seiner Reise, die Externsteine. Der Moosgeruch stieg ihm in die Nase und es roch nach jahrhundertealten Traditionen.

Endlich wieder ein Stück Geschichte, das vor meinen Augen lebendig wird. Endlich ein weiterer Teil des großen Mysteriums. Von Konstantinopel über Indien bis zum chinesischen Reich im Osten bin ich gereist. Und doch ist mir das Schicksal der Menschheit noch immer ein Rätsel. Und nun hat es mich also in den kalten Norden verschlagen.

Balki hüpfte aufgeregt über den riesigen Platz, der von verschiedenen Baumarten abgegrenzt wurde. In ihre Rinde waren verwitterte Runen eingeschnitzt und er wusste sofort, dass er den richtigen Ort gefunden hatte. Er übertrug die Runen sogleich auf sein Wachstäfelchen. Dann hob er den Kopf und ließ den Blick über die fünfzehn Felsmassive kreisen, die wie eine Mauer aus dem flachen Waldland heraus ragten. Ihre Spitzen waren mit Holzgeflecht geschmückt. Auch der Platz am Boden war nicht leer. Überall zeugten abgebrannte Feuerplätze, Fußspuren und Requisiten von der Benutzung dieses Ortes als Kultplatz. Mehrere hölzerne Pfähle ragten aus dem Boden und auf jedem war eine andere Gestalt abgebildet. Alle waren sie mit schimmernden Ketten geschmückt. Dahinter lag im Dunkeln verborgen ein finsterer, uralter Wald.

Wo nur all die Wachen sind?, fragte sich Balki.

Er umrundete leichtfüßig eine eigenartige, zwei Klafter hohe Holzsäule, aus der eine Art Geweih aus geschnitzten, verzierten und abgerundeten Ästen lugte. Jede freie Stelle auf dem Holz war mit Schnitzereien von höchster Kunstfertigkeit verziert. In jeder der Runen sollte ein anderer Zauberspruch wirken.

Balki zog sofort seine Wachstafel hervor und klappte sie auf. Mit einem spitzen Ast schrieb er einige der Zauberformeln ab, fest entschlossen, sie später auf seinen Papierrollen zu verewigen. *An den Städten am Rhein werden sie bestimmt ein Vermögen für diesen Unsinn ausgeben. Ich wusste, dass es sich lohnen würde, herzukommen.*

Als er am Fuße der Felsmauer ankam, krempelte er sich die Ärmel zurück und spuckte die abgebrannten Blätter auf den Boden. *Herrliche Felsen. Als würde ein Riese seine langfingrigen Hände aus dem Urgestein der Erde strecken. Es wäre eine Schande, nicht oben gesessen und den Ausblick genossen zu haben. Dann heißt es jetzt wohl klettern! Ich wünschte, ich wäre nicht so ein Versager bei jeglicher körperlicher Arbeit.*

Damit hatte er nicht Unrecht. Bereits nach wenigen Klaftern trat ihm der Schweiß aus sämtlichen Poren. Balki keuchte und griff mit schmerzender Brust in die nächste Rille. Auf einem Vorsprung hielt er inne, ließ die Beine baumeln und sammelte seine Kräfte. *Erst ein Päuschen. Ich hab mir einen Schluck Wein verdient.* Dann ging es weiter. Wie ein großes Pendel schwankte er langsam hin und her. Er war nur noch eine Armlänge vom Dach des Felsens entfernt. Langsam zog er sich weiter und ein Knacken ertönte. *Oh Schreck!* Der Felsvorsprung hatte sich gelöst.

In einer letzten Verzweiflungstat schoss Balkis freie Hand nach oben und er versuchte, irgendetwas zu fassen zu bekommen. Seine Finger schabten über den Stein und er rutschte dem todbringenden Abgrund entgegen, als sich plötzlich eine fremde Hand um seine schloss.

»Himmel!«, stieß er hervor und beobachtete, wie eine seiner Feldflaschen am Erdboden zerschellte. »Mein Wein!« Sofort umklammerte er den Fremden mit beiden Händen. Nur für einen Augenblick konnte er ein junges, zorniges Gesicht über sich erkennen, dann landete er bäuchlings auf dem Felsendach und atmete tief die nach Moos und Stein riechende Luft ein.

Erleichtert und schwer keuchend setzte er sich auf und fasste sich an die Stirn.

»Ich danke dir mein Junge.« Erst jetzt hatte er Gelegenheit, seinen Retter wirklich in Augenschein zu nehmen. Es war ein junger Mann, größer zwar als Balki, aber wesentlich jünger und mit dem Gesichtsausdruck eines unerfahrenen Burschen. Sein Haar war lang und dunkelbraun und seine Augen schimmerten in einem bräunlichen Grün. Das braune Haar, das auf seinen Wangen spross, war eher noch ein Flaum als ein Bart. Er trug ein einfaches Leinengewand und einen Mantel darüber, der mit einer Fibel an der Schulter zusammengehalten wurde. *Vermutlich ein junger Sachse aus einem der umliegenden Dörfer*, dachte Balki, wandte seinen Blick von ihm ab und zählte seine Habseligkeiten.

»Dem Himmel sei Dank. Es war nicht die römische Feldflasche! Und die Blätter sind auch noch da.« Er genehmigte sich sofort einen kräftigen Schluck und begann dann gemütlich damit, ein paar Blätter zusammenzudrehen. Der fremde Junge hatte immer noch nicht gesprochen. Balki fiel auf, dass dessen Hand auf seinem Schwertgriff ruhte. »Es ist eine herrliche Aussicht von hier oben«, begann er munter. »Setz dich doch hin und genehmige dir einen Schluck aus meinem Weinvorrat.«

»Mich interessiert weder die Aussicht noch Euer Wein!«, meinte der Junge mit unverkennbarem Zorn in der Stimme.

»Interessant«, entgegnete Balki. »Wenn du nicht wegen der Aussicht hier oben bist, weshalb dann?«

Der Junge verengte die Augen zu Schlitzen. »Das geht Euch nichts an! Was habt Ihr hier oben zu suchen?!«

Ein wunderbarer Gesprächspartner, dachte Balki verärgert, aber es schien ihm nicht besonders klug, den Jungen weiter zu provozieren. *Reiß dich zusammen! Mit so einem federlosen Küken wirst du doch wohl fertig werden. Erzähl ihm, was er hören will, und schon bist du ihn los.*

»Ich sammle Wissen«, erzählte Balki nach wie vor mit höflicher Stimme und begann damit, seine Feuersteine gegeneinander zu schlagen. »Ich suche nach Antworten auf die großen Mysterien der Menschheit. Wer sind wir? Woher kommen wir? Normalerweise schaue ich mir alte Inschriften an und Statuen aus ewigem Stein. Aber die findet man hier im Norden ja nicht. Deshalb dachte ich, ich suche mal hier bei diesen Felsen.«

Der Junge beobachtete ihn nach wie vor argwöhnisch und mit der Hand auf dem Schwertgriff.

»Du hast mir noch gar nicht gesagt, wie du heißt.«

»Das geht Euch nichts an!«, wiederholte der Junge. »Was um alles in der Welt macht Ihr da?«, fügte er hinzu, als Balki eine lange Tonpfeife nahm, die er in Griechenland erworben hatte, und anfing, Ringe zu paffen.

»Ich rauche ein paar Blätter. Willst du auch welche mein Junge?«

»Ich bin kein Junge!«, antwortete er hitzig und zog sein Schwert.

Allmählich verlor Balki die Geduld. »Verzeih mir. Ich hatte nicht erkannt, dass du ein Mädchen bist.«

»Ich bin auch kein Mädchen! Mein Name ist Derick! Sohn des Arnulf!«

Balki grinste verschmitzt. »Jetzt hast du mir ja doch deinen Namen genannt, obwohl es mich nichts angeht. Wieso erzählst du mir dann nicht auch gleich, was dich zu diesen Felsen geführt hat?«

»Na gut! Wenn Ihr es unbedingt wissen wollt, ich bin Euretwegen hier!«

Balki hustete und ließ fast seine Pfeife fallen. »Meinetwegen?«

»Ich bin auf der Suche nach einem Dieb, der meiner Familie großes Leid zugefügt hat.«

»Wie kommst du denn darauf, dass ich ein Dieb bin?«, fragte Balki leicht beleidigt. »Ich habe noch nie in meinem Leben etwas gestohlen … naja außer diesen Weinflaschen hier … und meiner Wachstafel … und meinem Gürtel … und dem Honigkuchen, den ich in Ravenna habe mitgehen lassen … und von diversen kleineren …«

Derick unterbrach ihn. »Ich war vielleicht damals noch ein Kind, aber ich erinnere mich noch genau daran, wie der Dieb ausgesehen hat. Er hatte einen eigenartigen Haarknoten an der rechten Hälfte seines Haupthaars. Ebenso wie Ihr!«

»Wie ich?«, japste Balki ungläubig.

»Genau denselben Zopf hatte er!«, wiederholte der junge Mann und streckte ihm sein Schwert entgegen. Augenblicklich erkannte Balki, in welcher Gefahr er sich befand und kam schleunigst auf die Beine.

»Ach das hier«, meinte er und wickelte den Zopf um einen seiner Finger. »Das nennt man einen Schwabenknoten. Wo ich herkomme, tragen das alle so.«

»Und wo kommt Ihr her, wenn ich fragen darf?«, fragte Derick angriffslustig und umkreiste Balki mit gezogener Waffe.

»An welchem Ort könnte man wohl einen Schwabenknoten tragen? In Schwaben natürlich!«, knurrte Balki nicht weniger zornig.

»Macht Euch nicht über mich lustig! Habt Ihr schon einmal bei einem Mann namens Arnulf Obdach gesucht?!«

»Willst du mich etwa verdächtigen ein Dieb zu sein?«, zischte Balki und suchte die Umgebung voller Panik nach einem Fluchtweg ab. Aber sie standen mitten auf dem Rücken des Felsens. Es gab keine andere Fluchtmöglichkeit als den Sprung in die Tiefe.

»Ich komme zum ersten Mal in den Norden und bin noch nie deinem Vater begegnet!«

»Ihr wisst also, dass er mein Vater ist?«

»Weil du es selbst gesagt hast du Dummkopf!«

Derick schwang sein Schwert durch die Luft. »Hütet Eure Zunge oder ich werde Euch lehren, es zu tun. Ich bin der beste Schwertkämpfer in meiner Heimat.«

»Ihr seid also der einzige Schwertkämpfer dort. Das ist traurig.«

»Es reicht!«

Ehe Balki es begriff, geriet die Situation außer Kontrolle. Derick war auf ihn losgestürmt und hatte ihm die Faust ins Gesicht geschlagen. Benommen ging Balki zu Boden, während helle Lichter vor seinen Augen aufblitzten. Hätte Derick mit dem Schwert angegriffen, wäre er jetzt vermutlich tot. Wie durch eine Mauer aus römischen Ziegeln konnte er Dericks wütende Rufe hören.

»Ihr müsst es sein! Ich habe Euch tagelang verfolgt! Wo ist das Schwert?«

Dann zog ihn der Junge auf die Beine und packte ihn an der Kehle. Doch diesmal war Balki vorbereitet. Er zog seinem Gegner die

Füße weg und versuchte, seine Arme auseinander zu drücken. Derick jedoch reagierte auf die denkbar schlechteste Weise. Er stieß sich mit beiden Beinen vom Boden ab, um nicht von Balki umgeworfen zu werden. Stattdessen fielen sie beide nach vorne und Balkis Fuß trat plötzlich ins Leere.

Oh nein. Nein. Nein. Nein. Nein, dachte er panisch und versuchte verzweifelt, irgendwo Halt zu finden, doch es war zu spät. Raufend und in sich verschlungen stürzten die beiden Männer an der Felswand hinunter und landeten direkt auf der seltsamen Holzkonstruktion, die ihren Sturz abfederte, allerdings unter ihrem Gewicht zusammenbrach und in tausende Stücke zerbrach.

Balki kullerte über das Laub. Dieses Mal zählte er nicht seine Habseligkeiten. Er sprang sofort auf die Beine und tastete jeden Teil seines Körpers ab. »Ich lebe«, stellte er ungläubig fest und begann dann vor Erleichterung laut loszulachen. »Ich lebe noch! Tatsächlich!« Sein Blick fiel auf das zerstörte hölzerne Kunstwerk. »Schnell weg hier!«

Doch ehe er auch nur einen Schritt machen konnte, hatte Derick seinen Fuß umschlungen und er purzelte erneut auf die Erde.

»Du verfluchter Dummkopf! Lass mein Bein los!«, schrie er dumpf mit dem Mund voller Laub.

»Nein«, krächzte Derick unter Schmerzen.

»Verflucht! Weißt du denn nicht, was das ist? Wir haben eine Himmelssäule zerstört. Die sind den Stämmen hier heilig. Also lass meine Beine los, wenn dir dein Leben lieb ist.«

»Ich lasse Euch nicht noch einmal entkommen!«

»Du elender Trottel. Wenn sie uns erwischen, werden sie uns beide umbringen.«

»Ihr entkommt mir nicht. Egal welche Lügengeschichten Ihr Euch einfallen lasst.«

Balki fluchte und trat nach ihm, doch er konnte sich seinem eisernen Griff nicht entwinden.

Das ist doch wohl nicht möglich! Ich werde wegen diesem Schwachkopf noch hingerichtet! Das Schicksal liebt es, sich über mich lustig zu machen.

Endlich gelang es ihm, sein Bein zu befreien. Er rollte so schnell er konnte den leicht abfälligen Hang hinunter, aber Derick sprang ihm nach und umschlang seine Füße erneut.

Unter ihm knackte das Geäst. Er hörte das Geräusch von Metall auf Leder, das ein Schwert machte, wenn man es mit einem Ruck hervorzog. Panisch schloss er die Augen und wusste, dass es jetzt kein Entkommen mehr gab. Der Fremde würde ihn töten. Doch nichts passierte. Derick hatte seine Angriffe eingestellt und ließ von ihm ab.

Was ist denn jetzt wieder? Voller böser Vorahnung öffnete er die Augen und blickte geradewegs auf ein übelriechendes Paar Stiefel.

»Tante Kordula?«, fragte er benommen. Er hob den Kopf und erkannte, dass die Stiefel zu einem sächsischen Stammeskrieger gehörten.

Er trug Hemd und Hose aus Leinen und darüber einen gewaltigen Mantel aus Schafsfell, der von einer Spange zusammengehalten wurde. Sein Bart war lang und rötlich und an seinem Gürtel schimmerte ein gewaltiges Langschwert.

»Auseinander!«, sagte der Eingeborene mit dumpfer Stimme.

»Großartig! Gut gemacht Kleiner«, zischte Balki.

Zwei weitere Sachsen waren von hinten an sie herangetreten und fesselten ihnen die Hände.

»Wieso gut gemacht?«, keuchte Derick erschöpft. »Sie haben uns erwischt.«

»Das war Ironie du Holzkopf! Hast du noch nie etwas von Cicero gelesen?«

»Noch nie was?«

Balki antwortete nicht. Er war so wütend auf diesen jungen Hitzkopf, dass er keinen anständigen Gedanken mehr zustande brachte. *Wenn sie uns schon hinrichten, sollen sie ihn vorher umbringen. Dann kann ich wenigstens zuschauen.* Er gab sich eine innerliche Ohrfeige. *Ich muss mich zusammen reißen. Das ist nicht der Ort, an dem ich sterben will. Ich bin doch nicht bis ans Ende der Welt und wieder zurück gereist, um mich in einem stickigen Wald von ein paar Sachsen umbringen zu lassen. Eine List muss her und zwar schnell!*

»Olaf, siehst du, was ich sehe?«, fragte einer der Sachsen mit tiefer Stimme.

Der angesprochene Sachse verengte die Augen zu Schlitzen. »Ich hoffe, du siehst was anderes.« Er untersuchte die Trümmer der Himmelssäule.

»Dafür wird man sie bestimmt im Sumpf ertränken. Wurde dein Großonkel nicht auch einst vom Ěwart im Sumpf versenkt?«

»Mein Großonkel, meine Großtante, mein Vetter und zwei meiner Basen«, erwiderte der andere.

»Du meine Güte Olaf. Deine halbe Familie steckt ja in diesem Sumpf.«

»Jup. Ich glaube, wir tun den Übeltätern einen Gefallen, wenn wir sie einfach umlegen.« Er zog sein Schwert.

»Halt wartet!«, japste Balki hervor. Sofort hatte er sich eine Geschichte überlegt. »Ich möchte mich unbedingt vor einem Gerichtsthing rechtfertigen, weil ich … weil ich … weil ich ein sehr frommer Mensch bin und bitte auf gerechte Weise ins Jenseits befördert werden will.«

Der Sachse knurrte leicht, dann steckte er das Schwert weg und zerrte Balki auf die Beine. »Meinetwegen. Aber nachher wirst du dir sicher wünschen, wir hätten es gleich hier beendet.«

Dann wurden sie von Wachleuten umringt und grob und gewaltsam in das Dunkel des Waldes getrieben.

Balki schauderte. Jede Sorglosigkeit war von ihm gewichen. Er wusste, dass er sich jetzt in Lebensgefahr befand. Alte, mit Spinnenweben und Efeu bedeckte Bäume zogen an ihnen vorbei. Der Geruch von nassem Holz und Erde umhüllte sie wie eine dunstige Wolke. Sie sahen Eichen, Fichten, Buchen, Tannen und viele andere Baumarten. Doch obgleich sie von völlig unterschiedlicher Natur waren, schienen sie alle auf dieselbe Art und Weise alt und gebeugt zu sein. Ihre vermoderte Rinde war mit Efeu überwuchert und ihre Kronen waren so weit verzweigt, dass kaum Licht bis zum Waldboden drang, auf dem sich Pilze aller Art in schattigen Nischen befanden.

Die Sonnenstrahlen, die eben noch ihre gesamte Umgebung in ein angenehmes Licht gehüllt hatten, versiegten. Das bisschen Helligkeit, dass durch das Blätterdach dringen konnte, schien nicht mehr natürlich zu sein. Es war blassgrün und ließ manche Pflanzen in völlig anderen Farben erstrahlen als andere. Die knorrigen, verkrüppelten Stämme der uralten Bäume schienen von einem tiefen Schwarz zu sein, während manche Sträucher und Pilze, die am Boden wuchsen, in hellem Weiß erstrahlten. Überall, an jedem Stamm und auf jedem Stein, hatte sich grünes Moos und Efeu breit gemacht. Es wirkte, als wäre dieser Wald seit Jahrtausenden von keiner Menschenhand beeinflusst worden, abgesehen von der Schneise, die ihnen als Weg diente.

Balki jagte die schaurige Szenerie einen Schauer nach dem anderen über den Rücken. Auf diesen düsteren, dichtenbewachsenen, labyrinthähnlichen Pfaden schienen uralte Sagen von Zwergen, Riesen und Ungeheuern vor seinem geistigen Auge wieder lebendig zu werden.

Es ist wie ein Märchenwald aus einer alten Erzählung. Wirklich schade, dass ich diesen wundersamen Ort als Gefangener besuchen muss.

Die Luft wurde drückend schwül und stickig, je weiter sie in den alten Wald vordrangen. Aus dem Dickicht schälte sich jetzt ein einzelnes, verlassenes Langhaus bestehend aus Holzflechtwerk und getrocknetem Lehm. Schon bald folgte das Nächste und es war umgeben von einer riesigen, umzäunten Wiese, auf der sich Rinder und Schafe tummelten. Ganz allmählich wurden die Pfade breiter und fester und große Plätze schälten sich aus dem Dunst. Sie hatten das Zentrum des Dorfes erreicht. Einige Kinder mit schmutzigen Gesichtern kamen ihnen lachend entgegen gerannt und ein alter Mann, der sich vor seinem Langhaus um ein kleines Beet kümmerte, warf ihnen neugierige Blicke zu.

»Ich verständige sofort den Fürsten … und den Ēwart«, fügte ihr Bewacher unwohl hinzu, verscheuchte die Kinder und marschierte dann so schnell ihn seine Füße tragen konnten über den Dorfplatz hinweg. Die verbliebenen Sachsen drängten ihre Gefangenen nun auf eines der kleineren Langhäuser zu, das weder von einem Garten noch von Nutztieren umgeben war.

»Ihr werdet da drinnen warten«, erklärte ihnen ein jüngerer Sachse. Sie traten in den kärglich eingerichteten Wohnraum und ihr Wächter zeigte nach unten. »Ich hoffe, der Fürst wird euch gnädig sein.« Er riss die Falltür auf, während die anderen sie auf das Loch zu trieben. Balki erreichte den Boden der Kuhle mit einem gut gezielten Sprung. Er konnte hören, wie Derick sich sträubte und um sich schlug. Aber bereits nach wenigen Augenblicken ertönte ein dumpfer Schlag von Schädel auf Holz und man warf Derick bäuchlings in den Dreck neben Balki. Er rührte sich nicht mehr.

Hoffentlich tat es ihm richtig weh.

Das Licht versiegte bis auf einen schmalen Spalt, als ihre Bewacher die Falltür über ihnen schlossen. Dann versank der Raum in Dunkelheit. Nur sehr langsam gewöhnten sich Balkis Augen an die Finsternis. Nur durch einen dünnen Holzspalt drang Licht. Er sah sich um.

Die Wände waren aus Lehm gestampft. Wohngruben nannte man diese unterirdischen Vorratsräume. Gefängnisse gab es bei den Sachsen nicht. *Die Verurteilung wird also nicht lange auf sich warten lassen. Wir werden hier nur zwischengelagert.*

Er atmete tief ein und aus. Die Hunnen waren sicher auch nicht weit und würden auf ihrer Reise bestimmt Halt in dem Dorf machen. *Denk nach Balki! Denk nach! Vielleicht kannst du einen der Wachleute bestechen.*

Sofort suchte er die Wände akribisch nach einem spitzen Gegenstand ab, mit dem es ihm möglich gewesen wäre, seine Fesseln zu durchtrennen. Aber die gesamte Grube bestand vollständig aus Lehm und in den Ecken lagerten nur einige verdorbene Kräuter und noch etwas anderes. Balki schreckte innerlich zusammen. Da lag noch ein weiterer Gefangener in der Dunkelheit, ob tot oder lebendig konnte er auf die Schnelle nicht erkennen.

Das ist auch egal. Der kann mir auch nicht weiterhelfen. Er rollte sich auf die Beine und stemmte sich an der schmierigen Lehmwand hinauf.

»Es tut mir leid«, erklang plötzlich die schwache Stimme des jungen Derick. Es hörte sich an, als würde es seine ganze Kraft erfordern, dies zuzugeben.

Balki achtete nicht auf ihn. »Hallo? Hört mich jemand?!«, schrie er die Grube hinauf. »Ich habe Gold dabei! Ich will nicht, dass der andere es mir abnimmt! Hört ihr mich?! Ich habe Gold!« Doch auch nach lauteren Ausrufen folgte von oben nicht die geringste Reaktion.

Leise schimpfend sank er wieder zurück auf seinen Platz. Offenbar war kein Wachmann in der Nähe, den er bestechen konnte. Aber das brachte auch neue Vorteile mit sich. Wenn er es schaffen konnte, mit gefesselten Händen bis zur Falltür zu klettern, hatte er vielleicht eine schwindend geringe Hoffnung auf Flucht.

»Es tut mir leid«, sagte Derick noch einmal. »Ich war so rasend vor Zorn. Ich hätte auf Eure Warnung hören sollen. Ich hatte schließlich keinen Beweis, dass Ihr der Dieb seid, den ich suche.«

Balki nahm die Entschuldigung kaum wahr. Aber etwas anderes kam ihm in den Sinn. Schnell schluckte er seine schlechte Laune hinunter und wandte sich mit einem Zwinkern seinem Mitgefangenen zu. »Ach halb so wild. Ist längst Gras drüber gewachsen.«

Derick wirkte über diese plötzliche Stimmungsänderung so vor den Kopf gestoßen, dass er mehrere Atemzüge lang kein Wort hervorbrachte. »Aber meinetwegen sind wir gefangen worden. Wenn ich doch nur auf Euch gehört hätte, statt Euer Bein festzuhalten…«

»Ja ja ja ja«, unterbrach ihn Balki. »Hätte, wäre, wenn. Tatsache ist, wir sitzen jetzt hier. Und wenn wir überleben wollen, müssen wir zusammenarbeiten, du und ich. Ich glaube nicht, dass diese Wohngrube ordentlich bewacht wird. Wenn ich auf deine Schultern steige, und du bist ja ordentlich groß, dann komme ich vielleicht mit dem Kopf bis an die Falltür.«

Derick starrte ihn noch einen Augenblick lang verwirrt an, dann schöpfte er offenbar neuen Mut und nickte mehrmals. »Einverstanden. Wir versuchen zu fliehen. Klettere auf meine Schultern.«

Balki folgte seiner Aufforderung zufrieden und war froh, dass der Junge offenbar nicht ganz so schwer von Begriff war, wie er es anfangs demonstriert hatte. *Und sobald ich oben bin, mach ich die*

Tür zu und lass ihn hier verfaulen. Er dachte an den dritten Gefangenen und sein schlechtes Gewissen meldete sich zu Wort. Wütend biss er die Zähne zusammen. *Oder wir fliehen alle drei. Es nervt wirklich, immer der Gute zu sein.*

Er saß nun auf Dericks Rücken und dieser kam gefährlich wankend auf die Beine. Auf seinen Schultern erreichte er die Klappe ohne Probleme und stieß, so stark er nur konnte, mit seinem Kopf dagegen. Sofort tanzten Lichter vor seinen Augen.

Mein Kopf ist eine Bibliothek und kein Rammbock!

Nach einigen weiteren Versuchen sank er rücklings gegen die Lehmwand und verharrte einige Augenblicke in banger Enttäuschung. Derick, dem die Last nichts auszumachen schien, erkundigte sich nach ihm. »Habt Ihr es geschafft? Ist die Tür offen?«

Sein Zorn auf den Jungen kehrte auf der Stelle wieder zurück, immerhin befand er sich nur seinetwegen in dieser aussichtslosen Situation.

»Offenbar ist die Tür versperrt.«

»Und was sollen wir jetzt machen?«

»Keine Ahnung. Vielleicht solltest du dich mal gegen die Tür lehnen. Der Klügere gibt ja bekanntlich nach.«

Augenblicklich verfluchte er sein loses Mundwerk, als er schmerzhaft auf seinem Gesäß landete. Derick hatte ihn runter geschmissen.

»Hört endlich auf mich zu beleidigen!«

»Woher weißt du, dass es eine Beleidigung war? Ich nehme mal an, Ovid hast du auch nicht gelesen.«

»Ich muss nicht lesen können, um zu erkennen, dass Ihr Euch die ganze Zeit über mich lustig macht«, brüllte Derick zornig auf ihn ein.

»Das ist auch nicht schwer! Weil du ein strohdummer, nichts wissender Hitzkopf bist!«, schrie Balki dagegen. Erneut warf sich Derick auf ihn und drückte sein Gesicht gegen den lehmigen Boden. Doch diesmal war Balki sich nicht sicher, ob er aus seiner Umklammerung entkommen konnte. *Was soll's? Ob nun er mir den Gar ausmacht oder die Sachsen spielt auch keine Rolle mehr.*

Da erklang plötzlich ein Geräusch hinter ihnen, so schwach und leise, dass sie es beinahe überhörten. Derick zumindest nahm kaum Notiz davon, sondern drückte Balkis Gesicht weiter in den Lehm.

»Er lebt!«, keuchte Balki dumpf mit dem Mund voller Erde. »Er ist sicher verletzt.«

Sofort ließ Derick ihn los und beugte sich stattdessen über das kleine Häufchen in der Ecke, von dem die kaum vernehmbaren Laute ausgingen. Balki beobachtete ihn mit nachdenklicher Miene. *Er hat offenbar ein Problem mit Beherrschung, aber ein böses Herz hat er nicht, sonst hätte er mir längst den Hals umgedreht. Er ist also einfach nur ein vollendeter Dummkopf.*

Hastig krabbelte er an seine Seite und lehnte sich nun ebenfalls über das verhüllte Gesicht des verletzten Gefangenen. Als er seine Kapuze zur Seite schob und der schmale Lichtspalt der Falltür auf sein Gesicht fiel, fühlte Balki einen schmerzhaften Stich. Er wusste sofort, dass für den verletzten Mann jede Hilfe zu spät kam.

»Was ist passiert?«, fragte er mit zitternder Stimme.

»Mein Bein«, krächzte der Fremde so leise, dass Balki ihn kaum verstand. »Die Hunnen. Ein Pfeil.«

Sofort richtete er seinen Blick auf das Bein des Verletzten und erahnte, wo sich die tödliche Wunde befand. Die Wunde war nicht versorgt. Offenbar hatten die Sachsen ihn so gefunden und über die Nacht in diese Grube geworfen.

Vielleicht war es sogar genau der Hunne, den ich vorhin im Wald gesehen habe. Die Hunnen sind also seinetwegen hier. Das heißt … Schnell sammelte er seine Gedanken und redete leise und behutsam auf den Verletzten ein. »Warum haben die Hunnen dich verfolgt?«

Derick warf ihm einen fragenden Blick zu, unterbrach aber nicht die Stille, die darauf folgte. Der Fremde blinzelte ein paar Mal mit schielenden Augen, die durch Balki hindurch zu blicken schienen. »Meine Karte… in meiner Tasche. Sie dürfen sie nicht bekommen.«

Erst jetzt fiel Balki auf, dass der Mann einen romanischen Akzent hatte. *Ein Trupp Hunnen jagt einen Römer und das mitten im tiefsten Sachsenland. Wo bin ich hier nur hineingeraten? Ich sollte schleunigst meine Sachen packen und wieder nach Süden verschwinden.* Trotzdem drehte er sich mit wachsendem Unmut und tastete mit seinen gefesselten Händen über den Mantel des Römers. Tatsächlich spürte er einen schmierigen Fetzen, der wohl ein Stück gegerbte Tierhaut sein musste. *Kein Wunder, dass die Sachsen sie ihm nicht abgenommen haben. In ihren Augen hat die Karte keinen Wert.* Er drehte sich zurück zu dem Verletzten und ließ den Pergamentfetzen unauffällig in seinem Ärmel verschwinden.

Doch Dericks wachsamen Augen war es nicht entgangen. »Was hatte er bei sich?«, fragte er betrübt.

Balki antwortete nicht, sondern beugte sich ganz nah zum Gesicht des Römers. »Was genau steht auf dieser Karte?«, fragte er so leise, dass Derick ihn nicht hören konnte.

Der Römer blickte ihn einen Moment lang trübe und unverständlich an. Dann sackte sein Gesicht wieder nach hinten und er gab keinen Laut mehr von sich.

»Ist er tot?«

Erneut antwortete Balki nicht, sondern beugte sich ganz nah über den Römer und begann ihn mit der Schulter anzustoßen. »Hey! Wach auf! Komm zu dir! Sag mir, warum sie dich verfolgen!«

Doch von dem Verletzten kam kein Lebenszeichen mehr.

Die Falltür sprang auf und gleißend helles Licht flutete wie eine Welle in ihre Kammer. Balki musste den Blick abwenden und schloss zornig die Augen. Er blinzelte und blickte zu ihrem Besucher. Es war derselbe Sachse, der sie festgenommen hatte.

»Kommt mit! Wir bringen euch zum Platz des Mondes«, brummte er und warf ihnen ein Seil in die Grube. »Euer Prozess hat begonnen.«

Der Bote

Balaban saß in seinem Zelt und brütete über einem Stapel. Dieses Mal waren es Caesars Aufzeichnungen über Germanien. Lateinisch konnte er schon seit seiner Kindheit, denn er war einst in Rom aufgewachsen. Und so las er sich völlig ohne Probleme durch das Klima und die Geschichte dieses Landstrichs. Und er las von den Stämmen und ihren Angewohnheiten. *Für den Fall, dass ich mich hier länger aufhalte, sollte ich über die Gegend Bescheid wissen.* Während er mit dem Finger über die Sätze fuhr, leistete ihm einer seiner Hunde Gesellschaft und drückte seinen struppigen Kopf gegen Balabans Bein. Er kraulte ihn gedankenverloren, ohne von seiner Lektüre aufzublicken, bis ihn plötzlich ein Geräusch aus seiner Konzentration riss. Sofort vergewisserte er sich, dass seine Schwerter in Reichweite lagen. Er vertraute seiner Leibgarde auf Leben und Tod, aber er wusste auch, dass jeder Mensch bisweilen Fehler zu machen pflegte. *Deshalb übernehme ich die wichtigsten Aufgaben immer selbst.*

Die Zelttür ging auf und seine Gardisten brachten einen wildaussehenden, jungen Hunnen herein mit zerschnittenem Gesicht und langen schwarzen Haarzöpfen. Ihm folgte der hochgewachsene Rigula, der jedem seiner Untertanen Respekt einflößte. Doch dieser Jüngling gab sich bewusst unbeeindruckt und warf dem Riesen herausfordernde Blicke zu. Dennoch verfiel er in ehrfürchtiges Schweigen und senkte den Kopf, als Balaban das Wort ergriff.

»Du hast dich gegen den Befehl deines Hauptmanns gestellt und auf eigene Faust die Wälder ausgekundschaftet«, stellte er nüchtern fest. Seine Augen blitzten dabei jedoch gefährlich. »Du hast den gesamten Tag gefehlt und den Eindruck erweckt, du wärst desertiert. Jetzt bist du zurückgekehrt und hast vor den anderen mit deinem Ungehorsam geprallt. Du weißt, dass ich Befehlsverweigerungen hart bestrafe.«

»Eure Hoheit.« Der junge Hunne fiel sofort auf den Wollteppich nieder und verbeugte sich tief. Er demonstrierte damit, dass er zwar die Autorität seiner Vorgesetzten in Frage stellte, niemals jedoch die Autorität seines Königs. »Ich habe seine Befehle nicht verweigert. Ich bin nur auf einen Widerspruch gestoßen.«

»Und der wäre?«, erwiderte Balaban interessiert.

»Ihr habt uns den Befehl erteilt, den flüchtenden Römer um jeden Preis zu finden. Aber mein Vorgesetzter wollte uns alle zum Zeltplatz zurückschicken.«

»Er folgte dabei meiner Order. Es war inzwischen dunkel geworden und ich konnte es nicht riskieren, dass sich meine Männer im Wald verirren. Meine Späher erhielten eigene Befehle. Du gehörtest nicht zu ihnen.«

»Das war mir nicht klar. Ich stellte Euren Befehl über seinen und suchte weiter nach dem Flüchtling.«

Balaban dachte einen Augenblick nach und wechselte einen Blick mit seinem Berater Rigula. Dieser tätschelte seinen Säbel, als wolle er sagen, der Jüngling bräuchte auf jeden Fall eine ordentliche Tracht Prügel. Auch Balaban hatte diese Entschuldigung nicht genügt. Der junge Hunne hatte ganz offenbar versucht, persönlich Ruhm zu erlangen, indem er den Auftrag seines Königs im Alleingang ausführen wollte. Doch bevor er über eine Bestrafung nachdenken konnte, wollte er erst erfahren, was der Späher herausgefunden hatte. Möglicherweise würde es ja seine erste Verfehlung teilweise wieder ausgleichen. »Ich höre«, sagte er nur knapp und kraulte dabei seinen Hund hinter den Ohren.

Der junge Hunne schien erleichtert, dass ihm offenbar verziehen wurde, denn nun warf er sich stolz in die Brust und verkündete von seiner Entdeckung. »Ich bin weiter den Sternen nach Westen gefolgt und von dort aus tief in den feindlichen Wald vorgedrungen. Inmitten all der verfluchten Bäume und Sträucher existiert eine Lichtung mit einem See und ein paar riesigen Felsen. Dort in der Nähe bin ich auf eine kleine Ansammlung von Langhäusern gestoßen: ein Dorf der Sachsen. Als ich mich nahe an das Lager geschlichen hatte, konnte ich sehen, wie sie zwei verletzte Gefangene wegbrachten.«

»Zwei?« Balabans Augen verengten sich zu Schlitzen.

»Ja Eure Hoheit. Einer schrie etwas über irgendeinen Römer, den er gelesen hatte.«

»Das ist ziemlich vage.«

»Cicero. Er sagte zu dem anderen: *hast du noch nie etwas von Cicero gelesen?*«

Balaban stand auf und der junge Hunne erkannte sofort, dass er mit seinen Beobachtungen genau ins Schwarze getroffen hatte. Die Leibgardisten betraten den Raum, ganz so als könnten sie die plötzliche Unruhe ihres Anführers spüren.

»Das ist er«, sagte Balaban entschlossen. »Er ist in diesem Dorf, bei den Externsteinen. Genau wie ich es vorausgesehen habe.«

»Dann sollen wir einen Boten zu ihnen schicken?«, fragte Rigula grimmig und ließ die Knöchel knacksen.

»Nein«, erwiderte Balaban ernst und schüttelte den Kopf. »Meine Männer sind unruhig geworden. Zu lange schon sitzen sie auf ihren Pferden und kundschaften diese tristen Wälder und Sümpfe aus. Die meisten wissen längst nicht mehr, was sie da eigentlich tun. Ein ordentlicher Kampf wird ihnen den Kopf leer räumen und ihre Moral wieder stärken.«

Rigula nickte brummig und knurrte so leise, dass nur Balaban ihn hören konnte »und unsere Vorräte auffüllen.«

Der junge Hunne, der die Nachricht überbracht hatte, lachte nun begeistert auf, als erwartete er eine Belohnung.

Jetzt nahm Balaban ihn sich vor. »Wie heißt du, Junge?«

»Chelchal, mein Herr.«

»Chelchal?« Balaban lächelte knapp. »Wohl eher Zerco.«

Der junge Hunne war begeistert und verfiel sofort in Verbeugungen. »Von nun an werde ich nur noch auf diesen Namen hören.«

»Dann hör gut zu Zerco! Du hast gegen deine Befehle verstoßen. Egal wie groß dein Bestreben war, deinem König zu gefallen, du hast dich gegen ihn gestellt.« Der junge Hunne schluckte und das Lächeln verschwand augenblicklich aus seinem Gesicht. »Dennoch hast du zu einem wichtigen Teilsieg beigetragen. Wir hätten diese Wälder noch wochenlang auskundschaften können, ohne auf unseren Historiker zu stoßen. Aus diesem Grund werde ich deine

Bestrafung fürs erste aussetzen. Du musst mir nicht mehr beweisen, wie aufgeweckt du bist. Das habe ich bereits zur Kenntnis genommen. In Zukunft solltest du mir besser beweisen, dass du meine Befehle ernst nimmst.«

»Ja Eure Hoheit«, sagte der Hunne und verbeugte sich tief.

»Dann berichte mir jetzt von ihren Verteidigungseinrichtungen!«

»An einigen freien Stellen haben sie Palisaden, aber im Gestrüpp des Waldes gibt es viele Lücken. Eine besonders große Lücke führt zu einem kreisrunden Platz. Offenbar erwarten sie nicht, dort angegriffen zu werden. Vielleicht ist der Platz ihnen heilig.«

»Du wirst mit mir gemeinsam in der ersten Reihe reiten. Rigula du bildest den Schluss und überwachst die Nachzügler.«

Der Riese nickte grimmig, während Zerco noch einmal in Verbeugungen verfiel und dann mit federnden Schritten das Zelt verließ.

Rigula schaute ihm missmutig hinterher. »Wieso Zerco?«, brummte er mit fragendem Blick.

»Das war der Hofnarr des Atilla. Ich sah einige Gemeinsamkeiten. Auch ein Narr hat Talent. Aber was nützt Talent, wenn man es nicht nützlich gebraucht?«

Rigula lachte leise. »Keine Sorge! So schnell übertritt der kein Gesetz mehr. Dafür sorge ich.«

Balaban lachte nicht. Doch auch er konnte seine Begeisterung kaum verbergen. »Wir haben ihn Rigula. Wir haben ihn endlich gefunden.« Er atmete tief ein und aus. »Sag Eskam, er soll mit den Familien eine rituelle Schulterblattschau abhalten. Das wird ihre Moral stärken. Den Händler, den wir gestern gefangen haben, kannst du wieder freilassen. Er hat uns alles gesagt, was er wusste. Die Krieger wiederum sollen direkt zu den Pferden. Alles muss reibungslos ablaufen. Wir werden einen schnellen und effektiven Angriff durchführen, die feindlichen Recken in die Flucht schlagen und das Dorf in unsere Gewalt bringen. Dann werden wir die Grenzen bemannen und das Dorf solange halten, bis wir unseren Historiker gefunden haben.«

Und dann werde ich meine Belohnung aus Rom erhalten, dachte er zitternd vor Aufregung. *Und mein Volk wird endlich wieder frei sein können. Wir sind so kurz vor dem Ziel.*

Das Gerichtsthing

Die Sachsen schleppten sie über eine Wiese zum Platz des Mondes. Der junge Derick hatte solche Furcht wie noch nie in seinem Leben. Seine Hände zitterten. *Warum passieren solche Sachen immer nur mir? Alles was ich tue, ist den Wunsch meiner Eltern zu erfüllen. Wieso also hassen mich die Asen so?* Er überlegte, dass es vielleicht etwas damit zu tun haben könnte, dass er eine heilige Himmelssäule zerstört hatte. Aber das war Unsinn. *Die Asen leben in der Natur und den Gestirnen. Nicht in irgendeinem Zierwerk.*

Er drehte den Kopf und beobachtete Balki, der sich im Gegensatz zu ihm völlig widerstandslos abführen ließ. *Wieso wehrt er sich nicht?*

Er hatte in seinem Leben schon viele seltsame Gestalten gesehen, aber nie einen derart Verrückten wie diesen da. Seine riesigen Augenbrauen, seine seltsamen Habseligkeiten und vor allem sein völlig verrücktes Verhalten machten ihn zu einem der unnormalsten Menschen, denen Derick je begegnet war.

Er trägt sogar eine Kette mit Muscheln um den Hals. Muscheln! Und das in dieser Gegend!

Ihre Bewacher führten sie über die Trampelpfade an den vielen einzeln stehenden Langhäusern vorbei hinaus aus dem Dorf auf einen Versammlungsplatz zu. Er versuchte, Mut zu schöpfen. Sicher würde sich all das hier als Missverständnis herausstellen. Er würde den Sachsen einfach erzählen, dass Balki schuld an der Zerstörung der Himmelssäule war. Das war schließlich die Wahrheit. Derick traf keine Schuld.

Doch das sah ihr Ankläger offenbar anders. Es war ein Priester des alten Glaubens. Er trug ein helles Gewand und einen schimmernden Bronzegürtel. Mit verengten Augen und herabhängenden Mundwinkeln stand er in der Mitte des kreisförmigen Platzes, der durch die Leiber von mindestens zwanzig Sachsen begrenzt wurde, die im Gegensatz zu ihm bewaffnet waren. Ihre langen Haarmähnen wehten in dem schwachen Wind, der von Osten her nahte. Der

Platz war durch die Füße zahlloser vergangener Generationen geschaffen worden. Eine große, breite Eiche symbolisierte die Bedeutung dieser uralten Stätte.

Genauso alt wie der Wald um sie herum waren auch die Bräuche der Sachsen. Auf solchen Versammlungen, die Things genannt wurden, wurden die meisten Fragen des Alltags geklärt. Auch eine Gerichtssache konnte hier ausgetragen werden, wenn der Stammesfürst dies nicht bereits im Alleingang entschieden hatte. Derick erkannte ihn am Kopf der Versammlung an den vielen Spangen und Ketten und an seiner gewaltigen Waffenausstattung. Er trug Spatha und Kurzschwert, dazu zwei Dolche, eine Lanze und einen Schild. Auf seinem Kopf saß ein goldverzierter Helm; auf dem ein Eber abgebildet war. Desweiteren trug er gut sichtbar mehrere goldene Ringe an seinen Fingern, ein Zeichen für Macht und Einfluss im alten Norden.

Sie näherten sich der Versammlung. Mehrere schwarze Raben schienen den Platz zu belagern, als hofften sie auf eine baldige Mahlzeit. Als sie ihnen entgegenflatterten, trat Balki nach ihnen.

»Verschwinde, blöder Vogel! Du darfst auf mir herumpicken, wenn sie mich hingerichtet haben. Noch bin ich lebendig.«

Zum Glück hatte der Priester das nicht gesehen. Sofort wandte sich Derick zu ihm um und flüsterte auf ihn ein. »Legt Euch nicht mit den Raben an, Fremder! Sie sind die Diener Odins und kennen die Zukunft. Vielleicht sollten wir sie als Warnung betrachten.«

Balkis Antwort war wie immer respektlos. »Oh Mann oh Mann. Die einzige Zukunft, die diese Vögel interessiert, ist der zukünftige Zustand unseres Fleisches.«

Derick biss sich auf die Zähne. Am allerliebsten hätte er auf der Stelle kehrt gemacht und Balki einen weiteren Hieb in die Magengegend verpasst. Mit größter Anstrengung brachte er sich davon ab. Die Provokationen dieses Vagabunden hatten ihn erst in diese Situation gebracht.

Sie hatten die Mitte des Platzes erreicht und der Priester begann sofort mit seiner Anklage. »Sie haben die heilige Himmelsäule zerstört, ein Abbild der mächtigen Irminsul, die die ganze Welt auf ihren Ästen trägt. Uralte Runenzauber wirkten in ihren Ästen und haben uns vor äußeren Gefahren beschützt. Nun, da sie zerstört ist, sind wir schutzlos. Vielleicht können wir das nahende Unglück aufhalten, wenn wir das Unrecht sühnen und die Verantwortlichen im Sumpf versenken.«

»Ja, ab in den Sumpf!«, rief einer der Sachsen.

»Halt die Klappe Olaf!«, rief ein anderer.

»Kann ich ihnen nicht einfach einen neuen Baum schnitzen?«, murmelte Balki verdrießlich.

Derick wünschte, er könne ihm das Maul stopfen.

Die Augen des Priesters verengten sich zu Schlitzen und er begann hektisch im Kreis zu stampfen und sprach zu der Menge. »Die beiden sind ganz eindeutig Friedlose, denn sie gehören weder zu unserem Stamm noch zu einem der umliegenden Stämme. Wer weiß, wie viele Verbrechen sie sonst noch auf sich geladen haben? Durchbrechen wir den Kreis aus Unrecht. Versenken wir sie im Sumpf!«

Es folgte ein zustimmendes Raunen in der Menge. »In den Sumpf mit ihnen!«, schrie Olaf.

Derick schluckte schwer. Ein Friedloser war ein Verbrecher, der sich vor seiner Gerichtsverhandlung gedrückt hatte. Dafür wurde man ausgestoßen und geächtet. *Ich bin kein Friedloser. Das müssen sie doch sehen!*

»Genug davon!«, sagte der Fürst nun mit einer würdevollen Stimme. »Wir müssen die Wahrheit herausfinden. Deswegen sind nun die Angeklagten an der Reihe, sich zu rechtfertigen.«

Derick fasste sofort Vertrauen, dass ihn dieser große Krieger aus seiner misslichen Lage befreien würde.

Der Priester hatte nun den kleinen Holzkasten von Balkis Gürtel geschnürt und hielt ihn vor den Augen der Versammelten in die Höhe. »Was ist das?«, fragte er ungehalten und klappte ihn auf und zu.

Balkis Stimme blieb trotzig. »Eine Wachstafel. Darin schreibe ich.«

»Du hast Runen hineingeritzt. Warum? Wolltest du jemanden verhexen?«

41

»Ich dachte, es wäre ein Rezept für diesen tollen Getreidebrei, den ihr hier macht.«

»Ruhe!«, zischte der Ěwart. »Wo hast du diese Schreibtafel her?«

»Aus Rom.«

»Also gestohlen«, zischte der Priester und schlich nun zu Derick hinüber. »Und dieses Schwert … hast du das auch gestohlen?«

Endlich sah Derick den Moment der Wahrheit gekommen. »Das gehört mir!«, schrie er so laut, dass ihn jeder hören konnte. Er versuchte, seinen Wachmann abzuschütteln, der ihn jedoch nur noch energischer an den Armen gepackt hielt. »Ich habe es selbst geschmiedet. Ich bin Derick! Arnulf Sohn! Und ich komme aus einem Dorf, nordwestlich des Waldes, das einst den Cheruskern gehörte!«

Der Priester blieb feindselig. »Du wirst mit Sicherheit auch die nötigen Eideshelfer haben, die deine Glaubwürdigkeit bestätigen können?«

»In meinem Dorf kennen mich alle. Sie können bestätigen, dass ich stets aufrichtig bin.«

»Und ich kann bestätigen, dass er ein Vollidiot ist«, fügte Balki hinzu.

»Genug jetzt!«, zischte der Priester. »Siehst du nicht, wie viel Unruhe du stiftest? Willst du wirklich so in Erinnerung bleiben? Der Sinn allen Lebens ist es, zu vergehen. Ist es da nicht wichtiger, aufrecht durchs Leben gegangen zu sein?«

»Wenn ich krumm gehe, darf ich dann weiterleben?«

Einige Sachsen lachten, doch der Priester beschrieb einen Kreis und sprach zu der Versammlung. »Wer grämt sich schon wegen ein paar lächerlicher Jahre? Ob heute oder morgen, irgendwann wird alles von Flammen verschlungen so groß wie die Gipfel der Berge. Denn so sicher wie die Nacht auf den Tag folgt, so wird der Weltenbrand kommen. Alles was uns geschenkt ward, wird uns dort wieder genommen. Egal was ihr liebt, was euch wichtig ist auf dieser Welt, egal was ihr jemals glaubtet, euer Eigen nennen zu können, ihr werdet es alles im Feuer verlieren.«

Unter den Anwesenden hielt wieder angespanntes Schweigen Einzug. Derick schaute besorgt zu Balki, doch eigenartigerweise war das Lächeln aus seinem Gesicht verschwunden. Er starrte zu Boden und sein Blick war unergründlich.

»Die großen Externsteine sind noch älter als das Volk der Sachsen«, erzählte der Priester. »Wer weiß heute schon noch von den Riesen, die einst diese gewaltigen Paläste aus Felsen erbauten? Ihre Welt ist in sich zusammengebrochen, genauso wie unsere in sich zusammenbrechen wird. Nichts hat Bestand!«

»Nun«, begann der Fürst mit ruhigerer Stimme und wandte sich wieder Derick zu. »Friedlos oder nicht, dir wird zur Last gelegt, die Himmelssäule bei den großen Steinen zerstört zu haben. Leugnest du dieses Verbrechen?«

Furcht kroch an Derick hinauf bis in die Haarspitzen, doch seine Angst verwandelte sich in Zorn. »Mich trifft daran keine Schuld! Ich selbst habe mich auf die Reise begeben, um ein Unrecht zu rächen, dass einst an meiner Familie begangen wurde. Meine Eltern wurden von einem Dieb ausgenutzt, betrogen und beraubt und ich trage die Fehde zu jenem Manne, dem ich damals nichts anhaben konnte, weil ich noch zu jung war.«

Die Anwesenden murmelten schockiert. Offenbar hatte Derick es geschafft, sie auf seine Seite zu ziehen.

Mit etwas mehr Zuversicht fuhr er fort: »Helft mir heute hier wahre Gerechtigkeit zu erlangen, dann werde ich jede Strafe auf mich nehmen, die ich für die Schäden, die ich im Kampf mit diesem dort verursachte, verdient habe.«

Der Fürst schien durch Dericks Gerechtigkeitsgefühl milde beeindruckt und starrte ringsum. Sein Blick blieb an Balki hängen, der längst der Versammlung den Rücken gekehrt hatte und so tat, als wäre er nicht interessiert.

»Ist dies der Mann, der solch schreckliches Unrecht an deiner Familie verübte?«

Derick zögerte. Er fühlte starken Groll gegen diesen Fremden, aber keinesfalls wollte er vor einem Gerichtsthing die Unwahrheit sprechen. »Ich weiß es nicht genau. Viele Jahre sind seit dem Unrecht ins Land gezogen, aber im Großen und Ganzen ähnelt er dem Bild, das ich von dem Mann im Gedächtnis habe.«

Mit schweren Schritten trat der Fürst nun hervor und seine Waffen und sein Schmuck rasselten und glänzten im matten Sonnenlicht. »Dann frage ich dich nun direkt Friedloser! Hast du einst die Familie dieses Jungen bestohlen? Lädst du diese Tat zusätzlich zu deinen anderen Verbrechen auf dein Gewissen?«

Balki, der gedankenverloren einem Falken hinterher geschaut hatte, blickte nun schmunzelnd zu dem Wortführer hinüber. Es herrschte für einen Augenblick angespanntes Schweigen, dann öffnete Balki den Mund und begann langsam und höflich zu den Umstehenden zu sprechen. »Wenn ich ihr wäre, würde ich jetzt lieber auf eure Höfe achten. Eure Frauen und Kinder sind schutzlos. Ich befürchte fast, dass sie alle in Lebensgefahr sind, wenn ihr nicht sofort hier verschwindet.«

Alle Augen richteten sich auf das freundliche Gesicht des Fremden mit dem verrückten Zopf.

Fassungslos und mit offenem Mund starrte Derick zu ihm hinüber. *Hat er komplett den Verstand verloren?*

Balki betrachtete die entsetzten Gesichter der Anwesenden mit einem Lächeln. Selbst dem Priester schien es die Sprache verschlagen zu haben.

Dann brach mit einem Schlag ein Meer von wütenden Zwischenrufen aus. »Werft ihn in den Sumpf!«, schrien nun viele Leute aufgebracht. Einige rissen ihre Schwerter nach oben, andere klopften auf ihre Schilde.

Balki hob die Brauen. »Natürlich. Immer gleich in den Sumpf.«

Trotz allem versuchte der alte Fürst noch einmal, die Oberhand zu gewinnen. »Lasst ihn uns doch erst einmal anhören, bevor wir ihm gleich nach dem Leben trachten wollen. Mit Sicherheit war es ein Missverständnis. Fremder! Du wolltest in Wahrheit etwas anderes sagen, nicht wahr? Wir haben dich nur falsch verstanden, oder?«

Erneut richteten sich alle Augen auf Balki und dieser schüttelte freundlich den Kopf und entgegnete höflich: »Nein, nein. Ihr habt alles richtig verstanden. Ich fürchte nur, dass es euch jetzt auch nicht mehr retten wird.« Er blickte fröhlich umher, während erneut eine Wellte der Entrüstung umging.

»Vor was sollen wir uns retten? Was wird passieren?«, fragte der Fürst erneut und war erkennbar darum bemüht, Ruhe zu bewahren.

Balki zuckte mit den Schultern. »Och, ich denke mal, dass alle eure Häuser niedergebrannt, viele junge Frauen verschleppt und viele Männer versklavt werden. Ihr könntet es natürlich aufhalten, aber dazu müsstet ihr diese Verhandlung abbrechen und verschwinden.« Dieses Mal folgte ein lautes Gelächter aus der Menge.

»Er ist verrückt«, wurde von vielen gerufen.

Aber Derick spürte, wie sich seine Nackenhaare aufrichteten. Wieso sollte der Fremde solche wahnsinnigen Geschichten erfinden? Wieso bekundete er nicht seine Unschuld? Vorhin hatte er noch solche Angst vor dem Tod gezeigt.

Der Priester war nun vorgetreten und zog alle Aufmerksamkeit auf sich. »Die Asen wurden auf das Übelste beleidigt und statt Reue zu zeigen, zieht dieser Verrückte die Verhandlung ins Lächerliche.«

»Ihr solltet mich lieber sofort in den Sumpf werfen«, sagte er furchtlos zu dem alten Mann in Weiß. »Gleich werdet ihr nicht mehr die Gelegenheit dazu haben.«

Der Priester verengte seine Augen zu Schlitzen, doch er ließ sich nicht provozieren. »Und woher hast du dein hellseherisches Wissen?«, fragte er spöttisch.

Balki lachte laut auf. »Mit Hellseherei hat das nichts zu tun. Die Hunnen waren bei Sonnenaufgang bei den Felsen. Wie lange glaubt ihr, werden sie noch dort unten herumreiten, bis sie euer Dorf gefunden haben?«

Verwirrt trat der Priester einen Schritt zurück. Die Dorfbewohner drehten erschrocken die Köpfe. Und dann hörten sie es.

Wie auf ein unsichtbares Signal hin breitete sich ein donnerndes Geräusch über der Ebene aus. Der Klang von zahllosen Hufen polterte von Osten her über die flachen Hügel. Panische Schreie hallten durch die Versammlung. Raben flatterten aufgeschreckt davon. Derick wusste nicht, woher das Geräusch kam, aber in diesem Moment fand sein Blick den von Balki und zum ersten Mal seit Beginn der Verhandlung machte der Schwabe ein ernstes Gesicht und formte mit seinen Lippen ein Wort: *Lauf!*

Sie durchbrachen fast gleichzeitig die Mauer aus Wachen. Sofort schwang einer der Sachsen ein Schwert, doch ehe er zuschlagen konnte, sank er von einem Pfeil getroffen nieder. Die Einheimischen schrien auf und flohen bestürzt aus der Schusslinie. Schreie und Hufgetrappel drangen an ihre Ohren. Und dann sahen sie die Pferde.

Balki und Derick rannten um ihr Leben, während hinter ihnen die Erde erbebte. Viele Sachsen hatten jetzt ihre Waffen gezogen und sprangen den Hunnen entgegen, bereit ihre Familien und Höfe gegen die Eindringlinge zu verteidigen.

Überall rannten panische Menschen umher, kramten ihre Habseligkeiten zusammen oder flohen in den Schutz ihrer Behausungen. Dann wurde das Grollen immer lauter und noch etwas mischte sich zu der Panik und den Pferdegeräuschen: die rauen Angriffsschreie zahlreicher Männer.

Derick drehte den Kopf und sah vier Reiter auf sie zu galoppieren. Sein Herz schien einen Schlag zu überspringen. Noch niemals hatte er derart furchterregende Gestalten gesehen. Sie hatten ihre langen, vernarbten Gesichter mit Masken aus Horn und Leder geschmückt. Zöpfe flatterten im Wind von ihren Köpfen und ihre in Pelze gehüllten Körper schienen nur eins zu signalisieren: Gewalt!

Im letzten Moment sah er, wie Balki in einen Graben hechtete. Er duckte sich zur Seite weg und die Lanze eines Angreifers raste wenige Handbreiten an seinem Ohr vorbei. Dann war er vorüber geritten.

Die Reiter blickten ihnen nicht einmal nach. Vom Kampfrausch ergriffen, jagten sie über den Platz und ritten Häuser, Ställe und Menschen nieder. Sie warfen Schlingen von ihren Pferden und zogen die Gefangenen hinter sich her. Sie schwärmten auseinander, nur um sich nach einer kurzen Scheinflucht wieder zurück ins Getümmel zu stürzen. In ihren Pranken hielten sie Kompositbögen und schossen damit trotz der hohen Geschwindigkeit so präzise, dass kaum ein Pfeil sein Ziel verfehlte.

»Bleib unten!«, keuchte Balki. Er kauerte sich in den Graben, während die wilde Reiterei unaufhaltsam an ihnen vorbei donnerte.

Ein Hunnenangriff war zu ihrer Zeit zwar nichts ungewöhnliches, aber Derick hatte noch nie einen miterlebt. Alles was er wusste war, dass die Hunnen verhasst waren bei Christen wie bei Heiden, und dass vor nicht allzu langer Zeit ganze Volksstämme vor ihnen auf der Flucht gewesen waren.

Einer der fremden Reiter brachte sein Pferd nicht weit von ihnen zum Stehen. Sie sahen wie ein wütender Dörfler ihn mit einem Langschwert attackierte. Doch der Hunne lachte nur stumpf und schwang dann sein Spatha gegen den Bauern. Er empfing eine schwere Wunde und wurde nieder geritten. Sein Schwert schlitterte über die aufgestampfte Erde. Derick fasste es sofort in den Blick.

»Das kann nicht dein Ernst sein!«, mahnte Balki und duckte sich tiefer in seine Mulde. »Wir haben tausend Möglichkeiten und alles was dir in den Sinn kommt, ist, dich zu prügeln.«

Derick hatte seine Entscheidung getroffen. Er sprang auf und jagte auf allen Vieren wie ein Hund über die Erde. Einige Hunnen sahen ihn und spickten den Boden um ihn herum mit Pfeilen. Doch Derick wich jedem einzelnen von ihnen aus, packte das Schwert und ging zum Gegenangriff über. Die Pferde jagten auf ihn zu, waren bereit, direkt über ihn hinwegzureiten, doch Derick zögerte keine Sekunde. Er zielte nicht auf die Reiter, sondern auf ihre Rösser, und als sie in kurzem Abstand zueinander auf ihn einstürmten, wich er ihren Klingen aus und zog seine eigene Schneide schreiend über die Vorderhufe der Tiere. Das eine Pferd stürzte auf der Stelle in sich zusammen, das andere brach unkontrolliert zur Seite aus und jagte wiehernd über den Dorfplatz davon. Hinter dem gestürzten Tier sprang der Reiter hervor und ging zum Angriff über.

Aber Derick war im Umgang mit Waffen schon immer ein Naturtalent gewesen. Keiner der anderen Recken aus seiner Heimat hatte sich mit ihm messen können, egal ob jung oder alt. Er fegte die Waffe seines Gegners mit einigen wohlbedachten Schlägen zur Seite. Dann packte er dessen Lanze und knallte ihm den Stiel gegen den Schädel.

Ich konnte es mir nie erklären, dachte er grimmig. *Keiner meiner Eltern war ein Krieger.* Er schlug mit der Lanze den nächsten Hunnen von seinem heranstürmenden Ross. *Ich habe nie Unterricht genommen.* Ein weiterer Angreifer wurde mit einem mächtigen Streich niedergemacht. *Aber ich bin einfach der Beste darin.*

Und schon stand Derick allein da. Alle seine Gegner waren besiegt oder geflohen.

Mit zitternden Knien kam Balki aus seiner Grube gekrochen und humpelte auf ihn zu. Derick schaute sich um. Die meisten Kämpfe waren vorüber, aber hie und da war ein Feuer zwischen den hölzernen Langhäusern ausgebrochen. Überall fand er nur Tod und Zerstörung vor. Balki hatte ihn erreicht.

»Willst du überleben?!«, schrie Balki ihn an.

Derick reagierte verdutzt über dessen plötzlichen Gefühlsausbruch, aber Balki packte ihn an der Schulter und begann ihn zu schütteln.

»Willst du überleben Derick?!«

»Ja!«, brüllte Derick zornig dagegen und stieß den verrückten Mann von sich weg.

»Dann nimm einen Hunnenpfeil und stoß ihn mir in den Fuß! Aber nicht tief. Es soll nur tief aussehen, verstehst du?«

Derick verstand rein gar nichts. Er blickte herum und erkannte, dass die erste Angriffswelle auf ihren Pferden kehrt machte und wieder zum Platz des Mondes zurückkehrte. Balki nahm ungeduldig einen Pfeil vom Boden und drückte ihn Derick in die Hand.

»Na los! Vertrau mir!«, schrie Balki noch eindringlicher und mehr aus Zorn und Abneigung gegen diesen Fremden und nicht etwa, weil er etwas von seinen Plänen verstehen konnte, packte er den Pfeil und rammte ihn dem Wanderer ein Stück weit in die Wade. Balki ließ sich augenblicklich zur Seite fallen und Derick widmete seine Aufmerksamkeit wieder den Hunnen, die nun ihre Runde durch das Dorf vollendet und jeglichen Widerstand niedergeschlagen hatten.

»Lass deine Waffe fallen!«, keuchte Balki am Boden. »Oder sie werden dich töten!«

Widerwillig musste Derick einsehen, dass er recht hatte. Der erste Hunne war bereits wieder in Schussrichtung geritten und legte mit seinem Kurzbogen auf ihn an. Derick warf Schwert und Lanze demonstrativ zur Seite und kniete sich dann ebenfalls zu Boden, um dem herannahenden Pfeil auszuweichen.

Der Angriff war zu Ende. Ein großer Hunne mit zwei langen, Säbeln rief seinen Männern etwas in einer fremden Sprache zu. Derick und Balki wurden umkreist und auf die Beine gezogen, genau wie alle anderen Männer, die den entsetzlichen Kampf überlebt hatten. Man brachte sie zum Platz des Mondes zurück, in dessen Zentrum sich nun ein einzelner Mann aufgebaut hatte.

Derick erkannte auf den ersten Blick, dass er der Anführer der Hunnen sein musste. Das irritierte ihn, denn der Hunne trug weder andere Kleidung noch Schmuck oder sonst ein Symbol, das seine Stellung unterstrich. Aber es war seine selbstsichere Haltung, der Abstand, den die anderen zu ihm hielten, und die Aura der Macht, die ihn umgab, die jedem sofort ins Auge springen musste. Außerdem erkannte Derick einen guten Kämpfer, wenn er ihn sah, und er war froh, dass er mit diesem dort während der Schlacht nicht die Schwerter gekreuzt hatte.

Der Hunnenkönig nickte seinen Männern zu und begann in der gemeinsamen Sprache zu sprechen: »Bewacht die Gefangenen und bringt sie zu mir! Jeden einzeln! Ich möchte sie verhören.«

Das Verhör

Sie wurden in einem großen Gerangel zusammengetrieben, während Balaban mit seinen Gardisten auf eines der größeren Langhäuser zuschritt.

»Diese verdammten Wagenbewohner!«, zischte ein Sachse und sofort packten ihn die hunnischen Wachen und schlugen ihm in den Bauch.

»Sorge dafür, dass während den Verhören Ruhe herrscht Rigula«, meinte Balaban beiläufig zu einem seiner Krieger.

»Difficile est saturam non scribere«, sagte Balki laut und Derick verstand nicht, was er da sagte.

Der Hunnenkönig war plötzlich stehengeblieben. Ganz langsam drehte er sich zu ihnen um, doch sein Blick war nicht auf das Gerangel seiner Soldaten gerichtet. Diese schmalen blauen Punkte waren direkt auf Derick und Balki fixiert. Er deutete mit einem langen Finger in ihre Richtung. »Diese beiden dort zuerst.«

Und schon wurde Derick aus der Meute gezerrt und von dem riesigen Krieger namens Rigula auf den Eingang des Hauses zu geschleift. Er wehrte sich mit aller Kraft und schlug dabei um sich, aber der gewaltige Hunne lachte nur dumpf.

Dann wurde er in den Raum gestoßen. Rigula begann sofort damit, die Truhen und Kochutensilien aus dem Weg zu räumen, und Balaban hatte seine Unterlagen auf dem knorrigen Esstisch ausgebreitet. Er ließ sich am Tischende nieder, während Derick trotzig stehen blieb.

»Dein Name?«, fragte Balaban streng mit überheblicher Stimme.

»Derick.«

»Und dein Vater war?«

»Arnulf.«

»Er ist nicht hier. Vermisst du ihn?«

Zorn stieg in Derick auf. »Das geht Euch nichts an! Und wieso fragt Ihr mich das überhaupt? Kommt schon endlich zur Sache!«

»Dafür dass es so ein kleines Dorf ist, haben die Bewohner wirklich heldenhaft gekämpft nicht wahr?«

»Ja, sie sind sehr tapfer gewesen.«

Balaban lächelte amüsiert. »Du stammst also nicht von hier. Du bist weit weg von zuhause. Was hat dich zu deiner tollkühnen Reise verleitet?«

»Himbeeren.«

»Wie bitte?«

Diesem Mann wollte Derick seine edlen Beweggründe nicht offenbaren. Warum also nicht einfach mal so unverschämt sein wie Balki? Leider war ihm auf die Schnelle nichts Besseres eingefallen. »Ich habe Himbeeren gepflückt. Dabei habe ich mich verlaufen.«

»Du bist eine ganz schön weite Strecke gereist, um Himbeeren zu pflücken. Und das bei dieser Jahreszeit.«

»Deswegen bin ich ja so weit gereist. Weil es dort, wo ich herkomme, zu kalt ist. Ich dachte, hier würde es welche geben.«

Zufrieden stellte er fest, dass sich nun auch in Balabans Miene Zorn regte. Der Hunnenkönig stand auf und zog sein noch immer mit Blut beflecktes Schwert hervor. Ganz langsam und bedrohlich kam er um den Tisch herum geschritten.

»Ich behandle für gewöhnlich meine Freunde und meine Feinde mit derselben Höflichkeit«, sagte er leise und umkreiste den Jungen. »Ich denke, deshalb habe ich dir die falsche Vorstellung davon vermittelt, was wir hier tun. Dies ist kein gemütlicher Plausch.« Dann spürte Derick die scharfe Klinge an seinem Hals. »Sag mir, wo sich Kelsus befindet!«

»Wer?«, fragte Derick wahrheitsgemäß.

Doch Balaban drückte die Klinge nun fester gegen seine Kehle. »Du weißt, wo er ist. Ich sehe es in deinen Augen! Sprich oder ich fühle mich gezwungen, einen anderen Ton anzuschlagen.«

Ein dünner Tropfen Blut bildete sich an der Stelle, an der die Klinge die Haut kitzelte. Derick reagierte instinktiv und wuchtete seinen Ellenbogen gegen Balabans Hand. Das Schwert glitt zur Seite und Derick packte Balaban und zerrte ihn quer über den Tisch.

Doch bevor er einen weiteren Gedanken fassen konnten, hatte Balaban sich wieder aufgerichtet und Dericks Arm so weit verdreht, dass der Schmerz ihm die Sinne raubte. Balaban zog ihn nach oben und wuchtete seine Faust in Dericks Gesicht. Rücklings krachte er gegen eines der Kästchen, während Balaban ihn mit Schlägen bearbeitete wie ein Schmied seinen Amboss.

Rigula lachte hinter ihm. »Soll ich ihm den Rest geben, König?«

Balaban schüttelte den Kopf und warf den verwundeten Derick wie einen schlaffen Sack Getreide zu Boden.

Blut sammelte sich in seinem Mund und seiner Nase.

»Stell ihn unter Einzelbewachung und bring mir den anderen. Ich habe das Gefühl, das könnte ein interessantes Gespräch werden.«

Balki beobachtete aufmerksam die Vorgänge im Dorf. Der Hunnenkönig hatte sich in einem der Langhäuser häuslich eingerichtet. Während seine Männer alle Ausgänge des Dorfes besetzt hielten, konnte er dort jeden einzelnen Einheimischen verhören. Die Hunnen machten keine halben Sachen. Obwohl sie das Dorf in Kürze wieder zu verlassen beabsichtigten, wüteten sie schrecklich unter den Dorfbewohnern. Kein Haus war vor ihnen sicher. Viele wurden in wildem Eifer dem Erdboden gleichgemacht. Sie raubten und plünderten und einige junge Sachsen wurden sogar gefesselt und gefangengenommen, um sie als Sklaven zu halten und später zu verkaufen.

»Wehrt euch nicht«, sagte einer der Hunnen laut und schritt angsteinflößend vor ihnen auf und ab. »Ihr werdet ein Teil unseres Kampfbundes werden. Noch habt ihr vielleicht die Stellung von Sklaven inne, aber wenn ihr euch in der Schlacht bewährt, wird König Balaban großzügig sein.« Er hielt kurz inne und sagte dann mit geschwellter Brust. »Auch ich wurde einst als Gefangener mitgenommen, weil mein Stamm gegen Balaban in die Schlacht zog. Ihr werdet sehen, er behandelt jeden Menschen gerecht. Er ist der einzige Mann auf dieser Welt, auf den ihr euch wahrlich verlassen könnt.«

Währenddessen wartete Balki in der zusammengedrängten Gruppe der Gefangenen vor dem Langhaus. Der Hunnenkönig würde ihn als nächsten verhören. Balki wusste, dass dort drinnen sein Schicksal entschieden würde. Deshalb wollte er so gut wie nur irgend möglich auf das Gespräch vorbereitet sein.

Dieser Balaban ist wirklich einmal eine Herausforderung. Wenn ich es schaffe, ihn zu überlisten, kann ich es mit jedem aufnehmen. Einer der Hunnen unterhielt sich mit den Gefangenen. *Ein Plappermaul also.* Balki ergriff sofort die Gelegenheit. »Könnt ihr uns nicht wenigstens sagen, warum ihr unser Dorf überfallen habt?«, fragte er mit wehleidiger Stimme.

Der Hunne verzog seine kleinen Augen und begann mit dumpfer Stimme zu sprechen. »Darüber weiß ich auch nicht so viel. Aber wir suchen einen. Und betet lieber, dass wir ihn nicht unter euch finden. Wenn ihr ihn versteckt habt, wird unser König schrecklich böse mit euch sein.«

»Wie kommt ihr darauf, dass er bei uns ist? Wieso sucht ihr nicht in Rom nach ihm?«

»Da kommen wir doch her!«, brummte der Hunne. »Unser König befiehlt, wir gehorchen!«

Balki sprach unbekümmert weiter. »Nicht nur euer König oder? Er ist sicher nicht der einzige, der diesen Römer sucht.«

Der Hunne warf ihm einen misstrauischen Blick zu. »Wir sind die einzigen, die ihn suchen. Jetzt hör auf zu fragen. Du bist der, der gleich befragt wird.«

Derick wurde herausgeschleppt. Der Junge war übel zugerichtet worden und obwohl Balki ein wenig Schadenfreude empfand, schlich sich schnell Mitleid bei ihm ein.

Der Junge muss aufhören, so tapfer zu sein.

Endlich wurde er nach vorne gezerrt und er konnte nur hoffen, dass er das Haus in einem besseren Zustand verlassen würde als Derick. Der Vorraum war groß und geräumig. Sicherlich war er für den Vorbesitzer Esszimmer, Schlafzimmer und Küche zugleich gewesen. Jetzt jedoch hatte Balaban den Raum für seine Zwecke verändert und er war gründlich gewesen. Absolut nichts ließ noch auf seine Verwendung als Zuhause schließen. Sämtliche Felle, Hocker und Truhen waren nach draußen geschafft worden und das einzige, was der Raum noch beherbergte, war ein großer Tisch auf dem Balaban all seine Karten und Schriftrollen ausgebreitet hatte. Balki spazierte hinein und begutachtete alles mit wachsamen Augen. Sein Blick blieb an den Karten und Schriften haften und er konnte sie lesen, obwohl sie in vielen verschiedenen Sprachen verfasst waren. *Das nenne ich mal einen belesenen König. Und sie kommen geradewegs aus Rom, das ist unbestreitbar.*

Endlich fiel sein Blick auf den Hunnenkönig selbst, der bereits ungeduldig mit den Fingern auf den Tisch trommelte. Balaban hatte die schmalen, mandelförmigen Augen, die man bei vielen Menschen aus dem fernen Osten antraf. Allerdings waren sie von einem ungewöhnlich stechenden Blau und wirkten irgendwie angsteinflößend.

»Seid gegrüßt Eure Hoheit«, sagte Balki feierlich und machte eine kleine Verbeugung.

Balaban zeigte keinerlei Reaktion. »Setzt Euch!«

Balki gehorchte, auch wenn er sich nach wie vor kein Unbehagen anmerken ließ. Er ließ sich auf einen kleinen Hocker plumpsen.

»Ich habe soeben Euren Gefährten verhört«, begann Balaban in bedrohlichem Tonfall.

»Meinen Gefährten? Ich wusste gar nicht, dass ich einen habe.«

»Ihr habt sicher gesehen, wie er zugerichtet wurde. Daraus solltet Ihr schlussfolgern können, was mit denen passiert, die versuchen, mich für dumm zu verkaufen.«

Balki seufzte und legte die Beine auf den Tisch. »Nun gut, Ihr habt mich überzeugt. Ja, der gehört zu mir. Man kann sich seine Gefährten leider nicht immer aussuchen. Aber ich brauchte eben jemanden, der mir meine Taschen trägt.«

Mit einer kaum merklichen Handbewegung gebot ihm Balaban, die Füße wieder herunter zu nehmen. »Wie lautet Euer Name?«

Er gehorchte und lächelte freundlich. »Ich habe viele Namen. Im Süden nennt man mich *Pecus*. Im Osten *Derisor*. Die Sachsen nennen mich den *Friedlosen*. Und meine Freunde nennen mich *Balki*.«

»Ihr seid offenbar ein sehr belesener Mann, wenn Ihr Juvenal zitieren könnt. Woher kommt Ihr und wohin seid Ihr unterwegs *Balki*?«

»Das hat mein Gefährte Euch doch sicherlich schon erzählt oder nicht?«

Balabans Mundwinkel zuckten. »Euch kann egal sein, was er mir erzählt hat. Ich will es von Euch hören.«

Er hat ihm offenbar nichts von dem Historiker erzählt, sonst hätte er danach zuerst gefragt. Oder er spielt ein komplizierteres Spiel als es den Anschein hat. So oder so. Ich muss einen Sprung ins kalte Wasser wagen oder ich bin verloren.

Dennoch beschloss Balki vorerst kein Risiko einzugehen. »Wir sind nur zwei friedliche Wanderer. Ihr habt eine schöne Büchersammlung. Platon und Cato. Ihr müsst sehr viele Sprachen können.«

»Das kann man so sagen. Audiatur et altera pars«, antwortete Balaban auf Lateinisch, ohne dabei seinen Tonfall zu ändern.

»Optime«, erwiderte Balki grinsend. »Οὐ γὰρ ὡς ἀγγεῖον ὁ νοῦς ἀποπληρώσεως ἀλλ' ὑπεκκαύματος μόνον ὥσπερ ὕλη δεῖται«, fügte er auf Griechisch hinzu.

Balaban wirkte milde beeindruckt. Er gab ein griechisches Wort zur Antwort, um zu beweisen, dass er die Sprache verstand, und konterte dann mit einem Sprichwort auf Türkisch.

Das Sprachduell setzte sich eine ganze Weile fort. Allmählich gingen Balki die Sprachen aus.

Verflucht, er ist genauso belesen wie ich! Das ist mir noch nie passiert. »Lasst mich einen Moment überlegen. Vielleicht fällt mir noch etwas Persisches ein.«

»Ihr seid schon einmal auf der Seidenstraße gereist?«, fragte Balaban überrascht.

»Dort gereist? Ich habe am Hof des persischen Königs die Geburtstagsfeiern organisiert. Niemand feiert so große Geburtstagsfeste wie die Perser!« Und er trug ein Geburtstagslied auf Persisch vor.

Balaban hatte es für einen Moment die Sprache verschlagen. Dann konterte mit einem persischen Gedicht.

Wie viele Sprachen kennt dieser Kerl?, dachte Balki verzweifelt.

Doch eine fremde Sprache fiel ihm noch ein, die er auf seinen Wanderungen über die ganze Welt gelernt hatte.

»Ein sehr schönes Gedicht. Dann müsste euch das hier sicher auch gut gefallen.« Er trug auf Chinesisch ein paar Verse vor. Sie handelten von einem Mann, der träumte ein Schmetterling zu sein. Als er erwachte, war er sich nicht mehr sicher, ob er ein Mensch war, der träumte ein Schmetterling zu sein, oder ein Schmetterling, der nun träumte ein Mensch zu sein.

Balaban schwieg erneut. Er wirkte milde beeindruckt.

»Ihr könnt Chinesisch?«

»Gerade genug um Zhuangzi zu verstehen.«

»Ihr versteht Zhuangzi?«

»Das hab ich nicht behauptet.«

»Interessant … Chinesisch spreche ich tatsächlich nicht, obgleich ich schon einmal in China war.«

Ah sehr gut. Ich fürchtete schon, meinen Meister gefunden zu haben. Balki lehnte sich zurück und wirkte nun sehr zufrieden mit sich selbst. »Was hat Euch dorthin geführt?«

»Arbeit.« Offenbar überrascht, aber nicht allzu beeindruckt fuhr Balaban fort. »Ihr habt ein umfassendes Sprachwissen für einen dahergelaufenen Wanderer.«

»Nun, man kommt doch ganz schön herum in der Welt.«

»Eigentlich nicht. Die meisten Germanen verlassen nie ihre Dörfer.«

»Dann habt Ihr wohl noch nie von den Goten gelesen, die bis nach Hispanien reisten, oder von den Vandalen, die Rom verwüsteten und sich dann auf der anderen Seite des Meeres in Afrika niederließen. Und vergessen wir nicht die Franken, die sich immer mehr in der alten Provinz Gallien ausbreiten.«

Balki verstummte schlagartig und seine schockierte Miene wirkte hoffentlich glaubwürdig. *Jetzt sehe ich gleich, wie viel er über den Historiker in der Wohngrube weiß.*

Balaban schwieg und beäugte ihn äußerst aufmerksam. Ganz langsam und vorsichtig begann er wieder zu sprechen. »Ihr seid sehr unvorsichtig für einen Mann, der uns so lange Zeit entkommen konnte.«

Balki spielte die Rolle weiter, die er sich ausgedacht hatte. »Ich weiß nicht, wovon Ihr sprecht. Ich versuche, niemandem zu entkommen.«

»Natürlich«, höhnte Balaban. »Aber eine Sache muss ich noch erfahren.«

»Die wäre?«

»Warum hinkt Ihr?«

Balki antwortete nicht und seine Gedanken drehten sich um die Frage, ob er das Richtige getan hatte. *Er hat angebissen. Ich hoffe nur, das bringt mich raus aus diesem Dorf und endlich raus aus der Gefangenschaft.*

Balaban deutete sein Schweigen genauso, wie Balki es beabsichtigt hatte. »Was? Plötzlich so schüchtern? Das passt gar nicht zu Euch. Bis gerade eben habt Ihr den Mund keine zwei Atemzüge lang geschlossen halten können.«

»Das war ein Wanderunfall«, begann er zögerlich.

Balaban stand auf. »Zeigt mir Euer Bein!«

»Um ehrlich zu sein, habe ich da ein sehr peinliches Muttermal.«

»Rigula!«

Der Riese trat ins Zelt und Balki sprang auf. »Nein nein! Ganz ruhig! Ich zeig's ja. Nicht schlagen. Ich zeige es.« Er legte seinen Fuß auf den Tisch und zog den Saum seiner Hose nach oben. Dabei zeigte sich, dass sein ganzer Unterschenkel voller getrocknetem Blut war und inmitten davon glänzte eine verkrustete Wunde, ungefähr von der Größe einer Pfeilspitze.

Balaban grinste triumphierend. »Endlich lernen wir uns kennen Kelsus. Warum habt Ihr es uns nur so schwer gemacht?«

Rigula zog auf der Stelle sein Schwert und drückt es Balki gegen die Kehle.

Balki blieb ernst, auch wenn seine Gedanken bereits neue Ränke sponnen. *Der Name des Mannes in der Wohngrube ist also Kelsus. Ein römischer Name. Er ist also tatsächlich aus Rom bis hierher gereist. Aber warum haben die Hunnen ihn bis hierher verfolgt?*

»Nicht doch«, sagte Balaban sanft zu seinem Gefolgsmann. »Auf gewisse Weise verdient er unsere Anerkennung. Nur wenige haben es je vollbracht, mich so lange an der Nase herumzuführen.«

Balki schluckte schwer. »Ich gab mein Bestes.«

»Nur am Ende hat es nicht gereicht«, erwiderte Balaban und Balki konnte deutlich die Freude und Erleichterung aus seiner Stimme heraushören.

Eigentlich schon. Genaugenommen führe ich dich sogar in diesem Augenblick noch an der Nase herum, dachte er bei sich.

»Für Euch gibt es jetzt nur noch zwei Möglichkeiten«, begann Balaban zufrieden. »Ihr könnt mich mit Eurem ganzen Wissen unterstützen und ich werde Euch im Gegenzug beschützen … oder aber Ihr legt mir weiterhin Steine in den Weg. In diesem Fall werde ich die Informationen, die ich suche, auch bekommen. Allerdings wird es für Euch dann weit weniger komfortabel.«

Auch in Balki breitete sich Erleichterung aus. *Damit wäre die Lebensgefahr erst einmal gebannt.* »*Komfortabel* finde ich besser. Also gut, einverstanden. Ihr habt meine volle Unterstützung.«

»In diesem Fall?«, fuhr der Hunne fort.

»In diesem Fall was?« Er blickte von Balaban zu Rigula und zuckte mit den Schultern. »Also schön. Ihr habt gewonnen.« Dann stand er auf und legte den Pergamentfetzen auf den Tisch, den er dem verletzten Römer in der finsteren Wohngrube abgenommen hatte. *Wie Caesar einst gesagt hat. Die Würfel sind gefallen.*

Balaban trat langsam an den Tisch heran. »Das ist sie also. Deswegen musste ich mein Volk durch halb Europa treiben. Alles nur wegen einem Fetzen Tierhaut.«

»Was ist mit *ihm* König?«, meinte Rigula bedrohlich. »Jetzt, da wir die Karte haben, brauchen wir ihn nicht mehr.«

»Da hast du vielleicht recht.«

»Degemer mad!«

»Was meint Ihr?«, fragte Balaban irritiert.

»Ihr versteht mich nicht oder? Ebenso wenig werdet Ihr die Karte verstehen. Ich habe alle wichtigen Informationen in die fremde chinesische Sprache übersetzt. Ihr werdet in ganz Europa niemanden außer mir finden, der sie für Euch übersetzen kann.«

Rigula machte einen Satz nach vorne und packte Balki mit seiner gewaltigen Hand. »Du hinterhältiger Lügner! Ich werde dir deine betrügerische Zunge herausschneiden.«

»Du wirst nichts dergleichen tun«, befahl Balaban scharf und betrachtete Balki nun mit wachsender Anerkennung. »Das war ein schlauer Schachzug. Aber Ihr wisst, dass ich die Informationen aus Euch herausbekommen kann.«

»Das wird nicht nötig sein. Ich selbst werde Euch hinführen. Die Informationen werdet Ihr Stück für Stück auf unserer Reise erhalten. Fürs Erste reicht es für Euch zu wissen, dass wir nach Süden müssen, raus aus diesem Wald, raus aus Sachsen. Und früher oder später auch raus aus Germanien.«

»Und wo werden wir Eurer Ansicht nach am Ende unserer Reise landen?«

Balki drehte sich aus Rigulas Umklammerung, streckte sich und begann herzhaft zu gähnen. »Das Eure Hoheit werde ich Euch erzählen, wenn wir diesen trostlosen Ort hinter uns gelassen haben. Ich bin von Rom her einen gewissen Luxus gewöhnt, deswegen hätte ich doch sehr gerne ein Bad erhalten. Das Wasser sollte bis in einer Stunde heiß sein. Und etwas zu essen wäre nicht schlecht. Was Wein angeht, würde ich den bevorzugen, den Eure Leute mir bei meiner Festnahme abgenommen haben. Es ist verdammt schwer, in dieser rauen Gegend guten Wein zu finden.«

Balaban blickte ihn abschätzend an und wandte sich an seinen Wachmann. »Bring ihn in ein Zelt und besorg ihm etwas Wasser. Und gib ihm seine Habseligkeiten zurück.«

»Und eine Sache noch«, fügte Balki hinzu. Er hatte in der kurzen Zeit, die ihm gegeben war, sorgfältig darüber nachgedacht. »Mein Gefährte Derick. Ich möchte nicht, dass er auf irgendeine Weise misshandelt wird. Ich will, dass Euer Schutzversprechen auch für ihn gilt. Und ich will ihn sehen. Jetzt gleich!«

Balaban richtete sich vor ihm auf und schaute ihm direkt in die Augen. »Ihr habt mein Wort. Aber es gilt nur solange, wie Ihr mir gegenüber treu seid. Solltet Ihr versuchen, mich zu hintergehen, dann ist diese Vereinbarung nichtig und ich werde ganz andere Methoden anwenden müssen. Bring ihn zu seinem Freund.«

Balki lächelte erleichtert und ließ sich von Rigula nach draußen eskortieren. »Komm mit du Witzfigur!«, zischte der Krieger.

Als Balki das Haus verlassen hatte, schlug ihm sein Herz bis zum Hals. Seine Beine zitterten und die Wunde schmerzte entsetzlich. Die letzte Frage hätte beinahe alles auffliegen lassen. *Ich muss herausfinden, in welcher Sprache diese Karte geschrieben ist.* Er hatte gleich zu Beginn des Gesprächs das Sprachwissen des Hunnenkönigs überprüft. Die letzten Worte, die er gesprochen hatte, waren wortgetreu von der Karte übernommen. *Es war kein Chinesisch. Aber das denkt er jetzt. Und so muss es auch bleiben. Er muss denken, ich würde die Sprache kennen, damit ich in der Zwischenzeit herausfinden kann, in welcher Sprache diese Karte wirklich geschrieben ist. Lange werde ich mich nicht mehr aus dieser Sache herausreden können, nicht bei einem König wie diesem.*

Sie kamen an einer Gruppe Hunnen vorbei, die die Toten auf einen Haufen warfen. Unter den Leichen erkannte Balki augenblicklich den leblosen Körper des echten Historikers Kelsus. Offenbar hatten sie ihn in der Wohngrube gefunden und nichtswissend für einen der Dorfbewohner gehalten.

Jetzt hängt alles von mir ab. Und leider auch von dem hitzköpfigen Jungen.

Sie erreichten ein verwüstetes Haus, das von zwei weiteren Hunnen bewacht wurde und Rigula stieß Balki mit einem groben Faustschlag hinein. Er stolperte leicht, hielt sich jedoch wacker auf den Beinen. Zufrieden und selbstsicher schritt er durch den Raum und fand Derick verletzt und blutend in einer Ecke kauern.

»Ich will dich nicht sehen! Los verschwinde!«

Balki seufzte und setzte sich neben ihn auf die Erde. »Ich habe dir gerade das Leben gerettet, Junge.«

Derick hob leicht den Kopf und starrte ihn ungläubig an. »Du hast was?«

»Unser Freund der Hunnenkönig hätte dich töten können, nachdem du dich so gesträubt hast. Wegen mir wird er es nicht tun.«

Derick blieb weiterhin komplett verwirrt. »Aber warum?«

»Weil ich ihm gesagt habe, ich werde ihm nur helfen, solange er dich verschont. Und er braucht meine Hilfe, um diese Karte zu übersetzen.«

Ganz langsam setzte Derick sich auf. Seine hellen Augen weiteten sich vor Unglaube, als er Balki damit anstarrte. »Warum hast du das getan? Ich habe dir nichts als Ärger bereitet.«

Er lachte. »So edel sind meine Beweggründe gar nicht. Ich musste schließlich sichergehen, dass du mich nicht verrätst.«

»Wie soll ich das denn tun?«

»Na du weißt doch, dass ich nicht der echte Historiker Kelsus bin. Der ist nämlich in der Wohngrube gestorben. Ich hab gesehen, wie sie seine Leiche herausgetragen haben. Wenn du das dem Hunnenkönig erzählen würdest, wäre ich geliefert. Jetzt hingegen bist du an mein Schicksal gebunden. Wenn ich auffliege, fliegst du auch auf. Verstehst du?«

Es folgte ein langes Schweigen. Derick zögerte. »Ich verstehe gar nichts.«

Balki lachte bitter und schüttelte den Kopf. »Ach. Ich denke manchmal wohl einfach zu viel. Ich habe vergessen, dass nur die wenigsten Menschen so schlau sind wie ich. Die meisten sind eher so dumm wie du.«

Derick reagierte überraschenderweise mit einem ziemlich gemeinen Lächeln. »Nur weil ich an dich gebunden bin, heißt das nicht, dass ich dir nicht jeden Knochen brechen kann, wenn du mich weiter beleidigst.«

»Haha. Einverstanden.« Balki lehnte sich nach hinten und schlug Derick auf die Schulter. »Ich werde nicht mehr über dich spotten, bis wir hier draußen sind.«

»Und wie erreichen wir das?«

»Mach dir keine Sorgen. Ich habe bereits einen Plan.«

In Gefangenschaft

Moos rieselte von den uralten Stämmen. Die Äste erzitterten unter den Schritten der rastlosen Horde. Über Nacht war der Winter zurückgekehrt. Wo gestern noch die ersten Blumen aus dem Boden gesprießt waren, bedeckte ihn nun wieder eine dünne Schneeschicht. Die Sonne war nirgends zu sehen. Der ekelhafte Matsch aus Schnee und Eis störte Balki weniger. Es waren vor allem die rapide gefallenen Temperaturen, die ihm zu schaffen machten. Was würde er dafür geben, in einem warmen Strohbett neben einer glühenden Kohlenpfanne zu liegen, oder noch besser in einem römischen Gutshof mit Fußbodenheizung? Doch von solchen Träumen war er weit entfernt.

Sein Blick glitt über die Kolonnen der Reiter. Ihre finsteren Augen folgten jeder Bewegung ihrer Gefangenen. Balki wusste, sollte er einen Fluchtversuch wagen, würde ein einzelner gezielter Pfeil ausreichen und er würde tot zu Boden sinken. Hinter den Hunnen und ihren Pferden folgten ihre Familienangehörigen, Frauen und Kinder, die mit Ochsen bespannte Wanderwagen mit sich zogen, die aus Holz und Flechtwerk bestanden, überzogen mit Schafshäuten. An Schnüren und Netzen zogen sie Gefäße hinter sich her. Dahinter folgten ganze Herden von Nutztieren und Balki war schnell klar geworden: Dies war kein Kriegszug, es war ein ganzer Volksstamm.

Die Hunnen waren Nomaden. Die meisten von ihnen waren in der Viehzucht beschäftigt. Einige wenige gingen auch der Jagd nach. Alle übrigen Männer waren ununterbrochen als Krieger beschäftigt. Anscheinend waren sie ein Überbleibsel des gewaltigen Hofstaates Attilas, des berühmten Hunnenkönigs. Doch er war tot und sein Reich längst verfallen. Nun suchten diese Vertriebenen einen neuen Ort zum Leben.

Derick, dem der Hunnenkönig ebenfalls ein Pferd zur Verfügung gestellt hatte, ritt neben ihm. Immer wieder ritt er nahe an Balki heran, um eine Unterhaltung zu führen.

»Du sagtest, du hättest einen Plan? Was hast du nun vor?«

»Hier doch nicht!«, zischte Balki zurück und ließ sein Pferd den Abstand zwischen sich und Derick vergrößern. Er war schon eine Plage dieser Junge. *Er blökt so laut wie ein Schaf, dabei ist er umzingelt von Wölfen.*

Seit dem Moment, als sie das Sachsendorf verlassen hatten, lebte Balki in der ständigen Angst, von König Balaban durchschaut zu werden. Beinahe jeden Abend bestellte ihn der Hunnenkönig zu sich in sein Zelt. Jedes Mal unterhielten sie sich über Rom, über die Geschichte und über Literatur. Jedes Mal mischte der Hunnenanführer scharfe Fragen in seine freundlichen Reden und Balki musste auf der Hut sein, nicht in eine seiner Fallen zu tappen. Noch nie in seinem Leben war er einem Menschen mit einem derart scharfen Verstand begegnet. Es forderte seinen ganzen Grips, den Hunnenkönig mit Andeutungen und Hinweisen bei Laune zu halten.

»Wann werdet Ihr mir die ersten Stellen auf der Karte übersetzen?«, fragte er jeden Abend zum Ende ihrer Unterhaltung.

»Sobald wir den Wald verlassen haben«, war jeden Abend Balkis Antwort, auch wenn die Sorge ihn allmählich in den Wahnsinn trieb, denn der Waldrand rückte mit jeder Dämmerung näher.

Welche Möglichkeiten habe ich also noch? Es gibt nur zwei. Entweder ich schaffe es zu fliehen, bevor er die Geduld verliert, oder ich lüge ihm etwas vor.

Das Letzte wollte Balki um jeden Preis vermeiden. Es war, als würde Balaban nur darauf warten, dass Balki einen Fehler machte. *Er weiß bestimmt, worum sich der Text auf der Karte im Großen und Ganzen dreht, auch wenn er es mir gegenüber verschweigt. Er wird es also merken, wenn ich mir nur etwas ausdenke.*

Konkrete Informationen über das Ziel ihrer Reise erwähnte der Hunnenkönig nie. *Was könnte auf der Karte stehen? Geht es um das Geheimnis eines Senators, die Truppenbewegung eines Stammes oder den Standort eines Grabmahls? Oder ist es doch eine Schatzkarte? Kelsus hatte einen römischen Auftraggeber. Aber für wen arbeitet Balaban? Reist er etwa auf eigene Faust mit seinem Volk quer durch Europa?*

Die Situation erforderte also eine Menge Fingerspitzengefühl. Wenn Balaban erfuhr, dass Balki nicht der Mann war, den er suchte, würde er sich sicher seiner entledigen. *Eine List muss her und zwar schnell!*

Und so wuchs die Gefahr mit jeder weiteren Meile, die sie zurücklegten.

Als sie ein provisorisches Lager aufschlugen, setzte sich Derick neben ihn auf die gefrorene Erde. Soeben war einer der seltenen Augenblicke, in denen sie sich außer Hörweite ihrer Wachleute befanden. Gerade wurde das Essen für die müden Reiter zubereitet. Große Mengen Fleisch wurden in einem riesigen Kessel gekocht. Einer der Hunnen fischte die Stücke mit einem Eisenhaken heraus und verteilte sie unter den Männern. Dazu wurde Schafsmilch aus Holzkrügen getrunken. Auch ihre Bewacher waren für einen kurzen Augenblick beschäftigt.

»Hast du ihm die Karte schon übersetzt?«, fragte Derick heiser flüsternd.

Balki zuckte entmutigt mit den Schultern. »Ich habe keine Ahnung, was drauf steht.«

»Und was hast du ihm gesagt, welche Sprache es ist?«

»Chinesisch.«

Derick ließ den Kopf sinken und dachte offenbar nach. Es sah wie Schwerstarbeit aus. »Wenn er einen anderen Mann findet, der chinesisch spricht, sind wir geliefert.«

Balki lächelte matt. »Immerhin in dieser Hinsicht kannst du beruhigt sein. Du wirst in Europa kaum jemanden finden, der schon so weit gereist ist.«

»Was? Unmöglich. Ich war doch schon mal dort.«

Balki hob die Brauen. »Du warst in China? Wo soll das deiner Meinung nach sein?«

»Ein Stamm nördlich von unserem Dorf. Warte. Vielleicht hieß es auch Kimbern.«

»China liegt am anderen Ende der Welt du Holzkopf. Das weiß ich zufällig, weil ich schon bis ans Ende der Welt gewandert bin. Ich stand mit beiden Füßen auf dem höchsten Gebirge der Welt, dem Himalaya.«

»Aber woher sollte Balaban das Land kennen?«

»Auch er war schon einmal dort. Ich hoffe nur...« Balki verstummte.

»Was ist?«, fragte Derick erschrocken.

»Ach nichts.«

Ein Schüler des Schamanen Eskam hatte nun einen Tierkadaver aufgeschnitten und versuchte die Zukunft daraus abzulesen. Diese Eingeweideschau wurde bei den Hunnen häufig abgehalten. Er ging ein paar Schritte durch das Lager. Als er vor Balki stehen blieb und ihm eine Hand voll Innereien darbot, rümpfte dieser die Nase. Dann riss er plötzlich die Augen auf.

»Was ist?!«, fragte der Hunne überrascht.

»Ich kann etwas erkennen«, wisperte Balki und zeigte auf die Innereien. »Es ist die Zukunft.«

»Was? Was erkennt Ihr?«, rief der junge Hunne aufgeregt.

»Das Tier steht ganz bestimmt nicht mehr auf.«

Missmutig drehte ihm der Hunne den Rücken zu und stapfte davon.

»Was denn?«, fragte Balki belustigt. »Das ist die Zukunft. Ich hab dir die Zukunft vorhergesagt.«

Nach einer längeren Rast ritten sie vier Tage durch. Erst als sie den Waldrand erreicht hatten, bauten sie unter dem freien Himmel ein weiteres, großräumiges Lager auf voller Stallungen, Zäunen und Zelten.

»Lasst die Hunde über den Platz laufen«, befahl Balaban seinen Männern. »Sie sind nun sicherlich erschöpft und werden sich hinlegen. An die Stellen, an die sie sich legen, bauen wir die Schlafzelte. Die Männer müssen gut ausgeschlafen sein und dürfen nicht von unruhigen Erdgeistern gestört werden.«

An diesem Abend kam Balki erneut in Bedrängnis. Der König stellte ihm viele direkte Fragen zu der Sprache, in der er die Karte angeblich verfasst hatte. Der Riese Rigula stand hinter seinem Herrn und verfolgte jede von Balkis Bewegungen mit nicht minderer Aufmerksamkeit und Schärfe. Erst als Balki immer wieder versuchte, ihn in das Gespräch miteinzubinden, drehte sich der Riese endlich genervt ab.

»Verzeiht, dass ich Euch nicht mehr über die Sprache mitteilen kann. China ist ein weit entferntes Land. Die meisten Gelehrten glauben, dass dort das Ende der Welt zu finden ist. Aber das Volk dort ist unglaublich gebildet, denn sie hatten einen weisen Lehrer namens Konfuzius.« Mit einem langen Seufzen und einigen verängstigten Blicken zu Rigula fügte er hinzu: »So einen hätten wir hier auch gebrauchen können.«

Balaban lächelte freundlich und erhob sich von seinem Stuhl. »Ihr dürft Euch entfernen. Ich habe beschlossen, dass wir hier ein paar Tage lagern. Morgen werden wir also den ganzen Tag Zeit für unsere Unterhaltungen haben.«

Balki erhob sich und versteckte seine Hände unter seiner Weste.

»Die Karte«, sagte Balaban höflich. »Wenn Ihr so freundlich wärt.«

Widerwillig zog er den Fetzen Tierhaut hervor, den er unauffällig vom Tisch unter sein Hemd hatte gleiten lassen und reichte ihn dem König. »Ich dachte, ich sollte mir die Karte vielleicht einmal in Ruhe alleine ansehen.«

»Oh nein, nein«, lächelte Balaban mit gefährlich blitzenden Augen. »Die Karte gebe ich nicht mehr aus der Hand. Immerhin habe ich keine Garantie dafür, dass Ihr die weite Reise in den Süden unbeschadet überstehen werdet, und dann bleibt mir nur noch die Karte.«

Mit einem bangen Gefühl trat Balki aus dem Zelt. Dort wartete wie immer ein stämmiger Wachmann auf ihn. Sie waren bereits einige Schritte gegangen, da fasste Balki einen kühnen Entschluss. »Ich habe vergessen, dem König noch etwas mitzuteilen. Lass mich zurückgehen.«

Sein Wachmann funkelte ihn mit seinen dunklen Augen finster an. »Morgen siehst du ihn wieder.«

»In der Tat«, gab Balki bissig zurück. »Soll ich ihm dann erzählen, dass du mich davon abgehalten hast, ihm wichtige Informationen mitzuteilen?«

Der Wachmann knurrte leise. Dann ging er einen Schritt zur Seite und erlaubte Balki zum Herrscherzelt zurückzueilen. Er keuchte den Hügel hinauf. Balabans Zelt musste sich immer an der höchsten Stelle befinden. Das war wohl eine Art Ritus, obgleich der König recht wenig auf Symbole und Riten zu geben schien. Doch anstatt einzutreten, schlüpfte Balki lautlos durch das Außenzelt und verbarg sich in einer der zahllosen Falten. Das Zelt bestand aus zwei dicken Schichten Filz, die aus Tierhaaren hergestellt waren. In dem schmalen Zwischenraum hielt Balki die Luft an. Er spähte in den Raum und erblickte Balabans Rücken, der sich über seine Tafel gebeugt hatte.

»Wir müssen schneller vorankommen. Die Stämme in dieser Gegend sind zwar untereinander verfeindet, aber die Geschichte hat gezeigt, dass sie sich sehr schnell gegen einen gemeinsamen Gegner zusammenschließen können. Wir sollten ihnen keine Gelegenheit dazu bieten.«

Die brummige Stimme Rigulas ertönte. »Vielleicht behauptet dieser verlogene Herumtreiber auch noch, dass er vor fünfhundert Jahren bei der Varusschlacht dabei war. Er lügt doch unablässig. Nie im Leben war dieser Verrückte im Reich der Mitte!«

»Nein Rigula. Er hat nicht gelogen. Er war tatsächlich in China. Andernfalls hätte er auf viele meiner Fragen nicht die richtige Antwort gewusst.«

»Und doch seid Ihr misstrauisch«, bemerkte der Riese und schärfte mit finsterer Miene seine Klingen.

Balaban richtete sich auf. »Die Kultur des Ostens ist mir nicht unbekannt. Es gibt da einen verdächtigen Umstand. Ich weiß, dass sie eine andere Schrift benutzen. Wir beziehen unsere Schrift aus der Tradition der Phönizier. Es sind phönizische Buchstaben. Die Chinesen hingegen schreiben mit Bildern.«

Balki spürte, wie ihm das Blut in den Kopf schoss. Sein Atem bebte. *Wie konnte mir so ein Fehler passieren?!*

»Dann hat dieser Balki uns belogen. Das auf der Karte sind Buchstaben, keine Bilder. Wenn er uns mit der Sprache belügt, wird er auch sonst mit allem gelogen haben. Ich werde ihn sofort herbringen lassen.«

»Nein. Ich glaube nicht, dass wir es hier mit einem Schwindler zu tun haben. Kein dahergelaufener Germane könnte das gewaltige

Wissen besitzen, das er besitzt. Es muss sich einfach um den Historiker Kelsus handeln. Er muss sich dieses Wissen in Rom angeeignet haben, damals als er für Antilas gearbeitet hat.«

Ein gewaltiger Schock fuhr Balki durch sämtliche Glieder und sein Herz begann so rasend schnell zu hämmern, dass es wehtat. Er fühlte sich, als wäre er in ein Becken mit Eiswasser gestoßen worden. Er fühlte sich, als hätte ihn ein Blitz getroffen. Er fühlte sich, als wäre gerade eben die ganze Erde um ihn herum zusammengefallen. *Oder alle drei Fälle gleichzeitig.* Er fasste sich an die Stirn. *Antilas,* hallte es tausendfach in seinem Schädel. *Sie kennen Antilas. Das kann nicht sein!* Furchtbare Erinnerungen begehrten in Balki auf. Er befand sich in einem dunklen Verlies, ausgehungert und halb verdurstet, und über ihm stand ein Mann mit silbergrauen Augen und lachte ihn aus. *Diese Hunnen können unmöglich für Januarius Antilas arbeiten. Er hasste jeden, der nicht Römer war. Für ihn waren wir alle Barbaren. Deshalb würde er sich niemals mit einem Stamm Hunnen einlassen.*

Er beruhigte sich wieder und verscheuchte die finsteren Erinnerungen an diesen entsetzlichen Menschen aus seinem Kopf. Balki war ihm damals nur knapp entkommen und hatte ihn seit sehr vielen Jahren nicht mehr gesehen. *Dieser Historiker hat für Antilas gearbeitet und auch er ist vor ihm geflüchtet. Vielleicht hat Antilas Balaban angeheuert, um ihn wieder einzufangen. Aber falls Balaban für Antilas arbeitet, bin ich so gut wie tot. Wo bin ich hier nur hineingeraten?* Schwer atmend lauschte er Balabans weiteren Worten.

»Für seine Lüge gibt es zwei Möglichkeiten. Entweder er will uns den Namen der Sprache nicht verraten, damit wir keinen anderen Übersetzer auftreiben können … oder aber er hat den chinesischen Wortlaut in phönizische Buchstaben übertragen. Theoretisch wäre das möglich.«

»Und wie finden wir es heraus?«

»Morgen werde ich ihn prüfen. Und je nachdem wie er abschneidet, werde ich seine weitere Behandlung überdenken. Wir brauchen ihn nicht, um den Gotenhort zu finden.«

Balki hatte genug gehört. Er huschte aus der Falte zurück in das Lager. Sein Wachmann wartete bereits ungeduldig. »Gehen wir zu

Bett«, meinte Balki knapp und wackelte an ihm vorbei. Der Hunne folgte ihm grummelnd. Er stellte keine weiteren Fragen.

Der Gotenhort, hallte es nun tausendfach durch sein Gedächtnis. *Diese Hunnen suchen nach dem Schatz der Goten.*

Dicht beim Lagerfeuer angekommen, klappte er erschöpft zusammen und überlegte fiebrig, wie er noch vor seinem nächsten Gespräch mit König Balaban entkommen konnte.

Darum ging es also die ganze Zeit. Sie jagen dem Schatz eines untergegangenen Volkes hinterher. Und so wie es aussieht, suchen die Hunnen den Schatz nicht für sich selbst. Sie arbeiten für Antilas.

Noch einmal versuchte er sich einzureden, dass es sich dabei nicht um Januarius Antilas handeln konnte. Januarius Antilas hatte man sicherlich längst für seine Verbrechen in ein Gefängnis gesteckt oder hingerichtet. Aber er wusste, dass das nur Wunschdenken war. *Unkraut vergeht nicht so schnell. Antilas ist bestimmt noch am Leben. Aber dass er diesen verfluchten Schatz sucht, glaube ich sofort. Das Schlechte zieht schlechte Menschen an.*

Balki war nie abergläubisch gewesen, aber auf solchen Schätzen lag für gewöhnlich ein entsetzlicher Fluch. *Ich habe zumindest noch nie von einer Schatzjagd gehört, die ein gutes Ende genommen hätte. Das Gold bringt in den Menschen ihre schlechtesten Eigenschaften hervor.* Er selbst hatte nie nach großem Reichtum gestrebt oder Besitztümer anhäufen wollen. Er wollte weder eine römische Villa noch Sklaven, die ihm dienten. Das Geld, das er auf seinen Reisen mit sich führte, betrachtete er lediglich als ein Mittel zum Zweck. Würden gutes Essen, guter Trank und Pfeifenkraut aus Erdlöchern sprießen, würde er sofort jede einzelne Münze wegwerfen.

Aber ein Hort bietet auch andere Schätze. Wer weiß, welch uraltes Wissen darin verborgen ist?

Sein Wachmann saß nur wenige Klafter von ihm entfernt. Aus den Augenwinkeln erkannte er Derick, der sich gerade in einem Gespräch mit einem Hunnen befand. Beide lachten ständig und als Derick zurückkehrte, schüttelten sie sich die Hand.

Balki wurde unruhig. »Was machst du denn da?«

»Rimbra hat mir gezeigt, wie er diese guten Pfeile herstellt. Die Spitzen macht er aus Knochen.«

Er furchte die Brauen. »Wozu musst du das wissen?«

Derick reagierte wie immer mit einem Anflug von Ärger. »Ich bin ein großartiger Bogenschütze. Also brauch ich auch großartige Pfeile.«

»Du verschwendest deine Zeit Bursche. Wir werden nicht lange hier bleiben.«

Derick senkte seine Stimme und beugte sich näher zu ihm hinunter. »Die Hunnen werden uns nie wieder gehen lassen. Ich habe mit ein paar Männern gesprochen, die vor vielen Jahren Gefangene waren und inzwischen zu hochangesehenen Hunnen aufgestiegen sind.«

Balki hätte lachen können. »Du bist noch jung. Willst du den Rest deines Lebens auf einem Pferderücken sitzen und Dörfer plündern? Nein. Wir verschwinden hier so schnell wie möglich.«

»Hast du etwa einen Plan?« Derick machte ein erwartungsvolles Gesicht.

»Noch nicht. Nein.« Balkis Antwort war ernüchternd, auch wenn er sich über Dericks zornige Reaktion freute.

»Wie kannst du dann so gelassen sein?! Es gibt keinen Weg hier raus!«

»Nicht so laut!«, zischte er verhalten.

»Das ist mir egal! Wir sind von hunderten Hunnen umgeben. Wir kommen hier nie wieder weg! Und das ist deine Schuld!«

Derick rauschte davon und Balki blickte ihm teilnahmslos nach. Er war im Augenblick zu sehr in Gedanken versunken, um sich von irgendjemandem aus der Ruhe bringen zu lassen.

Ein Logade taucht auf und stolzierte mit geschwellter Brust zu einer Gruppe Boten. Sie unterhielten sich in der Sprache der Hunnen, doch glücklicherweise war Balki die Sprache vertraut.

»Ihr da! Eine Nachricht vom König. Kundschaftet das Gebiet im Süden aus! In zwei Tagen wollen wir reiten, bis dahin müsst ihr wieder zurück sein. Los!«

Balki sah den drei Hunnen nach, wie sie ihre Masken über die Gesichter zogen und zu den Stallungen verschwanden. Nach einigen

Augenblicken hörte er in weiter Ferne das leise Getrappel der davon galoppierenden Pferde.

Seine Miene hatte sich mit jedem weiteren Hufschlag aufgehellt. *Das ist es! Ha! Wieso ärgert sich Derick nur so? Es haben sich doch bereits alle Probleme in Rauch aufgelöst.*

Am nächsten Morgen strahlte Balki über beide Ohren, als er aus seinem Zelt lief und seinem Wachmann fröhlich zu nickte. Dieser heftete sich sofort an seine Fersen, aber nachdem Balki mehrere Runden durch das Lager gedreht hatte und sich dann an die Feuerstelle setzte, ging er endlich auf Abstand und unterhielt sich mit seinen Freunden und Bekannten. Das ganze Lager war bereits in Aufruhr. Überall bauten die Hunnen an ihren Zelten und Ställen herum und bereiteten das Mittagessen zu. Balki erspähte Derick, der bereits fleißig mit anpackte und dabei half, einige Pfähle von einem Karren zu laden. Sein Wachmann ließ ihn dabei keine Sekunde lang aus den Augen, als fürchtete er, Derick könne jeden Moment die Flucht ergreifen.

Er verschwendet seine Zeit. Der Junge ist ein Einfallspinsel.

Als Derick endlich zurückkehrte, hatten sich bereits viele Hunnen um die Feuerstelle versammelt und machten sich über ein üppiges Mahl her, das größtenteils aus den Vorräten bestand, die sie in dem Sachsenlager erbeutet hatten. Es gab Getreidebrei und dazu wie immer eine Menge gekochtes Fleisch. Ein Hunne hatte sogar eine Leier hervorgeholt und begann nun mit seiner rauen, knirschenden Stimme zu singen. Seine Freunde hielten sich die Ohren zu und einer warf sogar einen faulen Holzapfel nach ihm.

»Wie ihr wollt! Dann bin in ich eben still!«, gab er zornig von sich und donnerte seine Leier vor sich in den Staub.

Doch Balki hatte ein wehleidiges Gesicht aufgesetzt und schniefte mit feuchten Augen: »Bitte seid so gut und spielt uns noch einmal dieses herzzerreißende, wunderschöne, unbeschreibliche Lied.«

Verwirrt, aber doch geschmeichelt bückte sich der Hunne nach seiner Leier. »Seid Ihr sicher? Außer Euch schien keiner meinen Gesang wirklich wertzuschätzen.«

Balki schüttelte heftig den Kopf. »Glaubt mir«, sagte er mit feuchten Augen, »das ist wahre Kunst.«

Der Hunne spielte laut singend drauf los und Balki drehte sich um und zog den verdutzten Derick mit sich zum Zelt. »Es ist Zeit zu verschwinden.«

Derick verlor sofort jegliche Farbe »Heißt das, du hast einen Plan?«

Balki nickte. »Ganz einfach! Du schlägst unsere Wächter zusammen und wir fliehen in ihren Kleidern.«

»Was?! Das ist kein Plan. Das ist Wahnsinn!«

»Ich dachte, du wärst so ein guter Kämpfer. Sind die beiden zu stark für dich?«

Derick fletschte die Zähne und Balki wusste sofort, dass er einen wunden Punkt bei ihm getroffen hatte.

»Nein! Ich kann beide besiegen! Aber dafür wird Balaban uns an ein Pferd ketten und quer durch das Sachsenland schleifen lassen!«

»Lass das meine Sorge sein.«

»Hörst du schlecht?! Wir können nicht entkommen! Selbst wenn wir an allen Hunnen vorbei schleichen könnten, die Grenzen des Lagers werden von Wächtern und Spähern bewacht. Schon vergessen?! Nicht einmal als Hunnen verkleidet, kommen wir da durch.«

»Ich sagte, lass das meine Sorge sein.«

Fluchend stapfte Derick ihm nach. »Du bist verrückt oder?«

»Ja, da ist was dran. Aber ein bisschen Verrücktheit kann reichen, um ein ganzes Imperium aus den Angeln zu heben.« Balki warf einen Blick über die Schulter und erkannte die Wachen, die ihnen immer noch mit Essen beladen schlurfend zum Zelt folgten.

Derick hielt Balki die Zelttür auf. »Das wird mir noch leid tun.«

Balki achtete nicht darauf. Sie schlossen die Tür hinter sich und warteten mit angehaltenem Atem, während draußen das Lied des Hunnen ertönte.

Nach wenigen Herzschlägen öffnete sich das Zelt und einer der Wachen trat schwatzend hinein. »Ist es nicht ein wenig zu heiß, um hier drinnen zu ess…« Weiter kam er nicht.

Derick hatte ihn gepackt und zerrte ihn mit solcher Wucht auf den Boden, dass der Hunnenwache die Luft wegblieb. Die Augen des andere Wachmanns, der den Kopf zu ihnen hineingestreckt hatte, weiteten sich vor Schreck. Doch bevor er auch nur ein Wort sagen konnte, riss Derick ihn zu sich und wuchtete einen eisernen Kessel gegen dessen Schädel. Der Hunne sackte in sich zusammen. Der andere versuchte brüllend auf die Beine zu kommen, doch Derick ließ seine Fäuste wie Hagelkörner auf dessen Gesicht niederprasseln, bis er keinen Laut mehr von sich gab. Von draußen erklang noch immer das ohrenbetäubende Jaulen des Sängers.

»Das wird nicht funktionieren«, hauchte Derick voller Panik und nahm einem der Wachmänner die Lederweste und einen Panzer ab, der aus dem Horn von Pferdehufen bestand. Zuletzt zog er sich die Gesichtsmaske aus Schafsleder über. »Dafür werden wir geviertteilt.«

Balki antwortete nicht, sondern zog sich die Kleider des anderen Hunnen über, die ebenfalls aus Schafsleder und Leinen bestanden und mit Löchern übersät waren. »Verdammt. Das ist ja alles zerschlissen.«

Derick schien das nicht zu stören. »Ernach sagte mir, sie tragen ihre Kleider so lange, bis sie abfallen, um die Wassergeister nicht zu beleidigen.«

Balki schnaubte. »Willst du tauschen?«

»Nein!«

»Gut. Dann warte hier einen Moment, bevor du mir folgst. Halte etwas Abstand! Ziehe keine Aufmerksamkeit auf dich!« Dann drehte er Derick den Rücken zu und rauschte hinaus.

Soweit so gut, dachte er bei sich, als er in seiner Verkleidung unauffällig über den Platz spazierte. Der Sänger hatte endlich seine Musik eingestellt und die meisten Männer kehrten nach vollendeter Mahlzeit zu ihren Aufgaben zurück.

Mit federnden Schritten stolzierte Balki auf eine Schar junger Boten zu und bediente sich dann ihrer Sprache. »Ein dringender Befehl von König Balaban! Ihr müsst sofort nach Westen reiten und zwar so schnell wie möglich! Zwei sollten reichen.«

Diejenigen, auf die er gedeutet hatte, sprangen sofort auf die Beine und traten an ihn heran. Durch die Maske konnten sie nur sein halbes Gesicht erkennen. »Was ist denn passiert?«

»Die Franken, verflucht!«, bellte Balki auf hunnisch. »Die Franken reiten mit ihrem Heer direkt auf uns zu. Erzählt niemandem davon!

Das ist streng vertraulich. Ihr müsst vor Sonnenaufgang an der Weser sein und auskundschaften, was sich dort tut. Und verschwindet unauffällig! Balaban will keine Panik unter den Soldaten.«

Die beiden Hunnen wechselten verstörte Blicke. »Vor Sonnenaufgang?! Das ist unmöglich. Wir brauchen Tage.«

»Dann verschwendet keine Zeit! Los! Oder soll ich Rigula sagen, dass Euch die Aufgabe zu schwer ist?«

Sie rannten aufgebracht davon und begaben sich zu den Pferden. Ihre Gefährten blickten nun neugierig zu Balki. »Weitermachen«, meinte er grinsend und stolzierte dann zufrieden und fröhlich zurück durch das Lager.

Von einem der Karren schnappte er sich einen Krug, der mit Milch gefüllt war, und leerte ihn in einem Zug. Er konnte hören, wie sich die Pferde der Späher mit Galopp entfernten. Offenbar hatte sie keiner aufgehalten. Im Vorbeilaufen grüßte er jeden Hunnen. »Von Hunne zu Hunne. Von Hunne zu Hunne. Sind wir nicht ein tolles Völkchen?!«

Er klopft Derick im Vorbeigehen auf die Schulter. »Nicht vergessen. Unauffällig bleiben.«

Dieser starrte ihn völlig entgeistert mit seinen grünen Augen durch die Sehschlitze hindurch an. »Unauffällig? Das musst du gerade…«

»GEFANGENE FLIEHEN!!!«, brüllte Balki so laut er nur konnte und Derick zuckte so heftig zusammen, dass er fast über seine eigenen Beine gestolpert wäre. Balki bediente sich erneut der Sprache der Hunnen. »GEFANGENE SIND AUF DER FLUCHT!!!«

Mit einem Schlag war das ganze Lager hellwach und wuselte durcheinander wie ein aufgeschreckter Ameisenhaufen.

Die Flucht

Derick hielt nach Balki Ausschau, aber der Schwabe war vollkommen in der Masse der schreienden und umherirrenden Hunnen verschwunden. Jemand packte ihn am Ärmel und der Schock schoss ihm durch sämtliche Glieder. Es war einer der hunnischen Logaden.

»Na los du faules Stück Dreck! Zu den Pferden!«

Da hatte ihn der Ausbilder auch schon nach vorne geschubst und er wurde vom Strom der Hunnenkrieger mitgerissen.

Balaban war bereits zornentbrannt aus seinem Zelt getreten. »Wie lange sind sie schon weg?!«, rief er mit donnernder Stimme.

»Mein Herr.« Ein Wachmann trat aus der Menge. »Ich habe gesehen, wie sie in westliche Richtung davon geritten sind … erst vor wenigen Augenblicken.«

»Ihr habt sie gehen lassen?!«, schrie Balaban und brodelte vor Zorn.

»Vergebt mir! Sie trugen unsere Rüstungen. Sie bewegten sich auf ihren Pferden wie Hunnen. Der eine sprach sogar unsere Sprache. Er sagte, sie wären Späher und müssten sofort auf Euren Befehl hin nach Westen. Und ihr habt uns befohlen, niemanden rein oder raus zu lassen außer unsere Späher.«

»Verflucht!«, zischte Balaban. Er drehte für einen Moment das Gesicht ab und sammelte seine Gedanken. »Dieser Balki kann viele Sprachen. Das hat er mir gezeigt. Ich hätte ihn niemals aus den Augen lassen sollen. Rigula! Du führst deine Männer nach Westen! Es ist gut möglich, dass seine Auskunft auch nur eine Täuschung war, deswegen führst du die wenigsten Männer mit dir. Rua! Schnapp dir zweihundert Mann und kundschafte den Süden aus! Dreht jeden Stein um!«

»Mein Herr.« Ein weiterer Hunne trat vor. »Wir haben soeben ihr Zelt durchsucht und ihre Bewacher vorgefunden. Sie haben sie überwältigt und ihre Kleidung gestohlen.«

»Weit können sie nicht gekommen sein! Eskams Schar übernimmt den Osten. Ich werde den Norden absuchen. Der Rest von euch untersucht das Lager und erwartet unsere Rückkehr! Hunnen! Reitet aus!!!«

Das ganze Lager wuselte auseinander. Derick versuchte in dem Durcheinander Balki zu finden, aber es war beinahe unmöglich. Er rannte den anderen nach und kletterte auf ein Pferd, ehe alle vergriffen waren. Dann donnerte er davon. Auch einige Kriegshunde wurden von ihren Leinen gelassen und jagten ihnen voraus.

Was geht hier nur vor sich? Was wollte Balki erreichen? Wir sind immer noch von hunderten Hunnen umzingelt und wenn sie uns enttarnen, müssen wir diesmal mit schlimmeren Bestrafungen rechnen.

Ein letztes Mal warf er einen Blick über die Schulter und betrachtete das immer kleiner werdende Hunnenlager mit seinen Zäunen und Zelten. Dann umrundeten sie einen bewaldeten Hügel und das Lager verschwand aus Dericks Sicht. Er wandte sich nach vorne.

Sie waren fast hundert Mann, die nach Osten davon donnerten. Um ihn herum waren nichts als Hufgetrappel, das Schnaufen von Pferden und die grimmigen Stimmen der Hunnen. Sie waren nicht weit gekommen, da verlangsamte ihr Anführer Eskam den Zug und begann ihre Gruppe weiter zu zerstreuen.

»Ruga, Etzel, Berich, Bleda! Teilt die Männer unter euch auf und reitet jeden Wald und jede Wiese ab!«

»Ihr da zu mir!«, schrie einer von ihnen und Derick spürte, dass auch er gemeint war. Aus den Augenwinkeln sah er, wie jemand aus der anderen Gruppe ausbrach, um zu Berichs Truppe dazu zustoßen, doch niemand nahm Notiz davon.

»Wir sehen uns am Lager!«, rief Eskam laut aus und donnerte dann mit seiner eigenen Schar davon.

Berich sah ihm einen Augenblick nach, dann nahm er die Zügel in die Hand und ließ sein Ross und all seine Reiter in eine andere Himmelsrichtung davon reiten.

Eine dichte Wolke aus Staub und Dreck umschloss sie, als sie über ein kahles Feld galoppierten, und wurde von Wasser und Schlamm ersetzt, als sie ihr Weg durch einen rauschenden Fluss führte.

Derick hielt die Hand vors Gesicht, während sie sich platschend ans andere Ufer kämpften. Da bemerkte er den Hunnen, der kurz zuvor aus der anderen Schar herausgeritten war, um sich ihnen anzuschließen.

Derick spähte durch die Sehschlitze in der Maske und ihn traf förmlich der Schlag. Balki zwinkerte ihm unverhohlen zu und lenkte sein Pferd direkt neben seins.

Sie erreichten ein weiteres gewaltiges Waldstück. Ihr Anführer kam kurz vor den ersten Bäumen zum Stehen und brüllte einige Namen, die Derick nicht kannte.

»Ihr da! Reitet den Waldrand nach Westen hin ab, ihr da nach Osten und ihr hier reitet mit mir direkt in das Dickicht! Vorwärts!«

Balki und Derick gehörten zu denen, die nach Osten geschickt wurden. Die Kriegshunde folgten Berichs Schar. Sie waren jetzt nur noch zu sechst. Balki ritt nun direkt neben Derick, sodass dieser seine gemurmelten Worte verstehen konnte.

»Bursche! Weißt du noch, als du gesagt hast, du wärst ein großartiger Bogenschütze?«

Derick wusste nicht, worauf er damit hinaus wollte. »Ja.«

»Dann beweise es!«

»Was?«

Raschelnde Äste zogen an ihnen vorbei.

»Schieß auf ihre Pferde! Eine bessere Gelegenheit werden wir nicht mehr bekommen. Halt nicht auf sie! Auf die Pferde! Zu Fuß sind sie keine Bedrohung mehr für uns.«

Derick fluchte innerlich. Er hielt das Ganze noch immer für eine sehr schlechte Idee. Doch das Ende des Waldes rückte immer näher und dort würde ihnen früher oder später eine der anderen Scharen entgegenkommen. Wenn sie einen Fluchtversuch wagen wollten, dann war jetzt die richtige Gelegenheit.

»Wie du willst.« Derick packte den Bogen und zielte im Reiten. Sein Pferd wackelte und wankte bei jedem Schritt seiner Hufe. Er kniff ein Auge zusammen. Dann schoss er und sein Pfeil traf das Ross eines Hunnen präzise in den Hals. Das Tier brach sofort zusammen und begrub seinen schreienden Reiter unter sich.

Der andere Hunne wirbelte herum, doch ehe er seinen Bogen ziehen konnte, hatte Derick ihn ins Visier genommen und traf ihn in den Brustpanzer. Er kippte seitwärts vom Pferd und konnte nur mühsam seinen Sturz abfedern.

»Die Pferde«, zischte Balki und sah dem verletzten Hunnen nach, der in weiter Entfernung auf die Beine gesprungen war, um ihnen nachzurennen.

Derick zielte und traf mit spielerischer Leichtigkeit. Das dritte Pferd war zusammengebrochen und der letzte Reiter hatte eine weite Kurve beschrieben und galoppierte nun direkt hinter ihnen am Waldrand entlang.

Derick versuchte über die Schulter zu zielen, aber der Boden wurde plötzlich immer unebener und sein Pferd musste Steine, Kuhlen und breite Wurzeln überspringen. Ein Pfeil zischte nur eine Fingerbreite an Balkis Gesicht vorbei.

»Schalt ihn endlich aus!«

»Ich kann nicht«, gab Derick zornig zurück, während sein Pferd über Stock und Stein sprang.

»Mist!«, schrie Balki und wühlte in den Satteltaschen, die an sein Pferd gebunden waren.

Derick konnte in dem Gepolter nur einen kurzen Blick nach hinten werfen. Balki hatte eine Lanze gefunden und hielt sie nun schwankend in Händen.

»*Aaaah!*«, schrie er und rammte die Spitze im Vorbeireiten in einen gewaltigen, morschen Baumstamm.

Derick erkannte nur noch, dass die Lanze im Holz des Baumes steckenblieb, dann hörte er hinter sich den Aufprall und einen schmerzhaften Aufschrei des Hunnen und als er erneut zurückblickte, ritt ihnen ein reiterloses Ross hinterher und der Hunne krümmte sich schmerzhaft auf dem Waldboden, wenige Schritte von der gefährlichen Lanze entfernt.

»Ich hab ihn erwischt!«, schrie Balki und lachte vor Begeisterung auf. Auch Derick konnte ein leichtes Grinsen nicht unterdrücken.

»Das war genial«, gab er zu.

»Das höre ich öfters.«

Dann kam das Ende des Waldes und sie ritten direkt geradeaus über eine Wiese und kurz darauf hinein in einen weiteren dunklen Hag.

»Da vorne ist ein Fluss. Wir sollten hindurch reiten, damit die Hunde die Witterung verlieren«, schlug Derick vor.

»Gute Idee«, erwiderte Balki.

Viele Stunden galoppierten sie nebeneinander ohne ein weiteres Wort zu wechseln. Die Gefahr war noch viel zu nahe. Wie lange würde es dauern, bis die Hunnen ihre verletzten Gefährten gefunden hätten? Und würden sie Balkis List dann durchschauen?

Doch für den Moment waren sie in Sicherheit. Die Sonne berührte bereits den Boden im Westen, als Balki und Derick an einer überwucherten Felsenreihe zum Stehen kamen. Der Schwabe war sofort vom Pferderücken gesprungen und streckte sich nun milde lächelnd in den letzten Strahlen der Sonne.

»Wir sollten weiterreiten, solange es noch hell ist«, sagte Derick ernst.

»Das werden wir. Aber wenn ich den ganzen restlichen Tag auf einem Pferderücken verbringen muss, brauche ich eine Auszeit.« Er ließ sich rücklings auf einen der Felsen plumpsen und entkorkte sofort seine Flasche. »Zum Wohl!«

Etwas missmutig stieg Derick ab und führte seinen Rappen an eine verwitterte Felsenkante, an der er ihn festbinden konnte. Balki reichte ihm den Wein. Derick roch daran und reichte ihn ihm dann angewidert wieder zurück. »Das heißt wohl, dein Spiel mit den Hunnen hat jetzt ein Ende«, bemerkte er nüchtern.

»Was heißt hier Ende? Das war nur ein weiterer Spielzug.« Balki lachte zufrieden und schnappte ihm die Feldflasche aus der Hand.

»Ein Spielzug? Das war wohl eher ein Glücksspiel. Sie hätten uns erwischen können.«

»Wenn wir uns selbst als Späher verkleidet hätten, dann hätten sie uns erwischt, denn Späher werden beim Verlassen des Lagers überprüft. Was sie aber nicht kontrollieren, sind die Befehle, die den Spähern gegeben werden. Offenbar sind sie zu sehr daran gewöhnt, dass ihre Befehlskette funktioniert. Das war ihre Schwachstelle.«

»Also ich jedenfalls hoffe, dass wir ihnen nie wieder begegnen werden. Nur schade, dass wir nie erfahren werden, was auf dieser Karte steht.«

Balki schaute ihn einen Augenblick lang schuldbewusst an. Dann stellte er seine Flasche neben sich ab und zog mit einem zufriedenen Grinsen eine Papyrusrolle hervor.

»Das, Derick, stimmt nicht ganz.«

Derick starrte auf das Papier. Es wies graue Verfärbungen auf, die sich wie ein großer Fleck in der Mitte gebildet hatten.

»Gegerbte Tierhaut hat eine sehr raue Oberfläche. Ich habe sie unter meinem Mantel mit einem Graphitbrocken abgepaust, gestern Abend, als ich im Zelt es Hunnenkönigs war.«

Für einen Moment herrschte völlige Stille. Nur das leise Pfeifen des Windes und die ersten Geräusche der erwachenden Nachtvögel erfüllten die Luft. Dann konnte Derick seinen Unglauben nicht mehr länger zurückhalten.

»Wie hast du das geschafft?!«, stieß er hervor. »Wie konnte all das funktionieren? Ich dachte, wir wären erledigt.«

Der Schwabe grinste und streckte ihm das Papier entgegen. »Nun gelegentlich funktioniert auch mal einer meiner Pläne. Jetzt hoffe ich, du hast nichts dagegen, kurz innezuhalten, damit ich meine Pfeife stopfen kann.«

Derick überflog kurz die Karte, doch er konnte weder lesen noch schreiben. »Wir müssen uns beeilen! Sie könnten uns immer noch einholen.«

Balki seufzte und zog ein kleines Ledertäschchen mit getrockneten Blättern hervor. »Sie sind in alle Himmelsrichtungen verstreut und wir sechs waren die einzigen, die in diese Richtung geschickt wurden. Bis die verletzten Hunnen ihren König erreichen oder dieser nach ihnen suchen lässt, wird mindestens ein Tag vergehen. Als gönn' mir diese Pause, dann halte ich auch für den Rest des Weges meine Klappe.«

Derick war sich da nicht so sicher. Immerhin war es möglich, dass eine der Scharen ihren verletzten Kameraden über den Weg reiten konnte.

Balki hingegen hatte nun eine säuerliche Miene aufgesetzt und hielt die zerbrochenen Teile seiner Tonpfeife empor. »Sie ist kaputt«, sagte er geknickt. »Sie muss wohl während der Flucht zerbrochen sein.«

»Immerhin war es nicht dein Genick.«

»Wirklich schade.« Dennoch ließ Balki eine Handvoll Blätter in die runde Öffnung gleiten und versuchte sie mit seinen Feuersteinen zu entzünden. Nur notdürftig konnte er damit rauchen.

Derick schaute ihm misstrauisch zu. Er wusste nicht genau, wie er den alten Vagabunden einschätzen sollte. Immerhin hatte er ihm das Leben gerettet und seine cleveren Pläne waren von großer Nützlichkeit. Andererseits hatte Balki selbst gesagt, dass er ihm nur geholfen hatte, um zu verhindern, dass Derick ein ungünstiges Wort über ihn verlor. *Immerhin*, dachte Derick bei sich. *Solange ich mein Schwert habe, kann ich ihn kontrollieren.*

Er wusste nicht, dass Balki in diesem ruhigen Augenblick, während er seine Pfeife paffte, fast genau dasselbe dachte. *Solange ich meinen Verstand habe, kann ich ihn kontrollieren.*

Die Reise beginnt

Die Ereignisse der vergangenen Tage schwebten noch als dünne Nebelschwaden über dem Boden, als Derick und Balki sich am nächsten Morgen für ihre Weiterreise rüsteten. Noch vor der Dämmerung säuberten sie ihr Lager, suchten ihre Habseligkeiten zusammen und sattelten ihre Pferde. Die Sattel waren bequem und mit Wildhaaren ausgestopft. Ihr Atem schwebte vor ihnen in der kalten Luft, als sie sich gemächlich reitend nach Süden hin aufmachten. Keiner sprach ein Wort, denn noch immer lagen Angst und Sorge wie eine schwere Schneedecke auf ihrem Gemüt. Selbst Balkis Gedanken schienen in der Kälte zu gefrieren. *Wann geht endlich die Sonne auf? Wann geht endlich die Sonne auf?*
Sie durchritten einen kleinen Nadelwald, von dessen hohen Wipfeln dicke Wassertropfen auf ihre Köpfe klatschten. Immer wieder schüttelte Derick zornig seine lange, hellbraune Mähne.
Als sie den Wald durchquert hatten, standen sie auf einem gewaltigen Hügelkamm, der sich von einem Ende des Horizonts bis zum nächsten erstreckte, und vor ihnen lag schlafend ein riesiges, dunkles Tal. Balki versuchte bereits die Entfernung abzuschätzen, doch in ebendieser Minute brach das gleißend helle Sonnenlicht durch das Dickicht, das hinter ihnen lag, und warf seine Strahlen voraus auf die sattgrünen Wiesen und Hügel eines blühenden Landstrichs. Balki atmete tief ein und aus und genoss, wie ihm die Strahlen auf der kalten Haut brannten. »Spürst du das?«, fragte er laut und richtete sein breit grinsendes Gesicht nun auf Derick.
Der Junge kniff die Augen zusammen und zuckte mit den Schultern. »Was?«
»Dieses Gefühl, das man am Beginn einer langen Reise verspürt.« Er atmete tief ein und lange aus. »Herrlich.«
Sie ritten los. Frischer kalter Wind schlug ihnen entgegen, der die alten Nebelschwaden ihrer Erlebnisse beiseite fegte. Sie ritten auf riesige Felder und Wiesen hinaus. Überall erwachte allmählich die

Natur aus ihrem Dämmerschlaf. Kleine Vögel hatten auf den Wipfeln der vereinzelten Bäume Platz genommen und trällerten ihre Lieder. Weiße Blüten schmückten die Äste.

»Ah …«, sagte Balki mit einem zufriedenen Lächeln. »Der Frühling kehrt zurück. Es wird Zeit, dass die Geschichte wieder von vorne beginnt.«

Derick warf ihm einen seiner verständnislosen Blicke zu, stellte jedoch keine weiteren Fragen.

Blumen sprossen aus der gefrorenen Erde und bedeckten den Boden wie ein Meer aus vielfarbigen Glöckchen. Insekten zirpten in den Sträuchern und Bienen summten von einer sonnenbeschienenen Blüte zur nächsten.

Balki, dem wieder einfiel, dass seine Pfeife kaputt war, wurde allmählich langweilig. Er warf dem schweigsamen Derick einen Blick zu und seufzte. *Das wird wirklich eine lange Reise, wenn er weiter so still bleibt.* Er stimmte ein Liedchen an.

Scheint die Sonne auf uns nieder,
sing ich meine alten Lieder,
denn an Wissen bin ich reich.
Alles bleibt gleich.

»Kannst du bitte die Klappe halten?«, brummte Derick genervt. »Ich will nicht, dass uns die Hunnen hören.«

Balki schnaubte und schüttelte heftig den Kopf. »Ich singe. Das ist äußerst förderlich, wenn man solange allein durch die Welt wandert. Das hält einen davon ab, Selbstgespräche zu führen.«

»Jetzt bist du ja nicht mehr allein. Also sei still!«

Hör dem Jungen zu und staune.
Er hat immer schlechte Laune.

»Ich sagte, sei still alter Mann!« Derick lenkte sein Pferd genau vor Balkis, so dass beide Tiere zum Stehen kamen.

Gerade als er eine weitere Strophe anstimmen wollte, erkannte er den Zorn in Dericks Augen und erinnerte sich daran zurück, wie er

in dem Dorf der Sachsen im Alleingang zahllose Angreifer niedergemacht hatte. *Vielleicht sollte ich ein wenig vorsichtiger mit ihm
umgehen.* »Wie du willst«, erwiderte er höflich. »Dann reden wir
eben.«

Immer noch verärgert ließ Derick sein Pferd weiter traben und
lenkte es wieder neben Balkis. »Wie kannst du nur so gelassen bleiben? Wenn die Hunnen uns erwischen, werden sie uns dieses Mal
keine Gnade mehr gewähren. Wir müssen vorsichtig sein und dürfen keine Rast mehr machen, wenn wir uns aus der Droma befreien
wollen. Es wird immer schlimmer.«

Balki lachte herzlich, denn die Droma war das Band, mit dem die
Asen einst den Fenriswolf gefesselt hatten. »Wieso schlimmer?
Vor wenigen Tagen saßen wir noch gefangen in einer finsteren
Grube und warteten auf unsere Hinrichtung. Moment, lass mich
rechnen.« Er zog eine viereckige Keramiktafel aus einer seiner vielen Taschen. Darin befanden sich verschiedene Löcher, die jeweils
mit einem Monat und dem dazugehörigen Sternzeichen beschriftet
waren.

»Was ist das?«

»Ein Kalender«, meinte Balki fröhlich und steckte mit einer Nadel
den richtigen Tag ab. »Und wir waren vor elf Tagen in dem Dorf
gefangen. Ich glaube, schlechter als zu diesem Zeitpunkt konnte es
gar nicht mehr werden. Seither hat sich alles stetig verbessert. Wir
sind wieder frei, zu gehen wohin wir wollen. Wir sind nicht mehr
in direkter Lebensgefahr. Wir müssen nicht mehr zu Fuß gehen.
Wir sitzen auf zwei bequemen Ledersätteln. Wir haben zwei
Pferde, ganze Taschen voller Waffen und Ausrüstung und wir sind
vermutlich die einzigen Menschen, die wissen, wo wir den Gotenhort finden können.«

»Den Gotenhort?«, fragte Derick und sein Mund klappte auf.
Selbst im kalten Norden hatte man von den abenteuerlichen
Kriegszügen der Goten gehört. Und ein Hort war der Ort, an dem
sie all die Schätze lagerten, die sich auf ihren Plünderungen ange-
sammelt hatten.

Sogar einem ungebildeten Jungen muss das etwas sagen.

»Warum suchen die Hunnen nach dem Gotenhort?«, fragte er schließlich.

»Sie arbeiten für einen einflussreichen Römer.«

»Kennst du ihn? Du warst doch schon in Rom.«

Balki zuckte zusammen. Es beunruhigte ihn, dass der Junge mit seiner Frage sofort ins Schwarze getroffen hatte. »Ich weiß es nicht genau. Ich verbinde keine schönen Erinnerungen mit meiner Zeit in Rom. Allerdings ist das völlig ohne Belang. Wenn ich dir davon erzählen würde, würde es dich mehr belasten, als es dir Nutzen bringen würde. Vertrau mir.« Er räusperte sich und versuchte, das Thema zu wechseln. »Jedenfalls hat sich unsere Lage verbessert.«

Derick antwortete nicht gleich. Es war ihm offenbar zutiefst zuwider, Balki Recht zu geben. Nachdenklich begann er die Ausrüstung in den Satteltaschen zu durchwühlen. »Wir haben Wasserschläuche und ein bisschen rohes Fleisch. Wir haben Decken und Seile. Wir haben einen Speer, eine Lanze, ein Schmalsax und einen Schild … und mein Schwert, wenn wir gerade dabei sind.«

»Ich hoffe, du kannst besser mit Waffen hantieren als mit Menschen«, lachte Balki zufrieden.

Derick knurrte. »Ich hantiere mit Menschen, indem ich mit Waffen hantiere.«

Sie ritten weiter über das hügelige Grasland. Die Luft war wunderbar frisch und kalt und roch nach sauberem Schnee.

Der Junge schwieg eine Weile und beobachtete die vorbeiziehenden Bäume. Da sprang er jäh mit einem Satz aus seinem Sattel und stapfte über die nassen Grashalme. An einem Baum hielt er inne und ging dann ganz langsam in die Hocke.

Balki starrte ihm stirnrunzelnd nach. Als er sich wieder aufrichtete, hielt er ein winziges Küken in seinen behandschuhten Fingern. Ohne sich strecken zu müssen, erreichte er das Vogelnest und setzte das Küken behutsam darin ab, wo seine Geschwister bereits die Köpfe aus den Zweigen streckten.

»Ist wohl aus dem Nest gefallen«, meinte er dumpf, als er zu seinem Pferd zurückgeschritten kam.

»Hast du den Vogel wirklich gehört?«

»Ich habe in die Natur hineingehört und manchmal antwortet sie mir. Manchmal teilen mir die Bäume und Tiere etwas mit.«

»Beeindruckend«, meinte Balki spöttisch. »Welche Sprache sprechen denn die Bäume?«

Sofort verfinsterte sich Dericks Miene wieder, während er aufsaß. »Es gibt noch immer viel Magie in den alten Wäldern des Nordens. Es war mir schon klar, dass ein Römer wie du das nicht versteht.«

»Ich komme aus Schwaben nicht aus Rom Bursche! In Rom habe ich lediglich gearbeitet.«

»Ach ja? Als was denn?«

»Das ist nicht von Belang. Jetzt bin ich hier. Und wir reisen nach Süden, um ein Abenteuer zu erleben, eine Aventüre.«

»Das interessiert mich alles nicht.«

Balki schüttelte ungläubig seinen struppigen Kopf. »Wieso bist du Abenteuern so abgeneigt? Du bist doch ein junger Mensch. Und dies ist das Zeitalter, in dem Helden geschmiedet werden.«

Erneut wurde Derick langsamer und sah ihn mit fragendem Gesichtsausdruck an. »Was?«

Balki seufzte und nahm einen kräftigen Schluck Wein. »Dies ist das Zeitalter, in dem Helden geschmiedet werden, junger Derick. Das alte Zeitalter geht zu Ende und all seine Geschichten und Legenden ebenso. Es ist nun unsere Pflicht, die neuen Legenden für die künftigen Generationen zu schaffen.«

Zum ersten Mal an diesem Morgen lachte Derick laut los und schüttelte ungläubig den Kopf. »Verrückt, dass du mir das erzählst. Du bist der am wenigsten heldenhafte Mensch, den ich je gesehen habe.«

Sie ritten den gesamten Tag hindurch. Als die Sonne bereits weit im Westen stand, rasteten sie an einem wilden Fluss. Derick hielt den Speer in den Händen, den er sich aus der Ausrüstung der Hunnen geholt hatte, und verharrte regungslos an dem fließenden Gewässer.

Balki beobachtete ihn amüsiert, während er versuchte mit seiner zerbrochenen Pfeife ein paar Blätter zu qualmen und Notizen in seine Wachstafel kritzelte. *Er glaubt doch nicht etwa, dass er so einen Fisch fangen kann?* Gerade als er sich nicht mehr zurückhalten konnte und bereits einen respektlosen Spruch auf den Lippen hatte, stieß Derick so blitzschnell zu, dass das Wasser platschtend in alle Richtungen stob und Balki vor Schreck zusammenzuckte. Seine Pfeife fiel zu Boden und zersprang in noch mehr winzige Stücke.

»Willst du das Wasser so lange verprügeln, bis es dir einen Fisch zuwirft?« Doch sein Spott verschwand augenblicklich und wich purer Verblüffung als nicht nur eine, sondern zwei zappelnde Bachforellen mit glänzenden Körpern an dem Spieß zum Vorschein kamen.

Wenig später knisterte und knackte ein kleines Lagerfeuer munter vor sich hin. Sie hatten sich geeinigt, es zu löschen, sobald der Fisch gut genug gebraten war.

Der Bursche ist gar nicht so nutzlos, wie ich am Anfang gedacht habe, stellte Balki fest und sog den köstlichen Geruch des brutzelnden Fisches in seine Nase.

»Es wird lange dauern, bis wir außer Reichweite der Hunnen sind«, gab Derick zu bedenken.

Balki beachtete ihn kaum. »Ich denke, wir sollten einen Zahn zulegen.«

Derick blickte zu dem Fisch, der immer noch nicht richtig gebraten war. Er löste die verzahnte Kette, ließ den Fisch eine Fingerbreite tiefer gleiten und legte einen Zahn zu.

»Schon erledigt.« Der Fisch begann zu duften.

Balki verspeiste seinen Anteil an der Beute mit Verzückung und war sich hinterher nicht zu schade dafür, Derick zu loben.

»Das ist nichts. Du hast uns aus der Gefangenschaft befreit, in die ich uns gebracht habe. Dafür hast du meine Dankbarkeit«, erwiderte der Junge bescheiden.

»Gib dir nicht die Schuld. Wir wären den Hunnen vermutlich ohnehin früher oder später in die Arme gelaufen. Wenn wir am Ende einen Schatz finden, soll dir vergeben sein, dass du mich wegen meinem Haarknoten mit einem Dieb verwechselt hast.«

»Ich interessiere mich nicht für Schätze.«

Das Feuer tanzte in Balkis braunen Augen, als er seine Begeisterung nicht mehr im Zaum halten konnte. »Es ist nicht nur das Gold. Denk doch nur mal an all das verlorene Wissen! Vielleicht finden wir sogar einen Schild, in den eine Geschichte oder ein Lied eingraviert ist. Was gibt es schöneres als die Geschichte?«

»Die Geschichte interessiert mich nicht.«

»Du warst noch nie in der Bibliothekt von Alexandria. Ich schon! Du kannst dir die zehntausenden Geschichten, die dort auf Schriftrollen verewigt sind, gar nicht vorstellen.«

»Warum suchen wir dann einen Schatz? Reisen wir doch einfach zu dieser Bibliothek.«

»Alexandria können wir immernoch besuchen, wenn wir alt sind. Die Bibliothek wird schon nicht abbrennen.«

»Wenn du das sagst.«

»Wenn dich Geschichte nicht interessiert, was interessiert dich dann?«

»Gerechtigkeit.«

Balki schnaubte. »Gerechtigkeit wofür? Was auch immer man dir gestohlen hat, du kannst es dir neu kaufen, wenn wir erst den Schatz haben.«

Derick fuhr zornig herum. »Es geht hierbei nicht um mich. Es geht um meine Eltern. Wir haben ein glückliches Leben geführt, bis dieser Fremde kam. Von diesem Tag an wurde alles schlechter. Er verlangte das Gastrecht und blieb eine lange Zeit. Wir mussten ihn versorgen und verköstigen und er belästigte und demütigte die ganze Familie. Er verschwendete all unsere Vorräte. Und mein Vater ließ all das geschehen, weil der Fremde ihn mit irgendetwas erpresste. Es brachte ihn an den Rand seiner Kräfte. Ich war damals noch ein kleines Kind, erst wenige Winter alt, aber ich wusste, dass ich handeln musste. Also habe ich jeden Tag Erze aus den Müllgruben gesammelt, bis ich genug zusammen hatte, um mir mein eigenes Schwert zu schmieden. Aber an dem Tag, an dem es endlich fertig wurde, war der Mann plötzlich verschwunden mit all unseren Wertsachen. Und meine Eltern wollten ihm nicht einmal nachlaufen. Sie verbrachten den Rest ihres Lebens in Armut und

Angst und im Winter, als ich das Mannesalter erreicht hatte, starben sie während einer Krankheitswelle.«

Ein angespanntes Schweigen folgte darauf. Balkis buschige Brauen hoben sich ein wenig und seine Mundwinkel zuckten schmerzlich. »Glaub mir, ich kenne mich aus mit gemeinen, brutalen und herzlosen Menschen. Um solche Leute muss man von Anfang an einen großen Bogen machen, dann können sie einem später keinen Ärger bereiten.«

»Ich will aber keinen großen Bogen um ihn machen. Ich war diesem Mann vorher noch nie begegnet und trotzdem hat er mein Leben genauso ruiniert wie das meiner Eltern. Ich werde nach Schwaben gehen, denn alles was ich noch über ihn weiß, ist dieser Haarknoten. Und du sagtest, in Schwaben würde jeder das Haar so tragen.«

»Du willst also nach Alemannia gehen und dort jeden Menschen mit einem Schwabenknoten attackieren, bis du deine Rache bekommen hast. Habe ich das richtig verstanden?«

Derick zögerte. »Ich weiß nicht, was ich tun werde, wenn ich ihm begegne. Aber ich will ihm in die Augen sehen und erfahren, warum er es getan hat. Ich will wissen, wovor mein Vater solche Angst hatte und womit er ihn erpresst hat. Und ich werde die Familienerbstücke zurückfordern, die er uns gestohlen hat. Allem voran das Schwert meines Vaters, das Ahnenschwert unserer Familie. Ich werde es zurückholen und es in das Grab meiner Eltern zurücklegen.«

Stille umhüllte sie. Nur das Lagerfeuer knisterte weiter vor sich hin und blies Rauchschwaden und helle Funken in die Abendluft. Dann gackerte Balki plötzlich laut und unbeherrscht drauflos. Dericks wütender Blick traf ihn, doch er schüttelte sich nur noch mehr vor Lachen. »Verrückt! Das war so ziemlich die dämlichste Motivation, die ich in meinem ganzen Leben gehört habe. Deine Eltern sind tot. Wieso Zeit und Energie verschwenden, um ein Schwert in ihr Grab zu legen? Du könntest auch einen Apfelbutzen in das Grab werfen, ich bin mir sicher, die Reaktion wäre dieselbe.«

»Das verstehst du nicht! Du bist nur ein Herumtreiber ohne Ehre! Wahrscheinlich hast du selbst schon geklaut auf deinen Wegen!«

»Natürlich hab ich das. Aber ich habe nie einer armen Familie mit Kindern ihren ganzen Besitz gestohlen, das kannst du mir glauben. Ich mag ein Herumtreiber sein, ein Vagabund, auf den alle herabsehen und ihre Köpfe schütteln, aber ich habe schon Dinge gesehen, die keiner hier im Norden je zu Gesicht bekommen hat. Ich bin durch die Wüsten des Südens gezogen, habe die Pyramiden und die Akropolis gesehen, bin ins Land der aufgehenden Sonne gereist und habe am Rand der Welt gestanden. Und auch wenn ich selbst nicht zum Kämpfen tauge, habe ich auch schon die faszinierendsten Kampfkünste gesehen und studiert. Wer weiß? Vielleicht kann ich dir sogar noch etwas Wichtiges beibringen.«

»Ich glaube kaum, dass du mir etwas übers Kämpfen beibringen kannst.« Derick zögerte. »Aber ich würde gerne wissen, wie du es geschafft hast, diesen Hunnenkönig an der Nase herumzuführen. Ich hatte die meiste Zeit über keine Ahnung, was du vorhattest. Wie konntest du all die Handlungen der Hunnen voraussehen?«

»Mit anderen Worten: Du willst etwas von meiner Intelligenz abhaben.«

»Ja.«

Nachdenklich setzte er sich auf und musterte den Jungen. »Das ist interessant. Ich hatte noch nie einen Schüler. Kannst du lesen?«

»Nein.«

Darauf folgte ein leiser Seufzer Balkis. »Dann haben wir wirklich einen steinigen Weg vor uns. Aber für den Anfang kann ich dir einen einfachen Ratschlag erteilen. Benutze erst dein Köpfchen und dann deinen Körper.«

»Wie meinst du das?«

Balki setzte sich auf. »Erst Köpfchen, dann Körper. Ein Mann bedroht dich mit einem Bogen. Was machst du?«

»Ich greife ihn an, bevor er mich erschießen kann.«

»Er wird dich aber höchstwahrscheinlich vorher treffen.«

»Dann reiße ich ihn wenigstens mit in den Tod und sterbe im Kampf.«

Er gluckste. »Das würde eine tolle Geschichte abgeben. Aber wäre es nicht besser, einfach weiterzuleben?«

»Wie?«

»Benutze zuerst deinen Kopf und dann deinen Körper.«

»Der Kopf ist ein Teil des Körpers. Wäre es nicht besser, zu sagen: erst Verstand, dann Körper?«

»Aber auf diese Weise hab ich eine weitere überflüssige Alliteration.«

»Ali-wali-was?«

»Ich mag einfach die Texte von Cato dem Älteren.«

Derick schüttelte den Kopf. »Balki, du musst endlich anfangen, wie ein normaler Mensch zu sprechen. Ich hab nämlich keinen Schimmer, was du da redest.«

»Zurück zu dem Mann mit dem Bogen. Du musst dir eine Frage stellen.«

»Welche?«

»Warum bedroht er dich? Was ist der Grund für sein Handeln?«

»Was sollte mir das in dieser Situation noch nützen?«

»Eine ganze Menge. Wenn er nur aus Angst auf dich zielt, kannst du ihn davon überzeugen, dass du harmlos bist. Es würde vielleicht sogar schon reichen, wenn du dein Schwert wegwirfst. Wenn er dich bedroht, weil er etwas von dir erfahren will, kannst du dieses Wissen vielleicht benutzen, um ihn zu manipulieren oder zu erpressen. Du kannst ihn davon überzeugen, dass du noch nützlich für ihn sein kannst. Und falls du zu dem Schluss kommst, dass er dich tatsächlich nur aus reiner Mordlust mit einem Bogen anvisiert, dann kannst du es immer noch mit einem Angriff versuchen.«

»Ich hätte gar nicht die Zeit, all diese Dinge zu denken.«

»Alles eine Frage der Übung. Je schneller und präziser deine Gedanken funktionieren, desto schneller und präziser wirst auch du.«

Sie unterhielten sich noch eine ganze Weile, bis ihnen jäh bewusst wurde, dass sie ihr Feuer noch nicht gelöscht hatten. Als es endlich zischend erstarb, war ihr ganzer Rastplatz in Dunkelheit gehüllt.

Balki blieb noch eine Weile wach und beobachtete die Sterne. Auf seinen Reisen auf der ganzen Welt hatte er auch je nach Ort unterschiedliche Sterne gesehen.

Die Sterne können uns den Weg weisen. Aber wenn wir nach Süden wollen, sind wir in die falsche Richtung geritten. Wir waren die ganze Zeit über nach Osten unterwegs.

Das Dorf am Berg

Balki erwachte mit schmerzendem Rücken, aber das minderte nicht seine Laune. Der Winter war so lang und dunkel gewesen, dass er fast vergessen hatte, in welcher Farbenpracht all die Pflanzen erstrahlen konnten. Die Sonne tanzte bereits auf den bunten Sträuchern. Er drehte sich auf die Seite und versuchte, weiterzuschlafen. Derick war bereits wach und reisefertig. Er hatte all ihre Habseligkeiten zusammengepackt, die Asche des Feuers mit Erde überschüttet und stand aufrecht neben seinem schwarzen Rappen. »Brechen wir endlich auf. Wir haben schon viel zu lange getrödelt.«
Die beiden Pferde, die sie erbeutet hatten, waren sehr ausdauernd und widerstandsfähig. Wenn auch nicht sehr hochgewachsen, so konnten sie doch gewaltige Lasten tragen. Ihre Köpfe waren groß, ihre Nacken stark und ihre Mähnen hingen fast bis zum Boden. Vor allem aber schienen sie sich sehr schnell an ihre neuen Besitzer gewöhnt zu haben, denn sie blieben immer in ihrer Nähe und trugen sie selbst die weitesten Strecken auf ihren Rücken, ohne sich zu sträuben. Während sie durch das hohe Gras trabten, flammte ihre alte Diskussion wieder auf.
»Meine Meinung bleibt gleich. Du kannst meinetwegen einem Schatz hinterherjagen, aber ich werde nach Schwaben gehen und den Mann suchen, der uns bestohlen hat.«
»Hast du irgendeine Ahnung, wie viele Menschen in Schwaben leben?«
»Vermutlich mehr als in dem Sachsendorf.«
»Mehr? Mehr? Ich würde sagen tausend solcher Dörfer würden nicht reichen, um die Einwohner Schwabens unterzubringen. Das Siedlungsgebiet liegt genau am Limes und seit jeher gehen tausende Menschen dort ein und aus, erst die Kelten, dann die Römer und jetzt die Schwaben. Das ist ein bisschen anders als in den menschenleeren Waldgebieten des Nordens.«
»Wie viele sind tausend?«
»Zehn mal hundert.«

»Aja.«

»Übrigens, wenn du diesen Schatz finden würdest, könntest du dir tausend Schwerter kaufen, die du deinen Eltern ins Grab werfen kannst.« Er lachte verdruckst, doch Derick hatte bereits wieder eine zornige Miene aufgesetzt.

»Hör auf dich über mich lustig zu machen!«

»Tu ich nicht«, log Balki außer Atem und beruhigte sich wieder.

Die Laubbäume wichen immer häufiger den dunklen Nadelgehölzen. Der Geruch von Harz lag in der Luft. Sie ritten auf eine gewaltige Gebirgserhöhung zu, ein unförmiger Brocken von einem Berg, umrahmt von schwarzen Tannen, bedeckt von einer dünnen Schicht Schnee.

An Wasser war kein Mangel in dieser Gegend. Überall platzten und plätscherten die kleinen Wasserfälle aus dem kalten Gebirge und schlängelten sich durch Wiesen und Wälder. Gelbe Blumen blühten am Boden und Büsche und Sträucher tummelten sich zwischen den Tannen und Fichten.

Doch wann immer die Sonne für kurze Zeit hinter einer Wolkendecke verschwand, biss ihnen die Kälte des Winters in sämtliche Glieder, der sich an diesem Ort dem Frühling wohl noch nicht kampflos ergeben wollte.

Derick war kurz abgestiegen, während Balkis Pferd weiter lustlos voran trottete. Als er wieder zurückkam, hielt er einen Haufen Pilze in den Armen. »Die werden uns satt machen, wenn uns unsere Vorräte ausgehen.«

»Aber auch nicht auf Dauer. Wir brauchen einen Plan.«

Derick hörte ihm nicht zu, sondern starrte mit glasigem Blick auf das Gebirge in der Ferne. »Dieser Berg dort. Meinst du dort leben Zwerge?«

»Zwerge?« Balki lachte. »Ich habe schon Zwerge gesehen: erwachsene Menschen, die einem nur bis zur Hüfte reichen. Aber die Märchenzwerge von denen du sprichst, existieren nicht.«

»Natürlich gibt es sie. Wer hat denn sonst all die Wunder geschmiedet? Thors Hammer Miölnir war eine mächtige Zauberwaffe. Geschmiedet wurde er von den Zwergen unter ihrem Meisterschmied Sindri. Selbst der Ring der Nibelungen wurde von einem Zwerg geschmiedet.«

»Woher kennst du all diese Geschichten über Thor und die Nibelungen?«

»Eine alte Seherin in unserem Dorf hat sie uns Kindern immer am Lagerfeuer erzählt. Sie sprach auch oft von Zwergen und Riesen.«

»Dann musst du mir das Ganze unbedingt einmal erzählen. Ich sammle Geschichten. Aber für den Moment sollten wir lieber etwas Richtiges zu essen finden, denn ich habe einen riesen Hunger.«

Balki grinste und folgte mit den Augen einem Zitronenfalter, der sich nach einigen Schlenkern auf einem bis oben hin mit Fässern beladenen Holzkarren niederließ.

Der Mann der ihn zog, hielt inne und drehte ihnen sein verschwitztes Gesicht zu.

»Lasst mich ja in Frieden!«, keuchte er, als sie ihm näherkamen. »Ich habe nichts, was man stehlen könnte. Das ist mein ganzer Besitz. Ich bin nur ein armer Händler.«

Dass er arm war, bezweifelte Balki bei dessen Leibesfülle doch stark. Der dicke Mann begann wieder voller Anstrengung seinen Karren über die unwegsame Wiese zu ziehen.

Als Balki ihn erreicht hatte, hüpfte er von seinem Pferd und ging auf die Fässer zu.

Der Dicke bekam vor Schreck fast keine Luft mehr. »Bitte! Dieser Karren ist alles, was ich habe. Davon muss ich meine Familie ernähren.«

Balki streckte seine kräftige Nase über eine der Amphoren, die sicher in Felle gewickelt zwischen den Holzfässern lagerten. »Keine Sorge mein Freund. Wir sind nur friedliche Wanderer, genau wie Ihr. Hmm. Ist das etwa ein Pinienwein, den ich da rieche?«

Der Händler wischte sich die Stirn und kam auf ihn zu. »In der Tat. Ihr habt eine gute Nase.«

»Und das hier ist Gewürzwein mit Oregano und Thymian. Und Mulsum … Honigwein von den Feldern des Rheins. Ihr müsst geradewegs vom Rheinland kommen.«

»Ja. Ja in der Tat.« Für einen Moment beäugte ihn der Fremde misstrauisch. »Seid Ihr etwa auch ein Weinhändler? Das ist meine Handelsstrecke.«

Balki lachte. »Nein keineswegs. Ich bin nur ein Liebhaber guter Getränke, sowie guten Essens und aller anderen irdischen Freuden.«

Der Händler atmete erleichtert aus und schob Balki dann zu einer der edleren Amphoren. »Dann solltet Ihr diesen hier einmal versuchen.«

»Ein bernsteinfarbener Falerner. Der ist in der Tat eine Rarität.«

Derick saß ungeduldig auf seinem Pferd und kratzte sich in den Haaren.

»Mein edelster Wein.«

»Aber sicher nicht so edel wie dieser hier«, sagte Balki und reichte dem Weinhändler eine seiner eigenen versiegelten Feldflaschen. Dieser begutachtete das Gehäuse neugierig und zog dann den mit Harz verklebten Korken eine Fingerbreite nach oben.

»Ein herber Setiner?! Angeblich war das der Lieblingswein von Kaiser Augustus. Wie um alles in der Welt seid Ihr an sowas ran gekommen?«

»Auch wenn Ihr es mir nicht anseht, bin ich ein wohlhabender Mann«, meinte Balki fröhlich und der dicke Händler lachte laut auf.

»Das glaube ich gerne.«

»Nein ernsthaft. Ich war ein römischer Großgrundbesitzer. Balkus heiße ich. Ich besaß einen eigenen Gutshof, eine Villa Rustica, wie man so schön sagt.« Er kramte in seinen Taschen und zog seine Wachstafel, einige Schriftrollen, eine kleine Waage und schließlich einen römischen Siegelring hervor. Er war angerostet und wenig anmutig, aber ein vielsagendes Siegel prangte darauf.

Derick machte große Augen auf seinem Pferd.

Der Junge glaubt mir doch nicht etwa? Hoffentlich ist dieser Händler ebenso leichtgläubig, dachte Balki vergnügt.

»Tatsächlich. Und was ist Euch zugestoßen?«

»Sagen wir, ich hatte einige Auseinandersetzungen mit den Hunnen.«

»Hunnen? Ich habe hier oben seit zwanzig Jahren keine Hunnen mehr gesehen.«

»Es ist ein einzelner Stamm. Mein Sohnemann hier und ich sind seit geraumer Zeit vor ihnen auf der Flucht.«

»Sind sie etwa in der Nähe?«

Wenn ich ihm das erzähle, wird er auf der Stelle das Weite suchen.

»Nein ganz bestimmt nicht. Wir sind ihnen seit Jahren nicht mehr begegnet. Ich würde also sagen, die Gefahr ist gebannt. Allerdings reisen wir schon seit Ewigkeiten durch Mitteleuropa auf unserem Weg nach Süden. Wenn es nur eine schnellere Reisemöglichkeit für uns gäbe…«

»Das kommt darauf an. Was erwartet Euch denn im Süden?«

»Hunderttausend Sesterzen und Goldmünzen, die ich unter meiner Villa vergraben habe.«

Das Gesicht des Händlers hatte sich mit jedem weiteren Wort aufgehellt. Jede Furcht war von seinen Zügen gewichen. Jetzt schnupperte er ein Geschäft. »Ich kenne eine geheime Strecke, die sich durch Berge, Wälder und Sümpfe schlängelt. Keiner ist schneller als ich in Arae Flaviae. Wenn ich die Fässer verkauft habe, wird auf meiner Kutsche eine Menge Platz übrig sein.«

Balki grinste verschmitzt. »Eine Kutsche. Vorhin meintet Ihr, Ihr wärt nur mit diesem Karren unterwegs.«

»Was ich vorhin gesagt habe, war gelogen«, flüsterte der Händler mit verschwörerisch gesenkter Stimme. »Ich habe einen römischen Kutschwagen. Allerdings habe ich den im Dickicht versteckt. Ich will nicht, dass sich die Einheimischen, sagen wir, kostenlose Proben genehmigen.«

Balki lachte auf. »Großartig! Dann wäre das abgemacht! Hast du gehört Derick, wir haben eine Mitfahrgelegenheit.«

Derick machte wie so oft ein Gesicht, als hätte Balki soeben einen Hasen aus seinem Hut gezaubert.

»Wann können wir die Reise antreten?«

»Das könnte natürlich noch ein paar Tage dauern«, begann der Händler.

Balki unterbrach ihn. »Ach natürlich! Das hatte ich ganz vergessen: eure Anzahlung.« Und er drückte ihm ein paar Münzen die Hand.

»Wenn ich es mir recht überlege, können wir morgen bei Sonnenaufgang losfahren. Ich muss nur noch diese Fässer hier im Dorf abliefern. Wir treffen uns hier an dieser Stelle. Falls wir uns verpassen, fragt in dem Dorf nach Eike. Die Menschen dort kennen mich.«

»Einwandfrei! Dann würde ich sagen, wir nutzen die restliche Zeit, um uns ebenfalls etwas zu stärken. Und unsere Pferde können wir auch verkaufen. Ist das Dorf weit weg?«

»Gleich dort hinter diesem Wald. Ein kleines, misstrauisches Völkchen lebt dort, aber für Wein bezahlen sie immer gut.«

»Und Ihr müsst den Karren den ganzen Weg dorthin schleppen?«, fragte Balki voller Mitleid.

»Oh ja. Ich wünschte, jemand würde mir dabei helfen.«

»Das wünsche ich Euch auch. Also bis Sonnenuntergang«, sagte Balki, stieg auf sein Pferd und jagte davon.

Derick kam ihm galoppierend hinterher und heftete sich an seine Seite. »Was war das denn nun wieder? Woher hast du gewusst, dass er eine Kutsche versteckt hat?«

»Glaubst du etwa, er hat seinen Wein mit diesem Karren vom Rhein bis hierher gezogen? Denk doch mal nach!«

Schweigend ritten sie an dem erwachenden Wald vorbei. Überall raschelte es, so voll war er an Leben. Ein schwangerer Fuchs lugte müde zwischen dem Gestrüpp hervor und ließ sich von dem Hufgetrappel nicht in seiner Futtersuche beirren. Sie waren langsamer geworden und vor ihnen schälte sich ein kleines hölzernes Dorf aus dem Dunst voller strohbedeckter Langhäuser, umgeben von einer langen Palisadenmauer und bewacht von zwei hölzernen Türmen am Eingang. Der Berg dahinter bedeckte nun ihr ganzes Sichtfeld. Irgendwie schien das gesamte Dorf in seinem Schatten zu liegen und die Erde wurde nass und kalt.

Als sie die hölzerne Wehranlage erreichten, bremsten sie ihre Pferde und durchritten langsam das von Türmen und Pfählen umrahmte Tor.

Balki machte große Augen, denn diese Stadt schien ihm wesentlich größer zu sein, als das nur aus losen Höfen bestehende Dorf im Teutoburger Wald. Und da waren nicht nur lange Holzhäuser. Man fand auch Häuser aus Steinen und gebrannten römischen Ziegeln zuhauf. Überall gingen Menschen unterschiedlichen Handwerken nach. Balki sah Maurer, Töpfer, Korbflechter, Sattler und Schmiede. Beeindruckt schritt der alte Vagabund über den flachen Platz seinem Gefährten voraus, nachdem dieser ihre Pferde angebunden hatte. Balki wusste genau, wohin er zu gehen gedachte.

»Weißt du was Derick? Ich glaube hier könnte ich länger bleiben«, meinte er pfeifend.

»Wieso? Wegen diesen Palisaden? Sie wären ein guter Schutz gegen einen erneuten Hunnenangriff.«

»Nein. Deswegen!«, rief Balki lachend und schlenderte geradewegs auf ein Gasthaus zu.

Sie drückten und drängelten sich an einer Gruppe Bauern vorbei zu einem breiten Holzhaus mit einem strohbedecktem Dach und einer einladenden Inschrift in Runen über dem Holz der Türe: »Brauet Bier bedächtig. Probieret Bier begeistert.«

Balki lachte und war nicht mehr zu halten, doch Derick packte ihn mit seiner starken Hand am Kragen und riss ihn zurück.

Der durstige Schwabe hatte dem nichtsentgegenzusetzen. »Derick, ich hab in letzter Zeit genug modriges Teichwasser getrunken. Lass mich los!«

»Wir müssen Vorsicht walten lassen. Ich will nicht gleich wieder in den nächsten Kerker geschmissen werden, weil wir gegen irgendwelche Sitten verstoßen.«

Balki gab ein entnervtes Geräusch von sich, dann ließ Derick ihn los und folgte ihm in das Wirtshaus.

Drinnen war es überraschend still und gesittet. Am hinteren Tisch saßen einige ehrwürdig dreinschauende Recken, die ihre Glanzzeit bereits hinter sich hatten, ansonsten noch einige Bauern und Reisende. Zwei spielten ein Würfelspiel.

»Donnerwetter, Vogelretter! Das sind wirklich respekteinflößende Gestalten da hinten! An denen sollen die Hunnen erstmal vorbeikommen.«

Dericks Miene verfinsterte sich. »Nenn mich nicht Vogelretter.«

Balki lachte und ein langhaariger Wirt mit hageren Gesichtszügen reichte ihm sein erstes Bier.

»Qualitätskontrolle«, scherzte der Schwabe und setzte den Tonkrug an seine Lippen.

»Ich hätte auch gerne ein …« Doch der Wirt hatte Derick nicht gehört und war bereits weiter gelaufen.

»Offenbar ein viel besuchtes Dorf. Siehst du den da drüben? Das ist ein Mann aus Gallien«, bemerkte Balki mit dem Mund voller Gebräu.

»Woher willst du das wissen?«

»Das höre ich daran, wie er spricht. Außerdem gibt es noch andere Auffälligkeiten.«

»Für mich sieht er genauso aus wie jeder andere im Wirtshaus.«

»Es gibt feine Unterschiede zwischen den Kulturen. Wenn ich einem fremden Germanen und einem fremden Gallier begegne, werden ihre ersten Fragen völlig unterschiedlich sein. Der Germane wird fragen: *Woher kommst du?* Der Gallier wird fragen: *Auf wessen Seite stehst du?*«

»Wo liegt denn der Unterschied?«

»Das würde jetzt zu lange dauern.«

»Und was würde ein Römer fragen, wenn er einem Fremden begegnet?«

»Das ist einfach. Er würde fragen: *Bist du Römer?*«

Der Gallier begann plötzlich auf seiner Leier zu spielen:

»Oh kommt nur mal nach Westen. Dort ist die Welt noch schön.

Dort tanzen schöne Frauen auf Burgen edler Höh'n.

Die edlen Herrinnen, ich werd' sie nie erreichen.

Oh könnte meine Minne ihr Eisherz doch erweichen.«

Balki, der bereits einiges über den Durst getrunken hatte, fühlte sich auf der Stelle genötigt, eine Antwort in Reimform vorzutragen: »Ganz nördlich hoch im Norden, da naht die Nacht noch rot.

Mit deinen schlechten Liedern … verdienst du dort kein Brot.«

Der Gallier warf ihm einen Blick voll brennendem Zorn zu.

Doch gerade als er etwas entgegnen wollte, trat ein weiterer Sänger auf und begann sofort damit, sich in ihren Wettstreit einzubringen.

»Darf ich mich einbringen? Ihr könnt' nämlich nicht singen.

Lasst den Sieg mich erringen und euch beide bezwingen.

Ich bin schon weit gefahren, auf einem Schiffe klein,

über die weite Wolga, in den Sonnenuntergang hinein.

Bis hier in dieses Dörfchen, ich reise bis ans Meer.

Und wird es dort auch schön sein, die Heimat fehlt mir sehr.«

Der Gallier fuhr fort und tat so, als hätte er den Slawen nicht gehört:

»Oh Frouwe, oh Frouwe. So edel und fein.

Ja eines Tages, da wirst du sein mein.«

Balki lachte laut auf. »Und wird dein Geträller auch schneller und heller und greller, zerspringen nur Teller, doch für hohe Damen bleibst du nur ein Bittsteller.«

Der Gallier hielt zornig dagegen:

»Dich will keiner hören! Hör auf mich zu stören!

Sonst werd' ich die Dichtkunst beschwören, um dich zu zerstören!«

Balki paffte seine Pfeife.

»Dass du sehr gestört bist, das wussten wir schon.

Sag mal, bist du ein Töpfer? Denn du vergreifst dich im Ton.«

Der Gallier sprang auf den Tisch.

»Ich bin Minnesänger, Mühsiggänger, du bist Almosenempfänger.

Länger und länger spiele ich hier im Saale.

In meinen Netzen landen mehr Frauen als Münzen in deiner Spendenschale!«

Balki sprang auf seinen Stuhl. Die Welt um ihn herum begann sich bereits zu drehen.

»Dass du Bettler bist, wussten eh schon die meisten.

So stolz aufzutreten, kannst du dir nicht leisten!

Ich würd dir ja helfen, doch macht dich das dreister,

drum ab in die Ecke und lausche dem Meister!

Ich seh' dich erbleichen! Du wirst immer blasser!

Drum setz dich doch hin! Hier ich reich' dir das Wasser!

Verstopft nicht die Ohren! Ihr habt längst verloren!

Nun laucht den Lektionen des großen Rhetoren!

Denn für solche Wettstreite wurd' ich geboren!«

Dann fiel er rückwärts vom Tisch und alles wurde undeutlich und verschwamm vor seinen Augen in einem grellbunten Strudel.

Balabans Ankunft

Das Hufgetrappel kündigte sie an. Balabans Schar erreichte das Dorf am Berg noch vor den letzten Sonnenstrahlen. Ihr Späher erwartete sie bereits.

»Du bist sicher, dass er es ist?«, fragte der König misstrauisch und trabte an die Spitze seines Stammes. Kühle Luft spielte mit seinem Zopf und die Kälte schmerzte in seinen unzähligen Narben.

»Ich hab ihn selbst gesehen. Er stand in der Kneipe und hat laut irgendetwas vor sich hin gegrölt, bis er vom Stuhl gefallen ist. Der geht so schnell nirgendwo mehr hin.«

»Was hat er gerufen?«

»Irgendetwas über Riesenrüben. Ich habe keine Ahnung. Er war völlig betrunken.«

Balabans Miene verfinsterte sich. »Durch die Welt ziehen, singen und saufen. Das ist das einzige, was dieser Kerl will. Es gibt eine Sache, die ich hasse: Menschen, die keine Verantwortung übernehmen.«

Langsam näherte sich ihm einer seiner Reiter und er konnte an den schweren Atemzügen erkennen, dass es Rigula war. »Sollen wir bei Sonnenaufgang angreifen?«

Balaban überlegte rasch und schüttelte dann seinen Kopf. »Bis dahin könnte er längst über alle Berge sein. Ich werde diesen Scharlatan nicht noch einmal unterschätzen.« Ihm war die Sache sichtlich unwohl. »Er hat mich belogen. Er hat mich ausgetrickst und ich habe es nicht erkannt.«

»Ist Euch das etwa noch nie passiert?«

»Nein.«

»Dann sollen wir noch in der Dunkelheit angreifen?«, fragte Rigula und ließ seine Fingerknöchel knacksen.

Balaban überlegte lange und sorgfältig. Ein kühler Wind umspielte ihre Haare, Zöpfe und Kapuzen. Die Äste im Wald raschelten leise. »Nein. Das Dorf ist zu gut gesichert. Ich will nicht unnötig viele

Männer im Kampf verlieren. Das sind mir diese beiden Vagabunden nicht wert. Ist unser Kontaktmann noch immer vor Ort?«

»Ja Eure Hoheit«, bestätigte der Späher. »Ihn habe ich ebenfalls in dem Gasthaus gesehen, auch wenn der schreckliche Gesang dieses Herumtreibers ihn recht früh verjagt hat.«

»Sehr praktisch, dass wir schon einmal hier durchgeritten sind und deshalb über Kontakte verfügen. Wir sollten dem Dörfler ein weiteres Angebot machen. Die Menschen hier sind ein abergläubischer Haufen. Zu nahe liegen sie an diesem verfluchten Berg. Sicher können wir das zu unserem Vorteil nutzen. Sag ihm, er soll die Einheimischen gegen die beiden aufhetzen und sie aus dem Dorf jagen … noch heute Abend.«

»Ich glaube nicht, dass er um diese Tageszeit noch genügend Menschen auf die Beine stellen kann.«

»Es sind zwei Wanderer! Und er muss ja nicht gegen sie kämpfen. Er soll sie nur nach draußen jagen. Sag ihm das!«

»Und wenn er sich weigert?«

»Bei dem Angebot, das ich ihm mache, wird er sich nicht weigern. Er wird für mindestens zwei Jahre ausgesorgt haben.«

»Jawohl Eure Hoheit.«

Der Späher entfernte sich, um im Schutz der Nacht zurück in das Dorf zu schleichen. Aber der große Rigula ließ sein Pferd nun ganz nahe an Balaban herantraben und begann mit leiser Stimme in dessen Ohr zu flüstern. »Ist das wirklich so klug? Wir haben kaum noch Geld. Sollen wir es wirklich derart verschleudern?«

Balaban nickte mit steinerner Miene. »Die Durchführung unseres Auftrages ist alles, was zählt. Geld ist nur ein Mittel zum Zweck. Damals als Großkönig Attila starb, waren es solche Nebensächlichkeiten, die seine Kinder zerstritten. Wir werden nicht denselben Fehler begehen. Wir werden die beiden finden, selbst wenn wir das ganze Dorf auseinandernehmen müssen.«

»Und wenn sich die Dorfbewohner wehren?«

Balaban ließ seine mandelförmigen blauen Augen über die Verteidigungswälle kreisen, ohne zu antworten.

»Balaban?«

Er runzelte die Stirn. »Ich dachte gerade an Folkward.«

»An wen?«, fragte Rigula verwundert.

»An den bärtigen Mann, den ich getötet habe, als wir im kalten Norden nach Kelsus gesucht haben. Siehst du? Du erinnerst dich nicht einmal mehr an seinen Namen.«

Der Riese wirkte irritiert, denn die Stimme seines Herrn klang anders als gewöhnlich. »Ich kann mich nicht erinnern, dass er mir seinen Namen genannt hätte.«

»Der andere Gefangene hat damals gesagt, dass er Folkward heißt. Ich vergesse nie einen Namen. Er war ein guter Mann. Er hat sich geweigert, seinen Freund Kelsus zu verraten. Ich bedaure es, für seinen Tod verantwortlich zu sein.«

Rigula nahm seinen König auf der Stelle in Schutz. »Er hat Euch vor dem ganzen Stamm einen Feigling genannt und zum Kampf herausgefordert! Wenn Ihr da nicht reagiert hättet, wärt Ihr die längste Zeit König gewesen!«

Balaban nickte, ohne seinem treuen Diener in die Augen zu blicken. »Vielleicht ist es dann ja besser kein König zu sein.«

Mit leichter Sorge in der Stimme beobachtete ihn Rigula. Offenbar war er Selbstzweifel von seinem König nicht gewohnt. »Und was wäre dann mit uns? Ihr seid der Einzige seit Attilas Tod, der sich für das Schicksal unseres Volkes interessiert. Alle anderen Stammesführer würden ihre Position nur ausnutzen, um sich selbst die Taschen zu füllen. Die würden nur plündern, um selbst reich und fett zu werden.«

»Und was wenn es unserem Stamm unter so einem reichen und fetten König besser ginge? Schau nur, was ich ihnen alles zumute. Der Kampf in dem Sachsendorf hat uns viele Männer gekostet. Ich bin schuld an ihrem Tod. Ich möchte daher einen weiteren Kampf um jeden Preis vermeiden. Erinnerst du dich, was Folkward damals gesagt hat? Er sagte, wir wären ein erbärmlicher Söldnerhaufen. Erinnerst du dich?«

Rigula nickte mit knirschenden Zähnen.

»Seine Worte sind wahr, auch wenn es mich schmerzt, das sagen zu müssen«, begann Balaban und starrte trübsinnig zu Boden. »Wir sind nichts weiter als Söldner. Wie tief nur sind wir seit dem Tode Attilas gesunken?«

Rigula schüttelte erschrocken den Kopf und begann so leise zu flüstern, dass nur Balaban ihn hören konnte. »Ihr dürft so etwas nie wieder sagen mein König. Alle Hunnen sehen zu Euch auf. Ihr habt es geschafft, aus einigen armen und versprengten Flüchtlingen einen starken Kampfesbund zu schmieden. Ihr habt diesen vertriebenen Familien wieder Hoffnung gegeben. Ihr seid die einzige Hoffnung der Hunnen auf Einheit und die Wiedererrichtung unseres einstigen Reiches. Wie sollen sie die Hoffnung bewahren, wenn sie wüsste, dass selbst Ihr inzwischen Zweifel bekommt?

Es ist eine unfassbar große Aufgabe und wir brauchen Gold und Macht, um wieder zu einstiger Größe zu finden. Und wir brauchen ein Stück Land, auf dem die Frauen und Kinder wieder ein normales Leben führen können. Das ist der einzige Grund, warum wir diese Art von Aufträgen annehmen.«

»Die Hunnen zu alter Größe führen? Das will ich schon lange nicht mehr. Inzwischen versuche ich doch nur noch, sie vor dem Untergang zu bewahren. Aber je länger wir die Drecksarbeit für reiche Herren in Rom ausführen, desto mehr schwindet in mir die Hoffnung. Jeder neue Ausbruch von Gewalt zieht eine weitere Kette von Gewalt nach sich. Es wird nie aufhören. Wie sollen wir jemals wieder zum Licht finden, wenn unser Pfad derartig dunkel ist?«

»Ich weiß es nicht«, sagte Rigula. »Ihr wart es, der uns diese Perspektiven eröffnet hat. Ihr seid es, der uns Hoffnung gibt. Und in Euch setzen wir unser Vertrauen.«

Balaban schloss für einen Moment die Augen. Dann hatte er sich offenbar wieder gesammelt und richtete sich auf. »Ich werde das Vertrauen, das ihr alle in mich setzt, nicht enttäuschen. Ich werde nicht aufgeben! Wenn wir den Gotenhort gefunden haben, wird uns Januarius Antilas belohnen und uns das Land übergeben, dass er uns versprochen hat.«

Flucht auf den Brocken

Derick hatte den größtmöglichen Abstand zu Balki bewahrt, der bewusstlos unter den Tisch gekullert war. Allmählich bereute er es, mit diesem Verrückten jemals ein Wort gewechselt zu haben. Wein und Bier hatten ihren Tribut gefordert und soeben war Balki laut grölend rückwärts zu Boden gestürzt, nachdem er wirre Lieder in den Raum gegrölt und alle Anwesenden verschreckt hatte.

Wie kann ein Mensch so gerissen und gleichzeitig so dumm sein? Wir sind inmitten eines fremden Dorfes und er hat sich so ziemlich jeden Anwesenden zum Feind gemacht.

Die anderen beiden Sänger, die für kurze Zeit ihre Lieder vorgetragen hatten, ehe Balki sie unterbrochen hatte, zogen pikiert von dannen und verließen das Gasthaus, ohne den bewusstlosen Schwaben eines weiteren Blickes zu würdigen.

Und was in aller Welt hat er da von sich gegeben? Ich habe irgendetwas über Riesenrüben verstanden.

Misstrauisch huschten seine Augen über die verbliebenen Gäste, die sich nach dem Ende von Balkis Lärm allmählich wieder in Ruhe ihren eigenen Gesprächen zuwandten. Zwei der altehrwürdigen Recken erhoben sich würdevoll und stolzierten mit klimpernden Schwertern zum Ausgang der Schenke. Zwei andere blieben.

Es ist ein Wunder, dass sie Balki nicht gepackt und in die nächste Jauchegrube geworfen haben.

Da fiel sein Blick plötzlich auf zwei jüngere Gestalten, die bisher von den breiten Rücken der Recken verdeckt gewesen waren. Es war eine junge Frau in Dericks Alter. Sie hatte glatte, braune Haare, die ihr über die Schultern hingen und ihr schmales Gesicht umrahmten. Ihre blonde Nebensitzerin beachtete er kaum.

Wer ist sie? Was sie hier wohl macht?

Zu spät bemerkte er, dass er die junge Dame unentwegt anstarrte und zu seinem größten Schock erhoben sich sie und ihre Freundin jäh und liefen dann mit eleganten Bewegungen direkt auf ihn zu.

Was geht hier vor?

Er wurde kreidebleich, als sie genau vor seinem Tisch zum Stehen kamen.

»Verzeiht. Dürfen wir uns setzen?«

Derick wusste nicht, was er darauf antworten sollte und zu seinem eigenen Ärger antwortete er mit: »Warum?«

Die etwas ältere der beiden setzte ein gekränktes Gesicht auf, aber ihre jüngere Begleiterin wollte nicht aufhören zu lächeln. Ihr Lächeln war so strahlend, dass Derick sich fast davon angesteckt fühlte.

»Wir wollten uns nur erkundigen«, sagte sie mit kluger Stimme. »Dieser schreiende Mann eben gehört doch zu Euch oder?«

Dericks Unbehagen wuchs, aber er wollte gegenüber diesen freundlichen Damen nicht lügen. »Ja, leider ist er mein Reisegefährte.«

Sie lächelte und ließ sich ohne Umschweife gegenüber von ihm nieder. Ihre blonde Freundin tat es ihr mit verdrießlicher Miene gleich. »Mein Name ist Tyra. Das ist meine Freundin Enite. Wie ist Euer Name?«

Derick betrachtete sie fasziniert. Sie trug schlichte Armreife, zwei einfache Ringe in den Ohren, eine Perlenkette um den Hals und zwei glänzende Fibeln an ihrem Gewand. In ihrem glatten Haarstrom prangte eine schimmernde Haarnadel. Ihre Augen waren groß und von einem strahlenden Blau-Grün. Er konnte sein eigenes Gesicht darin gespiegelt sehen. Da wurde ihm jäh bewusst, dass er ihr noch eine Antwort schuldig blieb.

»Mein Name ist Derick, Arnulfs Sohn.«

»Ich habe Euch hier noch nie gesehen. Kommt Ihr aus der Ferne?«

Ein plötzliches Geräusch, das klang wie das Todesröcheln eines sterbenden Bullen ertönte vom Fußboden des Gasthauses und alle Augen richteten sich auf dessen Urheber.

Balki war erwacht und drehte sich halbtot auf dem Boden. Stöhnend und zerzaust rappelte er sich auf und kam dann schwankend vor ihnen zum Stehen. Er brauchte einen Moment, bis er sein Gleichgewicht wiedergefunden hatte. Dann erkannte er Derick. »Was ist passiert?«, ächzte er verwirrt und fasste sich mit verzogenem Gesicht an den Schädel.

Derick starrte ihn an, zornig über die Unterbrechung. »Oh, du lebst ja noch. Wie schön.«

»Was?«, fragte Balki sehr laut und mit zusammengekniffenen Augen.

»Du bist beim Wetttrinken vom Stuhl gefallen. Die zwei anderen haben gesagt, du stehst bestimmt nicht mehr auf.«

»Haben wir nicht unsere Poesie verglichen?«

»Irgendwas hast du gegrölt, aber ich hab kein Wort verstanden und dann bist du umgekippt.«

»Ihr beide müsst wirklich von weit weg kommen, wenn ihr das für Poesie haltet. Was führt euch in dieses Dorf?«, fragte Tyra mit herzlichem Lachen.

Derick fühlte sich, als wäre er soeben im tiefsten Winter in einen gefrorenen See gesprungen. Unfähig zu sprechen, wich er ihren hellen Augen aus, doch Balki fühlte sich sofort berufen. »Verzeiht meinem Freund. Er hat viele Strapazen hinter sich. Er ist ein Vogelretter müsst Ihr wissen. Er hat einem Vogel das Leben gerettet. Das macht er im Grunde hauptberuflich.«

Zornig funkelte Derick ihn an, während Balki sich nur mit Mühe das Lachen verkneifen konnte. Die Frauen kicherten und die Blondine verdrehte leicht die Augen, als wollte sie sagen: *Lass uns verschwinden.*

»Wir kommen aus dem Norden«, meinte Derick knapp und abweisend.

Balki unterbrach ihn laut: »Wir haben uns aus einem Dorf der Sachsen freigekämpft, sind mit den Hunnen geritten, haben ihren König überlistet und ihm eine Schatzkarte abgenommen, dann haben wir Bier getrunken und jetzt bin ich müde.«

Sein Kopf kippte vornüber auf die Tischplatte und er begann leise und unregelmäßig zu schnarchen.

Die blonde Frau war sofort mit angewiderter Miene aufgesprungen. »Komm mit Tyra! Lass dich bloß nicht mit denen ein!«

»Du kannst ruhig schon gehen Enite. Ich komme gleich nach«, erwiderte Tyra klug. Ihre Freundin stolzierte aus der Wirtschaft. Derick freute sich, dass er Tyra noch nicht vergrault hatte.

Sie wandte sich ihm wieder zu und lächelte. »Vergib ihr. Enite will mich am liebsten von allen Männern fernhalten. Ihr eigener Ehemann verbietet ihr ständig zu reden, deshalb ist sie so schlecht auf Männer zu sprechen.«

»Das ist ja schrecklich.«

Sie wechselte das Thema. »Seid ihr wirklich mit den Hunnen geritten?«, fragte sie begeistert.

»Ja«, erwiderte Derick unwohl. Dann gab er sich einen inneren Ruck. »Wie war Euer Name noch gleich?«

Sie lächelte. »Ich heiße Tyra.« Ein lauter Schnarcher ertönte und sie warf Balkis Kopf einen unsicheren Blick zu. Derick überlegte kurz, dann schob er den Schwaben unsanft von der Tischplatte, woraufhin er auf dem Fußboden zusammensackte.

»Die Männer in unserem Dorf sprechen sehr schlecht von den Hunnen. Sie sagen, sie wären eine Plage Gottes.«

Der Junge senkte die Stimme und warf den verdächtig ruhigen Männern am hinteren Tisch einen besorgten Blick zu. »Ihr habt hier also alle das Christentum angenommen?«

Sie lächelte mild. »Schon seit vielen Generationen. Mein Urgroßvater war sogar noch kurz vor seinem Tod konvertiert, erzählte man mir. Stimmt es, dass ihr beide gegen die Hunnen gekämpft habt?«

Jetzt schmunzelte Derick und blickte zum schlafenden Balki, dessen Atem nun ganz leise und regelmäßig geworden war. »Ja, in diesem Fall hat er tatsächlich die Wahrheit gesagt. Er ist ein ziemlicher Dummschwätzer. Und was ist Eure Aufgabe hier im Dorf, Tyra?«

Sie begann lächelnd zu erzählen. »Meine Urgroßeltern kamen ursprünglich als Gefangene aus einem Stammeskampf hierher. Doch mein Großvater erwarb sich sehr schnell den Respekt des Fürsten, also wurden wir hier im Dorf als gleichwertige Nachbarn anerkannt. Ich bin hier geboren und hier aufgewachsen und habe schon oft an der Tafel des Fürsten gespeist. Es ist unglaublich, wie viel dieser Mann zu essen hat. Selbst die letzte Missernte schien an ihm spurlos vorbei zu gehen.«

Derick hing gebannt an ihren Lippen. »Ja, den Fürsten geht es immer gut«, fügte er ihrer Geschichte unschlüssig hinzu.

Dann schwieg er sofort wieder und lauschte ihrer Erzählung über das Alltagsleben in dem Dorf, über die grauenhaften Geschichten, die man sich über den Berg erzählte, über die Fehden mit den anderen Stämmen und ihr Verhältnis zu ihren Eltern. Die anderen um sie herum nahm er gar nicht mehr wahr. Er hatte nicht einmal bemerkt, dass Balki sich vom Fußboden erhoben und zur Tür der Gaststätte hinaus getorkelt war. Er blickte nur noch in diese blaugrünen Augen, die eine hypnotische Wirkung auf ihn auszuüben schienen. Er glaubte, es wäre ein furchtbares Vergehen, ihre wunderschöne Stimme und ihre klug gewählten Worte auf irgendeine Weise zu unterbrechen. All die Probleme, die ihn vorher beschäftigt hatten, waren wie weggezaubert: der Raub an seinen Eltern, die Gefangenschaft in dem sächsischen Dorf, das Verhör durch den Hunnenkönig und die schreckliche Angst, die er in dessen Nähe empfunden hatte. Plötzlich wurde ihm klar, dass Tyra geendet hatte und ihn nun auf liebenswerte Weise anlächelte.

»Kennst du das Gefühl…«, begann sie vorsichtig.

»Was für ein Gefühl?«, fragte er unruhig. Er fühlte sich seltsam hilflos in ihrer Nähe.

»Dieses Gefühl … wenn du jemandem begegnest und das Gefühl hast, dass du ihn schon seit Ewigkeiten lang kennst.«

Ihre Augen trafen sich und es vergingen Minuten, ohne dass einer von beiden ein Wort sagte.

»Ich glaube, ich weiß, was du meinst«, erwiderte er langsam. Seine eigene Stimme hörte sich merkwürdig fremd an. »Mir kommt es auch so vor, als ob ich dich schon seit Jahren kenne.« Er blickte in ihr Gesicht, in ihre Augen.

Sie lächelte und streckte ihre Hand aus. Er wusste erst nicht, was sie vorhatte. Dann spürte er den Druck ihrer Finger auf seinem Handrücken. Noch einmal sahen sie sich tief in die Augen, doch dann fiel sein Blick auf den Fußboden. Schockiert ließ er sie los.

»Wo ist Balki?«

»Ich weiß es nicht. Er ist vorhin gegangen. Was hast du?«

Derick fühlte sich plötzlich unwohl, als habe er etwas Falsches gemacht. »Ich muss schnell nach ihm sehen. Ich habe völlig vergessen, dass wir hier in einem fremden Dorf sind. Er ist betrunken und macht schon im nüchternen Zustand eine Menge Unsinn. Und Feinde lauern an jeder Ecke.«

Die Krieger vom anderen Tisch waren verschwunden. *Oh nein!*

Er erhob sich besorgt und blickte dann traurig ein letztes Mal zurück in ihre wunderbaren blaugrünen Augen. »Es wird nicht lange dauern. Werde ich dich noch einmal sehen, bevor wir aufbrechen?«

Sie nickte mit einem zitternden Lächeln auf den Lippen. »Bei Sonnenaufgang bin ich immer am Marktplatz. Es war wirklich schön dich kennenzulernen, Derick.«

Er lächelte bei der Nennung seines Namens. Ihn durchflutete ein Strom aus Wärme, als würde sein Herz warmes Quellwasser durch seinen ganzen Körper pumpen.

»Ja, das fand ich auch«, sagte er verlegen.

Dann wandte er sich hektisch um und durchschritt die Tür, denn er ertrug den Anblick ihres makellosen Gesichts nicht mehr. Im Gehen jagten tausend Gedanken durch seinen Kopf. Hatte er sie belästigt? War er betrunken oder besser gesagt: hatte er auf sie betrunken gewirkt? Er fasste sich an den Schädel. Er hatte plötzlich Schwierigkeiten, sich an ihren Namen zu erinnern. Er hatte sie Tyra genannt, doch war das ihr ganzer Name gewesen? Er stolperte und fiel auf den Boden. Geschockt blickte er sich um und bemerkte, dass sich alle Leute im Zentrum des Dorfes versammelt hatten, viele waren bewaffnet.

Er vernahm eine zornige Stimme. »Giftmischer! Giftmischer aus dem Westen! Ihr habt alle die Vorzeichen gespürt: Nebel in jeder Nacht, Schreie, die vom Berggipfel hallen. Jetzt haben die unruhigen Dämonen uns eine Warnung zukommen lassen. Es sind Giftmischer in unser Dorf gekommen.«

Ungläubig näherte er sich dem Pöbel, wollte gegen diese bösartigen Behauptungen Einspruch erheben, da hörte er ein Flüstern dicht bei seinem Ohr. »Hier rein, du Dummkopf!«

Er wirbelte herum und sah Balki, der sich in einem der Misthaufen versteckte. Sofort duckte sich Derick dahinter und starrte ihn an.

»Was in aller Welt ist hier passiert? Was haben die Leute plötzlich gegen uns?«

»Das ist doch egal. Irgendjemand muss eine Lügengeschichte über uns erzählt haben. Das reicht meistens schon.«

»Wenn ich herausfinde, wer das war«, zischte Derick zornig und erhob sich, aber Balki packte ihn am Arm und zog ihn zurück nach unten.

»Das wäre im Augenblick das Allerdümmste. Das sind mindestens vierzig Dörfler. Je mehr Menschen beieinander sind, desto mehr Dummheit ist geballt. Wir sollten verschwinden!«

»Ich kann hier nicht weg!«, protestierte Derick voller Wut und wollte erneut auf die Beine kommen, aber Balki ließ es nicht zu.

»Ich bin derjenige, der hier betrunken ist, also komm zur Vernunft! Deine Freundin kannst du auch morgen früh wieder besuchen. Heute Abend ist es hier für uns nicht sicher.«

Fluchend gab Derick ihm Recht und folgte ihm gebückt durch die Gräben und an den Häuserwänden vorbei bis zum hölzernen Tor, das glücklicherweise noch offen stand und unbewacht war.

Schwankend kam Balki auf die Beine und torkelte mit Schluckauf über den unebenen Weg, der außer Sichtweite der Wachtürme lag. Derick folgte ihm mit einigem Abstand. Die ersten finsteren Nadelbäume traten in ihr Blickfeld und das Gelände stieg leicht an. Sie mussten sich auf den Ausläufern des Berges befinden.

Irgendwo ertönte das Zwitschern weniger Vögel, die sich weder von der Kälte noch von der Dunkelheit beeinträchtigt fühlten. Ein Falke segelte über ihre Köpfe.

»Und wohin jetzt?«, fragte Derick mürrisch.

Balki konnte ihm ansehen, wie ungern er sich wie ein Feigling davon geschlichen hatte. *Sicher hätte er lieber im Alleingang gegen das ganze Dorf gekämpft dieser ehrenhafte Trottel. Verflucht! Mein Schädel!*

»Ich fragte, wohin?!«

»Ich würde sagen, wir gehen zurück zu diesem Händler. Sicher hat er noch Alkohol in seinem Vorrat.«

»Runter!«

Balki biss sich vor Schreck auf die Zunge, als Derick ihn zu Boden warf. Er schmeckte das nasse Gras und spuckte es aus. »Was hab ich denn jetzt wieder Falsches gesagt?!«

»Da war ein Reiter! Da hinten bei diesem Hügelkamm!«

Balkis Gedanken wurden mit einem Schlag kristallklar. »War es ein Hunne?«

Zögernd spähte Derick in die Ferne, aber am dunklen Waldesrand war niemand mehr zu erkennen. »Ich weiß es nicht. Aber ich habe ein verflucht ungutes Gefühl. Ich glaube, wir sollten zurück ins Dorf.«

»Unsinn! Wenn die Hunnen hier sind, werden diese Palisaden sie nicht aufhalten.« Balkis Blick schweifte einmal rund um ihre Umgebung herum und blieb an der Bergspitze kleben. »Wir klettern da rauf. Auf dem felsigen Gelände können uns die Hunnen mit ihren Pferden nicht folgen.«

»Gut. Dann los!«

Derick sprang auf und zog Balki grob auf die Beine. In dessen Kopf begann bereits alles zu wackeln und zu wanken. Torkelnd setzte er ein Bein vor das nächste.

»Wenn du dich nicht zusammenreißt, lasse ich dich hier unten zurück!«, zischte Derick, der bereits viele Klafter voraus gerannt war. *Du hast gut reden. Du bist weder so alt noch so betrunken wie ich!* Er meinte, Rascheln und Kratzen um sich zu hören. War da nicht ein körperloses Augenpaar, eine Gestalt aus einem alten Märchen? Er kniff die Augen zusammen und hechelte hektisch. *Reiß dich zusammen! Du hättest nicht so viel Bier trinken sollen! Deine Sinne spielen dir einen Streich!*

Zornig beschleunigte er seine Schritte, bis er Derick eingeholt hatte. Die Bewegung half ihm, seine Gedanken zu ordnen und die frische Luft wusch seinen Kopf aus.

Sie hatten den Hügel erklommen, von dem aus das Gelände steil anstieg. Der Geruch von Moos, Harz und nassem Holz wehte ihm in die Nase. Bevor sie in das Dunkel des Nadelwaldes eintauchten, warfen sie noch einmal einen Blick über die Schulter, doch von den Hunnen war weit und breit keine Spur.

Der Aufstieg war ein Hindernislauf aus Geröllbrocken, herabgefallenen Ästen, Wasserlöchern, Gestrüpp und Bäumen. Überall sammelte sich in breiten, rotgelben Tümpeln und Bächen das Wasser, das von dem schneebedeckten Gipfel heruntergeflossen war. Auch gelbe Blumen und die ersten Sträucher wucherten in der erwachenden Waldlandschaft.

In einer kleinen Senke sprudelte glasklares Wasser über die bunten Steine und Raben flatterten krächzend und zankend von den kahlen, schwarzen Ästen.

Gerade als Balkis Ausdauer zum Erliegen kam und er sich auf einen der abgeknickten Baumstämme sinken ließ, ertönten hinter ihnen Angriffsschreie und lautes Hufgetrappel, unter dem das morsche Holz des Waldes erbebte.

Mit wenigen Sätzen war Derick auf einen Baum geklettert und starrte ins Tal. »Sie kommen!«

Balki blickte zwischen zwei Löchern im Nadelgestrüpp hindurch und konnte die Pferde sehen, die im Galopp das unwegsame Gelände erklommen, über den mit Moos und Nadeln bedeckten Boden hetzten und zwischen Geröll und Stämmen hindurchjagten. Dann ertönte das wilde Bellen von angreifenden Hunden.

Sofort war Balki auf den Beinen und sprang Derick hinterher, der nun so schnell er nur konnte auf eine Felsenwand zu sprintete. Mit einer Hand griff er in eine Rille und zog sich beinahe mühelos auf einen Felsvorsprung.

»Wie soll ich denn da hoch kommen?!«, schrie Balki verzweifelt und Derick ließ sich fluchend nach unten gleiten, umfasste Balkis Arm mit der freien Hand und wuchtete unter großer Anstrengung beide nach oben. Nach wenigen Augenblicken hatten sie die Felswand erklommen, da brachen auch schon die Vierbeiner aus dem Unterholz hervor und begannen mit gefletschten Zähnen gegen die Felswand zu kläffen. Schon folgte ihnen ein Reiter. Der Pfeil hätte Balki direkt zwischen die Augen getroffen, wenn Derick ihn nicht nach unten gerissen hätte.

»Sie sind hier! Ich hab sie gefunden! Sie klettern nach oben auf den Berg!«, hörten sie ihn unter sich schreien und seine Schreie wurden aus allen Himmelsrichtungen mit donnernden Rufen beantwortet.

Balki und Derick rannten nun so schnell sie nur konnten. Hinter ihnen ertönte die eiskalte Stimme von Hunnenkönig Balaban. »Steigt ab! Das Gelände ist zu gefährlich. Lasst die Pferde hier zurück und folgt mir auf diesen Berg!«

Sofort tauchten Balki und Derick dichter ins Gestrüpp ab. Sie hatten nur einen geringen Vorsprung. Immer mehr Schneehäufen hingen wie Nester in dem steilen Gelände und die Temperatur fiel weiter mit jedem zurückgelegten Schritt. Ihr Atem dampfte in der Luft. Mit steigender Höhe wurden die Pflanzen immer weniger, der Schnee immer dichter und immer mehr totes Holz versperrte ihnen den Weg. Grau und eingeknickt lagen die verwitterten Äste auf dem Boden und totes Heidekraut tummelte sich dazwischen.

Dann wurde der Wald lichter und sie betraten einen weiten Streifen voller kranker, magerer Bäume, deren knorrige, schwarze Äste sich wie Finger hilfesuchend zum Vollmond hin krümmten. Alles was dahinter lag, war von einem wabernden Nebel verhüllt, der mit jedem Windhauch gespenstischer über den mit Tannennadeln bedeckten Waldboden kroch.

»Verflucht, was jetzt?!«, zischte Derick und zog seine Waffe.

Hinter ihnen brachen zwei Hunnen aus dem Unterholz hervor. »Balaban! Sie sind hier! Sie sitzen in der Falle!« Der gespenstische Brodem wich zur Seite.

Und dann konnte Balki ihn sehen und blickte direkt in das helle Blau seiner Augen. »Oh nein.«

Er kauerte sich hinter Derick, der voller Zorn sein Schwert durch die Luft schwang, als die Hunnen sie von allen Seiten umkreisten. Auch zwei Hunde hatten den Weg auf den Berghang gefunden und krümmten sich nun knurrend hinter den Rücken ihrer Herren. Sie waren umstellt. Es gab keinen Ausweg mehr. Und plötzlich krochen die Nebelschwaden zwischen ihren Füßen hindurch und die Hunnen wichen erschrocken zur Seite. Und ehe einer von ihnen ein weiteres Wort sagen konnte, war ihre gesamte Umgebung vom Nebel verschluckt.

Balki war alleine. Er hörte nicht, was um ihn herum geschah und konnte nicht einmal mehr die Hand vor Augen sehen. Obwohl er nicht an Geister glaubte, hatte dieser Nebel etwas Unnatürliches und Gespenstisches an sich. *Wenn ich hier lebendig raus komme, werde ich mich nie wieder über den Zauber des Nordens lustig machen.*

Er versuchte einen nüchternen Gedanken zu fassen. *Die Hunnen sind sicher genauso verängstigt wie ich. Das muss ich ausnutzen.* Obwohl er nicht wusste, wo er hinlief, rannte er, so schnell er nur konnte, drauflos. Der Schnee knirschte unter seinen Füßen und er lief Gefahr, bei jedem weiteren Schritt tiefer in den eisigen Massen zu versinken. Hinter sich hörte er das Tapsen von Pfoten und den hechelnden Atem eines Hundes.

Verflucht, das wird mir noch leidtun, dachte er, löste die letzten Fleischvorräte von seinem Gürtel und warf sie in die weiße Nebelwand davon. Das Tier folgte sofort dem Geruch seines Abendessens.

Endlich wich der Dunst einen Spalt breit auseinander und Balki fand sich auf einem steilen Pfad wieder, der sich um die toten Tannen hinauf auf den Berggipfel schlängelte.

Die Kälte biss ihm in den Nacken, wann immer der Wind in den verwinkelten Wipfeln der Tannenbäume zu heulen begann.

Soweit der Nebel nicht sein Sichtfeld beschränkte, war der Boden nun mit einer mannshohen Schicht Schnee bedeckt, nur an manchen Stellen von dem Wasser unterbrochen, das sich sprudelnd an die Oberfläche drückte. Ein schauderhaftes Jaulen ertönte hinter ihm, als habe eines der Tiere ein frühzeitiges Ende bei einem Abhang gefunden. Er überkletterte erneut umgeknickte Tannen, Granitblöcke, auf denen sich das Heidekraut angesiedelt hatte, und übersprang die kleinen Bäche, die sich mit zunehmender Jahreszeit aus dem Gebirge ihren Weg ins Freie fraßen.

Das Gelände flachte ab und er bemerkte in der entsetzlichen Kälte und Finsternis, dass er nicht mehr weiter nach oben gehen konnte. Ein kühler Windstoß fegte einen Teil des Nebels beiseite und er konnte einen Moment lang seine Umgebung bewundern, die vom Licht des Vollmonds am sternenklaren Himmel erleuchtet wurde. Der Bergrücken gewährte ihm die Aussicht auf ein riesiges, nahezu endloses, grünes Waldgebiet mit noch mehr schneebedeckten Gipfeln, Bergen und Flüssen.

Der Gipfel des Brockens selbst war ein gewaltiges, schneebedecktes Massiv. Balki ließ den Blick schweifen und erkannte überall riesige Steine und Felsbrocken und fragte sich, wie sie wohl bis hier nach oben gelangt sein konnten. Trotz der enormen Kälte wucherten Moos und vergilbtes Gras zwischen den Felsen. Tannen wuchsen hier nur noch vereinzelt und waren klein und verkrüppelt geblieben.

Dann schwebte der Nebel wieder herbei und umschloss sein Sichtfeld wie eine wabernde Faust. Seine Sorgen und Ängste kehrten ebenfalls zurück. *Was ist mit Derick? Haben sie ihn vielleicht schon getötet?* Und dann spürte er den Schlag auf seinen Nacken.

»Ich hab ihn! Er ist es!«

Er rollte sich über den Boden ab und kroch auf allen Vieren davon. Doch der Hunne hatte ihn gesehen und sprang ihm mit ausgestreckter Klinge hinterher. Das Metall schlug neben Balki in den Schnee und dann klirrend auf einen Felsen. Er machte schleunigst, dass er auf die Beine kam. Der Hunne setzte ihm nach.

»Ich hab ihn! Er ist es!«, schrie er noch einmal.

Balki stolperte rücklings. Er hatte keine Ahnung, wohin ihn seine Schritte trugen. Er musste seine ganze Aufmerksamkeit darauf richten, den Hieben des Hunnen auszuweichen, der nun lachte und mit sprunghaften Bewegungen die Verfolgung aufnahm. Es war noch ein junger Mann und der Leichtsinn sprach aus jeder seiner Bewegungen.

»Kannst du tanzen?«, lachte er und vollführte einen Schlenker mit dem Schwert, der Balkis Ärmel zerfetzte. »Soll ich dir deine Kette vom Hals schneiden?«

Und plötzlich traf den Hunnen ein dunkler Schemen mit voller Kraft an der Schulter und schleuderte ihn zur Seite. Der Nebel hatte sich gelichtet. Derick war erschienen.

Er schwang sein Schwert mit solch majestätischer Präzision, dass dem Hunnen das Lächeln auf den Lippen gefror und einer furchterregenden Fratze wich.

Balki entfernte sich rücklings keuchend von dem Kampf und spürte, dass das Geröll unter seinem Fuß plötzlich zur Seite rutschte. Er wirbelte herum und erkannte voller Panik, dass sie sich direkt an einer gewaltigen Klippe befanden.

Flehend heftete er seinen Blick an Derick, doch der junge Cherusker musste einen Treffer einstecken. Der Hunne hatte Dericks Finger getroffen und nutzte den kurzen Augenblick, in dem sie sich vor Schreck öffneten, um Derick die Waffe aus der Hand zu fetzen. Ohne abzuwarten, setzte er seinen Angriff fort, doch Derick griff augenblicklich in seinen Gürtel und zog das Langsax heraus. Das kurze, einschneidige Hiebschwert war dem Langschwert des Hunnen in jeder Hinsicht unterlegen, aber Derick schaffte es, jeden einzelnen Schlag damit zu parieren, und als der Hunne erschöpft von ihm abließ, ging Derick zum Gegenangriff über.

In diesem Augenblick fragte sich Balki, wie er sich je über den Jungen hatte lustig machen können. Der brennende Zorn, der in seinen Augen brannte, hätte ihn vor Angst in die Knie gezwungen, wenn er sich jetzt in der Lage des Hunnen befunden hätte. Die Bewegungen wurden schneller, beide Kontrahenten schrien auf und schließlich landete Derick den alles entscheidenden Treffer und der Hunne ging schreiend zu Boden. Ehe er sich wieder aufrichten konnte, hatte Derick ihm gegen den Kopf getreten und er sackte regungslos in sich zusammen.

Es folgte Stille. Noch immer bebte Derick vor rasendem Zorn und als sich ihre Blicke trafen, musste Balki unweigerlich den Kopf senken. *Ich hab den Burschen unterschätzt. Er ist ein Wahnsinniger mit seinem Schwert.*

Sie schwiegen sich an und drehten die Köpfe. Die gesamte Klippe ragte wie ein Schild in die sternklare Nacht. Jedoch türmte sich nur wenige Klafter von ihnen entfernt die Nebelwand auf und versperrte ihnen jeglichen Blick auf den Bergrücken zurück. Die Stille war so gespenstisch wie der unnatürliche Nebel.

Dann hörten sie es: Schritte. Ganz leise zu Anfang und mit jedem verstrichenen Herzschlag wurden sie lauter.

Unterwürfig wichen die Schwaden seiner gebieterischen Präsenz. Der Hunnenkönig schälte sich aus dem Nebel und mit jedem Schritt wurden seine Konturen klarer. In jeder Hand hielt er ein

Schwert und bewegte sie so elegant, als wären sie nichts weiter als eine Verlängerung seiner eigenen Arme.

»Zerco.« Sein Blick ruhte auf dem bewusstlosen Hunnen. Dann hob er den Kopf. »Du hast einen meiner Männer besiegt«, meinte er nüchtern.

»So wie ich Euch besiegen werde«, erwiderte Derick aggressiv und nahm eine Kampfhaltung ein. Balki wich bis an den Rand der Klippe zurück und fragte sich, woher um alles in der Welt der Junge seinen Mut nahm.

Balaban lächelte süffisant. »Du willst gegen mich kämpfen?«

»Es gibt ja wohl keine andere Möglichkeit, oder?«, blaffte er ihn an.

Balaban hob eine Braue und betrachtete den Jungen interessiert. »Nicht wenn du überleben möchtest. Dann gibt es keine andere Möglichkeit, als gegen mich zu kämpfen, allerdings sind deine Aussichten nicht besonders gewinnversprechend.«

»Ihr unterschätzt mich Hunne!«

Balaban sah ihn geringschätzig an und murmelte gelassen: »Du bist verletzt, müde, in schlechter körperlicher Verfassung, mit den Gedanken nicht wirklich bei der Sache und mit dem Schwert sicherlich nicht so geschickt wie ich. Also nein, ich unterschätze weder dich noch deine Aussichten. Aber solltest du auch nur die geringste Aussicht auf Erfolg haben wollen, dann musst du mich jetzt auf der Stelle angreifen, denn meine Männer werden jeden Augenblick hier eintreffen und dann ist jede Hoffnung auf dein Weiterleben verloren.«

Derick starrte den Mann immer noch ungläubig an, doch er musste die Wahrheit in seinen Worten erkannt haben. Balki hielt den Atem an, als der Junge mit gezogenem Schwert und einem Schrei auf den Lippen auf den Hunnenherrscher zustürmte. Doch dieser reagierte so schnell und geschickt, dass Derick zu Boden stolperte.

»Na komm schon! Das war doch sicherlich nicht alles«, sagte Balaban kalt.

Derick schrie und ging in einen erneuten Angriff über. Balaban wehrte ihn mühelos ab.

»Wenn man mit zwei Schwertern zwei völlig unterschiedliche Aktionen ausführen kann, dann zählt man so viel wie zwei Krieger. Siehst du?«, sagte er, als würde er Derick unterrichten.

Derick sprang zornig auf und schlug wild und unkontrolliert auf den Hunnenkönig ein. Doch dieser parierte vollkommen mühelos, zuckte nicht einmal mit der Wimper und schleuderte Derick dann mit einer eleganten Bewegung das kleine Langsax aus der verletzten Hand.

»Keine Herausforderung«, meinte er geringschätzig, dann stieß er mit seinem Schwert nach vorne, direkt auf Dericks Brust zu. Der Junge griff zu der einzigen Möglichkeit, die ihm noch blieb. Er sprang nach hinten und stolperte über seine eigenen Füße. Balaban lachte.

»Wenn wir mit denselben Waffen gekämpft hätten, wäre der Kampf schwieriger für Euch gewesen!«, zischte Derick und blickte auf das Kurzschwert hinab, das weit außerhalb seiner Reichweite im Schnee lag.

Ohne zu zögern, warf ihm der Hunnenkönig eines seiner beiden Schwerter zu und Derick fing es verwundert auf.

»Noch einmal.«

Sein Zorn vervielfachte sich. Er stieß einen Schrei aus und nahm den Kampf wieder auf. Doch Balaban spielte nur mit ihm. Auch mit nur einem Schwert parierte er mühelos jeden Hieb des rasend vor Zorn um sich schlagenden Jungen.

»Komm schon Kleiner. Du willst deinem Papi doch keine Schande bereiten oder?«

»Lass dich nicht provozieren!«, rief Balki mit erstickter Stimme.

Doch Derick war nicht mehr zu halten. Offenbar konnte ihn nur noch eines beruhigen: all seinen Zorn und seine Aggressionen in den Schwertkampf übergehen zu lassen.

Balabans Lächeln verschwand. Dericks Kampfrausch machte ihn nicht blind oder unbeherrscht. Jeder seiner Streiche schien mit noch größerer Präzision zu erfolgen.

»Wer hat dir das beigebracht, wo dein Vater doch tot ist?«

Jetzt war Balaban das Lachen endgültig vergangen. Schnell atmend und geschockt ging er rückwärts, um die immer schneller werdenden Attacken des jungen Cherusker abzuwehren, die wie Hagelkörner in einem Sturm auf ihn einprasselten. Derick brachte den Hunnenkönig in Bedrängnis. Balki konnte seinen Augen nicht trauen. Dann passierte es.

Dericks Schwertstreich durchbrach die Verteidigung Balabans und traf ihn mitten ins Gesicht. Der Hunnenkönig drehte sich reflexartig zur Seite und fasste sich erschrocken an seine aufgeschlitzte Wange, von der aus Blut in dicken Tropfen über seine ganze Hand strömte.

Dann traf sein eisiger Blick Derick und diesmal war er es, der vor Wut kochte. »Du hast mich verwundet. Dafür darfst du dich glücklich schätzen. Eine Narbe in meinem Gesicht zu hinterlassen, ist eine Ehre, die nur den wenigsten zuteil wird. Und jeder von ihnen hat teuer dafür bezahlt … mit seinem Leben.«

Jetzt zog Balaban all seine Register, mobilisierte all seine Kräfte und zeigte sein ganzes Können. Mit gefletschten Zähnen und brennendem Zorn in den Augen ging er auf Derick los und deckte ihn wie ein Berserker mit einer nicht enden wollenden Anzahl an Hieben und Stichen zu. Seine Klinge wirbelte wie ein wütender Hornissenschwarm um Derick herum. Er konnte dem nicht mehr lange standhalten. Sein Zorn war verraucht und Verzweiflung gewichen. Er ging in die Knie. Mit geweiteten Augen sah Balki, wie Balaban ausholte und Derick keine andere Möglichkeit mehr blieb, als zur Seite zu springen. Doch damit hatte Balaban gerechnet und schleuderte ihm seine Klinge entgegen. Derick erwischte sie gerade noch so mit seinem Schwert, um sie rechtzeitig beiseite zu fegen.

Für einen Moment dachte Balki, Derick hätte den Kampf für sich entschieden. Dann huschten seine braunen Augen zu Balabans Fuß, den er unter den Griff des Langsax geschoben hatte.

Bevor Balki eine Warnung schreien konnte, hatte der Hunne das Kurzschwert nach oben katapultiert, fing es mit der rechten Hand auf und schleuderte es in Dericks ungeschützte Brust.

Der Junge schrie auf. Seine Hand raste zu der Wunde, doch ehe er die Waffe herausziehen konnte, war Balaban nach vorne gesprungen und trat mit ausgestrecktem Bein direkt gegen den aus Dericks Körper ragenden Schwertgriff. Die Spitze des Schwertes trat zum Schulterblatt wieder aus und Derick stürzte ächzend nach hinten. Er rollte über den abfälligen Boden zu Balki, neben dem er reglos liegen blieb.

»Nein«, keuchte der alte Schwabe.

»Ich habe dir gesagt, wenn du dein Wort brichst, werde ich andere Methoden anwenden müssen«, rief Balaban immer noch bebend vor Zorn. »Siehe also den Tod deines Gefährten als deine erste Bestrafung an! Weitere werden folgen!«

Mit kreidebleichem Gesicht starrte Balki auf seinen schwerverletzten Freund, aus dessen Wunde sich nun Blut über den gesamten Hang ausbreitete. Das Blut wurde hungrig vom kalten Schnee aufgesogen. Dericks zitternde, blutverschmierte Finger betasteten den Schwertgriff. Balki umfasste ihn mit beiden Händen und zog die dünne Klinge langsam heraus. Derick krächzte matt und sackte in sich zusammen. Dann streckte Balki die Waffe dem Hunnenkönig entgegen. »Ihr werdet niemals erfahren, wo der Schatz sich befindet«, hauchte er tonlos.

»Du hast es in der Hand Kelsus! Wehre dich weiterhin und werde Zeuge des Todes deines Freundes oder komm freiwillig mit uns. Wir haben Schamanen, die sein Leben noch retten könnten. Aber die Informationen werden wir auf jeden Fall aus dir herausbekommen. Das ist so sicher wie der Tod!«

Balki Gedanken überschlugen sich. Noch immer brummte sein Schädel. *Ich verdammter Narr! Hätte ich nur nicht so viel getrunken!*, pochte es wütend darin. *Ich brauche einen klaren Kopf.*

Er musste eine Entscheidung treffen und zwar schnell. Balaban blieb in wenigen Klaftern Abstand stehen. Das eine seiner Schwerter lag zwischen ihnen auf der Schneedecke, das Langsax hielt Balki mit blutigen Händen zitternd umklammert. Jeden Augenblick konnte der Hunne nach vorne springen und seine Waffe ergreifen. Wäre Balki schneller als er? *Wohl kaum!* Also sollte er sich ergeben? *Das wird mich diesmal nicht retten.*

Er betrachtete Dericks dampfende Wunde, die in der Kälte zu bluten aufgehört hatte. Das Schwert hatte das Herz nicht verletzt, sondern war etwas schräg davon in die Schulter eingetreten. Er dachte an die medizinischen Schriften des Galenos, eines griechischen Arztes, über das Gleichgewicht der Säfte des Körpers: Gelbe Galle, schwarze Galle, Schleim und Blut. *Wenn er zu viel Blut verliert, würde das Ungleichgewicht der Säfte ihn töten. Wenn ich die Blutung verbinden würde, könnte er es schaffen.* Und er dachte an die Kutsche, die bei Morgengrauen im Dorf auf sie warten würde.

»Hast du dich entschieden?«, fragte Balaban schroff und noch mehr finstere Schemen schälten sich aus dem Nebel, der ihn umgab.

Balkis wache Augen huschten von einem Hunnen zum anderen, die mit gezückten Waffen auf die Befehle ihres Königs warteten. Dann richtete sich sein Blick auf Derick und auf den Nebel, der die Klippe umfasste.

»Nein?«, fragte Balaban ungeduldig. »Dann werden wir dir die Entscheidung abnehmen.«

Und die Hunnen bewegten sich mit gezückten Klingen auf sie zu, kamen gespenstisch immer näher und streckten dann zeitgleich die Schwerter nach oben. Balki schwang das Schwert in einem großen Bogen durch die Luft. Einen kurzen Moment wichen die Hunnen nach hinten. Dann rammte er die Klinge in den Boden durch Schnee, Erde und Eis, stieß sich mit aller Kraft daran ab und drückte sich und Derick hinunter zum Abgrund. Dericks großer Körper drehte sich zweimal. Dann verschwand er geräuschlos im Nebel. Balki starrte in Balabans geschocktes Gesicht und stürzte ihm rücklings hinterher. Der Berggipfel, die Hunnen und Balaban verschwanden aus seiner Sicht. Sie fielen nicht weit, da rollten sie auch schon blind und orientierungslos einen schneebedeckten Hang hinunter. Der Nebel versperrte ihnen jedwede Sicht. Dornen und Äste schlugen ihnen entgegen. Dann kamen sie endlich auf einer mondbeschienenen Wiese zum Halt.

»Verfolgt sie! Klettert nach unten! Bringt sie zurück!«, hörte er Balabans Stimme aus sehr weiter Ferne.

Balki zögerte nicht lange und wuchtete sich Dericks schweren Körper auf den Rücken. Je eine Hand zog er sich über die linke und die rechte Schulter, dann stapfte und schlitterte er drauflos und seine Muskeln brannten vor Anstrengung. Schweißperlen gefroren auf seiner Stirn, doch er wusste, er musste das Dorf vor den Hunnen erreichen, sonst war alles verloren. Er schleppte sich um eine Gruppe kleiner Tannen, die geradeso eine Handbreite aus dem Schnee lugten. Überall war das Eis durchbrochen von kleinen Bächen, Heidekraut und mit Moos überwucherten Brocken.

An einem Felsen weit unterhalb von Schnee und Nebel versagten ihm schließlich seine Kräfte und Derick glitt von seinem Rücken zwischen die Tümpel und Sträucher. Balki schnaufte erbärmlich. *Du kannst ihn nicht retten du heldenhafter Dummkopf! Aber alleine könntest du es schaffen. Lass ihn zurück! Du hast keine Wahl!* Sein Blick fiel auf den Jungen, der ihm bisher nichts als Ärger bereitet hatte und zornig verdrehte er die Augen und trat gegen den harten Felsen. *Du hast dich immer über gute Menschen lustig gemacht*, dachte er verzweifelt. *Jetzt stirbst du selbst als einer!* Fluchend griff er erneut unter Dericks Arme und zerrte ihn einige Klafter tiefer ins Tal. Dann ging er erneut zu Boden und schmeckte Moos, Tannennadeln und Erde. Hufgeräusche drangen an seine Ohren, ganz langsam und gemächlich, wie die eines Spähers, der den Wald auskundschaftete.

Du hättest es alleine vielleicht geschafft! Jetzt werdet ihr beide umgebracht du Trottel! In letzter Verzweiflung schloss Balki die Augen und drückte sein Gesicht tief in die mit Nadeln überzogene Schneeschicht. Vielleicht würden sie ihn übersehen. Vielleicht würde er sich ein letztes Mal davonschleichen können. *Alleine erreiche ich vielleicht noch rechtzeitig die Kutsche.*

Dann kamen die Hufe genau neben seinem Gesicht zum Stehen und er roch das nasse Fell und den dampfenden Atem des Tieres. *Wenigstens sterbe ich mit dem Duft von Tannennadeln in der Nase.*

Ganz langsam öffnete er die Augen und starrte nach oben. Das Pferd starrte träge zurück, begutachtete ihn einen Moment und trabte dann unschlüssig zu einem der größeren Wasserlöcher, um zu trinken. Balki blinzelte. Und endlich erreichte die Erkenntnis seinen Kopf. *Es ist sitzt kein Reiter darauf!* Sofort war er auf den Beinen und starrte umher. Nicht weit von ihnen entfernt trabten noch zwei weitere reiterlose Rösser auf der Suche nach ihren Herren über den Waldboden. Auf ihren Rücken waren noch immer die Seile, Waffen und Vorräte der Hunnen verstaut. Balki warf einen letzten scheuen Blick über die Schulter, dann blickte er von dem bewusstlosen Derick zu den Pferden und traf seinen Entschluss.

Der heimliche Herrscher

Das alte Senatsgebäude in Rom war voll. Ein Feuer an kleinen Unterhaltungen und Getuschel prasselte in dem steinernen Saal. Mit jeder weiteren Information, mit jedem weiteren Wort, mit jeder angestellten Vermutung schwand ihre Zuversicht und die unleugbare Wahrheit manifestierte sich deutlicher in ihrer Mitte, wie ein mächtiger Eisberg, der jäh aus dem Boden gewachsen war, und ihnen immer mehr den Raum zum Atmen nahm. Einige Senatoren zitterten und zupften an ihren Togen. Es war längst nicht mehr verpflichtend bei Senatsversammlungen die altehrwürdige Toga mit den Purpurstreifen zu tragen, doch für den heutigen Tag hatten sie viele Senatoren noch einmal aus der Versenkung geholt. Der Raum war erfüllt mit weißem Stoff und roten Streifen. Das Ganze wirkte wie ein Bild aus einer vergangenen Epoche.

Manius stand inmitten all dieses Trubels und versuchte die vielen beängstigenden Eindrücke auf einmal zu verarbeiten. Es wurde mehr und mehr unleugbar. Etwas, wovor Manius sich seit Jahrzehnten gefürchtet hatte, war eingetreten. Doch noch wollte er nicht alle Hoffnung fahren lassen. Noch konnte sich die ganze Situation als Missverständnis oder Übertreibung herausstellen. *Antilas sagt es seit Jahren voraus. Seine Voraussagen dürfen sich nicht als wahr herausstellen. Wie viele Römer würden sich ihm dann anschließen?* Doch die größte Furcht hatte er nicht vor der Reaktion des Pöbels, sondern vor seiner eigenen. *Würde nicht auch ich mich ihm anschließen, wenn er am Ende Recht behalten sollte?* Sein Blick schweifte hoffnungsvoll über die Säulen an den Wänden. Diese großen Säulen hatten schon zur Zeit der alten Republik gestanden, als noch Senatoren über Rom geherrscht hatten. Diese Säulen waren Zeugen, als die Senatoren das Komplott schmiedeten, Julius Caesar zu ermorden, um ihre Republik zu retten. Und innerhalb dieser Mauern hatte Augustus, der Adoptivsohn Caesars, die Mörder seines Vaters zu Staatsfeinden erklärt und die Herrschaft der Kaiser etabliert. Seitdem mussten sich die Senatoren mit

Kaisern arrangieren, um ihren Einfluss und ihre Privilegien aufrechtzuerhalten ... bis heute.

Es war das Jahr 476 nach Christus, 1229 Jahre nach der Gründung Roms. Die Tür wurde mit einem gewaltigen Schlag aufgestoßen und unterbrach jäh Manius ungeordnete Gedanken. Ein alter, angesehener Senator mit Halbglatze und weißen Haarbüscheln, die ihm aus den Ohren wuchsen, stürmte in ihre Mitte. Die Anwesenden drangen auf ihn ein und bedrängten ihn mit ihren Fragen.

Manius, der schon immer ein besonders hochgewachsener Politiker gewesen war, konnte sich eine Schneise durch die anderen bahnen und seine Stimme hallte am lautesten durch die Halle. »Pico! Pico, was hast du erfahren?«

Er drückte die anderen beiseite, damit der alte Mann Raum zum Atmen hatte. Dann hob dieser die Stimme und in der Versammlung herrschte mit einem Mal Totenstille.

»Der Söldnerfürst Odoaker hat den Kaiser zur Abdankung gezwungen. Den Vater des Kaisers haben sie ermordet. Ich komme gerade von der Feier der Söldnertruppen. Sie haben Odoaker zum König von Italien ausgerufen. Einen weströmischen Kaiser gibt es nicht mehr. Das bedeutet, das Weströmische Reich steht nun unter der Herrschaft der Barbaren.«

Mit einem Schlag war ein ohrenbetäubender Tumult ausgebrochen. Nicht einmal Manius war jetzt noch in der Lage, die Ruhe wiederherzustellen.

»Und was heißt das jetzt? Wo ist der abgesetzte Kaiser?«, fragte ein Senator geschockt.

»Was passiert mit unserem Besitz?!«, fragte ein anderer noch viel geschockter.

»Da gibt es jetzt doch wohl wichtigere Fragen!«, zischte ein anderer.

»Wo haben sie den Kaiser hingebracht?!«

»Weg aus Rom«, erwiderte Pico. »Sie werden ihn unter Arrest stellen. Romulus Augustus. Was für ein passender Name für den letzten Kaiser. Ein neues Zeitalter ist angebrochen. Wir müssen nun entscheiden, wie wir mit dieser Situation umgehen sollen.«

Der Schock legte sich wie ein riesiges Tuch über alle Senatoren und erstickte ihre aufgeregten Zwischenrufe.

Schließlich räusperte sich ein ungewöhnlich dünner Senator. »Odoaker herrscht. Das bedeutet, wir müssen uns mit ihm an einen Tisch setzen.«

Manius fiel auf, dass sich die Senatoren, die eben noch bunt durcheinander gewuselt waren, nun wieder auf ihre angestammten Plätze auf den Steinbänken verteilt hatten. Der Senat war nun in Fraktionen geteilt.

»Wir dürfen uns nicht mit den Barbaren an einen Tisch setzen!«, rief ein übergewichtiger Senator mit abstehenden Haaren von der rechten Seite. »Wir müssen sie zurückdrängen!«

»Ich finde Lethu hat Recht«, rief ein junger Senator, der in der linken Hälfte des Gebäudes Platz genommen hatte. »Es ist Zeit für einen Neuanfang. Es gab ein Rom vor den Kaisern und es wird auch eines nach den Kaisern geben. Vielleicht haben wir hier die einmalige Chance, eine neue politische Ordnung zu errichten.«

»Wir konnten ja nicht mal die Alte retten.« Ein finster drein blickender Senator hatte gesprochen. »Ich habe euch seit Jahren davor gewarnt. Fast unser gesamtes Heer besteht aus germanischen Söldnern. Wieso sollten sie das Imperium auch verteidigen, wenn der Angriff aus ihren eigenen Reihen kommt? All die Jahre hätten wir den Einfluss der Söldnerheere einschränken können, aber jetzt ist es zu spät! Jetzt können wir nur noch die Scherben auflesen! Eure Realitätsverweigerung hat uns alle verdammt!«

Lethu schüttelte den Kopf. »Die Söldner, die Odoaker dienen, können am wenigsten dafür, Gaius. Das sind arme Menschen, die kaum genug zum Leben haben, oder denkst du sie dienen freiwillig in seiner Armee? Wenn wir ihre Lebensumstände verbessert hätten, hätten sie sich vielleicht niemals gegen uns gewandt.«

Gaius lachte. »Das solltest du *sie* fragen. Sie ziehen gerade jubelnd durch die Straßen und feiern die Absetzung unseres Kaisers und das Ende unseres Imperiums.«

»Könnten wir bitte aufhören, von einem *Imperium* zu sprechen?«, sagte der junge Senator. »Die Oströmer haben vielleicht ein Imperium. Wir sind eigentlich nur noch eine Stadt mit Anhang.«

»Diese Stadt ist aber römisch. Soll in Rom denn in hundert Jahren nicht mehr Lateinisch gesprochen werden?«, donnerte der dickte Senator.

Der junge Senator hielt heftig dagegen. »Wofür ist die lateinische Sprache noch gut? Die griechische Literatur wird auf der ganzen Welt gelesen, die lateinische hingegen nicht einmal mehr in Rom! Wir brauchen kein Latein! Wir brauchen Wandel!«

Lethu und Gaius gelang es, die Schreihälse innerhalb ihrer Fraktionen zum Schweigen zu bringen.

Der alte Pico lehnte erschöpft in der Mitte des Saals an dem Platz, an dem normalerweise der Stuhl des Konsuls stand. Der aktuelle Konsul selbst war nirgends ausfindig zu machen. Vermutlich hatten die Söldner ihn längst gefangengenommen oder getötet.

»Ich habe mit einem Boten Odoakers gesprochen«, sagte Pico müde. »Er hat mir zugesichert, dass er nicht vorhat, die Privilegien des Senats einzuschränken.«

Gaius sah in die Runde. »Er wird seine Barbarenschar in Rom ansiedeln wollen.«

Pico nickte. »Das ist wahr. Er verlangt Siedlungsland für seine Söldner überall in Italien. Aber er hat mir versichert, dass er dafür nur die ärmeren Bevölkerungsschichten umsiedeln wird. Unsere Villen, unser Besitz, unsere Privilegien, all das wird er nicht anrühren, wenn wir mit ihm kooperieren.«

Lethu und Gaius wechselten einen vielsagenden Blick.

Manius wusste sofort, dass die beiden trotz ihrer ideologischen Differenzen hier ein gemeinsames Interesse hatten. Zum ersten Mal, seit Pico die schreckliche Nachricht verkündet hatte, ergriff er das Wort. »Sollte das die Hauptpriorität des Senats des römischen Volkes sein, ihre eigenen Privilegien und ihren Reichtum zu sichern?«

»Seid nicht so ein Heuchler Manius«, erwiderte Lethu kalt. »Wir alle wissen, dass Ihr eine Villa auf dem Kapitol habt.«

Der Senator mit den abstehenden Haaren erhob noch einmal die Stimme. »Wir rufen alle zu den Waffen! Dann befreien wir den Kaiser und verjagen Odoaker und seine barbarischen Söldner, damit Rom wieder römisch wird!«

»Hast du denn je in einer Schlacht gekämpft?«, fragte ein anderer.

»Reißen wir beides ein: die Kaiserherrschaft und die Herrschaft O-doakers!«, rief der junge Politiker auf der anderen Seite der Halle. Manius versuchte ein letztes Mal ins politische Geschehen Roms einzugreifen: »Ich weiß, dass sich hier zwei Blöcke mit völlig unterschiedlichen Meinungen gebildet haben. Aber können wir uns nicht ein einziges Mal irgendwo in der Mitte treffen und einen Kompromiss finden? Wir sind Senatoren. Wir tragen die Verantwortung für Millionen Menschen. Ist ihr Wohl nicht wichtiger als unsere politischen Weltbilder? Wir dürfen diese gewaltsame Übernahme nicht akzeptieren, aber wir müssen auch einen Bürgerkrieg verhindern. Die einflussreichsten und mächtigsten Männer Roms sind hier versammelt. Wenn wir alle vereint dastehen, stellen wir eine so große Macht dar, dass Odoaker keine andere Wahl haben wird, als sich auf Verhandlungen mit uns einzulassen. Dann können wir alles in unserer Macht stehende tun, um die Bürger Roms vor Gewalt und staatlicher Willkür zu beschützen.«

»Wenn wir Odoaker die Stirn bieten, bringen wir uns selbst in Gefahr«, warf jemand ein.

Lethu und Gaius nickten und schienen sich ausnahmsweise einig zu sein. »Wir sind Politiker, keine Krieger. Wenn wir uns jetzt gegen Odoaker stellen, könnten wir alles verlieren, was uns wichtig ist. Wir müssen um jeden Preis das Überleben des Senats sicherstellen. Das ist unsere oberste Priorität.«

Manius sagte nichts mehr. Er war lange genug Senator, um zu wissen, dass alles was jetzt folgte, nur noch leeres Gezeter war. Die Senatoren hatten sich längst entschieden. Sie würden Odoaker als Herrscher anerkennen, um ihren Besitz und ihre Privilegien zu sichern. Mit bitterem Gleichmut verfolgte er die weiteren Scheindebatten. Die unfassbare und unbestreitbare Wahrheit hatte ihn erschlagen. Das Weströmische Reich hatte aufgehört zu existieren.

Ein anderer Senator erhob die Stimme. »Ich werde raus gehen. Ich muss es mit eigenen Augen sehen.«

Pico schüttelte den Kopf. »Das würde ich dir nicht raten. Wir sollten in unseren Häusern bleiben, bis die Unruhen vorüber sind. Sie könnten uns für Anhänger des Kaisers halten und uns einsperren.«

»Das sind wir doch auch oder?«, fragte ein älterer Senator verwirrt.

Keiner der Senatoren antwortete auf seine Frage.

Die Stille, die darauf folgte, war so undurchdringlich und langanhaltend, dass Manius sie nicht nur hören, sondern auch riechen, schmecken und fühlen konnte. Sie war allgegenwärtig.

Ohne das Ende des Schweigens abzuwarten, kehrte er auf dem Absatz um und marschierte mit langsamen Schritten hinaus aus dem Saal, hinaus aus dem römischen Senat, für immer.

Siebzehn Jahre waren seit diesem schicksalhaften Tag vergangen, aber Manius kam es so vor, als wäre es gerade erst gestern gewesen. Die westliche Hälfte des Römischen Reiches war an diesem Tag untergegangen. Er hatte daraufhin seine ganze Hoffnung in Ostrom gesetzt, doch der Senat dort sollte dieselben Fehler begehen wie sein Equivalent im Westen. Sie engagierten einen Barbaren und sein Heer, um für sie die Drecksarbeit zu machen, den König der Ostgoten Theoderich. Er war daraufhin gegen Odoaker ins Feld gezogen, ein Barbare gegen den anderen. Doch nachdem er Odoaker getötet hatte, nahm er kurzerhand dessen Position ein. Nun herrschte Theoderich als König über Westrom. Die Herrscher des Ostens hatten lediglich einen Barbarenherrscher durch einen anderen ersetzt. Die Macht des Senats war weiter geschrumpft und die Macht von fremden Gewaltherrschern hatte zugenommen. Die Geschichte hatte sich einfach wiederholt und Manius wusste, dass es für ihn keine Alternativen mehr gab.

Traurig schritt er auf die ausgestorbene Straße. Schon sehr bald würden die gotischen Truppen in der Stadt sein, um sie als neue Herrscher in Besitz zu nehmen. Die meisten Einwohner waren verängstigt in ihren Häusern geblieben. Er wusste, wohin er zu gehen hatte. Jahrelang hatte er sich vor diesem Tag gefürchtet. Aber jetzt blieb ihm keine andere Wahl mehr. *Der Senat wird sich nicht einigen. Nur einer hat im Moment noch genug Einfluss, um den Ostgoten entgegenzutreten.*

Es war der Hügel Aventin, der sich vor ihm aus dem Straßendunst schälte. Dies war schon seit Jahrhunderten der Platz für gesellschaftlich ganz unten stehende Schichten. Der Legende nach verlor Remus dort den Streit um die Herrschaft Roms gegen seinen Bruder Romulus. Dieser Ort barg nichts als Leid und Kummer.

Und einen Wahnsinnigen, der all das Leid zu seinem Vorteil ausnutzt.

Er setzte einen Fuß vor den anderen. Bei jedem Atemzug pochte sein Herz schneller. An jeder Gasse, jeder Kreuzung und jeder Biegung blieben seine Augen kleben wie an einem rettenden Ast. Er musste den Ast nur ergreifen. Noch konnte er umkehren. Doch seine Schritte trugen ihn unbeirrbar weiter auf sein entsetzliches Ziel zu.

Irgendwann muss jeder seinen Gang zum Aventin antreten. Schon immer war dieser Hügel Roms der Ort für große Armut und Elend. Und es sind immer Armut und Elend, die den Wahnsinn hervorbringen.

Einem der ärmsten und verwahrlosesten Kinder dort war einst die Flucht aus dem Elend gelungen. Als erwachsener Mann hatte er es zu bescheidenem Wohlstand gebracht. Und seitdem sammelte er die Unzufriedenen und die Hasserfüllten um sich, um sie noch mehr anzustacheln. In der römischen Politik war er längst zu einer beachtlichen Größe aufgestiegen, auch wenn man ihm den Zugang zum Senatsgebäude versagt hatte. Doch das kümmerte diesen Menschen nicht. Er hatte sich auf dem Aventin längst seinen eigenen Palast errichtet mit eigener Dienerschaft. Und jede Menge einflussreiche Römer gingen bei ihm ein und aus. Inzwischen beschäftigte dieser sogar eine ganze Reihe von Söldnern und es hieß, dass auch Diebe hier ein und ausgingen, um ihm Schätze aus fernen Ländern zu bringen, die er dann in seinem Palast ausstellte. Manche nannten seinen Palast bereits einen Staat im Staat.

Sein Name war Januarius Antilas.

Inmitten der armen, verwahrlosten Häuser entdeckte er das stattliche Anwesen. Er hatte das Ziel seiner Reise erreicht. Manius Vater hatte noch die Plünderung Roms durch die Vandalen miterleben müssen. *Wenn ich dazu beitragen kann, dass so etwas zu meinen Lebzeiten nicht mehr passiert, dann werde ich es tun.*

Da waren vier Säulen. Sie waren unnatürlich breit und massiv und stützten über sich einen langen, steinernen Balkon. Zwei Marmorwächter standen am Beginn der Überdachung, als würden sie mit der Hand die Decke stützen. Hinter ihnen, in kleinerem Format, standen vier echte Wächter, die mit Kurzschwertern bewaffnet auf sie warteten.

Ihre Paradeuniformen glänzten im Sonnenschein. Sie trugen gewölbte Schilde in der Form eines Rechtecks, eine sandfarbene Tunika mit blauem Muster unter ihrem eindrucksvollen Brustpanzer und einen Helm mit buntem Federbusch auf ihrem Scheitel mit Skorpionen an den Wangenklappen. Es war die alte Uniform der Prätorianer, einer Garde, die in früheren Zeiten für den Schutz des Kaisers zuständig gewesen war, und es sprach für Antilas Größenwahn, dass er seine Wächter dieselbe Uniform tragen ließ.

»Was willst du?«, fragte ihn einer von ihnen barsch.

»Mein Name ist Manius. Ich bin Senator und ich möchte zu Januarius Antilas.«

Die Männer rührten sich keine Fingerbreite. »Das soll Metellus entscheiden.«

Einer von ihnen verschwand für einen kurzen Augenblick durch das gewaltige Eingangsportal. Dann kehrte er mit einem jungen, lächelnden Mann zurück. Metellus hatte langes, dunkles Haar und braune Augen. Beim Anblick Manius schüttelte er schmunzelnd den Kopf. »Du bist nicht der Erste, Manius. Und vor Sonnenuntergang werden noch viele kommen. Du hast die richtige Entscheidung getroffen.«

Manius wagte kaum, eine Antwort zu formulieren.

»Folge mir!«

Mit klopfendem Herzen in der Brust betrat Manius das Atrium und folgte dem Kommandanten eine Treppe hinauf in einen langen, breiten Gang. Jetzt gab es kein Entkommen mehr für ihn. Über ihnen öffnete sich die Decke kurz dem Himmel und sie durchquerten einen Innenhof, das Peristyl, bis sie wieder unter einem Torbogen hindurch traten und in eine breite Halle mit einem gigantischen Gewölbe gelangten. Auf beiden Seiten befanden sich in absoluter Symmetrie Tische und Stühle auf dem Boden und Statuen und Reliefs an den Wänden. Die bunten Mosaike kündeten vom stetig wachsenden Reichtum Antilas. Die Statuen waren mit lebensechten Farben bemalt und auf den ersten Blick kaum von lebendigen Menschen zu unterscheiden.

Er blickte zu Boden. Wenn man der Mittellinie des Raumes folgte, gelangte man zu einem Stuhl aus weißem Marmor, von dem aus man über alle Tische blicken konnte. Der Stuhl bildete das Zentrum des Hauses, das im Zentrum Roms stand und Rom war bekanntermaßen das Zentrum der antiken Welt. Darauf thronte eine weitere Statue. So wirkte es zumindest auf den ersten Blick.

»Mein Herr Antilas. Ihr habt Besuch.«

Die Statue des alten Mannes auf dem throngleichen Stuhl erwachte zum Leben und richtete ihre kalten Augen auf sie. Als sich ihre Blicke trafen, hatte Manius das Gefühl, als gefriere ihm das Blut in den Adern.

Januarius Antilas trug eine schlichte, dunkle Tunika. Weder Krone noch Lorbeerzweige schmückten sein Haupt. Dennoch war es unmissverständlich, dass er der Herrscher dieses Hofstaates war. Sein Gesicht war wie das Gesicht einer Statue und seine Augen leuchteten in einem unnatürlichen Silber. Manius senkte sofort den Kopf und konnte den bohrenden, apodiktischen Blick noch immer auf seinem Scheitel spüren, als wollte er ihn durchlöchern.

»Du hast also endlich beschlossen, der Wahrheit ins Auge zu blicken«, sagte Januarius Antilas langsam und ruhig.

Manius hob betroffen den Kopf. »Ich brauche Eure Hilfe. Wir müssen Rom retten.«

»Wir?«

Er sammelte seinen Mut. »Ihr habt eine große Truppe aus Söldnern. Ich kann ebenfalls ein paar Männer aufbieten. Gemeinsam könnten wir das Heer des Barbarenkönigs Theoderich daran hindern, in Rom einzuziehen. Andernfalls ist das Römische Reich dem Tode geweiht.«

»Es ist nicht dem Tode geweiht. Es ist tot! Der Verwesungsgestank hängt bereits in der Luft. Rom kann nicht wiederhergestellt werden. Es muss wiedergeboren werden.« Januarius Antilas erhob sich.

»Ich werde Euch meine Unterstützung zusichern«, hauchte Manius verzweifelt und biss die Zähne mit aller Kraft zusammen, »aber Ihr müsst mir helfen, den Zusammenbruch der römischen Ordnung zu verhindern.«

»Und was dann?«, fragte Antilas und lächelte süffisant. »Angenommen wir würden Theoderich bezwingen, wen willst du dann an seiner statt über Rom herrschen sehen?«

»Ich habe zwar keine genauen Informationen, aber womöglich ist der letzte Kaiser Romulus Augustus noch immer am Leben. Wir könnten ihn befreien und ihn wieder zum Kaiser ausrufen«, fügte Manius hoffnungsvoll hinzu.

Es folgte ein bedächtiges Schweigen. Antilas verengte die Augen zu Schlitzen, aber seine Stimme blieb ganz sanft. »Ein Kind? Ein unreifes Kind, das ihn Gefangenschaft aufwuchs?«

»Dann müssen wir es eben ohne einen Kaiser versuchen und die Macht in Rom wieder dem Senat übergeben.« Antilas spuckte auf den Boden und Manius zuckte unwillkürlich zusammen.

»Du willst Rom denselben korrupten Verrätern übergeben, die es erst in den Ruin getrieben haben? Nein. Rom ist ein Imperium. Es benötigt einen Imperator.«

»Aber wer?« Manius hob den Kopf und merkte jäh, wie naiv seine Frage doch gewesen war.

»Ich werde der erste Kaiser des neuen Römischen Reiches sein«, verkündete Antilas mit genüsslichem Stolz in der Stimme. »Ich werde Rom zu alter Pracht und Größe führen und eine neue Ära einleiten.«

Manius zitterte. Wie hatte er nur glauben können, dass sein Besuch anders ausgehen würde? Hatte er ernsthaft geglaubt, Januarius Antilas würde den Kaiser befreien und sich dann ihm unterordnen? Hatte sich Antilas jemals einem anderen Menschen untergeordnet? *Worauf lasse ich mich nur ein? Oh Himmel! Mach, dass ich die richtige Entscheidung treffe.*

Er drehte den Kopf und beobachtete die Prätorianer am Eingang. Ein Wort ihres Anführers würde ausreichen und sie würden ihn ergreifen. »Selbst wenn Ihr Recht habt«, sagte er mit fester Stimme und versuchte ein letztes Mal Widerstand zu leisten. »Für dieses Vorhaben bräuchtet Ihr eine Armee.«

Antilas fletschte die Zähne, wie ein Tier das kurz davor war, seine Beute anzuspringen. »Darum habe ich mich bereits gekümmert.

Die Würfel sind gefallen! Ich habe ein Vorhaben in die Wege geleitet im Norden Europas. Bald werden wir mehr Gold besitzen, als je ein Römer vor uns besaß. Und von diesem Gold werden wir uns eine Armee zusammenstellen, wie sie die Welt noch nicht gesehen hat.«

Der Weg nach Süden

Sie sind im Dorf! Die Hunnen sind im Dorf! Balaban ist im Dorf!
Die Worte hämmerten schmerzhaft in Dericks Schädel. Er wischte
sich mit der freien Hand die schweißnassen Haarsträhnen aus dem
Gesicht, während er rannte, immer weiter rannte, und sich mit dem
Schwert durch das Unterholz kämpfte. *Ich muss sie retten! Sie dürfen ihr nichts tun! Er darf sie nicht bekommen!* Endlich war er aus
dem dichten Wald gebrochen und erkannte am Fuße des Berges die
Wälle des hölzernen Dorfes. Wie ein aufgeschreckter Ameisenhaufen wuselten die kleinen Punkte durcheinander. Derick erkannte
aus der Ferne, dass manche von ihnen zu Pferde saßen und mit
Peitschen nach den anderen schlugen. Die Wölfe heulten im Licht
des schneeweißen Mondes. Und Derick wusste, dass die Hunnen
in das Dorf vorgedrungen waren. Schreie und Stöhnen drangen bis
an seine Ohren. Einer der Schreie stammte von einer Frau. *Tyra!*,
hämmerte es in seinem Kopf. Sein Schädel schmerzte unerträglich,
aber er wusste, dass er jetzt nicht zusammenklappen durfte. Sie
brauchte seine Hilfe. Er musste sie retten. Obwohl jedes seiner
Glieder vor Schmerzen brannte, humpelte er von einem Bein auf
das andere und kämpfte sich den steilen Hang hinunter. Die Mauern des Dorfes kamen näher, die Schreie wurden lauter. Und irgendwo in der Ferne meinte er Balki zu hören, wie er ein trauriges
Lied sang. Die Palisaden waren nur noch wenige Klafter entfernt.
Das Poltern der Hufe war nun ganz nah. Das Tor stand offen, doch
je näher er darauf zuging, desto mehr blendete ihn ein seltsames
Licht. Wütend klammerte er sich an seine Traumwelt, doch er erkannte bereits mit seinem tatsächlichen Augenpaar die Strahlen der
goldenen Sonne auf seinem Gesicht, während die Tore der Stadt
vor ihm immer durchscheinender wurden. *Nein! Nein!*
Der Traum entglitt ihm und seine Hand griff ins Leere.
Balkis Stimme hallte in seinem Kopf.

Niemand lernt dazu.
Wir legen uns zur Ruh.
Und sinken ab ins Totenreich.
Alles bleibt gleich.

Derick öffnete die Augen und schloss sie wieder, als die Strahlen der Sonne auf sein Gesicht niederfielen. Sein Kopf wackelte schmerzhaft hin und her und er fragte sich, ob die ganze Erde sich bewegte. Vielleicht war der Untergang endlich über sie gekommen, wie es der Priester bei den Externsteinen geweihsagt hatte: der Weltenbrand, der alles verschlingen und in Asche verwandeln würde. Einen Spalt breit öffnete er die Augen und erkannte die ratternden Kutschräder und den rasch unter ihm dahinziehenden Erdboden. Er musste sich auf einer Kutsche befinden. Dann fiel er zurück in einen verwirrenden Strudel aus Wachzustand, Träumen und Wahnvorstellungen. Er meinte, Balkis braune Augen hin und wieder zu erblicken, wie sie besorgt auf ihn herabsahen.
Die Reise zog sich dahin und ab und an brachte er ein paar Worte hervor, wenn Balki ihm etwas Getreidebrei und Wasser einflößte.
»Wo sind die Hunnen? Wo sind sie?«
»Ganz ruhig. Es gibt keinen Grund zur Sorge. Wir sind ihnen entkommen.«
Manchmal, wenn er die Augen aufschlug, zog der Boden unter ihm dahin, manchmal auch der Himmel. Es dauerte eine lange Zeit, bis er eindeutig sagen konnte, was Traum war und was Wirklichkeit.
»Ist das ein Traum?«, fragte er immer wieder, wenn er meinte, Balkis Gesicht über sich zu erkennen.
»Schwer zu sagen«, meinte der Schwabe mit langsamer Stimme.
»Wurdest du an einer platonischen Akademie zum schlausten Schüler gewählt?«
Verwirrt schüttelte Derick den Kopf. »Ich glaube nicht, nein.«
»Gut«, meinte Balki und verkniff sich das Lachen. »Sollte das jemals passieren, dann weißt du, dass du träumst.«
Er ärgerte sich über Balkis Spott, doch der Ärger half ihm, seine Gedanken zu ordnen. Was um alles in der Welt machte er hier? Wo war er? Er sollte nicht hier sein. Er musste Tyra helfen.

Ein paar Tage später schaffte er es endlich, sich aufzusetzen und seine Umgebung einzuordnen. Er saß zwischen den Fässern auf der Ladefläche eines Kutschwagens. Eine Erinnerung erschien vor seinem geistigen Auge.

Wir sind einem Weinhändler begegnet, bevor sie uns auf den Berg gehetzt haben.

Mit zitternden Fingern fuhr er über das raue, spitzige Holz des gewaltigen Fasses. Dann nahm er all seine Kraft zusammen und stemmte sich nach oben. Sogleich bereute er es, denn ein entsetzlicher Schmerz breitete sich von seiner Brust über seinen gesamten Körper aus und seine Beine gaben sofort nach. Vor sich hörte er einen erschrockenen Ruf und das Klingen und Klappern erstarb. Er brauchte einen Augenblick, um den Grund dafür zu erkennen.

Die Kutsche ist stehengeblieben. Mit Mühe nahm er sich noch einmal zusammen und schaffte es, eine Sitzposition einzunehmen. Gerade noch rechtzeitig, denn nun tauchten erneut die buschigen Augenbrauen Balkis über den Fassdeckeln auf.

»Derick«, lachte der Schwabe und schien über alle Maße erleichtert. »Ich fürchtete schon, wir können dich bald in einem Fass einlegen.«

»Wo bin ich? Wo ist Tyra?«

»Wo ist wer?«, fragte Balki neugierig.

»Er ist noch verwirrt. Das muss das Fieber sein«, sagte eine andere Stimme und das runde Gesicht des Weinhändlers erschien neben Balki.

»Immerhin sieht er schon wesentlich besser aus. Kein Vergleich zu den Wochen davor.«

»Wochen?«, fragte Derick und konnte seinen Ohren nicht trauen. »Was redest du da?«

Balki hörte auf zu lächeln und öffnete eines der Fässer. »Ich denke, du brauchst als allererstes einen Schluck Wein. Den könnten wir alle gebrauchen.«

Der Weinhändler Eike nickte, obwohl er dem offenen Fass einen verärgerten Blick zuwarf. Balki hatte bereits einen halben Becher getrunken, ehe er den anderen beiden einschenkte.

Dann schenkte er sich nach und setzte sich neben Derick. »Ordne deine Gedanken. Und dann stelle mir deine Fragen.«

»Was ist geschehen in dieser Nacht?«, schoss es aus Derick hervor. Seinen Wein hatte er nicht angerührt. »Ich erinnere mich an einen Kampf. Ich habe gegen den Hunnenkönig gekämpft. War das auch ein Traum?«

»Nein, überhaupt nicht«, erwiderte Balki und in seiner Stimme lag ein aufmunternder Stolz. »Du hast dich wacker geschlagen und ihm eine wunderschöne neue Narbe verpasst, quer über sein vernarbtes Gesicht. Ich bin mir sicher, er wird diesen Kampf nicht so schnell vergessen.«

Derick sackte nach hinten und starrte gedankenversunken in die Luft. »Ich weiß nicht mehr, wie ich es geschafft habe. Es ging alles so schnell.«

»Er hat dich unterschätzt. Und ich übrigens auch. Aber den Fehler werden wir beide so schnell nicht wiederholen.«

Derick lächelte matt. Seine Gesichtszüge fühlten sich dabei seltsam verzogen an. »Wir sind also entkommen. Aber wie? Die Dörfler wollten uns doch verjagen.« *Ich sollte im Dorf sein*, hallte es in seinem Schädel. *Ich sollte sie im Morgengrauen dort treffen.*

»Nun ich denke mal, ohne unseren neuen Freund hier wären wir aufgeschmissen gewesen«, meinte Balki mit furchtsamem Gesichtsausdruck und klopfte dem Kutschfahrer neben sich erleichtert auf die Schulter. »Es war stockfinster. Überall war der Nebel und die Stimmen der Hunnen drangen aus allen Richtungen an meine Ohren. Den ersten glücklichen Umstand bildeten die Pferde. Die Hunnen hatten sie überstürzt zurückgelassen. Es waren zwar ein paar von ihnen zurückgeblieben, um die Tiere zu bewachen, aber sie waren zu wenige, um die Herde zusammenzuhalten. Also hab ich dich auf den Rücken des Pferdes geschnallt und bin blind drauflos galoppiert. Das Pferd hat offenbar mehr gesehen als ich, denn andernfalls wären wir niemals wieder von diesem verfluchten Berg heruntergekommen.« Er atmete tief aus und schüttelte sich.

Derick wusste warum. Selbst hier, viele Meilen weiter südlich im strahlenden Sonnenschein, war die Erinnerung ihres unheimlichen Erlebnisses nicht so leicht zu vergessen.

Er fuhr fort. »Jedenfalls wollte ich in das Dorf, um Hilfe für dich zu finden. Und da fand ich den nächsten glücklichen Umstand vor. Ein Umstand, ohne den du jetzt sicher nicht hier liegen und meiner Geschichte zuhören könntest.« Er klopfte erneut dem Kutscher auf den Rücken, doch dieser lachte mit tiefer Stimme.

»Gewöhn dir das mal ab. Reich mir lieber noch nen Brandwein.«

»Du musst nachher noch eine Kutsche lenken«, gluckste Balki und wandte sich wieder Derick zu. »Er ist gerade aus dem Dorf gekommen, als er mir über den Weg gelaufen ist. Er sagte, die Dörfler würden bei schlechtem Wetter komplett verrücktspielen und er wäre nur mit größter Mühe herausgekommen, ohne sich Ärger mit dem Pöbel einzuhandeln.«

»Wieso seid Ihr überhaupt mitten in der Nacht noch einmal in das Dorf?«, fragte Derick ungläubig und biss sogleich schmerzhaft die Zähne zusammen. Das Reden tat weh.

»Na weil ich Nachschub liefern sollte. Offenbar hatte an diesem Abend irgend so ein Verrückter den halben Vorrat leergetrunken und einen riesen Trubel verursacht.«

Balki setzte ein schuldbewusstes Grinsen auf. »Um diesen Ort mache ich in Zukunft lieber einen großen Bogen.«

Der Kutscher sprach weiter mit seiner leicht lallenden, undeutlichen Stimme. »Jedenfalls hattet ihr Glück, dass ihr mir und nicht den Dörflern über den Weg gelaufen seid. Die waren in der Stimmung, jeden Fremden kurz und klein zu prügeln. Irgendjemand hat die ganze Zeit über die Meute mit Geschichten von Einbrechern und Giftmischern aufgehetzt.«

»Wohin habt ihr mich gebracht?«, fragte Derick und vor seinem geistigen Auge tauchte merkwürdigerweise das Gesicht von Tyra auf, wie sie sich behutsam und voller Sorge über seine Wunde beugte. Doch er wusste, dass das nur ein Traum gewesen sein konnte.

»Wir haben dich zur Kutsche gebracht und deine Wunde mit Alkohol ausgewaschen. Dann haben wir sie verbunden und besonders viel mehr konnten wir nicht für dich tun.«

Derick schloss für einen Moment die Augen. »Ich danke dir Eike. Ich stehe für immer in deiner Schuld.«

»Na dann. Auf den Kutscher!«, rief Balki und prostete ihnen zu.

Derick sammelte seine Gedanken. Die Erinnerung an Balabans hasserfülltes, zerschnittenes Gesicht konnte er nicht vergessen. »Was ist mit den Hunnen? Sie müssen doch den ganzen Landstrich nach uns abgesucht haben.«

»Ja das haben sie«, sagte Balki plötzlich ganz leise und erneut trat ein Schatten der Furcht jener Nacht in sein besorgtes Gesicht. »Aber sie sind zuerst ins Dorf eingedrungen und haben jedes Gebäude durchsucht.«

Mitleid und Scham breiteten sich in Derick aus. Die Dorfbewohner hatten sie zwar angefeindet, aber er hatte nicht gewollt, dass sie von den Hunnen überrannt werden.

»Wir sind noch in derselben Nacht losgefahren. Es war finster und neblig und selbst die Hunnen konnten nicht überall gleichzeitig sein. Aber sie hätten uns finden können. Wir hätten uns in der Finsternis verirren können. Noch jetzt gefriert mir das Blut in den Adern, wenn ich daran zurückdenke«, erzählte Balki voller Angst.

»Glücklicherweise kenne ich die alten Marschwege und Römerstraßen weit besser als die Hunnen«, scherzte der Kutscher und endlich schien die Sorge von Balki abzufallen und er lehnte sich im Sonnenschein gegen eines der Fässer.

»In der Tat. Wir stehen für immer in deiner Schuld.«

»Daran darfst du denken, wenn wir über die Bezahlung sprechen«, lachte Eike.

»Bezahlung?«, fragte Derick mit ungutem Gefühl.

Balki lachte und zupfte mit den Fingern an einer seiner riesigen Augenbrauen. »Ja, das weißt du ja noch gar nicht. Unser lieber Freund hier wird für uns einen Umweg machen. Wir fahren nicht nach Arae Flavie, sondern zu einer kleinen Siedlung im Süden, nicht weit vom Rheinufer entfernt. Dort hab ich einen Haufen Geld hinterlegt.«

Die Reise wurde fortgesetzt. Das Wetter wurde besser, je weiter sie sich nach Süden bewegten. Goldene Felder aus Gerste und Emmer zogen an ihnen vorbei. Das Gelände wurde hügelig und grün, aber mit jedem Sonnenaufgang, der Derick ins Gesicht strahlte, wurden seine Nächte friedlicher und seine Tage gefasster. Wenn sie Rast machten, stieg er von der Kutsche und ging ein paar Schritte. Balki bestand darauf, dass er seine Fußmärsche weiter ausbaute, bis er ihn schließlich jeden Tag zu kleinen Spaziergängen mitschleppte und ihm dabei verwirrende Geschichten aus fremden Kulturen und Mythologien erzählte. Zweimal fuhren sie durch ein von Stammesfehden verwüstetes Gebiet mit gewaltigen Massengräbern. Sie folgten Balkis Empfehlung, dort nicht zu rasten und stattdessen die ganze Nacht weiterzufahren. Jeden Tag und jede Nacht kreisten Dericks Gedanken um Tyra wie die Erde um die Sonne.

Dann endlich spürte er, dass sie den Norden verlassen hatten. An einem sonnigen Tag, an dem der kalte Winter ihm nur noch wie ein verwirrender Traum aus seiner Kindheit erschien, zeichneten sich am Horizont die Umrisse einer gewaltigen Wehranlage ab.

»Ah«, sagte Balki, der sie sofort erkannte. »Der Limes.«

Palisadenzäune, Gräben und Türme bildeten eine schier endlose Mauer voll von Löchern und Lücken, die sicherlich in den Tagen ihrer einstigen Pracht noch nicht existiert hatten.

Vor langer Zeit hatte diese Mauer das gesamte Römische Reich vor den wilden Völkern des Nordens abgeschirmt. Diese Tage waren nun vorbei und die Anlagen des Römischen Imperiums sich selbst überlassen.

Balkis Augen blieben an den Palisaden kleben und Derick, der ihn inzwischen recht gut kannte, wusste, dass er sie besichtigen wollte.

»Kutscher, wie überqueren wir eigentlich den Limes?«, fragte der Schwabe.

»Es gibt nicht weit von hier eine Stelle, an der die Mauer abgetragen wurde. Von dort aus kommen wir im Handumdrehen zurück auf den Weg.«

Balki sprang auf. »Das bietet uns eine einmalige Gelegenheit. Du fährst deinen Umweg und wir gehen querfeldein.«

Der Weinhändler hob misstrauisch die Brauen. »Seid ihr sicher? Es ist nur ein Katzensprung von hier.«

»Vollkommen. Derick wird die Bewegung guttun und ich will mir die Gelegenheit nicht nehmen lassen, diesen Abschnitt des Limes aus der Nähe zu betrachten.«

»Nun meinetwegen.« Der Kutscher zuckte mit den Schultern und brachte sein Fahrzeug zum Stehen, damit sie absteigen konnten.

»Wir bleiben auf der Straße. Du wirst uns sicher schnell eingeholt haben.«

Der Kutscher nickte ein wenig mürrisch, dann brachte er die Kutsche vom Weg ab und rollte am Limes entlang über ein gewaltiges Feld.

»Woher weißt du, dass er nicht ohne uns weiterfährt?«, fragte Derick mit schwacher Stimme und ging schwer atmend in die Hocke.

»Was sollte ihm das nützen? Wir haben ihn schließlich noch gar nicht bezahlt. Ich bin froh, endlich mal wieder von diesem Klappergestell runter zu kommen. Die Räder nehmen allmählich die Form eines Achtecks an. Ich sag den Leuten schon seit Jahren, dass sie die Räder mit Eisen beschlagen sollen. Aber ich bin wohl einfach meiner Zeit voraus. Na los Derick! Schüttele die Mattigkeit ab und folge mir!«

Sie näherten sich dem alten Wall des Römischen Imperiums. Aus der Nähe sah er noch wesentlich kaputter aus als aus der Ferne. Unkraut, Tiere und auch Menschen hatten sich Stück für Stück an ihm zu schaffen gemacht.

Derick hielt schwer atmend inne und lehnte sich gegen eine Palisade. »Ich habe Geschichten gehört über die Mauer im Süden. Wann wurde sie durchbrochen?«

»Immer wieder in den letzten Jahrhunderten. Und immer wieder wurde sie neu bemannt.«

Mühsam stapften sie durch das Unkraut immer weiter am Wall entlang, bis sie ein breites Loch darin fanden, das groß genug für sie war, um hinüber zu schlüpfen.

Derick war kaum hindurch, da erwartete ihn ein weiterer etwa fünf Klafter breiter Graben.

»Balki«, sagte er langsam, während dieser sich durch das Loch zwängte. »Du hast doch wirklich etwas Geld dort am Rhein hinterlegt oder? Ich meine, du hast doch sicher vor, unseren Kutscher auch wirklich zu bezahlen?«

Balki grinste ihn schief an und verschwand hinter der nächsten Palisadenmauer. Derick hatte Mühe ihm zu folgen.

Als sie endlich die andere Seite der Grenzbefestigung erreicht hatten, lachte Balki erleichtert auf und nahm einen Schluck Wein. »Schade um dieses schöne Bauwerk. Ich muss zugeben, dass meine Sippschaft nicht ganz unschuldig daran war. Die Schwaben sind der Hauptgrund dafür, dass der Limes zerstört ist.«

Derick lehnte die Weinflasche dankend ab und starrte dann mit trübem Blick zurück auf die Palisaden. »Mauern sind etwas Unnatürliches. Sieh nur, wie die Pflanzen bereits hindurch wachsen.«

»Eine nette Metapher.«

»Was?«

Allmählich führte sie ihr Trampelpfad durch einen kleinen Mischwald wieder zurück auf die Straße. Auf einem großen, flachen Feld stand ein hölzernes Langhaus und eine Familie bearbeitete mühselig den Boden. Als sie in einiger Entfernung vorbeischritten, hatte sich der Familienvater erhoben, starrte ihnen feindselig hinterher und bruddelte dabei in sich hinein.

»Dennoch«, meinte Derick ein wenig nachdenklicher als zuvor. »Es ist schon seltsam, wie etwas einstmals so Mächtiges all seinen Nutzen verloren hat.«

Balki grinste breit und deutete auf das Langhaus, dessen eine Außenwand aus einigen Palisadenstücken des Limes bestand. »Nun. Für manche scheint es noch immer einen Nutzen zu erfüllen.«

Unter ihren Füßen knirschte es. Der Weg, der bisher eher einem gut genützten Trampelpfad geähnelt hatte, wurde nun immer besser ausgebaut. Sie hatten eine römische Straße erreicht, eines der Überbleibsel des weitumfassenden Straßensystems, welches die Römer in ihren Provinzen anzulegen pflegten. Sie war an die fünf Klafter breit und zur Mitte hin leicht gewölbt. Zwar befanden sich überall große Schlaglöcher, wo die Einheimischen Steine entnommen hatten, aber im Großen und Ganzen war sie noch sehr gut befahrbar.

»Ich frag mich, wo die Straße hinführt.«

»Wie sagt man so schön? Alle Wege führen nach Rom.«

»Meinst du das ernst oder war das wieder eine Metapher?«

Balki lachte. »Nein, nein, es ist wahr. Es waren die Römer, die alle Straßen gebaut haben. Jede Straße in Gallien, Germanien oder Italien wurde von römischen Händen errichtet. Sie alle hängen zusammen und am Ende entspringen sie alle aus der Ewigen Stadt wie ein weitverzweigter Fluss.«

Derick schwieg einen Moment und dachte über Balkis Worte nach. Fragend sah er sich um. »Wo sind wir jetzt eigentlich?«

Balki zuckte mit den Schultern. »Ich weiß nicht, wie der nächste Ort heißt, aber so wie ich die Einheimischen kenne, endet er bestimmt auf -ingen.«

»Ich meinte nicht das nächste Dorf. Wie heißt dieses Land?«

»Naja. Die Römer nennen das Gebiet Alemannia.«

»Achso. Dann ist das also das Land der Alemannen. Ich hab von ihnen gehört.«

Balki lächelte. »Das ist ein bisschen komplizierter. Früher haben hier die Kelten gesiedelt. Dann kamen die Römer und bauten ihre Schwimmbäder. Schließlich kamen die Schwaben und andere germanische Stämme und fielen immer wieder ins römische Gebiet ein, um ihre Schwimmbäder zu benutzen. Aber sie wollten sich nicht an die römischen Gepflogenheiten anpassen, deshalb bauten die Römer den Limes.«

»Das mit dem Schwimmen war nicht ernst gemeint oder?«

»Natürlich nicht. Die Stämme fielen hier ein, weil sie auf der Suche nach Siedlungsland waren.«

»Und wer sind dann die Alemannen?«

»Die Alemannen sind ein großer Stammesbund, bei dem alle Mannen beitreten durften, daher der Name. Die meisten davon sind Schwaben. Sie haben den Limes überwunden und schließlich nach dem Abzug der Römer das ganze Gebiet, durch das wir jetzt reisen, besetzt und besiedelt.«

Derick ließ den Blick schweifen und erkannte am Horizont ein weiteres Langhaus. Davor stand ein Mann und kehrte den Boden.

»Dann sind die Schwaben und die Alemannen also im Grunde fast dasselbe. Was kannst du mir noch über sie erzählen?«

»Mein Wissen über sie ist tatsächlich sehr begrenzt. Aber ich habe gehört, sie bauen wirklich gute Kutschen.«

»Aber du bist doch selbst ein Schwabe. Bist du denn nicht in diesem Gebiet aufgewachsen?«

»Nein, ich bin in Rom aufgewachsen. Von meinem Stamm weiß ich nur das, was mir meine Mutter erzählt hat, ehe wir voneinander getrennt wurden.«

»Wieso wurdet ihr getrennt?«

»Wir wurden eben an unterschiedliche Haushalte verkauft. Ich weiß nicht einmal mehr, wie sie aussah. Keine Ahnung, was mit ihr passiert ist.«

»Verkauft? Was meinst du damit?«

»Darüber reden wir vielleicht besser ein anderes Mal.«

Mit jedem weiteren Schritt kam ihnen eine alte, verfallene Straßenstation näher. Hier hatten die Römer auf ihren langen Erkundungsreisen eingekehrt, um zu essen, sich zu waschen und ihre Pferde zu versorgen. Doch sie hatten die Station noch nicht ganz erreicht, als bereits die Hufe der Pferde hinter ihnen ertönten und der Kutscher sie eingeholt hatte. Die Pferdehufe schabten über den Schotter und den Kies, der die schnurgerade Straße bedeckte.

»Na habt ihr euren Umweg genossen?«

Balki lachte. »In vollen Zügen.«

Als sie später wieder auf der Kutsche saßen, konnte Balki von gar nichts anderem mehr reden als vom Limes, der am Horizont hinter ihnen immer kleiner wurde. Auch auf Derick hatte das jahrhundertealte Bauwerk Eindruck hinterlassen.

»Es ist schon so viel geschehen auf der Welt, aber ich weiß gar nichts darüber. Ich weiß nicht einmal, wann diese Mauer gebaut wurde oder wann Rom gegründet wurde. Gab es eine Zeit vor Rom?«

Balki, dessen Laune jeden Tag besser zu werden schien, strahlte ihn an. »Du willst die Geschichte kennenlernen?! Da hast du dir genau den richtigen Lehrer gesucht!«

»Warst du etwa schon mal ein Geschichtslehrer?«

»Ich habe mich einmal als griechischer Lehrer ausgegeben, als ich beim Eindringen in eine oströmische Villa erwischt wurde. Aber darum geht es nicht. Ich habe das Wissen von hunderten Schriftrollen in meinem Schädel.«

Derick war ein bisschen munterer geworden und richtete sich auf. Er hatte nicht gelogen. Er wollte tatsächlich gerne erfahren, was vor dem Römischen Reich gewesen war. »Beginne am besten ganz von vorne«, sagte er wissbegierig.

Balki hob eine Braue und schien nachzudenken. »Ganz von vorne. Wo fange ich denn da an? Bei den Pyramiden in Ägypten? Bei den Türmen von Babylon? Bei Konfuzius und der Zeit der streitenden Reiche?« Plötzlich schlug Balki auf eines der Fässer. »Weißt du was?!«

»Was?«

»Wenn ich dir den Ursprung aller Geschichten deutlich machen soll, beginnen wir mit der Geschichte aller Geschichten: beim trojanischen Krieg. Damals belagerten die Griechen die Stadt Troja.«

Derick stutzte. Dann sagte er etwas, was Balki die Sprache verschlug. »Ich kenne die Geschichte bereits.«

Genauso gut hätte er Balki auch mit einer Bratpfanne ins Gesicht schlagen können, so sehr warf ihn sein Kommentar aus der Bahn. Einen Augenblick herrschte Stille und nur das Klappern der Räder erklang. »Ach tatsächlich?«, stieß Balki schließlich hervor und starrte ihn mit offenem Mund an.

»Ja! Die Geschichte vom trojanischen Pferd.«

»Woher um alles in der Welt kennst du die Geschichte vom trojanischen Pferd? Du kennst doch nicht einmal das Alphabet!«

Derick machte ein säuerliches Gesicht, dann begann er zu berichten. »Es kamen immer wieder Händler durch unser Dorf. Einer war wohl ein Römer, denn er erzählte uns Kindern immer die erstaunlichsten Geschichten, von Menschen, die zu Stein wurden und solchen Dingen.«

Balki schien milde beeindruckt, geradeso wie ein stolzer Lehrer. »Dann lass mal hören. Du steckst voller Überraschungen Bursche.«

Und Derick begann zu erzählen. »Nun die Geschichte dreht sich um die Stadt Troja und die Griechen haben versucht, die Stadt zu erobern. Aber die Trojaner hatten so hohe Mauern, dass die Griechen nicht zu ihnen durchdringen konnten. Deshalb schmiedeten die Griechen einen Plan. Sie schenkten den Trojanern ein riesiges Pferd. Und weil es so schön war, konnte die Trojaner das Geschenk nicht ablehnen. Allerdings wussten sie nicht, was die Griechen vorhatten. Als es dunkel wurde und alle zu Bett gegangen waren, schlich sich das Pferd aus dem Stall heraus und öffnete die Stadttore für die Griechen.«

Balki lachte leise auf. »Du hast da etwas falsch verstanden. Es war kein echtes Pferd.«

»Doch natürlich!«, beharrte Derick.

»Aber das …« Balki starrte ihn mit offenem Mund an. Dann klatschte er sich heftig gegen die Stirn. »Wie soll denn ein Pferd die Stadttore aufmachen? Das Ding war aus Holz!«

»Das Pferd war speziell dafür eingeübt worden. Wieso sollte es aus Holz sein?«

»Na, weil sich dann Männer darin verstecken konnten! Männer, die das Stadttor geöffnet haben.«

»Es war aber ein Pferd!«

»Wieso?!«, verlangte Balki zu wissen.

»Sonst wär es doch gar kein Kunststück!«

Jetzt war Balki nicht mehr zu halten. Er brüllte los vor Lachen und warf sich rücklings auf ein paar Fässer.

»Was ist denn da hinten los?«, fragte Eike belustigt.

»… Kennst du? Kennst du?« Balki hatte Probleme Luft zu bekommen. »Kennst du die Geschichte vom trojanischen Pferd?!«

»Ja, die habe ich ein ums andere Mal gehört.«

»Er hat die Geschichte als Kind gehört und jetzt glaubt er, dass es ein echtes Pferd gewesen ist, das die Tore geöffnet hat.«

Der Kutscher brach in schallendes Gelächter aus und merkte kaum, dass er seine Pferde fast in einen Graben lenkte. Eines begann mit lautem Wiehern in den Lärm einzustimmen.

Derick hatte die Arme verschränkt und wich zornig Balkis Blick aus.

»Derick! Warte, warte …« Er holte tief Luft und konnte sich kaum beherrschen. »Bitte erzähl mir genauer von diesem Pferd. Ist es auf seinen Hinterbeinen gelaufen und hat in seinen beiden Vorderhufen einen Schlüssel getragen?«

Derick drehte den Kopf weg. »Ich hab keine Ahnung.«

»Oder hatte das Pferd ein Beil in der Hand und hat auf die Türriegel eingeschlagen?«

Nun brach der Kutscher erneut lautstark in Gelächter aus und sein Kopf wurde rot wie ein Apfel. Balki konnte ebenfalls kaum noch an sich halten und zog und zerrte immer wieder an Dericks Schulter.

»Oder hat das Pferd ihnen ein Seil über die Mauer geworfen und es an einer der Zinnen festgeknotet? Konnte das Pferd mit seinen Hufen einen festen Knoten in das Seil machen?«

Wusch! Der Schlag traf Balki vollkommen unvorbereitet über dem Auge.

Noch Stunden später drückte er ein nasses Tuch gegen die Wunde, während der Kutscher immer noch leise lachte.

»So ein elender Mistsack! Ich rette ihm das Leben und er schlägt mir ein blaues Auge.«

»Ich entschuldige mich doch. Entschuldigung.«

»Hab dich gefälligst besser unter Kontrolle, sonst darfst du neben der Kutsche herlaufen!«

»Es tut mir leid.« Derick seufzte sehr schwer. »Ich fühle mich einfach elend.«

»Deine Wunden verheilen doch recht gut.«

»Es ist auch nicht wegen den Wunden.«

Der Vagabund aus dem Süden hob eine seiner buschigen Augenbrauen. »Ach nein?« Er setzte sich aufrecht hin und blinzelte durch sein geschwollenes Auge. »Du denkst an dieses Mädchen oder?«

Derick wirkte wie versteinert. »Wie kannst du das wissen?«

Balkis Grinsen wurde breiter, aber er tat ihm den Gefallen, ihn diesmal nicht auszulachen. »Ich hab die gute Tyra doch auch gesehen.«

»Du hast doch gesagt, du kennst sie nicht!«

»Nun«, begann Balki langsam und machte eine genüssliche Pause, um den folgenden Worten Nachdruck zu verleihen. »Es könnte sein, dass sie draußen vor dem Dorf nach dir gesucht hat in der Nacht, in der uns die Hunnen gejagt haben.«

Derick klappte der Mund auf. Und plötzlich tauchte die Erinnerung wieder vor seinem geistigen Auge auf. Da war Tyra, ganz dicht über ihn gebeugt, und verband seine Wunden.

»Wieso habt ihr sie dort gelassen?«, fragte er mit erstickter Stimme.

»Das ist nicht meine Schuld. Ich habe ihr gesagt, sie darf uns gerne begleiten. Ich hab sie sogar darum gebeten. Aber sie redete nur von ihren Pflichten, ihrer Familie und ihrem Dorf und dass sie sie nicht im Stich lassen könnte.«

Niedergeschlagen starrte Derick auf seine Finger. »Wieso erzählst du mir das erst jetzt?«

»Na, weil du gesund werden musstest. Es wäre deiner Genesung sicher nicht zuträglich gewesen, wenn du in ein depressives Loch gefallen wärst.«

»Wer weiß, was ihr dort zugestoßen ist. Die Hunnen…«

»Derick, du weißt doch inzwischen, dass ich ein ziemlich guter Menschenkenner bin. Und deine kleine Freundin ist aus härterem Holz geschnitzt, als du ihr zutraust. Ich glaube nicht, dass ihr in dieser Nacht etwas zugestoßen ist.«

Derick sank niedergeschlagen in sich zusammen. »Hat sie sonst noch irgendetwas gesagt, bevor ihr euch verabschiedet habt?«

»Nein«, meinte Balki und starrte wenig überzeugend zu einem Baum, auf dem ein paar Vögel platzgenommen hatten. »Naja.« Er zögerte. »Offenbar habt ihr geheiratet.«

»WAS?!« Derick saß mit einem Mal kerzengerade da. Sofort schoss ihm der Schmerz durch sämtliche Glieder und er sackte rücklings zurück gegen eines der Fässer.

»Ist ja gut. Ist ja gut«, beruhigte ihn Balki. »Ich glaube nicht, dass du das allzu ernst nehmen solltest.«

»Wie um alles in der Welt soll ich sie denn geheiratet haben?«, platzte es aus Derick heraus. »Ich war halbtot!«

»Naja.« Balki brummte ein wenig belustigt. »Für ein paar Sekunden hast du die Augen aufgemacht, als sie dich verarztet hat. Du warst völlig neben dir und hast wirr gebrabbelt, aber dann hast du sie wohl gefragt, ob sie dich heiraten will.«

»Ich hab *was*?!«

Der Kutscher lachte und Balki grinste. »Und sie hat sofort *ja* gesagt.«

Dericks Kopf knallte wieder gegen das Fass. »Und was dann?«

»Das war's so ziemlich. Du bist wieder ohnmächtig geworden, ich hab sie gefragt, ob sie mitkommen will, und sie hat gesagt, dass sie in dem Dorf bleiben muss.«

»Aber ich dachte, sie hat mich geheiratet.«

»Derick, du warst völlig *plem plem*. Es war mitten in der Nacht. Wenn ich mit jeder Frau verheiratet wäre, der ich betrunken einen Antrag gemacht habe, dann hätte ich heute einen ganzen Harem.«

»Einen was?«

»Vergiss diese Geschichte einfach wieder. Sie ist in ihrem Dorf bei ihrer Familie und du bist hier bei uns und suchst nach dem Schwert deiner Eltern. Erinnerst du dich?«

Derick seufzte tief. »Ich werde sie niemals vergessen.«

»Dann geh eben zurück zu ihr. Aber ich an deiner Stelle würde mindestens ein Jahr warten, bis ich mich in dieses Dorf zurücktrauen würde.«

»Bis dahin wird sie längst einen anderen geheiratet haben.«

»Schreib ihr einen Brief.«

»Was?«, fragte Derick völlig vor den Kopf gestoßen.

»Meine Güte Derick. Wir leben im fünften Jahrhundert. Heutzutage gibt es Brieftauben und ich bin mir sicher, sie kennen auch einen Weg in dieses Dorf am Fuße des Berges. Wenn Weinhändler dort ein und ausgehen, werden sie auch Briefverkehr haben.«

»Was soll ich ihr denn schreiben?«

»Schreib ihr, wohin wir unterwegs sind. Schreib ihr, dass sie auf dich warten soll, und du, sobald du kannst, zu ihr zurückkehren wirst. Wenn sie nicht die Hellste ist, glaubt sie es sogar.«

Derick sah ihn auf eine bemitleidende Art und Weise an.

»Oh, ich hatte vergessen. Du kannst ja nicht schreiben.«

»Kannst du ihn für mich schreiben?«

Ein Lächeln stahl sich auf Balkis Gesicht. »Wofür hat man denn Freunde?«

Sie reisten noch viele Wochen. Munter gurgelte ein Bach aus der kühlen Quelle im Schatten eines Felsens und schlängelte sich verspielt durch die sattgrünen Felder. Obstbäume, in denen des Nachts Fledermäuse flatterten, wechselten sich mit grünen Auen und Hügellandschaften ab. Kleinere Berge und lange Felsenreihen wanderten an ihnen vorüber, die zusammen eine gewaltige Hochfläche bildeten. In diesem löchrigen Gebirge gab es so viele Höhlen, dass sie manchmal in einer Höhle übernachteten. Dann unterhielten sich die Abenteurer abends lachend im Schein des Lagerfeuers über die Zwerge, die angeblich in den gigantischen Höhlensystemen dieser Gegend lebten. Manchmal hielt der Weinhändler in einem Dorf, das ihm bekannt war, und verkaufte dort ein Fass. So bekamen sie auf der Ladefläche immer mehr Platz und es wurde bequemer. Balki versuchte sich sogar darin, Derick das Lesen beizubringen, etwas womit sich der Junge extrem schwertat.

Auch ihre Spaziergänge wurden immer ausgedehnter. Manchmal fragte sich Derick, ob Balki irgendetwas suchte.

An einem bewölkten Tag fuhren sie an einer langen Felsmauer entlang und der Schwabe bat den Kutscher erneut darum, sie beide abzulassen. »Komm Derick! Hier könnte sich ein Spaziergang wirklich lohnen.«

Vor einer riesigen Felswand hielten sie an. Balki sah sich für einen Moment um, dann nickte er zu einem kleinen Eingang, der von Gerümpel und Felsen blockiert war. Balki zeigte Derick, welche Felsen er zur Seite hieven sollte.

Dieser gehorchte ein wenig missmutig. »Was suchen wir hier?«

»Vielleicht habe ich hier ja mal etwas versteckt.«

Sie traten in einen dunklen Gang, der in das Gewölbe einer Höhle führte. Balki, der sicher nicht zum ersten Mal hier war, lief zielsicher auf einen Haufen Schutt zu und hob suchend einige Steine an.

»Das sieht haargenau so aus wie die Höhle eines Zwergs aus den alten Märchen. Wir sollten hier verschwinden«, sagte Derick beunruhigt.

»Oh Mist.«

»Was?«

»Ich glaube, wir sind in der falschen Höhle.«

»Bist du sicher, dass du richtig gesucht hast?« Derick rollte einige Felsen beiseite und begann Steine, Schutt und Erde aus einer der Gruben zu schaufeln.

»Derick, ich versichere dir, dass ich es nicht vergraben habe.«

»Was ist denn das?« Derick hielt eine kleine Figur in die Höhe.

»Jemand hat seinen Schmuck hier vergessen.«

»Das sieht ja aus, wie ein kleiner Vogel, der gerade ins Wasser eintaucht.«

»Das ist wirklich hervorragend geschnitzt«, sagte Derick begeistert. »Ich frage mich, was das für ein Material ist. Es ist weder Holz noch Knochen. Vor allem der Kopf ist unglaublich reich an Einzelheiten.«

»Zeig mal her!«

»Fang!«

Balki erschrak und riss die Arme in die Luft, anstatt die Figur aufzufangen. Der kleine Wasservogel wurde nach oben geschleudert, knallte gegen die Höhlendecke, fiel wieder herunter und zerbrach in zwei Teile.

»Du Trottel! Du hast sie kaputt gemacht.«

»Oh.« Balki hielt nun den Kopf der Figur in der einen und den restlichen Körper in der anderen. »Meinst du, die lässt sich noch reparieren?«

Derick schnappte ihm die Figur aus der Hand und vergrub sie wieder im Boden. »Die gehört mit Sicherheit einem Zwerg! Gehen wir hier raus, bevor wir noch mehr Schaden anrichten.«

»Da ist noch eine Figur«, sagte Balki aufgeregt und zeigte in die Grube. »Sieht aus wie eine dicke Frau.«

Zornig stapfte Derick zum Ausgang. »Wir nehmen nichts mehr mit. Ich will nicht den Fluch irgendeines Zwerges auf mich ziehen.«

Als sie aus der Höhle herausgelaufen waren, blieb Balki stehen und begutachtete grinsend irgendetwas in seiner Hand. Es war eine kleine, rundliche Figur.

Derick machte auf dem Absatz kehrt. »Du hast die dicke Frau mitgenommen!«

Balki machte ein schuldbewusstes Gesicht. »Ach komm schon! Schau mal, wie nett sie aussieht.«

»Die dicke Frau bleibt hier!«, donnerte Derick, schnappte ihm die Figur aus der Hand und brachte sie zurück in die Höhle.

Als sie wieder auf der Kutsche saßen, sprachen sie kein Wort miteinander. »Märchenzwerge gibt es nicht und Flüche auch nicht«, knurrte Balki leise.

Derick verschränkte missbilligend die Arme. »Wir haben das Richtige getan. Alles andere wäre Diebstahl gewesen.«

Da klang plötzlich ein hoher Pfeifton an seine Ohren.

Balki hatte eine Flöte hervorgeholt und begann darauf eine nervenaufreibend fröhliche Melodie zu spielen.

Derick knirschte mit den Zähnen. »Schluss damit!« Er schnappte Balki die Flöte aus der Hand.

»Hey!«, rief Balki.

Er beäugte sie misstrauisch. »Die ist aus einem Vogelknochen geschnitzt. Wo hast du die überhaupt her?«

»Auch aus der Höhle.«

Derick warf sie im hohen Bogen in einen kleinen Fluss, dessen Strömung sie bergab trug.

»Verflucht! Das wollte ich als Andenken behalten!«

»Sagst du mir jetzt endlich, was wir dort gesucht haben?«, erwiderte Derick ungeduldig.

»Nein, ich denke nicht. Aber keine Sorge. Es gibt noch mehr Orte, an denen wir suchen können.«

Sie bewegten sich viele Tage lang durch ein Gelände aus Wäldern und Feldern. Und plötzlich veränderte sich etwas in der Welt. Derick konnte es zuerst nicht beschreiben, denn er war noch nie so weit im Süden gewesen. Vielleicht hatte es damit zu tun, dass der Schatten seiner Erkrankung und Schwäche endlich von ihm abfiel. Der Duft von frischem Heu drang ihm in die Nase und umwaberte ihn wie eine wohlige Wolke. Das goldene Sonnenlicht tanzte auf den grasgrünen Feldern, umgeben von mattgrünen Sträuchern und dunkelgrünen Tannen. Und dann sah er es. Blaue Schemen, die die Hälfte des Horizonts bedeckten. Mit jedem weiteren Herzschlag wurden sie deutlicher und schälten sich mit ihren majestätischen

Formen aus der unendlichen Ferne. Es waren die Berge der Alpen und sie thronten blau über der weitläufigen Landschaft, in der alle Variationen der Farbe Grün zu finden waren, besprenkelt mit dem goldenen Licht der Sonne.

In der Nacht war der Himmel rötlich und blasse Sterne funkelten im Osten. Und als am nächsten Morgen die Sonne aufging, waren die Umrisse der Berge verschwunden.

Sie reisten nach Westen. Derick war inzwischen fast komplett wiederhergestellt und begann allmählich, eine Abneigung gegen ihre Kutsche zu entwickeln. Viel lieber hätte er die geheimnisvollen, fremden Landstriche, die sie bereisten, zu Fuß durchwandert.

An einem besonders warmen Tag, fast am Ende ihrer Reise, brachte Balki den Kutscher mitten auf einem riesigen grünen Feld zum Stehen. »Herrlich! Genau hier will ich meinen täglichen Spaziergang machen. Kommst du mit Derick?«

Derick war ein wenig verwundert, denn die grüne Wiese war nach allem, was sie bisher gesehen hatten, doch eher ein langweiliger Fleck Land. Ein verwitterter Meilenstein war das Einzige, was aus der Eintönigkeit herausstach. Doch eine Ahnung kam ihm in den Sinn, dass Balki mal wieder etwas aushecken könnte, deshalb erklärte er sich bereit, ihn zu begleiten.

Sie wanderten lange über die hügeligen Felder, bis sie hinter einem Kranz aus Bäumen einige Überbleibsel einer Ruine fanden. Das meiste Gestein hatten die Einheimischen bereits abgetragen. Derick deutete erstaunt auf eine kleine Zahl winziger Säulen. »Was sind das für winzige Säulen. Haben Zwerge hier gewohnt?«

Balki gluckste. »Das war einmal eine Fußbodenheizung.« Er spazierte über den gut erhaltenen Schwellenstein und um die verbliebenen Mauerreste herum auf eine Grünfläche hinaus bis zu einer Stelle, an der das Gras plötzlich niedriger wuchs. Offenbar hatten hier ebenfalls einmal Fundamente einer römischen Villa gestanden. Balki suchte eine Weile auf den eckigen, niedrigbewachsenen Flächen und hielt dann triumphierend einen Stein in die Höhe. Er reichte ihn Derick und begann Erde und Trümmer zur Seite zu graben. Als Derick sich das besagte Stück genauer ansah, erkannte er undeutlich fünf Runen, die jemand mit einem scharfen Gegenstand in den Stein geritzt hatte. Sie entsprachen den Buchstaben: B A L K I. »Deshalb also immer diese langen Spaziergänge«, erkannte Derick und fasste sich an die Stirn.

»Natürlich«, grinste Balki und zog einen braunen Ledersack aus dem aufgewühlten Erdreich. Als er ihn öffnete, purzelten Derick Goldmünzen vor die Füße. »Wir verdanken diesem Kutscher unser Leben, aber ich würde ihm nicht eine Fingerbreite weit trauen, wenn es um Gold geht. Diesen dicken Bauch hat er sicher nicht vom Almosenverteilen. Ich habe mein Erspartes damals überall in Europa verteilt und Gold ist die einzige zuverlässige Währung, die noch allenorts akzeptiert wird. Es gibt sieben Goldverstecke, die noch übrig sein sollten.«

Derick hatte sich bereits gefragt, wo Balki das Geld auftreiben wollte, um den Kutscher zu bezahlen. »Aber wieso schreibst du deinen Namen auf die Steine?«

Balki erklärte rasch. »Wenn jemand das Gold findet, nimmt er es sowieso. Aber vielleicht würde man noch ein schönes Lied über Balki und seine Goldverstecke dichten.«

»Du hast das Gold jemandem gestohlen oder?«

»Wie kommst du darauf?«

»Ja oder nein?«

Balki atmete tief ein und zögerte. Dann zuckte er mit den Schultern. »Ja, ich habe es gestohlen. Aber der Mann, dem es gehörte, hatte es nicht anders verdient.«

»Erzähl mir davon…«

Sie ließen sich auf den herumliegenden Mauerresten nieder.

»Das ist eine sehr unschöne Geschichte. Es gibt nicht viel zu lachen darin: keine Pferde, die Türen öffnen können.«

Derick wusste, dass er einen Scherz gemacht hatte, aber Balkis Gesicht blieb dabei todernst.

»Ich war einst ein Sklave in Rom.«

»Ein Sklave?«, fragte Derick bestürzt.

Balki nickte mit bitterem Gesicht. »Oh ja. Nicht so, wie in den Geschichten über Gladiatoren in Arenen. Nein, die Sklaverei ist in Rom schon seit langer Zeit verpönt. Aber nicht alle haben sich daran gehalten. Ein ganz besonders reicher und mächtiger Römer erst recht nicht. Sein Name war Januarius Antilas. Er hatte sie alle in der Tasche, den Senat, die Kaufleute, die Legionäre. Er sagte, er erkenne die Herrschaft von Usurpatoren und Soldatenkaisern nicht an. Er sagte, er stehe über ihren Gesetzen, denn er unterwürfe sich nur dem Römischen Reich, so wie es einst bestanden hat.«

»Klingt nach einem aufrechten Mann«, meinte Derick.

Balki lachte freudlos. »Ja. Das dachten viele über ihn. Aber in Wahrheit war er ein Ungeheuer. Er kaufte heimlich Sklaven und hielt sie in den Katakomben unter seiner Villa wie Vieh. Dort hatte er auch eine kleine Arena und gelegentlich lud er andere einflussreiche Römer zu sich nach Hause ein und ließ für sie blutige Gemetzel veranstalten. Seine Hinrichtungen waren so grausam, dass seine ganze Dienerschaft in Angst vor ihm lebte.«

Der junge Krieger verlor sämtliche Farbe. »Wie um alles in der Welt bist du dorthin geraten?«

»Ich wohnte in einem Dorf in der Nähe von Arae Flaviae. Eines Tages überfiel uns ein germanischer Stamm. Einfach so. Ohne Vorwarnung. Ohne Grund. Die Männer wurden getötet und die Frauen und Kinder als Sklaven verkauft. So gelangte ich zum ersten Mal in die Ewige Stadt.«

Es folgte eine lange Stille und Derick war sich unsicher, ob er noch weiter fragen sollte. »Und er ließ dich in seinen Arenen kämpfen?«

Balki lachte bitter. »Oh nein. Das ging glücklicherweise an mir vorbei. Er merkte schnell, dass ich nicht zum Kämpfen tauge. Vor einem ganz anderen Talent von mir konnte er jedoch nicht ewig die Augen verschließen. Obwohl es seinen Vorurteilen widersprach, war ich vermutlich der schlauste Junge, der je einen Fuß durch seine Tür gesetzt hatte. Ich lernte Lateinisch und Griechisch in weniger als einem Jahr. Dann begann ich mich durch seine Büchersammlung zu fressen wie ein Holzwurm durch morsches Geäst. Bald stellte ich jeden seiner Befehle in Frage und konnte jedes seiner Argumente widerlegen. Er ließ mich prügeln. Aber letztendlich gab er mir eine Aufgabe, in der ich ihm weit mehr nutzen konnte, denn als niederer Hausdiener. Er machte mich zu seinem Buchhalter. Ich half ihm, seine kleinen Umtriebe vor den römischen Behörden geheim zu halten. Ich verteilte die Aufgaben an die Sklaven, ich stellte die Bestechungsgelder für die Senatoren zusammen, ich organisierte seinen gesamten Haushalt.« Plötzlich setzte Balki ein ziemlich gemeines Grinsen auf und lachte leise vor sich hin. »Und dann organisierte ich eine Revolte unter seinen Sklaven, stahl ihm einen Teil seines Vermögens und floh mit einer anderen Sklavin zusammen aus Rom.«

»Einer anderen Sklavin?«

Balkis Blick wurde für einen Moment glasig. »Monia. Ich weiß nicht, woher ihre Eltern stammten, aber sie war an Antilas Hof aufgewachsen genau wie ich. Eine solche Schönheit findest du auf unserem Kontinent nicht. Ihre Haare waren schwarz wie Ebenholz und ihre Haut gebräunt. Und ständig erzählte sie mir Geschichten von fremden Orten, die sie bereisen wollte. Sie wollte die ganze Welt mit mir erkunden. Ach es ist so lange her.« Träumerisch starrte er in die Ferne.

»Wo ist sie jetzt?«

»Sie ist in Konstantinopel geblieben. Dort hat es ihr immer schon am Besten gefallen. Dort haben wir geheiratet.«

»Du bist verheiratet?«, rief Derick ungläubig.

Balki lachte laut. »Ich habe keine Ahnung, ob man das offiziell als Ehe bezeichnen kann. Ich würde es eher als lockeres Zusammenleben bezeichnen. Wir waren zu zweit. Sie hat ja gesagt und ich hab ja gesagt und das war's dann so ziemlich.«

»Wieso besuchst du sie nicht?«

Er sprang auf die Beine. »Weißt du was? Wenn wir dieses Abenteuer hinter uns gebracht haben, werde ich das vielleicht tatsächlich tun. Aber eines nach dem anderen. Wir müssen als allererstes die Alpen überqueren.«

Die Sonne kam hinter einer Wolke hervor und ließ das Gold auf dem Erdboden aufleuchten. Und mit einem Schlag stellte Derick fest, dass sie jetzt einen ganzen Beutel voll Münzen reicher waren. Sie lachten und schwatzten und kehrten gemeinsam zur Kutsche zurück, nachdem sie das Gold säuberlich in ihren Mänteln versteckt hatten.

Ein paar Tage später verließen sie mit ihrer Kutsche den Wald und überquerten eine hügelige, grüne Landschaft. Derick verbrachte die langen Fahrzeiten mit seiner Schnitzkunst. Ein breiter Hügelkamm führte sie weiter nach Westen, bis sich vor ihnen ein gigantisches Flussbett abzeichnete. Das Wasser schimmerte grünlich und riss in einem gigantischen Strom alles mit sich, als würde das Schmelzwasser aller Berge dieser Welt seine Fluten speisen.

Balki schien zufrieden. »Der Rhein, die Lebensader Mitteleuropas«, murmelte er leise, als spräche er zu sich selbst.

Sie erreichten ein kleines Dorf voller Fischer und Händler. Dort überreichten sie dem Kutscher Dericks Brief und er versprach, ihn Tyra bei seiner nächsten Reise zum Brocken auszuhändigen. Dann vermittelte er sie an ein Schiff aus dem Norden, das den gesamten Rhein bis hierher befahren hatte. Es würde sie weiter nach Süden transportieren.

»Ich danke dir für deine Hilfe«, verkündete Balki feierlich, als sie sich von ihm verabschiedeten. »Möge dein Wein noch viele Jahre fließen und dein Geschäft erblühen.« Und er drückte Eike den gesamten Beutel mit Münzen in die Hände, den er aus seinem Versteck in der verfallenen Villa Rustica geborgen hatte. Nur eine Handvoll Münzen hatte er für sich behalten.

»Aber wo hast du das her?«, fragte der Händler verwirrt. »Du sagtest doch, es wäre in deiner Villa versteckt.«

»Ich habe mir das Geld unterwegs geholt. Verzeih mir meine Vorsicht. Aber ich denke, an unserem Transport hast du mehr verdient als an all deinen Weinfässern zusammen.«

Der Händler runzelte ein wenig irritiert die Stirn. Er drückte noch einmal kurz Balkis Hand und stolzierte von dannen.

»Wenn ihr damit alles geregelt habt, kommt doch an Bord«, sagte der wettergegerbte Seemann mit den langen blonden Haaren und wies sie freundlich an, ihm zu seinem geräumigen Langschiff zu folgen. Ein gewaltiger hölzerner Drachenkopf ragte vorne aus dem Bug.

»Hättest du nicht ein bisschen mehr von dem Geld behalten können?«, fragte Derick im Flüsterton, während sie durch das Wasser wateten und sich auf das Schiff zubewegten, das dort gemächlich trieb und sich zu schlängeln schien wie eine Schlange im Gras.

»Eines habe ich auf meinen weiten Reisen gelernt: Wer wenig mit sich führt, wird auch weniger ausgeraubt.« Und er warf einen misstrauischen Blick auf die Besatzung.

Am Abend standen Balki und Derick an der Reling ihres kleinen Schiffes und beobachteten die vorbeiziehende Uferlandschaft des Rheins. An beiden Ufern wucherten Bäume, Sträucher und jede andere Art von Pflanzen, um sich an den beständigen Fluten zu laben. Das rötliche Licht der Sonne tanzte auf der fließenden Wasseroberfläche. »Da ist noch etwas.«

Balki hob eine Braue und wandte langsam den Blick von den vorbeiziehenden Landschaften ab. »Was? Ist etwa etwas Schlimmes passiert?«

»Nein, das nicht. Ich hab ein Geschenk für dich.«

Balki lachte. »Das ist doch ein Grund zur Freude. Du machst ein Gesicht, als hättest du in eine Zitrone gebissen.«

»Ja ja. Nimm es einfach und halt die Klappe.« Derick reichte ihm eine kleine Ledertasche.

Balki stülpte sie auf seiner Handfläche um und eine edel geschnitzte, hölzerne Pfeife glitt daraus hervor. Balki starrte sprachlos auf das Kunstwerk. Es hatte einen großen runden Kopf für getrocknete Blätter und einen leicht gerundeten Stiel. Er hatte keine Ahnung, wie der Junge es geschafft hatte, ihn auszuhöhlen, ohne das Holz zu zerstören.

»Deine Tonpfeife ist doch zerbrochen. Da dachte ich mir, ich mach dir eine Neue.«

Balki hob den Kopf und grinste. »Dein erster kluger Einfall, seit du im Teutoburger Wald versucht hast, mich umzubringen.« Er zog seine getrockneten Blätter hervor, stopfte den Pfeifenkopf damit und entzündete sie dann mit seinen Feuersteinen. Dann starrte er nachdenklich auf das ferne vorüberziehende Land und blies Rauchkränze in den sternenklaren Himmel. »Das ist nett, wirklich nett.«

Mit leisem Plätschern glitten die Wassermassen unter dem Schiffsrumpf hindurch.

»Es ist ein Geschenk«, erwiderte Derick zufrieden. »Danke, dass du mir das Leben gerettet hast.«

Balaban und Tyra

»Die Hunnen kommen! Die Hunnen kommen!« Noch immer hallten die Schreie und Rufe in ihren Ohren nach.

Wie viel Zeit war vergangen? Wie viele Tage? Wie viele Monate? Oder noch länger?

Tyra saß auf dem dreckigen Erdboden, ihre Hände an einen Holzkarren gefesselt. Blut tropfte von ihrer Lippe und von einer Platzwunde an ihrer Stirn, wo sie niedergeschlagen worden war. Sie hatte in der Nacht zum Dorf zurückzukehren versucht, doch sie waren einfach überall gewesen. Als man sie mit den anderen Gefangenen zusammengetrieben hatte, wurden ihr die vollen Ausmaße der Zerstörung offenbart. Das Stadttor war niedergeritten worden. Einer der beiden Türme brannte, auch wenn ein frühmorgendlicher Regenschauer das Schlimmste verhindern konnte. In jedes Haus waren die Hunnen eingedrungen und hatten es geplündert. In den gewaltigen Vorratskammern, die gefüllt gewesen waren dank ihrem Handel mit den Erzen, herrschte nun gähnende Leere. Doch viel schlimmer war der Verlust an Menschen. Tyra wusste nicht, wie viele im Kampf gefallen waren, aber als sie am Morgen die Augen aufgeschlagen hatte, wurden bereits Gräber ausgehoben. Dann hatte die schreckliche Durchsuchung begonnen. Kein Stein wurde auf dem anderen gelassen. Wie besessen suchten die Hunnen nach zwei Männern. Und Tyra war womöglich die einzige, die ihre Namen kannte. *Balki ... und Derick.*

Nachdem die komplette Überprüfung sämtlicher Höfe, Häuser und Wohngruben nichts an den Tag gebracht hatte, geriet der Hunnenkönig in Zorn. Er begann damit, die gefangenen Einheimischen zu befragen. Und die wenigen, die aus seinem Verhör heil zurückkehrten, waren von solchem Entsetzen gepackt, dass sie stundenlang kein Wort herauszubringen vermochten.

»Er ist ein Dämon«, keuchten sie schließlich in gegenseitigem Einvernehmen und die schreckliche Furcht, aber auch der Hass auf die Besatzer wuchs in ihren Herzen.

Tyra hatte kaum Zeit, ein Wort mit ihren Familienangehörigen zu wechseln. Die jungen Frauen wurden vom Rest der Bevölkerung gesondert und tagein tagaus unter strenge Bewachung durch Balabans Leibgarde gestellt. Dies diente, wie sein hochgewachsener Diener Rigula ihnen lautstark verkündete, ihrer eigenen Sicherheit. Der König hatte seine Untertanen unter Kontrolle und die Besatzung verlief offenbar nach Plan. Doch bereits nach wenigen Tagen ereignete sich der erste Zwischenfall. Eine junge Hunnenfrau, die mit den Einheimischen hatte Handel treiben wollen, wurde niedergeprügelt. Als die Hunnen davon erfuhren, gerieten sie außer sich und hätten womöglich ein schreckliches Blutbad angerichtet, hätte der riesige Rigula es nicht mit aller Gewalt verhindert.

»Ihr tut nichts ohne den Befehl eures Königs!«, hatte er geschrien. »Jetzt schert euch davon!«

Zwar hatte Tyra den Hunnenkönig selbst noch kein einziges Mal zu Gesicht bekommen, aber sie konnte förmlich spüren, wie dessen Ungeduld wuchs. Schon sehr bald würde es zu schlimmeren Auseinandersetzungen zwischen Einheimischen und Hunnen kommen. Und dann würde selbst der König seine Männer nicht mehr im Zaum halten können.

Tyra wischte das Blut an ihrem Armrücken ab. Einer der Wachleute hatte sie geschlagen, nachdem sie sich nicht hatte abführen lassen. Ihre Hände waren nun straff gefesselt. Hier inmitten der Zeltstätte der Hunnen war sie an einen übel riechenden Ochsenkarren gekettet.

Oh Gott, zeige mir einen Weg aus diesem Albtraum! Ich nehme jeden Ausweg in Kauf und sei es der Tod.

Der kalte Erdboden knirschte unter den Schritten des Riesen namens Rigula. Seine Bewegungen wirkten schleppend, fast schwerfällig, wenn er nicht auf einem breiten Pferderücken saß. Als er sich vor ihr aufbaute, wusste sie, dass ihre Zeit gekommen war.

»Der König befiehlt dich zu sich!«, sagte er mit eindrücklicher Stimme, auch wenn er sich mit ihrer Sprache schwertat.

»Ich weigere mich«, beharrte sie auf der Stelle und drehte ihren Kopf dem Erdboden zu.

Rigula lachte rau. Dann löste er ihre Fesseln und ehe sie sich losreißen konnte, packte er sie um die Taille und warf sie sich einfach wie einen Sack Getreide über die Schulter. Sie wollte sich wehren, doch fürchtete sie, ihre Situation könne dadurch noch verschlimmert werden.

Wenn ich schon sterben muss, dann will ich mit Würde in den Tod gehen. Eine Träne rann ihr über die Wange, doch sie stand zu ihren Worten.

Der Riese trug sie auf das Gasthaus zu, in dem sie vor wenigen Tagen mit Balki und Derick gesprochen hatte. Jetzt gab es dort keine Gastlichkeit, keine Getränke und keinen Gesang mehr. Das Gebäude war umfunktioniert worden zu Balabans Verhörzimmer.

Als sie durch die Tür traten, kamen ihnen zwei Hunde entgegen und sprangen laut bellend an Rigulas Beinen hinauf. Tyra schrie auf vor Schreck. »Nein«, keuchte sie, als der Riese sie auf den Boden absetzte. Sie schloss die Augen, während die Hunde an ihr schnupperten und knurrten. Ein leises Pfeifen ertönte und auf der Stelle ließen sie von ihr ab. Es herrschte einen Moment Stille. Dann erklang eine ruhige Stimme und Tyra wusste sofort, dass es der Hunnenkönig war.

»Du brauchst keine Angst vor den Hunden zu haben.« Sie starrte ihn mit riesigen, angsterfüllten Augen an. Doch ihre Furcht rührte ihn nicht, nicht im geringsten. »Sie sind beide sehr diszipliniert. Ich selbst habe sie abgerichtet. Solange ich ihnen nicht den Befehl gebe, werden sie dir nicht einmal ein Haar krümmen. Wenn ich jedoch den Befehl erteile, reißen sie dich vor meinen Augen in Stücke.« Er lächelte leicht. »Also hab keine Angst vor den Hunden. Hab Angst vor mir.«

Sie sah nun, warum man ihn den blauäugigen Hunnen nannte. Seine schmalen Augen waren von einem so ungewöhnlich klaren, unnatürlichen Blau, dass man am liebsten das Gesicht abwenden wollte. Doch sie hielt dem Blick stand, am ganzen Leibe zitternd. Hilfesuchend wandte sie sich nach Rigula um. Der Riese blickte ihr tief in die Augen, dann verbeugte er sich vor seinem König und verließ die Halle. Sie drehte wieder den Kopf. Balabans Gesicht war ein schrecklicher Anblick. Eine riesige, blutige Wunde erstreckte sich über seine linke Gesichtshälfte.

»Lass uns beginnen«, meinte er freundlich aber mit Nachdruck. »Hast du die beiden Männer gekannt, die vor ein paar Tagen durch euer Dorf gezogen sind?«

»Nein. Ich habe nur das gehört, was die anderen erzählt haben.« Balabans Augen verengten sich. »Lüge.«

»Ich schwöre es.«

»Fass!«

Sie schloss die Augen, als der Hund auf sie zusprang. Sein riesiges Maul schnappte eine Fingerbreite vor ihr zu und der heiße, hechelnde Atem des Hundes breitete sich über ihr Gesicht aus.

»Hör mir zu! Und hör mir genau zu! Ich habe vor dir bereits das halbe Dorf ausgefragt. Ich weiß, dass sie mit dir in dem Gasthaus gesessen und geredet haben. Und ich habe noch ganz andere Sachen erfahren. Also warne ich dich ein letztes Mal. Deine nächste Lüge wird dein Todesurteil!«

Tränen standen in ihren Augen. »Ich habe nichts mehr zu sagen. Sie haben kaum mit mir gesprochen. Bitte! Ich flehe euch an!«

Balabans Augen verfinsterten sich. Dann hob er die Hand und sein Hund starrte sie an und wartete auf den Befehl.

Seine Hand bebte. Er zögerte den Augenblick hinaus. Er wollte ihr eine letzte Reaktion entlocken. Sie konnte unmöglich so treuherzig sein.

»Ich weiß, dass du lügst. Sag mir, worüber ihr geredet habt! Was sind ihre Pläne?«

»Ich weiß nichts. Bitte! Bitte tut mir nicht weh!«

Seine Finger zitterten. Seine Gedanken überschlugen sich förmlich. Dann gab er den Befehl und sein Hund spurtete los. Er rannte einmal hechelnd um den Tisch herum, dann folgte er dem anderen Hund und seinem Herrn hinaus durch das Holztor. Das Mädchen ließ er aufgelöst und weinend auf dem Fußboden zurück.

Rigula kam ihm entgegen und sie machten eine kleine Runde durch das eroberte Dorf. Überall trugen die Hunnen das Erbeutete zusammen und sammelten es in den Satteltaschen ihrer Pferde. Darunter war auch eine ganz vortreffliche Auswahl an Waffen.

Der Riese schärfte mürrisch seine Klingen. »Wir sollten bald durch sein«, brummte er. »Ich habe zehn Männer verhört. Von fünf von ihnen weiß ich, dass sie mich angelogen haben.«

»Wir werden niemanden wegen Falschaussagen töten. Kelsus und Derick haben ihnen schon genug Ärger eingebrockt.«

»Wenn wir nicht streng genug mit ihnen sind, werden sie ihre Angst verlieren und noch mehr lügen.«

»Sie lügen nur über Kleinigkeiten; wo sie ihr Hab und Gut versteckt haben, zum Beispiel. Aber über Kelsus und Derick können sie nichts wissen. Sie hielten sich gerade einmal ein paar Stunden hier auf. Wir haben kein Recht, die Dörfler weiterhin dafür zu bestrafen. Ich glaube sogar, dass wir bei Morgengrauen weiterziehen sollten.«

»Aber wenn sie hier sind?«

»Das sind sie nicht. Ein Pferd aus unserem Gefolge fehlt.«

»Das könnte sich überall hin verirrt haben.«

»Die Späher haben alles abgesucht. Hunnische Pferde verlassen nicht einfach so ihre Herren.«

»Ich hoffe, Ihr habt recht damit.«

»Selbst wenn ich nicht recht habe, selbst wenn irgendwer im Dorf sie verstecken würde, sie werden hier nicht bleiben. Sie werden sich weiter nach Süden bewegen.«

»Da seid Ihr Euch sicher?«

Balaban seufzte. »Tagein tagaus studiere ich die Karte und versuche, sie zu übersetzen. Nur in einem Punkt bin ich mir sicher: dass wir nach Süden müssen. Warum auch sollten die Goten ihren Schatz irgendwo in den nördlichen Wäldern verstecken? Sie müssen ihren König irgendwo in Südeuropa beerdigt haben.« Er hielt inne. »Ich brauche mehr Wissen, um diese Karte zu übersetzen. Ich brauche Kaufleute und Schriftrollen. Ich brauche wieder eine Siedlung, die an das römische Straßennetz angeschlossen ist. Deshalb reisen wir nach Süden, genau wie Kelsus und Derick.«

»Gut. Wenn Ihr es befiehlt, werden wir das Dorf wieder verlassen. Was ist mit den Gefangenen?«

»Wir haben bereits zu viele Gefangene. Es dauert lange, um aus unterworfenen Feinden treue Gefolgsleute zu machen. Wir sollten deshalb unseren Tross nicht unnötig vergrößern. Aber einen Gefangenen werden wir tatsächlich mitnehmen.«

»Wen?«

»Was denkst du?«

»Das Mädchen?«

Balaban nickte.

»Ich nehme an, Ihr habt auch dafür Eure Gründe. Sie ist natürlich auch eine Augenweide.«

Balabans Miene verfinsterte sich. »Mach dich nicht lächerlich. Ich werde sie nicht wegen ihrer Gesellschaft mitnehmen. Ich habe ihr ohnehin gerade eine Höllenangst eingejagt.«

»Frauen und Kindern habt Ihr noch nie Leid zugefügt.«

»Richtig, aber das durfte sie natürlich nicht wissen. Sie ist ein ängstliches Mädchen. Ich dachte, die Angst vor dem Tod würde ihr die Zunge lösen. Ich bin überrascht und in gewisser Weise auch beeindruckt von ihr.«

»Tatsächlich?«, meinte Rigula verblüfft, denn er wusste, dass es gar nicht so leicht war, Hunnenkönig Balaban zu beeindrucken.

»Sie hat kein Wort gesagt. Sie wollte nicht einmal zugeben, dass sie mit ihnen gesprochen hat, obwohl mir das bereits von zahlreichen Besuchern des Gasthauses versichert wurde. Sie war bereit zu sterben, um zwei Männer zu schützen, die sie kaum kennt.«

»Und was folgert Ihr daraus?«

»Dass sie eine Menge weiß, vermutlich mehr als alle Bewohner des Dorfes zusammen. Einer der Krieger hat mir berichtet, sie wäre kurz vor dem Angriff aus dem Dorf gerannt und hätte inmitten von Nacht und Wolfsgeheul nach den Eindringlingen gesucht.«

»Und das hat sie bestritten? Sie hat nichts gesagt?«

Balaban schüttelte den Kopf. »Nicht ein Wort. Entweder kannte sie die beiden von früher oder sie muss innerhalb nur eines Abends ein enormes Vertrauensverhältnis zu ihnen aufgebaut haben. Wer weiß? Vielleicht haben sie ihr ja einen Anteil vom Schatz versprochen. Auf diese Weise kann man sich jedes Menschen Bündnistreue sichern.«

Sie brachen am Morgen auf, als alles schlief. Die Dorfbewohner sollten von ihrem Abzug genauso überrascht werden wie von ihrem Angriff. Als gerade die ersten Sonnenstrahlen das Gras in den Gräben der Wehranlage trockneten, bauten die Hunnen ihre Zelte ab, sattelten ihre Pferde und ließen die verdutzten Gefangenen frei. Ehe sie wussten, wie ihnen geschah, waren die Hunnen auch schon weg. Bis auf diejenigen, die in den Kämpfen gefallen waren, hatten sie alle die Besatzung überlebt. Nur eine Person fehlte.

Tyra war gefesselt und saß auf dem Pferd eines sehr wüsten Hunnen mit breitem, zerschnittenen Gesicht und sehr bösen Augen. Er brauchte sie nur anzusehen und sie wünschte sich, ein Blitz würde sie treffen und sie aus dieser grässlichen Lage befreien. Der Zug der Hunnen kam langsam voran. Der Tross aus Frauen, Kindern und Nutztieren, der erst lange nach dem Angriff im Dorf eingetroffen war, hing nun an den Reitern wie eine schwere Eisenkette und machte sie langsam und schwerfällig.

Ganz vorne in der Reihe ritt Hunnenkönig Balaban. Seine Hunde jagten um den Reiterzug herum und schnappten hier und da nach einem Pferd, das sich zu weit aus den Reihen entfernt hatte. Zu seiner rechten ritt der riesige Krieger mit den beiden Säbeln, der für ihre Bewachung zuständig war. Er hatte sie am Morgen mit mürrischer Miene aus ihrem Gefängnis geholt und ihr die Hände gebunden. Dann hatte man sie auf das Pferd gesetzt. Sie befürchtete das Schlimmste. *Ich bin eine Sklavin. Eine hilflose Sklavin der Hunnen. Sie können mit mir machen, was sie wollen, und das werden sie auch. Oh, wäre ich doch bei dem Angriff gestorben. Wäre ich doch mit Derick mitgegangen.*

Sie erinnerte sich an die Nacht des Angriffs zurück. Es war schon seltsam, dass sie es geschafft hatte, die beiden Fremden im Dunkel und dem Nebel der Nacht zu finden. Vielleicht war es Schicksal gewesen. Derick war schwer verletzt. Sie hatte all ihre Kenntnisse in der Heilkunst eingesetzt, um ihn zu retten. *Ich bin mir sicher, er wird überleben. Wenn er den Rückweg vom Berg überlebt hat, dann wird er sicher auch die Nacht überlebt haben.*

Sie hatte ihm einen Kuss auf die Stirn gegeben, ohne genau zu wissen, weshalb. Der lustige Fremde mit dem Namen Balki hatte ihr freundlich angeboten, mit ihnen zu reisen. Doch das war ihr zu diesem Zeitpunkt unmöglich vorgekommen. Sie hatte eine Familie und Pflichten. Sie hatte eine feste Rolle in dem Dorf und hätte entsetzliche Schande auf sich gezogen, wenn sie ohne Weiteres verschwand. Doch all das hatte nun an Bedeutung verloren. Sie war eine Gefangene. Und schon sehr bald war sie vermutlich tot.

Sie lagerten an einer riesigen Senke im Wald. Zelte wurden kaum errichtet. Viele Hunnen schliefen einfach direkt auf dem Erdboden neben ihrem Ross. Einzig Hunnenkönig Balaban bezog sein Zelt auf einem Hügel und in der tiefen Nacht, als Mond und Sterne zwischen den dürren Wipfeln der Bäume hindurch leuchteten, kam der große Rigula zu ihrem Platz und stieß sie mit dem Fuß an.

»Du bist noch wach was?«

Sie nickte und starrte ängstlich an ihm hinauf.

»Komm. Der König erwartet deine Anwesenheit.«

Sie schüttelte den Kopf und klammerte sich an eine nahe Wurzel.

»Ich werde nicht mitgehen. Ihr werdet mich töten müssen.«

Rigula runzelte die Stirn. Erst sah er aus, als wollte er sie wieder einfach packen und auf den Schultern mit sich schleppen. Stattdessen besann er sich eines Besseren und setzte eine freundlichere Stimme auf. »Du verstehst da etwas falsch. Er will dir weder Schaden zufügen, noch will er deine Ehre besudeln. Aber er weiß, dass du ihn angelogen hast. Er weiß, dass du sehr viele Dinge vor ihm verheimlichst. Und diese Dinge muss er erfahren.«

Erneut starrte sie ihn mit ihren großen blaugrünen Augen an und versuchte seine Worte abzuschätzen. Sie war nun eine rechtlose Sklavin und sie sprach ihre Gedanken laut aus.

»Warum sollte er mich verschonen?«

»Weil er ein ehrenhafter Mann ist.«

»Wir haben ihm nie etwas getan. Trotzdem hat er unser Dorf überfallen und uns ins Elend gestürzt.«

»Es ist sein Schicksal, die Hunnen zu alter Größe zu führen«, hielt Rigula trotzig dagegen. Er zögert und begann dann mit leiser Stimme zu erzählen: »Es gab eine Zeit, da erstreckte sich das Reich der Hunnen von der Donau bis zum Schwarzen Meer und wir hatten einen mächtigen Herrscher namens Attila. Doch dann wandte sich das Schicksal gegen uns und all unser Glück verwandelte sich in Asche. Die Söhne Attilas konnten sich nicht einigen, stritten sich und brachten sich gegenseitig um ihr Leben. Das Reich der Hunnen zerfiel. Doch einer seiner vielen unehelichen Kinder verließ den verfallenen Hunnenhof und machte sich nach Rom auf. Er brachte es zu bescheidenem Wohlstand und er heiratete eine Römerin. Sie gebar ihm einen Sohn.«

Tyra macht große Augen. »Balaban?«, sagte sie ungläubig. »Aber wenn seine Familie in Rom war, wieso ist er dann hier? Wieso reist er mit diesen Wilden durch den Norden, wenn er doch in Rom sein könnte.«

»Diese Wilden sind sein Volk! Und der Weg, den er gewählt hat, ist sein Schicksal.« Er machte einen Schritt auf sie zu und streckte ihr seine Hand entgegen. »Er will weder Ruhm, noch Macht oder Reichtümer. Alles was er sich wünscht, ist seinem Volk eine sichere Zukunft abseits von Krieg und Zerstörung zu schaffen. Dieser Römer, für den er arbeitet, hat uns Land versprochen. Viele Gebiete südlich der Alpen sind durch die Kriege und Heereszüge entvölkert. Dorthin wird er uns führen. Dort wird das Volk der Hunnen wieder erblühen.«

Sie starrte unschlüssig auf seine Hand. Ihre Stimme war noch immer voller Zweifel. »Und wenn es ihm nicht gelingt, das Land zu erhalten, dass ihr benötigt?«

»Er wird es schaffen oder niemand. Wir alle brauchen ihn und das weiß er.«

Sie überlegte noch eine Weile, ohne den Blick von ihm abzuwenden. Dann lockerte sich ihr Griff um die Wurzel ganz langsam und sie ließ sich von Rigula auf die Beine ziehen.

Der Hunnenkönig erwartete sie an seinem Tisch, der aus zwei Kisten und einem riesigen Holzschild bestand. Er legte eine Schriftrolle zur Seite und gebot ihr, auf einem Schafsfell Platz zu nehmen. Sie blieb stehen und starrte ihm direkt in die Augen, Blau in Blau.

»Du machst es dir nur unnötig schwer. Ich will deinen Freunden Kelsus und Derick kein Leid zufügen. Aber ich muss wissen, was sie dir gesagt haben.«

»Warum wollt Ihr das wissen, wenn nicht um sie zu jagen und ihnen Leid zuzufügen?«

Balaban lächelte und sie verstand, dass sie soeben ihre Lügen zugegeben hatte.

»Kelsus und ich haben einen Handel abgeschlossen. Du hast ihn vermutlich unter dem Reisenamen Balki kennengelernt. Er hat seinen Teil des Handels nicht eingehalten. Wenn ich ihn finde, werde ich dafür sorgen, dass er es tut. Womöglich ist das jedoch gar nicht notwendig, vorausgesetzt die Informationen, die du mir liefern kannst, machen seine Mithilfe überflüssig. Was hat er dir über die Karte erzählt?«

Sie zögerte einen langen Augenblick und senkte den Blick. Sie entschloss sich dazu, dem Hunnenkönig wenigstens einen Teil der Wahrheit anzuvertrauen. Das schuldete sie ihm wohl. »Er meinte, er hätte Euch eine Schatzkarte abgenommen. Da war er betrunken.«

»Sprich weiter«, sagte Balaban ruhig.

»Als er wieder klar im Kopf war, bot er mir an, mit ihnen zu reisen. Er sagte, am Ende des Weges würden wir einen Schatz finden. Ich dachte, er hätte sich das nur ausgedacht.«

»Du hast sie also noch einmal gesehen, nachdem sie aus dem Dorf geflohen sind.«

Sie begegnete seinem Blick tapfer und entschlossen. »Das wusstet Ihr doch längst.«

»Dann sag mir, wohin sie geritten sind!«

»Das weiß ich nicht und wenn ich es wüsste, würde ich es Euch nicht sagen. Ihr könnt gerne irgendeinem Schatz hinterherjagen, aber lasst meine Freunde in Frieden.«

Balaban lächelte. »Danke. Nun weiß ich, dass sie mit Pferden entkommen konnten, und dass du sie zu deinen Freunden zählst. Aber wie konnte dieser Derick überhaupt noch auf einem Pferd sitzen? Ich dachte, mein Dolch hätte ihn getötet.«

Sie wurde aschfahl im Gesicht. »Das wart Ihr?«

Balaban starrte sie regungslos an. »Er hat gegen mich gekämpft. Ich habe gewonnen.«

»Dann seid Ihr ein Lügner. Ihr habt Ihnen Leid zugefügt und wollt es wieder tun.«

Balaban zögerte einen Moment. Tatsächlich schien sie ihn in Verlegenheit gebracht zu haben. Sein Lächeln war jedenfalls verschwunden. »Ich tu, was ich tun muss.«

»Eine Rechtfertigung, der sich jeder Mörder bedienen kann.«

Seine Gesichtszüge erschlafften leicht. Er wirkte, als hätte sie ihm ins Gesicht geschlagen. Dann ließ er sich ganz langsam auf seinen Stuhl sinken und sie schaute auf ihn herab.

»Rigula«, sagte er schließlich und der große Hüne kam von hinten in das Zelt. »Führ sie zu ihrem Schlafplatz. Sie wird unsere Gefangene bleiben.«

»Mein König«, sagte er und machte eine leichte Verneigung, ehe er sprach. »Ihr habt befohlen, dass sie Charaton auf seinem Pferd mitnehmen soll. Da ich jedoch für ihre Sicherheit zuständig bin, möchte ich darum bitten, sie auf meinem eigenen Pferd mitreiten zu lassen.«

Balaban musterte seinen Diener einen Augenblick aufmerksam und nickte. »Sie wird wirklich noch großen Nutzen für uns haben, deshalb sollte sie gut beschützt sein. Aber sie wird nicht auf deinem Pferd mitreiten, sondern auf meinem.«

Die Tage zogen dahin. Sie reisten nach Süden und ließen die kalten Wälder und Sümpfe hinter sich zurück. Nebelverhangene Pfade wichen sonnenbeschienenen Hängen. Jeden Tag saß sie auf dem großen Ross des Königs. Sein Pferd hatte einen ruhigen, stabilen Gang, ganz anders als das untersetzte Ross ihres vorherigen Trägers. Manchmal musste sie sich an seinem Rücken festhalten, wenn es über unwegsames Gelände ging. Er selbst sprach nie viele Worte mit ihr und er hatte sie seit ihrem letzten Gespräch auch nicht mehr in sein Zelt schaffen lassen. Erst nach mehreren Wochen wurde sie mitten am helllichten Tage zu ihm gebracht, als sie gerade an einem kleinen Fluss lagerten. Zwei Männer waren bei ihm. Der eine war ein junger Mann mit einem leichtsinnigen Lächeln auf den Lippen und einer verletzten Brieftaube in der Hand, die er offenbar vom Himmel geschossen hatte. Der andere war ... Der Schreck fuhr ihr durch sämtliche Glieder. Es war der Kutscher.

»Es war schön, mit Euch ins Geschäft zu kommen«, sagte Balaban lächelnd und schüttelte dem verängstigten Weinhändler die Hand. Dann wandte er sich an Tyra, machte ein paar Schritte auf sie zu und reichte ihr aufmerksam eine Rolle Pergament. »Dieser Brief ist für dich. Offenbar denken sie, du befändest dich noch immer im Dorf.«

Erschrocken starrte sie von der Nachricht in ihren Händen zu dem Hunnenkönig, der jedes Wort darauf bereits genauestens gelesen hatte. Er lächelte nicht, aber in seinen Augen leuchtete der Triumph.

Die Midgardsormen

Wie eine Schlange aus Holz bewegte sich das bauchige Schiff mit eleganten Bewegungen über das Wasser. Der fauchende Drachenschädel ragte über den Bug. Der Kiel des Schiffes bestand aus einem gewaltigen, ausgehöhlten Baumstamm, an dem lange Holzbretter als Planken befestigt waren. Insgesamt maß das Schiff mindestens zehn Klafter in der Länge und zwei in der Breite. Es wurde mit einem gewaltigen Ruder auf der rechten Seite gesteuert, während drei weitere Männer auf jeder Seite mit kleineren Rudern für das Vorankommen sorgten. Das Schiff wurde im seichten Wasser immer langsamer, bis es in einer Sandbank allmählich zum Stillstand kam. Ihr Anführer ließ das Steuerruder los und baute sich vor seinen Gästen auf. Auch die anderen Ruderer verließen allmählich ihre Posten, um die Fremden begutachten zu können. Insgesamt waren es sieben Seeleute.

»Wir hatten gestern Abend gar nicht mehr die Gelegenheit, uns alle einander vorzustellen. Ihr seid Derick und Balki, nicht wahr?«

»Derick, Arnulfs Sohn«, ergänzte Derick und verneigte sich leicht.

»Mein Name ist Kjartan, Kerwins Sohn. Ich bin der Meister dieses Schiffs, denn ich habe es selbst gebaut.« Dabei reckte er stolz seine Brust nach vorn. »Das ist mein Schwestersohn Giselher.« Er deutete auf den lachenden jungen Mann mit den zerzausten roten Haaren. »Und das ist mein guter Freund und erster Maat Olaf.« Ein riesengroßer Mann mit dichtem blondem Bart und dickem rotbackigen Gesicht machte einen Schritt auf sie zu. Er klopfte Derick mit solcher Wucht auf den Rücken, dass dieser zu Boden geschleudert wurde. Balki machte einen höflichen Schritt zur Seite. Kjartan lächelte und stellte ihnen den Rest der Besatzung vor. »Das ist Hundolf«, sagte er und deutete auf einen sehr missmutig dreinschauenden Mann mit dunkelbraunem Haar und unangenehm stechend blauen Augen. Hundolf musterte sie abschätzend und machte keinerlei Anstalten, sie willkommen zu heißen. »Das ist Hastein«, meinte Kjartan und schritt an einem dünnen Mann mit knochigem Gesicht vorbei, der als einziger unter den Seemännern keinen Bartwuchs hatte. »Und das hier sind die Brüder Alvar und Norik«, fügte er abschließend hinzu und deutete auf zwei junge Seemänner mit dunkelblonden Haaren, die sich verblüffend ähnlich sahen. Norik kniete neben seinem Bruder an der Reling und hantierte mit einem Messer. Offenbar schnitzte er etwas in das Holz.

»Was machst du denn da?«, fragte Derick neugierig, nachdem er wieder auf die Beine gekommen war.

Norik hob den Kopf und lächelte zuversichtlich. »Ich bringe die Runen an, die uns vor schlechtem Wetter schützen sollen. Ich habe mir die Zauberformel gestern erst in dem Dorf angeeignet.«

Balki gluckste verhalten, aber Derick war von den geheimnisvollen Zeichen fasziniert.

»Jetzt wo wir uns alle gut kennen, können wir mit der Arbeit weitermachen«, verkündete Kjartan zufrieden. »Dank euch können wir nun endlich die letzten beiden Ruderplätze besetzen.«

»Wir müssen rudern?«, fragte Balki mit geschockter Miene.

Kjartan lachte. »Was glaubst denn du? Wir bewegen uns immerhin gegen den Strom. Die Alpen sind unser Ziel und von dort aus gelangen wir nach Rom.«

»Seid ihr die Strecke schon einmal gefahren?«, fragte Balki ein wenig ungläubig.

Kjartan reckte das Kinn in die Höhe. »Oh ja. Ich war schon in Rom. Damals haben wir allerdings das Weltmeer befahren mit einem größeren Schiff. Es war meine Idee, stattdessen mit einem kleineren Schiff über die Landflüsse zu reisen.«

»Hoffen wir, dass der Fluss nicht einfach aufhört«, murmelte Balki leise vor sich hin, aber Kjartan hörte es nicht.

Zu ihrer Überraschung blies er plötzlich in ein gewundenes Horn. Es war ein heller, klarer Klang und er hallte über die gesamte Uferlandschaft.

»Hey!«, beschwerte sich Derick, der zusammengezuckt war. »Wem schickst du ein Signal?!«

»Das machen wir immer so, wenn wir uns auf eine große Reise begeben. Das Meer ruft nach uns.«

»Das ist kein Meer. Das ist ein Fluss«, entgegnete Balki verdruckst.
»Und alle Flüsse fließen ins Meer.« Kjartan lachte feierlich. »Willkommen auf der Orm.«

Dann wies er Derick und Balki ihre Ruderplätze zu und den restlichen Vormittag verbrachten sie damit, ihr Schiff Ruderlänge um Ruderlänge den Fluss hinauf zu schieben. Balki brannte die Sonne von allen Seiten auf den Kopf. Die ganze Wasseroberfläche leuchtete blendend hell. Er hatte kaum Gelegenheit, die wunderschöne, abwechslungsreiche Uferlandschaft betrachten zu können. Er hätte gerne ein paar Reime darüber gedichtet.

Während sie ruderten, stellte ihnen die Besatzung neugierige Fragen.

»Nein, nein«, erzählte Derick, dem das Rudern kaum Anstrengungen bereitete. »Wir kommen geradewegs vom Limes. Das ist so eine Art Grenzbefestigung der Römer.«

Die wenigsten von ihnen hatten schon einmal von einem Limes gehört. Norik zuckte mit den Schultern. »Vermutlich so ähnlich wie der Hadrianswall in Britannien.«

Endlich, als die Sonne den Zenit überschritten hatte, wurde es ein wenig kühler. Ein paar vereinzelte Wolkenfetzen trieben über den Himmel und ein frischer, kühler Wind trocknete ihre schweißnassen Gesichter.

»Kjartan! Ich glaube, der Wind ist stark genug«, bemerkte der Runenmeister von seinem Ruder aus.

Ihr Anführer zögerte einen Moment und hielt einen Stofffetzen in die Luft, der heftig zu flattern begann. »Du hast recht Norik. Ich denke, wir können das Segel setzen.«

»Segel?«, brach es ungläubig aus Derick hervor. »Was denn für ein Segel? Wir haben doch nicht einmal einen Mast.«

Olaf lachte laut auf und kam zu ihm herüber gelaufen. Unter den Schritten des Hünen schwankte das ganze Schiff. »Meinst du etwa, wir lassen das Segel in der Luft schweben?«, scherzte er lauthals.

Kjartan lächelte ebenfalls und kam an seine Seite getreten. »Ich zeige dir mein Segel Derick Arnulfs Sohn. Schau nur zu!«

Und gemeinsam mit Olaf und Giselher ging er zur Schiffsmitte und sie griffen zum Boden und zerrten plötzlich einen massiven, dunklen Mast heraus, der sich wie ein Schlagbaum aufklappen ließ. Als der Mast der Orm eingerastet und befestigt worden war, kletterte der flinke Giselher lachend und voller Enthusiasmus an der Takelage hinauf und befreite das mächtige Segel.

Balki starrte staunend auf den rechteckigen, sorgfältig gewebten Stoff, während Giselher die Seile zu ihnen hinunter warf. Derick, der viele Knoten beherrschte, half dabei, es an der Reling zu befestigen. Kaum hatte er die letzte Schlaufe festgezogen, ging plötzlich ein Ruck durch das ganze Schiff und riss sie schier von den Beinen.

»Es geht weiter, Männer!«, rief Giselher laut. »Die Orm hat Fahrtwind aufgenommen!«

Seile wurden von dem Mast zur Reling gespannt, während der Wind sie unaufhaltsam weiter vorwärts schob.

Staunend lehnte sich Derick über Bord und beobachtete das vorbeiziehende Wasser. Schnaufend und schwankend kam Balki an seine Seite.

»Hoffentlich werde ich nicht seekrank.«

Das klare Wasser sprudelte unter dem Bug des Schiffes. Und endlich konnte Balki in aller Ruhe ihre Umgebung beobachten. Überall in den felsigen Hängen hatten sich Sträucher und Bäume festgesetzt. Vögel zwitscherten und flogen von einer Blätterkrone zur nächsten. Die Wälder wechselten sich mit saftig grünen Wiesen und kargen Hügelketten ab.

Herrlich! So stelle ich mir das Reisen vor!

Während Balki in die Ferne schaute und die herrlich frische Luft einsog, trat von hinten einer der Seemänner an ihn heran.

»Kann ich das haben? Ich geb dir auch ein paar Bernsteine dafür.«

Es war Giselher und Balki brauchte einen Moment, um zu begreifen, dass er die römische Waage meinte, die an seinem Gürtel baumelte.

»Diese Waage nützt mir aber weit mehr als ein paar Steine«, meinte Balki scherzend.

Giselher zuckte mit den Schultern. »Dann such dir eben eine ganze Handvoll aus. Wir haben runde Bernsteine, eckige Bernsteine, kleine Bernsteine, große Bernsteine, helle Bernsteine, dunkle Bernsteine, Bernsteine mit Loch, Bernsteine mit viereckigem Loch, Bernsteine, die aussehen, als wären sie gar keine Bernsteine.«

»Habt ihr auch noch was anderes?«

Giselher wirkte etwas verstimmt. »Die sind unglaublich wertvoll. Und die Frauen werden nicht mehr an sich halten können, wenn du ihnen ein paar Bernsteine versprichst.«

Balki hob die Brauen. »Ich bin verheiratet.«

»Dann schicke deiner Frau einen Bernstein und es wird wieder sein wie am ersten Tag.«

»Wenn es nur so wäre«, meinte er und lächelte bitter.

»Dann behalte sie selbst. Im Süden kannst du sie gegen alle möglichen römischen Waren eintauschen.«

»Ich interessiere mich eigentlich nicht für Schmuck«, erwiderte Balki in abschließendem Tonfall.

»Ach ja und was ist dann das?« Giselher hatte auf die Muschelkette um seinen Hals gezeigt.

»Das war ein Geschenk«, meinte Balki knapp und als er sich wieder dem Wasser zuwandte, war sein Gesicht von einer jähen Bitterkeit erfüllt.

Es wurde dunkler und kälter. Für eine kurze Zeit brachen wieder Sonnenstrahlen durch die Wolkendecke. Dann begann das Wetter plötzlich umzuschlagen. Dunkle Regenwolken verfinsterten den Himmel und aus dem stetigen Wind wurde ein wütender Sturm.

Eimer voll Wasser klatschten auf ihre Köpfe und Balki konnte nicht mehr feststellen, ob das Wasser von oben oder von der Reling kam. Durchnässt und bibbernd griffen die Seemänner nach den Seilen, die das Segel oben hielten.

»Runter damit! Oder der Wind reißt uns in Stücke!«, brüllte Kjartan durch das Pfeifen und Prasseln des Unwetters. Sintflutartig schlugen die Wassermassen auf sie ein und verwandelten das Deck immer mehr in eine schwankende Badewanne. Giselher hatte das Segel gelöst und mit Mühe hatten sie es nach unten geschafft. Der ganze Rhein wurde zu einem wilden Strudel und ihre Schifffahrt glich immer mehr dem Ritt auf einem störrischen Esel. Erst am späten Abend hatte das Unwetter sich beruhigt und die Sterne leuchteten ihnen am Himmel den Weg. Sie holten den Mast nieder und legten ihn in die dafür vorgesehene Halterung.

Balki und Giselher wurden unter Deck geschickt, um ein paar undichte Stellen mit teergetränkten Tierhaaren abzudecken. Durch einen Aufprall hatten sich ein paar Planken gelöst, glücklicherweise oberhalb der Wasseroberfläche. Die Spanten, das Gerippe des Schiffes, waren allerdings nach wie vor in Takt.

»Hast du dir das mit dem Tauschhandel nochmal überlegt?«, fragte Giselher, während er Teer auf das Eichenholz schmierte.

»Ich will keine Bernsteine Gisel. Sag Bescheid, wenn du Wein im Angebot hast.«

Es war Nacht geworden. Die neunköpfige Besatzung hatte sich auf das Deck und das Unterdeck des Schiffes verteilt. Balki hatte es sich zwischen zwei Ballaststeinen gemütlich gemacht. Er konnte hören, wie Derick sich oben mit dem Meister des Schiffes unterhielt.

»Nein, die Spanten sind schon so gewesen. Wir haben Äste mit natürlich gewachsener Biegung verwendet. Das ist wesentlich stabiler, als das Holz selbst zu biegen.«

»Unglaublich«, brachte Derick staunend hervor. »Ich habe vorher noch nie ein Schiff gesehen. Keiner in meiner Heimat könnte so etwas bauen.«

Balki konnte Olaf laut lachen hören. »Du kommst ja auch aus dem Wald. Wir kommen von der Küste. Dort gibt es herrliche Strände mit riesigen Dünen.«

Neugierig kam Balki wieder auf die Beine und streckte seinen buschigen Kopf aus dem Unterdeck hervor. »Warum seid ihr dann überhaupt von dort fortgegangen?«

Kjartan ließ den Kopf ein wenig hängen. »Meine Heimat ist Jütland. Dort gibt es viel zu viele Menschen und leider viel zu wenig zu essen. Das einzig Erfolgversprechende ist der Seehandel.«

»Und warum heißt das Schiff Orm?«

»Das ist die Abkürzung für Midgardsormen.«

»Die Midgardschlange. Sie ist einer der drei Weltfeinde, die vom Asen Loki gezeugt wurden«, erklärte Olaf begeistert. »Er zeugte mit der Riesin Angurboda drei Wesen: den Fenriswolf, Hel die Herrin der Unterwelt, und die gewaltige Midgardschlange. Zweimal versuchte Thor sie zu vernichten. Der Legende nach ist sie so riesig, dass sie auf dem schwarzen Meeresgrund alle Länder dieser Erde umschlingt.«

Sofort war Balki zu ihm an die Reling getreten. »Dann erzähl mal! Ich liebe Geschichten.« Doch er bereute es im Nu, denn augenblicklich war Giselher an seine Seite getreten.

»Ich sagte doch, ich will keine Bernsteine«, stöhnte er genervt und kippte vornüber gegen das Holz.

»Kennst du die Geschichte, wie die Bernsteine entstanden sind?«, fragte Giselher knapp.

Balkis Neugier war geweckt. Mit dem Spürsinn, mit dem ein Hund einen Braten witterte, witterte Balki eine interessante Geschichte. »Also schön. Du bekommst die Waage, wenn die Geschichte gut ist.«

Kjartans Schwestersohn grinste zufrieden. Er begann zu berichten und alle an Bord lauschten schweigsam seiner Geschichte, während sich Sterne und Mond auf der Rheinoberfläche spiegelten und unter ihnen ebenso dahinglitten wie über ihren Köpfen.

»Einer der Asen hieß Balder. Er war der Sohn von Odin und Freyja und wohin er auch ging, folgten ihm strahlender Sonnenschein und Frühling. Doch eines Nachts erschien ihm in einem wirren Traum sein eigener Untergang. Als er seiner Mutter davon erzählte, wurde sie krank vor Sorge. Sie überlegte sich, wie sie ihn beschützen konnte, denn er war ihr Ein-und-Alles. Also reiste sie rund um die Welt und ließ jedes Ding, ob groß oder klein, einen Schwur ablegen. Sie mussten schwören, ihm niemals Schaden zuzufügen. Da konnte ihn kein Raubtier mehr beißen, kein Stahl mehr durchbohren und weder Feuer noch Blitz konnten ihm mehr etwas anhaben. Nur die kümmerliche Mistelpflanze übersah sie.

Um seinen Schutz zu prüfen, begannen die anderen Asen nun bei einem Fest mit Pfeilen auf Balder zu schießen. Kein Pfeil konnte ihn verletzen. Er begann zu prahlen und unter den Asen entstand ein Wettbewerb. Doch Loki, der Verschlagenste unter ihnen, ersann eine furchtbare List. Er gab dem blinden Hödur einen Pfeil, den er aus einem Mistelzweig geschnitzt hatte, und als dieser schoss, sank Balder tot in sich zusammen. Unter allen Asen war Stille. Und dann begannen sie endlos zu weinen und zu schluchzen, denn Balders Tod war der schlimmste Verlust, der über sie kommen konnte. Und sie wussten, dass er auch den Untergang ihrer Welt einleiten würde.

Während Balder tot daniederlag, versiegte auch das Licht, das ihn stets umhüllt hatte, und versickerte im Boden. All seine Pracht schied aus der Welt und aus unendlicher Trauer begann seine Mutter zu weinen und ihre Tränen umschlossen das Licht in kleinen Kristallen und konnten es für die Ewigkeit erhalten. Und so entstanden die Bernsteine.«

Balki lächelte matt und mit glänzenden Augen. Er ließ den Blick eine Weile über die schweigsame Wasseroberfläche kreisen. Dann nahm er die Waage von seinem Gürtel und schenkte sie Giselher.

Olaf trat grunzend hinzu. »Hat Freya nicht in Wahrheit deshalb geweint, weil ihr Ehemann abgehauen ist, nachdem sie ihn mit einem Rudel Zwerge betrogen hat?«

Derick lachte am hinteren Teil des Schiffes laut auf, doch Giselhers Miene verfinsterte sich und er bat Balki inständig darum, bitte seine Fassung der Geschichte im Gedächtnis zu behalten und nicht Olafs.

»Aber es ist schon interessant«, sagte Derick später leise zu Balki, »dass es über die Asen so viele verschiedene Geschichten gibt, die sich gegenseitig widersprechen. Vielleicht haben sich die Menschen diese Geschichten auch nur ausgedacht.«

Balki warf einen Blick über die Schulter. »Lass das lieber nicht die Seeleute hören.«

Der Morgen dämmerte klar und hell. Keine Brise kräuselte mehr die Wasseroberfläche. Das bedeutete, dass sie rudern mussten. Kjartan und Giselher verteilten schnell auf Holzschalen die täglichen Rationen. Es gab einen Brei aus Gerste und Roggen, dazu ein paar Nüsse, Birnen und Holzäpfel. Wenn sie den Morgen über ein gutes Stück Rheinaufwärts gelangten, würden sie auf ein kleines Fischerdorf stoßen, wo sie sich Fleisch, Fisch und Gemüse einkaufen konnten.

Sie ruderten mit dem Rücken in Fahrtrichtung. Als Ruderdollen dienten ihnen Astgabeln. Die Uferlandschaft bestand lange Zeit über aus felsigen Hügeln. Riesige, schwere Wurzelgeflechte gruben sich in das Wasser und stützten die abfälligen Hänge. Erst jetzt nach langer, schweißtreibender Arbeit erreichten sie einen Flussabschnitt, in dem das Ufer immer flacher wurde.

In weiter Ferne erkannte ihr Anführer die ersten Holzdächer am Wasser. »Wir sind da. Legen wir doch einfach an dieser seichten Stelle dort an.«

»Na endlich«, gab Giselher erleichtert von sich und klemmte den Schild, auf dem er die ganze Zeit über gesessen hatte, über die Astgabel.

Als das Schiff in einer Sandbank zum Stehen kam und sie es mehrfach festgeknotet hatten, verteilte Kjartan die Aufgaben. »Giselher du kümmerst dich um das Essen! Hastein soll dir beim Tragen helfen. Hundolf, du schaust, ob du eine Karte oder einen Mann mit Ahnung vom Flussverlauf auftreiben kannst. Alvar und Norik, ihr haltet die Augen offen nach Zauberrunen, um das Schiff vor Unfällen zu schützen. Olaf du bewachst wie immer das Schiff.«

Der große Nordmann brummte etwas, legte aber keinen Widerspruch ein.

»Ihr beide dürft euch anschließen, wo immer ihr möchtet«, meinte er freundlich zu Balki und Derick.

»Falls noch jemand von euch einen Weinhändler sucht, schließe ich mich gern an.« Balki lachte. Derick verdrehte die Augen.

Als sie am Ufer entlang durch das hohe, nasse Gras stapften, warf Balki einen Blick zurück zur Orm. »Ist ein Wachmann nicht ein bisschen wenig?«, fragte er verwundert.

Kjartan schüttelte zuversichtlich den Kopf. »An Olaf kommt niemand vorbei. Derjenige, der ihn zu überwinden imstande ist, verdient unser Schiff.«

Sie betraten das Dorf. Es war ein kleiner, farbloser Platz, der nach Tran und Teer roch. Die rechteckigen Langhäuser waren alle aus dem Holz des nahen Waldes gebaut worden. Grüne Ablagerungen an den Stützen und den Außenwänden zeigten noch immer die

Höhe des letzten Hochwassers an. Dennoch schien der Ort an einem Verkehrsknotenpunkt zu liegen, denn Balki erkannte auf Anhieb mehrere Händler, Korbflechter, Schuhmacher, Bronzegießer und Schmiede. Das Dorf war sehr gut besucht. Die Seemänner verteilten sich schnell über die vielen kleinen Holzhütten.

Doch die größte Entdeckung war nur Balki gelungen. Mit einem breiten Grinsen marschierte er auf einen hölzernen Stand zu, an dem verschiedene Dinge angeboten wurden wie Milch, Gemüse, Eier und … »Wein!«, donnerte Balki.

Derick rümpfte die Nase. »Für einen so klugen Menschen hast du wirklich ernsthafte Probleme Balki.«

»Das Leben ist kurz. Es könnte morgen vorbei sein«, summte Balki zufrieden.

»Ich meine es ernst. Ich glaube, dass du ein ernsthaftes Alkoholproblem hast.«

»Aber dafür bin ich immer lustig drauf«, entgegnete Balki.

»Das stimmt nicht. Du bist auch dann lustig drauf, wenn du nüchtern bist. Ich glaube, du trinkst, um dich zu benebeln, damit du dich irgendeiner Sache nicht stellen musst, die dich beschäftigt.«

Balki blieb einen Moment stehen und musterte Derick nachdenklich. »Du überraschst mich immer wieder. Wann genau hast du eigentlich den Sprung vom Holzkopf zum Menschenkenner gemacht?«

Derick knirschte mit den Zähnen. »Dieses Zeug betäubt deinen Verstand und deinen Körper. Beim Brockenberg hast du uns fast beide umgebracht, weil du so betrunken warst. Hast du daraus überhaupt nichts gelernt? Und dein Körper ist in einem so schlechten Zustand, dass du keinen Nachmittag am Stück laufen kannst, ohne vor Erschöpfung zusammenzubrechen.«

Balki funkelte ihn missmutig an. »Meinetwegen! Kann ich jetzt bitte meinen Einkauf tätigen?«

»Du wirst schon noch merken, dass ich recht habe.«

Er verdrehte die Augen und stapfte auf den Weinhändler zu. Als er sein Angebot studiert hatte, breitete sich wieder ein Lächeln über sein Gesicht aus und er sagte mit lauter Stimme: »Seid gegrüßt! Mir sind diese beiden Amphoren dahinten ins Auge gestochen! Ihr habt sie ein wenig zwischen den Getreidesäcken versteckt. Darf ich daraus schlussfolgern, dass dies Eure letzten Weinamphoren sind?«

Der Verkäufer nickte ein wenig niedergeschlagen. »Das ist der letzte Wein im Dorf. Ein Händler kam schon seit Ewigkeiten nicht mehr hier durch. Ich verkaufe ihn nur ungern, aber ich brauche das Geld.«

»Und ich brauche den Wein«, lachte Balki zufrieden. »Beide Amphoren bitte!«

»Ich habe leider nur noch eine Amphore mit Wein, die zweite beinhaltet lediglich ungegorenen Traubensaft. Er wird noch eine lange Zeit dauern, ehe er zum Wein gereift ist.«

Balki lachte. »Das macht nichts. Ich werde leider auch noch eine lange Zeit unterwegs sein.«

Nachdem sie die Amphoren zum Schiff getragen und im Unterdeck versteckt hatten, kehrten sie ins Dorf zurück. »Erzähl niemandem davon, dann bekommst du auch einen Schluck«, hatte Balki Olaf versprochen, der beim Anblick des Weins vor Freude gejauchzt hatte.

Als nächstes besuchten die beiden Wanderer eine Schmiede. Derick war kaum noch davon wegzubewegen.

»Schau dir diese Formen an«, staunte er und begutachtete sorgfältig eine Streitaxt. Die Schneide war über und über mit Ornamenten verziert. Kreise und Spiralen wechselten sich mit wuchernden Ranken und verschlungenen Drachenleibern ab.

Der Schmied kam strahlend zu ihnen herein und stellte sich stolz neben seine Werke.

»Arol ist mein Name. Arol der Schmied. Was kann ich für euch tun?«

»So eine Axt wirst du dir kaum leisten können«, gab Balki zu Bedenken und Derick legte die Waffe missmutig beiseite.

»Wie wäre es dann mit etwas Schmuck?«, erwiderte Arol. »Eine Fibel, ein Kamm, ein Ring? Alles feinste Schmiedearbeit.«

Derick begutachtete ein wenig die Handwerkswaren, dann legte er sie mürrisch beiseite. »Ihr habt ja überall Euren Namen eingraviert!« Er reichte Balki einen Ring und dieser las amüsiert die Inschrift:

»Arol, der beste Schmied in Schwaben.« Er lachte laut auf.

Der Schmied schien nicht im Mindesten verlegen. »Meine Werke, meine Signatur. Die Leute sollen ruhig wissen, von wem sie ihr Metall gekauft haben.«

»Und was ist das dann bitte?!«, fuhr Derick ihn an. Die Angeberei des Schmiedes machte ihn wütend. »Auf dieser Gürtelschnalle steht: Arol, der trefflichste Sänger.«

Arol zuckte mit den Schultern. »Nun ja, ich hoffe irgendwie, dass man eines Tages ein Lied über mich dichtet.«

Derick überflog die anderen Runen. »Arol, der Kaiser von Rom. Arol, der Bezwinger der Hunnen?! Ach! Behaltet Euren Kram!«

»Wartet! Wie wäre es mit dieser Schwertscheide? Ich versichere Euch, ich habe mich nirgends darauf verewigt.«

Derick untersuchte die Schwertscheide mit Argusaugen. Dann reichte er sie Balki, doch da auch dieser keine verborgene Inschrift finden konnte und die Ornamente darauf Derick gut gefielen, beschloss er, sie zu kaufen.

Arol winkte ihnen zum Abschied zufrieden hinterher. »Und vergesst nicht, der Welt von Arol zu erzählen, dem besten Schmied unserer Zeit.«

»So ein Spinner«, fluchte Derick.

Sie spazierten über den kleinen Dorfplatz, aber nirgends war eine Spur ihrer Gefährten zu erkennen. Balki setzte sich seufzend in die Nähe des Ufers und rauchte seine Pfeife, während Derick ein wenig besser gelaunt seine neue Schwertscheide musterte.

Ein kühler Wind wehte durch das hohe Schilf. Der Geruch von Fisch und Wasser lag in der Luft und im Hintergrund konnte man die Dorfbewohner bei der täglichen Arbeit hören.

Irgendwo pfiff ein Vogel eine einsame Melodie und Balki blies Rauchringe über die Wasseroberfläche.

»Verdammt!«, fluchte Derick neben ihm.

Balki drehte neugierig seinen buschigen Kopf. »Was ist?«

»Er hat sich auf der Innenseite eingraviert. Kannst du das entziffern?«

Balki legte die Pfeife beiseite und starrte in das Innere der Schwertscheide. »Arol der Gewinner der Olympischen Spiele.« Er musste sich das Lachen verkneifen, aber Derick war zornig auf die Beine gesprungen.

»Dafür schlag ich ihm die Zähne aus! Ich will doch nicht so einen Unsinn auf meiner Waffenscheide haben! Was glaubt er eigentlich, wer er ist?«

»Der Gewinner der Olympischen Spiele?«, nuschelte Balki amüsiert.

Doch Derick stapfte bereits in Richtung der Schmiede und Balki stöhnte genervt auf. »Jetzt bleib doch stehen!« Er eilte Derick hinterher. »Du hast das Ding um einen guten Preis bekommen! Jetzt führ' dich doch nicht wie ein kleines Kind auf!«

Derick drehte zornig den Kopf nach ihm um. »Ich führ' mich auf, wie ich will! Ich lass mich nämlich von niemandem zum Narren …«

Er stieß jäh mit einem alten Mann zusammen, der von der Wucht zu Boden geworfen wurde. Derick erschrak bis ins Mark und versuchte, dem Fremden aufzuhelfen. Dieser kam zitternd auf die Beine und stützte sich auf einen langen, dürren Gehstock.

»Bitte verzeiht mir! Ich habe nicht nach vorne gesehen! Kann ich Euch irgendwie helfen?«

Der Alte starrte sie wortlos an. Seine Augen lagen sehr tief in ihren Höhlen und vermittelten ein Gefühl von unglaublich hohem Alter. Sein Gesicht war knochig, sein Bart so weiß wie Schnee. Er trug nichts weiter als ein zerlumptes, graues Gewand und einen knorrigen alten Wanderstab.

»Gib ihm ein paar Münzen als Entschädigung«, schlug Balki vor.

Der Fremde nahm nun ihn in den Blick und wirkte gekränkt durch sein Angebot. Dann flüsterte er jäh in einer fremdartig klingenden Sprache und wandte sich zum Gehen. »Degemer mad!«

Derick runzelte die Stirn, aber Balki war jäh wie zum Denkmal erstarrt.

»Welche Sprache ist es, die Ihr sprecht Meister?«, erwiderte er mit ehrfürchtiger Stimme.

Der Alte verengte die Augen zu Schlitzen. Dann erwiderte er knapp. »Keltisch war einst meine Sprache. Die Römer haben diese Sprache Gallisch genannt, genauso wie sie meine Heimat Gallien genannt haben.«

»Ich bin dieser Sprache schon einmal begegnet ... und zwar in geschriebener Form.«

Und jäh begriff auch Derick. Eine halbe Stunde später befanden sie sich in der abgelegenen Hütte des Druiden, etwa eine halbe Stunde Laufzeit von dem Dorf entfernt.

»Wir haben sie gefunden ... die Sprache der Schatzkarte«, staunte Derick, als der Druide die Worte auf der Karte laut vorlas.

»Ja«, erwiderte Balki staunend. »Der Historiker Kelsus hat die Karte also ins Gallische übersetzt. Er muss in Rom Zugriff auf irgendwelche Berichte aus dem alten Gallien gehabt haben, ehe die Römer es eroberten. Oder er hatte selbst gallische Wurzeln.«

»Ich hasse die Römer«, knurrte der alte Druide und seine mageren Hände zitterten über der Karte. »Die Franken hasse ich auch. Aber die Römer hasse ich noch mehr. Mit ihnen hat die Zerstörung meiner Heimat begonnen. Sie haben uns gejagt, unsere Treffen verboten, unser uraltes Wissen mit Stumpf und Stiel ausgerottet.«

»Ihr habt mir noch nicht Euren Namen genannt«, begann Balki voller Ehrfurcht in der Stimme.

»Kean ist mein Name«, meinte der Alte knapp. In seiner Stimme sprach die Verbitterung vieler Menschenleben.

»Ihr sprecht unsere Sprache sehr gut für einen Gallier.«

»Ich ward gezwungen, Eure Sprache zu erlernen, weil es die Sprache der Eroberer war. Erst kamen die Römer und jetzt kommen die Franken. Die ganze Welt streitet sich darum, wer unsere Kultur für immer auslöschen darf. Es gab eine Zeit, da wimmelte dieser Wald von Druiden. Ein jeder gehörte zu einem keltischen Stamm. Doch dann kamen die Römer und brandmarkten unsere Lebensweise als Barbarei. Die Franken setzen nun ihr Werk fort!«

Balki rutschte unruhig auf seinem Stuhl hin und her. »Aber Ihr seid noch des alten Gallischen mächtig oder?«

»Ich bin sehr vieler Dinge mächtig, die längst vom Angesicht der Erde verschwunden sind. Ich bin der letzte Druide auf dem Festland.«

Draußen hatte ein leichter Sturm eingesetzt und die kahlen Äste der umliegenden Bäume kratzten über die heruntergekommenen Außenwände. Das runde Gebäude wirkte wie ein Denkmal aus einer längst vergangenen Zeit. An einigen Stellen waren bereits Pflanzen durch das morsche Holz gewachsen, doch den Druiden schien es nicht zu stören.

»Der Gotenhort«, zischte er unheilverkündend. »Darum geht es euch und euren Seeräubern also.«

»Die Seemänner wissen nichts von dieser Karte«, widersprach Derick sofort. »Sie haben uns für ein paar Münzen auf ihrem Schiff mitgenommen und uns die gesamte Zeit über sehr gut behandelt.«

Der Druide gab einen krächzenden Ton von sich, der entfernt an ein Lachen erinnerte. »Das wird sich ändern, sobald sie von dieser Karte erfahren. Wenn die Menschen Gold wittern, werden sie zu Bluthunden.« Er schüttelte seufzend den Kopf. »Ihr beide seid auch nicht besser. Ihr wollt euch doch nur an den Reichtümern in diesem verfluchten Hort bereichern.«

Balki, der auf seiner Pfeife gepafft hatte, räusperte sich. »Nicht unbedingt. Mir geht es viel eher um das Wissen, das dort zu finden ist. Aber für Euch dürfte das keine allzu große Rolle spielen, denn entweder finden wir den Gotenhort oder Hunnenkönig Balaban findet ihn. Er besitzt die Original-Karte. Und der Hunnenkönig arbeitet für einen reichen Römer namens Januarius Antilas. Wenn Balaban den Schatz findet, dann wird der ganze Hort nach Rom wandern und Antilas wird ihn nutzen, um das marode Römische Reich wieder zu alter Größe zu führen.«

»Ich habe bereits von dem blauäugigen Hunnen gehört. Ihr sagt, er arbeitet für einen Römer?« Der Druide schloss die Augen. »Dann ist meine Wahl schnell getroffen. Aber woher weiß ich, dass ihr beide die Wahrheit sprecht?«

»Ich bin ein ehrlicher Mann«, verkündete Derick sofort. »Wenn ich Euch mein Wort gebe, ist das bindend.«

»Und das kannst du mir schwören?«, entgegnete der Alte laut. »Bei allem was dir teuer ist auf dieser Welt? In Anwesenheit des schöpferischen, allumfassenden Bewusstseins unserer Welt? Kannst du mir schwören, dass du diesen Schatz nicht nutzen wirst, um anderen Menschen Schaden zuzufügen?«

»Das schwöre ich bei meiner Ehre«, antwortete Derick sofort.

Eine dunkle Wolke schob sich vor den Mond und hüllte die ganze Hütte in Finsternis. Der Wind rüttelte an dem maroden Gestell des Hauses und Dreck und Unrat rieselten von der Decke. Der magere alte Druide ging im Kreis herum und hängte schwere Decken über die runden Fensterlöcher. Dann holte er eine Öllampe aus einer der Kisten hervor. Für einen Moment drehte er ihnen den Rücken zu. Als er sich wieder umdrehte, flackerte ein Feuer in dem Gehäuse.

»Wie hat er das gemacht?!«, keuchte Derick, denn sie hatten kein Geräusch eines Feuersteins vernommen.

»Pst!«, machte Balki, während der alte Druide mit der Öllampe in der Hand auf den knorrigen Tisch zu schritt. Seine ausgestreckte Hand zitterte über der Karte. Seine Venen und Altersflecken traten leicht hervor, als er die Finger darüber krümmte. Die ganze Szenerie wurde nur noch von den tanzenden Flammen beleuchtet. Dann ganz langsam begann der Alte wieder zu sprechen. Erst wiederholte er die Worte auf der Karte in ihrer gallischen Urform. Seine Stimme war tief und irgendwie surrend. Dann schlossen sich seine bebenden Augenlieder und er begann damit, die geheimen Entdeckungen des Historikers Kelsus in die gemeinsame Sprache zu übersetzen.

»Seid gegrüßt! Dies ist die Arbeit des Kelsus aus dem vornehmen Hause Caecina, in Auftrag gegeben von meinem alten Gönner Januarius Antilas.« Der Druide machte eine kurze Pause und das Feuer leuchtete in seinen Augen. »Diese Karte soll als mein Vermächtnis dienen. Ich weiß, dass meine Tage gezählt sind. Die Dinge, die ich erfahren habe, verfolgen mich in meinen Albträumen. Mein Auftraggeber ist von diesem Schatz besessen. Mein Gewissen gebietet mir, all meine Arbeiten zu vernichten und auf der Stelle das Land zu verlassen. Doch hier greift nun die Schwäche des menschlichen Herzens, denn ich bringe es nicht über mich, all die Arbeit, für die ich neun Jahre meines Lebens geforscht habe, den Flammen zu übergeben. Diese Karte beschreibt daher einen Weg, wie ihn die Westgoten nach dem Tod ihres Königs höchstwahrscheinlich gegangen sind. Den Ort seiner letzten Ruhe jedoch habe ich mit einem winzigen Schnitt im Pergament markiert. Ich bete, dass diese Aufzeichnungen nicht in die falschen Hände gelangen. Nur jemand, der genauso belesen in alten Überlieferungen ist wie ich, könnte diese Worte übersetzen. Ich habe volles Vertrauen, dass diese Person das Richtige tut und die Ruhe von Alarichs Grabkammer nicht zu stören wagt.« Der Druide hörte auf zu sprechen und starrte schweigsam auf die letzten Sätze. Balki und Derick warteten mit geweiteten Augen und wagten nicht, auch nur ein Geräusch von sich zu geben. Dann fuhr sich der Druide mit der Zunge über die ausgetrockneten Lippen und brachte die Sache zu Ende. »Der Hort befindet sich in einer unterirdischen Kammer, tief unter den Fluten eines Flusses südlich von Rom. Die Goten haben den Fluss umgeleitet, um ihn bestatten zu können. Der Name dieses Flusses ist Busento. Unter diesem Fluss befindet sich der Schatz aus der großen Plünderung. Unter diesem Fluss befindet sich der Gotenhort. Unter diesem Fluss befindet sich das Vermächtnis Roms. Möge es niemals in falsche Hände geraten.«

Die Augäpfel des Druiden waren leicht verdreht. Er nahm tiefe Atemzüge und schien in eine Art Starre zu verfallen. »Oh ja! Ich erinnere mich. Vor meinem inneren Auge werden jene alten Tage wieder lebendig, die längst für immer von der Erde geschieden sind. Nichts kann die Vergangenheit zurückbringen. Nur in der Erinnerung lebt sie weiter. Nichts kann uns Druiden zurückgeben, was wir verloren haben.« Die Flamme begann bei seinen Worten zu flackern. »Rom, das mächtige Rom, das uneinnehmbare Rom, es ist gefallen. Niemand hat es kommen sehen. Niemand wollte den Berichten Glauben schenken. Ein Barbar namens Alarich und seine Horden plünderten die Ewige Stadt drei Tage und Nächte. Sein Erfolg rief noch viele weitere Völker auf den Plan. Rom war zum Schlachten freigegeben worden. Ich sehe Heere, die sich zur Schlacht um Rom versammeln. Ich höre das Galoppieren hunnischer Pferde. Ich sehe, wie die Ostgoten den Römern in der Stunde ihrer größten Not zu Hilfe eilten, und den Hunnenkönig Attila in die Flucht schlugen. Aber die Ostgoten wollten nie wieder gehen. So hat es begonnen: die Völkerwanderungszeit. Die alte Welt wurde für immer verändert.« Er endete und atmete sehr tief ein und aus. Offenbar hatte der Bericht ihm große Mühen abverlangt.

»Und was hat der Gotenhort mit all dem zu tun?«, fragte Derick voller Ehrfurcht.

Der Druide starrte ins Feuer. »Einfach alles! In diesem Hort befinden sich die letzten Schätze aus der großen Plünderung Roms. In diesem Hort lebt die einstige Pracht des Römischen Imperiums weiter. Sollte der Hort zurück nach Rom gelangen, wird das Imperium wieder auferstehen.«

Derick und Balki wechselten unsichere Blicke. »Ist das etwas Schlechtes?«

Der Druide lachte. »Die Geschichte ist bereits geschrieben. Rom ist vergangen. Jedes Weltreich hat nur eine kurze Währungsfrist auf dieser Erde. Was tot ist, darf sich nicht durch Menschenhand erheben. Was einmal gestorben ist, darf nicht von uns wieder aufgerüttelt werden. Dies sind die urältesten Gesetze der Natur. Wenn ein Mann wie dieser Januarius Antilas die Macht über Rom an sich reißt, wird er die ganze Welt mit sich ins Verderben reißen. Das darf nicht passieren. Das wird nicht passieren. Die Geschichte ist geschrieben.«

Und er stülpte seine Hand über das Feuer und mit einem lauten Zischen war die ganze Hütte wieder in wallende Finsternis gehüllt. Fluchend und ziellos tastete Derick sich durch das Dunkel, bis er die Eingangstür gefunden hatte. Er stieß sie auf und frische Luft und Sternenlicht drangen in das heruntergekommene Haus. Balki stand immer noch vor dem Tisch und suchte unwohl alle Ecken nach dem alten Mann ab. Doch der Druide war verschwunden.

Schnell schnappte er sich seine Karte und eilte zu Derick und weg von diesem unwirklichen Ort. Während des gesamten Rückwegs durch den Wald sprach keiner von ihnen ein Wort.

»Erzähle niemandem, was hier geschehen ist«, mahnte Balki schließlich, als sie die Segel ihres Schiffes am Horizont erkannten.

Die Besatzung war bereits an Bord und es wurde gelacht und gesungen.

»Das hatte ich ohnehin nicht vor«, gab Derick zurück und schüttelte seufzend den Kopf. »Ich glaube, wir haben uns auf einen sehr gefährlichen Weg eingelassen.«

An diesem Abend war der Himmel wolkenlos. Es wehte eine warme Brise und die Orm trieb seelenruhig über das schlafende Wasser. Alle Seefahrer hatten sich liegend über das Deck verteilt und beobachteten die strahlenden Sterne.

Kjartan seufzte. »Ewig während, unantastbar und wunderschön.« Als niemand etwas entgegnete, sprach er weiter und seine alte Stimme schwebte wie ein Nebelschwaden über der Schiffsoberfläche. »Dieses helle Licht am Himmel ist die Straße, die nach Walhalla führt. Ich wünsche mir, dass ich eines Tages in diese wundersame Halle einkehren werde. Dann werde ich mit all den großen Helden trinken, die dort versammelt sind. Ich war nicht immer ein Held in meinem Leben. Vielleicht verwehren sie mir den Zutritt.«

»Dann kletterst du eben durch das Fenster rein«, schlug Balki vor und ein paar Männer lachten.

Kjartan reagierte erzürnt. »Spottet nicht über die Krieger von Walhalla! Besonders nicht, wenn wir uns auf dem Wasser befinden. Von den Wellen verschluckt zu werden, hätte nichts Ehrenhaftes an sich.«

»Es gibt wichtigere Dinge als die Ehre«, meinte Balki trotzig. »Zum Beispiel die Vernunft.«

»Ihr Südländer«, seufzte Kjartan. »Ihr versteht den Norden nicht.« Und er begann in einem alten nordischen Dialekt vorzutragen. Balki konnte die Worte kaum verstehen, aber ihr Klang war zauberhaft und magisch. Es lag viel Kraft in den einzelnen Versen, aber auch Trübsal und Trauer, als würde man die Schönheit einer Frau besingen, die längst nicht mehr auf Erden wandelte.

Erst Jahre später fertigte Balki eine Übersetzung in seiner eigenen Sprache an. Seine Fassung klang in etwa so:

Kalt weht der Wind,
hoch oben im Norden.
Dort sind wir geboren,
zu Männern geworden.

Dort leuchtet die Nacht.
Dort kreisen die Raben.
Dort sind wir gestorben.
Hörst du unser Klagen?

Erhobenen Hauptes,
es ist uns geglückt.
Such' uns in Walhalla,
der Erde entrückt.

Doch bist du gekommen,
uns alles zu nehmen,
verlierst du im Norden,
dein Heil und dein Leben.

Es dämmert schon bald,
zu Stein sie geworden.
Das Ende ist nah,
hoch oben im Norden.

»Alles was geboren wird, muss sterben. Jedes Reich, egal wie groß und mächtig, verweht eines Tages wie Rauch im Wind. Auch wir werden eines Tages in Walhalla eingehen. Aber die Orm wird weiter über die Weltmeere treiben. Die Zauberrunen im Holz werden sie beschützen. Dieses Schiff wird uns alle überdauern.«
»Irgendwie sprechen die Nordvölker immer nur von Vergänglichkeit«, flüsterte Derick, der nicht weit von Balki entfernt lag.
»Das muss mit dem schlechten Wetter da oben zusammenhängen«, erwiderte Balki ein wenig verstimmt.
»Es ist wie die Rede dieses Priesters im Sachsenland. Irgendwann muss alles vergehen. Und die Zeit, die einmal gewesen ist, wird

niemals wiederkehren. Ich denke, die Epoche, die wir gerade erleben, hat den Lauf der Welt für immer verändert. Es wird niemals wieder so werden wie früher, weder für die Römer, noch für alle anderen Völker.«

Balki antwortete nicht. Das Lied hatte ihn merkwürdig melancholisch gestimmt. Er drehte den Sternen über sich den Rücken zu und versuchte zu schlafen.

In der damaligen Zeit gab es noch mehr Sterne am Himmel zu bestaunen als heute. Viele von ihnen sind heute längst erloschen und ihr Licht kehrte niemals wieder zur Erde zurück.

Am nächsten Tag war die Melancholie des letzten Abends verflogen. Die Sonne lachte am Himmel und die Orm hatte wieder Fahrt aufgenommen. Derick und Balki, die sich eine Auszeit vom Rudern genommen hatten, saßen unter Deck und beratschlagten hinter hervorgehaltenen Händen, wie es auf ihrer Reise weitergehen sollte.

»Wir könnten die Karte verbrennen«, schlug Derick vor. »So wie ich den Druiden verstanden habe, werden wir am Ende des Weges nur Tod und Leid vorfinden.«

»Du bist zu abergläubisch«, widersprach Balki energisch. »Ich glaube nicht an Zauberei, Hellseherei und dergleichen. Der alte Kean hatte einfach nur ein hartes Leben genau wie dieser römische Historiker.« Er holte tief Luft und erklärte dann mit der Stimme eines Lehrers: »Für jemanden wie Januarius Antilas zu arbeiten, bringt Pech. Eine ganze Grabkammer voller Gold und Schätze freizulegen, das bringt Glück.«

»Darf ich die Karte noch einmal sehen?«, verlangte Derick und Balki reichte sie ihm zögerlich. »Ich glaube nicht, dass der Historiker wollte, dass der Schatz gefunden wird. Wieso hätte er sonst alle Informationen in eine tote Sprache übersetzt?«

»Wie oft soll ich es noch sagen?!«, rief Balki laut. »Der Historiker hatte ein furchtbares Leben, deshalb war er so pessimistisch. Aber er hat den Schatz nie in den Händen gehalten. Also hängt es auch nicht mit dem Gotenhort zusammen! Wir beide sind die einzigen Menschen, die wissen, wo sich der größte Schatz unseres Zeitalters befindet! Weißt du eigentlich, was für ein Glück wir haben?«

»Das wird sich schnell ändern!«

Balki und Derick zuckten zusammen. Jemand hatte die Luke aufgerissen und Derick die Karte aus der Hand geschnappt. Für einen Augenblick starrten sie in die kalten, blauen Augen von Hundolf. Dann war er verschwunden und Derick und Balki sprangen panisch auf die Beine.

»Was machen wir jetzt?!«, keuchte Derick verzweifelt.

»Lass mich das regeln!« Im Handumdrehen war Balki an Deck geklettert. Die gesamte Mannschaft hatte sich bereits um Hundolf geschart, der mit seiner krächzenden, tonlosen Stimme allen berichtete, was er soeben belauscht hatte.

»Ich war von Anfang an dagegen, dass wir diese Halsabschneider an Bord nehmen«, zischte er und seine blauen Augen leuchteten unheilverkündend. »Sie reisen auf unserem Schiff, fressen uns das Essen weg und die ganze Zeit über haben sie einen Schatz vor uns geheim gehalten! Ich sage, wir holen uns das, was sie uns schulden!« Er zog sein Schwert. Hastein tat es ihm gleich.

Balki verlor sämtliche Farbe. Er hatte gehofft, das Ganze in einem klugen Wortgefecht für sich entscheiden zu können. Doch gegen eine gezückte Klinge fand sich schwerlich ein Gegenargument.

»Steckt eure Waffen weg!«, rief Kjartan zornig und stellte sich demonstrativ vor Balki und Derick. »Sie sind unsere Gäste! Bedeutet euch das Gastrecht denn gar nichts?!«

»Ich finde, wir sollten darüber abstimmen«, sagte Norik zu ihrer Überraschung. Sein Bruder Alvar nickte und stellte sich auf Hundolfs Seite. Kjartans Augen weiteten sich. Er erkannte wohl, in welcher gefährlichen Lage er sich befand.

Giselher zog zornig sein Schwert hervor. »Krümmt den beiden ein Haar und ihr werdet es bereuen!«

Die Luft schien zu knistern. Ihr Anführer wirkte völlig überfordert und blickte jetzt hilfesuchend zu dem riesigen Olaf. Dieser grummelte etwas vor sich hin. »Was hast du gesagt? Olaf?«

Der Riese wiederholte seine Worte ein wenig kleinlaut. »Wenn es hier um einen Schatz geht, ist doch bestimmt genug für uns alle drin. Ich meine ja nur, dass Balki und Derick uns mehr davon erzählen sollten.«

Die Stimmung war endgültig gekippt. Es stand in der Besatzung nun fünf gegen zwei.

Selbst wenn man uns mitzählt, sind wir in der Unterzahl, dachte Balki missmutig. Es gab also nur noch eines zu tun. Derick hatte bereits die Hand auf den Schwertgriff gelegt.

»In Ordnung«, verkündete Balki schwer atmend und alle Augen richteten sich auf ihn. »Wir hatten ursprünglich vor, die Sache für uns zu behalten. Ich denke, das könnt ihr alle nachempfinden.« Hundolf schenkte ihm einen hasserfüllten Blick, der wohl verdeutlichen sollte, dass er absolut gar nichts nachempfinden konnte. »Wir sind aber doch inzwischen ziemlich gute Freunde geworden«, fügte Balki schmeichlerisch hinzu und war sichtlich darum bemüht, die Situation zu entschärfen. »Darum, meinetwegen! Holen wir uns alle ein gutes Stück von dem Schatz!« Er lachte, schnappte sich einen Holzkrug vom Boden und streckte ihn in die Höhe. »Es ist genug Gold für uns alle da!«, rief er und hob noch einmal den Krug. »Auf unser nächstes Abenteuer! Auf den Schatz der Goten!« Und endlich reagierte einer der Seeleute. Olaf lachte und riss sein gewaltiges Trinkhorn in die Höhe. Auch Alvar und Norik schienen vorerst zufrieden, während Hastein wie immer keine Miene verzog. Kjartan, dem der Schweiß auf der Stirn stand, starrte nun mit mahnendem Blick von Giselher zu Hundolf und wieder zurück. Missmutig und mit einer ruckartigen Bewegung steckte Giselher das Schwert weg und endlich ließ auch Hundolf seines sinken. »Auf den Schatz!«, wiederholte Olaf laut und Alvar und Norik stimmten in das Trinken mit ein.

Die Gefahr war fürs Erste gebannt, aber Balki wurde nicht eine Sekunde unwachsam und sein Blick huschte von einem Gesicht zum anderen. Jeder Seemann hatte eine andere Miene aufgesetzt, um seine Gier dahinter zu verbergen. Während Olaf laut zu singen begonnen hatte, zogen sich Hastein und Hundolf in eine finstere Ecke zurück. Giselher kochte noch immer vor Wut. Kjartans Miene war traurig und nachdenklich geworden. Er wirkte wie erschlagen darüber, dass sich seine eigenen Männer gegen ihn gewendet hatten. Derick und Balki wechselten einen Blick.

»Wir müssen hier verschwinden«, flüsterte Derick ihm so leise zu, dass nur Balki es hören konnte.

»Ich habe gerade genau das Gleiche gedacht.«

Doch sie hatten nicht einmal zwei Schritte zur Reling getan, als auch schon Olaf erschien und sie von hinten an den Schultern packte. »Was schaut ihr so trübe? Na los! Singt und feiert mit uns! Wir werden einen Schatz jagen! Ha! Das nenne ich ein Abenteuer!« Und er zerrte sie zurück zu den anderen. Sie trugen Met und Bier unter dem Deck hervor und tranken und zechten noch bis in die Nacht. Und bald verkündete jeder von ihnen stolz, was er mit seinem Anteil des Schatzes alles anstellen wollte. Und Balki wurde schnell klar, dass keiner von ihnen besonders erpicht darauf war, den Schatz mit den anderen zu teilen.

Der Rheinfall

Eine kühle Brise kräuselte die Oberfläche des Rheins. Es roch nach Algen, Fisch und Treibsand. Balki ruderte. Derick saß nicht weit von ihm entfernt. Auch er ruderte.

Man hatte ihnen keine Fesseln angelegt. Im Grunde hatte sich an ihrem Alltag auf der Orm nichts geändert. Und doch ...

Es hat sich alles verändert. Wir sind Gefangene. Verflucht! Ich hätte niemals einen Fuß auf dieses Schiff setzen sollen.

Zornig bewegte Balki das Ruder. Seine Muskeln brannten. Schweiß trat ihm aus sämtlichen Poren, während die Sonne auf seinen blonden Schädel brannte. Sein Körper musste anstrengende Arbeit verrichten, doch es war nichts im Vergleich zu den Anstrengungen, die sein Verstand gerade bewältigen musste.

Eine List muss her und zwar schnell! Ich habe den König der Hunnen und Januarius Antilas überlisten können. Dann werde ich doch wohl gegen eine Schar dahergelaufener Seeräuber bestehen!

»Zeit zum Essen«, meinte Kjartan matt lächelnd, als der Wind stark genug geworden war, um ihnen das Rudern abzunehmen. Er und Giselher verteilten die kleinen Holzschalen mit dem Getreide. Aus Höflichkeit gaben sie Derick und Balki zuerst. Vielleicht war es auch ihr schlechtes Gewissen.

Gegen Kjartan und seinen Vetter hege ich keinen Groll. Sie mussten sich eben der Mehrheit beugen. Wie kann man auch so dumm sein und erwarteten, dass eine Horde Seeräuber sich einen Schatz durch die Finger gehen lassen würde?

Derick riss Giselher die Schale zornig aus der Hand. Die letzten Tage hatte er sich geweigert, auch nur einen Bissen von ihren Gefängniswärtern anzunehmen. In jeder freien Minute hatte er versucht, mit einem langen Faden und einem Haken Fische zu angeln. Kjartan hatte ihn schließlich überzeugen können, seinen nutzlosen Widerstand aufzugeben.

»Es tut mir doch leid, dass wir jetzt in dieser Situation sind«, hatte er gesagt. »Aber meine Männer waren ihr ganzes Leben arm wie

Bettler. Ich kann ihnen nicht die Hoffnung auf einen Schatz zunichte machen.«

Doch seine Worte schienen nicht in Dericks Schädel zu passen. Er hing an alten Vorstellungen von Ehre und Treue und seiner Meinung nach hatte Kjartan das Gastrecht verletzt, als er ihnen verboten hatte, das Schiff zu verlassen.

»Wir werden alle die gleichen Anteile erhalten. Ihr beide bekommt sogar mehr, weil ihr diese Karte zu uns gebracht habt.« Das waren die naiven Worte ihres Anführers Kjartan.

Doch Balki war ein besserer Menschenkenner. Seinen Augen entging nicht, wie oft Hundolf den anderen Besatzungsmitgliedern hinter Kjartans Rücken zuflüsterte. Keiner von ihnen würde sich mit einem Neuntel des Schatzes zufrieden geben. Es würde Streit geben. Es würde Blut fließen. *Und es wird eine Meuterei geben*, dachte Balki wütend und grübelte noch angestrengter über einen Ausweg aus ihrem Dilemma. Tag und Nacht befanden sie sich unter den wachsamen Augen der Seeleute. An Land gegangen waren sie seit Tagen nicht mehr und er befürchtete, man würde sie bei einem Landgang eher in Ketten legen, als ihnen eine Möglichkeit zur Flucht zu gewähren.

Das Einfachste wäre, mitten in der Nacht von Bord zu springen, an Land zu schwimmen und so schnell zu rennen, wie uns unsere Beine tragen können.

Doch es gab ein Problem. Kjartan hatte ihre Karte in Besitz genommen, auch wenn weder er noch ein anderes Besatzungsmitglied sie lesen konnte. Und außerdem war das Risiko verdammt hoch. *Wenn die Flucht misslingt, dann werden sie uns fesseln und knebeln und uns so lange aushungern, bis wir ihnen den Schatz geliefert haben.*

Er atmete tief ein und aus und ließ sich dann erschöpft gegen die Reling sinken. *Komm schon Balki, du alter Vagabund! Dir fällt doch sicher etwas Schlaueres ein. Eine List muss her und zwar schnell!*

Die Augen unter seinen buschigen Brauen huschten von einem Seemann zum nächsten. Er überlegte, wen er gegen wen ausspielen konnte. Von Derick konnte er bei diesem Unterfangen natürlich keine Hilfe verlangen. Der gutmütige Junge saß bereits wieder neben Kjartan und zeigte ihm seine Knotenkünste. Er konnte einen festen Knoten binden, der ruckhaften Bewegungen standhielt, sich jedoch durch ein langsames gemächliches Ziehen wieder löste.

Wieso kann er seine Energie nicht einmal in etwas Sinnvolles investieren?!

Da trat jäh eine Gestalt an seine Seite. Er fürchtete schon halb, dass es Hundolf war, doch glücklicherweise war es lediglich Alvar, der jüngere Bruder des Runenmeisters Norik.

»Wie geht's?«, fragte Balki missmutig.

Der Seemann musterte ihn einen Moment. Dann fragte er ihn mit viel Unbehagen in der Stimme: »Du kannst schreiben oder?«

Balki zuckte lustlos mit den Schultern. »Oh ja. Jede Sprache, die du brauchst.«

Alvar räusperte sich. »Die Volkssprache wäre schon ausreichend. Ich möchte meiner Frau einen Brief schreiben.« Er beugte sich zu ihm vor. »Und ich will nicht Olaf fragen. Er schreibt dann manchmal blödes Zeug auf und ich bekomme Ärger mit meiner Frau.«

Balki grinste breit, denn er fand die Idee sehr belustigend. Doch bevor er einen klaren Plan hatte, sollte er sich besser keinen Spaß mehr erlauben, deshalb antwortete er mit ernster Stimme: »Keine Bange. Ich werde ehrlich sein und nur das aufschreiben, was du sagst.«

Alvar wirkte darüber unendlich erleichtert. »Sehr gut. Meine Frau kann nämlich lesen und solche Sachen. Sie kümmert sich zuhause um den ganzen Haushalt, sagt den Dienern, was sie machen sollen und führt die Verhandlungen mit anderen Händlern.«

»Was für eine Frau!«, meinte Balki beeindruckt.

»Ja. Deswegen hab ich Angst. Sie ist immer furchtbar wütend, wenn ich ihr nicht schreibe.«

»Dann nichts wie los.« Er verkniff sich das Lachen und schrieb pflichtbewusst alles auf ein Stück Birkenrinde nieder, was Alvar ihm diktierte. Als er fertig war, lächelte er breit.

Vielleicht kann ich eine Revolte gegen Hundolf anzetteln, wenn ich genug Leute auf meine Seite ziehe. Er und dieser schweigsame

Hastein sind die einzigen, die wirklich einen schlechten Charakter haben. Alle anderen scheinen von wechselhaftem Gemüt zu sein.

Alvar bedankte sich vielmals und nahm den Brief aus Rinde entgegen. »Vielen Dank. Ich habe nie gelernt zu lesen oder zu schreiben. Wenn in meiner Heimat mal etwas Wichtiges geschehen ist, dann haben wir einfach ein Lied darüber gedichtet, das wir unseren Kindern beibrachten. Auf diese Weise war es nie nötig, etwas niederzuschreiben.«

»Lieder haben auch ihren Reiz«, meinte Balki höflich, dann fügte er nach einer bedächtigen Pause hinzu: »Wir sollten am besten in einem Dorf halten, damit du deine Post verschicken kannst.«

Alvar schüttelte missmutig den Kopf. »Kjartan und Hundolf haben abgemacht, dass wir keinen Halt mehr einlegen. Sie sagen, wir würden bald am Ziel ankommen. Aber keine Bange. Wir werden alle unseren Anteil am Schatz bekommen.«

Enttäuscht blickte ihm Balki hinterher. *Verflucht!*

Am Abend lag er auf dem Deck und starrte zu den Sternen empor. Es war gar nicht so lange her, da hatte er diese Schifffahrt aus vollen Zügen genossen. Jetzt war sie zu einem Albtraum geworden. *Was, wenn sie kapieren, dass der Schatz nicht hier am Rhein, sondern in Rom zu finden ist? Müssen wir diese Dummköpfe dann den gesamten Weg über die Alpen ertragen?*

Er konnte nicht schlafen, aber auch die anderen waren noch hell wach. Sie unterhielten sich begeistert darüber, was sie mit ihrem Anteil des Schatz alles anstellen wollten.

»Was würdest du tun, wenn du reich wärst?«, fragte Hundolf mit einem verschlagenen Grinsen. Seine blauen Augen blitzten durch das struppige dunkle Haar.

Olaf überlegte lautstark. »Also … Als erstes würde es mir und meinen Freunden niemals an irgendetwas fehlen.« Alle lachten. Er setzte noch einen oben drauf. »Außerdem werde ich zu meinen Verwandten in die Alpen zurückkehren. Dort haben sich bereits viele heimatlose Völker zusammengeschlossen und suchen nach einem neuen Ort zum Leben. Ich würde aus ihnen einen starken Kampfesbund machen und für sie ein schönes Plätzchen in Italien suchen.«

»Eine sehr gute Idee«, bemerkte Norik. »Ich wäre sofort dabei. Stell dir vor, wir könnten unseren eigenen Stamm gründen.«

Sogar Gieselher schien diese Vorstellung zu gefallen. »Ich wäre auch dabei.« Die anderen stimmten nacheinander zu.

»Wir sollten unserem Stamm einen Namen geben«, rief Olaf begeistert. »Das wird das Gefühl der Zusammengehörigkeit stärken. Wir wäre es mit…«

»Bitte nicht!« Alle Blicke richteten sich auf Balki. Als er bemerkte, dass ihn alle anstarrten, fügte er ein wenig genervt hinzu: »Ich möchte wirklich niemanden kränken … aber Germanen sind wirklich nicht das einfallsreichste Volk, wenn es darum geht, Dingen einen Namen zu geben.« Er seufzte und gab ihnen ein paar Beispiele. »Erik hat einen Sohn bekommen. Wie nennen wir ihn? Eriksohn! Robin hat einen Sohn bekommen. Wie nennen wir ihn? Robinsohn!«

Norik knirschte mit den Zähnen. »Wir haben's begriffen. Du kannst jetzt aufhören.«

Balki redete einfach weiter. »Als ich klein war, haben sich alle Männer in Schwaben zu einem Kampfbund zusammengeschlossen. Alle Mannen! Und wie haben sie sich genannt? Alemannen!«

»Dann mach einen besseren Vorschlag, anstatt nur zu nörgeln«, warf Olaf dazwischen.

Balki verdrehte die Augen. »Keine Ahnung. Nennt euch eben Lange-Bärte oder Männer-mit-Schiff. Das würde gut zum Geist der Zeit passen.« Und er kletterte in den Bauch des Schiffs und versuchte zu schlafen.

Als es bereits dunkel war, öffnete er blinzelnd die Augen. Er erkannte Derick nicht weit von sich, der ebenfalls aussah, als würde er schlafen. Dann blinzelte auch Derick und sie tauschten einen vielsagenden Blick aus. Sie hatten keine Gelegenheit gehabt, miteinander zu sprechen, ohne belauscht zu werden. Sie konnten keinen Fluchtplan aushecken, denn immer war Olaf in ihrer Nähe und verhinderte, dass sie Pläne schmieden konnten. So auch jetzt! Er saß unter der Luke gegen die Wand gelehnt und tat so, als würde er schlafen. Doch immer wieder öffneten sich seine kleinen

Schweinsäuglein und huschten von einem Gefangenen zum anderen. Der Riese war so kraftstrotzend, dass nicht einmal Derick ihn in einem Kampf hätte besiegen können.

Der Junge stand auf, stützte sich an der Decke ab und funkelte zornig in seine Richtung. Olaf machte ein schuldbewusstes Gesicht.

»Was ist los Derick? Du siehst so wütend aus.«

Derick war offenbar kurz davor, ihrem Bewacher an die Kehle zu springen, doch nach einem warnenden Blick Balkis, fletschte er die Zähne und schluckte seinen Zorn hinunter. »Kann nicht schlafen«, knurrte er.

Olaf lachte. »Dann sitzt dir wohl ein Alb auf der Brust.«

»Keine Ahnung«, fluchte Derick leise in sich hinein, drehte Olaf den Rücken zu und versuchte einzuschlafen.

Olaf seufzte leise und fuhr sich gedankenversunken über den Bart. »Wenn du willst, kannst du den Rest aus meiner letzten Flasche Wein haben. Damit schlaf ich immer schnell ein. Und immerhin…«, er lachte herzhaft, »sind wir alle bald steinreich! Dann kann ich mir tausend Weinflaschen kaufen.«

Und plötzlich war ein Funke in Balkis Gehirn geschlagen, wurde zu einem Feuer und breitete sich über seinen ganzen Gedankenhorizont aus. *Ja, das könnte klappen!* Eine Idee führte sofort zu einer weiteren und als am nächsten Morgen die Sonne am Himmel stand, hatte er einen Plan gefasst.

»Die Runen haben uns gute Winde und Wellen beschert«, sagte Norik als Morgengruß und begann dann zufrieden damit, neue Runen in die Reling zu ritzen.

Die Orm nahm Fahrt auf. An die Ruderstellen hatten sie ihre Schilde gehängt. Das Segel ächzte. Und da keiner rudern musste, widmeten sie sich bald wieder ihrem liebsten Gesprächsthema.

»Wenn ich diesen Schatz habe, dann kaufe ich mir eine eigene Villa in Rom«, tönte Alvar mit voller Stimme. »Mit jeder Menge Sklaven und Dienern. Dann hat meine Frau nicht so viel zu meckern.«

»Du willst nach Rom ziehen?!«, rief Olaf und lachte in seinen Bart. »Diese Stadt besteht doch nur aus Thermen, Theatern und öffentlichen Toiletten.«

Alle lachten. Selbst Balki konnte sich ein Grinsen nicht verkneifen. Kjartan starrte gedankenversunken zum Himmel. »Es ist schon wieder Nachmittag. Die Sonnenpferde legen sich wohl heute ganz besonders ins Zeug.« Schlagartig verstummte er und sein Mund klappte auf. Mit glasigen Augen erhob er sich und starrte über sie alle hinweg auf ein weit entferntes Ziel.

»Was hast du?« Balki drehte sich um.

Die Felsenkämme des Ufers waren beiseite geglitten und hatten den Blick freigegeben auf einen gigantischen Berg. Sein Gipfel war mit Schnee bedeckt. Hinter ihm tauchte ein weiterer Berg aus dem Dunst. Und noch einer! Und noch einer! Sie hatten die Alpen erreicht.

Balki hatte augenblicklich seinen Entschluss gefasst. Er gab ein mattes Stöhnen von sich und ließ sein Ruder fallen. »Mein armes altes Kreuz.« Leise vor sich hin fluchend wankte er auf die Klappe zu, die einen in das Unterdeck brachte. »Ich hab Schmerzen im Rücken. Ich muss mich ein bisschen hinlegen.« Genau wie er es erwartet hatte, kam Olaf sofort an seine Seite gestapft.

»Ich muss auch ein wenig ausspannen. Ihr könnt die Orm auch ohne mich zu den Bergen rudern.«

Er folgte Balki in den geräumigen Bauch des Schiffs und zog die Klappe über sich zu. Man konnte hier unten nur gebeugt stehen und alles war mit Kisten und Fässern zugestellt. Aber es war genug Platz, dass sie sich in ausreichendem Abstand einander gegenübersetzen konnten.

Balki blickte in Olafs gutmütiges Gesicht, dann stieß er ein lautes Lachen aus.

Olaf machte ein verdutztes Gesicht. »Was ist denn so komisch?«

»Ich habe gar keine Rückenschmerzen«, gestand Balki.

Olaf grinste. »Dann wolltest du wohl nur ein bisschen faulenzen wie?«

»Ich habe noch einen ganz anderen Grund«, sagte Balki listig und senkte verschwörerisch die Stimme. »Erinnerst du dich noch an unser Geheimnis?«

Olaf machte große Augen und rutschte wissbegierig näher an ihn heran. Sicher glaubte er, es ginge um den Schatz. »Was für ein Geheimnis?«

Balki wartete einen Augenblick, um die Spannung in die Höhe zu treiben. Dann zog er zwischen den Fellen und Decken die zwei großen Amphoren hervor, die er vor nicht allzu langer Zeit in dem Fischerdorf erstanden hatte. Beide waren mit einer rötlichen Flüssigkeit gefüllt.

Olaf brüllte vor Lachen. »Ach du redest von dem Wein, den du an Bord geschmuggelt hast! Ich dachte, es ginge um etwas Wichtiges.« Er wischte sich die Tränen aus den Augen.

Balki erwiderte das Lachen und senkte die Stimme. »Mit seinen Freunden Wein zu trinken, ist etwas Wichtiges. Aber bitte erzähle es nicht weiter oder willst du, dass mir Hundolf meinen Wein auch noch wegnimmt?«

Olaf hörte mit dem Lachen auf und fuhr sich schuldbewusst durch den langen, blonden Bart. »Nun gut. Wenn dir das so wichtig ist … Von mir erfährt er nichts.«

Balki lächelte erleichtert. »Danke Olaf.« Er öffnete die Flasche atmete den Duft des Weins ein. »Willst du mal probieren?«

»Das ist doch keine Frage«, grölte Olaf und streckte die Hand nach der Amphore aus. »Wie du gesagt hast, Wein mit seinen Freu…« Er hielt jäh inne und starrte plötzlich mit misstrauischen Augen von Balki zu der Flasche und wieder zurück. »Du willst mich doch nicht etwa vergiften Balki?«

Balki schüttelte lächelnd den Kopf. »Mein lieber Freund. Hältst du mich für so dumm? Wenn dann müsste ich wohl eher Hundolf vergiften. Aber keine Bange. Ich trinke zuerst.«

Er nahm einen kräftigen Schluck. Der Wein schmeckte ausgezeichnet und flößte ihm neuen Tatendrang ein. Dann reichte er die Amphore Olaf.

Der Seemann nahm einen gewaltigen Zug. Das Gesöff tropfte ihm über den Bart, als er absetzte und lachte. »Das schmeckt großartig. Ich könnte die ganze Flasche im Alleingang trinken.«

»Das würdest du sicher gerne, aber schaffen wirst du es nie.«

Olaf fühlte sich sogleich herausgefordert. »Denkst du etwa, du verträgst mehr Wein als ich?« Er stieß ein brüllendes Lachen hervor. Balkis Stimme blieb ruhig und seine braunen Augen blitzten gefährlich unter seinen langen, buschigen Augenbrauen. »Ja, genau das denke ich. Außerdem denke ich, dass wir das unbedingt auf die Probe stellen sollten.«

»Dann lass uns Krüge holen und um die Wette trinken.«

»Oh ich denke, das wird nicht nötig sein. Ich habe ja noch eine Flasche dabei. Eine für dich und eine für mich.«

Etwa eine halbe Stunde später war Olaf so betrunken, dass er kaum noch aufrecht sitzen konnte. Immer wieder kippte sein massiger Körper zur Seite. »Ich komm mir vor, wie Thor, als er mit den Riesen in Utgard um die Wette trank«, lallte und grunzte er in seinen Bart.

Balki lachte und lallte und schaukelte dabei von einem Bein auf das andere.

»Thor sog so stark er konnte an seinem Trinkhorn«, berichtete Olaf und gluckste und hickste. »Aber er konnte es einfach nicht leeren. Weißt du warum, Balki?«

»Kein Schimmer«, nuschelte Balki und rutschte an der Wand entlang.

»Weil er den Ozean ausgetrunken hat. Den Ozean!«, lallte Olaf und brach in schrilles Gegacker aus.

»Den Ozean«, wiederholte Balki glucksend und stolperte beim Aufstehen über seine eigenen Füße. Olafs Lachen wurde noch lauter und er leerte den letzten Rest aus seiner Flasche.

»Zum Wohl«, grölte Balki und tat es ihm gleich. In Wahrheit natürlich waren seine Gedanken so klar wie ein Kristall. Er hatte genau wie Olaf eine der beiden riesigen Flaschen komplett leergetrunken. Was Olaf jedoch nicht wusste, war, dass sich nur in Olafs Flasche Wein befunden hatte. Balki hatte lediglich ungegorenen Traubensaft getrunken. Äußerlich glichen sich die beiden Tränke bis aufs Haar und auch wenn der Saft bereits säuerlich geschmeckt hatte, war doch nicht genug Alkohol darin, um einen Kenner wie Balki betrunken zu machen.

»Der Ozean«, grölte Olaf, warf den Kopf in den Nacken und brüllte vor Lachen. »Wenn man beim Saufen ins Gras beißt, kommt man dann auch in die Halle der Gefallenen? Sitze ich dann an einem Tisch mit meinen Ahnen und all den großen Helden unserer Vorzeit?«

Balki lächelte und blickte auf Olaf, der nun rücklings auf dem Boden lag und seinen runden Bauch nach oben streckte. »Ich denke, jeden Toten ereilt dasselbe Schicksal«, meinte er sanft und versteckte dann rasch die Flaschen zwischen den vielen Kisten. *Derick hat recht. Alkohol ist gefährlich. Vielleicht sollte ich in der Zukunft tatsächlich ein bisschen weniger trinken.*

Es war keine Sekunde zu früh, denn im nächsten Augenblick wurde die Luke über ihnen aufgerissen. »Wir sind gleich da. In ein paar Minuten gehen wir an Land.«

Es war Giselher, der sprach, und er blickte zornig auf Olaf herab. »Was ist denn mit dir los? Habt ihr etwa gesoffen?!«

Olaf brüllte zornig dagegen. »Was hätten wir denn saufen sollen?! Es gibt doch auf dem ganzen verdammten Schiff nichts Anständiges zu saufen mehr! Wir haben Würfel gespielt du Esel!«

Wütend schlug Giselher die Luke zu, ohne ein Wort zu erwidern. Balki stieg kichernd über Olaf hinweg. »Ich gehe besser rauf, sonst schöpfen sie noch Verdacht.«

Auch Olaf lachte wieder und kugelte sich auf seinem Bauch. Zufrieden warf Balki einen letzten Blick auf den betrunkenen Seemann. *Der wird sich die nächsten Stunden nicht mehr von der Stelle bewegen können.*

Dann kletterte er hinauf an Deck und die Strahlen der Sonne fielen in sein Gesicht. Er schloss die Augen und schlug die Klappe mit einem lauten Knall zu.

An Bord herrschte bereits ein aufgeregtes Gewusel. Der Rhein war in eine Biegung gegangen und sie fuhren in eine Art Bucht ein. Kjartan riss das Steuerruder hin und her. Er musste die Orm um gefährliche Stromschnellen und Felsen herum manövrieren. Derick saß vor Norik und Alvik und ruderte wie ein Verrückter. Balki ging sofort neben ihm in die Knie.

»Schnapp dir gefälligst ein Ruder und mach was!«, fuhr Derick ihn an und wischte sich mit dem Ärmel den Schweiß von der Stirn. Die Wellen brandeten gegen den Bug und Balki sprach so leise, dass nur Derick es hören konnte.

»Wir hauen ab. Vertraust du mir?«

Derick riss die Augen auf, doch er war klug genug, nicht zu antworten. Hundolf hatte sie bereits von der anderen Schiffseite aus ins Visier genommen. Der junge Cherusker nickte unauffällig.

»Gut«, flüsterte Balki. »Wenn wir angelegt haben, dann mach einen Knoten, der sich wieder löst.« Derick wirkte über diese Bitte ein wenig verblüfft, aber nickte dennoch als Zeichen, dass er verstanden hatte. Dann wandte sich Balki an die anderen. »Wenn ich mich nicht irre, werden wir den Hort hinter dieser Biegung finden. Auf der Karte steht zumindest, er befände sich oberhalb eines Wasserfalls.«

»Das fällt dir früh ein«, zischte Hundolf zu ihnen herüber.

»Lass ihn in Ruhe! Wir werden ja gleich sehen, ob er recht behält«, rief Giselher feindselig dagegen.

Hastein, der neben Hundolf saß, ließ die Knöchel knacksen. Auch Norik und Alvar warfen den anderen lauernde Blicke zu.

»Dann soll er wenigstens rudern wie jeder andere auch!«, knurrte Hundolf.

»Kein Problem. Ich kann rudern. Mein Rücken ist schon viel besser.« Die Situation beruhigte sich wieder, als Balki sich an seinen Ruderplatz sinken ließ. *Höchste Zeit, hier abzuhauen.*

Die Besatzung staunte nicht schlecht, als der Rhein hinter der Biegung geradewegs in ein großes Becken mündete. Das Donnern und Rauschen eines gewaltigen Wasserfalls drang an ihre Ohren und Wassertropfen flogen durch die Luft. Als sie freie Sicht auf das Naturschauspiel hatten, klappte allen Seemännern der Mund auf. Der Rheinfall war gigantisch. Unfassbare Massen an Wasser brachen sich an den zerklüfteten Felsen und stürzten dann rauschend, brausend und tosend nach unten. Der kleine See, der sich unter dem Wasserfall gebildet hatte, war zur Hälfte von schäumenden, sprudelnden Wellen bedeckt.

Sofort navigierte Kjartan die Orm an das Ufer, denn inmitten des Sees herrschten tückische Strömungen und Wellen.

Als Balki an Land gesprungen war, räusperte er sich. »Wir wissen nicht, was uns am Gotenhort erwartet. Vielleicht solltet ihr uns unsere Waffen zurückgeben.«

Kjartan blickte ihn nachdenklich an, doch Norik trat lachend dazwischen. »Netter Versuch Balki! Dir könnten wir sicher ein Schwert geben, aber deinem Kumpanen Derick kann man keine Waffe anvertrauen oder er wird selbst zur Waffe.«

Hundolf trat hinzu und feikste über beide Ohren. »Keine Sorge! Ich habe das Schwert unseres kleinen Kriegers hier.« Und er tätschelte seinen Gürtel. Zwei Schwerter steckten darin. Eines davon war die Klinge, die Derick selbst geschmiedet hatte, um das Unrecht das an seinen Eltern begangen wurde, zu rächen.

Offenbar hatte Derick inzwischen genug Zeit mit Balki verbracht, um gelernt zu haben, seine Wutanfälle im Zaum zu halten. Doch Balki konnte den brennenden Zorn in seinen Augen sehen, mit dem er Hundolf jetzt fixierte. Doch er sagte nichts und half stattdessen dabei, das Schiff an einem nahen Felsen festzuknoten. Kjartan und Giselher ließen ihn machen, denn von Derick erwarteten sie keinerlei falsches Spiel.

»Wir gehen! Pass gut auf das Schiff auf!«, rief Kjartan und kehrte der Orm den Rücken zu. Von Olaf erklang keine Antwort.

Balki konnte hören wie sich ihr Anführer vorne mit seinem Vetter Giselher unterhielt. »Was ist mit ihm los?«

»Ich glaub, er hat schlechte Laune. Als ich vorhin nach ihm gesehen habe, hat er mich dumm angeschrien.«

Kjartan seufzte. »Wir sind alle plötzlich so voller Zorn und Misstrauen. Ich wünschte, wir hätten nie etwas von diesem Schatz erfahren.«

Derick lief neben Balki, doch sie konnten kein einziges Wort wechseln. Sie waren umringt von Hundolf, Hastein, Norik und Alvar. Alle vier hatten die Hand auf ihrem Schwertgriff.

»Ich hoffe, du weißt, was du tust«, knurrte Derick schließlich durch seine geschlossenen Zähne.

Balki atmete unruhig ein und aus. »Es wird schon schiefgehen.«

»Gar nichts wird schiefgehen oder ich schlag dir die Zähne aus«, zischte Hundolf, der wieder einmal gelauscht hatte.

Derick drehte sich mit wutentbranntem Gesicht zu ihm um. »Das war Ironie! Hast du noch nie etwas von Cicero gelesen?!«

Der Seemann war so irritiert, dass er nicht einmal auf die Beleidigung einging. »Lauft schneller verflucht!«, knurrte er schließlich.

Doch Balki konnte sich ein breites Grinsen nicht verkneifen.

Ich werde noch richtig stolz auf meinen Schüler.

Sie wanderten einen steilen Hang hinauf zur oberen Ebene des Wasserfalls.

Der grüne Rhein kam hier an einer engen Stelle zusammen, die etwa fünfzehn Klafter über der Wasseroberfläche des kleinen Sees lag, in den sich das fallende Wasser ergoss. Über die gesamte Breite des Flussbetts von mindestens achtzig Klaftern donnerten die Wassermassen des Rheins hinunter und brachen sich an einer Formation aus Felsbrocken. Nach einer Biegung verwandelte sich dann der kleine See wieder in den Rhein.

Die Felsen waren wie kleine Inseln. Ihre Rücken waren von wildem Gestrüpp und sogar von einigen widerstandsfähigen Bäumen bewachsen. Ununterbrochen schäumte das Wasser über den Stein.

Die gesamte Luft um das Areal herum bestand aus Dampf und ihre Kleider wurden klitschnass, obwohl sie noch immer zwanzig Klafter von dem Naturdenkmal entfernt waren.

Balki wurde ganz unwohl zumute. Als er das letzte Mal hier gewesen war, hatte der Rheinfall kaum Wasser geführt. Bei diesem Anblick jedoch kam er sich so mickrig vor wie eine Ameise. Die Wassermassen stoben auseinander, nur um dann unten wieder zusammen zu finden. Das tosende, ohrenbetäubende Brausen übertönte jedes andere Geräusch. Hier an diesem Geburtsort des Rheins wurde ihnen die volle und ungestüme Urgewalt der Natur offenbart. Im Angesicht solcher Macht kam ihm sein Vorhaben töricht und sein ganzer Plan geradezu wahnwitzig vor.

»Wie geht es jetzt weiter?«, knurrte Hundolf. »Wieso hast du uns hergeführt? Wegen der Aussicht?«

Hastein stellte sich drohend neben ihn und tätschelte den Griff seines Schwertes.

Balki schluckte. »Laut der Karte befindet sich der Schatz auf dem höchsten und breitesten der Felsen«, sagte er kleinlaut.

Hundolf klappte der Mund auf. Auch allen anderen Besatzungsmitgliedern hatte es die Sprache verschlagen.

Balkis Blick wurde zornig. »Was?! Habt ihr etwa gedacht, der Schatz der Goten befindet sich an einem Ort, den jeder einfach erreichen kann?!«, rechtfertigte er sich.

Kjartan zögerte und schaute zu Boden. »Wir sollten warten, bis der Fluss weniger Wasser führt.«

»Pah!«, bellte Hundolf und marschierte weg von der Uferlandschaft auf das nahe Waldstück zu. Am Rand, wo sicherlich noch vor nicht allzu langer Zeit das Wasser gestanden hatte, waren die Bäume noch jung und klein. Hundolf riss sich das Schwert vom Leib und hackte mit wenigen Hieben einen der dünneren Stämme entzwei. »Ich sage, wir schneiden an paar von diesen Bäumchen ab und knoten sie zu Leitern zusammen.«

Kjartan starrte ihn ungläubig an. »Das ist viel zu gefährlich. Seht doch nur, mit welcher Gewalt die Fluten diese Felsen umspülen.«

»Dann bleib eben hier du Schwächling!«, blaffte Hundolf ihn an. »Ich jedenfalls lasse diesen Schatz nicht mehr aus den Augen.« Er fletschte die Zähne. »Oder vielleicht willst du ja auch, dass wir die Sache vertagen, damit du und dein Vetter euch den Schatz im Schutz der Dunkelheit selbst unter den Nagel reißen könnt.«

Giselher zog sein Schwert. »Das war zu viel du Hund! Dafür schneide ich dir die Zunge heraus!«

Hastein, Norik und Alvar zogen die Schwerter. Derick und Balki standen unbewaffnet inmitten der verfeindeten Parteien.

»Jetzt kommt doch zur Vernunft!«, schrie Balki gegen das Tosen des Wasserfalls an. »Es ist genug für uns alle da! Warum wollt ihr euer Leben in einem sinnlosen Gemetzel verschwenden, wenn ihr alle heute Abend reiche Männer sein könnt? Heute Abend könnte jeder von euch bereits in einer Burg sitzen, mit einem goldenen Becher und einem hübschen Burgfräulein auf seinem Schoß!«

Giselher knirschte vor Wut mit den Zähnen. Dennoch ließ er das Schwert sinken. Hundolf tat es ihm gleich, allerdings steckte niemand seine Waffe weg. Kjartan wirkte vollkommen verzweifelt und Balki empfand fast schon so etwas wie Mitleid für ihn. *Vielleicht sucht er sich in Zukunft mit mehr Umsicht seine Seeleute aus.*

»Also! Hacken wir ein paar Bäume«, rief er und atmete tief ein und aus. »Hast du noch genug Seil dabei Derick?«

Der junge Cherusker nickte und Balki konnte ihm ansehen, dass er im Augenblick liebend gerne sein Seil gegen sein Schwert eingetauscht hätte. Doch dieses baumelte noch immer an Hundolfs Gürtel und als er Dericks Blick bemerkt hatte, grinste er schief und tätschelte den Schwertgriff.

Nach gerade einmal einer halben Stunde hatten sie vier Leitern gebaut. Jeweils zwei von ihnen trugen eine: Kjartan und Giselher, Hundolf und Balki, Derick und Norik und Alvar und Hastein. Um die Entfernung zwischen dem Ufer und dem ersten Felsen zu überbrücken, mussten sie zwei der Leitern aneinander knoten. Das so entstandene Gerüst war extrem wackelig und Derick wurde als erster hinüber geschickt.

Er zeigte keinerlei Furcht, als er den Fuß auf das Holz setzte und dann vorsichtig auf allen Vieren hinüber kletterte. Unter ihm rauschte das Wasser.

Balki atmete auf, als Derick sicher den Felsen erreicht hatte. Dann war er an der Reihe.

Doch Norik drängelte sich vor. »Du erlaubst.«

Sie transportierten die anderen beiden Leitern hinüber und bald waren sie alle auf dem ersten Felsen angekommen, der wie eine steinige Insel in der gewaltigen Brandung thronte. Der Abstand zum nächsten Stein konnte nun mit einer einzigen Leiter überbrückt werden. Doch das schmälerte die Gefahr nicht im Geringsten. Sollte einer von ihnen hinunterstürzten, würde ihn die gewaltige Strömung verschlucken und hinfort spülen zusammen mit der gesamten Füllmenge des Rheins.

»Wenn ich die richtige Stelle finden soll, brauche ich jetzt die Karte«, sagte Balki laut und streckte fordernd die Hand aus.

Kjartan blickte zu Boden. Dann nickte er seinem Vetter kurz zu und dieser zog den zerrissenen Fetzen Tierhaut aus seinem Mantel hervor. Balki schnappte danach und verstaute ihn sicher in seinen zugeschnürten Taschen.

»Wirklich ein seltsamer Ort, um einen Schatz zu verstecken«, keuchte Giselher und schaute furchtsam hinab in die Fluten. Unter ihnen riss der Rheinfall alles mit sich, was nicht an den massiven Felsen festgewachsen war.

»Nur ein Wahnsinniger würde hier etwas verstecken«, meinte Balki lächelnd und dieses Mal drängte er sich vor die anderen und kletterte direkt nach Derick hinüber auf den nächsten Felsen. Hundolf saß ihnen bereits im Nacken. Er hatte nur wenige Augenblicke Zeit, als er drüben ankam.

»Mach dich bereit!«, zischte er Derick zu, der eine weitere Leiter geschultert hatte.

Norik und Alvar kamen mit bleichen Gesichtern herüber geklettert.

»Wo ist jetzt dieser Schatz?!«, keuchte Norik völlig außer Atem. »Balki … Ich schwöre dir…«

»Hier ist er«, unterbrach ihn Balki und er deutete auf eine Nische im Felsen, bedeckt von Gestrüpp. Sofort scharten sich Hundolf, Norik und Alvar um ihn. Auch Hastein kam über die Leiter geklettert. Kjartan und Giselher waren noch auf dem ersten Felsen. Derick trat von hinten hinzu und starrte mit großen Augen hinab. Da kam tatsächlich ein kleiner Hügel aus Steinen zum Vorschein, als Balki das Gestrüpp zur Seite gezogen hatte. Er war wie eine kleine Pyramide. Es bestand kein Zweifel daran, dass ein Mensch sie aufgeschichtet hatte.

»Ihr habt tatsächlich die Wahrheit gesagt«, keuchte Norik atemlos. Hundolf schaute gierig zu, wie Balki Stein um Stein abtrug. »Mach schneller!«, blaffte er ihn an.

»Ich versuche nur, die Spannung ein bisschen zu steigern«, grinste der Schwabe.

»Zum Henker mit deiner Spannung! Gib mir jetzt meinen Schatz!« Balki seufzte und seine Finger schlossen sich um den letzten Stein. »Also gut. Wie du willst.«

Er drehte den Stein herum und Zeichen kamen darauf zum Vorschein. Es waren fünf Buchstaben, dieses Mal lateinische, und sie bildeten einen Namen:

B A L K I.

Ehe einer der Seeleute reagieren konnte, wirbelte Balki herum und schleuderte den Stein in Hundolfs Gesicht. Er stürzte rückwärts, rutschte über den nassen Felsen. Hastein und Norik zogen sofort ihre Schwerter, doch in diesem Augenblick riss Balki einen ledernen Beutel unter den Steinen hervor. Er warf den ganzen Sack über sie hinweg und Goldmünzen regneten auf sie hernieder. Sie klimperten über den Felsen und kullerten in die Tiefe. »Nein!«, brüllte Norik und versuchte, die Münzen aufzufangen. Dabei stolperte er rückwärts und fiel schreiend in die Fluten. Derick hatte nun seine Leiter gedreht und wirbelte sie wie einen Speer vor sich durch die Luft. Hastein und Alvar schlugen mit ihren Schwertern darauf ein, während Balki über den rutschigen Boden schlitterte und die Leiter wegstieß, die ihnen den Rückweg erlaubte. Giselher, der gerade hatte hinüber klettern wollen, rutschte fluchend am Felsen hinunter und konnte sich gerade noch so an einer Nische festklammern. Kjartan starrte geschockt auf das Schauspiel und rührte sich nicht vom Fleck. Dann riss er sein Schwert in die Höhe und schrie: »Sie haben uns betrogen! Tötet sie!«

Derick duellierte sich mit Hastein und Alvar. Seine Leiter war schon fast zerfetzt als Balki an ihm vorbei raste. »Spring!«, schrie er und machte einen gewaltigen Satz auf den letzten Felsen, der noch in der Flussmündung thronte.

Derick stieß seine Gegner von sich weg, hielt sie mit einem Schlenker seiner Leiter auf Abstand, dann hechtete er auf den Abgrund zu und sprang so weit er konnte. Doch sein Fuß rutschte über die nassen Pflanzen und er verlor das Gleichgewicht. Balki konnte seine Hand im letzten Moment noch ergreifen.

Hastein jagte ihnen nach. Er raste auf den Abgrund zu und machte einen gewaltigen Satz. Doch mitten im Sprung wurde er von einer gewaltigen Flutwelle erfasst, die gegen den Felsen brandete, und er stürzte kreischend wie ein kleines Böcklein den Rheinfall hinunter, bis das Wasser seinen Schrei erstickt hatte. Der Schaum floss über den Felsen. Für einen Moment raubten ihnen die Wellen die Sicht. Dann ging es gnadenlos weiter.

Hundolf und Alvar hatten mehr Glück. Sie warfen ihre Leiter über den Abgrund und stürmten todesverachtend hinüber, ehe Balki oder Derick sie wegstoßen konnten. Dann sprangen sie zu ihnen auf den Felsen und der Kampf ging weiter. Derick und Balki drehten ihre eigene Leiter durch die Luft. Vom anderen Felsen erklang ein Ruf. Giselher hatte es inzwischen geschafft wieder nach oben zu klettern und er überbrückte mit einem gewaltigen Sprung den Abstand zu Balkis Goldversteck. Hundolf ließ unterdessen die Leiter los und stieß Alvar in den Rücken. Der Seemann stolperte hilflos nach vorne und wurde von Balki und Derick zur Seite gewischt und in den Abgrund gestoßen. Das verschaffte Hundolf die Zeit, sein Schwert zu ziehen und es in Dericks Brust zu rammen. Doch der Junge riss gerade noch rechtzeitig die Leiter hoch, klemmte die Klinge darin ein und riss sie Hundolf aus der Hand.

Er fluchte wütend und zog das andere Schwert aus seinem Gürtel.

»Ein Schwert hab ich dir schon abgenommen«, schrie Derick gegen das Brausen des Wasserfalls an. »Aber ich will das andere, denn es gehört mir!«

»Hol's dir doch!«, brüllte Hundolf und der Kampf begann. Ihre Schwerter schlugen klirrend aufeinander ein, während Balki sich duckte und auf allen Vieren um sie herum schlich.

Giselher setzte unterdessen zum Sprung an. Als Balki den Zorn in seinen Augen sah, bekam er einen gewaltigen Schock. »Verschwinde Giselher! Hier gibt es keinen Schatz!«

»Das spielt keine Rolle! Für diesen Betrug werdet ihr zahlen!« Und er sprang mit einem großen Satz hinüber und kaum war er gelandet, hieb er mit seinem Schwert auf Balki ein. Dieser sah keine andere Möglichkeit mehr, als zurück auf den mittleren Felsen zu springen. Doch Balki wusste, dass er nicht so weit springen konnte, also packte er in einem Anflug von Verzweiflung einen der dünnen Baumstämme, rannte damit auf den Abgrund zu und rammte ihn in eine Felsnische. Der Stamm bog sich durch und katapultierte Balki nach oben. Er schlitterte beim Aufprall über den nassen Fels und

konnte sich gerade noch so an einem wuchernden Gestrüpp festhalten.

»Feigling!«, brüllte Giselher.

Derick hielt weiter dem wilden Ansturm Hundolfs stand. Dann trat
Giselher mit gezogenem Schwert hinzu und schlug ebenfalls auf
Derick ein. Der Junge kam in Bedrängnis.

»Nein!«, keuchte Balki, packte ein paar Steine vom Boden und
schleuderte sie auf Hundolf und Giselher. Doch in diesem Moment
konnte Giselher Derick mit einem gezielten Treffer entwaffnen.
Die Waffe landete klirrend auf dem Fels und Derick stolperte zu
Boden. Sein ganzer Oberkörper hing über dem Abgrund. Unter ihm
rauschte die Flut.

»Ihr habt uns verraten!«, brach es voller Bitterkeit und Schmerz
aus Giselher heraus. Doch da wuchtete ihm auch schon Hundolf
seine Schulter in die Seite und stieß ihn vom Felsen hinab. Giselher
schlug um sich, dann war er auch schon im Wasser und wurde von
der Flut hinab getragen. Mitten in der Luft bekam er den Ast eines
Baumes zu fassen, der direkt am Abgrund wuchs. Langsam bog
sich der Baum unter seinem Gewicht. Dann brach der Ast und Giselher plumpste etwa sieben Klafter tief hinunter ins Wasser.

Hundolf lachte bellend. »Das wollte ich schon seit langem tun.«
Dann hob er Dericks Schwert vom Boden auf und steckte es in seinen Gürtel. »Erst hol ich mir dein Schwert«, er zielte mit der Spitze
seines eigenen Schwertes direkt auf Dericks Brust, »und dann dein
Leben.« Er holte aus, doch in diesem Moment traf ihn Balkis
Schulter in den Rücken. Der Schwabe war zurückgekommen und
hatte ihn im letzten Moment erreicht. Hundolf stolperte rückwärts
und schwankte auf seinen Beinen. Dann verlor er das Gleichgewicht und wäre rückwärts in die Fluten gekippt, hätte Derick ihn
nicht jäh an seinem Gürtel gepackt.

»Weder das eine noch das andere«, knurrte Derick und seine Hand
umfasste den Griff seines alten Schwertes. Er zog das Schwert aus
der Gürtelschlaufe und Hundolf stürzte hilflos mit den Händen
fuchtelnd rückwärts nach unten und wurde von den tosenden Fluten des Rheinfalls verschluckt.

Balki lachte erleichtert auf. »Gut gemacht!«, keuchte er. »Jetzt lass uns schnell die Münzen aufsammeln.«

Derick grinste zufrieden und sie kletterten mithilfe der Leiter auf den mittleren Felsen. Kjartan stand als einziger seiner Besatzung noch oberhalb des Wasserfalls. Er starrte sie ungläubig an, wie sie da so unbeschwert über den Felsen spazierten und ihr Geld einsammelten.

Ein wenig besorgt sah Balki hinab in den See. Mindestens vier Seeleute kamen wieder ans Ufer geschwommen, unter ihnen waren Norik und Giselher.

»Ihr entkommt uns nicht!«, rief Kjartan voller Zorn.

Balki lachte und deutete mit ausgestrecktem Finger in die Ferne. »Ihr solltet euch lieber um euren eigenen Kram kümmern. Euer Schiff fährt gerade davon.«

»Aber.« Kjartan wurde kreidebleich und blickte hinab auf die Windungen des Rheins. Von ihrem Felsmassiv aus konnte man deutlich sehen, wie die Midgardsormen gemächlich den Flusslauf hinab trieb. »Das kann nicht sein! Olaf passt doch auf«, stotterte Kjartan verzweifelt.

»Der wacht so schnell nicht wieder auf«, verkündete Balki so laut, dass auch die Männer unten am See in verstehen konnten. »Ich hab mit Olaf um die Wette getrunken. Was soll ich sagen? Er hat verloren.«

Kjartan fluchte und spuckte aus. »Ich hätte euch niemals an Bord nehmen sollen!«

Balki unterbrach ihn zornig. »Ihr wart es, der unsere Freundschaft beendet hat! Ihr habt uns zu Gefangenen auf eurem Schiff gemacht und all das nur wegen der Aussicht auf einen Schatz. Es gibt keinen Schatz! Hier befand sich lediglich ein kleines Münzversteck, das ich vor vielen Jahren angelegt habe. Ihr werdet keine lausige Sesterze erhalten. Wenn ihr aber euer Schiff nicht auch noch verlieren wollt, dann solltet ihr ihm besser nachrennen. Aber keine Panik. Es sind ja nicht viele Stromschnellen auf dem Weg hierher.«

Kjartan zögerte einen Moment. Schließlich brüllte er: »MÄNNER! HIER GIBT ES KEINEN SCHATZ! RENNT DEM SCHIFF NACH! RETTET DAS SCHIFF! RETTET DIE ORM! WIR

WERDEN UNS SPÄTER AN IHNEN RÄCHEN!« Einen letzten verzweifelten Blick warf er Balki und Derick zu. Dann sprang er geradewegs auf der niedrigen Seite vom Felsen in das Wasser und zog sich Armlänge um Armlänge an der steinigen Kante entlang. Er konnte sich ans Ufer retten, ohne von der Strömung erfasst zu werden. Dann rannte auch er den Abhang hinunter, um den See herum und dem Schiff hinterher, das er vor langer Zeit einmal gebaut hatte. Die gesamte Besatzung verfolgte die Orm, in der Olaf nun vermutlich geruhsam schlummerte.

Balki und Derick wechselten einen Blick, dann lachten beide laut drauf los. »Da laufen sie«, meinte Balki und prustete.

»Da laufen sie.«

»Guter Knoten übrigens.«

Derick setzte sich lachend auf eine Felsenkante und ließ seine Beine über den Rand baumeln. »Willst du etwas essen?«, fragte er immer noch lachend, während das Schiff allmählich vom Horizont verschluckt wurden und die Männer verzweifelt am Ufer entlang rannten. »Ich hab vor dem Aufbruch ein bisschen Wegzehrung eingeschoben.«

Balki ließ sich neben ihn plumpsen. »Was für eine Frage?! Dann lass mal schauen! Oh. Räucherfisch! Sehr köstlich. Und Sellerie und Karotten. Wo hast du denn das her? Ich dachte, unsere Vorräte wären fast leer.«

»Irgendein Besatzungsmitglied hat wohl noch ein paar Reserven vor den anderen versteckt.«

»Dann sei´s ihm gedankt!«, lachte Balki und schnappte sich einen Apfel. »Oder eher nicht? Ich denke, das ist ein philosophisches Dilemma. Ach wen interessierts?! Guten Appetit!«

Derick kaute auf einem Sellerie. »Du warst also schon mal hier und hast hier eines deiner Goldverstecke angelegt?«

Balki zuckte mit den Schultern. »So sieht's aus. Allerdings wusste ich damals gar nicht, dass es sich hierbei um den Rhein handelt. Das habe ich erst kapiert, als ich mir Kjartans Flusskarte angesehen habe. Ich kam damals von den Alpen herunter und dachte, der Wasserfall gehört lediglich zu diesem riesigen See, der sich vor den ersten Bergen erstreckt. Damals führte der Fluss auch deutlich weniger Wasser, also konnte ich einfach hinüber schwimmen.«

Sie aßen und tranken eine Weile und beobachteten in weiter Ferne, wie die Männer den gesamten Rheinverlauf entlang rannten.

»Die könnten glatt bei den Olympischen Spielen antreten.«

»Das Schiff ist zu schnell. Das erreichen sie nie.«

Balki wippte unschlüssig mit dem Kopf. »Ich sage, sie schaffen es.«

»Wenn es jemand schaffen würde, dann Giselher. Er ist von allen am Besten in Form.«

»Unsinn«, widersprach Balki. »Ich setzte auf Kjartan. Dieses Schiff ist ihm hoch und heilig. Wollen wir wetten?«

Derick schüttelte sich erneut vor Lachen und verschluckte sich fast an seinem Apfel. »Um was sollen wir wetten?«

»Wie wäre es damit?«, rief Balki und hielt grinsend einen Beutel Pfeifenkraut in den Himmel

»Ich rauche aber nicht«, entgegnete Derick nüchtern. »Und du solltest es auch nicht rauchen.«

»Willst du es mal probieren?«

»Meinetwegen«, lachte Derick. »Aber nur ausnahmsweise.«

Er sog für einen Moment an der qualmenden Pfeife. Sofort drehte er den Kopf weg und begann so heftig zu husten, als müsste er ersticken. Mit angewidertem Gesicht gab er Balki die Pfeife zurück. »Und?«

»Schmeckt als würde ich meinen Kopf über ein Lagerfeuer halten.«

Balki blies ein paar Ringe in die Luft und kaute auf einer Möhre herum. »Hmm. Ja da hast du wohl recht.«

Derick furchte die Brauen. »Was in aller Welt findest du dann daran gut?«

»Das hier.«

»Was?«

»Pssst … Hörst du?«

Das einzige Geräusch war das Rauschen des Wassers. »Ich höre gar nichts.«

»Genau das. Man sitzt beisammen und hört einfach nur in die Stille hinein.«

Derick gluckste. »Das kann man auch ohne Pfeifenrauch.«

»Ach wirklich? Hast du jemals erlebt, dass zwei erwachsene Menschen beisammen sitzen und einfach nichts tun?«

Er schien einen Moment darüber nachzudenken. »Wenn die Leute also öfter still beisammen sitzen würden, bräuchten sie auch nicht zu rauchen.«

Er lehnte sich schweigend zurück. Auch Balki ruhte sich für einen Moment aus und ließ sich glücklich die heiße Sonne ins Gesicht scheinen. So saßen sie da und genossen den Augenblick, während die Seemänner ihrem Schiff hinterherrannten und allmählich hinter dem Horizont verschwanden.

Nach einer guten halben Stunde dachten sie darüber nach, wie sie wieder ans Ufer zurückkommen konnten. »Wir stecken wohl fest«, bemerkte Derick und sie lachten noch mehr.

»Ein paar Stücke Leiter haben wir ja noch«, meinte Balki und deutete auf die verstreut herum liegenden Holzteile.

»Gut. Und ich hab genug Seile eingepackt. Ich wusste ja, dass du wieder irgendetwas Verrücktes abziehen würdest.«

Sie mussten schon wieder lachen.

Bald war Derick hinüber geklettert und warf Balki das Seil zu. »Du wirst aber nicht loslassen oder?«, meinte der Schwabe und starrte ein letztes Mal ehrfurchtsvoll in die Fluten des Rheinfalls hinab.

»Ach komm schon! Vertrau mir doch mal.«

Und er kletterte am Seil hinüber und kam sicher auf der anderen Seite an. Lachend beschlossen sie, den Weg zu den Alpen einzuschlagen. Und am Ende ihrer Reise wartete der echte Gotenhort auf sie.

Balaban am Rhein

Kean lehnte an einer Wand. Der alte Mann war übel zugerichtet worden. Blut tropfte aus seiner Nase und versickerte in seinem langen weißen Bart. Wie er da so in seinem zerschlissenen Gewand kauerte, machte er einen jämmerlichen Eindruck.

»Kommen wir noch einmal zu meiner letzten Frage«, sagte Balaban und stieg langsam und bedächtig über die Trümmer hinweg, die von Keans Haus übrig geblieben waren. Sie hatten die Wände mit ihren Pferden eingeritten, das Strohdach heruntergerissen und die gesamte Einrichtung verwüstet. Zu plündern hatte es nichts gegeben. Der alte Druide hatte keinerlei Besitztümer.

Balaban schaute voller Verachtung auf ihn herab. In seinen stählernen blauen Augen war kein Funken der Gnade zu finden. Vor allem nicht, nachdem was der Druide ihm angetan hatte.

»Wo ist der Gotenhort?!«

Kean hustete und Blut lief an seinem Mundwinkel herunter.

Der Schamane Eskam begann noch einmal damit, Rauch zu verteilen und auf seine Trommeln zu schlagen.

Rigula kam, die Trümmer beiseite tretend, an Balabans Seite und reichte ihm einen Bogen. Wortlos nahm ihn der Hunnenkönig entgegen und legte dann einen Pfeil auf, der direkt auf Keans Gesicht gerichtet war. Es war schwer gewesen, den alten Mann zu überwältigen. Er war ungewöhnlich wendig und kraftvoll für sein hohes Alter. Und er hatte seltsame Zauber beherrscht. Sie hatten die Hilfe ihres Schamanen in Anspruch nehmen müssen. *Und selbst mit seiner Hilfe war es kaum zu schaffen.* Er spannte den Pfeil und der Druide begann hustend zu berichten.

»König Alarichs Grabkammer ist unter einem Fluss südlich von Rom. Und darin befindet sich der Schatz aus der Plünderung Roms, genau wie ich es Euch gesagt habe.«

Balabans Augen leuchteten auf bei seinen Worten. »Der Schatz aus der Plünderung Roms? Soll das heißen, die Goten haben all das Beutegut aus ihrer Plünderung zurückgelassen?«

Der Druide nickte mit blutunterlaufenen Augen. »Unermessliche Schätze. Berge von Gold und die alten rituellen Statuen der Römer. Die Goten wussten, dass der Schatz verflucht war. Er hatte ihrem König den Tod gebracht und er würde auch ihnen nichts als Unglück bringen. Er wird auch Euch nichts als Unglück bringen! Merkt Euch meine Worte Hunnenkönig Balaban! Wenn Ihr den Schatz sucht, wird Euer Volk zugrunde gehen.«

Doch Balaban achtete seiner Drohung nicht. Zornig schritt er auf und ab. »Der Römer hat mich belogen. Er sagte, es ginge hier einzig und allein um Alarichs Grabmal. Niemals war von solchen Reichtümern die Rede.«

Rigula trat einen Schritt vor und schaute angewidert auf den gebrechlichen alten Mann herab. »Soll ich ein Ende mit ihm machen?«

Balaban verengte die Augen zu Schlitzen. Er zögerte. Dann hatte er seinen Entschluss gefasst. »Nein. Lebend wird er nützlicher für uns sein. Er hat uns zwar alles erzählt, was er weiß, aber wir werden ihn trotzdem als Gefangenen mitnehmen.« Er richtete sich auf und schickte sich an, das verwüstete Haus zu verlassen.

»Ich habe nicht gelogen König Balaban. Das schwöre ich Euch.«

»Ein Schwur ist nichts weiter als eine Aneinanderreihung von Worten. Wieso sollte mich das interessieren?«

»Weil sich meine Worte bewahrheiten werden. Ich habe Euch nur aus einem Grund erzählt, was auf der Karte steht: Weil Euch die Suche nach diesem Schatz zu Grunde richten wird. Alle werden ihn haben wollen. Es wird Kämpfe geben. Und in diesen Kämpfen werden sich all die gierigen, grausamen und blinden Menschen gegenseitig vernichten.« Und plötzlich drehten sich die Augen des Druiden nach oben. Ein trotziges Lächeln erschien auf seinem Gesicht. Dann kippte er einfach vornüber und rührte sich nicht mehr.

»Nein!«, stieß Balaban hervor und kniete sich neben ihn. »Das kann nicht sein! So schwer war er nicht verletzt!«

Der Schamane kniete sich neben den Druiden und befühlte seinen Puls. »Er hat diese Welt verlassen«, flüsterte er. »Er war alt. Er hat den Augenblick seines Todes selbst gewählt. Dorthin, wohin er gegangen ist, können wir ihm nicht folgen.«

Zornig stürmte Rigula aus dem zerstörten Haus. Eskam wandte sich an Balaban. »Ich werde ein kurzes Totenritual für ihn abhalten. Alles andere wäre respektlos.«

Balabans Augen blitzten gefährlich. »Tu, was du für richtig hältst!« Zusammen mit Rigula ritt er zum Lager zurück. Die Hunnen hatten bereits mit den Vorbereitungen für den Aufbruch begonnen.

Balaban sprach mit drohender Stimme. »Ich werde diese beiden Herumtreiber zu meinem Hauptanliegen machen. Sie haben mich beide herausgefordert, der eine geistig, der andere physisch. Und verflucht, sie konnten mich beinahe bezwingen!«

Rigulas Zorn richtete sich vor allem auf den alten Druiden. »Der alte Mann hat uns diese Katastrophe eingebrockt. Seinetwegen ist die Karte vernichtet.«

Sie waren auf der Suche nach Balki und Derick das ganze Rheinufer abgeritten, bis sie in dieses Fischdorf gekommen waren. Dort hatte der Druide sie erwartet und ihnen wichtige Informationen versprochen. Die Hunnen hatten daraufhin etwas abseits des Dorfes ihr Lager aufgeschlagen und Balaban und Rigula waren dem alten Mann zu seiner Hütte gefolgt.

»Er hat für seinen Verrat den ultimativen Preis gezahlt. Er war zwar der älteste Mensch, den ich je gesehen habe, aber er hätte sicherlich trotzdem noch ein paar Jahre weiterleben können.«

»Er hat die Karte zerstört, wegen der wir durch halb Europa gehetzt sind! Er hat sie ins Feuer geworfen!«, wiederholte Rigula wütend. »Das war der schlimmste Fehlschlag, seit wir Rom verlassen haben.«

Doch Balaban schüttelte den Kopf. »Es war etwas Eigenartiges an diesem Menschen. Mir ist es, als hätte ich einen Schritt in die Vergangenheit gesetzt. Ich bin froh, dass er nicht durch unsere Hand gestorben ist. Ich glaube, wir hätten damit entsetzliches Unheil auf uns geladen. Außerdem ist ihm eine wichtige Information herausgerutscht, als er uns die Übersetzung der Karte angeboten hat.«

»Welche?«

»Kelsus war hier. Oder Balki, wie er sich nennt. Und er besitzt eine Abschrift der Karte. Selbst wenn er mit dem Schiff unterwegs ist, muss er früher oder später den Fußmarsch über die Alpen antreten. Gräme dich nicht Rigula! Wir sind näher am Ziel als du ahnst.«

Rigula schien ein wenig unwohl zumute zu sein. »Die Reise über die Alpen wird eine große Strapaze für unseren Stamm sein. Und wir müssen den Proviant und die Pferde vorbereiten.«

»Unsere letzten Reserven werden das abdecken. Wenn wir den Gotenhort gefunden haben, ist all das vorbei. Was sind denn schon alle Wertgegenstände, die wir jemals erbeutet haben, gegen diesen Schatz?«

»Und wir bringen den Schatz einem Römer«, meinte Rigula und fletschte die Zähne.

Balaban lächelte schwach. »Das bleibt abzuwarten mein Freund.«

Augenblicklich blieb der Riese stehen. Mit großen Augen starrte er Balaban an. »Habt Ihr etwa vor, ihn zu betrügen?«

Der König schüttelte nüchtern den Kopf. »In keinerlei Weise. Er ist es, der sich besser an unsere Abmachung halten sollte. Januarius Antilas versprach mir eine große Belohnung für das Ergreifen seines Historikers. Er hat mir jedoch nicht erzählt, dass es um einen Schatz von solcher Größenordnung geht. Wenn wir den Gotenhort gefunden haben, sollte seine Belohnung besser dem Gegenwert des Schatzes entsprechen, ansonsten ist er es, der uns betrogen hat.«

Sie gingen noch ein paar Schritte zusammen, dann entfernte sich Rigula, um seine Untergebenen einzuweisen. Balaban beobachtete nachdenklich die Aufräumarbeiten.

Wir müssen also die Alpen überqueren, dachte er besorgt. *Auf so einer langen Reise kann eine Menge schiefgehen. Immerhin haben wir die richtige Jahreszeit für eine Alpenüberquerung gewählt.*

Er schaute einer hunnischen Familie zu, die ihre Schafe zusammentrieb. Er wusste, wieviel er ihnen abverlangte und Schmerz und Trauer stahlen sich in sein Herz. *Ich hoffe nur, dass sich der ganze Aufwand am Ende lohnen wird. Ich würde alles für meine Leute tun. Es ist meine Bestimmung.* Er wusste, dass ihm sein Gefolge blind vertraute. *Und was, wenn ich sie alle ins Verderben führe?*

Seine Schritte führten ihn zu Tyra. Er wusste selbst nicht genau, warum er ihre Gesellschaft suchte. Eigentlich hatte er keinerlei Fragen mehr an sie. Sie befand sich bei einem Hunnen aus Balabans

Leibgarde, der ihr den Umgang mit dem Bogen beibringen sollte. Die anderen Gefangenen waren damit beschäftigt, die Zelte abzubauen und in die Wagen zu laden. Sie hingegen schoss einen Pfeil nach dem anderen in Richtung einer runden Zielscheibe, die mit Stroh gefüllt war. Ihr Ausbilder lobte sie immer wieder. »Sehr gut. Sehr gut.«

Sie lächelte zufrieden und jubelte kurz. Dann bemerkte sie Balaban und wich erschrocken zurück.

Er machte einen Schritt auf sie zu. »Du musst deinen Arm weiter ausstrecken«, sagte er und korrigierte vorsichtig ihre Haltung. »Zieh die Sehne bis zum Mundwinkel. Augen geradeaus!« Er ließ ihre Hand los.

Sie schoss und der Pfeil traf mitten ins Ziel.

Er lächelte kurz. »Du hast Talent. Gut zu sehen, dass deine Ausbildung so schnell Früchte trägt. Hast du deine anfänglichen Bedenken überwunden?«, fragte er höflich.

Sie nickte vorsichtig mit dem Kopf. »Ich wollte nie eine Waffe tragen. Aber ich muss zugeben, dass Bogenschießen ziemlich faszinierend ist, vorausgesetzt natürlich, man schießt nicht auf Menschen.«

Seine Lippen kräuselten sich. Offenbar hatte er sie richtig eingeschätzt. *Eine Frau wie sie sollte nicht in ein altmodisches Elternhaus gesperrt bleiben. Sie gehört auf den Rücken eines Pferdes mit dem Wind in den Haaren und der Freiheit der Steppe zu ihren Füßen.* »Wie läuft es mit dem Reitunterricht?«

»Gut. Ich glaube, das Pferd gehorcht mir inzwischen viel besser.«

»Zeig es mir.«

Sie ritten auf ihren Pferden aus dem Lager heraus auf ein weites, von Unkraut überwuchertes Feld. Zu ihrer Linken konnten sie in der Ferne das Rheinufer sehen. Balaban sah, wie Tyras Haare im Wind flatterten. Er schloss die Augen und nur für einen kurzen Moment fühlte er sich, als wäre er ein normaler Mann wie jeder andere, frei zu tun, was er wollte, ein Mann, der nur die Verantwortung für das eigene Leben trug, ohne die Last eines ganzen Volkes auf seinem Rücken zu tragen. Er öffnete die Augen und jäh holte ihn die Wirklichkeit wieder ein.

»Reite nicht zu weit voraus! Tyra! Komm zurück!«

Zu seiner Erleichterung lenkte sie ein, machte eine große Kurve und kam zu ihm zurückgeritten.

»Wir sollten zurück zum Lager. Die Abbauarbeiten sind bald vollendet.«

»Wenn Ihr es wünscht«, sagte sie und wirkte verunsichert.

Während sie nebeneinander her trabten, nahm er das Gespräch wieder auf. »Du bekommst genug zu essen?«

»Die Versorgung ist sogar besser, als ich es von zuhause in manchen Monaten gewohnt war.«

Er zögerte einen Moment. »Vermisst du dein Zuhause?«

Ihre Augen glänzten und irgendwie machte es ihn traurig. »Ja.«

Er seufzte. »Folge mir! Ich will dir etwas zeigen.«

Sie stiegen von ihren Pferden ab und übergaben sie wieder an Balabans Leibgarde.

Die Sonne schien durch die Wipfel der knorrigen Bäume, als sie gemeinsam durch das Lager spazierten. Überall bauten die Hunnen ihre Zelte zusammen und verstauten die Lebensmittel, die sie sich in dem Fischerdorf angeeignet hatten. Balaban hatte ihnen verboten, das Dorf zu überfallen. Aber sie hatten dort einige ihrer Sklaven umtauschen können. Ein paar christliche Mönche hatten sie freigekauft. Das war Balaban gerade recht, denn nun musste er weniger Männer für ihre Bewachung abstellen. Einige der Gefangenen waren durch besondere Verdienste auch aus ihrem Sklavenstand befreit worden und dienten nun als freie Hunnen in seiner Armee.

»Du vermisst deine Heimat«, erklärte der König im Gehen. »Du liebst deine Familie, deine Freunde, deine Bekannten. So liebe ich mein Volk, jeden einzelnen von ihnen, von dem unbedeutendsten Schafhirten bis zum mächtigsten Krieger. Sie folgen mir aus einem bestimmten Grund.«

»Weil Ihr ihr König seid?«

Er schüttelte den Kopf. »Nein. Ich wurde nicht als König geboren. Sie haben mich zu ihrem König gemacht, weil ich ihnen versprochen habe, dass ich ihnen ein besseres Leben ermöglichen werde.

Ich habe ihnen versprochen, ich würde ihnen neues Land verschaffen, wo sie in Frieden und Ruhe gesunden können von all den Strapazen und Tragödien der Vergangenheit. Wir Hunnen sind daran gewöhnt, gehasst zu werden. Wir sind daran gewöhnt, um unser Leben zu kämpfen. Aber ich bin das Kämpfen leid.«

Er hielt bei einem jungen Hunnen, der einen einfachen Tonbecher in mehrere Schichten Schafswolle einpackte, ehe er ihn auf einen der Wanderwagen verfrachtete.

»Du achtest gut auf diesen Becher. Was ist so besonders daran?«, fragte er ihn.

Der Hunne machte sofort eine tiefe Verbeugung. »Es ist Töpferware Eure Hoheit. Sie stammt von meinen Großeltern. Sie hatten damals ein Haus. Seit wir jedoch auf der Flucht sind, trinken wir nur noch aus Leder oder Holz, weil es sich besser transportieren lässt. Wenn ich eines Tages sesshaft werde, will ich diesen Krug auf einen Tisch stellen und jeden Abend daraus trinken.«

Balaban nickte anerkennend. »Du wirst ein Zuhause haben. Sehr bald schon.«

Sie schritten weiter und er seufzte tief.

»Warum zeigt Ihr mir all das?«, fragte Tyra und begutachtete ihn aufmerksam.

»Damit du verstehst, dass ich kein Ungeheuer bin.«

»Das habe ich auch nie behauptet. Ihr seid ein Mensch. Aber Kriege zu führen, ist nicht der richtige Weg, um Euer Volk zu retten. Seht Ihr nicht, wie sehr sie unter den ständigen Kämpfen leiden?«

»Wir haben keine andere Wahl«, entgegnete Balaban stur.

»Mir wurde beigebracht, man soll seine Feinde lieben wie sich selbst. Und man soll andere so behandeln, wie man selbst behandelt werden will.«

Balaban hob die Brauen. »Das Christentum. Ich wusste gar nicht, dass es sich schon so weit bis in den Norden ausgebreitet hat.«

»Ich weiß nur, was mir zuhause beigebracht wurde.«

»Du sollst nicht töten.« Er nickte. »Ich habe eure heiligen Schriften gelesen. Aber ich bin vielen Menschen begegnet, die sich *Christen* nennen, aber dennoch ihre Feinde töten, genauso wie wir.«

»Kein Mensch ist perfekt. Aber wir müssen es wenigstens versuchen oder?«

»Wir können nur so gut sein, wie es uns die Welt erlaubt. Ich habe von Anfang an dafür gesorgt, dass unsere Plünderungen kontrolliert ablaufen und Frauen und Kinder nicht verletzt oder getötet werden. Aber wenn mein Stamm komplett seine Waffen niederlegen würde, wären wir innerhalb weniger Tage tot.«

»Verzeiht mir. Ich kenne mich mit diesen Themen nicht aus, aber ich glaube, eine komplette Selbstaufgabe und ein ständiger Kriegszustand sind nicht die einzigen beiden Möglichkeiten.«

»Erklärt mir das.«

»Ihr könntet versuchen, mehr Gutes zu tun. Ihr könntet aufhören, Gefangene zu verschleppen und zu versklaven.«

»Momentan ist das aber eine unserer wenigen Einnahmequellen.«

»Vesetzt Euch in die Lage dieser Gefangenen hinein. Wie würdet Ihr Euch fühlen, wenn ein fremdes Heer Euch angreifen und zahlreiche Mitglieder Eures Stammes verschleppen würde? Ihr habt gesagt, Ihr liebt Euer Volk. Stellt Euch vor, man würde dasselbe Eurem Volk antun, und all die Menschen, an denen wir vorbeilaufen, auf einem Markt an den Höchstbietenden verkaufen.«

Er antwortete nicht. *Sie ist nicht nur geschickt mit dem Bogen. Sie hat einen sehr wachen Geist.*

Balaban wusste nicht, wie er ihr antworten sollte. Hätte irgendjemand anders so mit ihm gesprochen, hätte er ihn energisch in seine Schranken verwiesen. Aber er versuchte ihr gerade zu beweisen, dass er kein Ungeheuer war.

»Ich wäre gerne ein besserer Mensch und ich arbeite immer wieder an mir. Aber ich habe momentan einfach keine Kapazitäten frei, um noch mehr Kompromisse einzugehen. Sobald aber mein Volk in Sicherheit ist…«

»Wenn Ihr wirklich ein besserer Mensch sein wollt, dann dürft Ihr das nicht aufschieben.«

Er warf ihr einen sehr kühlen Blick zu und sie verstand sofort, dass sie den Bogen überspannt hatte, und senkte den Kopf.

»Verzeiht mir. Wie ich eben sagte, ich kenne mich mit diesen Themen nicht aus. Ich wollte nur ehrlich sein.«

Sie hatten ihre Runde abgeschlossen und kamen vor Balabans geräumigem Herrscherzelt zum Halt. Rigula beauftragte gerade ein paar Sklaven damit, das Zelt abzubauen.

»Wir werden sehr bald wieder auf Derick und Balki treffen«, sagte Balaban jäh und seine Stimme hatte viel von ihrer Freundlichkeit verloren. »Ich habe endlich ihre Spur wiederaufnehmen können.«

Tyra machte ein klägliches Gesicht. »Ihr habt gesagt, Ihr würdet ihnen kein Leid zufügen.«

Seine blauen Augen waren eiskalt, als er antwortete. »Warum bist du ihnen so treu? Du hast gerade einmal einen Tag mit ihnen verbracht. Was können sie getan haben, um sich diese Art von Treue zu verdienen? Sie sind Herumtreiber ohne Pflichten, ohne Ehrgefühl!« Sie wich zurück. Er seufzte tief und blickte zu Boden. »Du hast immer noch Angst vor mir oder?«

Es folgte ein sehr langes Schweigen, dann schüttelte sie langsam den Kopf. »Nein, das habe ich nicht.«

Er blickte ihr direkt in die Augen. »Das solltest du aber.«

Ein Hunne kam durch das Lager gerannt und hielt mehrere Schriftrollen in seinen Armen.

»Bringt Tyra zu den Pferden.« Balaban kehrte ihr den Rücken zu, während sie von seinen Untertanen abgeführt wurde. Dann widmete er sich dem Neunankömmling, der ein paar Papierrollen zu Boden fallen ließ, als er sich vor ihm verneigte.

»Hast du sie bekommen?«

»Ja, Eure Hoheit«, sagte er sofort. »Die besten Landkarten, die es hier in der Gegend gibt, vom Rhein, von den Alpen und von diesem gigantischen See, der sich dazwischen befindet.«

»Danke Zerco.« Er musterte ihn einen Moment. »Du scheinst dich wieder gut erholt zu haben von deiner Niederlage auf dem Nebelberg.«

Der junge Hunne, der früher so oft gelacht hatte, knirschte vor Wut mit den Zähnen.

»Keine Bange. Sehr bald wirst du Gelegenheit zu einem Rückkampf haben.«

»Danke Eure Hoheit.«

Er entfernte sich und Balaban beratschlagte sich ein weiteres Mal mit Rigula.

»Wie lange willst du das Mädchen denn noch als Gefangene halten?«, fragte der Riese.

»Ich will jetzt nicht über das Mädchen sprechen. Es gibt wichtigere Dinge.« Und er breitete eine der Karten vor ihm aus. Sein Tisch war noch immer aufgebaut, auch wenn das Zelt drum herum bereits weggepackt war. »Wenn sie zum Gotenhort wollen, dann müssen sie die Alpen überqueren.«

»Ihr seid Euch also sicher, dass der Druide nicht gelogen hat?«

Balaban nickte. »Ich habe ein sehr gutes Gedächtnis. Er sagte, der Ort von Alarichs letzter Ruhestätte wurde mit einem winzigen Schnitt im Pergament markiert.«

Rigula knurrte. »Tja. Da waren aber tausende Kratzer und Schnitte auf diesem Pergament.«

»Wir wissen aber jetzt, dass die Grabkammer unter einem Fluss ist. Das schränkt die Auswahl ein.«

»Trotzdem können wir das erst dann genau untersuchen, wenn wir die Karte wieder in Händen halten. Und dafür müssen wir unseren Historiker wieder einfangen.«

»Genau das werden wir tun.«

»Und wie wollen wir sie in dem weiten Bergland finden?«

Balaban legte die Stirn in Falten, wie er es selten tat. »Warte einen Moment … Lass mich nachdenken.« Er schloss die Augen und wiederholte im Geiste Keans Worte und Warnungen. »Laut dem Druiden waren sie mit dem Schiff unterwegs. Kelsus wird dem Rhein bis zum großen See gefolgt sein. Danach wird er einen Pass nehmen müssen. Aber an welcher Stelle? Welcher wäre der strategisch günstigste Punkt?« Sein Finger glitt über eine der Karten und blieb an einer Stelle nahe des Rheinufers kleben. »Das sieht vielversprechend aus. Sattelt die Pferde! Wenn wir schnell sind, können wir ihnen den Weg abschneiden!«

Der Weg über die Alpen

»Du hättest nicht so viel Krempel kaufen sollen«, tadelte ihn Derick, während sie sich den felsigen Gebirgspass nach oben schleppten. »Die Landkarte verstehe ich ja noch. Aber wozu diese ganzen Nahrungsrationen und Gewürze? Ich kann uns etwas jagen.«

Die Sonne brannte erbarmungslos auf sie nieder. Balki, der lange Zeit wegen Erschöpfung geschwiegen hatte, ein Umstand der Derick sehr zusagte, fand nun endlich seine Stimme wieder. »Siehst du diese Stelle am Felsen?«, keuchte er. »Wenn ich dort ausrutschen würde, wäre ich tot. Das Leben kann jeden Augenblick enden. Also genieße lieber den Moment, als ständig nur an die Zukunft zu denken.«

Derick lachte leise und wischte sich den Schweiß von der Stirn.

»Du könntest den Aufstieg viel mehr genießen, wenn du gesünder leben würdest.«

»Wie bitte?«, fragte Balki irritiert.

»Balki, dein Verstand ist vielleicht in einem guten Zustand, aber dein Körper ist eine Katastrophe. Du trinkst zu viel, du isst zu viel und du rauchst zu viel. Und deshalb kannst du keinen Berghang hinaufwandern, ohne vor Erschöpfung zusammenzubrechen.«

Außer Atem stützte er sich auf seine Knie. »Was soll ich denn deiner Meinung nach besser machen?«

»Hör mit dem Trinken auf! Hör mit dem Rauchen auf! Beweg dich mehr! Iss nicht so viel!«

»Und was soll ich dann noch genießen?«

Derick lachte. »Die Aussicht.«

Balki folgte seinem Blick und starrte hinunter ins Tal. Sie hatten vor ein paar Tagen noch auf den gewaltigen, schier endlosen See hinunterblicken können. Jetzt war ihr komplettes Sichtfeld von Bergen bedeckt. Sie schienen allgegenwärtig und endlos zu sein:

grüne, flache, steile, felsige und breite von Bergflüssen durchzogene Hänge. Manche hatten weiße Kronen auf ihren Häuptern, andere spien blaue Flüsse in die rauschenden Tiefen.

Derick sog in tiefen Atemzügen die volle Luft ein. Sie schmeckte nach Heu, Harz und Nadeln, nach Wasser, Moos und Pestwurz. Sie schmeckte nach freien Bergwiesen, bunten Blumen und wilden Gebirgsbächen. Er hatte noch nie in seinem Leben Bergluft geschnuppert. Die Sonne brannte auf die sattgrünen Hänge. Ein eisig frischer Wind umspielte seine Mähne und brachte kalte Kunde von den schneebedeckten Gipfeln.

»Ich glaube … hier ist das Ende. Ja. Dem Himmel sei Dank. Es wird wieder flacher.« Balki ließ sich fix und fertig in die kniehohen Gräser fallen.

Derick war zwar erschöpft, konnte sich allerdings noch gut auf den Beinen halten. Der Aufstieg hatte den gesamten Morgen in Anspruch genommen. Nachdenklich blickte er sich um.

»Gib mir die Karte!«, sagte er ungeduldig und streckte die Hand aus.

Der Vagabund zeigte erst überhaupt keine Reaktion. Dann streckte er müde die Karte von sich weg und wartete.

Derick schnappte danach. »Du hast von einer Passstraße geredet. Wenn sie das wirklich wäre, hätten wir längst einen Meilenstein vorfinden müssen.«

»Was soll's? Jemand wird ihn geklaut haben.«

Derick runzelte die Stirn. »Wer klaut denn im Gebirge einen Stein?«

»Vielleicht kam ein Riese vorbei.«

»Das war eine rhetorische Frage … wie sie Cicero in seiner Reden gegen Catilina benutzt hat. Auf eine rhetorische Frage braucht man nicht zu antworten.«

Balki setzte sich auf und verzog das Gesicht. »Ich glaube, ich habe wirklich einen schlechten Einfluss auf dich.«

»Hör zu! Wenn diese Passstraße überhaupt noch existiert, dann haben wir sie schon vor Tagen aus den Augen verloren. Tut mir leid Balki, aber deine navigatorischen Fähigkeiten haben uns in die Irre geführt.«

Allmählich kam Balki wieder auf die Beine. Er war ein wenig ausdauernder geworden, seit sein Weinvorrat zur Neige gegangen war.

»Nun … Höchstwahrscheinlich hast du recht. Ich kann hier nirgends auch nur die Spur eines Pfades erkennen. Dann müssen wir wohl querfeldein, wenn wir zur Weiheralm wollen.«

»Falls dieser Ort überhaupt existiert und du ihn dir nicht im Rausch eingebildet hast.«

»Ich war dort. Ich weiß es noch genau, denn ohne diesen Ort wäre ich bei meiner letzten Alpenüberquerung verhungert.«

Derick grinste und steckte die Karte in die Tasche. »Das glaube ich dir sofort. Dann nehme ich jetzt das Steuer in die Hand. Du hast uns lange genug im Kreis gehen lassen.«

Sie stapften über eine leicht ansteigende Wiese, die voller Wasserlöcher war. Bei jedem zweiten Schritt lief man Gefahr, in einem zu versinken, und Schwärme von Mücken umschwirrten summend die Tümpel. Noch dazu war das Gelände entsetzlich uneben: Hügel, Furchen, Senkungen, Hebungen. Der Boden war so unregelmäßig, dass selbst der steinige Aufstieg angenehmer gewesen war. Jetzt wanderten sie über einen weiten, grünen Hügelkamm. Sonnenbeschienener blauer Enzian und graue Silberdisteln schmückten den Bergrücken, der sich über fünfhundert Klafter nach Süden erstreckte, bevor er abflachte und die Wanderer dem nächsten Berg übergab.

»Ich frag mich, ob die Nordmänner ihr Schiff eingeholt haben«, meinte Derick grinsend.

»Der arme Olaf wird aufwachen und sich wundern, warum das Schiff plötzlich im Nordmeer treibt.« Beide lachten.

Als die Sonne weit im Westen stand, setzten sie sich erschöpft unter einen Kranz aus Tannen, der ihnen Schatten spendete.

»Zeit für das Abendessen«, flötete Balki.

Eine halbe Stunde später brutzelten zwei Hühnereier, die letzten die sie noch hatten, in der großen runden Metallschale, die Balki in einem Dorf am Fuße des Berges gekauft hatte. *Patera* nannte man diese römischen Schüsseln, die ursprünglich einmal als Opferschalen eingesetzt worden waren. So nun diente sie ihnen zum Braten ihrer Mahlzeiten.

»Echter Oregano«, rief Balki genießerisch und roch an den teuren Gewürzen, ehe er sie in die Pfanne streute.

»Diese Berge müssen doch irgendwann ein Ende nehmen«, sagte Derick und trank in großen Zügen seine Wasserflasche leer.

»Du solltest mal den Himalaya sehen.«

»Die Alpen reichen mir schon. Ich glaube kaum, dass viele Menschen diese Urgewalten überwunden haben können.«

Balki hob seine buschigen Brauen. »Oh, es gab da mal einen, der hieß Hannibal. Er war ein Feldherr aus Karthago. Und er schaffte es, die Alpen zu überqueren mit über zehntausend Soldaten und siebenunddreißig Kriegselefanten.«

Derick staunte nicht schlecht, auch wenn er nicht jedes Wort verstanden hatte. »Was sind Elefanten?«

»Die dicksten Tiere der Welt.« Mit seinem Löffel verteilte er die gebratenen Eier auf die flachen Holzschalen, die Derick während der Wanderung für sie geschnitzt hatte.

Sie begannen gemütlich zu speisen und es schmeckte vortrefflich. Als Balki fertig war, lehnte er sich gegen einen Baumstamm, zog seine Pfeife hervor und begann Rauchkränze in die Luft zu blasen. Derick beobachtete währenddessen die großen Ameisen, die rastlos ihrer Arbeit nachgingen. Sie waren weitaus größer als die Ameisen, die er aus seiner Heimat kannte. Aus zahllosen Halmen, Nadeln, Steinchen und Ästchen hatten sie gewaltige Ameisenhäufen errichtet, größer als alle, die Derick je im Norden zu Gesicht bekommen hatte.

»Und haben sie es geschafft?«, fragte er beiläufig, während er sie über seinen Handrücken krabbeln ließ.

Balki nickte. »Hannibal? Natürlich. Die Siege, die seine Männer in Rom errungen haben, gingen in die Weltgeschichte ein.«

»Ich meinte die Elefanten.«

»Oh. Ich glaube, die sind fast alle verendet.«

»Arme Tiere.«

Am nächsten Tag führte sie ihr Weg über gigantische grüne Hügel und Hochalmen, die sich gemächlich immer weiter in den Himmel erstreckten. Einige Baumstümpfe ließen auf Siedlungen in der näheren Umgebung schließen. Dann ging die Vegetation langsam zurück und wich Schutt, Steinen und Felsen.

Zielsicher lenkten sie ihre Schritte an dem gefährlichen Abgrund entlang, der zu ihrer Rechten aufklaffte wie das Maul eines Riesen. Fast dreihundert Klafter unter ihnen hörten sie das Plätschern eines Bachs. Tannen und Fichten wuchsen kreuz und quer an seinen Ufern. Selbst an den steilsten und steinigsten Abhängen hatten sich die Pflanzen stur festgesetzt und der Wind pfiff durch jede Ritze.

Der steinige Weg war bestimmt schon so manchem Vagabunden zum Verhängnis geworden. Links unter ihnen erstreckte sich bald ein kleines grünes Tal voller Hügel und Flüsse. Am Ende dieses Tales konnte Derick sogar ein kleines Dorf erkennen. Auf den umliegenden Almen grasten Rinder und Ziegen.

»Ich glaube, dieses Dorf war auf der Karte eingezeichnet«, verkündete Balki hoffnungsvoll und schützte mit seiner Hand die Augen vor der Sonne.

»Ach ja, wie hieß es?«

»Ich weiß nicht. Irgendetwas, das auf -*Rode* endet. Vermutlich weil der Wald dafür gerodet wurde.« Er wippte hin und her und schien zu überlegen. »Entweder wir gehen diesen Weg hier am Berg entlang und brechen uns womöglich den Hals«, murmelte er laut vor sich hin, »oder wir versuchen den Abstieg ins Tal und kehren vielleicht schon in wenigen Stunden in einem gemütlichen Gasthaus ein.«

Doch Derick schüttelte entschlossen den Kopf. »Wir sind nicht mühsam hier rauf geklettert, damit wir jetzt wieder hinuntersteigen. Los, brechen wir uns den Hals!«

Balki stöhnte auf, aber gehorchte doch. Sie folgten dem schmalen Pass an der felsigen Kante entlang. Den ganzen Weg verbrachten sie schweigend und oft mit großen Abständen.

Erst als die Sonne sich daran machte, unterzugehen, erschien Balki schwitzend und schwankend hinter ihm, wie er den Berg hinauf eilte. »Wasser!«, keuchte er. »Ich höre Wasser! Ich bin am verdursten.«

Sie stiegen über bemooste Felsen, die feucht von der Brandung waren. Ein gewaltiger Gebirgsfluss rauschte neben ihnen durch die Senke. Weiße Gischt schäumte über die moosbewachsenen Felsen. Das Rauschen tönte unablässig in ihren Ohren. Als sie ein paar Schritte höher gestiegen waren, floss ein Bach quer über ihren Pfad und suchte sich losgelöst von dem großen Fluss seine eigenen Wege ins Tal. Über die vielen kleinen Steine im sprudelnden Wasser hüpfte ein Vogel.

Mit einem Schlag flatterte das Tier in die Lüfte, denn Balki hatte sich kopfüber in das Wasser gestürzt, um zu trinken.

Sie kämpften sich weiter mühsam den steilen Bergpfad empor. Ihr Weg verlief nun an kantigen Felsmassiven vorbei, an denen das Wasser wie eine zweite Haut herabfloss. Derick beobachtete das Naturspiel mit großen Augen, dann schritt er erschöpft auf einen der größeren Wasserfälle zu.

Er ging in die Knie und führte seine Fingerspitzen in den Strahl kühlen Quellwassers ein. Seine Hände tauchten in das klare, kalte Nass und führten es zu seinem Gesicht. Als erstes kühlte er damit seine schweißbedeckte Stirn, auf der sich schon kleine Salzkristalle gebildet hatten. Wasser lief ihm in feinen Linien über das Gesicht und benetzte seine brüchigen Lippen. Dann begann auch er seinen Durst zu stillen. Es schmeckte eisig kalt wie ein Gruß von den Gletschern im Herzen des Berges.

»Ich hab viel nachgedacht«, sagte er plötzlich.

Balki kam keuchend hinter ihm zum Stehen. »Du denkst nach und ich muss den Berg hochlaufen. Wir müssen wohl beide Dinge tun, in denen wir nicht besonders gut sind.«

Inzwischen ärgerte sich Derick nicht mehr über Balkis Sticheleien. Auf gewisse Weise brachte er ihn sogar zum Schmunzeln. »Über Religionen.«

Balki staunte nicht schlecht. »Da bin ich ja mal gespannt, was einer wie du zu einem so schwierigen Thema zu sagen hat.«

»Eigentlich hat Tyra davon angefangen in diesem Gasthaus am Brockenberg. Sie hat angefangen vom christlichen Gott zu reden. Ich hab ihr im Gegenzug von den Asen erzählt. Sie sagte mir aber, die Asen wären nicht göttlich, weil sie geboren werden und dann sterben müssten genau wie Menschen.«

Balki nickte. »Das Argument hört man öfters von Christen.«

»Aber sie hat doch recht oder? Als wir mit den Nordmännern auf dem Schiff waren, ist es mir auch wieder aufgefallen. Die Asen verhalten sich nicht wirklich göttlich. Sie trinken übermäßig, betrügen einander und bringen sich gegenseitig um. Im Grunde benehmen sie sich nicht anders als Menschen. Was wenn die Asen einfach nur Menschen waren, über die man später diese Geschichten erfunden hat?«

»Interessante Theorie. Sprich weiter.«

Derick drehte sich auf der Stelle. »Aber wenn ich die Natur anschaue … Die Natur ist in meinen Augen perfekt. Alle Lebewesen halten sich gegenseitig im Gleichgewicht: die Bäume, die Flüsse, das Wetter und die Tiere. Alles ist miteinander verbunden. Die Natur ist perfekt. Das heißt doch, dass derjenige, der sie geschaffen hat, auch perfekt sein muss.«

»Ich sehe es schon vor mir: Eure Hochzeit in einer Kirche«, witzelte Balki und machte Anstalten, weiterzulaufen. »Glaub mir Derick, du bist nicht der Erste. Viele Männer werden von ihren Frauen zum Christentum bekehrt.«

»Was ist mit dir?!«, warf ihm Derick ein wenig zornig hinterher, da Balki ihn mit so wenigen Worten abgespeist hatte. »Ich habe dich noch nie über Religionen reden hören. Gehörst du einer Religion an?«

»Nein«, erwiderte Balki im Spazieren. »Das heißt aber nicht, dass ich etwas gegen diese religiösen Ideen hätte. Schon die größten Philosophen der Antike haben den ganzen Tag darüber gebrütet, was die Ursache des Lebens ist. Wie ist diese Welt entstanden? Was stand am Anfang aller Dinge? Das sind die großen Fragen der Menschheit. Sokrates und Platon gingen davon aus, dass es einen Schöpfergott geben muss, der alle Dinge erschafft und wie ein Künstler gestaltet. Sie nannten ihn den Demiurgen. Aristoteles glaubte an eine erste Ursache aller Dinge. Er nannte sie den unbewegten Beweger. Ich bin mir sicher, dass es irgendwo dort draußen eine höhere Intelligenz gibt. Es wäre doch schließlich ziemlich traurig, wenn die menschliche Intelligenz die höchste Intelligenz auf der Welt wäre, oder?« Er lachte laut auf. »Außerdem waren viele Freunde auf meinen langen Reisen Wandermönche. Sie haben ihren ganzen Besitz aufgegeben, nur um durch die Welt zu reisen und lange Reden zu schwingen, fast schon ein bisschen wie ich.«

»Du klingst trotzdem ein wenig abwertend.«

»Ja, das mag wohl daran liegen, dass ich auch anderes gesehen habe. Überall auf der Welt benutzen böse Menschen die Religion als Rechtfertigung für ihre üblen Taten.«

In Dericks Heimat hatten die Asen im Alltag kaum eine Rolle gespielt und dennoch hatten sich die Menschen gegenseitig bekriegt, deshalb entgegnete er: »Menschen benutzen alles als Rechtfertigung, um Böses zu tun: ihre Stellung, ihre Heimat, ihre Tradition, ihren Reichtum, ihre Ehre, einfach alles.«

»Ja, aber für gewöhnlich kann man solchen Leuten widersprechen und ihre schlechten Absichten durch gute Argumente offenlegen. Wenn jemand sich aber auf die Religion beruft, findet man schwerlich ein Gegenargument.«

»Wieso?«

»Denk doch mal nach! Wenn es wirklich einen Schöpfergott gibt und er, der Schöpfer der ganzen Welt, der alles weiß, Macht über alle Dinge hat und in dessen Händen alles Leben ist, etwas von uns möchte, natürlich gibt es dann kein Gegenargument. Jeder vernünftige Mensch würde Gottes Willen gehorchen. Aber genau das ist der Punkt! Für einen bösen Menschen gibt es doch nichts verlockenderes als Gottes Autorität für sich selbst zu beanspruchen. Für einen bösen Menschen gibt es doch keinen besseren Weg seinen eigenen Willen durchzusetzen, als zu behaupten, es wäre der Wille Gottes. Was glaubst du, wie oft es schon in der Geschichte passiert ist, dass böse Menschen ihren eigenen Willen als Wille Gottes ausgegeben haben?«

»Tyra hat mir etwas von den Zehn Geboten erzählt. Eines davon lautet: man darf den Namen Gottes nicht missbrauchen. Diese bösen Menschen, von denen du sprichst, verstoßen gegen dieses Gebot.«

»Das mag ja vielleicht stimmen. Aber wie willst du solche Menschen entlarven? Woran kannst du aufzeigen, dass sie Hochstapler sind?«

Derick schwieg einen Augenblick. »An ihren Taten?«

Balki lachte laut auf. »Ich sehe, Tyra hat dich bereits bestens unterrichtet.«

Das gewaltige Rauschen des Gebirgsflusses begleitete sie auf ihrem restlichen Weg und überall erschwerten unförmige Felsen ihren Aufstieg.

»Welche Wanderung diese Brocken schon hinter sich haben müssen?«, fragte Balki vergnügt, während sie über die Felsen stiegen. »Ob sie einst auf dem Gipfel gethront haben?«

Es war dunkler geworden und Dericks Spürsinn führte sie nun in einen dichten, finsteren Wald.

Die Tannen wuchsen kerzengerade in die Höhe, riesig, mager und schwarz. Kahle Zweige ragten wie lange dürre Arme in die Lüfte. Reglos wie ein versammeltes Heer standen sie da, Baum neben Baum, und hüllten jeden ihrer Schritte in bedächtige Schatten.

Der grüne Boden war mit Nadeln und herumliegenden Ästen übersät. An den Seiten wuchs ein dichtes Dickicht aus Farnen und den riesigen, runden Pestwurzblättern. Kleine Tannen lugten zwischen den Sträuchern hervor. Es roch nach Moos, Wasser und Tannenzapfen. Wassertropfen schmückten die grünen Pflanzen und Moosbänke.

Wir sind die ganze Zeit über stur nach Süden gegangen, abgesehen von Balkis lästigen Abkürzungen. Wenn es diese Alm wirklich gibt, hätten wir inzwischen darauf stoßen müssen.

Das Gelände fiel nun immer steiler ab. Wasserrinnsale schlängelten sich an ihrem Trampelpfad entlang und durchweichten ihre Schuhe.

»Eine Bank!«, rief Balki laut. »Ich komme mir vor, als hätte ich seit Tagen nicht mehr gerastet.«

Derick folgte seinem Blick und erkannte einen verbogenen Baumstamm am Hang. Er war so krumm, dass er fast waagrecht hinaus in den Abgrund ragte. Seine Äste hingegen zeigten nach oben.

»Eine bessere Bank hätte kein Schreiner hinbekommen.« Balki sprang auf den Stamm und spazierte zur höchsten Stelle, wo er sich hinplumpsen und die Beine in der Luft baumeln ließ.

Auch Derick setzte sich hin. Die Rinde war kratzig und rau, als er seine Hand darauf ablegte.

»Wir sollten nicht zu lange rasten, sonst müssen wir hier übernachten.«

»Wegen mir«, meinte Balki achselzuckend und paffte seine Pfeife. Kleine Rauchkringel schwebten um seinen Kopf. »Vielleicht war es eine dumme Idee, überhaupt herzukommen. Vielleicht hätten wir die Berge umrunden sollen.«

»Ich dachte, du wärst schon einmal über die Alpen geklettert«, meinte Derick.

»Ja, aber damals hab ich mir alle Zeit der Welt gelassen. Ach herrje, das ist schon wieder so lange her. Wobei! Die Alm von diesem netten Bauernehepaar ist mir nach wie vor gut im Gedächtnis geblieben. Ich war halb verhungert, als ich dort ankam, und satt und wohlgenährt, als ich sie wieder verließ. Ich hoffe immer noch, dass wir ihrem Hof einen Besuch abstatten können, aber das ist bei diesem Irrgarten ziemlich unwahrscheinlich.« Er paffte ein paar Ringe und summte vor sich hin. »Das Land hier ist so schön. Wer weiß, wann wir uns wiederseh'n?«

»Pssst«, machte Derick und deutete in das verwinkelte Geäst. »Ein Eichhörnchen.«

»Wie niedlich. Ich habe auf einem römischen Forum einmal ein Eichhörnchen gesehen, das Münzen aus den Taschen der Zuschauer…«

»*Schhh!* Du verjagst es noch«, fauchte Derick.

»Wieso? Es sitzt doch ganz still. *Hallo Eichhörnchen!*« Er winkte mit großen Bewegungen durch die Luft, doch das Hörnchen rührte sich nicht von der Stelle. Er legte die Pfeife beiseite. »Das ist wirklich ein eigenartiges Tier. Hat es keine Scheu vor Menschen?«

Dericks Augen weiteten sich und er beobachtete jede kleinste Bewegung des Tieres. »Meinst du, das ist Ratatösk?«

»Bitte was?«, hustete Balki.

»Ratatösk. Das Eichhörnchen, das auf dem Weltenbaum Yggdrasil lebt. Es überbringt den Menschen geheime Botschaften. Vielleicht bedeutet sein Auftreten etwas.«

Balki kratzte seine Pfeife aus und machte ein verständnisvolles Gesicht. »Jetzt verwirrst du mich wieder. Derick, das ist ein Tier. Wir sind Menschen. Das sind Bäume. Niemand überbringt hier irgendwelche Nachrichten.«

Derick legte nun auch die andere Hand auf die kantige, unregelmäßige Rinde und schloss für einen Moment die Augen. »Ich glaube, dass wir nach wie vor verfolgt werden.«

Balki lachte. »Du wirst es nicht für möglich halten, das glaube ich auch.«

»Ich meine es ernst. Die Natur ist lebendig. Manchmal fühle ich, dass der Wald mir eine Auskunft erteilt. Die Bäume hier sind alle über ihre Wurzeln miteinander verbunden.« Die Blätter und Nadeln raschelten im Wind. »Ich spüre, dass sich uns irgendeine große Bedrohung durch das Dickicht hin nähert.« Nachdenklich fuhr er fort, ohne seine Finger von der Rinde zu nehmen. »Die Natur ist perfekt Und es gibt etwas in der Natur, eine Kraft, die uns alle verbindet: Menschen, Tiere und Pflanzen. Und manchmal kann man sie hören. Ich habe das schon immer so wahrgenommen. Vielleicht spricht Gott ja auf diese Art und Weise mit uns.«

Balki lächelte verständnisvoll. Dennoch schüttelte er den Kopf. »Es tut mir leid, dir das sagen zu müssen Derick, aber das ist ein Wunschdenken. Wenn Bäume sprechen könnten, hätten sie einen Kiefer und eine Zunge. Wobei? Vielleicht haben ja Kiefern einen Kiefer.« Er lachte.

»Wer sagt denn, dass sie reden?«, erwiderte Derick zornig. »Es sind keine Worte … einfach nur eine Information, ein Gefühl.«

»Und genau dieses Gefühl nennt man Einbildung. Tut mir leid Junge, aber das ist nur Holz und Blattwerk.«

»Du hast eben noch gesagt, du glaubst an eine höhere Macht. Warum sollte diese Macht uns keine Zeichen schicken?«

»Ich habe gesagt, dass eine ewige erste Ursache logisch für mich klingt. Aber ich habe nie irgendetwas von Zeichen gesagt.«

»Soll das heißen, Gott ist für dich nur ein logisches Konzept? Das Besondere an Gott sollte doch sein, dass man mit ihm interagieren kann.«

»Derick. Ich benutze meinen Verstand und arbeite mit dem, was ich sehen und anfassen kann. Du folgst nur irgendwelchen Gefühlen.«

Derick nahm die Hand von dem Stamm. Dann legte er sie wieder ab und versuchte irgendetwas zu erkennen, das sich nicht mit seiner Einbildung erklären ließ. »Weißt du eigentlich, was du mir antust?«, fragte er enttäuscht. »Du nimmst mir alles! Du sagst mir, dass alles, woran ich je geglaubt habe, falsch ist. Meine Instinkte … Meine Ehre … Meine Motivation, das Schwert meiner Eltern zu finden … Mein Glaube an den Zauber in der Natur. Und ständig behältst du recht, mit dem, was du sagst. Ich weiß inzwischen gar nicht mehr, woran ich überhaupt noch glauben soll. Mir bleibt fast gar nichts mehr. Ich habe keinen Antrieb mehr, kein Ziel, keinen Inhalt. Ich bin völlig ausgehöhlt, leer wie ein römisches Keramikgefäß.«

Balki machte ein gequältes Gesicht, gerade so als würde er seine eben erteilten Ratschläge bereuen. »Das tut mir leid. Das meine ich ganz ehrlich. Es war nicht meine Absicht, dir deinen Antrieb zu nehmen. Als ich jung war, habe ich auch noch an viele Dinge geglaubt. Du musst selbst herausfinden, was davon der Wahrheit entspricht und was nicht. Wenn ich dir ein neues Ziel geben soll, dann komme mit mir und lass uns gemeinsam den Gotenhort finden. Es sollte genug Gold für uns beide dort sein … und sicher auch das ein oder andere Lied.«

»Um mir dann ein bequemes Leben zu machen? Das reicht mir nicht. Ich will das Richtige tun.«

»Das eine schließt doch das andere nicht…«

Doch mit einem Satz war Derick auf den Beinen. Auch Balki hörte es. Ein weit entferntes Bellen wie von einem aufgehetzten Köter. Derick spurtete los und Balki schrie ihm zornig hinterher. »Das ist ein wildes Tier! Da rennt man weg und nicht genau darauf zu! Du wirst uns irgendwann nochmal umbringen! Verdammter Vogelretter!«

Derick kam völlig außer Atem an einer Baumreihe zum Stehen, die ins Tal hinunter führte. Innerhalb weniger Herzschläge war er den Baum hinaufgeklettert wie ein Eichhörnchen und starrte jetzt mit geweiteten Augen zwischen den Ästen hindurch auf ein unfassbares Schauspiel. Da waren Pferde, zahllose schwarze Pferde, die wie ein aufgeschreckter Ameisenhaufen durch das grüne Tal hindurch wuselten. Hinter ihnen in der Ferne brachten gebeugte Gestalten Karren und Nutztiere mit sich. Die Hunde umkreisten den Heereszug und kundschafteten die umliegenden Waldhänge aus. Balaban hatte sie gefunden.

Am Horizont braute sich ein Unwetter zusammen und hüllte ganz langsam den Landstrich in wallende Dunkelheit.

»Was ist da?«, fragte Balki, der keuchend am Fuß des Baumes zusammengesunken war. »Was siehst du?«

»Hunnen.«

Einen Moment schien Balki ihn nicht richtig verstanden zu haben. Dann fletschte er zornig die Zähne. »Veralberst du mich?!«

»Ich sehe ein ganzes Reiterheer über die fernen Bergrücken ziehen.«

»Das ist unmöglich. Einfach unmöglich.«

»Unser Feind ist gekommen. Genau wie Hannibal, der über die Alpen zog.«

Unten am Boden begann Balki hektisch vor sich hin zu murmeln. »Er muss die Seeräuber getroffen haben. Aber das heißt, er muss auch den Händler getroffen haben. Und wie hätte er das denn alles schaffen sollen?«

Derick sprang vor ihm auf den Boden und packte ihn an den Schultern. »Denk nach! Wie hat er uns gefunden?«

Und plötzlich hielt Balki inne und schlug sich mit der Hand auf die Stirn. »Aber natürlich! Dein Brief. Dein Brief an Tyra. Wenn sie schnell geritten sind, konnten sie den Kutschmann oder den Druiden noch abfangen. Und beide hätten sie direkt zu den Seeräubern geführt.«

»Was jetzt?«

Balki wirkte völlig entkräftet. »Das frage ich dich.«

»Mich? Du bist der, mit den Plänen. Eine List muss her und zwar schnell!«

»Mit einer List ist diesem Hunnenkönig nicht beizukommen. Er ist mir ebenbürtig in jeder Hinsicht. Wenn wir überleben wollen, dann brauchen wir deine Instinkte. Er wird Hunde dabei haben. Ich will nicht noch einmal denselben Albtraum durchmachen wie an diesem Brocken im Norden.«

»Ich dachte, meine Instinkte wären Unsinn?«

»Ach komm schon! Ich rede viel, wenn der Tag lang ist. Nimm dir nicht alles, was ich sage, zu Herzen.«

»Du hast gesagt, es wäre nichts als Einbildung und Wunschdenken.«

»Ich bin ein Kopfmensch! Ich bin gut im Umgang mit Büchern! Siehst du hier irgendwelche Bücher? Nein! Also brauchen wir deine Instinkte!«

Derick atmete einmal tief durch, dann hatte er seine Entscheidung getroffen. »Gut, dann folge mir!«

Es begann zu regnen. Anfangs waren es nur kleine Tropfen, die von den Kronen der Nadelbäume zurückgehalten wurden. Doch bald goss es wie aus Kübeln.

»Wenn es ein Gewitter gibt, brauchen wir einen sicheren Unterschlupf.«

»Ich weiß.«

Schneidende Böen peitschten durch das Unterholz und wirbelten den friedlichen Wald durcheinander. Sie mussten in den tiefsten Tiefen des Urwalds Schutz suchen.

Schwarze Tannen hießen sie willkommen und nahmen sie in ihren Schatten auf. Zwischen knorrigen, schwarzen Ästen und verkrüppelten, mossbewachsenen Stämmen schlängelten sich alte Wege voller Efeu und Pilze und wiesen ihnen die Richtung in ein unwirkliches Dickicht aus Gesträuch und Gestrüppe. Kleine Zweige peitschten ihnen unfreundlich in die Gesichter, als wollten sie sie von ihrem weiteren Weg abbringen. Immer wieder verfingen sich Dericks Haare in dichtem Blattwerk.

Was wir jetzt bräuchten, wäre ein genialer Anführer, jemand mit Erfahrung und Grips, der uns einen sicheren Unterschlupf zeigen und uns vor den Verfolgern beschützen kann.

Derick wusste jedoch nicht, ob er diese Person war. Selbst mit seinen Instinkten und Balkis Wissen hatten sie Balaban nicht abschütteln können. Er schien die Stärken von ihnen beiden zu kombinieren, ohne eine ihrer Schwächen zu teilen. Insgeheim wünschte sich Derick jäh, dass er auf der Seite der Hunnen stehen und all seine Sorgen auf ihren großen Anführer abwälzen konnte.

Nein! Das ist der einfache Weg. Es gibt einen schwierigeren. Jeder Mensch kann selbst sein Schicksal in die Hand nehmen. Und er dachte daran, wie viel er in den letzten Monaten von Balki gelernt hatte. Und dann kam ihm in den Sinn, dass er sich bis sie in Rom eintreffen würden, noch viel mehr von ihm abschauen konnte. *Die Nornen spinnen unser Schicksal.* So hatte er es einst in seiner Heimat gelernt. *Aber ich glaube inzwischen, dass ich selbst Einfluss darauf nehmen kann, wer ich bin. Man muss nicht die Klügeren für sich entscheiden lassen. Man kann selbst klüger werden.*

Als sie an einem nassen Felsspalt ankamen, aus der ein abstoßender Verwesungsgeruch aufstieg, verließ Derick dennoch der Mut. »Es ist aus. Der Tod heißt uns willkommen, ob uns jetzt Engel oder Walküren holen. Es ist vorbei.«

Balki schüttelte nachdenklich seinen struppigen Schädel. »Dieser Gestank! Wo kommt der her?«

Derick versuchte durch den Mund zu atmen und drückte seine Nasenflügel zusammen. »Dort unten! Da liegt ein totes Tier«, erkannte er undeutlich durch einen sehr schmalen Spalt in dem felsigen Untergrund, zu klein, als dass sie hindurchgepasst hätten. Das trübe Licht des Waldes erschwerte das Sehen, doch er hatte hervorragende Augen.

Balki runzelte die Stirn und versuchte, in dem Regen seine Pfeife anzuzünden. Mit einem Schlag ließ er sie in seiner Tasche verschwinden und sprang auf die winzige Felsnische zu. »Das ist ein Wildschwein! Wildschweine passen nicht durch diese kleinen Ritzen. Es muss einen anderen Eingang in die Höhle geben.« In einem

Anflug von Hoffnung humpelte er durch das Gestrüpp, rutschte jedoch urplötzlich auf einem schmierigen Pilz aus und stürzte auf einen Efeubusch zu.

»Nicht!« Derick wollte schreien, doch der Anblick verschlug ihm die Sprache. Statt im Dreck zu landen, glitt Balki durch die schwachen Ranken der Pflanzen hindurch und war mit einem Schlag verschwunden. Sofort spurtete Derick hinterher, doch er war unachtsam und sein Fuß trat auf die gleiche Stelle, die schon Balki zum Verhängnis geworden war. Er schlitterte unkontrolliert über den Boden, rauschte durch peitschende Äste hindurch, versank zwischen den glitschigen Blättern und landete dann unsanft mit einem lauten Schlag auf dem kalten, feuchten Höhlenboden.

Ein jäher Schmerz raste durch seinen Rücken und verklang so schnell wieder, wie er gekommen war. Es drang kaum Licht zu ihnen hinunter.

»Was ist das hier?«

»Gib mir etwas von den trockenen Zweigen über dir«, befahl Balki entschlossen.

Derick war sich nicht sicher, ob es eine gute Idee war, ein Feuer zu machen. Trotzdem gehorchte er.

Balki schlug die Äste in Stücke und suchte mit der Hand nach der trockensten Stelle der Höhle. Er musste erstaunlich weit krabbeln. Der natürliche Tunnel schien sich viele Klafter weit unter dem Wald zu erstrecken. Endlich flackerte ein kleines Lichtchen auf und Wärme erfüllte die Höhle.

»Ich denke, einen besseren Unterschlupf werden wir so schnell nicht finden.«

»Er ist immer noch in der Nähe«, meinte Derick und fuhr mit den Fingern über die verknoteten Wurzeln.

»Dann müssen wir hier unten bleiben. Vielleicht sogar für viele Tage. Ich hoffe nur, dass die Höhle nicht mit Wasser voll läuft.«

Lange Zeit sagte keiner von ihnen ein Wort. Sie hörten nur das monotone Tropfen über sich und bald darauf das Donnern des immer stärker wütenden Gewitters. Später am Abend erfüllten sich Dericks Befürchtungen und es begann laut und stürmisch zu regnen.

Ob er uns trotz des Verstecks aufspüren wird? Es kam ihm allmählich so vor, als wäre der Hunnenkönig mit finsteren Mächten im Bunde und das Unwetter bestärkte noch seine schrecklichen Ängste.

Er musterte Balki im Schein des schwachen Lichtes, welches durch das ständig zufließende Wasser immer schwächer wurde. Dabei dachte er daran, wie sie sich im Dorf der Sachsen geprügelt hatten, wie sie aus der Gefangenschaft der Hunnen entkommen waren und wie er ihm das Leben gerettet hatte. *Ich wünschte nur, ich könnte diese Schuld eines Tages begleichen, ehe das Ende kommt.*

Das Licht eines Blitzes zuckte durch den schmalen Spalt am nördlichen Ende der Höhle. Darunter lag nach wie vor der Kadaver des Tieres, das wohl ebenfalls in die Grotte gestürzt war, es aber nicht mehr geschafft hatte, wieder herauszuklettern.

»Ich hab Hunger«, meinte Balki niedergeschlagen. Er prüfte einige der Wurzeln auf ihre Essbarkeit und spuckte sie wieder aus. »Meinst du, man könnte diesen Kadaver braten und würzen mit einer Prise…«

»Nein«, sagte Derick und Balki brummte die letzten Worte mürrisch in sich hinein.

Sie versuchten durch die Stapelung von Steinen das Wasser davon abzuhalten, das kleine Feuer zu löschen. Es half nichts. Für kurze Zeit konnten sie noch einander schemenhaft erkennen. Dann wurde ihre Höhle von der Dunkelheit verschluckt und der Lärm des ruhelosen Unwetters wurde allgegenwärtig. Durchnässt und zitternd lagen sie auf ihren Plätzen, hüllten sich in Mäntel und Felle und hofften, dass der Wasserspiegel nicht noch höher steigen würde.

Spät in der Nacht erwachte Derick jäh, als er über sich das Knirschen von Zweigen vernahm. Der Schein von Fackeln und das Bellen von Hunden drang an seine Ohren. Nachdem sich seine Augen an die Dunkelheit gewöhnt hatten, konnte er erkennen, dass Balki immer noch schlief und leise schnarchte. Über ihm jedoch wurden die Geräusche immer lauter.

»Der Hund hat was gefunden. Kommt her! Ich glaube, er hat was!« Derick konnte Stimmen und knackende Zweige über sich hören. Mehrere Männer schienen sich dort zu versammeln.

»Wir holen uns hier draußen noch den Tod. Wir sollten lieber der Spur in östliche Richtung folgen. Hier ist nichts«, klagte einer der hunnischen Späher.

Sofort raunte ihn sein Gefährte an. »Und wenn sie doch hier sind? Los, sehen wir nach! Der Hund hat etwas erschnuppert.«

Derick vernahm ein Hecheln und ein Scharren am anderen Ende der Höhle. Erde und Staub rieselten durch den dünnen Spalt, durch den er und Balki das Versteck zum ersten Mal gesehen hatten. Er schloss die Augen.

»Bitte nicht«, flüsterte er. »Nicht schon wieder.« Er fürchtete, dass Balkis unruhige Atemgeräusche sie jede Sekunde verraten würden. Oben fing der Hund nun an, wie wild zu bellen.

»Na also!«, rief einer der Männer zufrieden und Dericks Herz gefror zu Eis. *Jetzt haben sie uns!*

»Ich hab's euch doch gesagt. Da liegt nur ein totes Tier. Der Köter hat uns wegen seinem Abendessen hierher geführt.«

Man hörte einen Schlag und das Jaulen des armen Hundes, der sogleich in die Nacht davon jagte. Die Männer folgten ihm und ihre Schritte verhalten langsam in der Finsternis des Waldes.

»Balki«, flüsterte Derick und packte seine Mäntel zusammen. »Balki!« Der Schwabe zeigte keinerlei Reaktion, nicht einmal als Derick mit dem Fuß nach ihm trat.

»Ich schlaf noch. Frühstück dann gegen zehn Uhr«, murmelte der Schwabe und drehte sich auf den Bauch.

Derick schleifte ihn quer durch die Höhle auf den Tierkadaver zu und sein Gefährte sprang in die Höhe. »Bist du wahnsinnig geworden?!«

»Wir sollten gehen. Gerade kamen Balabans Späher vorbei.«

»Dann sollten wir die Höhle auf gar keinen Fall verlassen«, murrte Balki und ließ sich wieder bei seinen Vorräten nieder. Die Anstrengungen der letzten Tage hatten ihm sehr zu schaffen gemacht. Derick wusste, dass jetzt alles an ihm lag.

»Balki. Vor ein paar Stunden haben wir uns über meine Instinkte unterhalten. Du hast gesagt, ich solle mich auf sie verlassen, wenn ich unseren Weg bestimmen soll. Dann hör mir jetzt zu! Ich habe ein unsagbar schlechtes Gefühl bei dieser Höhle. Und ich glaube, wir sollten sie so schnell wie möglich wieder verlassen.«

Balki schaute ihn aufmerksam an. »Sicher, dass du nicht einfach nur Angst empfindest?«

»Ich kann es mir auch nicht erklären. Aber wenn wir hier bleiben, werden wir sterben. Die Späher werden Balaban von dieser Höhle erzählen und…« Er atmete tief ein und aus. »Und Balaban wird wissen, dass wir hier sind. Er hat bisher jeden unserer Schritte voraussehen können. Die Späher sind nach Osten verschwunden. Wir müssen nach Westen, so schnell wir nur können, und machen keine Rast mehr, bis wir aus ihrer Reichweite entkommen sind.«

Der Schwabe machte ein sehr ernstes Gesicht. Dann nickte er und verstaute seine Decken. »Einverstanden. Tut mir leid, dass ich so schnell aufgeben wollte.«

Sie kletterten unter großen Mühen die rutschigen Wurzeln hinauf. Als sie endlich wieder festen Boden unter den Füßen hatten, verloren sie keine Zeit mehr und bewegten sich unablässig weiter nach Westen. Mal rannten sie, mal gingen sie und einige Male schienen sie sich wie Tiere über den unwegsamen Boden zu schleppen, auf allen Vieren.

Der unablässige Regen hatte jede ihrer Taschen durchtränkt. Ihre Füße schwammen in nassem Leder. Die Kleidung klebte an ihren Körpern und der Weg begann wieder steil anzusteigen, so steil, dass ihnen ganze Bäche entgegen gestürzt kamen.

Balki prustete neben ihm los und begann dann in einem Anflug von kläglichem Humor, seine Trinkflasche zu füllen. Derick war bereits einige Klafter über ihm.

»Beeil dich. Ich glaub, ich kann da was hören.«

Balki schloss die Augen und senkte voll dunkler Ahnungen das Haupt. Bellen und Jagdgeräusche waren aus der Finsternis des Waldes erklungen. Die Hunnen waren tatsächlich zu der Höhle zurückgekehrt und wie es sich anhörte mit ordentlicher Verstärkung.

»Jetzt komm doch! Sie werden uns sehen! Wir sitzen hier wie auf dem Präsentierteller.«

Fluchend und unter der Mobilisierung seiner letzten Kräfte kletterte Balki ihm hinterher durch die Fluten und Flechten, die Ströme und Sträucher, durch Wasser und Wurzeln.

»Nicht aufgeben Balki! Wir haben es gleich geschafft!«

Und endlich erreichten sie gemeinsam einen steinigen Pfad, der sich um ein paar kahle Felsbrocken schlängelte. Sie mussten nun an die hundert Klafter über ihren Verfolgern sein. Als Derick vorsichtig hinunterspähte, fragte er sich unwillkürlich, wie sie es überhaupt schaffen konnten, die fast kerzengerade Steigung empor zu klettern, von der nun ganze Wasserfälle in das überflutete Tal jagten. Sie folgten den Felsen immer höher und höher, bis selbst die Geräusche der Hunde in der Ferne nicht mehr zu erkennen waren. Das Gewitter verblasste allmählich, doch es schüttete noch immer wie aus Kübeln.

Balki schniefte ununterbrochen, aber Derick hatte endlich seine Zuversicht wiedergefunden. Er wusste, dass sie gewonnen hatten.

Nach vielen weiteren beschwerlichen Stunden erreichten sie endlich den Gipfel des Berges. Der Aufstieg auf den Brocken im Norden kam ihnen im Vergleich hierzu wie ein Spaziergang vor.

Derick und Balki brachen aus dem Geäst und fanden sich auf einer großen, baumlosen Weidefläche wieder.

Der Mond stand reglos über den schwarzen Tannen. Sein mattes Licht umriss die Linien der Hügel und Höhen.

Nicht weit von ihnen entfernt erkannte Derick die Umrisse eines Hofes. Es war ein langes Holzhaus, von der Last vieler Winter zu Boden geneigt. Umgeben war es von zahllosen Zäunen und Gehegen, in denen Ziegen, Pferde und Kühe im Gras lagen und schliefen, nachdem der Regen langsam zum Erliegen gekommen war. Von einem großen eckigen Felsen erklang ein gemächliches Plätschern. Es war ein Weiher.

Wir haben es geschafft.

Die Weiheralm

Als Balki am nächsten Morgen erwachte, war er einigermaßen verdutzt. Er lag auf einem trockenen Strohbett und konnte sich absolut nicht erklären, wie er hierher gelangt war. Als er sich erheben wollte, brannte jeder Teil seines Körpers, als stände er in Flammen. Ermattet ließ er sich zurück sinken und schloss für eine Weile die Augen. Noch nie in seinem Leben hatte er sich so kraftlos gefühlt. Es war gut möglich, dass er am gestrigen Abend vor Erschöpfung zusammengebrochen war. *Wenn dieser irre Junge nicht dabei wäre, hätte ich für die Strecke Wochen gebraucht. Ich wäre jeden Tag gemütlich durch die Berge spaziert und hätte stundenlang nur im Grünen gesessen, geraucht und gegessen.*

Er erinnerte sich an seine letzte Alpenüberquerung, für die er fast ein halbes Jahr benötigt hatte. Aber es war eine herrliche Zeit gewesen, in der er viel gedichtet und musiziert hatte. Nun hingegen war er durch die Berge gehetzt wie bei einem Marathonlauf. *Und wenn wir es nicht getan hätten, hätten uns die Hunnen längst den Weg abgeschnitten. Warum nur verfolgt uns dieser wahnsinnige König immer noch? Ich wünschte nur, dass er nicht so nachtragend wäre.*

Er drehte sich auf die Seite und fand sich plötzlich Auge in Auge mit einer Kuh, die das Stroh von seinem Kopfkissen fraß. Augenblicklich war Balki auf den Beinen und schaute sich in der Scheune um. *Wir sind tatsächlich hier. Wir haben sie tatsächlich wiedergefunden.*

Er trat hinaus in die gleißenden Sonnenstrahlen und fand sich wieder in dem altbekannten Gelände der Weiheralm. Ziegen grasten auf den grünen Almen, Hühner gackerten lauthals und stolzierten aus ihrem Gehege, das tagsüber geöffnet war. In einem kleinen Stall aus Holz saßen ein paar Hasen und einer von ihnen hatte eine Mähne wie ein Löwe.

Er drehte sich weg von dem niedrigen Langhaus aus Holz und Stroh und starrte hinab in das gigantische Tal. Sie thronten hunderte Klafter über den umliegenden Bergen. Wälder, Flüsse und wilde Wiesen bedeckten Balkis gesamtes Sichtfeld. Die Hochalm erstreckte sich nur wenige hundert Klafter, dann fiel das Gelände steil ab und mündete in all das Geröll, das Gestrüpp und die Tümpel, durch die sich die wackeren beiden Wanderer bei ihrem Aufstieg hatten quälen müssen.

Hinter dem Bauernhof streckte sich noch eine kleine Bergspitze aus blankem Stein zum Himmel, auf der kein einziger Grashalm wuchs. Die höchste Stelle war geschmückt mit weißem Schnee. Doch hier auf der Weidefläche, die den ganzen Tag über im gleißenden Licht der Sonne badete, war es warm und behaglich, auch wenn der Wind, der gerade mit seinen Haaren spielte, recht frisch war.

Er marschierte einmal komplett um den Hof herum und hielt nach seinen Freunden Ausschau. Gerade als er zu dem Schluss kam, dass sie wohl im Haus sein mussten, kamen ihm Derick und der Besitzer der Weiheralm von den Felsen her entgegen. Sie trugen Holzeimer, die bis zum Rand mit Wasser gefüllt waren.

»Na sieh mal einer an. Wir fürchteten schon, du würdest gar nicht mehr aufstehen«, lachte Derick.

Balki grinste, dann wandte er sich an ihren Gastgeber. »Es ist viel Zeit ins Land gestrichen, seit wir uns das letzte Mal gesehen haben.«

»Und du hast dich überhaupt nicht verändert«, erwiderte der Alte und zeigte seine abgenutzten Zähne. »Wie sagt der Bauer? Ob ein Stein nun auf der Wiese oder im Wasser liegt, es bleibt doch immer ein Stein.«

»Du hast dir also deine Bauernweisheiten immer noch nicht abgewöhnen können Huno?«

»Wieso sollte ich das, wo sie sich doch ständig bewahrheiten.« Huno hatte schwarze Haare, die an den Ohren leicht ergraut waren. Sein Gesicht war von dem rauen Wetter zerfurcht und von der Sonne verbrannt. Aber um seine schmalen blauen Augen zogen sich unzählige Lachfalten und ehe Balki ein weiteres Wort sagen konnte, hob er seinen Eimer an und leerte das eiskalte Wasser in einem Schub über Balkis Kopf aus. Der Schwabe erschrak fast zu Tode und stieß einen schrillen Schrei aus. Der Bauer konnte sich vor Lachen kaum halten.

»Siehst du Balki? Jetzt bist du wach.«

Um ihn für seinen Scherz zu entschädigen, ließ Huno die Arbeit stehen und liegen und führte die Gäste in sein gemütliches Häuschen. Eine ältere Frau mit breiter Hüfte und rundlichem Bauch knetete dort gerade einen Teig aus Eiern und Getreide. Sie wandte sich ihnen zu und lachte schadenfroh über Balkis nasse Kleidung.

»Deine Frau hat sich auch nicht verändert«, grummelte der Schwabe.

»Balki«, sagte sie mit sehr lauter Stimme, obgleich ihre Worte nicht allzu vorwurfsvoll klangen. »Willst du dich wieder durchschnorren? Keine Mistgabel kann dieser Kerl anpacken. Kein Tier kann er hinter sich herschleifen. Nur Sprüche klopfen und unseren ganzen Vorrat verschlingen.«

»Aber, aber meine liebe Irma«, flötete Balki und machte eine halbe Verbeugung vor ihr. »Ich habe dir doch als Abschiedsgeschenk eine ganze Ode gewidmet.«

Irma lachte laut auf und schlug mit der Hand auf den Tisch. »Sicher! Das Ding hab ich immer noch hier rum liegen. Da heißt es, ich wäre schön wie die Zyklopen von Athen. Woher soll ich denn wissen, wie die Zyklopen von Athen ausschauen?«

»Sie sind genauso entzückend wie du«, meinte Balki mit einem sehr gemeinen Grinsen und Hunos Frau schenkte ihm zufrieden einen Gedächtnistrunk ein.

»Auf unsere Besucher und darauf, dass sie eine angenehme Anreise hatten«, meinte Huno.

»Das kann man wohl sagen«, erwiderte Derick und leerte sein Glas in einem Zug.

Als sie ein wenig zu sich genommen hatten, führte sie der Bauer über seinen Hof und blieb bei einem stillen Gewässer mit einer kleinen Felswand stehen, von der nun noch immer das Wasser des vergangenen Regens abfloss. Die Sonne stand bereits im Zenit.

»Das ist also der Weiher«, bemerkte Derick und fragte sich, wie das Wasser in den Teich gelangt war. Das Geschnatter von Enten ertönte und sie strömten hinter dem Schatten des Felsens hervor und belagerten ihre neuen Besucher

»Ja, Balki hat das sehr gefallen«, erinnerte sich der Bauer und warf ein paar Krümel nach den Enten. »Deswegen sagt er auch immer, dass das hier die Weiheralm ist.«

Derick wollte etwas entgegen, doch er stutzte und starrte ungläubig auf eine der Enten, die größer schien als die anderen.

»Was ist denn das für ein Tier? Ich habe noch nie eine Ente gesehen, die so aufrecht herum läuft.«

»Eine lange Geschichte.«

»Dann erzähl sie.«

Huno lachte kauzig und sie ließen sich auf einige der niedrigen Felsen sinken. »Ja. Balki ist damals von einer Schiffsreise aus dem Osten zurückgekommen und hatte einen Haufen Eier im Gepäck. Er wanderte in die Berge hinauf und alle paar Tage verspeiste er eines. Am letzten Tag öffnete er seine Tasche und das letzte Ei war aufgebrochen und ein kleines Küken hockte da in seinen Mänteln und Decken.«

Derick gluckste. »Und was ist dann passiert?«

»Naja gegessen habe ich es jedenfalls nicht«, erklärte Balki. »Ich hab es weiter mit mir herum geschleppt und mit Würmern und Schnecken gefüttert. In meiner Tasche schien es ihm sogar recht gut zu gefallen. Allerdings wurde es schnell größer und ich wusste nicht, ob es in der felsigen Berggegend überleben würde. Zum Glück fand ich dann einen geheimen Weg über den steilen Bergkamm und landete hier auf der Weiheralm. Da schien es der Ente sofort zu gefallen. Also hab ich sie bei Huno gelassen.«

Huno nickte, ohne jemals mit dem Lächeln aufzuhören. »Ja. Und das Tier legt doppelt so viele Eier wie die einheimischen Enten. Und ständig watschelt es mir hinterher. Ich habe es wirklich ins Herz geschlossen.«

Sie spazierten noch etwas über die grünen Wiesen, dann rief sie Irma wieder ins Haus zurück, denn sie hatte es nicht lassen können, noch eines ihrer Gerichte zuzubereiten.

Der Duft strömte in Balkis Nase und trug ihn bis zu seinem Platz an dem Holztisch. »Wenn ich nicht schon verheiratet wäre, hätte ich dich sofort geehelicht«, meinte er an Irma gewandt und sie lachte erneut und schlug ihm so heftig aufs Kreuz, dass er fast mit dem Kopf in den Teller krachte.

Derick hatte sich inzwischen schon an die hundert Mal bei ihren Gastgebern bedankt.

»Ihr könnt euch gar nicht vorstellen, was für eine schöne Abwechslung Eure Gastfreundschaft für uns ist.«

»Ach das ist schon in Ordnung. So oft bekommen wir ja keinen Besuch hier oben. Wenn jedoch jede Woche so ein hungriger Kerl wie Balki hier auftauchen würde, hätten wir bald nichts mehr zu essen.«

Er lächelte und kaute andächtig auf seinem Brotfladen.

»Da ist etwas, das mir aufgefallen ist«, sagte Derick nach einer Weile. »Auf dem großen Felsen der Weiheralm waren Zeichen eingeritzt. Es sah aus wie uralte nordische Runen, aber selbst ich habe solche noch nie gesehen.«

Huno und Irma lachten amüsiert. »Das ist auch so eine Geschichte. Vor vielen Zeit kamen ein paar Handelsleute aus dem hohen Norden an dieser Alm vorbei und einer von ihnen konnte nicht anders, als sich auf diesem Stein zu verewigen.«

»Und was hat er geschrieben?«, fragte Derick interessiert und vor seinem geistigen Auge sah er bereits Zaubersprüche, Beschwörungen und alte Gebete.

»Er hat geschrieben: Olaf war hier.«

Derick und Balki wechselten einen Blick, dann duckte sich Balki schnatternd zur Seite weg und unterdrückte sein Lachen.

Derick wirkte enttäuscht. »Ich dachte wirklich, es wäre etwas Eindrucksvolles; ein Zauberspruch oder etwas in der Art.«

Huno trank einen Schluck. »Tja diese Nordleute denken alle, nur weil sie ihre eigenen Buchstaben haben, müssen sie sie überall draufschreiben.«

Balki tauchte wieder unter dem Tisch hervor. »Das stimmt«, meinte er glucksend. »Ich habe in Italien einmal eine tausend Jahre alte Ruine aus der Vorzeit Roms betreten. Erst hab ich mich über die Runen gewundert. Dann bemerkte ich, dass sie dort offenbar erst vor ein paar Jahren angebracht worden waren. Und sie handelten fast ausschließlich von Bier und Wein und schönen Weibern. Sie haben dann noch mit ihren Namen unterschrieben und einer von ihnen hieß ebenfalls Olaf.«

Der Wirt lachte. »*Olaf* scheint ein sehr verbreiteter Name im Norden zu sein.«

»Der eine hieß Olaf, sein Sohn hieß Olafsohn und sein Enkel hieß Olafsohnsohn«, scherzte Balki. Dann veränderte sich sein Gesichtsausdruck jäh. Er schaute nun ernst drein. »Wir müssen dir noch genau erklären, warum wir mitten in der Nacht des Gewitters den steilen Aufstieg gewagt haben. Ich entschuldige mich im Voraus dafür, dass ich es dir nicht schon früher gesagt habe, aber das Wiedersehen ist so herzlich ausgefallen, dass ich es nicht durch dunkle Kunde verderben wollte.«

Der Bauer lächelte verständnisvoll und schüttelte den Kopf. »Aber, aber Balki. Du hast eindeutig zu lange geschlafen. Dein wackerer Gefährte hier hat mir bereits alles berichtet, noch in der Nacht, in der ihr angekommen seid.«

Balki klappte der Mund auf. Dann zeichnete sich Erleichterung auf seinem Gesicht ab.

Huno zerstreute seine unausgesprochenen Ängste. »Sei ohne Sorge. Mit ihren Pferden können sie die Bergschräge nicht hinaufkommen und ich glaube auch kaum, dass der blauäugige Hunne diesen Weg in Betracht zieht. Nur wenige wissen, dass sich hier oben inmitten von Felsen und Gestrüpp eine grüne Hochfläche befindet. Der einzige andere Weg führt über einen schmalen Pfad, der sich wie eine Schlange um das Geröll hinter dem Berggipfel schlängelt.«

»Ja, auf diesem Pfad bin ich damals zu deiner Tür gelangt.«

»Dieser Pfad ist so klein, dass keine zwei Männer nebeneinander darauf gehen können. Außerdem kann ich ihn an einer besonders engen Stelle mit einem Felsen blockieren, wenn ihr die Gefahr für so gewaltig einschätzt.«

Balki hob seinen Krug. »Wie mein guter Freund Derick schon sagte, verdanken wir dir unsere ganze Gesundheit. Ich fürchte, ich muss dir noch viele Enten vorbeibringen, bevor ich diese Schuld auch nur ansatzweise abgetragen habe.«

Nach dem Essen machten sie einen kleinen Verdauungsspaziergang, doch da die Hochfläche nicht besonders groß war, hatten sie sie schnell umrundet.

Nachdem Derick sie sicher aus der Umzingelung der Hunnen geführt hatte, war dessen Selbstbewusstsein gehörig gestiegen. Jetzt hatte er sich ein neues Vorhaben in den Kopf gesetzt und Balki gab nur widerwillig seine Einwilligung. »Es wird Zeit, dass du lernst, mit einer Waffe umzugehen«, verkündete Derick.

Balki stöhnte auf. »Dafür bin ich viel zu alt. Ich habe bisher nicht gelernt, zu kämpfen, und habe es auch nicht mehr vor.«

»Du hast mir beigebracht, wie ich meinen Verstand benutze. Jetzt zeige ich dir, wie du ein Schwert benutzt.«

Er schleifte Balki mit sich zu einem freien grünen Platz weitab von den Tieren mit ein paar Klaftern Sicherheitsabstand zum Abgrund.

»Eine schöne Aussicht an dieser Stelle. Ich glaube, ich könnte ein Lied darüber dichten«, meinte Balki fröhlich und ließ sich auf den Boden sinken.

Derick lachte. »Oh nein! Heute werde ich dir etwas beibringen!«

»Nun gut. Ich betrachte es als Auszeit von meiner geistigen Tätigkeit.« Balki streckte sich und trank einen Schluck Milch aus seiner Feldflasche.

»Steh auf!«

Er hob pikiert seine buschigen Brauen und nahm trotzig noch einen Schluck Milch. »Wozu?«

»Steht auf! Nimm das Schwert!«

Balki kam auf die Beine und betrachtete die Klinge, die sie den Nordmännern abgenommen hatten, mit gleichmütigem Gesichtsausdruck. »Weißt du, was der Chinese Sun Tzu über Kämpfe gesagt hat? Geh niemals hungrig in einen Kampf. Und ich hatte noch gar kein Mittagessen.«

»Wozu auch? Das Frühstück war gerade eben.«

»Da siehst du, wie anstrengend dein Unterricht ist. Gut gemacht. Ich gehe jetzt etwas essen.« Balki stand auf.

Derick zog sein eigenes Schwert und richtete es auf Balkis Rücken. »Ich werde dich angreifen. Wenn du dich nicht wehrst, ist das deine Sache.«

»Im Gesetzbuch des Hammurabi nannte man das Gewalt aus niederem Antrieb«, meinte er missmutig und umfasste den Schwertgriff.

Derick katapultiert ihm das Schwert aus der Hand und zeigte mit seinem auf ihn.

»Herzlichen Glückwunsch. Du bist der Stärkere. Wer hätte das gedacht?«, meinte Balki ironisch.

»Lass deine Ironie. Wir behandeln hier das Schwert und nicht Cicero.«

Der Schwabe wirkte milde beeindruckt. »Du hast dir das wirklich gemerkt was?« Er sammelte sich. »Also schön.«

»Lass das Schwert erstmal liegen. Hier, nimm einen Stock!« Und er zog einen Stock aus der Umzäunung der Schafe. »Also dann. Ich greife an. Was machst du?«

»Nun ich denke … Autsch!« Balki hatte einen Hieb einstecken müssen, bevor er auch nur einen Finger gerührt hatte.

»Versuch es nochmal!«

»Na gut. Dann … Autsch! Du lässt mir gar keine Zeit nachzudenken.« Er rieb sich die Stelle, an der Derick ihn geschlagen hatte.

»Ganz genau. Denn hier geht es um Reflexe. Du hast keine Zeit, über dein Handeln nachzudenken. Erst Körper, dann Köpfchen.«

Balki verdrehte die Augen. »Das denkst du dir doch nur aus. Autsch!« Wieder hatte er einen Schlag abbekommen.

»Reagier endlich!«

»Autsch!« Balki hatte eine Gegenbewegung vollführt, ohne Dericks Stock auch nur zu berühren.

»Du versuchst meinen Angriff vorauszusehen, das funktioniert nicht.«

»Autsch!«

»Reagiere spontan!«

»Wie denn? Gerade wenn ich es versuchen will … Autsch!«

»Hör auf, etwas zu versuchen. Tu es einfach!«

»Autsch!«

Derick hielt inne. Er ließ seinen Stock für einen Moment sinken und seufzte. »Balki. Mach einfach mal diese Bewegung. Damit wehrst du schon mal die Hälfte aller Hiebe ab, die ich austeilen könnte.«

»Warum hast du mir das nicht gleich gezeigt?«, fluchte Balki, den es am ganzen Körper schmerzte.

»Weil du lernen musst, nicht nachzudenken. Gut!« Balki hatte einen Schlag abgewehrt. »Sehr gut!« Auch den zweiten Schlag wehrte er ab.

Balki lachte auf, offenbar zufrieden mit sich selbst. »Klasse! Ich ging davon aus, dass du nicht zweimal auf dieselbe Stelle schlägst, weil du … Autsch!«

»Balki wenn du nicht endlich die Klappe hältst, wirst du nachher vor lauter blauen Flecken nicht mehr gehen können. Und glaub mir, es macht mir überhaupt keinen Spaß dich zu verprügeln.«

Balki grinste säuerlich. »Ich dachte, wir würden die Ironie weglassen.«

Als die Dämmerung golden auf den Gebirgszügen glänzte, kehrten Balki und Derick zu Hunos Hütte zurück. Und Derick hatte Recht behalten mit seiner Vermutung.

»Ich werde morgen keinen Schritt weit laufen können. Wir müssen den Aufbruch verschieben«, jammerte der alte Vagabund unglücklich.

Derick zuckte mit den Schultern. »Je öfter du Schläge einsteckst, desto unempfindlicher wirst du.«

»Jetzt weiß ich mal, wie es ist, wenn man sich ständig solche Belehrungen anhören muss.«

»Glaub mir, du bist hundertmal schlimmer.«

Sie verbrachten insgesamt drei Tage auf der Weiheralm. An ihrem letzten Abend hatten sie den Tisch nach draußen getragen und nahmen ihr Abendessen im Licht der untergehenden Sonne ein. Die Aussicht war wie immer eine Augenweide und die kleine Felsenwand hinter der Hütte schimmerte rötlich.

Nun war es wieder Balki, der Derick unterrichtete und zwar in Sachen Weltgeschichte. »Also wir haben uns bei unserer letzten Lehrstunde mehr schlecht als recht mit dem Ursprung der Römer auseinander gesetzt. Aeneas floh aus dem brennenden Troja und führte sein Volk in das Gebiet des heutigen Roms. Es folgte eine Epoche der Könige, dann eine Epoche der Republik und letztendlich die Ära der Kaiser. Den ersten Kaiser kennst sicherlich selbst du.«

»Das war Julius Caesar!«, rief Derick aus und freute sich darüber, dass seine Antwort richtig war. »Warum ist der eigentlich so bekannt?«

»Das wüsste ich auch gern«, grinste Balki. »Auf ihn folgte jedenfalls Augustus. Das war übrigens auch der Kaiser, der versucht hat, den Norden Germaniens zu erobern. Ich nehme an, in eurem Dorf dort oben erzählt man sich noch immer Geschichten von Arminius und der Schlacht im Teutoburger Wald.«

»Ja, ich kenne ein paar solcher Geschichten.«

»Gut, solange du jetzt nicht behauptest, dass Arminius auch ein Pferd gewesen ist«, sagte Balki und lachte laut drauflos.

»Nein, aber in meinem Dorf hat man erzählt, er hätte einen Drachen getötet. Was denkst du von ihm?«

Balki strich sich nachdenklich über das Kinn. »Ich weiß nicht viel über Arminius, schließlich hat er keine eigenen Schriften hinterlassen.« Er räusperte sich. »Jedenfalls folgten noch viele Kaiser auf Augustus. Manche waren weise und gerecht wie der Philosophenkaiser Mark Aurel. Andere waren brutal und wahnsinnig wie der irre Kaiser Nero. Letztendlich aber konnten die Kaiser die Ordnung in ihrem riesigen, endlosen Reich nicht mehr gewährleisten, höchstwahrscheinlich weil ihre Militärausgaben zu hoch wurden. Das hat noch keinem Staat gutgetan. Das Reich zerfiel in Ost und Westrom, und während Ostrom heute noch besteht, ging Westrom im Sturm der Völkerwanderungszeit unter.«

»Völkerwanderungszeit. Wann soll das gewesen sein?«

Balki reckte sich ein wenig. »So nenne ich die Epoche, seit die Hunnen aus dem Osten eingefallen sind. Es ist also die Epoche, in der wir gerade leben. Die Hunnen vertrieben die Goten aus ihren Gebieten im Osten, die sich wiederum in Ost- und Westgoten teilten und abwechselnd Freunde und Feinde des Römischen Reiches wurden.«

»Warum zerfallen alle Staaten immer in Ost und West?«

»Das weiß ich auch nicht. Jedenfalls war damit die Völkerwanderung noch lange nicht zu Ende. Die Vandalen zogen nach Afrika, die Franken nach Gallien, ich hörte sogar, die Sachsen würden immer stärker in der ehemaligen Provinz Britannien einfallen.«

Derick wirkte ganz erschlagen, aber auch ehrlich fasziniert. »Ich hatte keine Ahnung, was in den letzten Jahrzehnten alles in der Welt los war.«

»Ja«, stimmte Balki ihm zu. »Es ist faszinierend nicht wahr? Nun konzentrieren wir uns auf ein ganz besonderes Volk dieser Wanderung, die Westgoten. Sie reisten zuerst nach Westen, während die Ostgoten im Osten blieben. Einfach zu merken was? Die Westgoten waren es auch, denen es zum ersten Mal nach vielen Jahrhunderten gelang, die Stadt Rom zu erobern. Das war ein ganz schöner Schock für die Römer. Die Goten plünderten die Stadt drei Tage und Nächte und reisten dann mit ihrem König Alarich nach Süden weiter.«

»Derselbe König Alarich, der unter dem Busento begraben liegt … dieselbe Plünderung, aus der der Schatz der Goten stammt, den wir suchen?«

Balki machte ein erschrockenes Gesicht und auch Derick bemerkte jäh, was er ausgeplappert hatte. Der Bauer Huno war an sie herangetreten und er machte nun ein ernstes Gesicht. Dann schüttelte er mit sehr bitterer Stimme den Kopf. »Balki, Balki. Du solltest wirklich keinem Schatz hinterher jagen.«

Der Schwabe seufzte. »Ich vertraue dir und deiner Frau Huno. Aber trotzdem hätte Derick diese Worte niemals aussprechen dürfen. Viele Menschen sind schon gestorben, um dieses Geheimnis zu bewahren.«

»Was wisst Ihr über den Gotenhort?«, fragte Derick gespannt.

Der Bauer seufzte. »Ich weiß nur, dass alles was auf -*Hort* endet, nur zu Leid und Verzweiflung führt. Die Suche nach einem Schatz bedeutet immer, seinem dunkelsten Trieb nachzugeben, nämlich der Gier.«

Doch Balki widersprach ihm trotzig. »Mir geht es nicht um Reichtum und Macht. Ich will die alten Geheimnisse entschlüsseln, die sich in diesem Hort befinden. Ich will einen vergessenen Teil der Geschichte wiederentdecken. Und Derick hier will sich lediglich eine bescheidene Existenz aufbauen, damit er seine künftige Frau und seine künftigen Kinder versorgen kann.«

»Ich bezweifle, dass ich Tyra wiedersehe, und selbst wenn, wer weiß, ob sie mich dann noch heiraten will«, widersprach Derick ein wenig niedergeschlagen.

»Jaja. Am Ende heiratest du sie sowieso«, unterbrach ihn Balki. »Jedenfalls ist unsere Anstrengung auch ein bisschen uneigennützig. Ein verrückter Hunnenkönig sucht ebenfalls nach dem Schatz und wenn er ihn findet, bringt er ihn einem noch viel verrückteren Römer. Es wäre mir lieber, wenn wir das verhindern könnten.«

»Wie willst du das verhindern, wenn du den Schatz nicht von der Stelle bewegen kannst?«, fragte Huno prüfend.

»Das ist doch sonnenklar«, erwiderte Balki und wunderte sich über ihre ahnungslosen Gesichter. »Die Schatzkammer liegt unter einem Fluss, dem Busento. Das bedeutet, wenn wir alles herausgeschafft haben, was wir brauchen können, müssen wir nichts weiter tun, als die Kammer zu fluten. Dann bleibt der Gotenhort für immer unerreichbar für die menschliche Gier.«

Huno musterte ihn einen Augenblick lang mit sehr scharfem Blick. Dann entspannte sich sein Gesicht wieder und sein Lächeln kehrte zurück. »Ihr werdet das schon schaffen. Jetzt trinken wir auf unseren letzten Abend. Morgen früh bei Sonnenaufgang müsst ihr weiterziehen.«

»Welchen Weg sollen wir einschlagen?«, fragte Derick. »Die Hunnen umkreisen diesen Berg wie die Geier.«

»Ihr habt Glück«, erklärte der alte Bauer. »Es gibt einen Weg, der durch ein schattiges Gebirge führt. Ihr werdet eine Höhle betreten, aber nach ein paar Stunden trefft ihr auf riesige Eismassen. Im Winter ist die gesamte Höhle damit verstopft und wenn der Sommer weiter voranschreitet, wird sie unter Wasser stehen. Nur jetzt, in dieser Jahreszeit, kann man die Gletscher ungehindert passieren.«

»Ist das der einzige Weg?«, fragte Balki und hob seine buschigen Brauen.

»Natürlich nicht, aber es ist der bei weitem schnellste. Wenn ihr um die Gebirgslandschaft herum wandert, wird euch das eine Menge eurer Zeit und Energie kosten, während die Höhle fast eben verläuft. Wenn ich zum Handel in das Tal muss, nehme ich immer diesen Weg und außer mir ist er niemandem bekannt.«

Balki und Derick wechselten einen Blick. »Was sagt deine Intuition dazu?«

Derick seufzte. »Es hört sich an, als wäre es der einzige Weg, der uns sicher vor den Hunnenscharen nach Italien bringen kann.«

Am frühen Morgen standen sie aufbruchsbereit am Rande der Alm. Die Sonne erklomm in der Ferne die Bergwipfel. Irma hatte ihnen eine ganze Ladung ihrer besten Speisen als Proviant mitgegeben und Derick kam gar nicht hinterher damit, sich bei ihr dafür zu bedanken.

»Der hungrige Schwabe frisst sowieso wieder alles im Alleingang weg«, nörgelte sie zum Abschied und stapfte dann lachend den Hügel zu ihrer Hütte zurück.

Huno begleitete sie noch ein paar Schritte an dem steilen Gebirgspfad hinunter. Der Weg war tatsächlich so schmal, dass man kaum einen Fuß vor den anderen setzen konnte. Hier würde Balaban seine Armee unmöglich hinaufbringen können.

»Ich hoffe, ihr hört nie wieder etwas von diesen Hunnen«, sagte Balki verlegen.

»Mach dir darüber keine Sorgen«, entgegnete der Bauer lächelnd und furchtlos. »Wenn man so viele Unwetter überstanden hat wie wir, können einem Menschen keine Angst mehr einjagen.«

An einem schmalen Spalt im Gestein verabschiedete er sich. Sie entzündeten ihre Fackeln und winkten ihm noch einmal zum Abschied, während er in der Ferne den steilen Gebirgsweg erklomm. Dann atmeten sie tief durch und tauchten hinein in das Dunkel.

Die Durchquerung des ersten Abschnitts der Höhle erstreckte sich fast über den gesamten Tag. Es war dunkel und entsetzlich kalt. Sie konnten nur hoffen, dass sie sich nicht verirrten, doch laut dem Bauer musste man nur immer geradeaus laufen, um den Ausgang zu finden.

Nach vielen vielen Stunden, sie wussten nicht, ob es draußen Tag oder Nacht war, machten sie eine lange Rast, allerdings nicht ohne vorher mit Steinen einen Pfeil in den Boden zu zeichnen.

»Nicht, dass wir nachher den ganzen Weg wieder zurück laufen, ohne es zu merken«, sagte Balki vorausschauend.

Je weiter sie in das Höhlensystem eingedrungen waren, desto kälter wurde es. Ein kleiner Gebirgsbach plätscherte irgendwo tief in einer Schlucht zu ihrer Rechten. Es ging dort endlos weit in die Tiefe und bei dem Anblick der allesverschlingenden Schwärze überkamen Balki einige Zweifel an der Richtigkeit ihres Weges.

»Sieh mal da!«, rief Derick und hob die Fackel.

Das unheimliche Flackern warf groteske Schattenbilder an die Höhlenwand. Deformierte Männer jagten grotesken Fabeltieren hinterher und Speere wie lange, dünne Striche zerrissen die Bilder in Fetzen.

Dann dämmerte es Balki. »Da sind Zeichnungen an der Wand! Höhlenmalerei!«

Derick lachte. »Das erinnerte mich an die Geschichten meiner Mutter, die von Zwergen handelten: kleine, haarige Geschöpfe, die lange Zeit vor den Menschen hier gelebt haben und sich vor ihnen in unterirdischen Höhlen und Tunneln versteckt haben. Könnten diese verschwommenen Malereien das Werk von Zwergen sein?«

Sie sahen sich ein wenig aufmerksamer um und Balki entdeckte bald eine Grube im Gestein, in der irgendetwas schimmerte.

»Schau mal, wir haben den Gotenhort schon gefunden«, scherzte er, denn in der kleinen Vertiefung befanden sich lediglich ein paar metallene Gürtelschnallen und einige Tongefäße, die mit geradlinigen Verzierungen geschmückt waren.

»Wahrscheinlich haben die Maler dieser Bilder hier auch ihre Toten bestattet«, vermutete Derick, während er den Plunder nach etwas Nützlichem durchsuchte.

Balki grübelte einen Moment darüber und schüttelte dann den Kopf. »Das glaube ich nicht. Die Malereien auf der Wand müssen viel älter sein. Vermutlich stammen sie aus einer anderen Epoche. Schau doch mal! Die Machart ist völlig unterschiedlich. Die Muster auf diesen Töpfen sind geradlinig und harmonisch. Die Figuren

an der Wand sehen aus, als hätte sie ein kleines Kind dahin geschmiert.« Er zögerte kurz. »Nun ja. Vielleicht auch ein Zwerg.«
Derick lächelte. »Also glaubst du doch an Zwerge?«

Balki erinnerte sich an seine Zeit in Rom. »Da wo ich aufgewachsen bin, gibt es keine Riesen und Zwerge. Mir hat man all die Geschichten von Romulus und Remus aufgetischt. Ist alles nur Erfindung, wenn du mich fragst. Aber es ist guter Stoff für Geschichten.«

Nach ein paar Stunden Rast schritten sie weiter durch das Dunkel. Dieses Mal achteten sie ein wenig besser auf ihre Füße, denn hin und wieder fiel der Schein ihrer Fackel auf einen klaffenden Abgrund. Die Kälte wurde immer schlimmer. Ein monotones Tropfgeräusch begleitete sie über mehrere Stunden bis es anschwoll zu einem Strömen und Plätschern. Um sie herum mussten Flüsse durch den Stein verlaufen.

Dann wurde der riesige Tunnel heller. Ein blaues Licht ging von seinem Ende aus und wurde mit jedem Schritt größer. Und dann bewahrheitete sich, was der Bauer Huno vorhergesagt hatte. Sie betraten eine unwirkliche blaue Gletscherwelt. Lichterspiele tanzten über das ewige Eis und verschlungene Formen und Figuren schimmerten ihnen von den glatten Eiswänden entgegen. Flüsse und Bäche ergossen sich durch ihre eisigen Flussbette.

Balki fühlte sich wie in einem wirren Traum. Er konnte unmöglich noch wach auf Erden wandeln. Alles um sie herum leuchtete blau. Der Anblick übertraf alles, was sie auf ihrer bisherigen Reise erlebt und gesehen hatten.

Doch ihre Wanderung durch den Gletscher barg auch Schattenseiten. Die Temperatur fiel so rapide, dass sie unerträglich wurde. Ihre Füße waren durchnässt und taub. Nase, Ohren und Fingerspitzen waren kaum noch zu fühlen.

Irgendwann konnte Balki seine Beine überhaupt nicht mehr spüren. »Wir müssen eine Pause machen«, keuchte er und klappte beinahe zusammen. Derick sah ihn besorgt an, doch ehe er etwas erwidern konnte, schüttelte Balki selber den Kopf. »Natürlich machen wir keine Pause. Ich wollte dich nur prüfen.«

Doch seine Bewegungen wurden immer langsamer und schleppender. Das Eis nahm einfach kein Ende. Irgendwann ertönte ein gewaltiges Rauschen, das ihn an den Rheinfall erinnerte. *So viele Abenteuer. So viele Geschichten. Man könnte ein Buch darüber schreiben.*

Und endlich nahm das Eis wieder ab, aber die Helligkeit blieb bestehen. Aus der Höhle wurde ein Flussbett und durch einen Spalt im Gestein konnten sie nach draußen gelangen, ehe das Wasser ihnen bis an den Bauchnabel reichte. Wortlos ließen sie sich an der rutschigen Außenwand hinab gleiten und schlitterten einen felsigen Buckel hinunter. Unten angekommen klappten sie beinahe gleichzeitig zusammen und blieben kraftlos auf einer weiten, grünen Wiese liegen.

Erst als die warmen Sonnenstrahlen über ihre tauben Glieder krochen, realisierten sie, dass sie es geschafft hatten.

»Ich glaube, wir haben die Hunnen überholt«, keuchte Balki, dann schloss er die Augen und sprach für über eine Stunde kein Wort mehr.

Schweigend lagen sie auf dem grünen Gras und ließen sich von der wunderbar heißen Sonne trocknen. Hinter ihnen rauschte der Wasserfall aus dem Berginneren, während vor ihnen das Gelände gemächlich abfiel. Kleine Vögel zogen zwitschernd ihre Bahnen durch das schmale, grüne Tal. Es waren auch einige Vogelarten dabei, die Balki von seiner Zeit in Italien kannte. Sie hatten die Alpen überquert.

Ein Gipfeltreffen

Der Pfad war entsetzlich schmal. Das Geröll verrutschte bei jedem ihrer Schritte. Wie eine Schlange wand sich der Weg um die zerklüfteten Felsbrocken und Klippen. Balaban erinnerte sich an seine letzten Worte. »Ich werde meine Männer nicht auf diesen gefährlichen Pass führen. Ich gehe allein mit ein paar Gardisten als Verstärkung.«

»Dann werde ich einer von ihnen sein«, hatte Rigula entschlossen geantwortet.

Balaban hatte genickt und den Vorschlag akzeptiert. Nun waren sie zu sechst unterwegs. Auch Zerco war unter seinen Begleitern. Leichtsinnig sprang er den anderen voraus und überkletterte hier und da einen Felsen, um sich den Weg zu verkürzen.

»Hoffentlich bricht er sich das Genick«, brummte Rigula zornig.

Balaban antwortet nicht. Ihm war nicht nach Lachen zumute. Erneut brachte er seine Männer in große Gefahr, nur um einer Ahnung zu folgen. *Unsere Falken sind stundenlang um diesen Gipfel gekreist. Und ein Späher behauptete, er habe einen alten Mann im Gebirge gesehen. Irgendetwas muss dort oben sein. Ich habe es im Gefühl.*

Und selbst wenn er sich irren sollte, hätte er von dort oben immerhin eine sehr gute Sicht auf das Umland.

Sie kletterten wacker weiter und nach einer gefährlichen Felswand verwandelte sich ihr Weg für kurze Zeit wieder in einen begehbaren Pfad. Rigula war dicht hinter ihm und da war ein weiter Abstand zu den anderen Hunnen, sodass sie ungestört reden konnten.

»Ich mache mir ein wenig Sorgen wegen Tyra«, gestand Rigula und atmete tief ein und aus, während das Gelände weiter anstieg. »Ihr habt ihr das Reiten beigebracht.«

»Sie lernt sehr schnell.«

»Ist es Euch nicht in den Sinn gekommen, dass sie jetzt einfach davon reiten könnte, wenn ihre Wachen gerade nicht aufpassen?«

Balaban tat es mit einem Schulterzucken ab. »Wohin soll sie denn fliehen? Wir sind mitten im Nirgendwo und sie will Balki und Derick genauso finden wie wir, wenn auch aus anderen Gründen.«

»Ihr habt alle unsere Sklaven freigelassen, bevor wir mit der Alpenüberquerung begonnen haben.«

»Das Kloster an der Passstraße hat sie freigekauft. Wir haben Geld für sie bekommen.«

»Das war ein Spottbetrag. Ihr habt ihnen die Freiheit im Grunde geschenkt. Einige Hauptleute machen sich Sorgen, ob vielleicht diese Frau Eure Entscheidung beeinflusst hat.«

»Diese Entscheidung hatte nichts mit ihr zu tun. Bei einer Alpenüberquerung sollten wir mit so wenig Last wie möglich reisen. Sklaven müssen ständig bewacht oder eingelernt werden. Ich habe die Sklaven nur freigelassen, um unsere eigenen Leute beim Aufstieg zu entlasten.«

Rigula schwieg einen Moment und betrachtete das verbitterte Gesicht seines Königs. »Das Geschnatter der Hauptleute interessiert mich nicht. Aber Euer persönliches Glück interessiert mich sehr wohl. Wenn ich wagen darf, das zu sagen…«

»Du darfst alles wagen Rigula. Du bist mein Freund.«

Er nickte knapp. »Wenn Ihr diese Frau begehrt, dann solltet Ihr sie einfach heiraten. Sie ist unsere Gefangene. Etwas Besseres kann ihr gar nicht passieren.«

Balabans Augen verengten sich. Er warf einen Blick über die Schulter, aber die anderen Hunnen waren außer Hörweite. Zerco war ihnen so weit voraus geeilt, dass er schon am Ende des Pfades angekommen war.

»Sie hängt an diesem Burschen Derick«, begann er mit beherrschter Stimme. »Er ist jung und unbelastet. Ich bin ein vernarbter, verbitterter Hunne, der sein Leben mit Kriegen und Auftragsmorden verbracht hat. Sie hat etwas Besseres verdient.«

»Ihr habt niemals Auftragsmorde ausgeführt!«, widersprach Rigula sofort.

»Wir haben im Auftrag anderer gekämpft und getötet. Wie würdest du das nennen?«

»Ihr seid ein König! Ihr seid der Nachfahre des Großkönigs Attila. Auf etwas Besseres kann sie selbst in ihren kühnsten Träumen nicht hoffen. Ihr würdet sie in den Adelsstand erheben.«

Er schüttelte den Kopf. »Sie hatte doch genug Gelegenheit mich kennenzulernen. Doch sie redet nur das Nötigste mit mir. Sie geht mir aus dem Weg, wenn sie kann. Ich bin mir sicher, dass sie mich verabscheut.«

»Das bildet Ihr Euch ein! Außerdem habe ich schon viele Frauen gesehen, die sich anfangs gegen eine Ehe gesträubt haben. Später haben sie ihre Meinung geändert und sind sehr glücklich geworden.«

»Und wenn sie nicht glücklich wird? Dann habe ich einen weiteren Menschen ins Unglück gestürzt. Vor vielen Jahren habe ich eine entscheidende Wahl treffen müssen, zwischen Pflicht und persönlichem Glück. Ich denke du erinnerst dich noch, wie ich mich entschieden habe.«

Rigula nickte ein wenig geknickt.

Balabans Miene hingegen hatte sich wieder gefestigt und er marschierte ihm voraus. »Daran hat sich auch nach all den Jahren nichts geändert.«

Schritt um Schritt brachten ihn seine Beine weiter nach oben. Er machte Rigula keinen Vorwurf, dass er das Thema angesprochen hatte. Wenn er ehrlich war, tat es sogar gut, darüber zu reden. *Ich habe Pflichten. Diesen Pflichten muss ich nachkommen. Ich habe keine Zeit, mich wie ein Dummkopf aufzuführen.* Ein kleines bisschen beneidete er all die Menschen, die das konnten.

Ein Poltern riss ihn aus seinen Gedanken. Offenbar hatte der Pfad an einer Stelle nachgegeben. In einer Wolke aus Staub und Geröll rutschte der betroffene Gardist über den Hang. Er überschlug sich und blieb mit dem Fuß zwischen zwei Geröllbrocken eingeklemmt hängen. Er wurde von einer Welle aus Schutt begraben.

»Hinunter!«, rief Balaban sofort. »Holt ihn da raus!«

Zerco war am schnellsten hinunter geklettert, obwohl er den weitesten Weg hatte. Balaban konnte sich einer gewissen Bewunderung ob dessen Furchtlosigkeit nicht erwehren. *Entweder er ist der*

*mutigste Hunne in meiner Armee oder ein leichtsinniger Irrer ohne
den Funken eines Überlebensinstinkts.*

Zu dritt zerrten sie den verschütteten Gardisten unter dem Geröll
hervor. Hustend und stöhnend schlug er um sich. Er war übersät
mit Prellungen und Schürfwunden und sein Bein war möglicherweise gebrochen.

Balaban seufzte, als er hinzu trat, und er ließ seinen Blick vom Abgrund zum Gipfel schweifen und schätzte ihre Chancen ab. »Wir
nehmen ihn mit nach oben. Der Weg nach oben ist kürzer als der
Weg hinunter.«

Und so setzte sich ihr Aufstieg fort. Es herrschte Schweigen, das
nur hin und wieder durch das Stöhnen und Stammeln des Verletzten unterbrochen wurde. Die Sonne brannte unbarmherzig auf ihre
Köpfe. Balabans Kleidung klebte an seinem Körper. Und endlich
schlängelte sich der Pfad um einen massiven Felsen herum und verlor sich dann auf einer gräsernen Hochfläche. Es duftete nach Heu
und frischen Wildkräutern.

Erleichtert blickte Balaban zurück zu seinen Männern. Sie alle hatten den gefährlichen Aufstieg überstanden. Zerco stürmte bereits
jubelnd über die Wiese. Ein paar Enten watschelten aufgeschreckt
auf einen Weiher zu. Er zog seinen Bogen hervor und schoss einen
Pfeil in die Meute.

»Wir sind nicht hier, um zu jagen«, zischte Balaban ihm zu.
»Macht euch alle nützlich und bewacht die Aus- und Eingänge zu
dieser Alm. Falls sie hier sind, dürfen sie uns nicht entkommen. Ich
will nicht umsonst meine Armee verlassen haben.«

»Ohne Euch ist die Armee so ungefährlich wie eine Herde Schafe,
Eure Hoheit«, lachte Zerco und rannte den anderen voraus.

Balaban grinste. Zufrieden erkannte er eine kleine Holzhütte etwas
abseits des Weihers. Er nickte Rigula zu und der Riese folgte ihm
brummend und ließ seine Schwerter kreisen.

Sie waren noch nicht ganz bei dem Haus, da sahen sie bereits zwei
wache helle Augen durch das Fenster blitzen.

»Ich werde den Bewohner des Hauses einem gründlichen Verhör
unterziehen«, sagte er entschlossen. Er war sich sicher, hier eine
Spur von Balki und Derick zu finden.

»Vielleicht ist es ein Hinterhalt«, knurrte Rigula gefährlich.

»Ich glaube kaum, dass diese kleine Hütte viel Raum für einen Hinterhalt bietet. Ich denke viel eher, dass die Vögel bereits ausgeflogen sind.«

Rigula öffnete die Tür.

Der König atmete tief durch. Er hatte es satt, Menschen Angst einzujagen, um an Informationen zu gelangen. Aber im Moment hatte er keine andere Wahl. Er trat ein in einen kühlen, schattigen Wohnraum und erkannte den Bauer, der sie bereits erwartete und Platz genommen hatte. Balaban setzte ein verbittertes Gesicht auf und voller unterdrücktem Zorn ließ er sich gegenüber dem Bauern auf einen Stuhl niedersinken.

»Seid Ihr alleine?«, fragte er geradeheraus.

Der Bauer hatte ein kauziges altes Gesicht. Sein schwarzes Haar war um die Ohren herum besonders struppig und seine schmalen Augen waren von Lachfalten umringt. Doch im Moment zeigte er nicht den Ansatz eines Lächelns. Das Gesicht des Bauern war kalt und abweisend. »Das geht Euch nichts an«, krächzte er.

Balaban warf Rigula, der schon die Knöchel knacksten ließ, einen mahnenden Blick zu. Dann sah er sich eine Weile in dem Raum um und lächelte. »Vier Krüge stehen dort hinten auf dem Kästchen. Hattet Ihr Besucher?«

Der Bauer zeigte keine Reaktion auf seine Worte. Er zuckte nicht einmal mit der Wimper. »Ich lebe allein und habe nie Besucher.«

Doch Balaban war sich sicher, dass er irgendetwas wusste. »Ich sehe auch noch ein paar Holzschuhe und ein Bauernkleid dort hinten. Gehört das Euch?« Er grinste bösartig.

Der Bauer antwortete nicht und wandte sich ab.

»Wo ist Eure Frau?«, fuhr Balaban ihn an. »Ist sie hier im Haus? Versteckt sie sich bei den Tieren im Stall? Oder habt Ihr sie weggeschickt, als Ihr uns kommen saht. Vielleicht sollte ich ein paar Späher nach ihr ausschicken.«

Der Bauer schnaubte. Dann blickte er dem König direkt in die Augen. »Ihr könnt sagen, was Ihr wollt. Ich rede nicht mit Euresgleichen.«

»Warum? Weil ich ein Hunne bin?«

»Nein. Weil Ihr ein Tyrann seid.« Der alte Mann knirschte mit den Zähnen. »Ihr seid nur auf Kriege und Eroberungen aus. Schon mein ganzes Leben sehe ich, wie wilde Stämme über die Alpen ziehen, um die reichen Provinzen im Süden auszuplündern. Egal ob nun Hunnen, Vandalen oder Goten. Für mich seid ihr alle die Gleichen.«

Rigula zog sein Schwert hervor.

»Nicht!« Balaban wirkte wie versteinert. Er rang nach Worten. Dann atmete er tief ein und aus. »Warte draußen!«

Rigula warf ihm einen verwunderten und misstrauischen Blick zu, aber er gehorchte trotzdem.

Jetzt wandte sich Balaban an den Bauern und seine Finger krallten sich in das Holz der Tischplatte. »Denkt Ihr etwa, ich würde nicht auch gerne so ein Leben führen?!«, zischte er laut. »Ein Leben wie Balki und Derick?! Keine Verantwortung übernehmen, keine Last auf den Schultern tragen … Wäre ich dann in euren Augen ein besserer Mensch? Ich wünschte, ich könnte so leben. Ich würde Wein trinken, Lieder singen und die Welt bereisen oder einen kleinen Hof anlegen, so wie Ihr, und eine Familie gründen. Ich wünschte, ich könnte mich ausschließlich um mein eigenes Leben kümmern und glücklich werden. Aber das Schicksal wollte das eben nicht für mich! Ich trage die Verantwortung für fast zweitausend Hunnen und ich werde das Vertrauen, das sie in mich gesetzt haben, niemals enttäuschen!«

Der Bauer wirkte ein wenig überrascht. »Auch wenn Ihr dafür morden, plündern und zwei unschuldige Wanderer verfolgen müsst?«

»Ja, auch dann.«

Es folgte eine lange Pause. Der Bauer schwieg und starrte zu Boden. Dann räusperte er sich und seine Stimme war nun voller Bitterkeit. »Ich kann meine Freunde nicht verraten, genauso wie Ihr eure Leute niemals verraten würdet.«

»Ihr seid diesen beiden Quälgeistern gegenüber keine Verpflichtung eingegangen! Ihr werdet mir sagen, welchen Weg sie eingeschlagen haben! Andernfalls werde ich Euren Hof niederbrennen und zwinge die Wahrheit mit anderen Mitteln aus Euch heraus!«

»Werdet Ihr sie töten, wenn Ihr sie gefangen habt?«, fragte der Bauer jäh.

»Das war niemals meine Aufgabe. Ich muss Balki zu dem Römer zurückbringen, von dem er einst entflohen ist.«

»Damit er ihn dann tötet?«

Balaban schüttelte verzweifelt den Kopf. »Wann begreift Ihr das endlich? Ich werde alles tun, was nötig ist, um mein Volk vor dem Hunger und der Auslöschung zu bewahren. Der Römer hat uns ein großes Stück Land versprochen.«

Der Bauer lachte auf freudlose Weise. »Und Ihr denkt ernsthaft, dass er sein Versprechen einhalten wird?«

Balaban antwortete nicht. Seine Augen waren nun so hell, wie die Oberfläche des Gletschers.

Der Bauer sprach weiter. »Ich habe schon viele Geschäfte mit reichen und einflussreichen Römern gemacht. Wenn Menschen reich und mächtig bleiben, während ihr ganzes Land den Bach runter geht, dann ist daran meistens etwas faul.«

Die Worte waren scharf wie Dolche und Balaban fühlte sich in die Ecke gedrängt und verletzt. »Es ist der einzige Weg. Ich muss mich auf sein Wort verlassen.«

Es folgte ein langes Schweigen, in dem der Bauer einen tiefen Seufzer ausstieß. »Ihr habt mehr Ehre als Ihr zugebt, Hunnenkönig Balaban.«

»Worauf wollt Ihr hinaus?«

Er blickte ihm tief in die Augen. »Ich sage Euch, welchen Weg sie genommen haben, wenn Ihr mir schwört, ihnen kein Haar zu krümmen und auch nicht zuzulassen, dass dieser Römer sie umbringt.«

Balaban schnaubte. »Ich glaube kaum, dass Ihr in der Position seid, einen solchen Schwur einzufordern.«

»Achja?« Der alte Mann gluckste. »Dann brennt meinen Hof nieder. Foltert mich, wenn es sein muss. Ihr werdet sehen, dass ich ein zäher, alter Knochen bin. Ich bin an die rauen Gezeiten und die eiskalten Winde der Berge gewöhnt wie eine Tanne inmitten der Felsen. Und wenn ich es nicht will, werde ich niemals einknicken.«

»Warum denkt Ihr, ich würde mich an einen Schwur halten? Ein Schwur ist nur eine Aneinanderreihung von Worten.«

»Das erzählt Ihr vielleicht den anderen, aber ich weiß, dass Ihr im Grunde Eures Herzens anders darüber denkt. Wenn Ihr wollt, dass ich Euch den Weg zeige, werdet Ihr schwören und Ihr werdet Euch an Euren Schwur halten. Das weiß ich.«

Es folgte eine lange Pause. Und plötzlich begann Balaban laut loszulachen. Es passte überhaupt nicht zu seinem Gesicht und machte ihn beinahe zu einem anderen Menschen. »Das Schicksal ist doch eine bemerkenswerte Sache. Ich habe mich schon mit Herzögen, Fürsten und Königen gemessen, aber einen würdigen Gegner finde ich auf einem Bauernhof auf einem Berg.«

Er zog sein Schwert hervor und der Bauer verlor jegliche Farbe. Er schloss die Augen und murmelte ein Gebet, doch als er sie wiederaufschlug, hatte sich Balaban die Klinge in die eigene Handfläche gelegt. Seine Finger schlossen sich um die scharfe Schneide und Blut tropfte an seinem Handgelenk hinab auf den hölzernen Boden.

»Ich schwöre«, sagte Balaban mit ehrfurchtgebietender Stimme, »dass ich Euren Freunden nicht nach dem Leben trachten werde und dass ich auch nicht tatenlos zusehen werde, wenn ein anderer ihnen Leid zufügt, es sei denn, die allerhöchste Not verlangt es. Ich schwöre, dass ich sie nur so lange gefangen halte, bis ich die Informationen habe, die ich zur Rettung meines Volkes benötige.« Der Bauer atmete tief ein und aus und begann zu berichten.

Eine halbe Stunde später verließ er die Hütte. Er rauschte an Rigula vorbei und trommelte seine restlichen Männer zusammen. Zerco war sofort an seiner Seite. Auch die anderen waren schnell versammelt.

»Macht euch zum Abstieg bereit. Wir kehren zu unserem Tross zurück.«

»Ihr wisst, welchen Weg sie genommen haben?«, fragte Rigula.

»Sie gehen durch das Gebirge hindurch, durch eine schmale Gletscherhöhle.«

»Dann müssen wir sie auf der anderen Seite abpassen.«

Balabans Blick fiel auf den verletzten Hunnen, der bei ihrem Aufstieg abgerutscht war. Ein anderer Hunne hatte ihn notdürftig verarztet. Er entfernte sich ein paar Schritte von den anderen und schaute zu Boden. »Warum?! Warum läuft nur immer alles schief?«, fragte er, während Rigula an seine Seite trat.

»Nichts läuft schief«, erwiderte der Riese schroff. »Eure Pläne gehen immer auf, Eure Hoheit.«

»Ja! Die kleinen Pläne gehen auf, aber wir kommen dem großen Ziel dadurch nicht näher. Was bringt es, immer wieder einen Fuß vor den anderen zu setzen, wenn man in die völlig falsche Richtung unterwegs ist? Ich wollte Frieden und Sicherheit für mein Volk, meine Familie. Ich dachte, ich wäre dafür geeignet. Stattdessen führe ich sie zu noch mehr Trauer, Entbehrungen, Tragödien und Schmerz. Schon siebzehn Hunnen sind gestorben, weil ich sie über die Alpen geführt habe.«

»Dafür werden wir diese beiden Germanen bezahlen lassen.«

Doch Balaban schüttelte entschlossen den Kopf. Er hatte seine Entscheidung bereits in der Hütte getroffen. »Nein. Ich werde kein weiteres Leben meiner Leute riskieren. Wir werden sie nicht durch dieses mörderische Gebirge verfolgen. Wir werden eine sichere Passstraße suchen und uns nach Süden aufmachen.«

»Wir geben auf?«

Er packte Rigula an der Schulter. »Wir geben niemals auf. Wir sind Hunnen! Aber wir müssen mit dem arbeiten, was wir haben, und nicht mit dem, was wir gerne hätten. Wir werden den Gotenhort auf eigene Faust suchen. Und wenn wir ihn haben, wird Januarius Antilas keine andere Wahl haben, als uns das Land zu geben, das er uns versprochen hat. Andernfalls werden wir ihn lehren, was es heißt, ein Abkommen mit den Hunnen zu brechen.«

Das schöne Italien

Sie hatten Mitteleuropa verlassen. Die schneebedeckten Gipfel der Alpen lagen in ihrem Rücken und vor ihnen erstreckte sich die gewaltige Halbinsel Italiens. Balki streckte sich im Sonnenschein. Es war eine Wohltat nach einer so langen Zeit der Kälte wieder die brennenden Strahlen der gnadenlos heißen Südsonne auf seinem ganzen Körper zu spüren. Bald schon war es in seinen Kleidern heiß wie in einem Backofen, doch er genoss jede einzelne Sekunde. Derick, der sonst immer so viel ausdauernder war wie Balki, schlug nun schon zum fünften Mal am heutigen Tage eine Pause vor.

»Verfluchte Hitze! Ich dreh' durch!« Er trat nach einem der vielen kleinen Bäumen mit den dicken Blättern daran. »Ich brauche Schatten! Hier muss es doch irgendwo einen Wald geben! Meine ganze Kleidung ist durchgeschwitzt und stinkt wie ein verfaultes Schwein!« Er zog sein Schwert und begann fluchend auf den Baum einzudreschen.

»Davon wirst du noch mehr schwitzen müssen«, kicherte Balki.

»Ist mir egal!«, keuchte Derick. »Ich halte es nicht mehr aus! Hier ist es einfach zu heiß!«

»Wenn du den Baum weiterschlägst, könnte er dir noch eine Beleidigung an den Kopf werfen«, witzelte Balki.

»Sehr witzig! Ich rede nicht mehr mit Bäumen! Das hast du mir ausgetrieben! Und an diesem verfluchten Ort gibt es sowieso keine Geister, keine Kobolde, keine Elben und keine Zwerge! Die wären in dieser Hitze längst verendet!«

Balki hörte seinem Genörgel nur noch mit einem Ohr zu und war plötzlich vorausgesprungen.

»Hey! Hörst du mir überhaupt zu?!« Derick setzte ihm zornig nach und Balki beschleunigte seine Schritte, da er befürchtete, der junge Cherusker könnte in alte Angewohnheiten zurückverfallen und ihn verprügeln. »Balki!«

Endlich erreichten sie einen sengend heißen Hügelkamm. »Ich sagte, ich habe endgültig genug von diesem…«

Derick klappte der Mund auf. Balki hingegen atmete tief und genießerisch ein. Die salzhaltige Luft strömte in seine Nase und das gleichmäßige Rauschen der Wellen umwaberte seine Ohren. Die beiden Wanderer aus dem Norden hatten das Meer des Südens erreicht.

»Ich glaube nicht, was ich sehe«, gestand Derick und all der Ärger der vergangenen Tage schien wie von ihm abgespült, als wären die Wellen unsichtbar über ihn hinweg geschwappt und hätten seinen Zorn mit sich genommen.

»Das Mittelmeer«, sagte Balki feierlich. Das Salz brannte auf seiner Haut und er schmeckte es mit jedem Atemzug auf seiner Zunge. Die wogenden Wellen waren wie der klingende Gesang eines Boten, ein Bote auf einem fremden Schiff, der von weit entfernten Orten kündete, ein Fenster zu fernen Gestaden, wo die Sonne noch länger am Himmel verweilte. Das Meer war uralt und jung zugleich, beständig in seinem Wechsel, eine ewige Konstante der Veränderung.

Lange Zeit liefen sie am Ufer entlang und scherzten und lachten. Nur ein paar lose Wolkenfetzen trieben wie dünne Schleier im Wind. Ansonsten war der komplette Himmel klar und von einem kräftigen und alles durchdringenden Blau.

»Schau mal!«, rief Balki und deutete nach vorne. »Da hast du deinen Wald!«

Sie lenkten ihre Schritte wieder in Richtung Innland und betraten ein kleines, lichtes Waldstück. Der Boden war trocken, hart und sandig. Die Bäume waren nadelig und bildeten erst nach oben hin breite, rundliche Kronen. Derick sprang voraus und seine anfängliche Skepsis war Begeisterung gewichen.

»Diese Bäume sehen ganz anders aus als die Bäume im Norden und sie riechen auch ganz anders. Dieser Duft!«

Balki lachte. »Das sind Pinien.«

Derick fand ein paar Pinienzapfen auf dem trockenen Boden und löste die Kerne heraus. »Die sind ja köstlich! Du musst die Kerne probieren!«

Sie füllten ihre Taschen mit Pinienzapfen und kehrten munter schmatzend in Richtung Strand zurück. Am Abend errichteten sie ein kleines Lagerfeuer inmitten des Sandes.

Nachdem sie fast alle Pinienkerne verspeist hatten, grummelte ihnen der Magen.

»Vielleicht sollten wir doch noch etwas anderes essen«, meinte Balki.

Derick schaute sich um. »Es wird schon dunkel. Ich glaube nicht, dass ich da noch Fische fangen kann. Haben wir noch etwas übrig von unseren Vorräten von der Weiheralm?«

Balki schüttelte den Kopf. »Nein.«

Sie schwiegen eine Weile und ließen den Blick über das Meer schweifen. Einige Seevögel zogen krächzend ihre Kreise über ihnen. Die Brandung rauschte und das schäumende Wasser spülte die Fußabdrücke fort, die Dericks Füße eben noch im Sand hinterlassen hatten.

»Sieh dir unsere Spuren im Sand an«, sagte Balki plötzlich. »Was bleibt von uns Menschen, nachdem wir sterben? Ein paar Menschen erinnern sich vielleicht noch an uns, aber diese Menschen sind irgendwann auch nicht mehr da. Dann weiß niemand mehr, dass wir je existiert haben.« Seine Augen waren auf die sich ständig wandelnden, wogenden Meereswellen gerichtet. »Alles verändert sich«, sagte er leise. »Alles bleibt gleich. Die Veränderung ist unsere einzige Konstante. Nichts auf der Welt ist von Bestand.«

Derick setzte sich neben ihn in den Sand. »Vielleicht nichts in *dieser* Welt.«

Balki hob die Brauen. »Willst du nun wieder die Unzulänglichkeiten der Physik durch die Metaphysik ausgleichen?«

»Was?«

»Physik und Metaphysik. Das ist aus Aristoteles Werk. Die Physik ist die Lehre von dieser Welt, in der wir leben und die wir klar sehen und messen können. Die Metaphysik ist die Lehre jener Welt, die vor unseren Blicken verborgen ist.«

»Dann umfasst die Metaphysik also all die Dinge, mit denen du dich nicht beschäftigen willst?«

»So ziemlich.«

Derick lächelte. »Es gibt doch viele Dinge, die vor unseren Blicken verborgen sind. Was ist mit Freundschaft, Liebe oder Heimweh? Das sind alles reale Dinge, auch wenn man sie nicht sehen oder messen kann. Vielleicht ist das alles nicht grundlos. Vielleicht ist diese Welt absichtlich ein Ort der Vergänglichkeit, weil wir uns auf das fokussieren sollen, was ewig ist.«

»Und was ist das?«

»Du hast es doch selbst gesagt: die erste Ursache, der unbewegte Beweger, Gott. Wie immer man ihn auch nennt. Tyra hat mir erzählt, dass er alle guten Menschen zu sich holen wird. Dort werden wir dann ewig leben, auch nachdem wir gestorben sind.«

Balki atmete tief ein und aus. Dann erhob er sich wieder. »Das hört sich alles sehr schön an. Aber es gibt dafür keine Beweise.«

»Es gibt viele Dinge, die du nicht beweisen kannst, aber du glaubst sie trotzdem, weil sie Sinn für dich machen oder weil du sie von jemandem gehört hast, dem du vertraust.«

»Ich weiß nicht, ob ich daran glauben kann. Vielleicht gibt es ja einen Gott, der über allen Dingen steht. Aber woher weiß ich, dass er sich für uns interessiert? Wie willst du es zum Beispiel einem Menschen erklären, dem etwas Schreckliches passiert ist, der zum Beispiel einen geliebten Menschen verloren hat?«

Das Meer rauschte unentwegt.

»Ich weiß, das ist hart. Aber es ist nun mal so, dass jeder Mensch in dieser Welt stirbt. Das ist Fakt. Man ist immer schnell bereit, sich über schlimme Dinge zu beschweren, aber kaum einer nimmt sich die Zeit, dankbar für die guten Dinge zu sein. Das ist nicht sehr konsequent oder? Wenn Gott entscheidet, dass eine Person stirbt, so ist er doch auch der Grund dafür, dass diese Person überhaupt geboren wurde, dass diese Person überhaupt gelebt hat und dass sie dir begegnet ist und dass ihr so eine wundervolle Zeit zusammen hattet. Außerdem hat Tyra gesagt, dass man die Menschen, die man verloren hat, irgendwann im Jenseits wiedersieht. Sie sind also nicht wirklich tot. Sie haben nur den Ort gewechselt.«

Balki stand plötzlich auf und blickte ziemlich missmutig drein. »Ich bin müde. Ich glaube, ich lege mich schlafen.«

Derick machte ein verdutztes Gesicht. »Es tut mir leid. Ich wollte nicht…«

»Ich glaube, ich hab dir zu viel beigebracht. Jetzt fängst du schon an, mit mir über Metaphysik zu diskutieren! Es war schön, als ich dir noch etwas beibringen konnte, ohne jeden Punkt mit dir ausdiskutieren zu müssen.«

»Naja. Ich wollte nur…«

»Reden wir bitte nicht mehr über das Leben nach dem Tod und solche Dinge.« Er stapfte davon. »Ich sag dir was: Arithmetik. Das ist ein faszinierendes Thema. Darüber können wir morgen gerne debattieren. Weißt du, was Arithmetik ist?«

»Nein.«

Balki lachte im Davongehen. »Das sind tolle Voraussetzungen. Das wird schön.«

Und er suchte sich ein bequemes Stück Sand in einigem Abstand zu Derick und schlief ein.

In dieser Nacht hatte er einen sehr wirren Traum. Er sah erneut vor seinem geistigen Auge, wie er als Kind gemeinsam mit seiner Mutter verschleppt wurde. Dann stand er frierend zusammen mit anderen Gefangenen in einem unterirdischen Gewölbe in Rom und beobachtete, wie sich zwei Händler die Hand schüttelten.

Als nächstes wurde er zu einem palastartigen Gebäude gebracht mit vier großen Säulen und zwei gewaltigen Statuen im Eingangsbereich. Er und die anderen Sklaven wurden durch das Tor gedrängt, durch das Atrium und eine Treppe hinauf in einen langen Korridor. Später standen sie alle an dem Geländer einer unterirdischen Arena. Vor ihnen ging es zwei Klafter weit in die Tiefe und ein Löwe marschierte dort unten unruhig auf und ab.

»Von nun an seid ihr mein Besitz«, sagte ein Mann mit silbernen Augen und pechschwarzem Haar, umringt von seinen Wachen. »Folgt meinen Befehlen und ich werde euch gut behandeln. Wer mich jedoch enttäuscht, braucht kein Erbarmen von mir zu erwarten. Ich habe viele wilde Tiere für meine Gladiatorenkämpfe. Damit sie nicht verweichlichen, werden sie ausschließlich mit Lebendbeute gefüttert. Ich werde also immer eine Verwendung für euch haben so oder so…«

Und er ließ demonstrativ einen seiner Sklaven, der bereits übel zugerichtet worden war, vor ihren Augen in die Grube werfen. Der junge Balki schloss die Augen, aber die Schreie halten noch immer in seinen Ohren.

Als nächstes saß er in einem unterirdischen Archiv und schrieb etwas auf eine lange Pergamentrolle. Viele Jahre waren vergangen. Er war aufgestiegen in der Hierarchie des Hauses und Januarius Antilas hatte ihm sogar seine Bücher anvertraut. Balki hatte nie einen Fehler gemacht, denn er wusste, dass jeder Fehler sein letzter sein könnte. Er lebte in ständiger Angst, aber diese Angst trieb ihn zu geistigen Höchstleistungen an.

Da klopfte es jäh an der Tür. Balki zuckte zusammen. Er wusste, dass es ein anderer Sklave sein musste, denn niemand sonst würde klopfen. »Ja?«

»Hallo, schön dich kennenzulernen.«

Er runzelte die Stirn, denn mit einer so sanften und freundlichen Stimme hätte er an diesem Ort niemals gerechnet. Langsam drehte er den Kopf und sah eine fröhlich wirkende junge Frau mit gebräunter Haut und langen schwarzen Haaren.

»Kann ich helfen?«, fragte er verwirrt.

»Du bist Balki oder?«

Er nickte nur verwundert.

»Ich bin Monia. Aliqua hat mich geschickt, um ein Buch über die Pflanzenkunde zu holen, für den Garten.«

»Natürlich.« Er stand auf, lief an ein paar Regalen mit Schriftrollen vorbei, die er selbst sortiert hatte, und fand sofort das gesuchte Exemplar.

»Hier bitte. Das sollte genügen«, sagte er knapp und reichte ihr die Schriftrolle.

Sie lachte herzhaft. »Danke. Ich mag deine Augenbrauen.«

»Meine Augenbrauen?«, erwiderte er verwirrt.

Sie nickte und lachte noch mehr. »Ich hab gehört, du hast alle Bücher im ganzen Gebäude gelesen. Steht da auch was über andere Länder drin?«

»Andere Länder?«

»Ja, ich will einmal die ganze Welt bereisen. Kannst du mir etwas über andere Länder erzählen?«

»Ich muss arbeiten«, sagte er knapp. »Und du auch. Man sollte uns besser nicht dabei erwischen, in der Arbeitszeit Gespräche zu führen.« Schnell wandte er ihr den Rücken zu und wollte sich zurück an die Arbeit machen. Dann besann er sich jäh eines Besseren und drehte sich ihr wieder zu. »Du bist neu hier oder?«

»Ja. Ich bin erst seit ein paar Tagen hier.«

»Das dachte ich mir schon. Ich will dir einen guten Ratschlag geben. Lach nicht so viel. Er mag das nicht. Vor zwei Jahren hat er einer Sklavin die Zähne ausschlagen lassen, weil sie ihm zu viel gelacht hat.«

Ihr Lachen erstarb, aber sie wirkte trotzdem sehr gefestigt. »Ich bin schon vorsichtig.«

»Bitte«, sagte er mit brüchiger Stimme. »Folg meinem Rat. Es wäre sehr schade. Du hast ein sehr schönes Lächeln.«

Wieder vergingen viele Monate. Erneut war Monia bei ihm in seinem Arbeitszimmer, aber dieses Mal saß sie zusammengekauert auf dem Boden und weinte. Balki hatte seinen Arm um sie gelegt. Dicke Tränen rannen über ihr hübsches Gesicht, das geschwollen und blutig war. »Er wird es wieder tun. Ich weiß es.«

»Du darfst zu ihm unter keinen Umständen *nein* sagen«, erwiderte Balki mit gebrochener Stimme. »Ansonsten wird er sich einfach mit Gewalt nehmen, was er will, und dich danach zur Strafe an die Löwen verfüttern.«

»Was macht das für einen Unterschied? Selbst wenn ich alles tue, was er möchte, wird er meiner früher oder später überdrüssig werden, und dann wird er mich ebenfalls umbringen lassen. Das hat er schon mit anderen Sklavinnen gemacht. So oder so. Über mich wurde ein Todesurteil gesprochen.«

Balki drückte sie an sich und schloss verzweifelt die Augen. »Das werde ich nicht zulassen. Ich werde ihn aufhalten.«

Sie lachte inmitten ihrer Tränen. »Das ist sehr ritterlich von dir Balki, aber wir wissen beide, dass du nicht mit einem Schwert umgehen kannst. Außerdem ist das ganze Anwesen voller Wachen. Wir haben keine Chance.«

»Wer sagt denn etwas von einem Schwert? Ich werde ihn mit meinem Verstand besiegen.«

Er wusste nicht, wie viel Zeit vergangen war. Er stand an einer Klippe vor einem Berg aus Geröll und kniete niedergeschlagen auf dem Boden. »Es tut mir so leid.«

Jäh schreckte Balki aus dem Schlaf. Panik erfasste ihn. Für einen Moment glaubte er, noch immer im Anwesen von Januarius Antilas gefangen zu sein. Sein Herz raste wie wild. Sogleich tastete er seine Umgebung ab und er fühlte zu seiner Erleichterung den rauen Sand zwischen seinen Fingern. Das Rauschen des Meeres drang an seine Ohren und ein paar Klafter von ihm entfernt hörte er Derick leise und regelmäßig schnarchen.

Seine Muskeln erschlafften und er starrte erschöpft nach oben zu den Sternen. »Es kommt alles zurück«, flüsterte er leise. »Je näher wir Rom kommen, desto näher kommen mir diese schrecklichen Erinnerungen.«

Auch im Hunnenlager war es Nacht. Sie hatten erfolgreich und ohne weitere Opfer zu beklagen die Alpen überquert und befanden sich nun wieder am Ausgangspunkt ihrer Reise, in Italien.

Balaban saß in seinem Zelt und brütete über seinen Landkarten und Schriften. »Der Fluß ist der Busento«, flüsterte er leise vor sich hin und fuhr mit seinem Finger den Flussverlauf auf einer Karte ab. »Die Frage ist nur, wo genau befindet sich die Kammer?«

Jäh sprangen seine Hunde zur Zelttür. Ein Wachmann öffnete sie und eine Frau trat zu ihm in das Zelt.

»Tyra!«, sagte er überrascht. »Was verschafft mir das späte Vergnügen?« Er nickte seinem Wachmann zu, der sich daraufhin wieder entfernte.

»Ich konnte nicht einschlafen.« Die Hunde sprangen an ihr hoch und sie kraulte ihnen lächelnd die Ohren. »Ich habe gesehen, dass hier noch Licht brennt.«

»Nun. Ich kann dir ein paar interessante Landkarten anbieten. Leider sind sie nicht einheitlich, weder im Stil noch im Maßstab.«

»Nun, Ihr habt mir das Bogenschießen, das Reiten und die Falkenjagd beigebracht. Ich dachte, ich bringe Euch auch etwas bei.« Sie
klapperte mit einem Becher.

»Ein Würfelspiel?«

»In meiner Heimat haben das die Leute fast jeden Tag gespielt.«
Er lächelte, dann räumte er die Karten und Schriftrollen von seinem
Tisch und bot ihr einen Stuhl an.

Sie spielten mit jeweils drei Würfeln. Wer die höhere Zahl hatte,
gewann.

»Ich mag eigentlich keine Würfelspiele«, meinte Balaban nach einer Weile. »Wie wäre es, wenn ich dir Mühle beibringe?«

»Was ist daran besser?«, fragte Tyra interessiert.

»Es ist ein Strategiespiel. Bei einem Strategiespiel kommt es allein
auf den Verstand des Spielenden an. Wenn er die richtigen Züge
macht, gewinnt er. Wenn er die falschen Züge macht, verliert er.
Bei einem Glücksspiel hingegen kann es sein, dass man alles richtig macht und trotzdem verliert.«

»Leider kann es im Leben manchmal genauso kommen«, sagte sie
nachdenklich und Balaban nickte.

»Das ist meine größte Angst.«

»Ihr macht Euch Sorgen um Euer Volk?«

»Ja. Wenn ich versage, gibt es keinen Ort, an dem sie noch sicher
wären.«

»Wie steht es um die Versorgung? Haben wir genügend Vorräte,
bis wir Rom erreichen?«

Balaban hob die Brauen. »Ich vermute schon.«

Er holte ein Mühlebrett. Nachdem er Tyra die Grundlagen erklärt
hatte, machte jeder seinen Zug.

»Wenn wir genug Vorräte haben, brauchen wir in keinem Dorf zu
halten, richtig?«

Er lächelte erneut. »Ich habe die Vermutung, dass du nur hergekommen bist, um sicherzustellen, dass wir auf unserem Weg nach
Rom keine Dörfer mehr überfallen.«

»Hattet Ihr denn vor, Dörfer zu überfallen?«

Er machte seinen Zug. »Du kannst ganz beruhigt sein. Wir werden
geradewegs nach Rom reiten. Es wird keine weiteren Umwege und

ganz bestimmt keine Plünderungen mehr geben. Dann wird das Heer vor Rom ein Lager errichten und ich werde mit einer kleineren Gruppe in die Stadt reiten, um mit Januarius Antilas zu sprechen.«

»Was für ein Mensch ist er?«

»Es gibt einige Römer, die ihn für einen großen Menschen halten.«

»Und für was haltet Ihr ihn?«

»Für einen Menschen.«

Es herrschte einen Moment lang Schweigen, während sie weiterhin spielten.

»Danke«, sagte Tyra schließlich.

»Du musst mir nicht danken«, erwiderte Balaban sofort.

»Doch das muss ich«, entgegnete sie trotzig. »Ihr habt mich gut behandelt. Ihr habt mir so viel beigebracht. Ich weiß, dass es ein Privileg ist, die Falkenjagd zu lernen. Die meisten Krieger in Eurem Gefolge haben das nie gelernt.«

»Ich habe eben bemerkt, dass du ein gewisses Talent für solche Dinge hast.«

»Ich habe früher nie mein Dorf verlassen. Ich verbrachte fast den ganzen Tag ums Haus herum. Ich hätte niemals gedacht, dass ich einmal die Alpen überquere oder nach Italien reite. Es fühlt sich an, als ob ich den größten Teil meines Lebens in einem Winterschlaf verbracht hätte und nun endlich aufgewacht bin.«

Balaban konnte nicht verbergen, wie sehr es ihn freute, das zu hören. »Eine Frau wie Ihr gehört auf den Rücken eines Pferdes.«

»Danke«, sagte sie noch einmal. »Und danke, dass Ihr aufgehört habt Balki und Derick zu jagen.«

Das Lächeln verschwand von seinem Gesicht. »Ich habe beschlossen, sie nicht weiter durch die gefährlichen Berge zu verfolgen. Das heißt aber nicht, dass ich sie nicht jagen werde, wenn ich sie wiedersehe.« Er machte einen Zug.

»Meint Ihr es würde helfen, wenn ich mitgehe, wenn Ihr zu Januarius Antilas reist, um zu bestätigen, dass Ihr Balki und Derick gefasst habt?«

Er musterte sie nachdenklich. »Wie kommst du darauf?«

»Ich will, dass diese Schatzjagd endlich endet. Ich will, dass er Eurem Volk das Land gibt, dass er Euch versprochen hat. Ich will, dass Ihr endlich Frieden findet. Ihr habt Balki gefangen und eine Zeit lang in Eurer Gewalt gehabt und Ihr wisst, was auf der Karte geschrieben stand. Damit habt Ihr doch Euren Teil der Abmachung erfüllt. Muss er Euch dann nicht geben, was er Euch schuldet?«

»Vielleicht. Aber ganz sicher kann ich mir erst sein, wenn ich Balki und Derick in meiner Gewalt habe.« Er machte einen Zug und gewann das Spiel.

Tyra erhob sich. »Dann hoffe ich, dass wir ihnen nicht mehr begegnen. Danke für das Spiel Eure Hoheit.«

Er erhob sich ebenfalls. »Ich danke. Es war das erste Mal seit vielen Jahren, dass ich mir Zeit für ein Spiel genommen habe. Es hat Spaß gemacht.«

»Dann sollten wir es vielleicht wiederholen«, meinte sie freundlich. »Gute Nacht.« Sie machte eine kurze Verbeugung und verließ dann das Zelt.

»Gute Nacht«, sagte Balaban leise und schaute ihr nach. Er stand noch eine ganze Weile auf der Stelle und dachte nach. *Vielleicht*, dachte er heimlich bei sich, *wäre es wirklich besser, wenn wir Balki und Derick nicht mehr begegnen.*

Die Ewige Stadt

Viele Wochen lang führte sie ihr Weg an der Küste entlang. Balki zufolge war das Meer eine gute Orientierungshilfe, um sicherzustellen, dass sie sich nicht in die falsche Richtung bewegten. Derick hingegen genoss einfach nur die Zeit am Wasser, das Rauschen der Wellen und den Sand unter seinen Füßen.

Eines Tages mussten sie einen Fluss überqueren, den Balki zu kennen behauptete. »Nun, ich hoffe, du hast deine Meinung nicht geändert, denn das hier ist der Rubikon«, erklärte er mit der Stimme eines Lehrers.

»Und was hat es mit diesem Fluss auf sich?«, fragte Derick.

»Wenn man ihn erst überschritten hat, dann gibt es kein Zurück mehr.« Balki wusste zwar, dass der echte Rubikon auf der anderen Seite von Italien lag, doch er wollte sich den Spaß nicht nehmen lassen.

»Ich habe mich entschieden«, erwiderte Derick entschlossen. »Ich will nicht mehr den Dieb jagen, der meinen Eltern so großes Leid zugefügt hat. Ich will nicht mehr mein Leben darauf verwenden, ein altes Familienschwert zu suchen. Die Vergangenheit liegt auf unserer Seite des Flusses. Jenseits davon die Zukunft.«

»Sehr schön gesagt.«

»Ich will diesen Schatz finden und mit dem Gold aus diesem Hort werde ich ein gutes und sicheres Leben führen und meiner Familie und meinen Freunden soll es niemals an irgendetwas mangeln. Ich will zu Tyra zurückgehen und sie heiraten. Ich will ein guter Mensch sein und ein einfaches Leben führen, ohne Krieg und Gewalt.«

»Das hört man doch gerne!«, gluckste Balki zufrieden. »Du wirkst wie neugeboren. Los, machen wir es wie Caesar und überschreiten wir den Rubikon!«

Sie überquerten den Fluss und ihre Reise ging weiter. Alte Städte und verfallene Ruinen zogen an ihnen vorüber. Trotz der Unruhe, die zu dieser Zeit in Italien herrschte, begegneten sie auf ihrer Reise keinen plündernden Stämmen. Die Fischerdörfer und Bauernhöfe auf ihrem Weg umrundeten sie vorsichtshalber. Die Sonne wurde jeden Tag heißer. Das Rauschen des Meeres war ihr ständiger Begleiter. Und nach einer langen Zeit erreichten sie die Mündung eines großen Flusses und Balki wusste, dass es sich um den Tiber handeln musste.

Die beiden Freunde hielten inne und beobachteten staunend die Schiffe, die Waren aus aller Welt in die Ewige Stadt brachten.

»Sieh dir das an!«, keuchte Derick und deutete auf ein prächtiges Kriegsschiff mit zwei langen Ruderreihen übereinander und mindestens hundert Riemen, das von hundert starken Armen über den Tiber ins offene Meer befördert wurde.

Ein anderes kleineres Schiff schien aus dem fernen Osten zu kommen. Es hatte ein dreieckiges, nach oben spitz zulaufendes Segel und einen langen Vorsteven, der schräg aus dem Kiel herausragte.

»Zeit für die letzte Etappe«, sagte Balki und bog nach links ab, den Handelsschiffen hinterher.

Sie waren monatelang durch die Wildnis gereist, doch letzten Endes hatten sie das Ziel ihrer Reise erreicht. Der gewaltige Fluss erstreckte sich zu ihren Füßen und sie folgten ihm weiter ins Landesinnere. Die Besiedlungsdichte nahm immer weiter zu, aber unter den zahlreichen Händlern und Reisenden fielen sie kaum auf. Und am letzten Tag ihrer Reise führten die wogenden Wellen des Tibers sie direkt zwischen die weißen Häuser und Hallen der Ewigen Stadt.

»Wir haben es geschafft. Wir sind in Rom angekommen.«

Vor ihren Augen erstreckte sich ein schier endloses Siedlungsgebiet aus steinernen Häusern, die in der Ferne immer größer und pompöser wurden. Das Straßennetz war so gut ausgebaut wie nirgendwo sonst auf der Welt und tausende Menschen strömten zu Fuß oder in Wägen in die Stadt hinein und wieder hinaus.

»Sieh dich gut um. Rom ist anders als jede Stadt, die du jemals sehen wirst. Nicht umsonst ist sie seit über tausend Jahren das Zentrum unserer westlichen Welt. Es ist schön, wieder hier zu sein.«

Sie marschierten eine der kleineren sorgfältig angelegten Straßen hinauf, die nur von vereinzelten Spaziergängern und Karrenziehern bevölkert war.

»Bei Mithras! Hilft mir endlich jemand mit meinem Lattich!«, rief einer der Händler so ungeduldig, als würde er schon seit hunderten von Jahren auf jemanden warten, der ihm beim Tragen hilft.

Allmählich wurden die Gebäude größer und ein riesiges Bauwerk, das sich wie eine Brücke über ihren Köpfen dahin zog, erregte ihre Aufmerksamkeit. Es war ein Aquädukt!

»Wo kommen nur all die Menschen her?«, keuchte Derick. Der Junge war blass wie der Mond. Noch nie zuvor hatte er so viele Menschen auf so engem Raum versammelt gesehen.

»Die meisten Leute hier sind die Nachkommen von Sklaven oder verarmten Bauern, die auf der Suche nach Arbeit in die Städte gekommen sind. Sie leben hier unter ärmlichen Bedingungen in Wohnblöcken und Mietskasernen zusammengepfercht. Die Reichen hingegen haben ihre Prachtbauten in der Nähe des Forum Romanum oder auf einem der sieben Hügel Roms.«

Derick schloss die Augen und blieb einen Moment stehen. Er wurde sofort von den vorbeiströmenden Passanten angerempelt und flüchtete sich an den Straßenrand.

»So eine große Stadt«, flüsterte er nach Luft ringend. »So viele Menschen. So viele Wege.«

»Und ich weiß genau, welchen wir einschlagen müssen«, rief Balki laut lachend und zog ihn am Kragen mit sich. »Folge meiner Stimme und ich führe dich zu einer der feinsten Tavernen im ganzen alten Imperium Romanum. Der Wein dort sucht seines Gleichen und die Wandmosaike sind bemerkenswert.«

Derick lächelte matt. »Ich frage mich allmählich, ob du mich lediglich auf eine Trinkreise mitnehmen wolltest. Gibt es irgendeine Schenke auf dieser Welt, die du nicht kennst?«

Balki antwortete über das Stimmengewirr der Stadtbewohner hinweg. »Wenn ich ein Land bereise, erlerne ich dessen Kultur, bewundere dessen Natur und erfreue mich an seinen kulinarischen Köstlichkeiten. Für Tee gehe ich nach China und für Wein nach

Rom. Und wenn ich gutes Bier möchte, bleibe ich am besten zuhause.«

Er steckte sich seine Pfeife an und paffte munter vor sich hin.

Sie bogen in eine Gasse ein, die zu einer schäbigen Taverne führte.

»Hat die Taverne geöffnet?«, fragte Derick und studierte das schäbige Wirtshaus interessiert.

»Auf dem Schild stehen doch die Öffnungszeiten. Montag bis Mittwoch. Freitag bis Samstag.«

»Warte! Ich benutze meinen Verstand«, sagte Derick plötzlich und strich sich über seinen kurzen Bart. »Lass mich nachdenken! Heute sind wir in Rom angekommen. Heute ist Donnerstag. Der germanische Donnerstag entspricht dem römischen Venustag.«

»Nein. Der germanische Donnerstag entspricht dem römischen Jupitertag.«

»Aber ich dachte der römische Krieger Venus entspricht dem germanischen Krieger Thor.«

Balki lachte verdruckst. »Thor entspricht dem Krieger Mars.«

»Oh.«

»Und Venus ist eine Frau.«

»Oh.«

»Und außerdem ist heute nicht Donnerstag, sondern Montag.«

»Oh.«

»Und außerdem steht die Eingangstür offen und wir können hören, dass Menschen dort zu Gast sind und etwas trinken.«

»Oh.« Derick machte ein äußerst missmutiges Gesicht.

»Wollen wir eintreten?«, fragte Balki und verkniff sich das Lachen.

»Von mir aus.«

Balki klopfte ihm aufmunternd auf den Rücken. »Keine Sorge. Mir würden zwar nun hundert Scherze einfallen, aber ich werde dich nicht lächerlich machen.«

»Danke Balki.«

»Das kannst du schließlich selbst am besten.« Und er hüpfte durch das Tor, ehe Derick nach ihm ausholen konnte.

Er zog den Kopf ein und trat durch die Tür in das stickige Innere der Gaststätte. Es war drückend heiß. Bereits nach wenigen Augenblicken spürte Balki, wie ihm der Schweiß auf der Stirn perlte. Die

Taverne war spärlich besucht. Offenbar waren die meisten Stadtbewohner um diese Tageszeit mit ihren Arbeiten beschäftigt. Sie
fanden einen leeren Tisch direkt unter einem der eindrucksvollen
Mosaike, das aus hunderten bunten Steinen zusammengesetzt war.

»In diesen Steinblöcken könnte ich nie wohnen«, meinte Derick
ein wenig niedergeschlagen. »Ich vermisse allmählich mein altes
Langhaus im kalten Norden.«

»Das nennt man Heimweh. Gleich geht es dir besser«, verkündete
Balki begeistert. »Herr Wirt. Duo Vina.«

Er rutschte ungeduldig hin und her, während der Kellner ihre Becher brachte. »Das ist der größte Geheimtipp in der antiken Welt.
Der beste Wein der Welt!« Er schnappte sich seinen Becher und
wartete ungeduldig, bis Derick seinen genommen hatte. »Auf eine
lange und beschwerliche Reise. Von den eckigen Steinen bis hin
zu dieser eckigen Taverne. Prost!«

Sie stießen an. Derick nahm einen vorsichtigen Schluck, während
Balki die Hälfte des Weins mit einem Zug herunterkippte. Jäh verzog er das Gesicht und starrte enttäuscht in seinen Kelch. »Das
schmeckt ja scheußlich! Haben die den Besitzer gewechselt?!« Unglücklich setzte er den Becher ab und wischte sich die Augen.

»Manchmal verändert sich die Welt schneller als einem lieb ist.«

Derick machte ein finsteres Gesicht. »Das ganze Römische Reich
geht den Bach runter und du ärgerst dich über eine Verschlechte-
rung ihres Weins.«

»Das ist kein Wein. Das ist Gift. Ich bin nicht glücklich.«

Es herrschte eine Weile Stille. Das einzige Geräusch an ihrem
Tisch waren Balkis Feuersteine, mit denen er seine Pfeife anzuzünden versuchte.

»Ich wette, Balaban ist im Moment auch alles andere als glücklich«, bemerkte Derick beiläufig.

»Oh ja«, erwiderte Balki, der sich wieder beruhigt hatte und nun
faul in seinen Stuhl gesunken war. »Er wird sicherlich kochen vor
Wut.« Er sog genüsslich an seiner Pfeife.

»Vermutlich sucht er uns noch immer in den Bergen.«

Balki paffte einen Ring. »Nun, wenn ich er wäre, würde ich mich
dort häuslich niederlassen.«

Derick gluckste und nippte noch einmal an seinem Wein. »Nun, dann hat er zumindest eine schöne Aussicht.«

»Wohl war. Das Klima in den Bergen ist auch überaus angenehm. Die Bergluft ist herrlich.«

»Ich kann ihn mir gut vorstellen, wie er mit einer Herde Schafe über die Bergalmen wandert, einen Strohhut auf dem Kopf.«

»Er würde einen großartigen Schafhirten abgeben. Zwei passende Hunde hat er ja bereits.«

Derick und Balki prusteten los und verteilten einen Großteil ihres Weins auf der Tischplatte. Einige Anwesenden schauten sie verständnislos an.

»Stell ihn dir vor, wie er morgens die Hühner mit einem Besen aus dem Haus jagt.«

»Und mit einer Mistgabel die Kühe füttert.«

Balki konnte kaum trinken vor Lachen. Er äffte die strenge Stimme des Hunnenkönigs nach. »Ihr zwei Hühner habt heute noch keine Eier gelegt. Das ist Befehlsverweigerung. Ich werde euch jetzt einzeln verhören und dann eure Fassungen der Geschichte miteinander abgleichen. Wenn ich Unterschiede darin finde, gibt es Hühnersuppe zum Abendessen. Legt los!« Er imitierte ein Huhn. »Bokbokbok.«

Derick schüttelte sich vor Lachen.

Balki grunzte und erzählte weiter. »Aber wieso überhaupt Bauer? Es gibt so viele andere schöne Berufe, die sich für einen Hunnenkönig geziemen. Wie wär's mit Hebamme? … Hebamme für die Kühe.«

Diesmal war Derick nicht vorbereitet und verschluckte sich so schlimm an seinem Wein, dass nach seinen wilden Hust- und Lachkrämpfen die ganze Taverne verstummt war. Alle richteten ihre Augen auf die Fremden.

»Wir haben es schon wieder geschafft, uns unbeliebt zu machen«, bemerkte Balki schuldbewusst und zog den Kopf ein.

Derick grinste noch immer. »Vielleicht jagen sie uns wieder mit Fackeln aus der Stadt, weil sie glauben, dass wir Giftmischer sind.«

»Wenn wir Giftmischer wären, müssten sie uns in ihrer Küche einstellen.«

Beide senkten den Kopf und versuchten sich das Lachen zu verkneifen.

»Ruhe! Ich möchte meine Ruhe!«, rief eine bärtige Gestalt am anderen Ende der Taverne.

»Wir sind schon still«, rief Derick dagegen.

Der Mann erhob sich zusammen mit seinen zwei Begleitern. Sie waren alle drei Recken von gewaltigem Wuchs mit Runen an ihren Gürtelschnallen und Langschwertern an ihren Gürteln.

Der Krieger beschwerte sich. »Wir wollen Ruhe. Wir reiten reiten den ganzen Tag und die ganze Nacht durch. Dieser Ort heißt heißt früher einmal Taverne. Ist es jetzt ein Circus?«

»Was«?, fragte Derick.

»Verstehst verstehst du mich nicht?«, entgegnete der Krieger zornig. Erneut sagte er ein Wort zweimal hintereinander.

»Ich habe dich verstanden.«

»Du *hast* mich verstanden?«, wiederholte der Krieger. »Ihr habt eine seltsame Art zu reden.«

»Das musst du gerade sagen.«

Beleidigt machten sich die drei Recken zum Aufbruch bereit. »Kommt Männer! Diese Taverne ist nicht mehr das, was sie einmal ist ist.«

Sie verließen die Schenke und Derick machte ein verdutztes Gesicht. »Was war denn das? Warum hat er so komisch gesprochen?«

Balki gluckste vergnügt. »Die reden immer so. Das liegt an ihrem Dialekt.«

»Das waren jedenfalls keine Römer«, fügte Derick hinzu.

»Nein, du hattest eben die Freude, zwei Angehörige der Goten betrachten zu dürfen.«

»Goten?«, antwortete Derick verwirrt. »Du meinst, solche, deren Schatz wir suchen.«

Balki schüttelte nachsichtig den Kopf. »Du musst zwischen Ostgoten und Westgoten unterscheiden. Die Westgoten sind es, die unter ihrem König Alarich die Ewige Stadt geplündert und mit all den Schätzen nach Süden gezogen sind. Die Ostgoten sind erst hundert Jahre später nach Italien gezogen. Ihr König Theoderich herrscht momentan über alles, was vom Römischen Reich übrig geblieben ist.«

»Hmm«, machte Derick und blickte nachdenklich über seinen Kelchrand. »Sie sind hier stark in der Unterzahl.«

»Das hat nichts zu sagen.«

»Sie gehören hier nicht hin. Ich glaube kaum, dass sie sich lange halten werden.«

Balki furchte nun ebenfalls grübelnd die Brauen. »Bisher ist ihr Herrscher bei seinen Untertanen relativ beliebt. Er schafft es, Römer und Goten an einen Tisch zu bekommen. Aber ich denke, du hast recht. Spätestens wenn Theoderich stirbt und es um seine Nachfolge geht, wird ihre Allianz auseinanderbrechen. Wer weiß, wer als nächstes kommen wird?«

Ein wenig später spazierten sie durch Rom und bewunderten die Aquädukte, die vielen Statuen und schließlich den Circus Maximus. Von dort aus ging es einen Hügel hinauf, der voller schöner Villen war.

»Das ist der Palatin«, erklärte Balki fachmännisch.

Die Gebäude waren aus Ziegelsteinen erbaut. Während sie dort spazierten, erfreuten sie sich an den vielen Pinien und den sorgfältig angelegten Gärten. Ein Wachmann funkelte sie misstrauisch an, aber nachdem Balki ihn auf Latein gegrüßt hatte, nickte er kurz und wandte sich wieder anderen Dingen zu. Schließlich kamen sie auf eine Aussichtsplattform, von wo aus sie einen fantastischen Blick auf das Forum Romanum und die anderen großen Hügel von Rom hatten. Als sie den Palatin wieder hinunterliefen, bogen sie nach rechts ab und kamen an einem riesigen Triumphbogen vorbei.

Sie marschierten weiter und geradewegs auf das gewaltige, dreigeschossige Kolosseum zu, aus dessen unzähligen bogenförmigen Öffnungen ihnen die stummen Köpfe von über hundert starren Statuen entgegen starrten, als wollten sie sie von dem gigantischen Amphitheater vertreiben, anstatt sie zu locken. Jäh befanden sie sich auf einem weiten Platz, in dessen Mitte ein großer Springbrunnen plätscherte und Balki erkannte nun auch zu seiner Rechten einen Triumphbogen. Eine Stadtkarte, die er in seiner Jugend oft studiert hatte, fiel ihm wieder ein.

»Das da drüben ist der Triumphbogen von Konstantin dem Großen, der das Christentum in Rom für legal erklärt hat, nachdem die Christen dort jahrhundertelang verfolgt wurden. Das da hinten war der Triumphbogen des Titus. Das ist der Kaiser, der Jerusalem erobert und geplündert hat. Komm! Wir sollten in diese Richtung laufen, dann sehen wir den Platz, an dem einst Julius Caesar ermordet wurde.«

Begeistert hüpfte Balki voraus und Derick folgte ihm mit überwältigter Miene.

»Solche Prachtbauten habe ich noch nie gesehen«, sagte er tonlos. Viele römische Bürger spazierten ebenfalls über das Forum und hier und da erspähten sie ein paar Mitglieder der Stadtwache, die patrouillierten, um für Ordnung zu sorgen.

»Das gehört alles zum Forum Romanum«, erklärte Balki träumerisch und ließ den Blick schweifen über einen grünen Park, der zu allen Seiten mit Bogengängen, Kuppeln und Brunnen geschmückt war. »Hier vor dir siehst du den Triumphbogen von Kaiser Septimius Severus. Dahinter erhebt sich das Kapitol, der kleinste der sieben Hügel Roms. Und das dort zu unserer Rechten ist der Senat.«

Er deutete auf ein breites Gebäude mit einem etwas kleineren Nebengebäude, das hinter einer Reihe von Säulen versteckt lag, zu denen eine breite Treppe führte. An den Säulen erkannte er einige schlampige Kritzeleien, die Wahlaufrufe enthielten.

»Albus der Schriftsteller fordert euch auf, für Lucius Gracchus als duumvir zu stimmen«, las er belustigt vor.

»Es ist überwältigend«, gestand Derick, der sich plötzlich ganz klein fühlte, viel kleiner als sonst. »Was bin ich für ein unbedeutender Fleck neben all diesen zeitlosen Bauten?«

»Essen!«, rief Balki sofort und rannte zu einem Essensstand am Straßenrand. »Duo Adoreae.«

Er kam zurück und reichte Derick ein öliges, rundes Fladenbrot, das mit Käse und gebratenem Gemüse belegt war.

Sie setzten sich in den Schatten auf eine steinerne Bank und beobachteten die Passanten, während sie ihre Brote verspeisten.

»Das schmeckt wirklich gut«, meinte Derick mit glasigen Augen. »Ich glaube, so etwas Gutes habe ich noch nie gegessen.«

»Ja ziemlich gut«, entgegnete Balki schmatzend. »Aber irgendeine Zutat fehlt noch, ich komm nur nicht drauf, welche.«

Sie setzten ihren Spaziergang fort, bogen nach links ab und verließen das Forum Romanum.

Balki lächelte und reckte sein Haupt gegen die Sonne. »Faszinierend oder? Die ganze Stadt begann irgendwann einmal als kleines Fischerdorf am Tiber. Jetzt ist es die mächtigste Stadt der Welt. Naja, zumindes war sie es. Was ist vom großen Rom geblieben außer Stolz, Intrigen und Laster?«

Derick furchte die Stirn. »Sonst urteilst du nie über andere.«

Balki machte ein verdutztes Gesicht. Dann starrte er niedergeschlagen zu Boden. »Das hat Januarius Antilas immer gesagt. Du weißt ja, dass ich jahrelang für ihn gearbeitet habe. Es ließ sich nicht vermeiden, dass ein bisschen von seinem Gedankengut auf mich abfärbte. Aber ich gebe mir alle Mühe, diese Verfärbungen wieder abzuwaschen.«

Schweigend schritt er voran und Derick folgte ihm voller Furcht, er könnte sich verlieren, wenn er alleine in dieser Stadt aus Stein bliebe. Sie kamen nun durch ein schmutzigeres Viertel. Hier und da war die Stadt bereits dem Verfall anheimgefallen. Steine und Felsen lagen auf der Straße, wo Einwohner oder Durchreisende die Edelmetalle geplündert hatten. Übrig geblieben war an dieser Stelle nur noch der zerklüftete Marmor und die Säulen, auf denen einst majestätische Gebäude gethront hatten. Auch viele Statuen, an denen sie vorbeiliefen, waren verstümmelt.

»In meiner Jugend sah es hier noch besser aus, auch wenn der Verfall damals schon eingesetzt hat. Ich wünschte, wir könnten Rom noch einmal in seiner Blütezeit besuchen.«

Derick hatte kaum gesprochen, seit sie das Forum verlassen hatten. Jetzt räusperte er sich und klang ganz niedergeschlagen. »Unfassbar, was die Menschen alles geschaffen haben. Mir ist, als wäre ich in einem Traum.«

»Ja, das kann ich gut verstehen. Wenn man nicht an solche prächtigen Orte gewöhnt ist, kann es einem schon einmal die Sprache verschlagen.«

»Vielleicht hätte ich mein Dorf niemals verlassen sollen«, gestand Derick. Balki schaute ihn aufmerksam an, als er weitersprach. »Ich werde niemals wirklich dorthin zurückkehren können. Nicht nach allem, was ich gesehen habe. Es wird nie wieder alles so sein wie zuvor.«

Balki schüttelte den Kopf und jetzt wirkte er wieder wie ein Lehrer aus einer alten Epoche. »Es wird alles so sein wie zuvor. Nur du wirst nicht mehr so sein wie zuvor. Du wirst nachhause zurückkehren und du wirst all das hier mit dir führen und dich gegen Stumpfsinn und Engstirnigkeit zur Wehr setzen. Du hast einen Schatten dessen gesehen, was Rom einst gewesen ist. Das ist mehr, als jeder in deinem Dorf von sich behaupten kann.«

Derick schluckte schwer. Dann nickte er und sie marschierten weiter. »Wohin gehen wir?«

»Ich weiß es selbst nicht so genau.« Balki war plötzlich merklich unbehaglich zumute. Sie bewegten sich durch ein Armenviertel und einer der sieben Hügel Roms schälte sich vor ihnen aus dem Dunst. »Aber da gibt es etwas, was ich wissen muss. Wer weiß? Vielleicht komme ich nie wieder hierher zurück. Das ist der Hügel Aventin. Der Legende nach verlor Remus dort den Streit um die Herrschaft Roms gegen seinen Bruder Romulus. Dieser Ort birgt nichts als Unrecht und Leid.«

Derick wirkte, als wäre ihm plötzlich ein Licht aufgegangen. »Du willst deinen alten Sklavenmeister sehen?«

Balki antwortete nicht.

»Wenn dem so ist, dann sag es mir. Dann bereite ich mich auf einen Kampf vor«, fügte der Junge furchtlos hinzu.

»Es wird keinen Kampf geben. Ich will es nur sehen. Ein letztes Mal.«

Sie kamen an einer Straße zum Stehen und am Ende der Straße befand sich zwischen den heruntergekommenen Mietskasernen ein glänzender kleiner Palast. »Ich fasse es nicht«, keuchte Balki.

»Was? Hat es sich verändert?«

Er schüttelte den Kopf. »Nein. Nicht im Geringsten. Es ist, als wäre ich niemals weg gewesen. Ich fühle mich, als wäre ich wieder ein kleiner Junge.«

Derick nahm ihn bei der Schulter. »Komm! ... Wir sollten gehen.«

»Nur einen Moment noch«, sagte Balki abwesend und seine Augen wurden glasig. »Wenn ich daran denke, wie viel Zeit meines Lebens ich in diesem Gebäude zugebracht habe.«

Derick schüttelte ihn. »Balki komm zur Vernunft! Wir sollten hier nicht mitten auf der Straße stehen! Du hast selbst gesagt, dieser Mann ist gefährlich!«

»Ich kann von hier aus durch den Torbogen sehen. Da sind Menschen im Garten.«

Derick ging nun ebenfalls einen Schritt vor. Unbeirrt bewegte er sich auf das Tor zu, als würde eine unsichtbare Macht ihn darauf zu ziehen.

Balki kam ihm hastig hinterher. Jetzt war er es, der in großer Sorge war. »Also schön! Lass uns verschwinden.«

Doch Derick rührte sich nicht.

»Derick!« Balki stöhnte und ging dann ebenfalls hinter der Säule des Torbogens in Deckung. »Was ist denn? Was siehst du?«

Unbeirrt starrte der Junge aus dem Norden in den Garten und zu den Menschen, die sich dort versammelt hatten. Wie im Traumzustand reckte er seine Brust und hob voller Stolz das Haupt. »Schicksal.« Dann wanderten seine Finger zu seinem Schwert und er zog es langsam und mit geschlossenen Augen heraus.

Balki verlor sämtliche Farbe. »Derick! Bist du wahnsinnig geworden?! Es gibt da drinnen jede Menge Wachen! Lass uns verschwinden und zwar schleunigst!«

Langsam schüttelte Derick den Kopf. Sein Atem war laut und unregelmäßig. »Ich gehe nirgendwo hin. Ich habe ihn gefunden.«

Jäh dämmerte es ihm, worauf der Junge hinaus wollte.

»Ihn? Hier? Das ist unmöglich! Du hast dich schon einmal geirrt. Erinnerst du dich?«

Derick schüttelte den Kopf und plötzlich lächelte er todesverachtend. »Ich irre mich nicht. Ich sehe ihn vor mir, als wäre es gerade erst gestern gewesen: den Dieb ... den Dieb, der meine Familie zugrunde gerichtet hat … den Dieb, der das Schwert gestohlen hat. Er ist hier! Hier in diesem Garten. Hier in Rom. Genauso wie es das Schicksal vorhergesehen hat.«

Balki griff in seiner Verzweiflung auf eine letzte Beobachtung zurück. »Du hast gesagt, er hätte einen Schwabenknoten getragen. Dieser da hat keinen! Bitte Derick, komm doch zur Vernunft!«

Doch der Junge sprach sich offenbar eisernen Mut zu. »Er ist es. Ich hab mich immer wieder gefragt, warum ich dir so bereitwillig nach Rom gefolgt bin. Jetzt weiß ich es. Es war Schicksal. Hier bin ich nun, Derick, Arnulfs Sohn, endlich am Ziel, das Leid, das an meinen Eltern begangen wurde zu rächen.« Und er sprang vorwärts mit gezücktem Schwert durch das Tor und stieß einen Angriffsschrei aus.

Balki zögerte nicht lange. Er wirbelte herum und rannte so schnell er nur konnte die Straße entlang und hinfort von der Gefahr. *Nein! Nein! Das darf nicht sein! Wie kann das stimmen?!*

Kurz vor der Kreuzung hielt er ein letztes Mal inne, spähte in die Ferne zu der gewaltigen Villa und sah, dass dort ein Tumult ausgebrochen war. Im Garten wuselten die Menschen durcheinander und fünf Wachleute rannten auf die Straße. Ehe sie Balki erspähen konnten, war er bereits um die Ecke verschwunden und wurde eins mit den strömenden Massen der Ewigen Stadt.

Die vielen Menschen wichen nur langsam seinem Pferd aus. Es war die Stadt seiner Geburt … die Stadt, in der er aufgewachsen war. So viele Erinnerungen fluteten auf ihn ein, als er die vertrauten Straßen durchritt. Er hätte damals hier bleiben können. Er hätte sich ein angenehmes Leben in Rom aufbauen können.

Aber mein Platz war und ist bei meinem Volk.

Hunnenkönig Balaban war zu seinem Auftraggeber zurückgekehrt … mit leeren Händen.

Bei den Hunnen war es Brauch, Verhandlungen immer von einem Pferderücken aus zu führen. Und sein Brauchtum war alles, was ihm noch geblieben war. Stolz und achtunggebietend trabte Balaban auf dem Rücken seines Rappen in den Thronsaal des Januarius Antilas.

»Verdammte Wagenbewohner!«, schrie einer der versammelten Gäste.

Balaban beachtete ihn nicht. Antilas gesamter Hofstaat war anwesend. Er war den Hass und die Verachtung anderer Menschen gewohnt. *Das spielt keine Rolle mehr. Nur das Ziel unseres Auftrags spielt eine Rolle. Meine Leute sind hungrig, abgekämpft und müde. Er muss uns das Land geben, dass er uns versprochen hat. Nur dann können die alten Wunden heilen.*

Ihre Reise quer durch Europa und die Überquerung der Alpen hatte ihnen vieles abverlangt. Von seinen über zweitausend Hunnen hatte ein Siebtel die Rückkehr nach Rom nicht mehr erlebt.

Er blickte an seinem Gefolge entlang. Da ritten Rigula und Zerco, Eskam und Rua. Sie wurden von den anwesenden Römern mit Verachtung angesehen und in ihren Augen blitzte Verachtung zurück.

Könnte ich doch an einem Ort oder zu einer Zeit leben, an dem es keinen Zwist und keine Abscheu mehr zwischen den Völkern gibt.

Doch Männer wie Januarius Antilas würden immer da sein, um dies zu verhindern. Er erwartete sie auf einem throngleichen Stuhl, in eine schwarze Toga gehüllt, umringt von seiner Prätorianergarde. Sein Gesicht war schmal und hohlwangig, seine Nase war sehr lang, allerdings so gerade, als habe man sie mit einem Lineal gezogen. Das Haar, das auf seinem Kopf thronte, war dicht und grau, auch wenn es früher einmal schwarz gewesen sein musste. Doch das Beeindruckendste und zugleich Furchterregendste an seinem Antlitz waren seine Augen. Sie strahlten so hell, dass sie fast weiß waren. Wie eine frisch geschliffene Klinge leuchteten sie in einem intensiven Silber, während die pechschwarzen Pupillen wie düstere Tunnel darin ruhten. Eine ungewöhnliche Dunkelheit schien von ihm auszugehen … oder war es vielleicht nur Balabans Reue, sich jemals auf einen solchen Menschen eingelassen zu haben? Er wusste es nicht.

Sein Pferd kam zum Stehen. Die Wachen traten einen Schritt zur Seite. Und dann stand er Auge in Auge mit dem Dämon in Menschengestalt.

»Es ist eine Ehre, von Euch empfangen zu werden, Januarius Antilas«, sprach Balaban langsam und deutlich. Seine blauen Augen verengten sich zu Schlitzen und spiegelten sich in den großen, grauen, ausdruckslosen Augen seines Gastgebers wieder.

Ein feines Lächeln umspielte seine Lippen. »Verneige dich«, flüsterte er.

Balaban fluchte innerlich. Er war der König seines Stammes und der Mann ihm gegenüber war nichts weiter als ein reicher Emporkömmling, der eine ganze Schar von Gönnern, Verbündeten und Söldnern in seinem Hofstaat versammelt hatte. Dennoch neigte er den Kopf. Er war auf diesen Mann angewiesen und das wusste Antilas genau. Rigula neben ihm knurrte gefährlich, aber selbst er wagte es nicht, sich gegen Januarius Antilas Demütigung zur Wehr zu setzen.

Ein ungewöhnlich dürrer, langarmiger Mann schälte sich aus der Reihe der Schaulustigen und schritt mit einem spöttischen Grinsen im Gesicht auf den Hunnenkönig zu.

»Das sind schöne Klingen. Ich könnte damit ein hübsches Sümmchen verdienen«, meinte er glucksend und deutete auf Balabans Waffen.

Mit versteinertem Gesichtsausdruck blickte der Hunnenkönig auf den Gauner herab. Rigula rutschte unruhig auf seinem Sattel umher. Eine solche Anmaßung vor seinen Augen geschehen zu lassen, verlangte ihm einiges ab.

»Mein Schatzmeister hat dir eine Frage gestellt«, flüsterte Januarius Antilas ganz leise und genießerisch.

»Ich verkaufe meine Schwerter nicht«, entgegnete Balaban scharf.

Der Schatzmeister lachte. »Du verkaufst doch sogar dich selbst. Du bist ein Söldner ohne Arbeit. Also wie wäre es mit zwanzig Denaren?«

Balaban hätte ihn am liebsten umgeritten, doch er musste sich beherrschen. »Ich verkaufe meine Schwerter nicht!«, wiederholte er tonlos.

Antilas lächelte sanft. »Lass ihn Hilarius! Er ist zu stolz, um sich seine Niederlage einzugestehen.«

»Kein Wunder, dass sein Volk ausstirbt«, lachte der Schatzmeister. »Wer zu so einem guten Handel nein sagt, kann ja nur ein Barbar sein.«

»Ich bin der König der Hunnen«, entgegnete Balaban mit bebender Stimme. »Und der Erbe des Großkönigs Attila.«

Januarius Antilas erhob sich und jäh war der Spott aus seiner Stimme verschwunden. »Spar dir deine überhebliche Art! Dies ist mein Haus. Hier bin ich der Meister und du bist lediglich ein Bittsteller.«

Balaban ließ auch diese Demütigung über sich ergehen. »Ich habe die Karte und den Historiker gefunden. Und ich konnte herausfinden, was die Zeichen auf seiner Karte bedeuten.«

»Und du hast beides wieder verloren«, zischte Antilas unbarmherzig und sein Blick war gnadenlos. »Du hattest die Aufgabe, meinen Historiker wieder zu mir zurückzubringen! Du hast versagt. Wer kein Königreich hat, ist auch kein König.«

»Ich hatte ihn! Ich hatte ihn gefunden«, hielt Balaban zornig dagegen.

»Und du hast ihn dir durch die Finger schlüpfen lassen!«

»Er war nicht allein. Ich habe ihre Spur bis hierher in die Ewige Stadt verfolgt.«

»Das weiß ich«, antwortete Antilas und seine Lippen kräuselten sich. »Auch ohne eine Armee aus Hunnen war ich erfolgreicher in meiner Suche als du.«

Und jäh stoben die Anwesenden auseinander und bildeten eine Gasse. Zwei Gardisten zerrten einen gefesselten jungen Mann mit langen, braunen Haaren hervor. Er wehrte sich schreiend, doch seine Hände waren straff gefesselt. Balabans Augen weiteten sich. Als Derick ihn erkannte, stellte er seinen Widerstand ein. Sie wechselten einen langen Blick und Balaban fragte sich, was dem Jungen wohl im Augenblick durch den Kopf ging.

Vielleicht bemerkt er ja, dass ich im selben Schlamassel stecke wie er.

Januarius Antilas machte einen Schritt vorwärts. Die Tatsache, dass ihm ein weiterer Mensch nun auf Gedeih und Verderb ausgeliefert war, schien ihn zu erregen. Er umkreiste den Jungen und seine schwarze Toga streifte über den Boden. Es sah aus, als würde er schweben. »Wieso bist du so unvorsichtig in mein Anwesen gestürmt?«, fragte er voller Schadenfreude.

Derick fletschte die Zähne. Ein letztes Mal riss er an seinen Fesseln. Dann nickte er in Richtung des Schatzmeisters Hilarius. »Wegen ihm!« Der Dieb musterte ihn neugierig. »Er hat das Schwert meines Vaters gestohlen. Ich habe ihn im Garten wiedererkannt.«

Hilarius grübelte einen Moment. Dann schnippte er mit den Fingern und lachte. »Er meint das Langschwert, das ich Euch vor einigen Jahren verkauft habe. Damals, als ich noch mit Kuriositäten gehandelt habe.«

Antilas grinste zufrieden. »Tatsächlich. Das ist ja hochinteressant. Aliqua! Bring es bitte her. Du weißt, wo es ist.«

Eine ältere Frau mit einer traurig, melancholischen Miene trat aus der Versammlung. Sie schaute ihn trübselig an, aber sie gehorchte ohne zu zögern. Nach ein paar Minuten überreichte sie ihm mit einer Verbeugung das Schwert.

»Hier ist es Januarius«, flüsterte sie unterwürfig.

Er zog langsam und bedächtig die Klinge hervor und schlich dann in kreisenden Bewegungen um Derick herum. »Ich verstehe natürlich deine Besessenheit Junge. Es ist eine sehr geheimnisvolle

Klinge. Ein Meisterstück. Ich verstehe zufällig eine Menge von der Schmiedekunst. Mein Vater war ein Schmied.« Er richtete die Spitze der Waffe auf Dericks Kehle. »Es wurden verschiedene Stahlsorten zusammengeschmolzen. Der Stahl ist fein gegerbt, verschweißt und selektiv gehärtet. Die verschiedenen Stahlsorten wurden perfekt aufeinander abgestimmt, um die bestmögliche Härte und Geschmeidigkeit zu erreichen. Es liegt perfekt in der Hand und schneidet durch menschliches Fleisch wie ein Messer durch warme Butter.« Er ließ einen winzigen blutigen Strich auf Dericks Kehle zurück. Dann schwang er das Schwert einmal durch die Luft und steckte es weg. »Wer auch immer dieses Schwert geschmiedet hat, war kein normaler Mensch. Vielleicht werde ich dir die große Ehre erweisen, dich damit zu töten.«

Er gab das Schwert seiner Dienerin zurück und wandte sich wieder Balaban zu. »Ich habe den Gefährten des Historikers ohne deine Hilfe gefangen. War die Aufgabe für dich und deine Barbaren zu kompliziert?«

Die Anwesenden lachten und der Dieb Hilarius ließ ein schmieriges Gackern von sich hören.

Balabans Hände bebten. Er wollte fort von diesem entsetzlichen Ort, fort von diesen entsetzlichen Menschen, fort von diesem entsetzlichen Mann. »Ihr habt ihn in Eurer Gewalt und ich kann Euch den Text auf der Karte beschreiben. Dann fehlt nur noch der Historiker und unser Handel ist abgeschlossen. Er muss sich ebenfalls hier befinden … irgendwo in Rom.«

»Unser Handel ist nichtig«, flüsterte Antilas und kehrte ihm den Rücken zu. »Du hast versagt.« Er schwebte zu seinem Thron zurück und ließ sich darauf nieder. Seine Finger krallten sich in den Marmor.

»Ihr habt mir Land versprochen! Das könnt Ihr mir nicht verwehren!«

»Ich kann und ich werde.«

Balaban kniff verzweifelt die Augen zusammen. »Meine Männer sind erschöpft … die Frauen und Kinder hungrig … die Alten schwach und krank. Für Euch habe ich sie quer durch Europa gehetzt. Sie brauchen Ruhe und Frieden und ein Stück Land, auf dem sie ihre Grunderhaltung sichern können.«

Januarius Antilas zuckte nicht einmal mit der Wimper. »Dann solltet Ihr besser mit Suchen anfangen. Wenn Ihr dabei allerdings so erfolgreich seid wie bei der Suche nach meinem Historiker, werden sie wohl alle verhungern.« Seine Lippen kräuselten sich zu einem zufriedenen Lächeln.

Eine Träne trat in Balabans Auge. Er konnte es nicht verhindern. All seine Mühen waren umsonst gewesen. All seine Hoffnungen waren vergebens. »Ihr habt uns Euer Wort gegeben!«

Balaban zog sein Schwert. Augenblicklich taten es ihm seine Hunnen und Antilas Wachen gleich. Die Prätorianer waren deutlich in der Überzahl. Mehr als einen ehrenhaften Tod würden die Hunnen in diesem Kampf nicht erringen können.

Ich habe sie alle ins Verderben geführt. Sie werden den Tag verfluchen, an dem sie mich zu ihrem König ausgerufen haben.

»Nur wenn du mir den Historiker lieferst und das hast du nicht!«

Die Luft knisterte. Und plötzlich riss einer der Anwesenden die weite Toga von seinem Reisemantel, warf seinen Hut ab und ein struppiger, blonder Kopf mit ein paar grauen Haarsträhnen kam zum Vorschein. »Das stimmt nicht ganz, mein alter Freund.«

Inmitten von Hunnen, Römern, Schaulustigen und Gardisten war Balki erschienen. Es herrschte mit einem Mal Totenstille. Januarius Antilas saß auf seinem Stuhl wie zum Denkmal erstarrt. Zercos Pferd hatte sich vor Schreck aufgebäumt und dem jungen Derick war der Mund aufgeklappt. Sprachlos blickte er von Balaban zu Balki und dann zu Januarius Antilas.

»Du?«, keuchte der alte Mann auf seinem Stuhl.

»Ich.« Balki gluckste. Offenbar genoss er das Chaos, das er heraufbeschworen hatte. Er räusperte sich und setzte eine Unschuldsmiene auf. »Zugegeben, ich hätte mich vorher ankündigen sollen. Dann hättest du schon einmal einen Wein aufsetzen können, wie in guten alten Zeiten.«

Januarius Antilas war leichenblass. »Das ist unmöglich«, hauchte er durch seine trockenen Lippen.

Balaban konnte nicht verstehen, wie das Auftauchen des Vagabunden Antilas so zusetzen konnte. »Er ist es!«, rief er und zeigte mit dem Schwert auf Balki. »Das ist der Historiker Kelsus, der Mann, der mir die Karte ausgehändigt hat, der Mann, der unter vielen Namen reist, derjenige, den ich für Euch quer durch Europa verfolgt habe.«

Antilas große graue Augen starrten ins Nichts. Es folgte eine unerträgliche Stille. Dann schüttelte er ganz langsam den Kopf. »Nein, ist er nicht.«

»Was?«, rief Balaban verwirrt.

»Das ist nicht Kelsus.«

Auch dem Hunnenkönig hatte es nun die Sprache verschlagen.

Balki trat in die Mitte des Saals und streckte schützend seine Hände von sich. »Ich sehe, das alles muss sehr verwirrend für euch sein. Also lasst mich bitte für Klarheit sorgen.«

Derick grinste in seinem Würgegriff.

Balki räusperte sich schmunzelnd, dann beseitigte er die Unklarheiten. »Der Historiker Kelsus ist tot. Ich hatte das Glück, seine Bekanntschaft zu machen, ehe ihn der Fährmann geholt hat. Er starb in einem Gefängnis der Sachsen. Kurz davor gab er mir das da.« Und er zog seine Abschrift der Karte hervor.

Balaban ballte seine Hände zu Fäusten. Wie viele Demütigungen würde er noch über sich ergehen lassen müssen? »Du hast mich belogen! Die ganze Zeit über!«

Balki konnte sich ein kurzes Lachen nicht verkneifen. »Und das hast du jetzt ganz alleine herausgefunden? Gratuliere. Du bist wirklich schlau. Kein Wunder, dass sie dich zu ihrem König gemacht haben. Aber ich musste mir nicht gerade große Mühe geben, dich zu täuschen. Ein gebildeter Vagabund, der die halbe Welt gesehen hat, das konnte ja nicht mit rechten Dingen zugehen.«

Balaban zog erneut sein Schwert.

Balki ging einen Schritt zurück. »Immer mit der Ruhe. Immerhin habe ich mir nur für dich eine Narbe am Bein zugelegt.«

»Verfluchter Lügner!«, schrie Balaban. »Solchen Betrug kann und werde ich nicht ungesühnt lassen!«

Und er ließ sein Pferd in Balkis Richtung traben.

»Halt!« Januarius Antilas war aufgestanden und alle Stimmen im Raum verstummten schlagartig. Mit kaltem Hass in den Augen begutachtete er seinen ehemaligen Sklaven. Dann, ganz langsam, breitete sich ein bösartiges Lächeln über sein Gesicht aus. »Balki«, säuselte er. »Der kleine Quälgeist Balki. Ich wusste immer, dass du mir eines Tages wieder großen Ärger bereiten würdest.«

Balki grinste schuldbewusst und zuckte mit den Schultern. »Das muss nicht sein. Tatsächlich bin ich gekommen, um dir große Freude zu bereiten. Sieh her! Ich habe die Karte abgeschrieben. Und ich habe einen Übersetzer dafür gefunden.«

Januarius Antilas lachte. »Ereifere dich nicht Balaban. Du bist nicht der erste, der von diesem Halunken hinters Licht geführt wurde. Mir ist es einst genauso ergangen.«

Der Schwabe blickte sie beide abwechselnd an. »Ihr solltet einen Verein gründen. Den nennt ihr dann: Menschen, denen Balki eine Nase gedreht hat.«

»Nehmt ihm die Karte ab!«, schrie Balaban außer sich vor Zorn. »Ein Schnitt auf der Karte markiert die richtige Stelle!«

Balki schnipste mit dem Finger. »Achja. Das hätte ich ja fast vergessen. Was das angeht...« Die Wachen kamen ihm näher. Mit einer geübten Bewegung zog er seine Feuersteine aus der Tasche, knallte sie zusammen und die Karte ging in Flammen auf.

»NEIN!«, brüllte Balaban.

Balki ließ den brennenden Fetzen fallen und fächerte hustend den Rauch weg. »Puh. Das Lampenöl, in das ich die Karte getaucht habe, brennt ja hervorragend. Leider riecht brennender Papyrus nicht so gut wie brennendes Pergament. Ich wette, die echte Karte hat wie gegrillter Braten gerochen, als sie verbrannt ist. Das heißt dann wohl, der Standort des Schatzes existiert jetzt nur noch in meinem Kopf. Das macht meinen Kopf im Augenblick wohl zum wertvollsten Kopf der Erde.«

Balaban schloss die Augen und ballte seine Hände zu Fäusten.

Januarius Antilas hingegen blieb ganz ruhig. Er machte eine unauffällige Bewegung in Richtung seiner Wachen und sie traten von Balki zurück. Dann erhob er sich erneut von seinem Stuhl und schwebte langsam und gespenstisch auf ihn zu. »Eine sehr schöne

Vorführung. Aber sag mir Balki: Woher weiß ich, dass du die Karte richtig übersetzt hast?«

Balki senkte die Stimme, sodass nur noch Antilas und Balaban ihn hören konnten. »Weil sie den genauen Standort des Gotenhorts beschreibt, der größte Schatz unserer Zeit, das letzte Überbleibsel aus der Blütezeit Roms, als ob man eine Kuh noch ein letztes Mal melken würde, bevor sie zu alt wird und stirbt.«

Antilas lächelte gehässig. »Und die Information, die ich brauche, ist jetzt nur noch in deinem Kopf zu finden.«

»Das ist wahr. Aber du solltest dich erinnern können, dass man mit mir sehr gute Geschäfte machen kann.« Er trat ein paar Schritte zurück und sprach nun wieder mit lauter Stimme, sodass alle Schaulustigen ihn hören konnten. »Wenn du also bereit bist, mir entgegenzukommen, werde ich auch dir entgegenkommen können.«

»Was willst du?«, fragte Antilas und seine Nasenflügel bebten. Zum ersten Mal an diesem Tag war er in die Enge getrieben, was ihn nur noch gefährlicher wirken ließ.

»Als aller erstes: Sicherheit. Ich kenne deine Kerker in den Katakomben zur Genüge und würde eines deiner luxuriösen Gemächer bevorzugen. Zweitens wird meinem Diener hier nichts geschehen, bis wir unser weiteres Vorgehen besprochen haben.«

Er deutete in Dericks Richtung. Dieser lächelte erleichtert und löste sich aus der Umklammerung seiner Wachen.

»Und drittens?«, knurrte Januarius Antilas wütend und blanker Hass loderte in seinen Augen.

Balki grinste. »Das kannst du dir doch sicher bereits denken.«

Antilas wechselte einen Blick mit Balaban, der so streng dreinschaute, dass er Milch zur Gärung hätte bringen können. Antilas wirkte verunsichert. »Nein. Ich weiß es nicht. Also nenne schon deine Bedingung!«

Balki wartete einen Moment und kostete die Stille aus. Dann grinste er verschmitzt. »Es ist zwölf Uhr Antilas. Zeit für ein schönes, großes Mittagessen mit allem, was dazu gehört.«

Die Wege kreuzen sich

Balaban war seinem Auftraggeber gefolgt. Ohne Diener und ohne Schaulustige befanden sie sich im obersten Stockwerk der Villa. Nur die Prätorianer hielten am Torbogen Wache und beäugten Balaban misstrauisch. Januarius Antilas schaute ihn nicht an, sondern lehnte mit dem Rücken zu ihm über das Geländer. Der Balkon war nicht eben groß, allerdings aus massivem Marmor und ragte wie ein Vorbau aus dem eckigen Gebäude heraus. Die Aussicht dahinter beinhaltete das flache, zwischen sanften Hügeln eingebettete Forum Romanum mit seinem Kolosseum, den Triumphbögen und all den anderen monumentalen Überbleibseln einer großartigen Epoche. Nicht weit davon schlängelte sich der Tiber dahin, um seine ruhelosen Fluten dem Meer zu übergeben, von wo aus die Wassermassen jeden Hafen und jedes Land auf dieser Welt anlaufen konnten.

Antilas, in seiner simplen, schwarzen Toga stand steif da, das steinerne Gesicht auf seine Heimat gerichtet. »Ich habe meine Meinung überdacht. Wenn Balki kooperiert, dann habe ich endlich alle Informationen, die ich brauche. Gewissermaßen habe ich das dir zu verdanken.« Er wartete einen Augenblick und beobachtete die Wirkung seiner Worte. »Allerdings hat sich ein neues Problem aufgedrängt. Im Norden des Landes sind neue Germanenstämme in die Zivilisation eingefallen. Nach allem, was meine Kontakte herausgefunden haben, gehören sie zu einer Gruppe, die sich selbst *die Langobarden* nennt, und sie bedrohen momentan eine Stadt, in der ich sehr wichtige Geschäfte am Laufen habe. Ich möchte, dass du mit deinen Hunnen hinaufreitest und die Eindringlinge verjagst.«

»Das Land!«, zischte Balaban zurück.

»Du bekommst dein Stück Land. Aber zuerst musst du wiedergutmachen, was du bei deinem letzten Auftrag versagt hast. Es ist deine letzte Möglichkeit Balaban. Andernfalls werde ich die besagten Ländereien an die Goten verkaufen.«

Balaban fletschte die Zähne. Doch er nickte trotzdem. »Es wird mein letzter Auftrag für Euch sein.«

»Und du wirst nicht noch einmal versagen, sonst jage ich dir das gesamte römische Heer auf den Hals. Du weißt, dass ich Versager nicht am Leben lasse.«

Balaban verengte die Augen zu Schlitzen. »Wenn Ihr mich töten wollt, dann tut es. Aber versucht nicht, mich einzuschüchtern. Aus Furcht treffe ich keine Entscheidungen.«

»Gut. Furcht ist eine Form von Schwäche.« Januarius Antilas drehte sich zu ihm um und ein finsteres Lächeln umspielte seine Lippen. »Eine Sache noch. Du hast ein Mädchen erwähnt, das ihr im Norden erbeutet habt: die Freundin meines Gefangenen.«

»Tyra«, brachte Balaban tonlos hervor.

»Ganz genau. Ich verlange sie als Unterpfand dafür, dass du meinen Auftrag zuverlässig ausführst. Sie wird mir sicherlich noch nützlich sein, um diesen jungen Derick zu erpressen.«

»Das geht nicht.«

»Warum?«

Balaban zögerte. »Sie ist jetzt eine Hunnin. Meine eigenen Leute liefere ich nicht aus.«

Antilas grinste. »Eine Hunnin? Welche Voraussetzungen muss man denn erfüllen, um Hunne zu werden, außer nach Pferdemist zu stinken?«

Der blanke Zorn trat auf Balabans Gesicht.

»Ich stelle dich vor die Wahl Balaban: sie oder dein Volk. Bring sie mir oder ich werde euer Land auf der Stelle verkaufen.«

Einen Moment wirkte es, als wolle Balaban ihn angreifen. Er sah aus, wie ein wildes Tier, das sich zum Sprung bereit machte. Antilas hatte dieses Bild schon unzählige Male in seinen Arenen gesehen, ehe ein unbeliebter Sklave vor seinen Auge zerfetzt wurde. Doch der Hunnenkönig konnte sich beherrschen. Er nickte und marschierte wortlos von dannen.

Januarius Antilas starrte ihm nach. Sein Lächeln war verschwunden. Balkis Auftreten hatte alle seine Pläne durcheinander geworfen. *Balki! Dieser verdammte Hundesohn!*

Doch im Augenblick war Balaban das größere Problem. Sein Stamm zählte immer noch fast zweitausend Hunnen, auch wenn unter ihnen viele Frauen und Kinder waren.

Ich muss ihn mir vom Leib halten, bis ich den Gotenhort habe. Den Gotenhort! Den Gotenhort! Den größten Schatz unserer Zeit. Der Schatz, der mir gebührt. Die alten Statuen werden zurückkehren ins römische Imperium und sie werden ihrem neuen Imperator den Sieg bringen.

Er verließ den Balkon und marschierte durch das oberste Stockwerk. Er schritt an den Truhen, Tischen und Regalen vorbei zu einem Lararium. In diesem kleinen steinernen Heiligtum hatte man früher den Laren und anderen Geistwesen Opfer dargebracht. Antilas ging diesem Kult noch immer nach. Manchmal legte er tote Tiere in das Lararium und ließ sie dort einen Tag liegen, damit die Planetengeister sie annehmen konnten. Manchmal tat er dasselbe auch mit einem Sklaven.

Ein Mensch ist mehr wert als irgendwelcher Weihrauch. Aber offenbar schätzt Mars mich noch zu gering ein, um mit mir einen Handel einzugehen. Aber wenn ich erst Kaiser bin, wird sich das ändern. Er drehte sich um. Die Wände waren mit vielen Mustern und Farben bemalt. Es war ein Prachthaus. *Ein Prachthaus, wie es einem Kaiser gebührt.*

Schritte ertönten von der Treppe. Es musste einer seiner Diener sein, ansonsten hätten ihn die Gardisten niemals durchgelassen. Antilas grinste. Es war Manius, der römische Senator, den er vor einiger Zeit auf seine Seite gezogen hatte. *Nach der Übernahme der Goten kam er zu mir gekrochen, gebrochen im Geist und verzweifelt. Er hat sich mir unterworfen, genauso wie sich alle Römer mir unterwerfen werden.*

»Was gibt es?«, fragte er ruhig.

Manius warf einen besorgten Blick über die Schulter. »Mein Herr. Ich mache mir wirklich Sorgen wegen dem Hunnenkönig. Er könnte diesen Auftrag als Demütigung auffassen.«

Antilas verengte seine strengen, grauen Augen. »Genau das ist es ja auch. Aber er wird gehorchen. Für ihn gibt es längst keinen Weg mehr zurück.«

»Ihr werdet ihm doch seinen rechtmäßigen Anteil aushändigen?«
Antilas Mund verzog sich. Sein Diener Manius verfügte über diese
lästige menschliche Eigenschaft, die sich Mitgefühl nannte. Er be-
mitleidete sogar einen Barbaren wie Balaban. »Balaban wird tun,
was ich ihm befehle. Alle Menschen werden tun, was ich ihnen befehle. Denkst du, ich verjage die Germanen aus meinem Reich, damit ich es an die Hunnen abtreten kann? In meinem neuen Reich
wird kein Platz mehr sein, weder für die Germanenbrut, noch für
den Hunnenabschaum.«
»Ich finde, Ihr solltet Balaban nicht hintergehen. Er ist Euch treu
ergeben.«
Antilas war enttäuscht von seinem Diener. Trotzdem beschloss er,
seine Defizite aufzuklären, immerhin wollte er, dass seine Untergebenen keine falschen Ansichten vertraten. »Was ist schon Treue
im Angesicht eines Schatzes? Weißt du, wer auch einst ein treuer
Vasal des Kaisers war? Alarich. Die Westgoten haben einst unter
Kaiser Theodosius im römischen Heer gedient. Man nannte Theodosius den Gotenfreund. Doch nach seinem Tod zettelte Alarich
eine Rebellion an und führte die Goten aus der römischen Armee.
Was dann passierte, weißt du sicherlich?«
Manius wurde ganz bleich. »Die große Plünderung Roms?«
Antilas nickte. »Von diesem Schlag hat sich das Imperium niemals
wieder erholt. Merk dir meine Worte Manius! Jeder, der kein Rö-
mer ist, ist ein Feind Roms.«

Der Hunnenkönig rauschte durch den Palast. Seine Begleiter er-
warteten ihn bereits mit den Pferden im Garten.
»Und?«, fragte Rigula immer noch bebend vor Zorn.
»Nicht hier. In der Stadt hat Antilas zu viele Augen und Ohren.«
Er wartete, bis sie hinaus aus der Stadt geritten waren, weit hinaus
in das leere Ödland, das von den Strahlen der untergehenden Sonne
aufgeheizt war. Heiße Luft waberte über den Boden und ließ die
Konturen der Reiter verschwimmen.
»Ich vertraue euch vier«, begann Balaban mit ruhiger Stimme. »Ich
vertraue jedem einzelnen von euch. Wir alle müssen zusammenar-
beiten, wenn unser Volk die nächsten Tage überleben soll.«

»Wir müssen Antilas umbringen«, sagte Rigula sofort. »Er hat den Vertrag gebrochen. Er hat Euch bis ins Mark beleidigt. Das kann und werde ich nicht ungesühnt lassen!«

»Du musst es aber«, beharrte Balaban.

»Das könnt Ihr nicht von mir verlangen!«, brüllte Rigula. »Niemand demütigt und erniedrigt meinen König in meiner Gegenwart!«

Balaban atmete tief ein und aus. »Wir befinden uns in einer gefährlichen Situation. Unsere Krieger sind erschöpft und müde. Unsere Frauen und Kinder sind angreifbar. Antilas hat bereits jetzt ein großes Söldnerheer, mindestens tausend Mann, vielleicht auch zweitausend. In unserem jetzigen Zustand können wir ihn nicht angreifen.«

»Ihr wollt doch nicht ernsthaft tun, worum er Euch gebeten hat? Nach allem, was er euch angetan hat?!«

Der König seufzte schwer. »Leider hat er den Vertrag nicht gebrochen. Ich bin es, der mit leeren Händen zurückgekehrt ist. Daher hat er das Recht, einen weiteren Dienst von mir zu verlangen. Er lässt unser Lager beobachten. Im Morgengrauen müssen wir mit Mann und Pferd nach Norden aufbrechen, um uns um diese langobardischen Eindringlinge zu kümmern.«

Rigula fluchte und sprang von seinem Pferd. Er schlug sein Schwert in einen nahen Baumstamm. »Ihr wisst nicht, was Ihr von mir verlangt, mein König!«

»Hör mir zu, bis ich fertig bin!«, unterbrach er ihn scharf. »Antilas weiß, wo der Gotenhort ist. Er hat Balki in seiner Gewalt und dieser durchtriebene, kleiner Hochstapler wird ihm alles verraten, was er weiß. Bereits in wenigen Tagen wird Antilas zu dem Fluss aufbrechen, unter dem sich Alarichs Grabkammer befindet. Deswegen will er mich aus der Stadt haben! Er schickt uns alle nach Norden, damit wir ihm nicht in die Quere kommen können.«

Rigula klappte der Mund auf. Dann wurde er noch zorniger. »Dann werden wir genau das tun! Wir folgen ihm und wenn er den Gotenhort gefunden hat, fallen wir über ihn her und nehmen den Schatz für uns!«

»Januarius Antilas ist kein Dummkopf! Er wird erst losziehen, wenn er unser hunnisches Heer weit im Norden weiß. Deswegen müssen wir ihm gehorchen, fürs erste.«

Zerco lachte auf seinem Pferd. Auch Rigula schöpfte neuen Mut.

»Also gut. Erklärt uns Euren Plan!«

»Als allererstes werde ich das Mädchen zu Antilas Villa bringen. Er hat sie als Unterpfand verlangt. Ich wünschte nur, ich hätte sie ihm gegenüber niemals erwähnt.« Er biss sich auf die Lippe und fuhr zornig fort. »Aber wir haben keine andere Wahl. Bei Morgengrauen führst du die gesamte Schar nach Norden. Dort werdet ihr sicher sein vor Antilas Söldnern. Ich hingegen werde hier bleiben. Ich stelle mir eine Schar aus meinen besten Kriegern zusammen und verstecke mich in einem nahen Waldstück. Dann werde ich Antilas folgen und ihn zur Einhaltung seiner Abmachung zwingen.«

»Er wird Euch niemals etwas vom Schatz abgeben.«

»Ich halte mich an unseren Handel. Ihr werdet die Langobarden im Norden vertreiben. Damit habe ich meinen Teil der Abmachung nicht gebrochen. Ich stelle lediglich sicher, dass er seinen Teil ebenfalls nicht bricht.«

»Das wird er aber.«

Balaban seufzte. »Wenn er das wirklich tut, dann werde ich ihn mit allen mir zur Verfügung stehenden Mitteln angreifen. Ich werde seine Karawanen überfallen, wenn er das Gold transportiert, immer wieder und wieder. Ich werde seine Villa stürmen und seine Kunstwerke plündern. Ich werde seine Söldner vernichten und sein Haus in Brand setzen. Und ich werde ihn eigenhändig töten.«

Rigula grinste. »Ich gehe mit Euch.«

»Nein«, widersprach Balaban entschieden. »Du bist mein treuster Berater und fähigster Heerführer. Du wirst den Marsch nach Norden beaufsichtigen und die Langobardenstämme von Antilas Stadt fernhalten. Ich muss wissen, dass du auf mein Volk aufpasst.«

»Das werde ich«, erwiderte Rigula stolz.

»Das Schicksal der Hunnen liegt in unseren Händen. Wenn wir alle zusammenarbeiten, dann wird Antilas keine andere Wahl bleiben, als sein Versprechen einzuhalten.«

Januarius Antilas durchschritt den Gang. Die Wachen stoben auseinander und verneigten sich vor ihm. Balki wartete auf ihn in der menschenleeren Küche. Man hatte ihm ein großes Mahl aufgetragen, genauso wie er es verlangt hatte. Als Antilas eintrat, beachtete Balki ihn kaum. Er tunkte das Brot in eine Schüssel mit Honig und schmatzte laut und übertrieben.

Mehrere Amphoren thronten auf einem steinernen Stehtisch gefüllt mit kostbarem Wein. Dort waren die Getränke des Nachts vor Ratten geschützt. Er griff sich sofort eine besonders kostbare Flasche, entkorkte sie und trank in großen Schlücken daraus.

Antilas verengte die Augen zu Schlitzen. »Wie ich sehe, genießt du unser …«, begann er, aber Balki unterbrach ihn laut.

»Mhmm, das nenne ich Gastfreundschaft!«

Und er versenkte seinen struppigen Kopf in einer Schüssel mit Käse und Oliven. Dann machte er sich über die Hauptmahlzeit her, einen Hühnerbraten mit Artischocken und Pilzen, dazu Kürbisse und als Nachspeise eingelegte Früchte. Er hatte außerdem die kostbaren gefüllten Flamingozungen verspeist, die Antilas in einem Kessel für sich selbst aufgehoben hatte. Gegessen wurde mit den Händen. Für gewöhnlich nahmen die Römer ein sehr reichhaltiges Frühstück zu sich, ein bescheidenes Mittagessen und ein üppiges Abendmahl. Balki hielt alle drei Mahlzeiten gleichzeitig ab.

Er hob den edlen Becher, der mit einer süßen, weinartigen Flüssigkeit namens Mulsum gefüllt war. Dann hielt er seine kräftige Nase darüber und leerte ihn in einem Zug.

»Aaaaaaah. So lässt es sich leben«, juchzte er und streckte sich zufrieden.

Januarius Antilas, der ihn mit wachsendem Zorn beobachtet hatte, erhob erneut seine Stimme, diesmal lauter. »Offenbar fühlst du dich wieder ganz wie zuhause«, sagte er streng. *Ich fasse es nicht! Er hat meine Flamingozungen gegessen!*

Balki sah ihn an und wirkte nicht im mindesten beschämt. Er streckte sich und sah dabei so zufrieden aus, wie es ein Mensch nur sein konnte. »Ach! Wie schön, sich noch einmal an der römischen

Dekadenz zu erfreuen, ehe sie komplett vom Angesicht der Erde verschwindet.«

Antilas knirschte mit den Zähnen. »Gar nichts wird verschwinden! Es wird wiedergeboren. Die Römer werden sich ihr Imperium zurückerobern.«

Balki unterbrach ihn. »Ich will dich nicht aus deinen Tagträumen reißen, aber du befehligst Söldner, keine römischen Soldaten. Vergiss das nicht.«

Januarius Antilas konnte kaum glauben, wie unverschämt dieser Mann mit ihm sprach … dieser Mann, den er einst von einem gewöhnlichen Hausklaven zu seinem Buchhalter erhoben hatte … dieser Mann, der ihn betrogen, verraten und ausgeraubt hatte. »Um meine Ziele zu erreichen, genügen mir Söldner fürs erste in jeder Hinsicht. Die Gier der Menschen ist eine über alle Epochen der Erde bestehende Konstante, wesentlich stärker als die Treue.« Er blickte voller Verachtung auf ihn herab. »Wenn du genug gefressen hast, dann folge mir! Ich werde meine Verhandlung nicht in einer Küche abhalten.«

Sie gingen schnellen Schrittes durch die Korridore, durch einen kleineren Gang und schließlich in eine stickige, alte Kammer.

»Ich dachte mir, dies wäre für unsere Begegnung der passende Ort.«

Balki antwortete nicht. Offenbar weckte dieser Raum viele Erinnerungen in ihm.

Antilas grinste zufrieden. »Wie viele Tage, wie viele Monate, wie viele Jahre hast du in dieser Bibliothek verbracht? Hier hast du all die Geschichten über Abenteuer und Helden gelesen. Und jetzt bist du selbst in so einer Geschichte, nicht wahr?«

Balki verzog den Mundwinkel. »Ist ja schön, dass du die Schriftrollen nicht alle weggeworfen hast. Dich habe ich hier nämlich nur selten gesehen.« Er spazierte an den Reihen entlang und inspizierte die Schriftzeugnisse. »Die Königschroniken der Goten. Die *Origa actusque Getarum*. Ein meisterhaftes Werk. Ich hörte, auch die Franken arbeiten gerade an so einer Chronik. Jeder braucht heutzutage einen Gründungsmythos.«

»Haben die Schwaben auch einen?«, fragte Antilas spöttisch.

Balki verzog das Gesicht und wandte sich ihm zu. »Jetzt hast du aber einen wunden Punkt bei mir getroffen.«

»Verzeih! Das war nicht meine Absicht.«

»Wenn du gerade dabei bist, dich zu entschuldigen. Da gibt es noch mehr Ungesagtes zwischen uns.«

»Entschuldigen?«, wiederholte Antilas voller Verachtung. »Ich habe keine Fehler begangen. Du und deine kleine Freundin, ihr wart Sklaven. Nach altem römischen Recht wart ihr nicht mehr als Wertgegenstände. Ich durfte mit euch machen, was ich wollte. Und das darf ich noch immer. Wie geht es eigentlich der lieben Monia?«

»Sie ist am Meer geblieben. Dort gefiel es ihr am besten.«

Antilas grinste. »Monia. Sie war in der Tat eine einzigartige Schönheit. Langes Haar so schwarz wie die Nacht und dunkle Augen, in denen man ertrinken möchte.«

»Ein Glück, dass ich sie aus deiner Reichweite schaffen konnte. Wir haben geheiratet«, erwiderte Balki und seine Augen blitzten gefährlich.

Antilas grinste. »Richte ihr meine Grüße aus, wenn du sie das nächste Mal besuchen gehst.«

»Das hoffe ich sehr bald tun zu können.«

»Davor gibt es allerdings noch eine andere Sache, die wir erledigen müssen. Wenn wir gerade dabei sind: Auch du schuldest mir eine Entschuldigung!«

Balki drehte sich auf der Stelle und zuckte mit den Schultern. »Entschuldigung, dass ich dich ausgetrickst, belogen, verraten und beraubt habe.« Er hielt inne und verzog seine Brauen. »So schwer war das gar nicht. Ich fühle mich gleich viel besser. Vielleicht haben die Christen ja recht. So eine Beichte kann richtig wohltuend sein.«

Antilas Finger bebten, doch seine Stimme blieb beherrscht. »Ja. Ich erinnere mich noch gut. Du hast mich doch tatsächlich bei einem hochrangigen Senator verpetzt. Du hast ihm einen Brief zukommen lassen, in dem du eine Menge meiner Geheimnisse ausgeplaudert hast. Und für denselben Tag hast du auch noch einen Aufstand meiner Sklaven gegen mich angezettelt. Nicht einmal bei der Absetzung des Kaisers habe ich so viel Chaos und Durcheinander erlebt wie an diesem Tag.«

»Und doch bist du hier und nicht im Carcer Tullianus. Und wie ich sehe, hast du immer noch Sklaven.«

»Alte Gewohnheiten vergehen nicht so schnell.«

»Wohl war.« Der Schwabe räusperte sich. »Ich war damals ein kluger Geschäftsmann und bin es noch heute. Wie gut liefen all deine Geschäfte damals unter meiner Aufsicht?«

Antilas verengte die Augen zu Schlitzen. »Solange bis du mir in den Rücken gefallen bist, ausgezeichnet.«

»Einem guten Mitarbeiter kann man nicht ewig seinen rechtmäßigen Anteil verwehren. Ich habe nur genommen, was mir zustand.«

»Du hast mein Gold gestohlen!«

Balki ließ sich auf den Tisch plumpsen. Seine Füße baumelten in der Luft. »Dieses Mal werde ich dir so viel Gold einbringen, dass du meinen kleinen Anteil gar nicht vermissen wirst.«

Antilas zeigte seine Zähne. »Was, wenn ich gar keinen Handel mit dir abschließen will? Was, wenn ich viel mehr Gefallen daran finden würde, dir die Informationen unter Qualen abzunehmen?«

»Dann wirst du genauso scheitern wie Balaban«, erwiderte der Schwabe trotzig. »Wenn du mir am Ende ohnehin mein Leben nimmst, mit was willst du mir dann noch drohen? Ich bin ein Mensch der irdischen Freuden. Ich liebe das Leben … aber nur so lange wie ich unversehrt und gesund bin. Wenn du mich also in der Folter verstümmelst, werde ich schweigen wie ein Grab. Dann ist der Standort des Gotenhorts für immer verloren. Ich würde das Risiko nicht eingehen, wenn ich du wäre.«

Antilas ging ein paar Schritte durch den Raum. Dann setzte er sich Balki gegenüber auf einen Stuhl. Der Schwabe saß höher als er. Das gefiel ihm ganz und gar nicht. »Gut, dann gehen wir einfach einmal davon aus, dass mir keine andere Wahl bliebe, als einen Handel mit dir abzuschließen. Wie sähe der deiner Ansicht nach aus?«

»Ich würde mich mit einem bescheidenen Anteil zufrieden geben. Schließlich brauche ich nicht so viel wie du. Ich würde dir sogar von meinem Anteil, das Geld zurückzahlen, das ich dir einst gestohlen habe.«

»Sehr weise von dir. Ich hoffe, dein Reisegefährte ist ebenso bescheiden.«

Jetzt lächelte Balki auf eine ziemlich gemeine Art. »Gut, dass du Derick erwähnst. Ich teile den Schatz gerne mit dir … nur nicht so gerne mit meinem Reisegefährten.«

Antilas hob seine Brauen. Balki überraschte ihn nun doch. »Du willst ihn hintergehen? Laut Balaban hat er dir das Leben gerettet.«

»Eine ziemlich unvernünftige Entscheidung von ihm. Und ich mache keine Geschäfte mit unvernünftigen Menschen.«

Antilas musterte seinen ehemaligen Buchhalter interessiert. »Seltsam, dass du das sagst. Ich hatte eigentlich den Eindruck bekommen, dass ihr Freunde wärt.«

Balki verdrehte leicht die Augen. »Diesen Eindruck wollte ich ihm auch vermitteln. Ich brauchte einen Leibwächter, während meiner langen Flucht vor den Hunnen. Du weißt ja, wie wenig ich zum Kämpfen tauge. Ich brauchte jemanden mit viel Muskeln und wenig Hirn, der die Drecksarbeit für mich erledigt. Aber jetzt hat er keinerlei Nutzen mehr für mich.«

Er ist ein vernünftigerer Mensch als Manius. Es ist fast schon schade, dass er nicht mehr für mich arbeitet, dachte Antilas. Er faltete die Hände. »Nun gut. Dann werde ich den kleinen Derick in eine meiner Arenen sperren. Er sieht aus, als ob er einen guten Kämpfer abgeben könnte. Für die Feier meiner Machtergreifung werde ich so manchen Sklaven an die Löwen verfüttern.«

Doch Balki schüttelte mahnend den Kopf. »Er ist mehr als nur ein guter Kämpfer. Er ist ein Wahnsinniger mit einem Schwert. Ich würde sagen, nach allem, was ich gesehen habe, ist er Balaban ebenbürtig. Du wirst ihn nicht festhalten können. Er wird sich befreien und dann wird er hinter dir her sein.« Er machte ein Gesicht, als hätte er eben eine bittere Medizin zu sich genommen. »Du musst ihn töten. Noch heute, genau hier in diesem Palast, vor deinen Augen, wenn er ahnungs- und wehrlos ist.«

Antilas Augen weiteten sich. Ungläubig blickte er zu Balki hinauf und versuchte ihn einzuschätzen. Ein sehr langes Schweigen erfüllte den Raum. Dann begann Antilas ganz langsam zu sprechen. »Dieser Tag hat mich mein Leben lang verfolgt, der Tag an dem du beinahe alles vernichtet hast, was mir wichtig war, mein Vermögen, meine Macht und meinen Ruf. All die Jahre habe ich mich gefragt, was für ein Mensch du sein musst, um mich überlisten zu können.«

Balki grinste. »Und weißt du es jetzt?«

»Ja«, antwortete Antilas mit fester Stimme. »Du bist genauso wie ich. Du bist ein Geschäftsmann. Ein Vernunftmensch. Du tust, was getan werden muss, ohne dieses lästige Anhängsel der Philosophen und Pfaffen, das sich Mitgefühl nennt. Ich habe immer vermutet, dass einer deiner Vorfahren römisches Blut hatte. Es ist die einzige Erklärung für deinen Intellekt.«

Der alte Vagabund sah ihn nachdenklich an. Dann nickte er zustimmend. »Dann sind wir uns also einig.«

»Ja. Der Junge wird sterben. Er wartet noch immer in der Halle und er ist unbewaffnet.« Er erhob sich und wollte zur Tür gehen.

Balki lachte gekünstelt. Dann runzelte er die Stirn. »Ich hoffe nur für dich, dass du Balaban ebenfalls unbewaffnet vorfinden wirst.«

Antilas hielt inne. »Balaban? Wie kommst du darauf?«

»Legen wir doch unsere Karten offen auf den Tisch. Denkst du, mir ist entgangen, wie euer Verhältnis momentan aussieht? Du willst den Schatz ebenso wenig mit deinem Gehilfen teilen, wie ich mit meinem. Du willst Balaban hintergehen.«

Antilas zögerte. »Balaban ist fort. Ich habe ihn nach Norden geschickt, um einen Auftrag auszuführen. Er kann mir nicht mehr in die Quere kommen.«

»Das war klug, aber nicht klug genug.«

Antilas starrte ihn fassungslos an. Seit Jahren hatte niemand mehr gewagt, auf so unverschämte, aber auch ehrliche Weise mit ihm zu sprechen. *Aber verdammt! Er hat doch recht mit dem, was er sagt! Natürlich werde ich Balki umbringen, langsam und qualvoll. Und ich werde es genießen! Aber vorher könnte er mir noch von großem Nutzen sein.*

Es herrschte absolutes Schweigen. Antilas beobachtete ihn fast eine Minute lang mit stechend silbernen Augen, sodass Balkis buschige Augenbrauen sich immer mehr zusammenzogen, wie bei einem Mann, der von der Sonne geblendet wurde.

Und dann öffnete sich Antilas Mund. »Wenn du jemanden wie Balaban umbringen müsstest, wie würdest du das anstellen?«

Balki grinste und hob eine seiner buschigen Augenbrauen. »Brauchst du ernsthaft Hilfe bei der Frage, wie man Menschen beseitigt?«

Antilas zischte. »Wir reden nicht von einem normalen Menschen. Wir reden von Hunnenkönig Balaban. Er ist zur Hälfte Römer. Ein junger Mann, der die eine Hälfte seines Lebens in römischen Schulen verbracht hat, und die andere Hälfte auf dem Schlachtfeld mit seinen Kriegern. Sein Verstand und seine Kampfeskraft sind zwei Seiten derselben Klinge. Und er weiß diese Klinge auf gnadenlose Weise zu führen.«

Balki schaute an die Decke und zuckte mit den Schultern. »Ich würde sagen, für einen schlauen Plan ist es fast schon zu spät. Du hast ihn und seine Männer weggeschickt. Er wird bereits Verdacht geschöpft haben. Wäre er nicht so verzweifelt, hätte er sich überhaupt nicht darauf eingelassen.«

»Dann, wie würdest *du* ihn töten?«, wiederholte Januarius Antilas ungeduldig.

Balki sah in dessen Augen und erkannte dort etwas, was er bei ihm noch nie gesehen hatte: Angst. *Er fürchtet sich vor Balabans Rache.* Und da wurde ihm klar, dass der mächtige Januarius Antilas ihn um Hilfe ersuchte.

Er räusperte sich. »Ich würde dafür sorgen, dass keinerlei Spuren zu mir zurückverfolgt werden können, falls es schiefgeht. Ich würde diese schwere Aufgabe jemand anderem übertragen … jemand, der gar nicht weiß, dass er es für mich tut.«

Antilas wirkte einen Augenblick ratlos. Dann lichtete sich seine Miene und er schien zu verstehen. »Du meinst den Jungen?«

Balki nickte zuversichtlich. »Derick ist ein Wahnsinniger mit einem Schwert. Und er ist auf der Suche nach dem Mädchen.«

»Das Mädchen bleibt hier. Ich werde sie nicht eintauschen«, entgegnete Antilas strikt.

Balki hob eine Braue. Der Einwand kam überraschend, aber nicht unvorhergesehen. »Das musst du auch gar nicht. Sage ihm, Balaban hätte seine Freundin ermordet. Dann wird er ihn dir vom Hals schaffen. Und falls er versagt, sind wir trotzdem einen von beiden los. Wer weiß, wenn wir Glück haben, vielleicht sogar beide.«

Erneut fixierte Antilas ihn für fast eine Minute. Dann nickte er ganz langsam mit dem Kopf und Balki atmete innerlich auf.

»Er wartet in der Eingangshalle. Ich nehme an, du wirst es ihm selbst sagen.«

Balki nickte und Januarius Antilas rauschte ihm voraus. Für einen Moment musste sich Balki an dem Regal abstützen. Sein Herz raste wie wild. *Er hat es mir abgekauft*, dachte er völlig erschöpft und immer noch voller Angst. *Das war wirklich knapp.*

Wenige Minuten später waren sie in den Thronsaal zurückgekehrt. Die Schaulustigen waren inzwischen verschwunden, doch noch immer war der Raum mit Gardisten gefüllt.

Derick kniete gefesselt auf dem Boden. Er hatte weitere Schläge seiner Wachen einstecken müssen. Sein Körper war übersät mit Kratzern und blauen Flecken. *Es sind einfach zu viele!*

»Balki«, rief er erleichtert, als er ihn vor sich erkannte. Blut tropfte von seiner Lippe. »Was habt ihr beredet? Wie ist unser Plan?«

Balki wirkte zufrieden mit sich und sehr selbstsicher, wie er da neben seinem ehemaligen Arbeitgeber stand ... *zu* selbstsicher. Der Blick, den er Derick zuwarf, wirkte herablassend. »Meine Pläne brauchen dich nicht mehr zu kümmern«, meinte er knapp und gähnte dabei.

Der Junge machte ein verwirrtes Gesicht. »Ich verstehe nicht.«

»Ich entlasse dich aus meinem Diensten! Geh mit Balabans Horde mit! Hier gibt es für dich nichts mehr zu tun.«

Derick konnte nicht glauben, was er da hörte. »Nichts mehr zu tun? Aber was ist mit dem Gotenhort?«

Der Mann, den er für seinen Lehrer und für seinen Freund gehalten hatte, lachte ihn aus und auch Antilas neben ihm grinste. Die beiden wirkten seltsam einig, als würden sie auf derselben Seite stehen. *Was geht hier vor?*

»Du hast kein Anrecht auf irgendetwas aus diesem Hort«, sagte Balki streng. »Ich danke dir dafür, dass du mich in einem Stück hierher geschafft hast, aber ich denke, unsere Zusammenarbeit ist beendet. Du erfüllst jetzt keinen Nutzen mehr für mich.«

»Was? Aber…«

»Es tut mir leid Derick. Du bist raus.«

»Wie meinst du das!?«, schrie er wütend. »Warum sollte ich Balaban hinterher reisen wollen?!«

»Weil du bei ihm womöglich deine kleine Freundin finden wirst oder zumindest das, was die Hunnen von ihr übriggelassen haben.«

Dericks Augen weiteten sich. »Tyra! Hast du die ganze Zeit gewusst, dass Balaban sie hat?!«

Balki grinste ihn an. »Ja.«

Derick erkannte ihn kaum wieder. »Tyra war die ganze Zeit über eine Gefangene der Hunnen und statt ihr zu helfen, hast du mich auf deine Schatzsuche mitgeschleift?«

Balki verdrehte die Augen, als ob Derick ihm auf die Nerven gehen würde. »Ich dachte wirklich, du wärst inzwischen schneller von Begriff! Ist es dir nie in den Sinn gekommen, was für ein seltsamer Zufall es ist, dass ich in derselben Gegend unterwegs war wie der Historiker Kelsus? Ich war nicht zufällig im Teutoburger Wald. Ich bin ihm nachgereist. In Rom hatte ich erfahren, dass Antilas nach einem Historiker sucht. Ich wusste sofort, dass es mit dem Gotenhort zusammenhängen musste, also habe ich versucht, ihn aufzuspüren. Von Anfang an war es mein Ziel den Schatz der Goten zu finden. Du warst nur ein Mittel zum Zweck. Ich brauchte jemanden, der mein Gepäck trägt und mich beschützt, einen Leibwächter, jemanden der stark, aber dumm ist. Und du hast all diese Voraussetzungen erfüllt.«

Derick schloss die Augen. Tränen glänzten in seinen Augen. Seine Stimme wurde ganz leise. »Das glaube ich nicht.«

Balki lachte und fast alle Anwesenden stimmten in das Gelächter mit ein. »Das ist ja herzzerreißend. Schaut, wie er weint. Soll ich dir etwas Lustiges erzählen Derick? Ich habe Geschichten darüber gehört, was die Hunnen alles mit ihren Gefangenen anstellen, besonders mit Frauen. Balaban wird bestimmt viel Spaß mit Tyra gehabt haben, bevor er sie zerstückeln lassen hat.« Balki pfiff einige der Wachen zu sich her und deutete auf Derick. »Bringt ihn her! Ich werde ihm selbst die Kehle durchschneiden. Dann ist er mit seiner geliebten Barbarenfrau vereint!«

Blanker Zorn stieg wie kochendes Wasser in ihm auf und brannte in seinem Körper. Mit wutverzerrtem Gesicht warf sich Derick nach vorne. Er riss sich von seinem Wachmann los und ehe die anderen Gardisten reagieren konnten, brach er durch ihre losen Reihen und hetzte so schnell er nur konnte den Korridor entlang. Balki hatte ihn verraten. Jetzt war er allein auf sich gestellt. Er rannte so schnell er nur konnte.

»Schnappt ihn! Tot oder lebendig!«, rief Antilas den Gardisten hinterher, die augenblicklich die Verfolgung aufnahmen.

Derick bog in einen Korridor ab. Er hatte keine Ahnung, in welche Richtung der Ausgang lag. Das riesige Anwesen war ein verdammtes Labyrinth. Er folgte einem steinernen Gang, der leicht abfiel. Am Ende des Ganges erwartete ihn eine Tür.

Je weiter er auf die Tür zu rannte, desto heißer und feuchter wurde die Luft. Auch das Bild vor seinen Augen wurde immer nebeliger und unklarer. Er fragte sich schon, ob er den Verstand verloren hatte, da hörte er das Geräusch von Wasser und die Stimmen von Männern.

Das Badehaus!, wurde es ihm schlagartig bewusst und er sprang durch den Torrahmen und schlug die Tür hinter sich zu.

Dichter, feuchter Wasserdampf schlug Derick entgegen. Er tastete sich zur Seite und fühlte mit den Händen den rauen Backstein. Blinzelnd erkannte er vor sich ein eindrucksvolles Mosaik am Boden. Vorsichtig versuchte er vorwärtszugehen, doch der Untergrund war rutschig und seine Lederschuhe sogen sich sofort voll mit Wasser. Im letzten Augenblick bemerkte er ein paar Holzschuhe neben einem dampfenden Heißwasserbecken. Er schlüpfte hinein und stapfte davon, denn genau in diesem Moment wurde die Eingangstür wieder aufgerissen.

»Wo bist du?«, schrie der Anführer der Gardisten panisch in den Dunst.

Derick kniete mit pochendem Herzen hinter einer hölzernen Liege. Seine ganze Kleidung tropfte vor Schweiß und Wasser. Er warf einen Blick über die Schulter und erkannte einen hässlichen Holzkohleofen, der die Temperatur in dem ohnehin heißen Nebenraum weiter in die Höhe trieb. Er richtete den Blick geradeaus und sah hinter einer Wand zwei weitere kleine Zimmer mit Becken, Liegen und einigen Badegästen.

»Wo steckst du?«, schrie der Kommandant.

»Kannst du mal die Klappe halten da drüben?!«, polterte ein empörter Besucher zurück. »Ich stehe den ganzen Tag Wache und will mich jetzt entspannen!«

»Ich bin dein Kommandant, du dämlicher Ochse!«

Sofort sprang der Wachmann erschrocken aus seinem Becken und eilte stramm zu seinem Vorgesetzten. »Es tut mir leid Metellus. Es tut mir leid. Ich wollte Euch nicht anbrüllen. Ich bin nur so gestresst von der Arbeit. Was kann ich für Euch tun, Herr Kommandant?«

»Zieh dir was an verdammt!«

Derick nutzte die willkommene Ablenkung und krabbelte hinter seiner Liege hervor. Sein ganzer Körper war klatschnass und seine Hände rutschten über den glatten Boden.

»Hier ist gerade jemand reingekommen durch den Seiteneingang! Hast du ihn gesehen?«

»Natürlich Herr Kommandant. Ich habe ihn gesehen. Das wart Ihr.«

Metellus polterte los vor Zorn, aber Derick war bereits hinter einem einladenden Torbogen verschwunden und fand sich nun in der Umkleide wieder. In die kleinen Nischen in der Wand hatte man Gewänder und Handtücher gestopft. Derick drückte für einen Herzschlag sein schweißnasses Gesicht in den Stoff. Dann wirbelte er hektisch herum und stürzte durch den Haupteingang nach draußen. Er fand sich in einer Abbiegung wieder, der er folgte, bis er auf der anderen Seite der großen Treppe herauskam. Vor sich stand noch immer einer der Wächter am Tor. Der andere hatte offensichtlich eine Badepause eingelegt.

Der Wachmann wirbelte erschrocken herum, doch Derick rammte ihn mit seinem ganzen Körpergewicht und schleuderte ihn quer über den Boden. Dann eilte er zum Tor hinaus, durch den Garten und hinaus auf die offene Straße. Hinter ihm ertönte das zornige Geschrei seiner Verfolger. »Haltet den Dieb!«

Ein paar römische Sicherheitskräfte vernahmen die Rufe und versuchten, Derick den Weg abzuschneiden. Verzweifelt versuchte er nach links zur anderen Straßenseite auszubrechen, aber die zahlreichen Karrenzieher und Ochsenwagen versperrten ihm den Weg.

»Gleich haben wir ihn!«

Sein Blick wanderte nach oben zu einem mächtigen Aquädukt, das direkt über ihre Köpfe verlief. *Das könnte klappen!*

Schnell hatte er einen Entschluss gefasst. Er packte ein langes Seil von der Ladefläche eines Wagens und schleuderte es weit nach oben, sodass es auf der anderen Seite des Aquädukts wieder herunter kam.

»Kreist ihn ein!«, schrien Antilas Prätorianer und zogen ihre Schwerter, die ihn nun ebenfalls eingeholt hatten.

Derick knotete das andere Ende des Seils innerhalb weniger Herzschläge um einen Esel und trat nach ihm. Das Lastentier flüchtete nach vorne und Derick, der das andere Ende gepackt hielt, wurde mit einem Ruck nach oben gezerrt.

»Mach das Seil los!«, rief ein Prätorianer dem Besitzer des Esels zu. Dieser brachte das Tier zum Stehen und begann an Dericks Knoten zu hantieren, vermochte aber nicht, ihn zu lösen.

In der Zwischenzeit war Derick trotz gefesselter Hände wie ein Wiesel an dem Seil nach oben geklettert und fand sich nun über dem Trubel der Stadt auf dem Rücken des Aquädukts wieder.

Die Wassermassen wurden nach Westen abgeleitet. Nachdem er das Seil und seine Fesseln mit einem herumliegenden Stein gekappt hatte, sprang er in die Fluten und rannte durch das Wasser der untergehenden Sonne entgegen. Nach einer Weile hatte er eine Stelle gefunden, an der eine eckige Mietskaserne dem Aquädukt sehr nahe kam.

Er ging in die Hocke und atmete tief durch. Dann machte er einen gewaltigen Satz nach vorne, riss seine Arme in die Höhe und segelte mit angehaltenem Atem durch die Luft. Er sah das Dach näher kommen und dann vor sich nach oben rasen. Im letzten Moment fanden seine Finger eine Dachziegel. Er hätte sie fast herausgerissen, wenn seine Hand nicht im letzten Moment eine zweite zu fassen bekommen hätte. Er kletterte durch ein kaputtes Fenster in die heruntergekommene Dachwohnung, drückte sich an den erschrockenen Bewohnern vorbei und kam durch die Haustür schließlich völlig außer Atem auf die dicht bevölkerte Straße zurück. Seine Verfolger hatte er abgeschüttelt.

Nur langsam beruhigte sich sein Puls. Und es dauerte noch viel länger, bis er einordnen konnte, was gerade passiert war.

Balki, hallte es unaufhörlich in seinem Schädel. *Wie konnte ich mich nur so in dir täuschen? Nie im Leben hätte ich einen solchen Verrat erwartet. Egal ob bei den Germanen, Hunnen oder Römern, ein solcher Verrat erfordert eine entsetzliche Strafe!* Er fluchte innerlich und fletschte die Zähne. *Dafür werde ich dich büßen lassen! Du verdammter Verräter!* Dann besann er sich auf das, was wirklich wichtig war. *Tyra! Ich muss sofort zu ihr. Ich muss Balaban einholen, bevor er ihr etwas antun kann. Ich weiß, dass sie noch lebt. Ich weiß es einfach!*

Die Gardisten kehrten mit leeren Händen zu Antilas zurück. Er stand noch immer mit seinem ehemaligen Buchhalter in dem gewaltigen Thronsaal.

Balki hob die Brauen. »Das war ja gar nicht so schwierig. Um ehrlich zu sein, es überrascht mich nicht, dass er entkommen konnte.«

Antilas nickte. »Wovon wir beide bereits ausgegangen sind. Du hast recht. Er ist ein Wahnsinniger. Und wenn wir Glück haben, sind wir sie beide damit los: Derick und Balaban«, sagte er leise.

Balki wippte ein wenig unsicher auf seinen Füßen. »Für den aller unwahrscheinlichsten Fall, dass doch einer von beiden zu diesem Haus zurückkehrt…«

»Ich werde die Wachen in allen Bereichen verdoppeln. Niemand betritt dieses Haus ohne meinen Befehl und niemand verlässt es.

Du darfst dein Mittagessen fortsetzen. Wenn du fertig bist, komm in das Obergeschoss! Dann werden wir über den Standort des Gotenhorts sprechen.«

Balki blickte seinem neuen Auftraggeber nach. Als Antilas um die Ecke gebogen war, und ihn niemand mehr sah, ließ Balki sich kurz gegen eine Wand sinken. Aus seinem Körper brach der Schweiß heraus. Noch nie in seinem Leben hatte er solche Angst empfunden. Noch nie in seinem Leben hatte er mit derart hohem Einsatz gewürfelt. *Ich musste es tun. Es war die einzige Möglichkeit. Jetzt ist Derick in Sicherheit.* Er wusste, hätte Antilas auch nur die geringste freundschaftliche Gefühlsregung bei Balki beobachtet, hätte er Derick foltern lassen, um den Standort des Schatzes aus Balki herauszupressen. Sobald Balki nachgegeben hätte, hätte er sie dann beide aus purer Schadenfreude ermordet. *Stattdessen ist Derick auf der Flucht und ich bin in Antilas Achtung gestiegen. Ich bin wieder im Spiel. Es ist wieder wie damals als ich ein Junge war. Und genau wie damals werde ich ihn überlisten.*

Dann eilte er schnellen Schrittes zur Speisekammer zurück. Eine Stärkung hatte er dringend nötig.

Als er in den Gang, der zur Küche führte, einbog, erblickte er dort einen Römer. Er war hochgewachsen und hatte dichtes schwarzes Haar, das stellenweise ergraut war. Er trug eine weiße Toga und gehörte allem Anschein nach zu Antilas Hofstaat.

»Ihr seid neu hier«, sagte Balki sofort.

Der Mann starrte ihn misstrauisch an. »Woher wisst Ihr das?«

Er grinste verschmitzt. »Ich bin in diesem Haus aufgewachsen. Die alte Dienerschaft kenne ich noch sehr gut. Die alte Kordula zum Beispiel.«

»Ich kenne niemanden, der so heißt.« Er wollte gehen.

»Oh. Dann gibt es sie wohl nicht mehr«, fügte Balki sofort hinzu und lief ihm nach. »Aber Aliqua ist noch hier. Sie war damals schon im Haus, auch wenn sie zu dieser Zeit noch wesentlich jünger war. Und schon damals war sie in Antilas vernarrt. Sie wird wohl ewig auf ihn warten. Aber er wollte sich noch nie auf eine einzige Frau festlegen. Und die Ehe hebt er sich vermutlich für ein politisches Bündnis auf. Darauf kann sie bei ihrer unbekannten Abstammung kaum hoffen. Da er sich in seinem Spatzenhirn bereits als Kaiser von Rom sieht, will er vermutlich irgendwann einmal die Tochter des oströmischen Kaisers heiraten. Das nennt man dann wohl Hybris.«

Der Mann knirschte mit den Zähnen. »Ihr könnt es Euch wohl erlauben, so frei herauszureden. Ich kann es nicht.«

»Wie heißt Ihr?«

»Mein Name ist Manius.«

»Ich gehe davon aus, dass Ihr Senator seid.«

Erneut war Manius verblüfft. »Und woher wisst Ihr das?«

»Das höre ich an der Art, wie Ihr sprecht. Kommt! Es ist noch genug vom Mittagessen übrig. Speist mit mir.«

Er schritt an ihm vorüber in die leere Küche hinein und zu seiner Überraschung folgte ihm der Senator.

Sie brachen das Brot. Balki beobachtete Manius abschätzend. Noch konnte er ihn nicht einordnen.

»Glaubt Ihr nicht, dass Antilas es verdächtig finden könnte, wenn Ihr mit mir spreist?«

»Es ist römische Tradition, dass man eine Einladung zum Essen nicht ausschlägt. Das hat mit Anstand zu tun.«

»Habt Ihr keine Angst, dass Antilas das anders sieht?«

»Ich habe vor gar nichts mehr Angst«, sagte Manius bitter. »Ich interessiere mich nicht mehr für Politik. Mein Land ist bereits untergegangen. Er braucht meine Männer, deshalb braucht er mich. Ich stelle sie ihm zur Verfügung, um die Goten zu vertreiben und die Herrschaft in Rom wieder in römische Hände zu legen. Ob es die richtige Entscheidung war, weiß ich nicht. Das wird die Zukunft zeigen.«

»Ihr klingt nicht gerade wie ein überzeugter Anhänger?«

»Ich hatte nur die Wahl zwischen Pest und Cholera. Nur Gott weiß, ob ich die richtige Entscheidung getroffen habe.«

»Dann habt Ihr Zweifel in Bezug auf die Pläne Eures Herrn?«

»Niemand weiß, was seine Pläne sind. Vermutlich wisst Ihr mehr über ihn als ich. Mit seinem engsten Kreis berät er sich manchmal in einem Arbeitszimmer. Da bin ich aber nicht zugelassen.«

»Hat er einen neuen Buchhalter?«

»Ja, seit vielen Jahren. Der ist Mitglied des engeren Kreises.«

»Dann wird er vermutlich wissen, was Antilas nächste Schritte sind.«

»Bemüht Euch nicht! Dieser Buchhalter ist ein Fanatiker und Antilas absolut loyal. Er verehrt Antilas, als wäre er bereits der Kaiser. Von dem werdet Ihr kein Wort erfahren.« Er sah Balki durchdringend an. »Aber Ihr kennt ihn, wie ich gehört habe, schon Euer ganzes Leben. Vielleicht könnt Ihr mir sagen, was für ein Mensch er ist.«

»Der schlimmste Mensch, der mir je begegnet ist«, scherzte Balki.

»Und könnt Ihr mir erzählen, was es mit diesem Gotenhort auf sich hat, für den er sich so interessiert?«

Balki witterte Gefahr und sah sich nach der Tür um. »Ich muss nur schreien, dann kommen die Wachen!«

Manius lachte bitter. »So ernst ist es also. Als ich das erste Mal davon gehört habe, dachte ich es wäre nur die Spinnerei eines alten Mannes. Aber dann hat er den Standort von Alarichs Grabkammer tatsächlich gefunden.«

Balki erhob sich. »Ich glaube, ich könnte Antilas den ganzen Tag beleidigen und er würde es in der jetzigen Situation hinnehmen. Aber wenn ich Geheimnisse über den Gotenhort ausplaudere, bin ich auf der Stelle tot. Dieses Wissen ist das einzige, was mich im Moment am Leben hält.«

Manius erhob sich. »Ihr solltet hier verschwinden. Die Wachen am Eingang sind nicht die zuverlässigsten. Wenn Ihr den richtigen Moment abwartet, habt Ihr eine gute Chance.«

Balki runzelte die Stirn. Er glaubte zwar, dass Manius es ehrlich mit ihm meinte, aber dieses Risiko konnte er nicht eingehen.

»Fliehen und die Aussicht ausschlagen, den Gotenhort zu finden? Dies ist das Zeitalter, in dem Helden geschmiedet werden.«

Manius lachte bitter. »Nicht nur Helden werden in dieser Zeit geschmiedet, auch Ungeheuer.« Der Römer blickte zu Boden. »Ich habe meine Entscheidung vor langer Zeit getroffen. Ich habe meine Heimat immer geliebt. Deshalb habe ich mich, als Rom der Untergang drohte, auf Januarius Antilas eingelassen. Ich dachte, er könnte uns retten. Und ein winzig kleiner Teil von mir hofft das noch immer. Aber Ihr seid nur wegen dem Gold hier. Also gebe ich Euch diesen guten Ratschlag. Flieht, so lange es noch möglich ist! Flieht vor diesem Ort, vor dem Schatz und vor allem flieht vor *ihm*!«

Balki zog die Möglichkeit in Betracht. Aber eine Flucht würde bedeuten, sich aus dem mentalen Kampf mit Antilas zurückzuziehen. Flucht würde bedeuten, aufzugeben. »Aber es ist der größte Schatz der Geschichte. Also ist es auch die größte Herausforderung der Geschichte. Alle sind hinter ihm her: Germanen, Römer und Hunnen. Und selbst der große Januarius Antilas wird ganz schwach, wenn man den Schatz auch nur erwähnt.«

Manius nickte. »Er will den Gotenhort auch wegen seiner symbolischen Bedeutung. Die heiligen Statuen der Heidenzeit, darunter auch Virtus die Personifizierung der Tugend, wurden damals aus dem Tempel gestohlen, um die Goten zu bezahlen. Er denkt wohl, wenn er die alte Tugendstatue wieder heim holt, wird sich auch sein geliebtes Reich wieder erheben. Januarius Antilas ist sehr abergläubisch. Er opfert jeden Tag den Geistern. Ihr solltet lieber aufpassen, dass Ihr nicht auch noch auf seinem Opferaltar landet.«

Sie schwiegen sich eine ganze Zeit lang an. Balki hatte nicht erwartet, gerade hier an diesem Ort einen Verbündeten zu finden. Dennoch lächelte er dankbar. »Ich danke dir für deine Ehrlichkeit und deinen gutgemeinten Rat Manius. Also erlaube mir, dass ich den Gefallen erwidere. Du hast gesagt, du dienst Antilas, weil du für das Überleben deines Landes alles tun würdest.« Er atmete tief ein und aus. »Dann solltest du dir allerdings eine wichtige Frage stellen: Was von deinem Land soll überleben? Die Werte, für die es Jahrhunderte hinweg eingestanden ist, oder seine Grenzen auf einer Landkarte?«

Es folgte einen Moment Stille. Manius wirkte verblüfft.

»Du willst also, dass ich den Untergang Roms bereitwillig geschehen lasse?«, fragte er leichenblass.

»Nein! Aber du und deinesgleichen müsst selbst für eure Interessen eintreten. Setzt euer Vertrauen nicht in einen Wahnsinnigen! Jede Krise in der Geschichte hätte abgewendet werden können, wenn die Menschen klug vorausgeschaut hätten. Aber um der Wahrheit die Ehre zu geben, ihr Senatoren habt in den letzten Jahrzehnten nicht klug vorausgeschaut. Ihr habt euch nur eure eigenen Taschen gefüllt. Ihr habt alle schwere Arbeit von Söldnern verrichten lassen und nun wundert ihr euch, dass die Söldner selbst nach der Macht gegriffen haben?«

»Antilas könnte sie noch aufhalten. Sie alle: die korrupten Senatoren, die uns verraten haben, die ehrlosen Söldner, die uns in den Rücken gefallen sind, die Goten, die sich erdreisten, über die Ewige Stadt zu herrschen, und all die anderen Völkerscharen, die nun da wir am Boden liegen, über uns herfallen wie ein Schwarm hungriger Heuschrecken. Die aus dem Süden mitgebrachte Weisheit darf nicht verloren gehen«, beharrte Manius stur.

Doch Balki schüttelte den Kopf. »Ein Land ist vor allem das, wofür es einsteht. Rom stand Jahrhunderte ein für Vernunft und Zivilisation. Wenn die Römer diese Werte untergraben, um *ihr Land zu retten*, ist nichts mehr übrig, was es wert wäre, gerettet zu werden. Du musst dich entscheiden, was dir wichtiger ist: die Grenzen deines Landes auf einem Stück Papier oder das, wofür dein Land einsteht. Was ist es eher wert, bewahrt zu werden?«

Seine Worte hatten eingeschlagen. Er nickte leicht und ließ Manius niedergeschlagen, aber nicht unverändert hinter sich zurück.

Mitten in der Nacht galoppierte ein einsames Pferd durch die schwarze Finsternis. Zwei Personen saßen darauf. Es waren Balaban und Tyra.

»Ich bringe dich zu einem reichen Römer. Dort ist auch dein Freund Derick.«

»Derick lebt?«

Die plötzliche Freude in ihrer Stimme war wie ein schmerzhafter Stich. »Ja. Offenbar hat er sich von den Wunden erholt, die ich ihm auf dem Nebelberg zugefügt habe.«

»Wieso ist er in einer römischen Villa?«

»Er ist ein Gefangener, genauso wie auch du eine Gefangene sein wirst.«

Sie senkte den Kopf. »Ich war, seit Ihr mich aus meinem Dorf verschleppt habt, eine Gefangene.« Er antwortete nicht. »Ihr habt mich gut behandelt König Balaban. Dafür will ich Euch danken.«

Balaban atmete tief ein und aus. »Ich befürchte, du wirst mich sehr bald vermissen.«

»Wie meint Ihr das?«

»Januarius Antilas ist ein gefährlicher Mann. Es gibt schreckliche Geschichten über ihn.«

»Warum bringt Ihr mich dann hin?«

»Ich habe keine andere Wahl. Er hat darauf bestanden. Und ich brauche das Land, das er mir und meinem Volk versprochen hat. Versteht Ihr, dass ich keine Wahl habe?«

»Ja«, sagte sie leise und voller Furcht.

Die ersten weißen Gebäude tauchten auf in der wallenden Dunkelheit. Sie trabten durch die Straßen der Stadt, die selbst um diese späte Zeit von Händlern und Passanten bevölkert waren.

»Hilf mir endlich jemand mit meinem Lattich!«, rief ein ungehaltener Händler.

Januarius Antilas erwartete sie in seinem Thronsaal. Er heftete sofort seine Augen auf Tyra und ein fieses Grinsen bedeckte sein Gesicht. »Was haben wir denn hier? Eine echte Schönheit.«

»Ihr behaltet sie als Pfand. Sobald meine Hunnen jedoch die Langobarden im Norden vertrieben haben, gebt Ihr sie uns zurück.«

Antilas lachte höhnisch. »Warum sollte ich das tun? Welchen Zweck könnte eine Barbarenfrau für einen Hunnenkönig haben?«

Balabans Augen verengten sich. Er blickte in Tyras ängstliches Gesicht. Dann seufzte er. »Ich bin ihr sehr zugetan. Krümmt ihr kein Haar.«

»Ich mache mit ihr, was immer ich will.«

Zum ersten Mal verlor Balaban seine Geduld. Er griff an seinen Gürtel und zog in einer einzigen schwungvollen Bewegung seine beiden Schwerter hervor. Sofort taten die Gardisten es ihm gleich. Antilas wirkte erschrocken. Er wusste, dass vier Prätorianer es nicht mit dem König der Hunnen aufnehmen konnten.

»Fordert mich nur heraus Antilas! Prüft nur weiter, wie weit Ihr bei mir gehen könnt! Ich habe jeden Teil unserer Vereinbarung eingehalten, so auch diesen. Aber es war niemals Teil der Vereinbarung, dass Ihr sie behaltet. Wenn Ihr ihr also auch nur ein einziges Haar krümmt, ist unser Vertrag gebrochen! Dann könnt Ihr Euch selbst um die Langobarden kümmern und wir werden uns das Siedlungsland, das Ihr uns versprochen habt, mit Gewalt nehmen!«

Die Luft im Raum schien zu knistern. Entgeistert starrte Januarius Antilas zu Balaban hinauf, wie er da stolz auf seinem Pferd thronte. »So viel ist mir das Weibsbild wahrhaftig nicht wert«, spie er in seine Richtung. »Wachen! Sucht ihr eine komfortable Zelle im Kerker und bewacht sie! Niemand darf zu ihr gelassen werden. Niemand wird ihr Schaden zufügen.«

Tyra atmete auf. Doch dann wurde sie von den Wachen vom Pferd gezogen, und als sie sie abführten, flehte sie ein letztes Mal. »Lasst mich hier nicht zurück.«

Balaban zögerte. Dann flüsterte er mit zitternder Stimme. »Ich werde zurückkehren.«

Sie verschwand um eine Biegung und Antilas schaute ihr mit seinen kalten, herzlosen Augen nach. »Wie du siehst, halte auch ich mich an die Vereinbarung, Hunnenkönig Balaban.«

Er schluckte seinen Zorn hinunter.

»Und vielleicht hast du recht. Ich bin ein bisschen zu weit gegangen», sagte Antilas mit einer freundlicheren Stimme, die gar nicht zu ihm passen wollte. »Ich kannte dich schon, als du dich noch nicht König genannt hast. Damals warst du nichts als ein weiterer Bittsteller aus Rom, der etwas von meiner Macht und meinem Einfluss abhaben wollte. Deswegen kann ich hin und wieder ein kleines bisschen respektlos erscheinen. Bedenke außerdem, wie sehr du mich enttäuscht hast, als du ohne meinen Historiker zurückgekehrt bist.«

»Balki hat uns alle an der Nase herumgeführt. Er ist gefährlicher als wir beide zusammen.«

Antilas gluckste. »Jetzt überschätzt du ihn aber.«

Balaban wendete sein Pferd und trabte durch den Korridor zurück in die Dunkelheit des schlafenden Roms. »Wir werden sehen.«

Der Verrat

Derick hatte die Stadt verlassen. In ihm brannte der Zorn. Seit er sein Heimatdorf verlassen hatte, war er nicht mehr so wütend gewesen. Seine Finger zitterten und ballten sich alle paar Minuten zu Fäusten. Wenn er Rast machte und einen Baum oder ein Gesträuch zur Hand hatte, schlug er mit seinem Schwert darauf ein. Hinterher schämte er sich dann ein bisschen. *Der Baum hat mir nichts getan, sondern Balki! Balki hat mich verraten. Und Tyra befindet sich in der Gewalt der Hunnen.*

Derick wurde jäh klar, dass er ganz alleine war. Er hatte keine Freunde oder Verbündete mehr. Er war fern der Heimat, ein Cherusker aus dem Norden, inmitten der zahllosen Völkerscharen des Römischen Reiches.

Genug von all dem Unsinn, dachte er mit grimmiger Genugtuung, steckte sein Schwert weg und stieg auf das Pferd, das er sich in Rom gestohlen hatte. *Genug von philosophischem Geschwätz, genug von der Weltgeschichte, genug von irgendwelchen Liedern und Geschichten! Ich hätte mir diesen ganzen Schwachsinn niemals anlernen sollen! Ich meine, wofür ist dieses Zeug denn nützlich?*

Er war geradewegs dabei, einem hunnischen Heer hinterher zu reiten, um eine gefangene Frau zu befreien. Wie um Himmels Willen sollte ihm all das Wissen, das er seit Beginn ihrer Reise gesammelt hatte, dabei weiterhelfen? *Alles, was Balki mir beigebracht hat, war nutzlos. Er hat mir nie wirklich helfen wollen. Ich war lediglich sein kostenloser Leibwächter. Und ich dachte, ich wäre sein Freund!*

Er fühlte sich so betrogen und ausgenutzt, dass er am liebsten umkehren würde, um Balki seinen verlogenen Kopf von den Schultern zu schlagen. *Soll er doch irgendwelchen Schätzen hinterherjagen. Ich hoffe, der Druide am Rhein behält Recht. Der Gotenhort wird seinen Entdeckern nichts als Leid und Ärger bereiten. Balaban, Antilas, Balki, sie alle haben es nicht anders verdient.*

Er erklomm im Galopp einen trockenen Hügelkamm, der kaum Pflanzen aufzuweisen hatte. Die Sonne brannte auf die tote Erde. Staub wirbelte durch die Luft, als er sein Pferd zum Stillstand brachte. Seine Augen verengten sich. *Da ist es also.*

Er starrte geradewegs hinab auf die Reste des Hunnenlagers. Er erkannte in dem breiten Tal kaputte Wagen, ein paar Seile, Mist, Essensreste, Ochsenkarren, abgebrannte Feuerplätze und jede Menge Fuß- und Hufspuren.

Er ritt hinunter und inspizierte die leeren Feuerstellen. Als er die Asche befühlte, war sie noch warm. *Sie waren hier. Und sie haben ihr Lager heute Morgen in aller Eile abgebrochen.* Er hob den Kopf und starrte in Richtung Norden.

Ich komme Tyra!

Rigula trieb die Hunnen zu unglaublicher Geschwindigkeit an. Er wollte den Auftrag so schnell wie Möglich zu Ende bringen, falls Balaban unten im Süden seine Hilfe bräuchte.

Dieser verfluchte Januarius Antilas wird unseren König verraten. Und wenn unser König uns braucht, müssen wir an seiner Seite sein.

Er ließ das Heer bis tief in die Nacht weiterreiten. Erst als es so dunkel war, dass sie kaum noch die Hand vor Augen sehen konnten, hieß er sie, ein provisorisches Lager aufzuschlagen.

»Keine Zelte! Wir schlafen unter dem Himmelszelt!«

Im Morgengrauen wollte er so schnell wie möglich weiterreisen. Er begutachtete die abgekämpften Frauen und Kinder. Er hatte vor, sie kurz vor der Stadt zurückzulassen. Dort wollte er sie wieder aufsammeln, sobald die Kampfhandlungen vorüber waren.

Diese Stämme aus den Bergen überfallen seit Jahren immer wieder Städte. Es gibt sogar Gerüchte, dass sie einen Großangriff auf Italien planen. Aber diejenigen, die es so weit bis ins Landesinnere gewagt haben, werden kaum eine Herausforderung für eine Armee von Hunnen sein.

Rigula spuckte auf den Boden. Er hatte es so satt, Aufträge für reiche, dekadente Römer auszuführen. *Diese feinen, verlogenen Schweinebacken können doch nicht einmal auf einem richtigen*

Pferd sitzen. Und dennoch wagen sie es, unseren König herumzu-
kommandieren.

Rigula hatte die letzten Entscheidungen seines Königs kritisiert. Seiner Meinung nach, hätte er am besten gleich einen Großangriff auf Antilas Villa befohlen. Doch Balaban hoffte noch immer, den vereinbarten Lohn für seine Dienste zu erhalten.

»Die Landnahme muss rechtlich geschehen«, hatte er zu Rigula gesagt. »Andernfalls sind wir nicht besser als plündernde Barbaren und die Römer und Goten werden uns nicht mehr in Ruhe lassen, bis sie uns wieder verjagt haben.«

Mit knirschenden Zähnen legte sich der Krieger neben sein Pferd auf den Boden. *Ich gehorche meinem König. Er hat bisher immer Recht gehabt mit dem, was er gesagt hat. Aber ich habe Angst um ihn. Er ist solche Verschlagenheit, wie sie Antilas ausübt, nicht gewohnt.*

Zerco kam an seine Seite gestapft. Rigula konnte den leichtsinnigen Jungspund noch immer nicht so recht leiden, aber immerhin hatte er sich auf ihrer Reise als zuverlässig erwiesen.

»Wie lange brauchen wir noch bis zu der Stadt, die unsere Hilfe benötigt?«, fragte Zerco.

Rigula brummte. »Keine Ahnung. Unser Tross macht uns langsam. Aber ich habe vor, sie alle irgendwo in Sicherheit zurückzulassen. Die Frauen und Kinder sollen nicht in die Kampfhandlungen verwickelt werden.«

»Einverstanden«, sagte Zerco und bereitete sich ebenfalls einen Schlafplatz auf dem Boden.

»Ich habe nicht nach deinem Einverständnis gefragt«, knurrte Rigula.

Zerco lachte. »Wart's ab Rigula! Wir werden noch richtig gute Freunde.«

Der riesige Hunne knurrte und drehte sich auf die Seite.

Am nächsten Morgen reisten sie weiter. Sie kamen dieses Mal außergewöhnlich schnell voran. Die Reisenden, die ihnen begegneten, erschraken meist bis in den Tod. Doch niemand versuchte sie aufzuhalten. *Und für den unwahrscheinlichen Fall haben wir eine*

Bevollmächtigung von irgendeinem Senator, der von Antilas bezahlt wird.

Zwei Tage später erreichten sie die Stadt. Die Überfälle waren offenbar schon vorbei und die Eindringlinge in das nahe Hügelland geflüchtet. Als Rigula mit seinen Beratern durch die Straßen ritt, erkannte er einige Schäden und Plünderungsspuren an den Gebäuden. Die Einwohner riefen ihnen Flüche hinterher oder spuckten auf den Boden.

»Verdammte Wagenbewohner!«, riefen sie.

»Hunnischer Abschaum!«

»Wir sind hier, um euch zu helfen, ihr undankbares, nutzloses Pack!«, fluchte Rigula zwischen seinen geschlossenen Zähnen hindurch.

»Wir sollten sie einfach den Langobarden überlassen«, zischte Zerco, der ebenfalls vor Wut kochte.

Rigula spuckte auf den Boden. Dann schüttelte er den Kopf. »Wir haben unsere Befehle. Vertreiben wir diese Plünderer aus den Hügeln und dann kehren wir unverzüglich zu Balaban zurück!«

Wie er es geplant hatte, ließ er die Frauen, Kinder und Alte ein geschütztes Lager einige Meilen südlich der Stadt anlegen. Ein paar Krieger, ließ er zu ihrer Bewachung zurück, den Rest brauchte er für ihren morgigen Angriff.

Ich hoffe nur, dass die Langobarden sich zum Kampf stellen. Wenn wir sie durch das unebene Hügelland verfolgen müssen, könnte es Wochen dauern.

Er seufzte und schüttelte sich die Sorgen aus dem Kopf. Dann setzte er sich mit seinen Beratern zusammen und arbeitete einen groben Schlachtplan mit ihnen aus.

Am nächsten Morgen waren alle hunnischen Krieger gesattelt. Abzüglich der Zivilisten und jener Hunnen, die bei Balaban im Süden geblieben waren, zählte ihr Heer noch achthundert Krieger. *Hoffen wir, dass die Gegner uns zahlenmäßig nicht überlegen sind.*

In einer losen Formation ritten sie in das Hügelland ein und entdeckten bereits nach sehr kurzer Zeit die ersten Truppenlager. Offenbar hatten es sich einige der Plünderer hier häuslich eingerichtet. Ein paar lose Holzhütten, die sicher nicht älter als ein paar Wochen waren, standen im Schatten eines Hügels. Ein paar Pferde waren in einer Umzäunung untergebracht. Bewacht wurde das Lager lediglich von ein paar verschreckten Männern mit alten, rostigen Speeren.

Mit lautem Gebrüll gab Rigula den Befehl zum Angriff. Sie schwärmten auseinander, fielen über die Siedler her und zerstörten mit Feuer und Schwert innerhalb weniger Minuten alles, was sie aufgebaut hatten. Ein paar der Recken fielen, die dumm genug gewesen waren, ihnen Widerstand zu leisten. Die anderen nahmen sie als Gefangene und Rigula begann damit, sie zu verhören.

»Wo sind die anderen Krieger? Wo habt ihr das Plündergut aus euren Überfällen?«

Er wusste, dass die Gefangenen Langobarden waren. *Das erkennt man an ihren langen Bärten.*

Dennoch behaupteten sie steif und fest, an keinen Überfällen teilgenommen zu haben. »Wir sind vor ein paar Monaten mit einer Schar Flüchtlinge mitgereist, die von den Alpen herunterkamen. Sie waren auf der Suche nach Land, genau wie wir. Aber an den Plünderungen hatten wir keinen Anteil.«

Rigula fluchte. Fast bekam er ein bisschen Mitleid mit ihren Gefangenen. Immerhin war auch sein Volk dringend auf der Suche nach einem Land zum Leben. »Was geht hier vor?«, flüsterte er leise. Aber dafür hatte er jetzt keine Zeit. Offenbar befand sich die wahre Streitmacht noch immer irgendwo da draußen. »Fesselt die Gefangenen und nehmt sie als Geiseln! Wir reiten so schnell wie möglich weiter. Dieser Kampf wird nicht vertagt!«

Lautes Kriegsgeheul war die Antwort. Sie hetzten mit ihren Pferden geschwind und trittsicher durch die unebene Gegend. Wie ein wütender Sturm rauschten sie über das Land. Immer wieder schwärmte ihre Schar auseinander und traf sich nach ein paar Meilen wieder.

Endlich brachte ein Späher die langerhoffte Botschaft. »Ein riesiges Lager. Mindestens fünfhundert Langobarden und andere Völkerscharen aus dem Norden. Sie haben auch Frauen und Kinder bei sich.«

Noch mehr Unmut machte sich in Rigula breit. War es möglich, dass Antilas sie schon wieder belogen hatte? *Das sind keine gewöhnlichen Plünderer. Das ist ein ganzer Volksstamm, der nach Süden unterwegs ist. Ihnen ergeht es genau wie uns Hunnen.* Wütend und mit allem unzufrieden ritt er an seinen Männern auf und ab. *Wie glücklich sich die Menschen schätzen sollten, die von Anfang an einen sicheren Platz zum Leben haben und nie den Horror der Flucht und der Landsuche mitmachen müssen.*

Zerco und Eskam ritten an seine Seite. »Wie gehen wir vor Rigula? Sollen wir über das Lager hinwegreiten, wie wir es bei dem anderen gemacht haben?«

Er brummte etwas Unverständliches, dann schüttelte er den Kopf. »Ich würde sagen, wir locken sie weg von ihrem Tross. Ich bin nicht hergekommen, um hilflose Frauen und Kinder niederzureiten. Schickt einen kleinen Stoßtrupp vor. Der Trupp soll ein wenig wüten und brandschatzen und dann unverzüglich hierher zurückkehren. Diese Ebene sieht wie ein gutes Schlachtfeld aus. Wenn wir sie hierher locken können, ist der Sieg uns gewiss!«

Der Plan ging auf. Eine große Schar bewaffneter Recken mit langen, wilden Bärten ergoss sich in die Ebene. Nur etwa die Hälfte von ihnen war beritten. Rigula wartete bis der letzte Langobarde auf dem Feld war, dann erteilte er das Signal zum Angriff.

Am Anfang lief der Kampf für die Hunnen ausgezeichnet. Ihre Feinde waren ihnen sowohl zahlenmäßig als auch in der Kriegstechnik weit unterlegen. Die Hunnen schossen Pfeile von ihren Pferderücken, schwangen ihre Schwerter oder warfen lange Seile nach ihren Gegnern, um sie an ihren Pferden durch den Staub zu schleifen.

Doch die Sonne war noch nicht ganz im Westen versunken, da galoppierte ein Späher an Rigulas Seite. »Mein Herr. Es gibt ein zweites Lager, das ein bisschen kleiner ist als dieses. Eine große Armee der Langobarden ist von dort aus unterwegs. Sie sind beritten und gut bewaffnet.«

Fluchend ließ Rigula seine Schar umkehren. »Diese Ebene hat uns schon einmal den Sieg gebracht. Ich sage, wir verschanzen uns und erwarten unsere Angreifer dort.«

Die Sonne ging unter und das Land versank in der Finsternis.

Den anderen Logaden war deutlich unwohl bei der Sache. »Wer weiß, wie viele Stämme sich noch in diesem Landstrich verstecken? Ich glaube, wir sollten um Verstärkung bitten.«

»Wen sollen wir um Verstärkung bitten?«, gab Rigula zornig zurück. »Die Römer? Die Römer hassen uns genauso wie die Langobarden. Wir sind Hunnen! Wir brauchen die Hilfe von niemandem!«

Die Nacht verging, ohne dass etwas passierte. Doch als sich am nächsten Morgen die Sonne über den östlichen Hügeln erhob, erkannten die Hunnen voller Schreck, dass sie umzingelt waren.

Manius ritt auf einem weißen Pferd durch die Nacht. Ohne sich eine Pause zu gönnen, stürmte er in das verlassene Kastell, in dem Antilas seine Söldnerschar versammelt hatte.

Ihr Befehlshaber Kaeso saß gerade in seinem Quartier und verspeiste ein gegrilltes Huhn, als Manius hereinstürmte.

»Was geht hier vor sich? Nicht weit von uns tobt eine Schlacht. Wieso eilen wir den Hunnen nicht zu Hilfe?«

Kaeso wirkte verärgert über die Ruhestörung. Dann biss er ab und schmatzte. »Befehle von Antilas.«

Manius war außer sich. »Die Hunnen sind auf Befehl Antilas hierher geritten. Ihr Befehl ist es, die plündernden Langobarden zu vertreiben. Jetzt stehen sie einer Übermacht gegenüber und anstatt ihnen zu helfen, sitzt Ihr hier und haltet Euer Mittagessen ab!«

Kaeso funkelte ihn zornig an. »Ihr seid so eine Nervensäge Manius. Ich verstehe nicht, warum Antilas Euch nicht längst in seinen Kerker geworfen hat. Unser Befehl ist klar. Wir warten ab, bis sich die beiden Barbarenheere gegenseitig dezimiert haben. Und dann erst schlagen wir zu.«

Die Kampfhandlungen zogen sich über viele Tage hin. Mit jedem Sonnenaufgang wurden die Hunnen weniger, aber ihre Gegner schienen immer mehr zu werden. Das Hunnenheer saß in der Falle. Allmählich machte sich Rigula Sorgen um ihre eigenen Frauen und Kinder, die sie im Süden zurückgelassen hatten.

»Vielleicht sollten wir Boten ausschicken, um die Reiter zu warnen, die wir zur Bewachung der Frauen und Kinder abgestellt haben«, schlug Eskam vor.

»Ja. Sie sollen sich, so gut es geht, verstecken!«

Und so ging es gnadenlos weiter. Jeden Tag erwachten sie eingekreist von Feinden. Jeden Tag wurden sie angegriffen und die Kampfhandlungen erstreckten sich über mehrere Stunden. Nur wenige von ihnen konnten sich aus der Umzingelung befreien und fliehen.

Rigula hatte alle Männer, die ihm noch geblieben waren, bei einem Hügelkamm zusammengezogen. Aus dem Holz einiger einsamer Bäume hatten sie Palisaden in den Boden gerammt, die ihnen des Nachts Schutz bieten sollten. Doch bei einem weiteren Großangriff würden sie ihnen kaum von Nutzen sein. Rigula war tapfer, aber auch er musste den Tatsachen ins Auge sehen. Keiner von ihnen würde dieses Schlachtfeld lebend verlassen.

In den frühen Morgenstunden beriet er sich ein letztes Mal mit seinen Beratern Eskam und Zerco.

Der junge Hunne war ganz außer sich. »Wir müssen durch ihre Reihen brechen! Wir müssen unsere Männer lebend hier herausbringen!«

Der alte Eskam schüttelte niedergeschlagen den Kopf. »Ihre Umzingelung ist bereits zu mächtig. Wir können nicht durchbrechen. Es sind einfach zu viele.« Er hob den Kopf und seine grauen Haare schimmerten im Sternenlicht. »Es gibt nur einen Ausweg. Aber den kennst du ja oder Rigula?«

Der Riese ballte die Hände zu Fäusten. »Wir werden uns nicht ergeben! Niemals! Sie würden uns hinrichten oder zu Sklaven machen.«

Zerco unterbrach ihn hastig. »Das weißt du nicht! Vielleicht lassen sie uns in Frieden ziehen, wenn wir unsere Waffen wegwerfen.«

Rigula lachte bitter. »Du weißt nichts von der Welt Bursche! Wir haben sie angegriffen schon vergessen? Wir sind es, die ohne Ankündigung über sie hergefallen sind. Dafür werden sie sich rächen wollen. Sie werden keinen einzigen von uns verschonen.«

Zercos Augen glänzten und er wandte sich ab. Eskam und Rigula tauschten einen verständigen Blick, dann seufzte der alte Schamane. »Was wir jetzt bräuchten, wäre ein Wunder.«

Der nächste Tag kam und mit ihm der letzte Kampf. Rigula hatte mit seiner Einschätzung Recht behalten. Ihre Gegner ließen keine Gnade walten. Hunnen, die sich ergaben, wurden niedergeritten oder mit Pfeilen gespickt. Mit seinen besten Kriegern riss er noch einmal eine gewaltige Schneise durch die feindlichen Reihen, dann kehrte er geschlagen in ihr Lager zurück und ließ die Männer alle Ausgänge bemannen. »Hinter die Palisaden! Hinter die Felsen! In die Gräben! Sucht Schutz und spickt jeden, der es wagt, hier einzudringen, mit Pfeilen!«

Sie konnten ihre Stellungen eine Weile halten. Der Angriff versiegte und die Langobarden zogen sich zurück, vermutlich um ihren finalen Schlag zu planen.

Rigulas Augen glänzten. Er blutete aus mehreren Wunden. Fassungslos starrte er auf den kümmerlichen Rest, der von Balabans mächtigem Heer geblieben war. Er schätzte ihre Zahl auf maximal hundert. Einigen Hunnen war die Flucht gelungen. Mehr war nicht geblieben von ihrer tapferen Reiterschar. Sie waren quer durch Europa und bis auf die höchsten Gipfel der Alpen geritten. Und hier nun an diesem ruhmlosen Ort sollten sie ihr Ende finden.

Er sah sich um. Der Schamane Eskam hatte sich bereits in eine Felsnische zurückgezogen und verharrte dort sitzend in einer Art Trance. Sicherlich rief er die Erdgeister um Hilfe an.

Die anderen Männer waren verzweifelt. Manche beteten. Ein paar wenige lagen sogar auf dem Boden und weinten.

»Antilas«, sagte er und spie den Namen aus wie einen Fluch. »Antilas hat uns verraten. Er wusste, dass wir es mit einer Übermacht zu tun bekommen würden.«

»König Balaban«, keuchte Zerco verzweifelt. »Er ist ihm jetzt schutzlos ausgeliefert.«

»Ich breche heute Nacht durch ihre Reihen oder sterbe bei dem Versuch!«, verkündete Rigula mit stockender Stimme. »Wir müssen die Frauen und Kinder warnen! Wir müssen Balaban berichten, was hier geschehen ist.«

Da ertönte ein jähes Geräusch, das ihnen die letzte Hoffnung raubte. Pferdehufe donnerten über den Boden und Bogensehnen surrten im Wind.

»Sie beginnen mit ihrem letzten Angriff«, zischte Rigula und wischte sich eine einzelne Träne aus dem Auge. »Wir werden sie gebührend empfangen!«

Zerco und die anderen Hunnen nickten stumm. Sie suchten sich das bisschen Deckung, das ihnen ihr Lager noch bieten konnte, und verschanzten sich mit ihren Bogen.

Kampfgeräusche drangen an ihre Ohren. Schmerzverzerrte Schreie hallten durch die Luft. Im Licht der untergehenden Sonne erkannten sie Kampfhandlungen auf der anderen Seite des Tals.

»Was geht da vor?«, flüsterte Rigula aus einer der Gruben. »Was geschieht hier?«

Fluchend sprang Zerco auf die Beine. Dann jagte er todesverachtend hinaus aus dem Lager und erklomm einen nahen Hügel.

Dieser lebensmüde Irre, dachte Rigula bitter. Er wusste, dass der Junge seine Kühnheit mit dem Leben bezahlen würde. Jeden Moment würde er von einem Pfeil getroffen niedersinken. Doch nichts geschah. Freudestrahlend kam der junge Hunne in das Lager zurückgerannt.

»Die Römer!«, rief er ihnen mit lauter Stimme zu. »Die Römer haben ein Heer aufgestellt. Ich sehe ihr Stadtwappen unter den Standarten!«

Sofort waren alle Hunnen auf den Beinen und schlichen zu der Palisadenmauer, um es mit eigenen Augen zu sehen. Da war tatsächlich ein gewaltiges Reiterheer aus gut geschulten römischen Soldaten. Sie scheuchten die wilden Stämme auseinander, durchbrachen die Umzingelung und vertrieben die Feinde.

»Das ist unser Ausweg!«, rief Rigula und schöpfte neuen Mut. »Schnell! Treibt die Pferde zusammen, die wir noch haben. Packt die Verwundeten auf die Sattel! Wir brechen aus und reiten nach Süden.«

Doch kaum waren sie auf ihre Pferde gestiegen, als das Römerheer auch schon einen riesigen Bogen beschrieb und auf ihr Lager zugeritten kam. Fluchend gebot Rigula seinen Männern, ihre Waffen wegzupacken. Einen weiteren Kampf würden sie nicht überleben.

»Antilas muss sie geschickt haben!«, rief Zerco aufgeregt. »Das heißt, wir stehen auf derselben Seite.«

Rigula schöpfte Mut.

An der Spitze des Heeres kam ein Römer in prächtiger Uniform geritten. Er trabte zwischen den Palisaden hindurch und schaute hochmütig auf die verletzten und abgekämpften Hunnen herab. Die anderen Römer strömten nach ihm in das Lager und hatten dieselbe Abneigung in ihrem Blick. Der Anführer des Heeres stieg ab und kam auf Rigula zugeschritten. »Ave Antilas!«, rief er aus und hob dabei seine Hand.

Der Riese brummte vor Zorn, doch immerhin hatten die römischen Soldaten ihnen das Leben gerettet. Er machte eine leichte Verbeugung.

Der Römer erwiderte sie nicht. »Sind das alle?«, fragte er schroff und zeigte mit der Hand auf die kümmerlichen Überreste von Rigulas Armee.

»Ja«, erwiderte der Hunne kühn. »Aber wir haben dem Feind große Verluste zugefügt. Reiten wir zusammen gegen sie aus, dann können wir sie endgültig vertreiben.«

Der Römer ließ die Worte einen Moment auf sich wirken. Dann rümpfte er die Nase. »Ihr seid alle unsere Feinde«, sagte er scharf.

»Wie meint Ihr das?«, erwiderte Rigula zornig. Er konnte nicht verstehen, was da vor sich ging. Alles, was er wollte, war, seine Männer in Sicherheit zu bringen.

Der Römer hob stolz das Kinn. »Januarius Antilas unterscheidet nicht zwischen germanischem und hunnischem Abschaum.« Und er stieß seinen Speer vorwärts und bohrte ihn tief in Rigulas Bauch. Er spürte, wie die Speerspitze zu seinem Rücken wieder austrat. Dann kippte er vornüber und schmeckte Erde und Blut.

»In Antilas neuem Reich gibt es keinen Platz mehr für euch«, hallte es über die Ebene.

Mit der allergrößten Anstrengung drehte Rigula sich auf die Seite und beobachtete mit brechendem Blick, wie die Römer zum Angriff übergingen. Der Rest seiner Männer befand sich in absoluter Schockstarre und wurde restlos niedergemacht. Keiner von ihnen war auf den Angriff vorbereitet gewesen. Viele von ihnen hatten nicht einmal ihre Waffen zur Hand. Innerhalb von nur wenigen Minuten fiel die ganze Welt für ihn zusammen. Einige Hunnen konnten fliehen. Der Rest war nach kurzen Kämpfen nicht mehr am Leben.

Der Feldherr lächelte und war offenbar hochzufrieden darüber, mit wie viel Erfolg er seinen Auftrag ausgeführt hatte. Einige seiner Soldaten suchten die Leichen nach Wertsachen ab. Einer zog einen Tonbecher aus einem Schafsfell hervor und warf ihn dann enttäuscht hinter sich, wo er zerbrach. Manche schossen mit ihren Pfeilen ein paar Hunnenpferde tot, ehe ihr Anführer ihnen befahl aufzuhören.

»Idioten! Die Pferde können wir noch gebrauchen!«

»Hunnenpferde sind hässlich«, lachte einer der Soldaten. »Bei denen ist der Kopf breiter als der Rücken.« Und er erschoss ein weiteres Pferd, das wiehernd zusammenbrach.

»Was sollen wir mit den Leichen anfangen? Soll ich die Männer eine Grube ausheben lassen?«

Der Kommandant schüttelte den Kopf. »Nicht nötig. Sollen die Wölfe ihre Überreste fressen oder diese Barbaren auf der anderen Seite des Hügels. Mir ist es egal.«

Ein weiterer Römer ritt auf einem Pferd heran. Vom Boden aus konnte Rigula erkennen, dass es Manius war, der Senator aus Rom. »Ave Antilas«, sagte er und stieg von seinem Pferd. »Wir haben eine weitere Gruppe dieser Hunnen entdeckt. Es sind hauptsächlich Frauen und Kinder. Sie werden uns kaum Widerstand leisten, wenn wir sie einkesseln.«

Der Feldherr lachte gehässig. »Habt ihr das gehört Männer? Auf zum nächsten Kampf!«

Manius schnitt ihm das Wort ab. »Ihr werdet den Frauen und Kindern nichts antun Kaeso!«, sagte er bestimmt.

»Das sind Barbaren. Besser wir räumen sofort mit ihnen auf. Aus jedem Hunnenkind wird einmal ein erwachsener Hunne.«

Zornig kam ihm Manius ganz nah. »Was für ein widerlicher Feigling muss man sein, um Kinder anzugreifen? Ich komme direkt aus Rom. Antilas hat mir befohlen, diesen Angriff zu überwachen. Ich habe den Oberbefehl! Ihr werdet also tun, was ich Euch sage. Das sind meine Gefangenen und nicht Eure. Ich allein trage die Verantwortung für sie und ich sage, den Frauen und Kindern krümmen wir kein Haar!«

Der Feldherr Kaeso verengte die Augen zu Schlitzen. »Fürs Erste«, erwiderte er und ein gemeines Lächeln stahl sich auf sein Gesicht. »Wenn Antilas da ist, wird er das Todesurteil über sie alle verhängen. Und Euch wird er ebenso töten.«

»Das entscheidet nicht Ihr«, erwiderte Manius und starrte voller Verachtung auf Kaeso herab.

»Wartet es ab!«

Rigula fletschte die Zähne. Blut rann ihm über sein Kinn, als er den Kopf hob.

Der junge Soldat, den er mit seinem brennenden Blick traf, erschrak bis ins Mark. Dann beruhigte er sich wieder und zog seinen Speer. »Mein Herr! Mein Herr!«

»Was ist Soldat?« Der gnadenlose Feldherr namens Kaeso kam zu der Stelle stolziert, an der Rigula lag.

Der Senator Manius stand mit ausdruckslosem Gesicht neben ihm. Er sah auf ihn herab und nur für einen kurzen Augenblick trafen sich ihre Blicke. Rigula konnte Scham und Mitgefühl in Manius Augen erkennen.

»Wir haben einen Überlebenden«, verkündete der Soldat.

Kaeso hob seinen Speer und positionierte die Spitze direkt über Rigulas Herz. »Nein haben wir nicht«, antwortete er und rammte sie ihm mit einem Krachen durch Panzer und Gebein.

Ein ereignisreicher Morgen

Balki war hinunter in die kalten Katakomben gestiegen. Als er noch ein Kind gewesen war, hatte er hier viel Zeit verbracht. Unendlich viele entsetzliche Erinnerungen kehrten vor seinem geistigen Auge zurück. Hier unten gab es keine Hoffnung. Es reihten sich Gitter an Gitter. Hier waren die armen Seelen zusammengepfercht, die Januarius Antilas Gefangene waren. Hier quälte er sie und ließ sie in seinen unterirdischen Arenen gegeneinander kämpfen, wenn er ihrer überdrüssig geworden war.

Und hier fand er sie zusammengekauert in einer kalten, dunklen Zelle. Er leuchtete mit der Fackel durch das Gitter. »Tyra?«

In ihren großen blaugrünen Augen spiegelte sich das Feuer wieder. »Balki?«

Er lächelte erleichtert. »Ein Glück! Du siehst unverletzt aus.«

Sie schnaubte. »So wird es nicht bleiben. Ich habe mit den anderen Gefangenen gesprochen. Du musst mich hier rausholen.«

Er wippte ein wenig verlegen auf seinen Füßen. »So einfach geht das nicht. Wir würden es nicht einmal bis in den Garten schaffen.«

»Dann lass dir was einfallen!«, gab sie zornig zurück. »Du bist doch der, mit den verrückten Plänen, oder war all das in unserem Dorf nur Angeberei?«

Er seufzte. »Ich werde mir etwas überlegen. Antilas ist ein sehr gefährlicher Gegner. Nur ein falscher Zug von mir und ich bin Schachmatt.«

»Sprich in einer Sprache, die ich auch verstehe!«, fauchte sie als Antwort.

Balki lachte leise. »Du hast dir bei den Hunnen wirklich schlechte Manieren angeeignet.«

»Ich war fast ein halbes Jahr ihre Gefangene.«

»Du übertreibst ein bisschen.«

»Mir kam es jedenfalls vor wie zehn Jahre! Also sag schon! Kannst du mich hier rausholen?«

Er ließ den Kopf hängen. Es folgte eine lange Pause. »Ich werde dich da rausholen. Ich verspreche es dir. Ich verspreche dir, dass ich alles tue, was in meiner Macht steht, um dich da raus zu bekommen. Aber nicht heute.«

In ihren Augen lag die pure Enttäuschung. Niedergeschlagen glitt sie an der kalten Steinwand ihrer Zelle hinunter. Dann nahm sie sich noch einmal zusammen und formte eine weitere Frage mit ihren ausgetrockneten Lippen. »Wo ist Derick?«

Eine blutrote Sonne ging auf. Derick schlich lautlos und getarnt durch das trockene Hügelland. Er hatte das völlig zerstörte Lager einiger Siedler aus dem Norden gesehen. Die Hunnen hatten es dem Erdboden gleichgemacht. Und in der Nacht waren dann die Kampfgeräusche bis an seine Ohren gedrungen.

Es muss eine gewaltige Schlacht gegeben haben. Den frischen Hufspuren zufolge musste sich noch ein drittes Heer in die Kampfhandlungen eingemischt haben. *Vermutlich die Römer aus der nahen Stadt. Als ich die Stadt durchquert habe, haben sie gerade zu den Fahnen gerufen.*

Nach ein paar Stunden erreichte er den Austragungsort der Schlacht. Von den Kämpfen war weit und breit keine Spur mehr zu sehen, doch der Boden war mit Leichen übersät. Sie alle lagen friedlich nebeneinander, als wären sie im Leben gute Freunde gewesen. Es war unmöglich noch zwischen Freund und Feind zu unterscheiden.

Geknickt stieg Derick in das Tal hinab. Die Überreste der Schlacht verdichteten sich an einem Hügelwall, der von ein paar zerbrochenen Palisaden umkränzt wurde. Er trat ein in das letzte Lager des Hunnenheeres und fand nichts weiter als Tod und Zerstörung vor.

Großer Gott im Himmel! Was ist hier nur vorgefallen?!

Die Angst schnürte Derick die Kehle zu. Was wenn Tyra unter den Toten war? Zitternd setzte er einen Fuß vor den anderen. Er suchte akribisch den Boden ab.

Inmitten der Leichen, der Waffen und dem Unrat nahm er eine Bewegung wahr. Offenbar war einer der Hunnen noch am Leben.

Sofort beugte er sich über ihn und untersuchte seine Wunden. Der junge Hunne hatte offenbar Glück gehabt. Dennoch mussten die Schnitte dringend gewaschen und verbunden werden.

»Wie heißt du?«, fragte Derick, während er einen Stofffetzen um die Schnittwunde wickelte.

Der Hunne konnte vor Schmerzen kaum sprechen. »Mein Name ist Zerco«, verkündete er in gebrochener Sprache. Dennoch konnte er einen bitteren Stolz aus seinen Worten heraushören.

»Wo sind die anderen Überlebenden?«

»Es gibt keine. Ich bin der einzige.«

Die Welt begann sich für einen Moment um ihn zu drehen. Er verlor jegliche Orientierung und fasste sich an den Kopf. *Nein! Tyra!*

»Sie waren in der Überzahl. Dann tauchten plötzlich die Römer auf und…« Zerco brach jäh ab und seine Augen weiteten sich. »Warte! Ich kenne dich!«, gab er plötzlich von sich und versuchte sich wegzubewegen, doch er schaffte es nicht.

Derick nickte tonlos. »Ja. Wir haben auf dem Brocken gegeneinander gekämpft.«

»Und jetzt kämpfst du bei den Langobarden?«, zischte der Hunne und fletschte die Zähne.

»Nein!«, entgegnete Derick bestimmt. »Ich suche eine Frau. Ihr Name ist Tyra.«

Der Zorn verschwand aus Zercos Gesicht. Dann schloss er die Augen und seufzte. »Steck das Schwert weg! Sie ist nicht hier. Wir mussten sie diesem Römer überlassen.«

»Was?!« Er packte Zerco an der Schulter. »Wo ist sie?! Wohin hat er sie gebracht?«

Zerco heulte auf vor Schmerz und Derick ließ ihn sofort los.

Er krächzte: »In seiner Villa in Rom muss sie sein. In irgendeinem der Verliese.«

Derick fletschte die Zähne. Dann sprang er auf die Beine und rammte sein Schwert in den Boden. »Von allen bin ich belogen und ausgenutzt worden! Sie war dort und ich habe sie im Stich gelassen! *Aaaaaaaaa!* Balki! Du elender Lügner!« Er brüllte zum Himmel und der Hunne machte ein verbittertes Gesicht.

»Wir sind alle betrogen worden. Antilas Schar ist uns in den Rücken gefallen. Die Frauen und Kinder haben sie vermutlich längst als Gefangene nach Rom verschleppt.«

Ein Rascheln ertönte und Derick wirbelte herum. Ihm wurde bewusst, dass er viel zu viel Lärm gemacht hatte. Eine ganze Schar Feinde näherte sich dem zerstörten Lager.

»Ich kenne doch diesen Schrei.« Eine Gruppe langbärtiger Gestalten trat auf. Ihre Gesichter waren abgekämpft und grimmig. Einer von ihnen hatte rötliche Haare und Derick zuckte vor Schreck zusammen. »Giselher!«

Der Seemann hatte sich verändert, seit er ihn das letzte Mal beim Rheinfall gesehen hatte. Er wirkte älter, zäher und verbitterter. Neue Narben zierten sein Gesicht. Sein Haar und sein Bart waren nun zerzauster und wilder.

»Was machst du denn hier?«, rief Derick verwirrt.

»Dasselbe könnte ich dich fragen«, erwiderte er mit freudloser Stimme. »Wir haben den ganzen Alpenraum nach euch abgesucht. Dann haben wir diese Stämme getroffen und beschlossen, bei ihnen zu bleiben. Sie sind auf der Suche nach fruchtbarem Land im Süden.«

Derick fühlte sich furchtbar. »Wo ist Kjartan?«, fragte er vorsichtig.

Der Seemann wirkte müde und verbittert. »Kjartan ist bei seinem Schiff geblieben. Wir haben die Orm bergen können, nachdem sie sich in einer Sandbank verfing, aber sie wurde stark beschädigt. Er blieb bei ihr, um sie wieder zu reparieren. Alle anderen sind auch hier: Hundolf, Hastein, Alvar und Norik.«

Dericks Stimme zitterte. »Was ist mit Olaf?«

Giselher starrte zu Boden. »Er ist in der Schlacht gefallen. Das Letzte, was ich für ihn tun konnte, war ihm seinen liebsten Met in den Mund zu leeren. Er hat seit Wochen nichts mehr getrunken, weil wir es ihm verboten hatten. Den letzten Schluck hat er genossen. Er hat gelächelt und dann ist er gestorben.« Er schloss die Augen und schnaufte laut durch den Mund, um sich wieder zu fassen. »Aber er hat ehrenhaft gekämpft. Jetzt zieht er ein in Walhalla, der festlichen Halle der Gefallenen mit ihren vielen Türen, und speist vom Eber Sährimnir, der wackere Einherier.«

»Es tut mir leid«, sagte Derick ehrlich.

»Wir waren blind vor Gier. Wir hätten einfach bei der Orm bleiben sollen.«

»Ihr!«, zischte plötzlich Zerco. Er lag noch immer zitternd in seinem eigenen Blut. »Ihr Mörder meiner Sippe! Gebt mir wenigstens die Gnade, im Kampf mit euch zu sterben.«

»Dreckiger Hunne! Ihr seid es, die uns angegriffen habt«, fluchte einer der Langobarden zurück.

»Antilas meinte, ihr wärt auf dem Marsch nach Rom, um noch mehr Städte zu plündern.«

»Unsinn! Rom lag überhaupt nicht auf unserem Weg. Wir haben nur das Alpenvorland ausgekundschaftet, als ihr mit Feuer und Schwert über uns hergefallen seid! So wie es aussieht, hat der Römer euch angelogen.«

Zerco wandte den Kopf ab.

Derick konnte seinen Schmerz nachempfinden. Er ballte die Hände zu Fäusten. »Ich werde dort eindringen und sie alle fertigmachen! Antilas, Balaban, Balki jeden einzelnen!«

Der Hunne stützte sich auf die Hände und schaute ihn zornfunkelnd an. »Rühr keinen Finger gegen Balaban! Er hat deiner Freundin nie ein Haar gekrümmt. Und hätte er von diesem Verrat gewusst, hätte er sich auch niemals mit Antilas eingelassen.«

Derick ließ das Schwert sinken. »Gut, dann nicht ihn. Nur Antilas und Balki.«

Zerco kämpfte verbissen gegen seine Schmerzen an. »Die wirst du in der Villa nicht finden. Sie sind in den Süden gezogen, um den verfluchten Gotenhort auszuheben.«

Ein Raunen ging durch die Langobarden. »Den Gotenhort«, wiederholten sie. Offenbar waren sie mit den Legenden vertraut.

»Darum geht es also nach wie vor«, sagte Giselher bitter. »Der Römer hat den Gotenhort gefunden und jetzt hat er sich seiner hunnischen Verbündeten entledigt. Dann bleibt mehr für ihn allein.«

»Ich weiß nicht Giselher. Ich glaube, in dieser Schatzkammer wird auch noch mehr als genug übrigbleiben für uns«, erwiderte einer der wilden Langobarden.

Die anderen jubelten zustimmend und schlugen klappernd ihre Waffen und Schilder zusammen.

»Wir werden den Römer für seinen Verrat bezahlen lassen und zwar mit Blut und Gold!«, verkündeten sie zufrieden.

»Und was machen wir jetzt mit ihnen?«, fragte ein anderer.

Giselher blickte von Derick zu dem Hunnen und wieder zurück.

Derick erkannte sofort, dass er in einem Kampf keine Hoffnung auf einen Sieg hatte. Es waren einfach zu viele. *Erst Köpfchen, dann Körper.*

Er steckte sein Schwert weg. Dann erhob er sich und schaute von einem zum anderen. »Ihr mögt viele sein, aber ihr kennt den Weg nicht. Ich hingegen schon. Ich allein kann euch zum Gotenhort führen.«

Giselher spuckte auf den Boden. »Wieso sollten wir dir vertrauen? Du hast uns schon einmal belogen.«

Zornig schüttelte er den Kopf. »Nein, Balki war es, der euch belogen hat, genauso wie er auch mich belogen hat! Ich hingegen habe noch nie in meinem Leben ein unwahres Wort gesprochen. Also glaubt mir oder schlagt mir den Kopf ab! Aber entscheidet euch!«

Giselher seufzte. »Es wurde bereits genug Blut vergossen. Aber sag mir, was springt für dich dabei heraus? Welchen Anteil willst du dafür, dass du uns den Standort des Schatzes verrätst?«

»Von diesem verfluchten Gold will ich nicht eine einzige Münze! Ich will meine Rache. Ich will Balki und Antilas und Hilarius, den Mann der meine Familie bestohlen hat. Und ich will Tyra befreien!«

Giselher steckte sein Schwert weg. »Einverstanden!«

Besorgt fragte sich Derick, ob Hundolf und Hastein ebenso leicht zu überzeugen sein würden. »Wir sollten vielleicht nicht allen davon erzählen«, begann er vorsichtig.

»Unsinn! Der Geiz hat dieses Unglück erst herbeigeführt. Ich werde es jedem aus diesem Stamme sagen. Jeder, der uns begleiten will, soll es tun. Wir holen uns den Schatz der Goten.«

Erneut jubelten die Langobarden begeistert und schlugen Schwert und Schild aufeinander.

»Was ist mit dir? Kommst du mit uns?«, fragte Derick den verletzten Hunnen.

Zerco schluckte schwer und wischte sich das Blut mit dem Handrücken vom Gesicht. »Ich werde euch nicht bekämpfen, denn ihr wurdet genauso betrogen wie wir. Aber ich kann nicht mit den Männern reiten, die meine Freunde und Familie ermordet haben. Geht! Überlasst mich meinem Unglück!«

Giselher trat vor. »Du redest ehrenhafter als ich es von einem Hunnen gedacht hätte. Wir haben ein paar hunnische Gefangene gemacht, aber wir werden sie freilassen, wenn wir weiterziehen, und zu dir schicken. Keiner aus meinem Stamm soll euch angreifen. Wir haben einen gemeinsamen Feind. Sollte der Römer eure Frauen und Kinder noch immer als Geiseln halten, wenn wir über ihn herfallen, dann werden wir sie befreien. Ihr solltet jetzt eure Toten bestatten und eure Verwundeten pflegen. Kein Langobarde wird euch daran hindern.«

Der Hunne nickte, doch in seinen Augen brannte noch immer der Hass. Als Giselher ihm die Hand reichen wollte, drehte Zerco sich weg.

Sie ließen ihn verletzt dort liegen und sammelten die Habseligkeiten der Gefallenen ein. Da waren eine Menge Waffen, Rüstungen, Alltagsgegenstände und eine Brieftaube in einem metallenen Käfig.

Derick trat in die Mitte der Kriegerschar und jäh fühlte er sich am richtigen Platz. Ein jeder war von seiner Statur, ein jeder trug die Waffen am Gürtel. Keine Lügen und keine List mehr. *Ich war zu lange mit Balki unterwegs. Endlich kann ich wieder ich selbst sein.*

»Auf geht's Männer!«, rief er ihnen zu. »Packen wir unsere Sachen! Machen wir uns auf den Marsch! Und am Ende des Weges erwartet uns ein Schatz!«

Balki rannte suchend durch die Gänge des riesigen Anwesens. Endlich erpähte er sie. »Aliqua, dich wollte ich sprechen«, sagte er lachend und schnitt ihr in den Weg ab. »So hübsch wie eh und je. Du
bist wahrhaft mit Würde gealtert.«

»Schweig Sklave!«, zischte sie ihn an.

Balki verstummte augenblicklich. Das Lächeln verschwand aus
seinem Gesicht.

»Du wirst nicht sprechen, bis ich dich dazu auffordere. Wenn Herr
Antilas dich tatsächlich zurücknimmt, bist du mir unterstellt, genau
wie damals. Du bist ein Sklave.«

Balki rührte sich nicht. Er sagte kein Wort mehr.

Ein zufriedenes Lächeln legte sich auf ihre Lippen. »Na? Nun
fühlst du dich nicht mehr so überlegen.«

Er drehte sich um und machte Anstalten zu gehen, doch sie rief ihn
zurück.

»Bleib stehen! Komm zurück!«

Erneut gehorchte er. Wortlos stellte er sich ihr gegenüber. Sie
schien ganz verzückt darüber, dass er ihr gehorchen musste. »Ich
konnte dich noch nie leiden Balki. Denk ja nicht, dass Herr Antilas
dir dein unverschämtes Verhalten auf Dauer durchgehen lassen
wird. Sobald er diesen Schatz hat, bist du nur noch ein Sklave unter
vielen. Du solltest mich also lieber nicht gegen dich aufbringen.«

Wieder antwortete er nicht. Nun wurde sie ungeduldig. »Was ist
nun? Sprich!«

Endlich öffnete Balki den Mund. »Meine Herrin hat mir befohlen,
ruhig zu sein.«

Ihre Lippen kräuselten sich. »Du hast es offenbar nicht verlernt.
Gut. Nun sprich! Weswegen wolltest du mit mir reden?«

Balki deutete auf die Kette um ihren Hals. »Dieses Schmuckstück.
Ich habe es sofort erkannt. Ein Familienerbstück der Julier.«

Sie warf der Kette einen fragenden Blick zu. »Das wüsste ich
doch.«

»Ich kenne jemanden, der mir ein Vermögen dafür zahlen würde.«

Sie verpasste ihm eine Ohrfeige. »Deine Manieren werden sich
wohl nie bessern. Wie kannst du es wagen? Dreckiger Barbar! Als

ob ich irgendeines meiner Schmuckstücke an deinesgleichen verschwenden würde. Und was soll ein Sklave überhaupt mit Geld anfangen?«

»Wein, Essen, Pfeifenkraut«, sagte er beiläufig.

»Du widerst mich an! Und jetzt scher dich weg! Erfreue dich an deinen Privilegien, solange Herr Antilas dich braucht. Bald ist das vorbei!«

Sie drehte ihm den Rücken zu und stolzierte davon. Balki verengte die Augen zu Schlitzen und sah ihr nach. »Hast du wirklich kein Interesse? Früher hast du gerne den ein oder anderen Handel mit mir gemacht. Du hast noch gar nicht gefragt, was ich dir dafür geben könnte?«

»Als ob du irgendetwas besitzen würdest, was mich interessieren könnte.«

»Du hast recht. Ich bin ein Herumtreiber … ein Trickser … ein Fälscher. Ich kann mich wirklich selbst nicht leiden. Neulich habe ich beispielsweise für einen Römer eine komplette Ahnentafel gefälscht. Was für eine Untat! Der Kerl war ein Niemand … ein unbedeutender Plebejer. Er kam aus der Gosse. Jetzt hält man ihn für einen verlorenen Nachfahren des patrizischen Adels. Ich kann mir gar nicht vorstellen, wie viele Möglichkeiten ihm das eröffnet hat … allein schon auf dem Heiratsmarkt.« Aliqua hielt inne. Balki wusste, dass sie angebissen hatte. »Man mag es kaum glauben, aber einige Männer scheinen sich heute immer noch viel auf die Abstammung ihrer künftigen Gemahlin einzubilden. Ist das nicht altmodisch?«

Sie kam zurück und starrte auf Balki herab. Ihr Blick war voller Abscheu, aber auch Gier. »So ein Unsinn! Nie im Leben könntest du eine Ahnentafel erstellen, die Januarius Antilas täuschen könnte. Du bist ein Barbar!«

»Ich habe es geschafft, den Hunnenkönig zu überlisten.«

»Nur weil der auch ein Barbar ist.«

»Nun gut, wenn du kein Interesse hast. Dann werde ich mich eben mit diesem neuen Schatzmeister Hilarius anfreunden. Ich bin mir sicher, der kann mir auch den ein oder anderen Klunker verschaffen.« Er drehte sich auf dem Absatz um und schlenderte gemütlich davon.

»Halt!«, rief sie ihm zu. »Komm zurück!«

Er grinste kurz. Dann drehte er sich zu ihr um und machte eine Unschuldsmiene.

Mit einem Ruck riss sie sich die Kette vom Hals. »Ich habe massenweise Schmuck. Da kommt es auf einen Klunker mehr oder weniger auch nicht an. Aber ich will diese Ahnentafel sehen. Ich will, dass ein Vertrauter von mir den Stammbaum genau inspizieren darf. Nur wenn die Fälschung absolut glaubhaft ist, werde ich dich dafür bezahlen.«

Balki lachte zufrieden. »Ach Aliqua. Ich wusste doch, dass wir ins Geschäft kommen würden. Ich werde in zwei Tagen zusammen mit Antilas Heer ausreiten, um den Schatz zu holen. Sobald wir zurück sind, fertige ich dir eine Ahnentafel an, die über jeden Zweifel erhaben sein wird. Und ich werde einfach behaupten, ich hätte sie unter den alten Schriften im Archiv gefunden. Dann lass uns hoffen, dass wir alle gesund und wohlbehalten von unserer Schatzsuche zurückkehren werden.«

»Warte!«, rief sie, als er erneut Anstalten machte, umzukehren. »Wie lange brauchst du für diese Fälschung?«

Balki zuckte mit den Schultern. »Ich bin sehr geübt darin. Ein Tag würde mir reichen.«

»Dann befehle ich dir, diese Tafel anzufertigen, bevor du mit Herrn Antilas ausreitest.« Sie räusperte sich und verstellte leicht ihre Stimme, geradeso als ob sie versuchen würde, nett zu klingen. »Du erhältst dann natürlich auch früher den Schmuck.«

Sie ist sich wohl ziemlich sicher, dass ich von der Schatzsuche nicht zurückkommen werden, dachte Balki feindselig. Er zögerte. »Aber um diese Arbeit sauber zu erledigen, bräuchte ich Zugang zu den Archiven, zu den Büchereien, zu meinem alten Arbeitsplatz. Ich glaube nicht, dass Antilas mich so kurzfristig wieder als seinen Buchhalter anstellen will.«

»Ich gebe dir den Zugang«, sagte sie knapp. Sie zog zwei dünne Schlüssel aus ihrem Ärmel hervor. »Deine alte Bücherei ist nicht abgeschlossen. Der ist für das Archiv und der für das Arbeitszimmer unseres Buchhalters. Dort sind auch die Akten über alle Mitarbeiter des Hofes. Wenn man dich erwischt, hast du ihn nicht von mir. Ich werde alles abstreiten. Wenn du irgendeine Unordnung anrichtest, wird man dich dafür an die Löwen verfüttern! Und komm ja nicht auf die Idee, du könntest fliehen. Keiner dieser Schlüssel passt in eine Tür, die nach draußen führt, und alle Ausgänge sind gut bewacht.«

»Ich werde vorsichtig sein. Zum Glück kenne ich mich ja gut aus in dieser Villa. Ich werde überhaupt nicht auffallen.«

Noch am selben Abend passte er Manius im Innenhof ab. »Warte! Wo gehst du hin?«

»Nach Hause! Ich bin nur hergekommen, um eine Nachricht zu überbringen. Balabans Heer wurde im Norden vernichtet. Antilas eigene Männer sind ihm in den Rücken gefallen. Es war ein ehrlose Schande, wie ich sie selten erlebt habe.«

Balki war geschockt. Er fasste sich an die Brust. *Ich muss einen kühlen Kopf bewahren, sonst wird es mir genauso ergehen wie diesen armen Hunnen. Jemand muss Antilas aufhalten.* »Wenn Balaban keine Gefahr mehr darstellt, dann wird Antilas losziehen, um den Schatz zu holen … vermutlich schon morgen. Die Zeit drängt. Triffst du dich ab und zu noch mit deinen alten Senatorenfreunden?«, fragte er schnell.

Manius knirschte mit den Zähnen. »Natürlich nicht! Die meisten haben zu mir den Kontakt abgebrochen.«

»Dann solltest du den Kontakt vielleicht wieder auffrischen. Hier!« Und er reichte ihm unauffällig ein paar zusammengefaltete Blätter Papier.

»Was ist das?«, fragte Manius verwirrt.

»Stopf es unter deine Tunika! Lies es nicht hier! Lies es an einem sicheren Ort! Das sind alle Aufzeichnungen, die ich über Antilas künftige Pläne finden konnte.«

Manius klappte der Mund auf. »Wie bist du da ran gekommen?«

Balki lächelte. »Sagen wir einfach, ich kenne mich nach all diesen Jahren immer noch gut aus in diesem Haus und weiß auch, wie ich an die Schlüssel ran komme.« Sein Lächeln verschwand und er machte ein sehr ernstes Gesicht. »Unter diesen Aufzeichnungen sind auch Auflistungen über Bestechungsgelder, Pläne für Umsiedlungen und Todeslisten.«

»Todeslisten?«

Balki nickte. »Es geht nicht nur um Einzelpersonen. Wenn Antilas die Macht ergriffen hat, hat er vor, ganze Volksgruppen zu vertreiben, zu verklaven und zu ermorden.«

»Wie viele?«, fragte Manius leichenblass.

»Ich konnte die Listen in der kurzen Zeit nur überfliegen, aber ich würde sagen, wir bewegen uns auf die Millionen zu. Er will ganz Italien nach seinen Vorstellungen umgestalten. Und sobald er den Schatz hat, kann er seine bösen Träume in die Tat umsetzen.«

Der Aufbruch

Balki beobachtete die Gefolgschaft mit wachsamem Blick. Sie waren, wie er es erwartet hatte, früh am nächsten Morgen losgezogen. Ein gewaltiges Aufgebot aus fünfhundert Söldnern sollte die Sicherheit ihres Unternehmens gewährleisten. Sie waren aus der Stadt Rom ausgezogen wie eine Armee aus den alten Tagen des Imperiums. So mancher Passant hatte ihnen verwundert hinterher gestarrt.

Januarius Antilas versteht etwas von seinem Handwerk. Er hat ein ziemliches Schauspiel abgezogen. Wenn er wirklich eines Tages über Rom herrscht, wird er das noch mehr auf die Spitze treiben.

Der besagte Römer ritt an der Spitze des Zuges nur wenige Klafter von Balki entfernt. Er hatte seine Villa verlassen. Hilarius sollte in der Zwischenzeit auf das Anwesen Acht geben.

Balki hatte in den letzten Tagen die Geschichte des Diebes in Erfahrung gebracht. Hilarius war ein gewöhnlicher Taschendieb gewesen, ehe Januarius Antilas ihn in seine Dienste gelockt hatte. Der neureiche Römer hatte damals viele Menschen von der Straße geholt und ihnen wieder Lohn und Brot verschafft. Als Gegenleistung verlangte er absoluten und uneingeschränkten Gehorsam. Hilarius war zu einem der Lieblinge des Antilas aufgestiegen. Er bestahl seine Konkurrenten und horchte die anderen Diener im Hausrat aus. Sobald einer ein unschönes Wort über seinen Herrn verlor, bekam Hilarius Wind davon und meldete es Antilas. Dann hatte er die Villa für einige Jahre verlassen. Balki kannte den Grund dafür nicht. Vielleicht hatte Antilas ihm einen Auftrag erteilt oder aber es hatte eine Meinungsverschiedenheit gegeben. Jedenfalls ging der langfingrige Hilarius im Ausland sehr schnell wieder seiner Lieblingsbeschäftigung nach: er stahl wertvolle Artefakte. *Und irgendwie muss es ihn dann bis in den kalten Norden verschlagen haben, wo er auf Dericks Familie traf.* Balki wusste nicht, womit der Dieb Dericks Eltern erpresst hatte, aber er hatte eine Vermu-

tung. *Wahrscheinlich hat ihm Dericks Vater einst bei einem größe-*
ren Raubüberfall geholfen. Als er ihn wiedersah, muss Hilarius ihn
damit erpresst haben, den Opfern des Raubs alles über ihn zu er-
zählen.

Also hatte sich der Dieb in dem Haus von Dericks Familie für mehrere Monate eingenistet und sich von ihnen durchfüttern lassen. Als
er sich genügend Genugtuung verschafft hatte, verließ er den Hof
wieder, allerdings nicht ohne alle Wertgegenstände aus dem Haus
zu entwenden.

Und die beiden hatten solche Angst, dass sie ihn nicht einmal ver-
folgt haben. Armer Derick. Er hat sicher die Welt nicht mehr ver-
standen. Sobald er alt genug war, ist er dem Dieb nachgereist.

Es war schon seltsam, dass alle ihre Wege letztendlich bei Januarius Antilas zusammenliefen.

Balaban, Derick und ich. Ohne Antilas hätten wir alle niemals un-
ser sicheres Zuhause verlassen und wären jetzt vermutlich glück-
lich und zufrieden mit einem einfachen Leben.

Er schluckte. Wenn Antilas ihnen von seiner kleinen geheimen
Villa aus so viel Leid hatte zufügen können, wie viel Schaden
würde er erst der ganzen Welt antun, wenn er über die gesamte
Macht des Gotenhorts verfügte?

Sie ritten unter einer Reihe Bäume hindurch. Ihre Äste trafen sich
über ihren Köpfen und bildeten einen natürlichen Torbogen, verschlungen und verschnörkelt wie von einem Künstler gezeichnet.
Ein kleines Waldstück spendete ihnen Schatten. Januarius Antilas
ritt an der Spitze.

Antilas hob stolz das Kinn, während seine Gefolgschaft ihm nach-
ritt. Unter den Hufen knirschte der trockene Boden. Staubwolken
wirbelten auf.

Ich werde noch so einiges aufwirbeln. Ich werde den ganzen Kon-
tinent aufwirbeln und die Weltgeschichte nach meinen Vorstellun-
gen umschreiben.

Januarius Antilas hatte allen Grund zum Optimismus. Die letzte
Nachricht, die er von Manius erhalten hatte, klang vielverspre-

chend. *Diese elenden Barbarenstämme haben sich gegenseitig niedergemacht. Und als sie erschöpft waren, hat meine Armee eingegriffen und es zu Ende gebracht.*

Er grinste zufrieden. Auf diese Weise hatte er sich zwei Probleme mit einem Streich vom Hals geschafft. *Wenn Manius nicht gewesen wäre, hätten meine Truppen jeden einzelnen Barbar niedergemacht. Was soll ich nur mit ihm anstellen? Ich brauche seine Männer und seinen Einfluss, aber seine Gefühlsduselei ist ja nicht auszuhalten. Außerdem hat Hilarius mir versichert, dass er sich mit Balki angefreundet hat. Grund genug, ihn zu beseitigen, wenn all das vorbei ist.*

Es juckte ihn bereits in den Fingerspitzen, mit allen Feinden des Imperiums auf diese Weise zu verfahren. Es würde eine gewaltige Säuberung einsetzen. *Jeder Mensch, der dem Imperium Romanum schadet, wird aus dem Imperium Romanum verschwinden.*

Eine respektlose Stimme riss ihn aus seinen Tagträumereien. Wieder war es Balki, der es wagte, das Wort an ihn zu richten. »Hey Februarius! Wir haben noch gar nicht besprochen, wie wir das Gold aufteilen werden.«

Er knirschte mit den Zähnen. Balki hatte es sich seit jeher zur Aufgabe gemacht, ihn zu provozieren. »Du wirst deinen Anteil am Gold bekommen. Ich interessiere mich ohnehin nicht für Schätze. Sie sind nur ein Mittel zum Zweck. Mit dem Gold werde ich meine Armee vergrößern und aufrüsten.«

»Was ist dann dein Interesse?«, fragte Balki neugierig.

»Ich will die alten Statuen zurück. Seit dem Tag, an dem sie aus dem Tempel entwendet wurden, um die plündernden Barbaren zu bezahlen, ist der Stern Roms gesunken. Virtus wird zurückkehren in die Ewige Stadt.«

»Achso. Die Herrin der Tugend«, meinte Balki verständig. »Ich muss zugeben, wenn ich an Tugend denke, bist du die erste Person, die mir einfällt.«

Antilas machte ein finsteres Gesicht und zog eine kleine Münze aus einer Nische seiner Toga hervor. Mit verengten Augen blickte er auf das Bildnis nieder, welches sie schmückte. »Odoaker, Theoderich, Gunderich, Geiserich, Chlodwig … Man könnte meinen, jeder Narr könnte heutzutage über Europa gebieten. Schon bald aber bin ich an der Reihe.«

Balaban war perfekt getarnt. Selbst aus einem Klafter Entfernung hätte ihn niemand erkannt. Sein ganzer Körper war unter dem dichten Gestrüpp einer Dornenpflanze verborgen, die auf einem Hügel wucherte. Unter ihm auf dem Pfad ritt nun Januarius Antilas, gefolgt von diesem elenden Quälgeist Balki. Seine blauen Augen verengten sich.

Ich bin immer hinter Euch, wie ein Schatten Eurer Selbst. Am Ende Eures Weges befindet sich der Gotenhort. Und ich werde dafür sorgen, dass die Hunnen ihren rechtmäßigen Anteil erhalten.

Er wartete noch, bis der Zug an seinem Versteck vorbeigeritten war, dann eilte er zu seinem hunnischen Gefolge und sie nahmen die Verfolgung wieder auf.

Derick hatte unterdessen die Langobarden und die anderen Flüchtlinge aus dem Norden um sich versammelt. Es waren im Moment etwa dreihundert Siedler, hauptsächlich Männer, die sich seinem Zug angeschlossen hatten. Das Geflüster um einen großen Schatz hatte sie gelockt. Giselher kam stolz auf ihn zugeschritten. Er wurde begleitet von einer Schar Kriegern und vier davon kannte Derick nur allzu gut: Alvar, Norik, Hastein und Hundolf.

Das letzte Mal als er sie gesehen hatte, hatten sie auf den von Wellen umspülten Felsen des Rheinfalls gekämpft.

»Du bist es also tatsächlich«, knurrte Hundolf. »Dann frage ich mich, warum wir dich nicht auf der Stelle töten sollten.«

»Hier wird niemand getötet!«, erwiderte Giselher scharf. Der Blick, den er Hundolf zuwarf, machte deutlich, dass ihr Zwist noch lange nicht beigelegt war.

»Du weißt, wo der Schatz ist oder?«, fragte Norik erwartungsvoll und er konnte die wachsende Gier in seinem Blick nicht verbergen.

»Ja, ich weiß es«, erwiderte Derick mit gerechter Wut in der Stimme. »Es ist ein Fluss, der Busento. Balki und der Römer Antilas sind bereits auf dem Weg dorthin. Wir müssen uns beeilen, wenn wir vor ihnen dort eintreffen wollen.«

»Jetzt weißt du mal, wie das ist, verraten zu werden«, sagte Norik. »Aber keine Sorge! Wir werden Balki bezahlen lassen.«

»Wie ist es möglich, dass ihr den Standort von Alarichs Grabmahl entdeckt habt?«, fragte eine langobardische Frau, die ebenfalls sehr kriegerisch gekleidet war. »Die Goten sind ein Bruderstamm von uns. Seit wir klein sind, hat man uns die Geschichten von ihren Kriegszügen und ihrem gewaltigen Reichtum erzählt.«

»Glaubt mir, dass ist eine lange Geschichte«, entgegnete Derick.

»Mein Name ist Leuba«, sagte sie schließlich. »Ich habe meinen Stamm überreden können, mitzugehen. Aber viele andere Stämme haben sich abgewandt. Dabei sind wir doch alle Langobarden!«

»Dann sind die Langobarden also ein Kampfbund, der sich aus vielen Stämmen zusammensetzt, so wie die Alemannen?«, fragte Derick interessiert. Da klappte ihm plötzlich der Mund auf und er starrte zu Giselher und Norik hinüber. »Moment mal! Langobarden? Lange-Bärte? *Ihr* habt ihnen diesen Namen gegeben. Den Namen habt ihr von Balki!«

Giselher fletschte die Zähne. »Nein, haben wir nicht!«

Auch Leuba schüttelte den Kopf. »Den Namen haben wir sicher nicht von irgendeinem Herumtreiber bekommen.«

Derick atmete tief ein und aus. *Sollen sie sich das eben einreden!* Er erhob die Stimme. »Langobarden! Ich weiß, ihr kennt mich nicht! Aber ich bin ein ehrlicher Mann! Und ich gebe euch mein Wort! Folgt mir und ich werde euch zum Gotenhort führen!«

Die Langobarden schlugen ihre Waffen zusammen. Ein paar von ihnen jubelten: »Es lebe Derick, Arnulf Sohn! Der Finder des Gotenhorts.«

Hundolf war noch immer nicht überzeugt. »Ich traue dir nicht. Ihr beide hättet uns am Rhein beinahe in unseren Untergang geschickt.«

»Du hast uns zuerst hintergangen«, erwiderte Derick laut. »Du hast uns zu Gefangenen der Orm gemacht. Wärst du nicht so gierig gewesen, hätten wir niemals die Flucht ergriffen.«

Hundolf fletschte die Zähne und zischte wie eine Schlange. »Nenne mich nie wieder gierig! Ich war mein ganzes Leben lang arm wie ein Bettler. Ich hatte mein ganzes Leben nichts als Elend am Hals.

Meine Eltern sind an Hunger gestorben. Meine Frau starb im Kind-bett. Meine Freunde und ich mussten uns unser Leben lang als Söldner durchschlagen und stehlen und morden, um nicht zu ver-hungern. Und ich bin der einzige, der noch nicht vorzeitig an einer Krankheit oder einem gegnerischen Schwert zugrunde gegangen ist. Also nenne mich nie wieder gierig! Dekadente Säcke kommen reich auf die Welt und schwelgen ihr ganzes Leben im Luxus. Wenn es nur ein kleines bisschen Luxus für mich zu ergattern gibt, dann habe ich es mir sauer verdient.«

Derick war ein wenig überrumpelt. Er hatte Hundolf noch nie so lange am Stück reden gehört. Er räusperte sich. »Man muss nicht morden und stehlen, um zu überleben! Das ist keine Rechtferti-gung. Es gibt immer einen anderen Weg! Ich habe auch jahrelang in Armut gelebt, ohne mich in Verbrechen zu verstricken!«

»Du hast uns hintergangen! Das war dein Verbrechen!«

»Ich verspreche dir, du bekommst dein Stück vom Luxus. Wenn wir zusammenarbeiten, können wir uns gegenseitig helfen. Aber hör auf, die anderen hinter meinem Rücken gegen mich aufzuhet-zen! Wenn ich sterbe, bekommt ihr alle nichts.«

Hundolf spuckte auf den Boden, aber er fügte sich doch. Sie bra-chen auf.

Derick und Giselher gingen voraus. Die Schar aus Heimatlosen folgte ihnen. Sechshundert Füße stampften über den Boden. Ihre eigenen Gefallenen hatten sie bereits in Würde bestattet. Die gefal-lenen Römer und Hunnen hingegen hatten sie liegen gelassen. Sie verließen das ausgetrocknete Hügelland und machten sich auf den langen Weg in Richtung der Ewigen Stadt. Etwa die Hälfte von ihnen war beritten, doch sie mussten langsam traben, damit ihr Zug nicht auseinanderfiel.

Doch sie waren noch nicht weit gekommen, da blickten sie auch schon von einem kleinen Berg hinab auf ein feindliches Römerla-ger.

»Die Männer, die uns überfallen haben«, fluchte Giselher wütend. Derick widersprach ihm. »Nein. Das waren Antilas Söldner. Das hier sind reguläre Soldaten. Sieh doch ihre Standarten!«

Giselher schaute genauer hin und runzelte die Stirn. »Nun gut. Das ist mir gar nicht aufgefallen.«

»Umgehen können wir die nicht.«

»Dann werden wir kämpfen.«

Derick war sich da nicht so sicher. Auch die Langobarden hatten die Schlacht alles andere als gut überstanden. Die meisten aus dem langobardischen Reiseverbund waren ohnehin nach Norden geflüchtet und wollten zu den Alpen zurückkehren. Die Krieger, die Derick und den Nordmännern folgten, waren abgekämpft, verletzt und müde. »Ich würde einen Kampf eher vermeiden«, gestand Derick.

»Ich bin auch gegen einen Kampf«, sagt einer der Langobarden kleinlaut.

Leuba schnaubte. »Dann hättest du zuhause bleiben sollen! Es ziehen dunkle Wolken auf und große Umwälzungen, wie die, die gerade stattfinden, verlaufen selten unblutig.« Sie drehte sich wieder dem Tal zu. »Ich sehe keine andere Möglichkeit als zu kämpfen.«

Derick schüttelte den Kopf. »Dann verlieren wir noch mehr Krieger. Nein. Eine List muss her und zwar schnell!« Augenblicklich ärgerte er sich über seine Worte. *Jetzt fange ich auch schon an wie Balki zu reden.* Dennoch sprach er weiter. »Die dort unten wissen vermutlich noch nichts von der Schlacht. Wir sollten zurückkehren und uns die Uniformen der gefallenen Römer anlegen.«

Hundolf zischte hinter ihm. »Ich verkleide mich doch nicht wie ein Gaukler.«

»Auch nicht wie ein Gaukler, sondern wie ein Soldat, der im Dienste Roms steht!« Er wandte sich Giselher zu. »Willst du, dass deine Männer überleben?«

Der Seemann seufzte. »Selbst wenn wir das tun, die meisten Uniformen sind zerschlissen und sie werden sowieso nicht für uns alle reichen.«

»Das müssen sie auch nicht. Wir geben den Rest als frische Rekruten für die Hilfstruppen aus, als Söldner.«

Sie kehrten augenblicklich um. Als sie den Ort der Schlacht erreicht hatten, nahmen sie ihren gefallenen Feinden ihre Uniformen ab.

Ohne richtig darauf zu achten, was er tat, erteilte Derick ihnen Befehle: »Wartet! Nicht diese Uniformen! Die kaufen uns niemals ab, dass wir reguläre Soldaten sind. Wir müssen uns als Hilfstruppen ausgeben. Genau, das sind die richtigen Uniformen. Sorgt dafür, dass so viele Männer wie möglich so eine tragen.«

Derick war überrascht, dass sich die wilden Krieger geschlossen auf seinen Plan einließen. Noch viel überraschter war er, als der Plan tatsächlich funktionierte. Einer der Langobarden, der Lateinisch konnte, spielte den Kommandanten. Der Rest von ihnen folgte ihm in einer losen Formation als römische Hilfstruppe.

»Falls er nachfragt, kannst du ihm sagen, dass uns ein Mann namens Antilas angeworben hat, und wir zu seiner Truppe dazustoßen sollen«, schärfte Derick ihm ein.

Der Kommandant des römischen Lagers erkundigte sich kurz nach ihrem Befinden, dann ließ er sie, ohne Verdacht zu schöpfen, nach Süden durchreisen. Offenbar wusste er über Antilas Putschversuch Bescheid und hatte sich entschlossen, den Ausgang der Ereignisse abzuwarten.

Derick lachte zufrieden, als sie nach vielen Meilen ihre Uniformen ablegten und ihre Reise zum Gotenhort fortsetzten. Ein eigentümlicher Stolz erfüllte ihn. Fast konnte er Balki vor sich sehen, der ihm anerkennend zuprostete. Doch dann erfüllte erneut Zorn sein Gemüt. Das war *ein cleverer Schachzug von mir. Aber ich werde es bald mit gefährlicheren Gegnern zu tun bekommen. Antilas, Balki und Hilarius. Ich bin auf dem Weg zu euch!*

Der Gotenhort

Ihr langer Heereszug hielt an einer seichten Stelle des Wassers. Fische tummelten sich unter Höhlen aus Stein und verknoteten Wurzeln. Treibholz und Blätter klebten an den Felsen, die sich der Flut entgegenstellten. Mücken und andere Insekten umkreisten die kleinen Tümpel, in denen das Wasser stand. Und inmitten des Flusses befand sich eine winzige Insel, gerade groß genug, dass ein paar Menschen darauf stehen konnten. Und auf dieser Insel streckte sich ein Baum dem Himmel entgegen und tauchte seine Wurzeln durstig ins Wasser.

»Die Goten haben damals den Fluss umgeleitet. Möglich, dass sie dabei diese Insel geschaffen haben«, bemerkte Balki und stieg von seinem Pferd. Er watete durch das Wasser, bis er direkt vor dem Baum stand. Dann fuhr er mit seinen Fingern über die raue Rinde und fand eine winzige verwitterte Schnitzerei an der höchsten Stelle. Es handelte sich um die Umrisse eines gotischen Adlers.

»Und Balki?«, fragte Januarius Antilas ungeduldig.

»Hier sollten wir graben«, erwiderte der Schwabe nachdenklich. Er inspizierte die umliegenden Berge und Hügel genau und zeichnete aus dem Gedächtnis ein Abbild der Schatzkarte in die Erde. »Es scheint genau die Stelle zu sein, die auf der Karte beschrieben wurde. Ich hoffe nur, wir tun das Richtige. Seit fast hundert Jahren hat niemand mehr die Ruhe des Gotenkönigs gestört.«

»Wie um alles in der Welt sollen wir da ran kommen?«, sagte einer der Soldaten ungläubig und starrte auf das strömende Wasser des Busento.

»Was glaubt ihr denn?!«, rief Antilas barsch. »Wir machen es genau wie einst die Westgoten. Wir leiten den Fluss um.«

Die Arbeit begann. Die Soldaten hatten ihre Schwerter gegen Schaufeln eingetauscht und von ihren Karren und Wägen brachten sie Säcke und füllten sie mit Sand. Die stärksten unter ihnen schafften es, ein paar gewaltige Felsbrocken in das Flussbett zu hieven.

Eine Fläche von etwa einem Klafter Breite und Länge war nun trockengelegt. Spatenstich um Spatenstich wurde nun das schlammige Flussbett abgetragen. Die Arbeit zog sich über viele Stunden hin. Ungeduldig inspizierte Antilas die Grabung. Schließlich ließ er sich voller Unmut auf einen Felsen am Flussufer sinken.

»Freust du dich auf den Schatz?«, fragte Balki und ließ seine Füße gelangweilt im Wasser baumeln.

»Natürlich freue ich mich«, antwortete Antilas bissig.

»Das klingt aber nicht nach Freude.«

Er antwortete nicht. Eine Stechmücke summte um seinen Schädel und er schlug mit solcher Wucht danach, als habe das Insekt ihn beleidigt.

»Du wirst der reichste Mann der Welt sein«, meinte der Schwabe aufmunternd.

»So gebührt es mir auch.«

Balki ließ ein paar flache Steine über die Wasseroberfläche hüpfen. »Und du willst das Geld wirklich nutzen, um einen Krieg anzufangen?«

»Genau das werde ich tun.«

Der Schwabe streifte sich wieder seine Stiefel über und kam an Antilas Seite spaziert. Neben ihm ließ er sich auf einen runden Felsen plumpsen. »Weißt du was Antilas? Ich habe da eine Geschäftsidee. Wir beide könnten eine eigene Taverne aufmachen. Falls es nicht zum Kaiser reicht, hättest du dann noch ein zweites berufliches Standbein.«

Antilas knirschte mit den Zähnen und drehte den Kopf auf der Suche nach einer Gelegenheit, aus der Unterhaltung zu flüchten. Eine weitere Stechmücke umkreiste seinen Kopf.

»Ich meine, stell dir das nur mal vor. All deine Untertanen eingestellt! Hilarius: Er macht die Kasse. Dein Kommandant Metellus: Er wird Türsteher. Es wird ein sehr angesehener Ort sein und nicht jeder wird Zutritt haben. Balaban zum Beispiel würde ich gar nicht erst reinlassen.« Antilas öffnete den Mund, um etwas zu erwidern, doch Balki war schneller. »Aliqua. Sie wäscht das Geschirr. Und du mein Freund: Du hast den besten Platz im ganzen Haus. Du stehst am Tresen und nimmst die Bestellungen entgegen.« Er verstellte die Stimme. »Verneigt euch vor dem Herrn des Wirtshauses! Ihr habt die große Ehre, von mir bedient zu werden. Zur vollen Stunde gibt es für jeden Kniefall einen Honigmet zum halben Preis.«

Fassungslos drehte Antilas den Kopf. »Sehe ich vielleicht aus wie ein Kneipenwirt?«, knurrte er mit bebender Stimme.

»Ich finde eher, dass du aussiehst wie ein Tänzer.«

»Was hast du gerade gesagt?«, fragte Antilas und sah Balki an, als habe er ihm gerade vorgeschlagen, sich beide Arme abzuhacken.

»Antilas. Du bist der geborene Tänzer. Ich bin mir sicher, dass du es im Circus Maximus zur Berühmtheit bringen würdest. Lass dir von Aliqua einen Bauchtanz beibringen. Sie weiß, wie es geht.«

Ein dumpfer Aufprall war zu hören. Balki und Antilas drehten beinahe gleichzeitig die Köpfe.

»Was war das?«, rief der Schwabe und sprang auf die Beine.

»Herr Antilas. Wir haben etwas gefunden.«

Ein paar Minuten später kam eine metallene Fläche unter der Erde zum Vorschein. Sie gehörte zu einem reichlich mit Ornamenten verzierten Tor, welches die Goten wohl aus irgendeinem Tempel entwendet und mit den anderen Schätzen zusammen nach Süden geschleppt hatten. Jetzt diente es als Portal zu der Grabkammer ihres Königs. Der Sand rieselte leise daran hinunter und flüsterte eine längst vergessene Geschichte aus den Anfängen der Zeit.

»Das ist es«, keuchte Antilas. Er stieg hinunter in die Grube und fuhr mit seinen langen Fingern über das rostige Metall. »Der Gotenhort. Ich habe ihn gefunden.«

»Antilas!«, rief Balki von oben.

Der Römer reagierte nicht. Starr und ausdruckslos bewunderte er die lateinischen Inschriften auf dem Tor. »Dieses Tor war einst Virtus geweiht«, flüsterte er und seine Augen glänzten bei diesen Worten.

»Antilas!«, rief Balki noch lauter. »Antilas!«

»Was ist?!« Er wirbelte zornig herum. »Ich lasse nicht zu, dass du mir den wichtigsten Moment meines Lebens ruinierst!«

»Das muss ich auch gar nicht«, gab Balki trotzig zurück. »Offenbar haben das schon andere in die Hand genommen.«

Mit kreidebleichem Gesicht kletterte Antilas aus dem Erdloch. Auch er hatte es gehört. Donnernde Schritte hallten über die Ebene. Soldatenstiefel und Pferdehufe waren zu vernehmen.

»Wer wagt es?!«, keuchte Antilas und sprang durch die Reihen seiner Söldner.

Und an der Spitze der anrückenden Feinde erschien ein junger Mann mit wehendem braunen Haar und er streckte ein gewaltiges Langschwert in die Luft. Seine Männer brüllten.

»Die Langobarden«, keuchte Antilas ungläubig.

»Derick«, flüsterte Balki und schüttelte den Kopf. »Ich hatte wohl einen schlechten Einfluss auf ihn.«

Im Handumdrehen hatte die feindliche Streitmacht sie erreicht. Das angerückte Germanenheer hatte weitaus bessere Siegesaussichten. Die Römer standen erschöpft in dem Flussbett mit dem Rücken zum Wasser. Jeder mögliche Fluchtweg wurde ihnen von den Langobarden versperrt, die sie fast von allen Seiten aus eingekreist hatten. Überall zogen die Römer klingend ihre Schwerter hervor. Bogen wurden gespannt.

»Halt!«, rief Derick mit achtunggebietender Stimme. »Niemand muss heute sterben!« Er schritt vor und seine Männer traten ehrfürchtig zur Seite.

Balki erkannte augenblicklich Giselher und Hundolf unter den Kriegern. *Wie sind die denn hierher gekommen?*

»Ihr seid hier, um meinen Schatz zu stehlen!«, schrie Antilas. »Dafür werde ich jeden einzelnen von euch niedermetzeln!«

Ein weiteres Donnern hallte über die Ebene. Sowohl die Römer als auch die Germanen drehten verwirrt die Köpfe. Das laute Bellen von zwei Kriegshunden ertönte. Und jäh wusste Balki, dass Balaban sie gefunden hatte.

Der Hunnenkönig ritt an der Spitze einer kleinen Kavallerie. Seine Hauptstreitmacht hatte er zwar zur Ausführung seines Auftrags nach Norden geschickt, aber dennoch waren es rund hundert Mann und sie waren bis an die Zähne bewaffnet und machten einen deutlich kampfesmutigeren Eindruck als die überrumpelten Römer und Germanen.

»Balaban!«, rief Antilas erleichtert. »Du kommst gerade richtig, um deinen Anteil am Schatz zu verteidigen!«

Hass und Verachtung standen im Gesicht des Hunnenkönigs geschrieben. Voller brennendem Zorn blickte er von Derick zu Antilas und schließlich zu Balki.

»Balaban!«, rief der Schwabe laut. »Hallo.«

»Hallo«, zischte der Hunnenkönig. »Hast du schon wieder eine List gesponnen Balki? Hast du Derick losgeschickt, um heimlich die Langobardenbrut hierherzuführen?«

Antilas Augen blitzten zu Balki hinüber. »Das sieht dir ähnlich du elender Verräter!«

Balki trat sofort einen Schritt vor und streckte die Hände in die Luft. »Ich schwöre euch allen, dieses Mal hatte ich wirklich nichts damit zu tun. Aber danke, dass ihr mir so etwas zutraut.«

»Balaban!«, brüllte Derick aus voller Lunge. »Hört nicht auf diese beiden Lügner und Ränkeschmiede! Antilas hat euch verraten! Und Balki ist sowieso immer nur auf der Seite, die ihm gerade passt.«

»Halt dein Maul Derick!«, zischte der Hunnenkönig. »Du reitest mit den Langobarden! Gegen euch wurden meine Hunnen in den Kampf geschickt.« Sein Atem stockte. »Wo sind sie?«

»Eure Hunnen haben den Kampf verloren!«, rief Giselher und trat an Dericks Seite. »Die Römer sind ihnen in den Rücken gefallen.«

Balaban schrie auf und zog seinen Bogen. Er zielte damit direkt auf Antilas.

»Das ist eine Lüge!«, schrie Antilas. »Er will uns gegeneinander ausspielen, damit er und seine Barbarenschar sich den Schatz holen können. Das sieht doch jedes Kind.«

Hin und her gerissen bewegte Balaban seinen Bogen von einem zum anderen.

»Die Römer haben sich jahrhundertelang in Wohlstand und Dekadenz gesuhlt«, krächzte Hundolf zornig. »Jetzt bricht unsere Zeit an!«

Balki unterbrach ihn mit geduldiger Stimme. »Man kann die Vergangen nicht ungeschehen machen!«, sagte er in Hundolfs Richtung. »Man kann die Vergangenheit nicht zurückbringen!«, sagte er in Antilas Richtung. »Man kann die Vergangenheit nicht ändern«, sagte er in Balabans Richtung. »Man muss das Beste davon übernehmen und daraus etwas Neues formen. Also lasst uns den Schatz teilen! Es ist genug für jeden von uns da!«

»Meine Männer werden gehen, sobald sie ihren Anteil erhalten haben«, sagte Derick laut. »Aber ich gehe erst, wenn ich das Schwert meines Vaters zurückhabe. Und ich will, dass Balki für seinen Verrat bestraft wird!«

Jetzt lachte Balaban und es passte überhaupt nicht zu ihm. »Du nennst ihn einen Verräter?! Was bist dann du?«

»Ich bin der Anführer dieses Heeres«, erwiderte er hitzig.

»Du hast hier nichts zu sagen Derick! Du hast dich endgültig zum Feind aller Hunnen gemacht!«

»Das ist jetzt alles nicht wichtig«, sagte Antilas bösartig. »Wir haben noch immer einen Vertrag. Du wirst tun, was ich dir befehle.«

Balabans Hände an seinem Bogen zitterten vor Zorn. »Ich entscheide selbst, was ich tue.« Und er wandte sich an Derick.

»Warum seid ihr hier?!«

»Weil wir unseren Anspruch auf einen Teil des Schatzes geltend machen wollen.«

Derick überflog mit geweiteten Augen die zahlreichen Römer und Hunnen. Und plötzlich wurde ihm klar, dass die Situation eskalieren würde. Drei Armeen standen sich gegenüber und sie würden sich gegenseitig in Stücke hacken. *Benutze immer zuerst deinen Verstand! Köpfchen vor Körper!* War ihm das etwa gerade durch den Kopf gegangen, weil er Balki wiedergesehen hatte? *Verflucht soll er sein! Aber er hat recht! Ich muss meine Worte abwägen.*

Antilas lachte auf. »Anspruch? Dieser Schatz gehört Rom! Er wird nach Rom zurückkehren.«

Derick antwortete mit brennendem Zorn in der Stimme. »Ich habe den Schatz von Anfang an gejagt, ebenso wie Balki … ebenso wie Ihr.«

Balki trat vor. »Ich fasse das mal zusammen. Ich sehe hunderte von kampfbereiten Kriegern. Sehen wir doch den Tatsachen ins Auge. Römer, Hunnen und Germanen. Jeder will seinen Anteil am Schatz und jeder hat eine große Anzahl an Schwertern aufzubieten. Es könnte also in einem Gemetzel ausarten oder aber wir teilen den Schatz.«

Antilas spie. »Da könnte ja jeder herkommen und seinen Anteil verlangen.«

»Es ist aber sonst niemand da! Seid vernünftig! Wir wissen nicht einmal, was sich dort unten befindet. Womöglich Fallen oder Totenwächter! Sollen wir uns die Köpfe einschlagen, ehe wir überhaupt wissen, was uns erwartet?«

Antilas nickte unwohl mit einem Blick zu den wilden Langobarden und den finster drein schauenden Hunnen. »Dem stimme ich zu. Wir sollten erst einen Späher hinabschicken.« Ein sehr böses Lächeln breitete sich über sein ausgemergeltes Gesicht aus. »Balki. Du warst doch so euphorisch dafür. Dann solltest du auch unser Kundschafter sein.«

»Woher wissen wir, dass das kein falsches Spiel ist?«, entgegnete Giselher hitzig. »Wenn ihr jemanden hinunterschickt, muss auch von uns jemand mitgehen.«

Antilas funkelte ihn bedrohlich an. »Und wen wollt ihr schicken?«

»Ich werde gehen!«, sagte Derick laut und entschlossen und keiner aus seinem Gefolge widersprach.

»Nein!«, rief Balaban und jedes andere Wort verstummte. »Ich werde gehen. Ich sollte diesen Schatz für Euch finden Antilas und genau das werde ich tun. Ich werde alles in Augenschein nehmen und meine Entdeckungen dann an Euch übermitteln. Ihr habt mein Wort. Und im Gegensatz zu Euch, breche ich es nie.«

Hundolf schrie auf: »Wenn die Hunnen einen Kundschafter vorschicken dürfen, dann werden auch wir jemanden schicken.«

»Dem stimme ich zu«, rief Giselher. »Derick soll gehen. Seine Ehre ist unbestreitbar.«

Balki hob seine buschigen Brauen und warf unruhige Blicke von Antilas zu Balaban und wieder zurück.

Schließlich nickte der Römer kaum merklich. »Gut. Von jeder Gruppe soll einer hinabsteigen. Balki für uns, Derick für euch Wilde und Balaban für die Hunnen.«

Die Schwerter wurden weggesteckt. Antilas Arbeiter stiegen zurück in die Senke und legten den Rest der Tür frei. Dann lösten sie den rostigen Riegel und mit einem langanhaltenden Knarren öffnete sich das uralte Portal. Nichts als Schwärze gähnte ihnen aus der gotischen Grabkammer entgegen.

Balaban, Derick und Balki entzündeten ihre Fackeln. Alle drei waren bewaffnet. Selbst Balki hatte einen Bogen mit sich genommen, auch wenn er hoffte, dass er ihn nicht einzusetzen brauchte. *Ich bin ein Versager in jeder Form von körperlicher Arbeit. Und im Kämpfen bin ich ganz besonders unterirdisch.*

Sie stiegen gleichzeitig hinunter. Keiner von ihnen drängte sich vor. In einer Reihe durchschritten sie das Portal und tauchten ein in die Finsternis des Tunnels. Die Wände waren aus nassem Lehm und hie und da lief ein Wasserrinnsal an der Wand hinab. Unablässig ertönte das Geräusch von Wassertropfen und jeder von ihnen zog ein Echo nach sich.

»Schön zu sehen, dass du dazu gelernt hast«, flüsterte Balki, als Derick an ihm vorbei marschierte.

Derick ballte die Hände zu Fäusten. »Balki, ich schwöre dir, noch ein dummes Wort und ich breche dir sämtliche Knochen.«

Balki gluckste. »Gut. Denn meistens gebe ich keine dummen Wörter von mir.«

Sie erreichten ein weiteres Tor, das von derselben Form und Gestalt war wie das erste. Doch das Erstaunliche war, dass es einen Spalt breit weit geöffnet war.

»Das ist kein verdammtes Spiel Balki! Siehst du, wie aufgebracht sie alle sind?! Sie werden bei der kleinsten Unruhe aufeinander losgehen. Ich hoffe, du hast all das miteingeplant.«

»Ich plane stets alles mit ein«, behauptete der Schwabe.

Balaban trat hinzu und seine stechend blauen Augen brannten vor Zorn. »Na los Bursche! Ich hätte dir damals im Teutoburger Wald den Rest geben sollen.«

»Ich habe keinen Zwist mit Eurem Volke«, entgegnete Derick unwohl.

»Du hast die Langobarden hergeführt! Wenn mein Volk daran Schaden nehmen wird, wirst du als erstes dafür bezahlen.«

Ohne es zu wollen, wechselte Derick einen vielsagenden Blick mit Balki und ihm wurde schlagartig bewusst, dass Balki wusste, was geschehen war. Sicher hatte der Römer ihm bereits mitgeteilt, dass die Hunnen besiegt worden waren. *Wenn Balaban das erfährt, sind wir alle verloren.*

Der König der Hunnen war ihnen vorangeschritten und hatte das zweite Tor aufgestoßen. Eine riesige dunkle Kammer kam dahinter zum Vorschein. Balki blieb bei der Tür stehen, denn über die lateinischen Buchstaben hatte jemand nordische Runen geritzt. Er ging in die Knie. »Das Grabmal von Alarich. König der Goten. Bezwinger der Ewigen Stadt.«

»Kannst du das lesen?«, fragte Derick verwirrt und starrte mit zugekniffenen Augen auf die fremde Schrift und Sprache.

»Selbstverständlich kann ich sie übersetzen. Es ist gotisch. Wenn schon einmal ein germanischer Stamm sich die Mühe macht, etwas niederzuschreiben, dann muss ich das unbedingt gelesen haben. Die Goten haben die Bibel in die gemeinsame Sprache übersetzt, hast du das nicht gewusst? Ich verstehe diese Wörter, als wären es meine eigenen Gedanken.« Seine Finger fuhren über das glatte Metall und er fand einen weiteren Gotenadler, dieses Mal aus goldenem Metall.

»Das ist es. Wir sind am Ziel.«

Sie traten durch den Türspalt und das Licht ihrer Fackeln erhellte die letzte Ruhestätte des gefallenen Königs.

Was sie sahen, verschlug ihnen den Atem. Derick glaubte zuerst, er sei ins Totenreich eingetreten. Sein Verstand musste verrückt spielen. Dies war zu viel Pracht und Reichtum für die Welt der Lebenden. Doch er schüttelte den Kopf. Das Bild, das sich ihm bot, blieb klar und unverkennbar. Vor ihnen türmten sich Berge von Bronze, Silber und Gold. Riesige Kisten mit Schmuck und Schätzen aus allen Teilen dieser Welt. Dahinter standen Statuen, Mosaike, Schmuck, Waffen, Schilde und all die anderen Dinge, die die Westgoten bei ihren Plünderungen der alten Welt an sich gebracht hatten. Manche Statuen waren aus purem Gold und verziert mit Diamanten. In der Mitte der Höhle stand ein gigantisches, goldenes Kreuz mit Rubinen und Saphiren geschmückt und darunter ein mächtiger hölzerner Sarg, der mit goldenen Ornamenten verziert war. Sprachlos starrten sie alle auf ihren unfassbaren Fund. Sie hatten ihn gefunden: den Gotenhort, den Schatz der Goten, das Vermächtnis der antiken Welt.

Balki sprang vorwärts und rutschte durch einen riesigen Schmuckhaufen. Münzen, Broschen und Lapislazuli Edelsteine strömten wie eine Flutwelle über den Boden. Überall klimperte und glitzerte es. Derick bestaunte einige kostbare Rüstungen. Eine Gürtelschnalle mit feinen Runen wirkte so anziehend auf ihn, dass er sie sich auf der Stelle umschnallte.

Balaban kam wortlos an seine Seite gelaufen und stieß mit seinem Fuß eine Kiste um. Feinst gewebte Kleider kullerten daraus hervor.

»Alarichs Seidentuniken. Es heißt, er liebte Seide über alles«, erklärte Balki. Er pickte einen goldenen Ring zwischen den Kleidern hervor. Dann machte er sich an dem Sarkophag zu schaffen.

»Balki! Bist du von allen guten Geistern verlassen?!«, donnerte Derick.

»Ich will nur mal reinspicken«, verkündete der Schwabe schuldbewusst und schob die schwere Abdeckung zur Seite. »Hallo Alarich«, sagte er zu dem Skelett, das darunter zum Vorschein kam. »Du hast auch schon bessere Tage gesehen.«

»Hast du es jetzt endlich?!«, fuhr Derick ihn an. »Wir laden schon genug Unheil auf uns. Wir müssen nicht auch noch seine Totenruhe stören.«

»Da bin ich ganz deiner Meinung«, flötete Balki unbekümmert und schob den Deckel zurück auf den Sarg.

Er schritt durch eine Reihe von Statuen aus Korinth. Bei einer weiteren Kiste blieb er stehen und beim Anblick der fremdartigen Schriftzeichen klappte ihm der Mund auf. Balki erkannte die fremde Sprache. *Das kann nicht sein!* »Diese Schätze stammen nicht nur aus Rom! Auch aus Ägypten! Und aus Jerusalem! Du lieber Himmel! Das hier ist nicht nur das Erbe Roms! Es ist das Erbe aller untergangenen Imperien. Kein Wunder, dass der Schatz seinen Besitzern kein Glück bringt.«

»Alles was die Römer selbst geplündert haben, haben ihnen die Goten wieder abgenommen. Und jetzt nehmen wir es ihnen ab. Es endet nie«, fügte Balaban mit kalter Wut in der Stimme hinzu »Das ist zu viel Reichtum auf zu engem Raum.«

»Und das Unglück lässt nicht lange auf sich warten!«, keuchte Derick und griff nach seinem Bogen.

Ein gewaltiger Tumult war über ihnen ausgebrochen. Schreie und Waffenklingen hallten bis zu ihnen hinunter in die Kammer.

Sofort spannte Balaban einen Pfeil auf seine Bogensehne und legte auf Balki an. »Das ist eine Falle! Antilas hat mich erneut verraten!«

Balki wurde kreidebleich.

Derick zielte mit dem Bogen auf Balaban. »Nehmt die Waffe runter!«

Dieser zielte sofort auf Derick. »Dann sind es also deine Langobarden?! Du hast einen Hinterhalt gelegt und jetzt fallen sie über die Hunnen und Römer her!«

»Das habe ich nicht. Hinter all dem steckt Antilas!«, fluchte Derick.

»Dann bist es also doch du, der uns verraten hat.« Balaban zielte wieder auf Balki.

»Du kannst uns nicht beide gleichzeitig ausschalten«, erwiderte Balki und zielte nun ebenfalls mit seinem Bogen auf Balaban. »Wir arbeiten zusammen.«

Zornig richtete Derick den Bogen auf Balki. »Ach! Plötzlich arbeiten wir also wieder zusammen?! Ich fall nicht noch einmal auf deine miesen Tricks herein. Du hast Tyra und mich verraten! Du wolltest mich umbringen! Für einen solchen Verrat verdienst du den Tod!«

»Wann lernst du endlich deinen Verstand zu benutzen?!«, rief Balki aufgebracht und zielte auf Derick. »Ich hatte keine Ahnung, dass Tyra eine Gefangene von Balaban ist. Wie hätte ich das denn wissen sollen? Ich habe versucht dein Leben zu retten! Deswegen habe ich in Antilas Villa all diese Dinge gesagt. Ich wollte dich fernhalten von diesem schrecklichen Ort!«

Derick lachte bitter. »Wenn jemand so oft lügt wie du, wie soll man dann noch herausfinden, ob er einmal die Wahrheit sagt?«

»Jetzt seid doch vernünftig! Antilas will uns alle drei töten!«

»Das kann er nicht!«, warf Balaban ein und zielte auf Balki. »Dein Herr ist auf uns angewiesen.«

»Was glaubst du, warum er deine Hunnen überhaupt weggeschickt hat?!«, hielt Balki zornig dagegen und zielte auf Balaban. »Ich habe zehn Jahre meines Lebens für diese Bestie gearbeitet und ich weiß, er würde niemals einen Teil von seinem Reichtum abgeben, nicht eine einzige Münze.«

Die Kampfgeräusche von oben wurden lauter.

»Du lügst Balki! Du hast immer gelogen«, fluchte Derick und sein Pfeil war immer noch auf Balki gerichtet. »Du und Antilas, ihr arbeitet zusammen.«

Der Schwabe schnaubte. »Derick, wenn ich wegen deiner Dummheit sterben muss, dann bring ich dich um!«

Balaban zielte wieder auf Derick. »Antilas und ich haben eine Abmachung geschlossen. Er muss sich daran halten!«

Derick richtete seinen Bogen auf Balaban. »Und wenn er dich verraten hat und gerade eben deine Männer oben tötet?«, fragte er lauernd.

Dieser legte wieder auf Balki an. »Dann töte ich eben ihn!«

»Entscheidet euch mal!«, fluchte Balki wütend.

»Ich wäre dafür, wir erschießen erstmal Balki«, schlug Derick vor.

Balki japste auf und zielte wieder auf Derick.

Derick lachte schadenfroh. »Das war ein Scherz! Hast du keinen Cicero gelesen?«

Balki verengte zornig die Augen. »Cicero hat keine Witze geschrieben du Armleuchter!«

»Ich hasse euch alle beide«, zischte Balaban zwischen seinen zusammengebissenen Zähnen hervor.

»Ich kann dich auch nicht leiden«, erwiderte Balki. »Wer so ernst und humorlos ist, versaut sich das gesamte Leben.«

»Du wirst den Preis dafür bezahlen, mich herausgefordert zu haben Balki. Du hast es gewagt, deinen Intellekt mit meinem zu messen.«

»Nehmt den Bogen runter Hunnenkönig Balaban«, sagte Balki laut und deutlich.

»Ohne meine Hunnen bin ich ein Niemand. Dann habe ich nichts mehr zu verlieren. Doch was habt ihr zu verlieren?«, fragte er kalt und zielte auf Derick. »Wenn meine Männer besiegt werden, werde ich euch beide mit in den Tod reißen. Du hast mich ebenfalls herausgefordert Derick und zwar im Kampf. Dieser Kampf ist noch nicht zu Ende.«

»Da habt ihr recht«, erwiderte Derick und richtete seinen Bogen auf Balaban. »Ihr habt Tyra entführt. Und nun habt Ihr sie Antilas ausgeliefert!«

»Du hast sie überhaupt nicht verdient!«

»Seid doch vernünftig!«, keuchte Balki.

»Einer von euch beiden hat mich verraten. Einen von euch werde ich auf jeden Fall mit in den Tod reißen«, rief Balaban.

Und plötzlich verfielen die Drei in eine Art Kreisbewegung. Ein jeder schritt langsam im Kreis und die Bogen drehten sich in einer flüssigen Spirale und zeigte mal auf den einen, mal auf den anderen. Die Luft schien zu knistern. Balki konnte nicht abschätzen, wer zuerst schießen würde. *Und auf wen!*

Balaban wusste offenbar nicht, welche der Gruppen oben den Kampf begonnen hatte. Je nachdem würde er auf Derick oder auf Balki schießen. Es war schwer zu sagen, auf wen Derick schießen würde. *Der Junge kocht praktisch vor Wut.* Sie kamen zum Stehen, doch ihre Distanzwaffen bewegten sich noch immer. Und dann wurde von oben die massive Tür aufgerissen.

»Kommt herauf! Euer Herr befiehlt es euch!«

Sie alle ließen gleichzeitig ihre Waffen sinken. Dem alten Vagabunden war vor Angst fast das Herz stehen geblieben. *Das war wirklich knapp.* Er wischte sich den Schweiß von der Stirn und schleppte sich zur Tür.

»Nehmt die Schilde!«, ermahnte sie Derick.

Sowohl Balki als auch Balaban beherzigten seinen Rat.

Als sie die schmale Gruft nach oben stiegen, flutete ihnen Sonnenlicht entgegen. Balki war so geblendet, dass er den Schild vor sein Gesicht hielt. Als er ihn wieder herunternahm, sah er, dass sie von römischen Truppen umstellt waren. Die Langobarden und Hunnen waren geflüchtet oder getötet worden. Viele Männer, Pferde und sogar die beiden Hunde des Hunnenkönigs lagen tot zwischen den Steinen des ausgetrockneten Flussbetts. Antilas Truppen hingegen hatten sich verdoppelt. Offenbar hatte er Verstärkung bekommen.

»Also seid tatsächlich Ihr es, der uns verraten hat«, knurrte Balaban und seine Augen weiteten sich, denn er hatte endlich die Wahrheit erkannt.

Januarius Antilas lachte herablassend. »Ich habe dich schlimmer verraten, als du es dir überhaupt nur vorstellen kannst. Ich habe dein Heer im Norden in eine Falle gelockt. Die anstürmenden Langobarden waren viel zu zahlreich, als dass deine Männer gegen sie hätten bestehen können. Meine Soldaten haben gewartet, bis von deinen Hunnen nur noch ein kümmerlicher Haufen übrig war, dann haben sie sie vernichtet, bis auf den letzten Mann. Euer Tross mit all den Frauen und Hunnenbälgern befindet sich jetzt in meiner Gewalt.«

Balaban schüttelte verzweifelt den Kopf. »Nein, Ihr lügt.«

Antilas lachte gehässig. »Denk was du willst. Ich habe euch alle überlistet. Sogar dich Balki. Und jetzt erlaubt mir, dass ich unser kleines Spiel beende. Wachen! Tötet sie! Tötet sie alle!«

»In die Gruft!«, schrie Balki. Alle drei rissen schützend ihre Schilde vor sich und das nicht eine Sekunde zu früh. Ein ganzer Hagel an Pfeilen ging auf sie nieder. Sie stürzten rückwärts die Treppe hinunter und schlugen am Ende des Ganges die Tür hinter sich zu.

»Das war's!«, keuchte Derick. »Wir sind erledigt.«

»Verbarrikadiert die Tür!«, befahl Balaban schreiend.

Balki gehorchte und schleppte unter großer Anstrengung mehrere Goldkisten und Lanzen herbei. Die Lanze rammten sie quer durch den Türriegel.

»Das wird sie nicht lange aufhalten!«

»Und wenn schon! Sie können auch einfach die Tür bewachen und uns aushungern!«, rief Derick hitzig. »Wir sind verloren. Es ist zu Ende. Das war's!«

Balki schritt unruhig im Raum auf und ab. Dann sprang er auf eine der Wände zu und stach mit dem Schild in die Erde. »Wir müssen uns einen Weg nach oben graben.«

»Dann fluten wir die Kammer!«, rief Balaban zornig.

»Ja, ganz genau«, bestätigte der Schwabe mit einem wissenden Lächeln. »Das hatte ich mir von Anfang an gewünscht.«

»Wir werden nicht schnell genug herauskommen, ehe die Wassermassen uns ersäuft haben«, flüsterte Balaban.

Die Soldaten hämmerten nun mit einem Rammbock gegen die Tür. »Was bleibt uns für eine Wahl?! Grabt!«

Und zu dritt gingen sie mit ihren Schildern auf die lehmige Erde zu und schaufelten Spatenstich um Spatenstich aus der Wand. Hinter ihnen bildete sich allmählich ein Erdhaufen.

»Das kann eine Weile dauern«, keuchte Derick vor Anstrengung.

»Das braucht mehr Zeit als ihr drei noch habt.«

Balki, Derick und Balaban wirbelten herum. Der Schwabe hätte fast einen Herzstillstand erlitten. Die Tür war noch immer verriegelt und die Soldaten hämmerten von außen dagegen. Und doch stand da ein Mann vor ihnen, so jäh und plötzlich, als wäre er aus dem Boden gewachsen. Oder war er etwa schon die ganze Zeit über in dieser Kammer gewesen?

»Wer seid Ihr?«, platzte es aus Derick heraus. »Wie um alles in der Welt seid Ihr hier hereingekommen?«

»Später«, verkündete der Fremde unheilvoll. Er trug eine braune Kutte, die nur von einer Adlerbrosche zusammengehalten wurde. Sein Gesicht war von einer Kapuze bedeckt. »Sie werden jeden Augenblick durchbrechen. Wenn ihr überleben wollt, müsst ihr mir folgen.«

Er schwang seine Fackel und kehrte den Schätzen der Goten den Rücken zu. Sie folgten dem Schein seines Feuers und fanden eine winzige Nische im Gestein. Als sie sich alle drei hineingedrückt hatten, versperrte der Fremde hinter ihnen den Spalt mit einem Stein.

»Ein Geheimgang«, hauchte Derick tonlos.

»So ist es«, erklärte der Wächter mit tiefer Stimme.

Sie befanden sich in einem engen steinernen Gang, der direkt unter dem Fluss hindurch führte. Hinter ihnen erklang ein Gepolter, als hätten die Schergen Antilas die Grabkammer betreten. »Nun wird der Schatz aus der Plünderung Roms wohl … geplündert«, schloss Balki ein wenig lahm.

»Wir haben Euch eine Fragte gestellt. Wer seid Ihr?«, wiederholte Derick.

Der Wächter antwortete nicht.

Balaban verengte seine blauen Augen zu Schlitzen. »Ihr seid einer der Westgoten nicht wahr? Ihr wurdet hier zurückgelassen, damit Ihr den Schatz bewachen könnt.«

Der Fremde hielt inne und zog sich seine Kapuze vom Kopf. Ein uraltes, bleiches, ausgemergeltes Gesicht kam darunter zum Vorschein. »Wir wurden zurückgelassen. Wir waren damals dreizehn Mann. Ich bin der Letzte, der noch übrig ist. Ich war damals noch ein Kind. Wir waren die Totenwache des Königs Alarich. Und nun ist endlich der Tag eingetroffen, vor dem ich mich fast einhundert Jahre lange gefürchtet habe.«

»Wohin führt dieser Tunnel?«, fragte Balaban streng.

»In eine kleine Höhle im Gebirge. Dort habe ich die letzten Jahrzehnte verbracht. Dort werde ich euch wieder verlassen.«

»Ihr wisst, dass wir zu denen gehören, die nun die Kammer plündern. Warum also habt Ihr uns geholfen?«

Der Westgote lachte bitter und freudlos. Ein Lichtstrahl fiel in den langen dunklen Tunnel und sie erkannten, dass sie sich ganz nah beim Ausgang befinden mussten. »Der Schatz ist zu gewaltig für einen Sterblichen. Jeder Mensch, der sich seiner bemächtigen möchte, wird von diesem Reichtum erdrückt. Unser König hat dies einst am eigenen Leib erfahren. Alarich. Er hielt sich für den mächtigsten Mann der Welt, den Bezwinger Roms. Und dann traf ihn das Verhängnis genau wie uns alle. Das Volk der Westgoten ging unter. Alles was wir noch tun konnten, war sicherzugehen, dass der Schatz niemals wieder von einem lebenden Menschen gefunden werden kann. Wir haben den gesamten Fluss umgeleitet und eine

Kammer angelegt, so tief in der Erde wie die Wurzeln des Welten-
baumes. Dann lenkten wir die Wassermassen zurück in das Flussbett. Für uns war damit der Fluch gebrochen. Die meisten Überlebenden zogen weiter nach Süden. Doch einige wenige wurden hier
zurückgelassen, um den Schatz zu bewachen und sicherzustellen,
dass er niemals in die falschen Hände gelangt.«

»Darin habt Ihr aber ordentlich versagt«, stellte Balki fest und
Derick und Balaban warfen ihm einen wütenden Blick zu.

Der Gote lachte freudlos. Sie schlüpften durch eine weitere Senke
und standen nun inmitten einer kleinen Höhle oben in dem kantigen
Gestein einer Hügelkette. Balki hüpfte bis ganz vorne an den Abgrund und starrte hinunter auf den Flussverlauf. Antilas Männer
waren zu sehen, wie sie die Schätze aus der Grabkammer schleppten und auf die Wagen und Karren verluden.

»Ich habe versagt. Das ist wahr«, erklärte der alte Mann zum Abschied und wies mit seiner Fackel auf einen Pfad im Gestein. »Aber
das Schicksal des Schatzes wird sich erneut erfüllen. Mein Schicksal war es, euch aus der Kammer zu retten. Jetzt werdet ihr euch
sicherlich aufmachen, um den Schatz für euch selbst zu erobern. Es
wird wieder Kämpfe geben und auf diese Weise werdet ihr am
Ende alle dem Fluch des Gotenhorts erliegen.«

Balaban zog sein Schwert hervor und legte es in seine Hand. »Ihr
habt eine gute Entscheidung getroffen, denn ich schwöre Euch,
dass ich Januarius Antilas zur Strecke bringen werde. Er hat mich
und mein gesamtes Volk betrogen und fast vernichtet. Wäre ich in
dieser Kammer gestorben, wäre er vielleicht damit davongekom-
men. Doch nun werde ich all meine Fähigkeiten und mein Können
darauf konzentrieren, ihm ein Ende zu bereiten.«

Der alte Gote lachte erneut und es klang noch trostloser und verbitterter als zuvor. »Ja, so sind sie die Menschen. Unablässig
kämpft ihr gegeneinander und bringt euch gegenseitig um. Unablässig schwört ihr eure lächerlichen Eide und sprecht von Dingen,
die ihr nicht versteht. Ihr solltet überhaupt nicht schwören, erst
recht nicht in so einem schrecklichen Zusammenhang. Nur durch
Vergebung und Verbrüderung kann die Kette der Gewalt beendet
werden. Aber euer Ego und eure Gier nach Reichtümern blenden

euer klares Denken. Wegen Menschen wie euch wird das Kämpfen ewig weitergehen. Die Hunnen, die Römer, die Langobarden, selbst unser Bruderstamm die Ostgoten werden in die Kämpfe verstrickt werden. Jeder rächt sich für etwas anderes und keiner ist stark genug, den Kreislauf zu durchbrechen und zu vergeben. So war es seit den ersten Tagen unserer Welt und so wird es wohl auch immer bleiben. Der Fluch des Goldes erfüllt sich immer.« Dann drehte er ihnen den Rücken zu und verschwand in seiner Höhle.

Balaban, Balki und Derick waren alleine und wechselten unschlüssige Blicke.

»Ich sehe da unten ein paar Pferde«, knurrte der Hunnenkönig. »Offenbar sind sie aus dem Kampfgetümmel entkommen. Wenn ihr schnell hinunter klettert, werdet ihr auch noch eins erwischen.«

»Und dann?«, fragte Derick mutlos. »Werden wir uns dann wieder bekämpfen?«

»Ich weiß es nicht«, erwiderte der Hunne. »An diesem Tag ist bereits genug Blut geflossen. Ich werde euch heute nicht töten, denn ihr wurdet genauso verraten wie ich. Aber bei unserer nächsten Begegnung kann ich für nichts garantieren.«

Und er sprang ohne Furcht den Pfad hinunter und kletterte trittsicher und schnell wie eine Gebirgsziege durch das Geröll und Gestein. Balki und Derick blickten ihm nach. Dann folgte ein langes Schweigen.

»Ich hoffe, du wirst heute ebenfalls nicht mehr versuchen, mich umzubringen«, begann Balki ein wenig verlegen.

»Eigentlich sollte ich dich gefesselt zu Antilas zurückschicken«, knurrte Derick und seine Stimme bebte vor Wut.

Balki atmete tief ein und aus. »Derick! Benutz doch einfach mal deinen Verstand. Wenn ich dir nicht in den Rücken gefallen wäre, hätte Antilas gedacht, dass wir Freunde sind. Dann hätte er dich auf jeden Fall als Geisel gehalten, so wie er jetzt die arme Tyra als Geisel hält.«

»Du hast sie gesehen?«, flüsterte Derick niedergeschlagen.

»Ja. Und sie ist kerngesund und wohlauf.«

Derick atmete erleichtert auf. »Egal ob ich dir nun glaube oder nicht, wir müssen als allererstes von diesem Hügelkamm herunter. Hier sitzen wir wie auf dem Präsentierteller.«

»Einverstanden. Im Klettern haben wir ja Erfahrung. Und dann?« Derick atmete tief durch. »Dann müssen wir die Reste meines Heeres wiederfinden. Wenn wir Antilas angreifen wollen, brauchen wir jedes Schwert, das wir bekommen können.«

Balaban ritt niedergeschlagen durch das trockene Ödland. Er war ganz alleine, seine Männer waren in die Flucht geschlagen worden und der Rest seines Volkes befand sich in Gefangenschaft. *Ich muss sie finden. Ich muss sie aus Antilas Klauen befreien.* Er ritt ohne eine Pause zu machen. Er aß nichts und hielt nicht einmal inne um einen Schluck Wasser zu trinken. Er war müde, ausgelaugt und erschöpft. Und dennoch ritt er immer weiter und gönnte sich und seinem Pferd nicht die kleinste Erholung. Nach zwei Tagen erkannten seine scharfen Augen eine riesige Staubwolke am Horizont aufwirbeln. Ihm wurde sofort klar, was dies bedeuten musste.

Ein Heer ist auf dem Weg hierher, offensichtlich beritten. Vermutlich ist es ein weiteres Söldnerherr Antilas. Die schießen aus dem Boden wie Unkraut. Vielleicht ist es auch das Heer Theoderichs. Antilas wird seine Falle bereits aufgestellt haben. Das alles spielte für ihn keine Rolle mehr. Er hatte der politischen Bühne den Rücken gekehrt. Alles was er jetzt noch wollte, war die Frauen und Kinder aus der Knechtschaft Antilas zu befreien oder beim Versuch zu sterben. *Aber ich muss erst einmal an diesem Heer vorbeikommen. Wo finde ich das nächstbeste Versteck?* Jäh kam sein Pferd zum Stehen. Die plötzliche Erkenntnis raubte ihm schier den Atem. Tränen stiegen in seine Augen. Fassungslosigkeit und Dankbarkeit strömten durch seinen Körper. Er konnte nicht glauben, was er da sah. Es waren seine Hunnen, frei und unverletzt wenige hundert Klafter vor ihm. Sofort trat er seinem Pferd in die Seite und er jagte wie ein Blitz über die Erde. So leicht und schwerelos wie Blütenstaub im Wind flog er ihnen entgegen. Sein Herz schlug ihm bis zur Brust. Es war der Tross, von dem Antilas behauptet hatte, er hätte ihn gefangengenommen. Die Frauen und Kinder trieben ihre Schafherden vor sich her, saßen auf den Reisewagen oder ritten neben den wenigen Kriegern her, die noch übrig geblieben waren, um sie zu bewachen. Von ihrer Spitze löste sich ein junger, schlanker Hunne und jagte in Windeseile auf Balaban zu. Tränen standen in seinen Augen, als er seinen König erkannte. Es war Zerco.

»Eure Hoheit! Wir glaubten, wir kämen zu spät«, rief er und augenblicklich kam sein Gefolge zum Halt und die Männer, Frauen und Kinder senkten das Haupt vor ihrem König. »Wir sind nach Süden gekommen, um Euch zu retten.«

Balaban saß auf dem Rücken seines Pferdes und brachte kein Wort hervor. All die Erleichterung war Scham und Reue gewichen. Er hatte sich noch nie in seinem Leben so schlecht gefühlt. Zerco blickte ihn erwartungsvoll an, doch sein König brachte kein Wort hervor. Dann stotterte er schließlich: »Um mich zu retten? Ich bin es, der euch hätte retten sollen. Ich habe euch alle in den Untergang geführt. Und ihr folgt mir noch immer?«

Zerco trieb sein Pferd näher heran. »Ihr tragt keine Schuld an Antilas Verrat.«

Balaban schluckte schwer. Er würde diese Frage nicht hier vor all seinem Gefolge ausdiskutieren. Das brachte er nicht übers Herz. Stattdessen sagte er: »Wie konnte der Tross entkommen?«

Zerco blickte zu Boden. »Unser ganzes Heer wurde von den Römern und Langobarden vernichtet. Die Langobarden waren in der Überzahl. Als wir tagelang gekämpft hatten, tauchten die Römer auf und griffen uns beide an. Nur wenige Krieger haben überlebt. Ich war einer von ihnen.«

»Rigula?«, fragte Balaban knapp.

»Er hat es nicht geschafft. Der Feldherr der Römer hat ihn mit einer Lanze durchbohrt.«

Balaban sah in die Gesichter seiner Untertanen. Viele blickten misstrauisch, müde und verbittert. Andere trauerten offen, hatten ihre Haare abrasiert und ihre Gesichtshaut zerschnitten. Einige wenige lachten und freuten sich, dass ihr König noch lebte. Ihre Gesichter bereiteten Balaban noch größere Qualen.

»Du hast sie gerettet«, erkannte Balaban und schaute den Jungen nachdenklich an, den er noch vor einigen Monaten als leichtsinnigen Hitzkopf bezeichnet hatte.

Zerco wirkte verlegen. »Wir sind lediglich zum Tross zurückgeritten. Zum Glück waren wir schneller als die Römer. Wir sind sofort losgezogen. Bisher wurden wir von niemandem attackiert, aber auch die Langobarden haben sich nach Süden auf den Weg gemacht. Sie sind hinter dem Gotenhort her.«

»Das weiß ich. Ich habe sie gesehen. Ich habe den Hort gesehen.« Zerco klappte der Mund auf, doch Balaban fuhr hastig fort, ehe dieser ein weiteres Wort sagen konnte. »Wir reiten nicht nach Süden. Wir reiten heute noch nach Osten. Sobald wir einen sicheren Rastplatz gefunden haben, schlagen wir ein Lager auf. Bei Morgengrauen müssen wir jedoch weiter. Italien ist für uns nicht mehr sicher. Das ganze Imperium Romanum ist nicht mehr sicher.«

»Ja Eure Hoheit!«, rief Zerco und er und die anderen Krieger schlugen den neuen Weg nach Osten ein. Am Abend hatten sie, wie Balaban befohlen hatte, ein Zeltlager errichtet. In seinem alten Herrscherzelt ließ Balaban sich auf einer Kiste nieder. Einst hatten hier seine Hunde neben ihm gesessen, doch auch sie waren tot. Seine Berater waren um ihn versammelt, allerdings war Zerco der einzige Logade, der noch nicht gefallen war. Der Schamane Eskam hatte ebenfalls überlebt und kam mit seiner klappernden Knochenkette in das Zelt geschritten. Seine Miene war streng und erwartungsvoll.

»Ich gebe euch allen einen letzten Befehl und dann werde ich gehen«, begann Balaban knapp und die Anwesenden machten verwirrte Gesichter.

»Was meint Ihr damit?«, fragte Zerco sogleich.

»Antilas wird uns jagen. Er hat den Schatz und ist somit nun zum mächtigsten Mann des Imperiums aufgestiegen. Er wird zuerst die Ostgoten angreifen, doch sobald er sich zum Herrscher über das ganze Reich aufgeschwungen hat, wird er alle Augen auf uns richten. Er wäre nicht der erste Söldnerkönig oder Soldatenkaiser in diesem verdammten Zeitalter. Solange Januarius Antilas lebt, wird keiner von euch ein friedliches Leben führen können. Deswegen werde ich zu ihm gehen und ich werde ihn töten.«

»Wir helfen Euch!«, rief einer der Hunnen und schlug mit der Faust auf den Tisch. Die anderen stimmten zu.

»Vergesst es!«, fuhr Balaban sie an. Er war so zornig, dass sie vor ihm zurückwichen. »Ich habe einen letzten Befehl an euch. Reitet so weit ihr könnt! Flieht nach Osten! Verschwindet aus dem Einflussbereich Antilas! Wenn auch nur ein einziger von euch mir folgt, werde ich ihn wegen Befehlsverweigerung töten!«

Zercos Augen weiteten sich. »Ihr braucht unsere Hilfe!«

Balaban lächelte bitter. »Du sagtest einmal, eine Armee ohne mich wäre ungefährlich. Zum Glück trifft das umgekehrt nicht zu.«

»Antilas ist gut bewacht. Ihr könnt nicht im Alleingang seine ganze Villa erobern.«

»Ich will sie nicht erobern. Ich werde sie niederbrennen.«

Zerco fiel vor ihm auf die Knie. »Ich flehe Euch an! Setzt Euer Leben nicht so unbesonnen aufs Spiel! Ihr wart doch niemals unbesonnen.«

Balaban drehte sein Gesicht ab. »Mein Leben wart ihr. Und jede meiner Entscheidungen hat euch noch tiefer ins Verderben geführt. Jetzt werde ich alles zu jeder Zeit und an jedem Ort aufs Spiel setzen! Ich werde ihn töten.«

»Dann lasst wenigsten mich mit Euch kommen.«

»Nein!« Balabans Augen duldeten keinen Widerspruch. »Keiner aus unserem Volke soll mehr meinetwegen in Gefahr geraten. Von jetzt an werde ich alleine arbeiten!«

»Wenn Ihr die ganze Last alleine schultern wollt, werdet Ihr erdrückt werden«, erwiderte Zerco stur.

Für einen Moment herrschte Stille. Die anderen Hunnen warteten ratlos. Und endlich lächelte Balaban traurig und erhob sich von seinem Tisch. »Das wurde ich bereits.«

Er schritt zum Ausgang des Zeltes. Zerco packte ihn am Arm. »Ihr könnt nicht gehen! Ihr seid unser König.«

Er ergriff Zercos Arm und drückte ihn fest. »Ich bin nicht mehr der König dieses Stammes, sondern du! Führe sie besser, als ich es getan habe.« Und mit diesen Worten war er zum Zelttor hinaus und ehe irgendjemand ihn aufhalten konnte, schwang er sich auf sein Pferd und jagte davon.

Balabans Zorn

Januarius Antilas war in seiner Villa eingetroffen. Voller Zuversicht stapfte er durch die Korridore. Seine Dienerschaft war dort versammelt und einer nach dem anderen fiel vor ihm auf die Knie, während seine Soldaten auf hölzernen Karren das Gold hereinbrachten. Er hatte es endlich vollbracht. Nichts konnte seinen Plänen jetzt noch im Weg stehen.

Balaban, Balki und dieser Junge sind entkommen, erinnerte er sich. Es hatte tatsächlich einen unterirdischen Gang in die Grabkammer gegeben. *Wenn ich das gewusst hätte, hätte ich mir eine Menge Graberei erspart.* Doch er lachte bei dem Gedanken. Keiner der drei konnte ihm jetzt noch gefährlich werden. Balaban war ein König ohne Gefolge. *Er ist ganz alleine. Und ein einzelner Mann ist keine Bedrohung für mich.* An Balki und Derick verschwendete er überhaupt keinen Gedanken mehr. *Wenn sie klug sind, verlassen sie das Land so schnell sie ihre Füße tragen können. Wenn ich sie je wieder zu Gesicht bekomme, werde ich augenblicklich das Todesurteil an ihnen vollstrecken, das ich am Busento ausgesprochen habe. Ich werde Balki dieses Mal gar nicht erst reden lassen.*

Seine wichtigsten Anhänger hatten einen engen Kreis um ihn geschlossen: Metellus, Aliqua und Hilarius. Sie alle blickten ihn voller Verehrung und Bewunderung an. Er erhob die Stimme, als der letzte Soldat im Korridor verschwunden war.

»Ich habe mich mein ganzes Leben lang auf diesen Tag vorbereitet. Wir werden so blitzschnell und lautlos zuschlagen wie die Raubtiere in der freien Wildbahn. Nur so kann man herrschen. Die Natur ist für alles das Vorbild und die Natur wird von den Raubtieren beherrscht.«

»Sagt uns nur, was getan werden muss, und wir werden gehorchen«, hauchte Metellus unterwürfig. Er war der Kommandant von Antilas Hausgarde und auch im kommenden Krieg würde er ihn als Kommandanten einsetzen.

»Ich habe eine Liste für dich Metellus.« Er reichte sie ihm gebieterisch und der Kommandant machte eine tiefe Verbeugung.

Er begutachtete aufmerksam das Blatt und las es leise für sich durch. »Einflussreiche Kaufleute, Senatoren, Geistliche … Was sollen wir mit ihnen machen?«, fragte er erwartungsvoll.

»Sie werden meinen Herrschaftsantritt nicht mehr erleben. Kümmere dich darum!«

»Ja, mein Herr«, sagte er sofort und trat mit einer weiteren Verbeugung zurück.

»Aliqua!«

Die Frau, die etwa in Antilas Alter war, machte einen Schritt nach vorne. Trotz ihres Alters strahlte sie Anmut und Schönheit aus und ihre Haare waren noch so schwarz wie in ihrer Jugend. »Januarius«, erwiderte sie ein wenig traurig, als würde sie sich an eine längst vergangene Zeit erinnern.

»Wie lange haben wir auf diesen Tag gewartet? Ich habe es dir immer wieder gesagt. Heute ist es endlich so weit. All meine Pläne greifen ineinander.«

»Natürlich«, sagte sie leise. »Du hast immer Recht behalten mit deinen Voraussagen.«

»Das aus deinem Mund zu hören, bedeutet mir viel.«

Sie lächelte dankbar.

»Ich will, dass du meine Anhängerschaft zusammenrufst. Sie sollen eine große Versammlung abhalten. Darin wirst du ihnen mitteilen, was in sehr naher Zukunft geschehen wird.«

»Das werde ich«, erwiderte sie unterwürfig.

»Ich weiß. Du hast mich noch nie enttäuscht.«

Sie sprach weiter, obwohl er ihr bereits den Rücken zugekehrt hatte. »Die Unruhen sind lange vorbei Januarius. Wenn du jetzt Menschen ermordest und Truppen aufmarschieren lässt, werden die Einwohner Roms sich fragen, was vor sich geht.«

»Darum habe ich mich bereits gekümmert«, entgegnete Antilas erbost. »Ich habe schon vor langer Zeit mit dem Bau eines neuen Theaters begonnen. Das Theater wird ihre Gemüter besänftigen. Ich werde es morgen eröffnen und den Eintritt relativ niedrig halten.«

Er wandte sich an Hilarius. »Ich denke dir, als meinem Schatzmeister, kann ich einen Teil des Gotengoldes anvertrauen. Einen Teil verwendest du sofort, um alle noch verfügbaren Söldnerheere aufzukaufen. Ein anderer Teil des Goldes muss für die Zukunft sicher verwahrt bleiben.«

»Natürlich mein Herr«, flötete der alte Dieb aus dem Norden. »Unsere Kammern sind sicherer als die Schatzkammern des Kaisers. Ich werde so schnell wie möglich damit beginnen, das Gold dorthin zu schaffen.«

»Ich bin der Kaiser.« Er lächelte zufrieden und seine Augen leuchteten fanatisch. »Heute beginnt es. Heute verändern wir die Geschichte und formen sie nach unserem Willen neu. Rom wird wiedergeboren und dann wird es sein, als wäre es niemals untergegangen.«

Metellus erhob nach einer langen Pause die Stimme. »Mein Herr. Wenn Ihr mir die Frage erlaubt, was werdet Ihr als nächstes tun?«

»Ich habe die allerwichtigste Aufgabe von uns. Seit der König der Ostgoten nach Odoakers Tod die Herrschaft über Rom an sich gerissen hat, siedelt er seine widerliche Barbarenbrut sogar hier in der Ewigen Stadt an. Ich werde mein Heer dorthin führen und die Goten für immer aus Rom vertreiben.«

Metellus war ganz blass geworden. »Aber König Theoderich wird davon erfahren. Er wird sofort aus seiner Residenz in Ravenna aufbrechen und hierherkommen, um die Vorfälle zu untersuchen.«

Antilas lachte süffisant. »Ja. Ganz genau das wird er tun. Und wenn er aus seiner Festung gekrochen kommt, werde ich ihn auf offenem Feld mit voller Stärke angreifen und seine Herrschaft beenden. Dann liegt das Römische Reich wieder in römischen Händen, in meinen Händen. Niemand kann uns jetzt noch aufhalten.«

Die reichen, wohlhabenden Zuschauer verließen das Theater über eine marmorne Treppe. Manius stand wortlos am Straßenrand und wartete, bis ein älterer Herr mit seinen zwei Dienern an ihm vorbeischlenderte.

»Antilas reißt die Macht an sich und du gehst ins Theater. Warum überrascht mich das nicht Gaius?«, sagte er laut.

Der ältere Mann erschrak zuerst, aber dann wandte er sich mit zornerfüllter Miene zu ihm um. »Manius! Was suchst du denn hier du Stück Dreck?«

»Spricht man so mit einem ehemaligen Senator?«

»Senator?« Er spieh ihn förmlich an. »Wage es ja nicht, dich jemals dem Senat zu nähern. Antilas Leute haben dort Hausverbot!«

Manius lachte bitter. »Wenn du wüsstest, wie viele deiner Senatoren bereits auf Antilas Gehaltsliste stehen. Wenn er die Macht übernommen hat, wird sich ihm keiner von euch in den Weg stellen. Das habt ihr schließlich bei den anderen Gewaltherrschern auch nicht gemacht.«

»Verschwinde! Ich hab nichts übrig für deinesgleichen. Dieser Wahnsinnige schart den ganzen Pöbel um sich! Wenn das ganze Land bald vor die Hunde geht, ist das eure Schuld, weil ihr ihn unterstützt habt!«

»Es ist so bequem, alles auf andere schieben zu können, nicht wahr? Und die eigene Mitschuld zu ignorieren!«

Gaius hielt zornig dagegen. »Uns Senatoren trifft keine Schuld an Antilas Verbrechen! Wir haben uns nie mit ihm eingelassen, im Gegensatz zu dir!«

Jetzt war es Manius, in dem der Zorn aufbegehrte. »Ihr habt euch nie für die Probleme der einfachen Bürger interessiert. Ihr habt eure eigenen Taschen gefüllt auf Kosten der Mehrheit. Ihr habt tatenlos zugesehen, wie die Zustände in Rom immer schlimmer wurden, bis sie kaum noch auszuhalten waren. Ihr habt durch eure Unfähigkeit, eure Korruption, eure Dekadenz und eure Realitätsverweigerung fast die Hälfte der Bevölkerung in die Arme dieses Wahnsinnigen getrieben. Er hätte niemals solchen Zulauf erhalten, wenn ihr eure Pflicht getan hättet. Wenn es eine höhere Gerechtigkeit gibt, dann werdet ihr genauso für eure Verfehlungen zur Rechenschaft gezogen werden wie er, genauso wie auch ich.«

»Du nennst ihn einen Wahnsinnigen und folgst ihm aber trotzdem. Wie tief kann ein Mensch eigentlich sinken?«

Manius verlor die Geduld. »Halt endlich deinen Mund und hör mir zu! Ich hab dich nicht aufgesucht, um mit dir zu streiten. Ich bin auch nicht hier, um dich auf Antilas Seite zu ziehen. Das Gegenteil ist der Fall. Ich habe Informationen für dich und die anderen Senatoren müssen sie ebenfalls erhalten, bevor es zu spät ist.«

Gaius blickte ihn misstrauisch an. »Informationen?«

»Informationen darüber, was Antilas als nächstes vorhat.«

Er reichte ihm die Listen, die ihm Balki anvertraut hatte.

»Bei Gott! Das kann nicht wahr sein.«

»Es ist wahr. Wenn Antilas die Macht an sich reißt, werden die Straßen Roms im Blut schwimmen. Es wird nicht nur das Blut seiner politischen Gegner sein, sondern das Blut all derer, die er als unwürdig ansieht, Bürger des Römischen Reiches zu sein. Er will alle Goten aus dem Land jagen oder umbringen. Für viele andere Völker gilt dasselbe. Und er will das Christentum wieder strafbar machen, wie es vor der Zeit von Kaiser Konstantin war. Er will Christen wieder öffentlich hinrichten lassen. Er will die Zeit zurückdrehen.«

Gaius wirkte völlig überfordert. »Warum zeigst du mir das?«

»Weil es vielleicht noch nicht zu spät ist. Antilas hat die gotischen Siedlungen in Rom angegriffen und niedergebrannt. Der König der Ostgoten Theoderich ist bereits auf dem Weg hierher. Antilas hat sein Heer fast verdoppelt und lagert vor der Stadt. Morgen zieht er Theoderich entgegen. Dieser wiederum rechnet nicht mit einer solchen Streitkraft. Sein eigenes Heer ist über ganz Italien verteilt. Er wird Antilas zahlenmäßig unterlegen sein. Aber es gibt immer noch viele Truppen in Rom, die er nicht mobilisiert hat: die Stadtwache und die vielen kleinen Privatarmeen, die die Senatoren in der Stadt um sich gesammelt haben. Wenn sie morgen zu Theoderichs Truppen stoßen, könnten sie einen Unterschied machen.«

»Wenn das was du sagst, wahr ist, und viele Senatoren bereits auf Antilas Gehaltsliste stehen, woher weiß ich dann, ob sie Theoderich zu Hilfe eilen werden und nicht Antilas?«

»Das weißt du nicht. Ich gebe dir diese Informationen nur, um mein Gewissen zu beruhigen. Morgen werde ich mit Antilas Truppen zusammen aufbrechen.«

»Du gehst mit ihm, obwohl du nun seine Pläne kennst?«

»Mein Schicksal ist sowieso besiegelt. Meine eigenen Soldaten hören schon lange nicht mehr auf mich, sie folgen nur noch Antilas.

Ich weiß in meinem Innersten bereits, dass ich die Schlacht nicht überleben werde. Aber ich werde dort sein am Ort des Geschehens und ich hoffe, ich werde noch leben, um die Ankunft eurer Truppen zu sehen.«

Gaius seufzte. »Als Odoaker einfiel, haben die Senatoren nichts gemacht. Als Theoderich einfiel, haben die Senatoren nichts gemacht. Alter Freund. Ich glaube nicht, dass sie diesmal etwas machen werden.«

»Ich weiß. Ich rechne ebenfalls nicht damit. Aber ich habe euch die Informationen überbracht. Damit habe ich einen winzigen Teil meiner Mitschuld abgetragen. Die Zukunft liegt nun allein in Gottes Händen.«

Gaius blickte betroffen zu Boden. »Ich wünsche dir alles Gute mein Freund. Es tut mir leid, dass ich dich beleidigt habe. Und du hast recht. Auch ich habe eine Mitschuld zu tragen. Und die wird mich verfolgen, so lange ich lebe.«

»Leb wohl alter Freund.«

Hunnenkönig Balaban marschierte durch die vollen Straßen. Er war ein Mensch unter Tausenden. Nichts an seinem Äußeren ließ darauf schließen, dass er noch bis vor wenigen Tagen über fast zweitausend Hunnen geboten hatte. Doch seine Regentschaft war vorüber. Er hatte sein Volk in den Untergang geführt. Nichts was er tun konnte, würde diesen Umstand noch rückgängig machen. *Aber ich kann Rache nehmen. Das wird mir niemand verwehren können.*

Er schnitt wie ein Messer durch die Menschenmassen. Im Eilschritt überquerte er das Forum Romanum. Die jahrtausendealten Prachtbauten würdigte er keines Blickes. In seinen schmalen, blauen Augen lag nichts als blanker Hass und Tatendrang. Einige Passanten stoben panisch zur Seite, so schrecklich war sein Gesicht anzusehen.

Im Gehen tätschelte er den Griff seines Schwertes. Die Villa des Januarius Antilas schälte sich vor ihm aus dem Dunst. *Ich habe heute eine Audienz bei dir Antilas.*

Unter jedem seiner Schritte stieg eine Staubwolke auf. Der Garten mit der Mauer rückte näher. Das Eingangsportal war geöffnet. Botengänger und Mitglieder des Hofstaates gingen täglich dort ein und aus. Am Tor der Villa warteten die Wachen. Balaban zählte zwei. *Gut!*

Er beschleunigte seine Schritte und rannte immer schneller auf die Mauer zu. So lang er nicht in den Garten trat, war er vom Blick der Prätorianer abgeschirmt. Im Rennen zog er seinen Bogen hervor. Die Schwerter klirrten an seinem Gürtel. Die letzten Klafter übersprang er, dann machte er einen gewaltigen Satz und war innerhalb weniger Herzschläge auf die Mauer geklettert. Einer der Wachmänner drehte den Kopf in seine Richtung. Ehe er auch nur einen Ton herausbringen konnte, hatte Balaban zwei Pfeile aufgelegt und mit der Präzision eines Hunnen abgefeuert. Balaban hatte das Bogenschießen vom Rücken galoppierender Pferde aus gelernt. Hier hingegen stand er aufrecht auf einer steinernen Mauer. Es war vollkommen ausgeschlossen, dass seine Pfeile ihr Ziel verfehlen würden. Sie durchbohrten die ungeschützten Kehlen der Prätorianergardisten. Gurgelnd griffen sie sich an ihren blutigen Hals und stürzten beide in sich zusammen. Sofort war Balaban über die Mauer gesprungen und hatte den Garten durchquert. Ein weiterer Prätorianer kam um die Ecke gerannt, doch als er Balaban bemerkte, sank er bereits von einem Pfeil getroffen nieder. Der Hunnenkönig ließ nicht eine Sekunde ungenutzt verstreichen. Sofort zerrte er die drei Wachen hinter ein nahes Gebüsch. Lange würden sie dort zwar nicht ungesehen bleiben, doch ihm würde es reichen. *Gebt mir zehn Minuten und ich reiße die ganze verdammte Villa ein!*

Hinter der Pflanzenbank entledigte er sich seiner Reisekleider. Dann schlüpfte er schnell und lautlos in die Uniform der Prätorianergarde. Er hatte Glück. Eine der Uniformen hatte kaum Blutspritzer abbekommen. Gekleidet wie einer aus Antilas Gefolge verließ er sein Versteck und marschierte geradewegs zum Eingang der Villa hinein. Er war nicht eine Sekunde zu früh. Schon kam ein Streiftrupp von fünf Gardisten in das Treppenhaus stolziert.

»Hey!«, fuhr ihn ihr Anführer an. Es war der Kommandant Metellus. »Hier müssen zwei Gardisten stationiert sein. Wo ist der andere?«

»Er ist in die Therme verschwunden«, erwiderte Balaban in perfektem, akzentfreiem Latein. Der Helm der Prätorianer verbarg sein vernarbtes Gesicht.

»Verflucht!«, zischte Metellus und kommandierte zwei seiner Gardisten ab. »Prüft das nach!! Wenn wirklich einer unserer Gardisten faulenzt, dann sperrt ihn in die Kerker! Antilas wird sich dann schon eine Bestrafung für ihn einfallen lassen! Keine Disziplin mehr heutzutage!«

Die zwei Gardisten stürmten nach rechts in einen Korridor, der zur hauseigenen Therme führte. »Und du ersetzt solange den fehlenden Gardisten!«

Einer aus seinem Gefolge stellte sich zu Balaban an das Tor.

»Ich wurde nicht eingeteilt, um das Eingangsportal zu bewachen«, fuhr Balaban mit ruhiger Stimme fort. »Aliqua hat gemeint, ich soll vor dem Thronsaal Wache halten. Ich ersetze hier nur Cornelius, weil er lieber in das obere Stockwerk wollte.«

»So ein verdammter Mist!«, schimpfte Metellus. »Wie soll man in diesem Haus noch Ordnung halten, wenn jeder macht, was er will?!«

»Es tut mir leid. Ich gehöre zu den neuen Rekruten.«

»Ja ich weiß davon«, zischte Metellus. »Antilas wollte ja unbedingt die Zahl der Wachen erhöhen. Komm mit! Wir gehen zu Aliqua. Ich will wissen, was diese Frau euch eigentlich erzählt hat, was wir hier tun! Das ist das Haus von Januarius Antilas! Ich will gefälligst Ordnung in unserer Garde!«

Balaban folgte ihm wortlos die Treppe hinauf, während ein anderer Gardist seinen Platz einnahm. Sie durchquerten schweigend den langen Gang, der in den Thronsaal führte. An den Abzweigungen befanden sich weitere Gardisten und Balaban war froh, dass er sie kampflos überwinden konnte. *Das verschafft mir Zeit. Zeit ist alles, was ich brauche.*

Über ihnen öffnete sich kurz das Dach und sie durchschritten den kleinen Innenhof, das Peristyl. Kühle Luft wehte ihnen entgegen.

Sie waren nur noch zu dritt. Balabans Gedanken waren kristallklar und geordnet. Er war eine Waffe. Sein Verstand und sein Körper waren zwei Seiten derselben Klinge. Er kannte nur noch ein einziges Ziel. Er würde Januarius Antilas töten.

Zwei kleine Kammern tauchten zu ihrer Rechten auf. Noch einmal warf Balaban einen Blick über die Schulter. Dann ging er zur Tat über. Er zögerte nicht eine Sekunde. Er riss sich den Dolch aus dem Gürtel und nach einem kurzen Handgemenge waren Metellus und sein Bewacher tot. Er stieß ihre Leichen unsanft in die Kammer und warf die Tür hinter ihnen zu.

Dann verließ er den Innenhof und marschierte schnell und unbehelligt zum Eingang des Thronsaales. Hier waren die meisten Wachen konzentriert. Er erkannte vier am Portal, zwei an dem marmornen Stuhl, weitere zwei an den hinteren Türen und zwei an der Treppe, die hinauf in das Obergeschoss führte. Auf dem throngleichen Stuhl saß der Dieb und Schatzmeister Hilarius. Januarius Antilas war nirgends zu erkennen. Sicherlich befand er sich oben auf seinem Balkon, um den Blick über seine Stadt schweifen zu lassen. Dort hatte das letzte Gespräch zwischen ihm und Balaban in dieser Villa stattgefunden. *Dort wird unser letztes Treffen stattfinden.*

Er überlegte, ob er nach getaner Arbeit vom Balkon springen sollte. Es wäre sicherlich einfacher, den Aufprall zu überleben, als sich aus dem schwer bewachten Haus freizukämpfen, wenn die Wachen erst einmal alarmiert waren. Allerdings machte er sich über seinen Fluchtweg nur wenig Gedanken. *Ich bin meinem Volk keine große Hilfe mehr. Ich kann ihnen nur noch Gerechtigkeit verschaffen.*

Er zählte noch einmal die Gardisten. Es waren zehn bewaffnete, wachsame Männer. Er überlegte, ob er einfach an ihnen vorbeispazieren sollte. *Aber falls sie mich nicht durchlassen, bin ich umringt und habe den Überraschungsmoment verloren.*

Er entschied sich anders und zog seinen Bogen. Die Pfeile surrten. Beide Wachen am Eingang gingen zu Boden. Ein panisches Geschrei hallte durch den ganzen Saal. Balaban ging hinter der Säule des Portals in Deckung. Er spähte um die Ecke. *Acht.* Er sprang aus der Deckung und schoss einen Pfeil ab. *Sieben.* Sie schossen auf ihn. Er wich ihnen aus und schoss im Gehen einen weiteren Pfeil ab. *Sechs.* Einer der Gardisten hatte ihn erreicht und er ging in den Nahkampf über. Schwerter schlugen aufeinander. *Fünf.* Er durchquerte die Halle und wurde von drei Gardisten umzingelt. *Vier. Drei. Zwei.*

»Wir brauchen Verstärkung!«, brüllte ein Wachmann so weiß wie Kreide. Dann traf ihn Balabans Faust an der Schläfe.

Eins.

Der letzte Gardist versuchte zu fliehen, doch Balaban rannte ihm nach und brachte ihn vor dem Ausgangsportal zu Fall. *Null.*

Mit kalten Augen und blutverschmierten Schwertern drehte sich Balaban zu Hilarius um, der Dieb, der ihn bei seiner letzten Audienz im Thronsaal gedemütigt hatte. Er saß wie versteinert auf dem Thron und schien noch gar nicht verarbeitet zu haben, was gerade geschehen war.

»Ich meine mich zu erinnern Hilarius, dass du meine Schwerter haben wolltest.« Er holte weit aus.

»Nein! Bitte!«, kreischte der kleine Mann und fiel vor ihm auf die Knie. »Ich flehe Euch an. Ich bin doch nichts als ein kleiner Händler.«

»Wo ist Antilas?«

»Oben! Oben! Oben auf dem Balkon!«

»Verschwinde!«, zischte Balaban angeekelt und stieß ihn mit dem Fuß zur Seite. Der Schatzmeister eilte schreiend und stolpernd zum Eingangsportal hinaus.

Vom Korridor tönten eilige Schritte und lautes Geschrei. Alle Wachen waren alarmiert. Jetzt gab es kein Zurück mehr. *Aber ich möchte auch nicht mehr zurück.*

Schnell sprang er die Treppe zum Obergeschoss hinauf. Dort war ein geräumiges Zimmer mit Regalen, Tischen, einem steinernen Altar und dem Torbogen hinaus auf den Balkon.

Als Balaban den Balkon betreten hatte, fluchte er innerlich. *Antilas ist nicht hier. Hier ist keine Menschenseele!*

Die Enttäuschung raubte ihm den Atem. Für einen Moment starrte er hinunter in den Garten. Gardisten wuselten dort herum wie ein aufgeschreckter Ameisenhaufen. Sie hatten die Verwundeten hinter der Hecke gefunden. Er überlegte, ob er springen sollte.

Zu gefährlich! Wenn ich mir das Bein breche, bin ich verloren. Ich will meine letzten Tage nicht in einer von Antilas Arenen zubringen und von einem Löwen gefressen werden. Zornig trat er das Lararium um, das scheppernd in tausend schimmernde Steine zerbrach. *Es darf nicht umsonst gewesen sein. Er muss irgendwo hier sein! Irgendwo in seiner Villa!*

Er atmete tief durch und tätschelte seinen Bogen. Dann riss er die Tür auf und zielte hinunter auf die Treppe. Doch dort war niemand. *Was geht hier vor?* Mit hämmerndem Herzen sprang er Stufe für Stufe hinunter. Die Antwort auf seine Frage erwartete ihn am Fuß der Treppe. Der Thronsaal war erfüllt von Prätorianern. Sie bildeten einen Kreis um die Treppe und alle hatten sie ihre Bogen auf Balaban gerichtet. Er knirschte mit den Zähnen. *Ich sitze in der Falle.* Er überlegte, ob er sich mit einem Sprung nach oben in Sicherheit bringen sollte. Aber mit Sicherheit würde der ein oder andere Pfeil ihn erwischen. *Und da oben sitze ich genauso in der Falle wie hier unten.* Ein Grinsen stahl sich auf sein Gesicht. Ganz allmählich wurde ihm bewusst, wie wahnwitzig sein Vorhaben eigentlich gewesen war. Es brachte ihn fast schon zum Lachen. Mit steinernen Gesichtern legten die römischen Prätorianer auf den König der Hunnen an.

Dann ertönte jäh eine spöttische Stimme. »Wartet! Nicht schießen! Noch nicht!« Es war der Dieb und Schatzmeister Hilarius. Süffisant grinsend kam er auf den Hunnenkönig zu geschlichen und hielt ein pompöses Schwert in den Händen.

Das ist das Schwert, das er Derick gestohlen hat.

»So Balaban. Dachtest du wirklich, du könntest im Alleingang die Villa des mächtigsten Mannes der Welt stürmen?«

Er furchte die Stirn. »Das habe ich gerade getan.«

»Du hast ihn leider verpasst. Er ist bereits mit seinem Heer ausgezogen, um die Herrschaft über das Römische Reich an sich zu reißen. Nur werden du und dein Volk das nicht mehr miterleben.«

»Antilas hat versprochen, mein Volk umzusiedeln, wenn er erst die Macht übernommen hat.«

»Das wird er auch … über den Styx. Dort hat er euch bereits ein sehr schönes Plätzchen ausgesucht. Lass deine Schwerter fallen!«

Balaban lächelte trotzig. »Wieso sollte ich? Du wirst mich ohnehin töten.«

»Aber ich möchte dich selbst töten. Das kann ich nicht, solange du deine Waffen trägst«, flötete der Dieb.

Balaban spuckte das Wort förmlich aus. »Feigling!«

Hilarius seufzte. »Nun gut. Dann eben nicht. Erschießt ihn!«

Die Pfeile sausten durch die Luft und Balaban drehte sich auf der Stelle. Den einen Pfeil zerschnitt er mit seiner Klinge in der Luft. Der andere jedoch traf ihn in die Schulter. Er wirbelte herum und schleuderte dem Schützen seine Klinge entgegen. Dann war er auch schon oben an der Treppe. Die anderen Pfeile prasselten wie Hagelkörner auf die steinernen Stufen. Er rettete sich in das Zimmer im Obergeschoss und warf die Tür hinter sich zu.

Ich glaube, ich habe einen ausgeschaltet. Dann bleiben noch etwa fünfzehn. Ihm war schwindelig. Seine Augen suchten akribisch den Raum ab. Sein Blick blieb an dem zerstörten Altar kleben. Eine Opferschale lag inmitten des Schutts und Öl tropfte auf den Boden. Offenbar entzündete Antilas hin und wieder ein Feuer darin.

»Das könnte klappen!« Nach ein paar Momenten hatte er das Terra Sigillata Gefäß mit dem Lampenöl gefunden. Die Männer hämmerten bereits gegen die Tür. Das römische Eisenschloss würde dem Druck nicht ewig standhalten.

»Ich ergebe mich!«, rief Balaban laut. »Tretet von der Tür weg, dann komm ich heraus.«

Das Poltern erstarb. Er konnte Hilarius vom Fuße der Treppe aus lachen hören.

Mal sehen, ob du gleich immer noch lachst. Mit zwei Feuersteinen entzündete er die Opferschale und tauchte einen seiner Pfeile hinein. Als die Pfeilspitze brannte, legte er ihn griffbereit auf das nahe Regal. Dann stellte er das Gefäß mit dem Öl vor der Türe ab.

»Ich möchte verhandeln«, rief er mit vor Aufregung zitternder Stimme.

Hilarius antwortete höhnisch. »Es wird keine Verhandlungen …«

Ehe er zu Ende gesprochen hatte, riss Balaban die Tür auf und warf das Keramikgefäß hinunter. Die Römer stoben erschrocken auseinander, als es zerbrach, und das Öl breitete sich bis hinunter in die

Halle aus. Dann schnappte Balaban nach dem brennenden Pfeil und schoss mit der Präzision eines Hunnen. Das Feuer flammte auf und eine Welle aus Hitze und Rauch rollte über die Treppe. Die Römer stürzten hinab und fingen Feuer. Ehe auch nur einer von ihnen angemessen reagieren konnte, jagte Balaban ihnen hinterher. Mit vorsichtigen Schritten sprang er über das Feuer hinweg und versenkte einen Pfeil nach dem anderen in seinem Ziel.

Vierzehn, dreizehn, zwölf, elf, ... Er ging hinter Antilas Marmorstuhl in Deckung. Einige Gardisten waren vor Schreck in den Korridor geflohen. Zwei von ihnen kamen jetzt schreiend zurück. Balaban machte gnadenlos weiter, bis er keine Pfeile mehr hatte. *Sieben, sechs, fünf.* Zwei weitere Gardisten machte er im Nahkampf nieder. Die zwei letzten Bogenschützen legten auf ihn an. Zur gleichen Zeit war Hilarius von hinten an ihn heran geschlichen.

Balaban machte einen Satz nach links. Der Dieb schwang kreischend sein Schwert, doch ehe es Balaban auch nur berührte, hatte er es ihm entwendet. Als der Pfeil seine Bahn zog, riss Balaban den Dieb vor sich nach oben und der Pfeil traf durch dessen Rücken genau in sein Herz. Noch mehr Pfeile bohrten sich in Hilarius Rücken, während Balaban ihn als Schild verwendete. Er warf ihn ungerührt zur Seite und wandte sich den Gardisten zu, die jetzt offenbar keine Pfeile mehr hatten. Doch ehe Balaban zum Gegenangriff übergehen konnte, warfen sie die Waffen zur Seite und rannten, so schnell sie ihre Beine tragen konnten, den Korridor entlang und hinaus aus Antilas Villa.

Balaban schaute auf seine besiegten Feinde. Er zögerte einen Augenblick, dann steckte er das erbeutete Schwert durch eine Schlaufe in seinen Gürtel. Mit seinen Klingen in jeder Hand schritt er zum Keller Eingang hinunter.

Bitte lass ihn da unten sein! Er muss irgendwo hier sein! Doch er hatte kaum noch Hoffnung, Januarius Antilas anzutreffen. *Der alte Gote in der Höhle hatte recht. Die Gewalt hat nur zu noch mehr Gewalt geführt und es hat mich meinem Ziel kein Stück näher gebracht.* Es gab allerdings noch eine andere Sache, die er hier zu erledigen hatte. *Ich habe jemandem ein Versprechen gegeben.*

Er stieg hinunter in die Kerker und ein erbärmlicher Gestank schlug ihm entgegen. Hier kauerten die armen Seelen, die in Januarius Antilas Gewalt waren. Hier fristeten sie ihre trostlosen Tage, ehe er sie zu seiner Belustigung in seiner unterirdischen Arena an wilde Tiere verfütterte. Und hier fand er auch sie.

Tyra saß auf dem Boden und betete. Als sie aufblickte, waren ihre Augen voller Hoffnung. »Seid Ihr gekommen, um mich zu retten?« Der Hunnenkönig blickte traurig zu Boden. »Du warst monatelang meine Gefangene. Wieso solltest du zu mir zurückwollen?«

»Ihr habt mich immer gut behandelt. Seit ich hier bin, habe ich jeden Tag zu Gott gebetet, dass er jemanden schickt, um mich zu retten. Seid Ihr dieser jemand Balaban?« Sie starrte ihn schweigend an.

Er blickte verbittert zu Boden und öffnete ihre Zellentür.

Sie deutete sogleich auf die übrigen Gefangenen. »Wenn Antilas zurückkommt, wird er seinen Zorn an allen verbliebenen Gefangenen auslassen.«

»Ich kann sie mir nicht aufladen. Ich konnte nicht einmal meinem eigenen Volk helfen.«

»Bitte!«, flehte sie. »Seht ihnen in die Augen. Ihr wisst nicht, was er ihnen antun wird, wenn er zurückkehrt.«

Balaban schaute sie an. Dann nickte er mit grimmigem Stolz. »Hört mir zu!«, rief er und seine Stimme schwoll an in dem finsteren Kerker. »Jeder einzelne von euch bedeutet für mich mehr Risiko als Nutzen! Ich weiß nicht, wer von euch frei sein will und wer auf Antilas Seite ist, weil er darauf abgerichtet wurde. Aber ich werde das Risiko eingehen. Schenkt mir euer Vertrauen und ich werde euch meines schenken.«

»Werden wir«, hallte es aus sämtlichen Zellen des Kerkers.

»Sobald sich eure Zellentüren geöffnet haben, werdet ihr keine Sklaven mehr sein. Sobald sich diese Türen öffnen, seid ihr Hunnen!«

Und die Türen schwangen auf und die Insassen folgten ihrem Befreier.

Im Thronsaal hatte sich inzwischen das Feuer ausgebreitet.

Das wird nicht ausreichen, um einem Dämon wie Antilas das Handwerk zu legen. Um ihn zu verzehren, bedarf es eines Weltenbrands.

Und er trug seinem neuen Gefolge auf, Fackeln aus dem umliegenden Mobiliar zu machen. Sie trugen das Feuer in jeden Winkel der Villa. In einem davon machten sie eine interessante Entdeckung.

»Ist das der Gotenhort?«, keuchte Tyra verblüfft.

Balaban grinste schadenfroh. »Offenbar hat Antilas noch keine Zeit gehabt, seinen Schatz aufzuräumen. Los! Packt alle mit an!«

Jedem von ihnen lud er so viel Gold aus dem Gotenhort auf wie sie tragen konnten. Es kümmerte ihn nicht einmal, ob einige es vielleicht für sich selbst behalten und damit abhauen würden. Das Wichtigste war, dass Antilas es nicht mehr hatte. Als sie über die Straße hinaus in die aufgeschreckte Stadt flohen, stand das Anwesen Januarius Antilas in Flammen.

Das Vermächtnis der Goten

Der Morgen graute. Sie standen beieinander und berieten ihre nächsten Schritte: Giselher, Leuba, Derick, Balki, Hundolf, Hastein, Norik und Alvar. Ihre Streitmacht hatte das Scharmützel am Gotenhort gut überstanden. Kaum war Antilas Verstärkung eingetroffen, hatten die Langobarden und die anderen Siedler aus dem Norden die Flucht ergreifen müssen. Auch die Hunnen hatten sich nach anfänglichen Kämpfen auf ihren Pferden in Sicherheit gebracht. Der Kampf wäre für sie aussichtlos gewesen. Antilas hatte die Situation vollkommen unter Kontrolle gehabt.

»Wir hätten seinen Zug überfallen sollen, als er die Schätze nach Rom gebracht hat«, grummelte Hundolf. »Ich will mein Gold.«

»Es ist weder dein Gold, noch mein Gold«, korrigierte ihn Derick. »Um ehrlich zu sein, wünschte ich, es wäre das Gold von niemandem. Außerdem war der Heereszug viel zu stark bewacht. Wir müssen warten, bis Antilas seine Kräfte aufteilt.«

»Da können wir lange warten«, gab Giselher zu Bedenken. »Er wird bereits damit begonnen haben, sein Heer aufzustocken. Nachdem, was mir unsere Späher erzählt haben, kam es in der Nacht bereits zu Meuchelmorden an römischen Politikern und gotischen Siedlern. Die Nachricht verbreitet sich, dass Theoderich der Große aus Ravenna herreiten wird, um die Vorfälle zu untersuchen.«

»Dieser Narr!«, japste Balki. »Das ist genau, was Antilas möchte. Er will den König von Italien aus seiner Festung locken, damit er ihn auf offenem Feld angreifen kann.«

»Theoderich der Große. Woher hat er diesen Titel?«

Balki zuckte die Achseln. »Keine Ahnung. Ich glaube, das ist auf seine Körpergröße bezogen. Momentan wird das Weströmische Reich von Theoderich regiert und zwar im Namen des Oströmischen Reiches.«

Derick legte die Stirn angestrengt in Falten. »Seltsam, dass diese Reiche immer in Ost und West zerfallen. Das heißt also, wenn Antilas den König der Ostgoten tötet, kann er die Herrschaft über Italien an sich reißen.«

»Ohne jeden Zweifel. Es gibt keinen Senator, Feldherr oder sonst irgendeinen Römer, der sich ihm dann noch in den Weg stellen könnte.«

Derick blickte niedergeschlagen zu Boden. »Antilas Heer hat Rom sicher schon verlassen. Irgendwo im Norden Italiens wird die Falle zu schnappen.«

Balki sah, dass Derick nicht mehr weiter wusste. Aber es war wichtig, dass er vor den anderen Langobarden keine Schwäche zeigte. »Ihr Langbärte. Würdet ihr uns kurz für einen Moment allein lassen?«, erkundigte er sich höflich und die anderen kehrten mürrisch zu den Kriegern zurück, die sich um mehrere Lagerfeuer versammelt hatten. Der Himmel war von einer grauen Wolkendecke überzogen und einzelne Wassertropfen fielen einsam zu Boden.

»Unser Vorhaben steht auf Messers Schneide«, begann Derick beunruhigt. »Sie sind mir gefolgt, weil ich sie zum Gotenhort führen konnte. Sie haben zugestimmt, Antilas anzugreifen, weil sie hoffen, so an das Gold zu kommen. Aber es fehlt nur ein wenig und sie wenden sich ab von mir und folgen einem anderen. Es heißt, dass in den Alpen ganze Kolonnen an Langobarden sich sammeln mit vielen verschiedenen Kriegsherren und Stammesfürsten. Es ist ganz schnell passiert, dann wenden sie sich von mir ab und folgen einem von denen.«

»Ganze Kolonnen?«, fragte Balki und klang besorgt.

»Viele Stämme schließen sich dort zu einem großen Bund zusammen, wie einst die Alemannen.«

»Und sie wollen alle in den Süden?«, fügte Balki fragend hinzu. Er seufzte. »Allein in diesem Jahrhundert haben die Römer bereits den Einfall der Hunnen, der Goten und der Vandalen erleben müssen. Und nun steht ihnen die nächste Völkerwanderung bevor. Da braucht man sich nicht wundern, dass sie verzweifelt sind.«

Derick blickte zu Boden und schwieg einen Moment. »Warum strömen eigentlich so viele Menschen in das Römische Reich? Warum wollen sie nicht in ihrer Heimat bleiben?«

Balki zuckte mit den Schultern. »Der Lebensstandard ist besser hier: große Märkte, schöne Städte, Theater, Badeanlagen, Fußbodenheizung, das römische Recht, der römische Frieden … In den germanischen Ländern sind ständig Kriege und Stammesfehden, Armut und keine Perspektiven. Würde da nicht jeder lieber in Rom sein?«

Derick schüttelte den Kopf. »Aber es sind so viele. Und viele von ihnen bringen ihre Stammesfehden und andere Probleme mit hierher. Wäre es nicht besser, wenn sie die Probleme in ihren eigenen Ländern lösen, anstatt davor zu fliehen?«

Balki hob die Brauen. »Wie sollen sie das denn anstellen? Sie sind ja nur einfaches Fußvolk. In ihren Ländern herrschen Kriegsherren, die jeden töten, der aus der Reihe tanzt. Da sind sie tot, bevor sie irgendetwas ändern könnten«, erwiderte er nachdenklich. »Außerdem hat das Römische Reich daran mitgewirkt, dass ihre Länder so chaotisch sind. Die Römer haben über Jahrhunderte hinweg die germanischen Länder angegriffen, verwüstet und ausgebeutet und die Völker dort versklavt. Sie haben auch verschiedene Stammesfürsten gegen andere Stammesfürsten mit Gold und Waffen unterstützt, damit diese sich bekämpfen und ihre Länder sich niemals vereinen und stark werden können. Divide et impera. Teilen und herrschen. Das war die römische Politik. Sie wollten nicht zulassen, dass ein geeinter, mächtiger, erfolgreicher Staat vor ihrer Haustür entsteht, der zum Konkurrenten werden und sie eines Tages angreifen könnte. Aus geeinten und erfolgreichen Staaten würden aber sicherlich keine Menschen flüchten.«

»Gibt es denn gar keine Lösung für dieses ganze Fiasko?«

Balki lächelte matt. »Die gäbe es schon. Alle Länder könnten zusammenarbeiten, anstatt sich zu bekriegen, und die Sicherheit und den Lebensstandard in all diesen Ländern so weit erhöhen, dass es keine Gründe mehr für Flucht und Vertreibung gibt. Damit das aber überhaupt möglich ist, müssten beide Seiten mitmachen … und ich befürchte, weder die Kriegsherren auf germanischer Seite, noch die reichen Senatoren auf römischer Seite, würden sich auf solch ein gemeinsames Vorhaben einlassen. Beide Parteien könnten dabei Macht und Geld verlieren.«

»Dass irgendwelche kriegerischen Stammesfürsten da nicht mitmachen, ist ja nicht verwunderlich, aber fühlen sich nicht wenigstens die Senatoren verpflichtet, die Probleme der Bürger ernstzunehmen?«

»Die meisten Senatoren haben überhaupt keinen Umgang mit normalen Bürgern. Sie leben in ihrer eigenen Realität in schönen Villen auf dem Palatin oder dem Kapitol. Ihre eigenen geschäftlichen Interessen sind für sie viel realer, als die Probleme eines römischen Bauern im Alpenvorland, dessen Hof von Langobarden überfallen wird.«

Derick knurrte. »Und indem sie ihr Geld horten und all das Chaos geschehen lassen, bereiten sie ungewollt eine Bühne für Tyrannen wie Antilas, die sich als Retter in der Not aufspielen können.«

»So kann man es zusammenfassen«, meinte Balki traurig. »Wenn die Herrschenden die Interessen der normalen Bürger nicht mehr berücksichtigen, schauen sie sich anderweitig um.«

»Aber sehen sie nicht, dass unter einem Wahnsinnigen wie Antilas alles noch viel schlimmer wird?«

»Deswegen sind ja auch nach wie vor viele Römer gegen Antilas. Das könnte uns jetzt noch retten. Aber je schlimmer die Lage wird, desto mehr Menschen sind bereit, sich auf ihn einzulassen. Wenn er es mit seiner Söldnerarmee wirklich schafft, Theoderich zu besiegen, dann wird ihm das so viel Ansehen einbringen, dass er das ganze Weströmische Reich hinter sich vereinen könnte, vielleicht sogar das Oströmische noch dazu.«

»Ich erinnere mich an das, was der Druide uns am Rhein erzählt hat. Wenn ein Mann wie Januarius Antilas über das Römische Reich herrscht, dann wird er die ganze Welt mit sich in den Abgrund reißen.«

Balki wippte mit dem Kopf hin und her. »Diese Vorstellung ist gar nicht so unwahrscheinlich. Ich kenne Januarius Antilas ziemlich gut. Er ist ein größenwahnsinniger, sadistischer, abergläubischer Irrer. Er würde tausende Menschen töten, nur um auszuprobieren, wie die Planetengeister darauf reagieren. Er wird versuchen, ganz Europa nach seinen eigenen Vorstellungen umzugestalten und Millionen werden dadurch leiden oder getötet werden. Das darf nicht passieren.«

Derick atmete tief durch und sammelte seine Gedanken. »Wie gehen wir vor?« Er wirkte entsetzlich hilflos.

Balki hob die Brauen. »Derick, du bist der Anführer über ein dreihundert Mann starkes Heer. Vielleicht ist es dir noch nicht aufgefallen.«

Der junge Cherusker runzelte die Stirn. »Worauf willst du hinaus?«

»Ich will damit sagen, du bist es, der jetzt die Entscheidungen trifft. Ich kann dir nur mit Rat und Tat zur Seite stehen.«

Derick schwieg einen Augenblick und dachte angestrengt nach. »Antilas hat den Gotenhort.«

»Das ist richtig.«

»Und er hat eine Armee ... eine Armee, die von jetzt an jeden Tag weiterwachsen wird.«

Balki nickte zustimmend. »Ja. Und diese Armee wird er nun gegen Theoderich den Großen ins Feld führen.«

Es herrschte ein bedrückendes Schweigen zwischen den zwei alten Freunden. Ein Nieselregen hatte eingesetzt und es wurde ungewöhnlich kalt.

»Dann müssen wir ihn aufhalten.«

Balki stand auf. »Ich hatte mir schon gedacht, dass du zu dieser Schlussfolgerung kommst. Ich bin zwar kein Krieger und ich kann Antilas auf dem Schlachtfeld keinen Schaden zufügen, aber wenn du dich entschließt zu gehen, dann werde ich dich begleiten.«

Wassertropfen nässten ihre Haare. Der Regen wusch die Luft und spülte die finsteren Gedanken und Erinnerungen der letzten Tage hinfort.

Derick nickte zuversichtlich. »Dann müssen wir einen Plan schmieden. Wir sind etwa dreihundert Menschen, davon etwa vier Fünftel Krieger. Wenn wir gegen Antilas bestehen wollen, dann brauchen wir Verbündete.«

»Die Ostgoten werden wir auf jeden Fall schon mal auf unserer Seite haben. Sie werden sich über jede Unterstützung freuen, die sie kriegen können. Außerdem habe ich noch einen Verbündeten unter Antilas Männern. Vielleicht kann er uns helfen. Auch er hat ein paar Truppen unter sich.«

»Das wird nicht ausreichen.«

»Denkst du etwa dasselbe, was ich denke?«

Derick nickte grimmig. »Ja. Wir müssen dem König der Hunnen eine Nachricht zukommen lassen.«

Januarius Antilas ritt an der Spitze seines neuen Heeres. Seine Kleider waren durchnässt. Seine ganze Armee war von dem plötzlichen Regen überrascht worden. Es fröstelte ihn, doch die Wolkendecke war bereits aufgerissen und die Sonne ließ sich dazu herab, sie zu trocknen. *Das darf kein schlechtes Omen sein! Ich habe die alten Statuen nach Rom zurückgebracht. Sie befinden sich jetzt sicher in meiner Villa. Ich werde einen eigenen Tempel für sie errichten. Jetzt muss das Glück einfach auf meiner Seite sein! Das sind mir Virtus und Honos schuldig!*

Er hatte die Siedlung der Goten in Rom überfallen und hunderte von ihnen in die Flucht geschlagen. Seine Kontakte versicherten ihm, dass der Gotenkönig Theoderich bereits mit einer kleinen Streitmacht auf dem Weg nach Rom war. Die Marschroute des Königs verlief direkt an einem Fluss entlang. Antilas würde ihn am Ufer zerschmettern und seine Männer in die Fluten werfen. Dieser Sieg würde seine Herrschaft legitimieren.

Und dann ist die Herrschaft über Rom endlich mein!

Doch vorher musste er noch einige Besorgungen treffen. Manius ritt nun an seine Seite. Er war damals recht spät von seinem Auftrag im Norden zurückgekehrt. Aber diese Verspätung war nichts gegenüber der schlechten Nachricht, die er mit sich gebracht hatte, nämlich dass ihm der Tross der Hunnen entkommen war.

Antilas wusste, dass Manius ein weiches Herz hatte. Sicherlich hatte er die Frauen und Kinder absichtlich entkommen lassen. *Ich kann mir keine Schwäche innerhalb meiner Heerführung leisten!*

Er würde Manius zur Strafe in einen Kerker werfen lassen. *Wer weiß? Vielleicht lass ich ihn auch in einer Arena gegen einen Löwen antreten. Diese Spiele sind immer viel interessanter, wenn man die Teilnehmer persönlich kennt.* Er empfand klammheimliche Freude bei der Vorstellung, wie Manius von einem wilden Tier zerfetzt würde. Doch im Moment brauchte er ihn noch. Deshalb hatte er ihm noch einmal erlaubt, als Hauptmann unter seinem Kommando zu dienen.

»Wie sieht der Plan aus?«, fragte er an Januarius Antilas Seite.

»Wir kehren rasch in mein Anwesen zurück und holen noch etwas von dem Gotengold. Wir brauchen noch etwas, um die Söldner zu bezahlen, die wir im Norden einsammeln werden.«

Doch sie hatten Rom noch nicht betreten, da kam ihnen einer von Antilas Spähern entgegen geritten. Er war völlig außer Atem und als er sie erreicht hatte, fand er nicht einmal die Zeit für einen förmlichen Gruß. »Das Anwesen wurde niedergebrannt!«, platzte es aus ihm heraus. »Das Gold ist weg! Hilarius ist tot!«

»Balaban!« Sofort riss Antilas an dem Zaumzeug und sein Pferd bäumte sich auf. »Der Krieg hat begonnen! Wir wurden angegriffen! Schnelligkeit ist jetzt das oberste Gebot!«

»Was ist mit all den Menschen in der Villa?«, keuchte Manius kreidebleich. »Was ist mit Aliqua und Metellus? Wir müssen nach ihnen sehen.«

»Nein! Das könnte eine Falle sein! Ich werde die Hunnenbrut auslöschen. Aber Theoderich ist jetzt unterwegs nach Rom. Wir müssen ihn niederwerfen, ehe Balaban oder ein anderer ihm zu Hilfe eilen kann! Wendet die Pferde! Wir reiten dem Gotenkönig entgegen! Auf in die Schlacht!«

Balaban hatte das Lager der Hunnen erreicht. Es lag in einem dicht bewaldeten Tal, gut geschützt vor den Augen möglicher Feinde. Die Gefangenen aus Antilas Villa hatte er mit sich gebracht. Darunter waren fast fünfzig kampffähige Männer.

Zerco kam ihm sofort entgegen geritten. »Seid gegrüßt Eure Hoheit!« Er machte außerdem eine leichte Verbeugung in Richtung Tyra, als er sie an Balabans Seite erkannte.

»Ich habe dir schon einmal gesagt, dass du jetzt ihr König bist, Zerco«, erklärte Balaban matt.

»Und Ihr werdet es noch einige Male öfter sagen müssen«, lachte der junge Hunne. »Nun kommt Hoheit. Ich habe Euer Herrscherzelt herrichten lassen. Wir sollten uns beratschlagen.«

Er brachte Tyra mit zu der Beratung.

»Ich habe etwa fünfzig kampffähige Krieger aus den Verliesen mitgebracht«, begann Balaban.

»Achtunddreißig«, korrigierte ihn Zerco. »Eine Gruppe von ihnen ist wohl eben aus dem Lager geflohen. Soll ich sie verfolgen lassen?«

Balaban schüttelte den Kopf. »Nein. Sie sollen gehen, wohin es ihnen beliebt.«

»Sie haben ihr Wort Euch gegenüber gebrochen.«

»Was soll ich tun? Sie jagen und töten? Die Welt dort draußen wird sie töten früher oder später. Die Welt ist grausam.« Er blickte auf seinen leeren Tisch nieder. Er vermisste Rigula und die Gesellschaft seiner Hunde. Vor allem aber vermisste er all die Hoffnungen und die Träume, die er früher einmal sein Eigen genannt hatte. Nun war er aller Hoffnung beraubt und fühlte sich leer und ausgehöhlt.

»Also gut König. Dann wäre da noch die alles entscheidende Frage. Wie geht es jetzt weiter?«

Es folgte ein langes Schweigen. Tyra umkreiste nachdenklich den Tisch und nahm eine Landkarte aus einer Truhe. Zerco tippte unruhig mit seinen Fingern auf die Tischplatte.

Balaban starrte vollkommen ausdruckslos ins Leere. »Dieses Leben ist ein Glücksspiel. Vielleicht sollte man manchmal einfach innehalten und sich mit dem zufriedengeben, was man hat. Wenn man immer weiterspielt, läuft man Gefahr, alles zu verlieren.« Er atmete tief durch. »Wir haben schon viel zu viel verloren. Ich bin das Kämpfen leid. Wir führen seit so vielen Jahren Kriege und wohin hat es uns geführt? Nur zu noch mehr Gewalt und Zerstörung.«

»Ihr wollt Antilas davonkommen lassen?«, gab Zerco ungläubig von sich.

»Wir hätten uns niemals mit ihm einlassen sollen. Wenn man sich mit bösen Menschen einlässt, welche Resultate kann man da schon erwarten? All die Kämpfe haben unser Leid nur vergrößert. Vielleicht hätten wir auf friedliche Weise ein Land zum Leben gefunden, wenn wir alles anders gemacht hätten.«

»Menschen wie er sind der Grund, dass es keinen Frieden gibt!«, hielt Zerco zornig dagegen.

»Was meinst du dazu?«, fragte Balaban geistesabwesend und wandte sich an Tyra.

»Januarius Antilas ist ein entsetzlicher Mensch«, begann sie und bewegte sich dabei weiter im Kreis. »Ich habe von den anderen Gefangenen gehört, was er ihnen angetan hat. Und sie gehörten noch zu den Glücklichen, die er nicht in seinen Arenen hingerichtet hat. Sobald er die Macht ergreift, werden unzählige Unschuldige seinetwegen leiden. Wenn es irgendeine Möglichkeit gibt, diesen Wahnsinnigen aufzuhalten, dann sollten wir sie ergreifen. Allerdings…«, fügte sie bedächtig hinzu, »sollten wir nicht aus Rachedurst handeln. Er ist sehr mächtig. Wenn wir nicht stark genug sind, um ihm die Stirn zu bieten, müssen wir die Sache auf sich ruhen lassen. Wir sollten nur dann etwas unternehmen, wenn wir tatsächlich Aussicht haben, einen Sieg zu erringen.«

Balaban lächelte. »Gut gesprochen.« Dann wandte er sich an Zerco. »Wir haben keine Aussicht auf einen Sieg. Wir werden Januarius Antilas nicht angreifen. Wir werden vor ihm fliehen und zwar so weit wir nur können.«

Enttäuscht blickte Zerco zu Boden. Er wollte gerade etwas entgegnen, als das Zelttor aufgerissen wurde und ein Bote hereinmarschierte.

»Mein König! Wir haben soeben eine Brieftaube vom Himmel geschossen.«

»An wen war der Brief adressiert?«

Der Bote machte ein verlegenes Gesicht. »Das ist ein bisschen peinlich. Der Brief ist an Euch adressiert. Das heißt, wir hätten den Vogel gar nicht abschießen müssen.«

»Wie hätte denn eine Brieftaube unser Lager finden können?«, rief Balaban verwirrt.

»Es ist offenbar dieselbe Taube, die wir diesem Kutscher in Germanien abgenommen haben. Sie ist monatelang mit uns gereist und hat deshalb den Weg zu uns gefunden.«

Er reichte ihm eine Schriftrolle und Balaban las sie zweimal durch. Dann seufzte er tief und reichte sie an Tyra und Zerco weiter. »Die Schrift ist sehr unleserlich.«

Tyra hob die Brauen. »Die Schrift ist wirklich sehr unleserlich.«

Die beiden lasen gemeinsam mit verengten Augen und setzten dann denselben verblüfften Gesichtsausdruck auf, als sie fertig waren.

»Derick und Balki planen einen Angriff auf Antilas!«, japste Zerco. »Sie wollen ihm in den Rücken fallen, wenn dieser den König von Italien attackiert. Das ist die Gelegenheit, auf die wir gewartet haben.«

Auch Tyra wirkte motiviert. Doch Balaban machte beiden auf der Stelle einen Strich durch die Rechnung. »Ich will niemals wieder mit einem von beiden etwas zu tun haben. Sie sind genauso schuldig am Leid meines Volkes wie Antilas.«

Zerco wippte unwohl von einem Fuß auf den anderen. »Ich muss wohl ein wenig genauer berichten, wie ich das Massaker an den Hunnen überlebt habe. Eine Lanze hatte mich in die linke Schulter getroffen und ich habe das Bewusstsein verloren. Als ich wieder aufgewacht bin, hat Derick mich gefunden. Er ist auf der Suche nach Tyra durch das Lager geschlichen.«

Tyra machte große Augen.

Balaban seufzte und schaute zu Boden. »Also hat er mit den Langobarden zusammen gekämpft«, stellte er trotzig fest.

»Nein. Als sie in das Lager kamen, sah er sie zum ersten Mal. Dann hat er ihnen vom Gotenhort berichtet und sie so auf seine Seite gezogen. Er hatte keinerlei Anteil an dem großen Leid unseres Volkes.«

»Aber seine Männer hatten Anteil daran!«, fluchte Balaban. »Die Schar aus Räubern und Mördern, die er sein Gefolge nennt!«

»Eure Hoheit«, entgegnete Zerco hartnäckig. »Ich habe die Grausamkeit der Schlacht aus nächster Nähe erlebt und dennoch muss ich diese Krieger von ihrer Schuld freisprechen. Sie hatten keinerlei Groll gegen die Hunnen gehegt. Wir haben sie angegriffen, ohne Vorwarnung und ohne Gnade. Sie waren kein Räuberhaufen sondern ein Volksstamm auf der Suche nach Land genau wie wir. Januarius Antilas hat uns alle verraten. Ihn allein trifft die Schuld an diesem Massaker. Und er wird noch fürchterlichere Untaten verüben, wenn wir ihn nicht aufhalten.« Balaban wandte den Blick ab, doch Zerco drang weiter auf ihn ein. »Das ist unsere Gelegenheit, diesem Dämon in Menschengestalt endlich den Gar aus zu machen! Alle Völker Italiens müssen sich gegen ihn vereinen! Goten, Römer, Langobarden und Hunnen! Dann wird Antilas untergehen.«

»Wir werden nichts dergleichen tun.«

»Aber er hat uns betrogen. Er will unsere Männer, Frauen und Kinder niedermetzeln lassen.«

Balaban schlug mit der Faust auf den Tisch. »Wir werden nichts dergleichen tun! Wir haben das Gold! Allein darum ging es bei diesem Auftrag. Mit diesem Gold werden wir uns eine neue Existenz aufbauen, weit weg von diesem schrecklichen Ort voller Lügen und Leid.«

»Ich werde ihn nicht davonkommen lassen!«, widersprach Zerco mit hitzigem Gemüt.

»Denkst du, ich weiß nicht, wie schwer das ist? Denkst du, ich weiß nicht, was ich von euch verlange? Ihr alle habt mir einst die Verantwortung für unser Volk übertragen und ich habe versagt. Über Tausend sind nun tot. Ermordet, weil ich zu blind war, um die Zusammenhänge zu erkennen. Ich werde keinen einzigen von euch mehr in die Schlacht führen. Kein Hunne wird mehr wegen meiner Unfähigkeit sterben. Also lass ab von deinen Rachegelüsten.«

»Es geht nicht um Rache! Wenn er mit seiner Armee die Macht über das Römische Reich an sich reißt, wird ihm jeder Mensch in Italien schutzlos ausgeliefert sein! Vielleicht sogar jeder Mensch in Europa! Wie viele Hunderttausende würden dann leiden?«

»Sieh dich doch nur mal um!«, rief Balaban erzürnt. »Es gibt kein Rom mehr. Es ist untergegangen, lange bevor Odoaker den letzten Kaiser entthront hat.«

»Es kann sich wieder erheben, so wie wir uns wieder erhoben haben nach dem Untergang des Hunnenreiches.«

»Das ist nicht länger unsere Sorge. Soll er sein Spiel zu Ende spielen und probieren, ob er es besser machen kann als die Goten. Wir verlassen diese Landen und reiten nach Osten, der Sonne entgegen.«

»Und was ist mit den beiden Wanderern, die wir verfolgt haben?«, entgegnete Zerco. »Du hast geschworen, niemals zuzulassen, dass Antilas sie ermordet.«

»Schwüre sind auch nichts anderes als eine Aneinanderreihung von Worten.« Balaban kehrte Tyra und ihm den Rücken zu und marschierte zur Tür hinaus.

»Das glaub ich dir nicht«, rief Zerco ihm nach. »DAS GLAUB ICH DIR NICHT!!!«

Tief in der Nacht machte sich eine Gestalt an den Gehegen zu schaffen. Es war Balaban. Er hatte eine seidene Kapuze über sein Gesicht gezogen, seine Waffen geschultert und sein treues Ross gesattelt, das glücklicherweise aus dem Scharmützel am Gotenhort entkommen war.

»Du wirst mich begleiten nicht wahr?«, flüsterte er und kraulte das Pferd hinter den Ohren. »Wir beide haben schon so manchen Kampf ausgefochten.«

»Es hätte mich auch sehr gewundert«, erklang eine amüsierte Stimme.

Hunnenkönig Balaban wirbelte herum. Es war Zerco, der unauffällig zu ihm getreten war. Er war in voller Kampfmontur und offenbar reisefertig.

»Was machst du denn hier? Geh zurück ins Lager! Ich befehle es dir!«

»Gilt der Befehl auch für mich Hoheit?« Ein zweiter Hunne schälte sich aus der Dunkelheit.

»Wohin reitet Ihr aus?«, fragte ein Dritter.

Balaban fluchte innerlich. »Ich habe einen wichtigen Botengang zu erledigen«, log er. »Ich habe meine Gardisten beauftragt, die Schar weiter nach Osten zu leiten. Dort werde ich zu euch stoßen. Jetzt geht!«

»Wir bleiben«, entgegnete Zerco.

»Ihr widersetzt euch meinem Befehl?«

»Das erste und einzige Mal«, sagte Zerco.

»Das erste und einzige Mal«, wiederholten die anderen Hunnen.

»Ihr seid sture Dummköpfe.«

Zerco lachte. »Ich glaube, im Augenblick bist du der einzige, der ein sturer Dummkopf ist. Dachtest du etwa, wir würden die Geschichte glauben, dass ein Mann, der im Alleingang Antilas Villa gestürmt hat, sich vor der letzten Konfrontation drücken würde? Du bist ein ehrenhafter Mann.«

Balabans Stimme wurde verzweifelt. »Es hat nichts mit Stolz oder Ehre zu tun. Ich werde verhindern, dass Antilas jemals wieder einem von euch etwas Böses antun kann. Doch ich werde allein gehen.«

»Er wird von einer Mauer aus hunderten von Söldnern geschützt sein. Nicht einmal du kannst sie zweimal überwinden. Sobald du ihn getötet hättest, würde das blanke Chaos ausbrechen.«

»Ich habe nicht vor, sie zweimal zu überwinden. Dies wird mein letzter Ritt sein.«

»Unser letzter Ritt«, widersprach Zerco.

Ein schwaches Lächeln legte sich auf Balabans von Sorgen gezeichnetes Gesicht. Eine Gefühlsregung, die man bei ihm nur sehr selten zu sehen bekam. »Unser letzter Ritt«, wiederholte er. »Ich werde niemandem befehlen, mit mir zu kommen. Ein einzelner Mann sollte nicht die Macht über Tausende haben. Die Wahrscheinlichkeit, dass er scheitert, ist einfach zu hoch. Die Macht sollte auf viele Menschen verteilt sein, damit sie sich gegenseitig vor Fehltritten bewahren können. Deswegen werden wir ab sofort alle gemeinsam über die Zukunft unseres Volkes entscheiden. Ich will nicht, dass ihr mich begleitet, aber wenn ihr es entgegen meiner Wünsche doch tun wollt, so werde ich euch nicht daran hindern.«

»Auch ich werde mit Euch reiten.« Es war Tyra, die gesprochen hatte.

»Und ich!«, rief eine Stimme aus dem Dunkeln.

»Und ich!«

»Ihr Narren habt das halbe Lager mitgebracht«, seufzte Balaban geschlagen.

»Wir haben nichts dergleichen getan. Sie alle sind aus freien Stücken gekommen.«

Seine Leibgarde trat vor. »Eure Hoheit. Wir Gardisten haben geschworen, Euch mit unserem Leben zu verteidigen. Zwingt uns nicht dazu, unseren Eid zu brechen.«

»Ihr wollt es einfach nicht verstehen. Ich will euch in Sicherheit wissen.«

»Unsere Frauen und Kinder werden sicher sein, hunderte Meilen vom Schlachtfeld entfernt«, erklärte Zerco. »Und es sind noch genügend Männer da, um sie auf ihrer Reise nach Osten zu verteidigen. Wir aber sind Krieger. Wir sind mit Euch durch Siege geritten und wir werden Euch auch in die Niederlage folgen. So soll man uns im Gedächtnis behalten. Der letzte Ritt der Hunnen.«

Balaban stand reglos da und seine schmalen blauen Augen huschten, ohne dass er den Kopf bewegte, von einem Hunnen zum anderen. Es hatten sich über hundert Kämpfer hier im Dunkeln zusammen gefunden. Er blinzelte und für einen Moment wirkte es fast so, als glänzte das Sternenlicht in einer einzelnen Träne, die sich an seinem Augenlid gebildet hatte.

»So soll man uns im Gedächtnis behalten«, wiederholte er schließlich und nun schwoll der Stolz in seiner Stimme. »Die Goten, die Hunnen und die Römer. Drei sterbende Völker, die bald ins Reich der Legende eingegangen sein werden. Bei Sonnenaufgang werden sie sich ein letztes Mal erheben. Bei Sonnenaufgang werden sie ein letztes Mal dafür sorgen, dass sie niemals in Vergessenheit geraten werden.«

Die große Schlacht

Sie hatten den Fluss erreicht, an dem ihnen der Gotenkönig entgegenkommen würde. Das schwache Sonnenlicht glitzerte auf der gekräuselten Wasseroberfläche.

Manius ritt auf seinem Pferd an Antilas Seite. »Wir werden heute sicherlich eine Menge Gefangene machen.«

Der künftige Herrscher Roms starrte mit seinen hellen grauen Augen auf die Wellen und Windungen des Flusses. »Nein, werden wir nicht.«

Manius machte ein bestürztes Gesicht. »Aber mein Herr! Ihre Landsleute werden einen guten Preis bezahlen, um sie wieder freizukaufen. Wir würden uns ein gutes Geschäft entgehen lassen.«

Antilas lachte überheblich. »Haben wir etwa Mangel an Gold?«

»Selbst wenn wir alle Recken des Theoderich vernichten, was machen wir mit all den gotischen Familien, die auf römischen Gebiet angesiedelt sind?«

»Das liegt doch auf der Hand! Unterworfene Völker müssen versklavt werden«, erwiderte Antilas ungeduldig.

Sein Diener riss den Mund auf. »Ihr wollt Zehntausende zu entrechteten Sklaven machen?«

»Entweder das oder der Tod! Ich werde nicht über Sklaverei diskutieren. Alle Völker der Erde halten Sklaven. Meine Vorfahren hielten Sklaven, deshalb müssen auch wir sie halten. Das gehört sich eben so. Nur über das Vergangene können wir zu alter Größe zurückfinden. Dass wir die Sklaverei in Rom fast aufgegeben haben, haben wir den verweichlichten Pfaffen zu verdanken. Ich werde dafür sorgen, dass das Christentum wieder aus dem römischen Alltag verschwindet, zurück in die Katakomben, aus denen es gekrochen kam.«

Manius wirkte niedergeschmettert und schloss die Augen.

Sein gutherziges Gemüt ging Antilas allmählich auf die Nerven. *Wie oft muss ich ihm eigentlich noch erklären, wie die Welt sich dreht?*, fragte er sich ungeduldig.

»Jedes Weltreich wurde mit Sklavenarbeit errichtet«, begann er. »Jeder unserer Kriege wird weitere abertausende von Gefangenen nach Rom bringen und zwar aus allen Teilen der Welt. Wofür sollen sie denn nützlich sein außer für Sklavenarbeit? Immerhin kann ich sie ja nicht alle in meinen Arenen an Löwen verfüttern.« Er lachte über seinen eigenen Scherz.

Der Feldherr, der im Norden das hunnische Heer vernichtet hatte, kam zu ihnen geritten, um an ihrer Beratung teilzunehmen.

»Kaeso! Gut, dass du da bist.«

Der Feldherr Kaeso salutierte unterwürfig vor Antilas, der zufrieden von seinem Pferd stieg. Manius hingegen schenkte er nur ein bösartiges Grinsen.

Antilas ging am Ufer in die Knie und fuhr mit der Hand durch den Sand. »Wir locken sie an diesen Fluss und kesseln sie am Flussufer ein. Der König der Westgoten wurde damals in einem Fluss begraben. Es wäre nur passend, wenn wir dem König der Ostgoten dasselbe Schicksal zukommen lassen.« Dann ließ er den Sand durch seine Finger rieseln und der Wind wehte ihn in das unentwegt strömende Wasser.

Am selben Fluss, nur viele Meilen weiter südlich kniete Balki gerade am Wasser. Hinter ihm waren Derick, Giselher und die wichtigsten Anführer der Langobarden versammelt.

»Wir müssen uns unbedingt so platzieren, dass wir die Sonne im Rücken haben und nicht im Gesicht«, erklärte Derick ihnen geduldig.

»Wir müssen auf jeden Fall warten, bis wir eine Antwort von Balaban erhalten haben«, gab Giselher zu bedenken. »Mit unseren knapp dreihundert Mann können wir Januarius Antilas nicht herausfordern.«

»Darf ich den Brief nochmal sehen?«, sagte Balki und nahm die Abschrift des Briefes entgegen. »Ihr Langobarden habt wirklich eine furchtbar unleserliche Schrift. Hoffentlich wird niemals eine Buchschrift daraus.«

»Ich finde unsere Schrift sehr schön!«, gab Giselher zornig zurück.

»Balaban wird nicht kommen«, verkündete Derick niedergeschlagen.

»Er wird kommen«, versicherte ihm Balki und wandte sich wieder dem Flussufer zu. »Ich hoffe nur, er kommt nicht alleine.«

»Wir sollten weiter nach Norden gehen, sonst entwischt uns Antilas noch«, rief ein bärtiger Langobarde, der ungefähr so viel Grips besaß wie Hundolf.

»Nein«, entgegnete Balki laut. »Wenn Antilas uns entdeckt, sind wir verloren. Wir dürfen erst losschlagen, wenn er sich bereits in einen Kampf mit Theoderich verwickelt hat.«

Giselher und Leuba entfernten sich, um sich in Ruhe unterhalten zu können. Die anderen Langobarden kehrten in die vorderen Reihen zurück.

»Und was, wenn er sein Heer aufteilt?«, fragte Derick voller Unbehagen.

Balki seufzte schwer. »Es würde an Größenwahn grenzen, den König Italiens nur mit seinem halben Heer anzugreifen. Aber das wäre natürlich möglich. Antilas hält sich in seinem Kopf bereits für den Kaiser des Römischen Reiches. Hoffen wir, dass seine Späher uns nicht entdecken.«

»Und wenn sie uns doch entdecken?«

Der Schwabe warf einen Stein über die Wasseroberfläche. Er hüpfte mehrere Male über das Wasser. »Dann machen wir es wie dieser Stein und fliehen durch den Fluss.«

»Und gehen unter«, erwiderte Derick bitter und beobachtete, wie der Stein in der Tiefe versank.

»Ich schwimme immer oben«, lachte Balki.

Derick seufzte. Er entfernte sich ein paar Schritte, dann kam er mit einem rasselnden Ringpanzer in der Hand zurück. »Hör mal Balki. Du solltest dieses Kettenhemd tragen. Wir haben nicht viele davon, aber du brauchst am ehesten eins.«

Balki nahm es mit fragendem Gesichtsausdruck entgegen. Als Derick es losließ, riss es ihn förmlich nach unten. Es hatte so leicht gewirkt, als Derick es mühelos in einer Hand gehalten hatte, doch nun merkte Balki, wie schwer es war.

»Da gehe ich ja wirklich unter wie ein Stein«, beschwerte er sich.

Derick verdrehte genervt die Augen. »Balki, das ist keine kleine Kneipenschlägerei. Das ist eine Schlacht! Wenn du zwischen die Fronten gerätst, werden hunderte Schwerter versuchen, dich zu durchbohren. Die Wahrscheinlichkeit, dass eines davon Erfolg hat, ist wesentlich höher als die Wahrscheinlichkeit, dass du heute noch die Zeit haben wirst, schwimmen zu gehen. Jetzt zieh es schon an!« Mürrisch zog sich Balki das Kettenhemd über. Es drückte ihm so schwer auf den Brustkorb, dass er kaum atmen konnte.

»Das ist mir viel zu schwer! Ich kann das nicht tragen!«, entgegnete er stur. »Wie soll ich mich da noch bewegen können?«

Derick wurde zornig. »Tu es! Mach nur einmal das, was ich dir sage! In Fragen des Kampfes kenne ich mich wesentlich besser aus als du.«

Balki seufzte und gab seinen Widerstand auf. »Danke…«

Derick nickte knapp und wollte gehen.

»Derick. Warte.« Balki atmete tief ein und aus und wirkte plötzlich ungewöhnlich alt. »Ich habe mich nie bei dir entschuldigt. Es tut mir leid, dass ich dir verschwiegen habe, dass ich von Anfang an nach dem Gotenhort gesucht habe. Aber ich habe den Schatz nur gesucht, weil auch Antilas ihn gesucht hat. Ich wollte den Schatz nie für mich selbst, ich wollte nur verhindern, dass er ihn bekommt.« Er seufzte. »Und es tut mir leid, dass ich in der Villa all diese schrecklichen Sachen gesagt habe.«

Derick nickte dankbar. »Du hast es getan, um mich zu retten. Auch wenn du deine Rolle sehr überzeugend gespielt hast. Das war schon sehr erschreckend.«

»Du hast gesagt, du weißt nicht, ob du mir überhaupt noch glauben kannst.«

»Ja, das weiß man bei dir nie so genau.« Derick lächelte. »Aber es war eine tolle Reise von den Externsteinen bis hierher.«

Auch Balki lächelte jetzt erleichtert. »Das stimmt. Ohne dich hätte es nur halb so viel Spaß gemacht.«

Derick streckte ihm die Hand zum Handschlag entgegen.

»Ich kann leider den Arm nicht heben, das Kettenhemd ist zu schwer«, sagte Balki scherzend.

Derick zog genervt die Hand zurück und nickte in Richtung der anderen Krieger. »Los komm schon!«

Antilas war in Hochstimmung. Einer seiner Späher war soeben aus dem Norden zurückgekehrt. »Es ist so weit. Theoderich naht. Ich werde ihn vernichten.« Er ließ an all seine Söldner den Befehl weiterleiten, nach Osten zu verschwinden. Der Gotenkönig durfte sie nicht sehen, wenn er am Fluss entlang ritt. Sie würden aus dem Nichts über ihn herfallen und ihn einfach gegen den Fluss treiben. »Der Fluss ist der Amboss und wir sind der Hammer. Nun auf! Reitet nach Osten und schickt noch mehr Späher in alle Himmelsrichtungen!«

Sie waren noch nicht weit geritten, da kehrte bereits ein Späher mit geweiteten Augen zurück. »Wir haben eine kleine Streitmacht im Süden entdeckt. Höchstens dreihundert Mann.«

»Beritten?«, fragte Antilas sofort.

»Nein, mein Herr. Größtenteils Fußvolk.«

Er atmete auf. *Dann ist es nicht Balaban.* »Balki«, sagte er grinsend und die Vorfreude auf seine künftigen Untaten beflügelte ihn. »Balki und Derick. Offenbar wollten sie nicht verpassen, wie ich zum mächtigsten Mann der Erde aufsteige. Sie sollen einen Platz in der ersten Reihe erhalten.« Er wandte sich an den Feldherrn namens Kaeso. »Du hast Erfahrung damit, hilflose Menschen restlos niederzumachen. Nimm ein Drittel der Männer und reite nach Süden! Vernichtet jeden einzelnen von ihnen und kehrt dann zu mir zurück, um dem Gotenkönig die Flucht abzuschneiden.«

»Ja mein Herr.«

Antilas lachte bösartig. »Alles verläuft genau nach Plan.«

Kaeso trat seinem Pferd in die Seite und ließ es voraus galoppieren. Manius blickte ihm lange nach und starrte dann voller Entsetzen und Panik auf seinen Herrn, der nun stolz das Haupt gegen die Sonne reckte, als wäre er bereits der Kaiser. *Was habe ich nur getan? Wie soll ich nur jemals mit meinem Gewissen vereinbaren, dass ich mich auf ihn eingelassen habe?*

Noch immer verfolgten ihn die Bilder. Antilas Söldner hatten kurz vor ihrem Aufbruch mehrere Viertel in Rom verwüstet, in denen eingewanderte Völkerscharen, hauptsächlich Goten, lebten.

Tränen traten in seine Augen. Seine Finger legten sich zitternd auf seinen Schwertgriff. *Ich könnte es noch verhindern. Ich könnte seine Herrschaft beenden, bevor sie beginnt.* Doch irgendetwas hielt ihn ab. Vielleicht war er bereits zu tief in der Dunkelheit versunken. Es war sein Ziel gewesen, das Römische Reich vor dem Untergang zu retten. Doch nun wurde ihm klar, dass er es selbst geradewegs in den Untergang geführt hatte. *Es gibt kein Zurück mehr. Nicht für mich.*

»Wir werden angegriffen!«, schrie Giselher voller Entsetzen und riss sich das Langschwert aus dem Gürtel. Die anderen Krieger brüllten und schlugen ihre Waffen aneinander. Sie rannten ohne jede Taktik Antilas Reiterei entgegen.

»Formiert Euch, Idioten!«, rief Balki verzweifelt.

»Formiert Euch«, schrie Derick laut. »Bringt die Speere nach vorne! Wir müssen sie von ihren Pferden werfen!«

Die Speerträger, die ihn gehört hatten, rannten nach vorne. Mannshohe Lanzen wurden schräg in den Boden gerammt. Sie hatten den Fluss in ihrem Rücken.

Derick trat mit erhobenem Schwert an Balkis Seite. »Es ist nur ein Teil seiner Streitmacht. Wir können es schaffen!«

Doch der Schwabe war kreidebleich geworden. »Jetzt geht es uns genau wie damals Balabans Hunnen! Wir sitzen in der Falle.«

Derick schloss für einen Moment die Augen. Die Kampfgeräusche drangen bereits an ihre Ohren. »Tyra«, sagte er matt. »Ich habe sie nie mehr wiedergesehen.«

Balki legte ihm die Hand auf die Schulter. »Ich habe in meinem Leben bisher immer nur nach mir selbst geschaut. Heute ist es das erste Mal, dass ich für eine größere Sache kämpfe. Wir retten Italien vor einem entsetzlichen Tyrannen. Wir retten unzähligen Zivilisten, die auf seinen Todeslisten stehen, das Leben. Wir retten ganze Landstriche vor seinem Zorn. Ich denke, dafür kann man auch sterben.«

Derick verzog einen Moment das Gesicht. Dann seufzte er. »Was solls? Ich glaube dir, dass du mich damals in Antilas Villa nicht verraten hast. Falls wir heute sterben, solltest du wissen, … dass du mein bester Freund bist.«

»Du hast auch sonst keine Freunde.«

»Du doch auch nicht!«, gab Derick zornig zurück. »Du blöder alter Sack!«

Balki warf den Kopf in den Nacken und lachte.

Dann lächelte auch Derick. »Auf in den Kampf!«, rief er und stürmte Balki voran.

Der Schwabe folgte mit einigem Abstand. »Auf in den Kampf!« Seine Klinge hielt er tapfer nach vorne gestreckt. »Dafür kann man sterben.«

Dann dröhnte ihm das Geschrei und Schwertgewitter der Schlacht entgegen.

»Allerdings …« Balki hielt jäh inne, während sich Derick in das Kampfgetümmel stützte, »… habe ich es hier doch eigentlich ganz bequem.« Und er ließ sich auf einen Felsen sinken und stopfte seine Pfeife.

»Hier sitzen, zuschauen und ein letztes Mal meine Pfeife rauchen. Ich denke, das ist auch eine Art zu sterben.«

Er hüpfte ein Stückchen weiter zu einem Felsen im Wasser, von dem aus er eine gute Sicht auf den Kampf hatte, warf das unbequeme Kettenhemd ab und entzündete seine Pfeife mit seinen Feuersteinen. Rauchkränze schwebten um seinen Kopf. Der Vormarsch von Antilas Streitkräften war zum Erliegen gekommen. Die Nordmänner hielten sich wacker und schlugen mit lautem Gebrüll und Geschrei jeden Angriff zurück. Die hinteren Reihen begannen nun auf beiden Seiten damit, Pfeile über ihre Feinde regnen zu lassen. Schilde wurden in die Höhe gerissen. Ein Pfeil schlug sogar direkt neben Balki auf den Stein. Er machte reflexartig einen Sprung zur Seite und seine Pfeife fiel ins Wasser.

Zornig fischte er sie aus dem Treibsand und kratzte das nasse Kraut heraus. »Offensichtlich ist heute kein Tag zum Pfeiferauchen.« Und er nahm all seinen Mut zusammen und zog sein Schwert aus dem Sand. »Dies ist das Zeitalter, in dem Helden geschmiedet werden«, flüsterte er zu sich selbst. »Das Material scheint dabei keine allzu große Rolle zu spielen.« Er atmete tief durch und stieß einen Angriffsschrei aus. Dann rannte er geradewegs hinein in das Kampfgetümmel. Um ihn herum wuchteten Krieger ihre gepanzerten Leiber gegeneinander. Schwerter wurden zusammen geschlagen. Pfeile surrten. Bogensehnen sangen. Hundolf schwang seine Runenklinge mit brachialer Gewalt und Schärfe. Doch ein Römer hatte ihn mit seinem Pferd erreicht und rammte ihm einen Speer durch den Brustpanzer. Der Seemann schrie und krächzte und dann hauchte er auf dem blutdurchtränkten Boden sein unglückseliges Leben aus.

Der Schock fuhr Balki durch sämtliche Glieder und er rannte in die andere Richtung. Während er lief, sanken links und rechts von ihm Menschen tödlich verwundet zu Boden. Qualvolle Schreie und ersticktes Wimmern umfingen ihn.

Da sah er Derick und Gieselher kämpfen. Der Junge war wie immer kaum zu halten! Er riss einen Römer nach dem anderen von den Füßen und auch Giselher war ein gewaltiger Recke. Balki wünschte, er wäre hinten beim Fluss geblieben. Da stürmte auch schon ein römischer Söldner auf ihn zu. Er schwang sein Schwert mit gnadenloser Präzision. Balki überlegte nicht lange, kehrte ihm den Rücken zu und rannte panisch davon. Doch von der anderen Seite war ihm nun der Weg durch weitere Kampfhandlungen versperrt. In keine Richtung konnte er fliehen. Er wirbelte herum und sah den Römer auf sich zu eilen.

»Das ist Euer Ende!«, rief der Soldat. »Für Euch gibt es keinen Platz mehr in unserem Reich!«

Da traf ihn ein gefiederter Pfeil in den Hals und er stürzte zu Boden. Am ganzen Leibe zitternd blickte Balki sich um und versuchte seinen Retter auszumachen. Und dann hörte er es. Wie auf ein unsichtbares Signal hin breitete sich ein donnerndes Geräusch über der Ebene aus. Der Klang von zahllosen Hufen polterte von Osten her über die Flusslandschaft. Panische Schreie hallten durch die Formationen der Römer. Vögel flatterten aufgeschreckt davon. Und Balki wusste sofort, woher das Geräusch kommen musste. In diesem Moment fand sein Blick den von Derick und zum ersten Mal seit Tagen lachte der Junge aus voller Seele und schrie über seine Männer hinweg: »Die Hunnen kommen! Die Hunnen kommen uns zur Hilfe!«

Und dann fielen die kampferprobten Rösser der Hunnen in die Flanke der Römer ein, ritten sie nieder, trieben sie auseinander und verstreuten sie über die Uferlandschaft. Im Kampf auf dem Pferderücken waren die Römer den Hunnen einfach nicht gewachsen. Die Pferdeherren warfen Speere, schossen Pfeile und ließen Peitschen und Seile durch die Luft wirbeln. Viele Römer sprangen von ihren Pferden und retteten sich in das Wasser. Einige wurden auf der Flucht von Pfeilen niedergestreckt. Das Wasser färbte sich rot.

Der Feldherr Kaeso, der einst im Norden über die hilflosen Hunnen hergefallen war, sah sich nun mit seinem schlimmsten Albtraum konfrontiert. »Flieht! Flieht!«, schrie er und versuchte sein Pferd zu wenden. »Flieht zurück zu Antilas!«

Doch ein junger, leichtsinniger Hunne jagte auf seinem Ross ganz dicht an ihn heran, sprang dann aus seinem Sattel und riss Kaeso mit sich zu Boden. Der Römer rollte sich ab und kam stolpernd auf die Beine.

Doch Zerco hatte bereits seine Waffen gezückt. »Das sind Barbaren. Besser wir räumen sofort mit ihnen auf!«, schrie er.

Es waren die Worte, die Kaeso selbst im Norden benutzt hatte, als Rigula verletzt und hilflos zu seinen Füßen gelegen hatte.

»Aus jedem Hunnenkind wird einmal ein erwachsener Hunne«, äffte er ihn weiter nach.

Kaeso wich den Schwertstreichen aus und konnte sich gerade noch so auf den Beinen halten und sein Kurzschwert ziehen, um den nächsten Streich zu parieren.

»Wir haben einen Überlebenden«, schrie Zerco, die Worte des Feldherrn wiederholend. Er zog die Klinge quer über Kaesos Bauch. Dieser ging in die Knie.

Zerco entfernte sich ein paar Schritte und nahm einen herumliegenden Speer vom Boden. »Nein haben wir nicht!«, rief er, drehte sich um und schleuderte ihn Kaeso entgegen, der gerade aufstehen wollte.

Der Feldherr sank auf seine Knie und röchelte vor sich hin. Der Speerschaft ragte aus seiner Brust. »Für Antilas«, hauchte er und brach dann leblos zusammen.

Hunnenkönig Balaban hatte alles beobachtet. Er schlug zwei weitere Römer in die Flucht, dann verstummten allmählich die Kampfgeräusche und die letzten von Antilas Söldnern ergaben sich oder stürzten sich in die Flut. Er ritt an Zercos Seite und legte ihm die Hand auf die Schulter.

»Wir haben sie gerächt«, flüsterte der junge Hunne und eine Träne trat in sein Auge.

»Nein«, erwiderte Balaban gefasst. »Noch nicht.«

Er ließ sein Pferd eine Kehrtwende hinlegen und jagte durch die verwunderte Schar aus Langobarden. Sofort hatten seine scharfen Augen Balki und Derick gefunden. Kurz vor ihnen ließ er sein Pferd abbremsen und sprang geradewegs aus dem Sattel. Der Staub wirbelte unter ihm auf und hüllte ihn in eine dunstige Wolke.

»Balaban! Es ist ausnahmsweise eine große Freude, dich zu sehen!«, lachte Balki erleichtert.

Balaban achtete nicht auf ihn und wandte sich an Derick und Giselher. »Wir sind hier! König Theoderich ist ebenfalls eingetroffen. Er wird in diesem Augenblick von Antilas angegriffen. Meine Späher konnten ihn leider nicht mehr rechtzeitig erreichen und warnen.«

»Theoderich ist der König von Italien. Wenn Antilas ihn tötet, kann er selbst die Macht an sich reißen«, entgegnete Derick sofort. *Und genau das müssen wir unter allen Umständen verhindern.*

Da brach er plötzlich ab. Eine Gestalt hatte sich hinter Balaban aus der Menge gelöst. Obwohl sie in ein schützendes Lederhemd gehüllt war, erkannte er an den Bewegungen sofort, dass es eine Frau war. Sie trug eine braune Kapuze über ihre langen Haare gezogen. Wortlos löste sich Derick aus der Beratung und schritt auf sie zu. Zwei große blaugrüne Augen leuchteten ihm entgegen. Seine Hände zitterten, als er gegenüber von ihr zum Stehen kam.

»Tyra?«, fragte er mit belegter Stimme. Seine Finger wanderten nach vorne und lösten ihre Kapuze. Braunes Haar wallte daraus hervor. Ein schönes, feines Gesicht kam darunter zum Vorschein. Doch es war nicht mehr dasselbe Gesicht, in das er sich im Norden verliebt hatte. Sie wirkte älter, gefasster und sogar ein wenig kämpferischer. Doch das Lächeln, das sie ihm schenkte, hatte nichts an seiner Wärme verloren.

»Ich musste die halbe Welt durchreisen, um dich wiederzusehen«, begann sie.

»Ich auch«, entgegnete er leise. »Und ich würde es jederzeit wieder tun.«

»Eigentlich…«, korrigierte sie ihn mit einem Lächeln, »… bist du vor mir davon gelaufen.«

Schuldbewusst blickte er auf seine Füße. Doch sie lachte ihn an und es erwärmte ihm das Herz. Dann fielen sie sich um die Arme und er versenkte sein Gesicht in ihren Haaren.

Balki trat hinzu. »Ich will euch Turteltäubchen nicht unterbrechen. Aber in ein paar Minuten kann das ganze hier wieder ein Schlachtfeld sein.«

Derick löste sich aus der Umarmung. »Er hat recht. Du musst von hier verschwinden. Es ist zu gefährlich.«

»Ich will mich nicht in irgendeinem Keller verstecken, während du dein Leben aufs Spiel setzt. Ich will nicht auf die Nachricht deines Todes warten müssen.«

»Das wirst du nicht«, versprach er ihr.

»Ja«, warf Balki ein. »Falls wir verlieren, wird nämlich keiner übrig sein, um die Nachricht zu überbringen.« Er prustete los und Derick versetzte ihm einen schmerzhaften Schlag in den Magen. »Autsch!«, keuchte er und ging in die Hocke. »Das habe ich vermisst.«

»Soll ich dir eine Kutsche besorgen?«, fragte Derick schließlich und streichelte sie behutsam. »Darin bist du fürs erste sicher.«

Sie schüttelte sich vor Lachen. »Ich habe das letzte halbe Jahr auf einem Pferd gesessen und bin mit den Hunnen durch ganz Europa geritten.«

»Oh«, machte Derick.

»Die haben mir so einiges beigebracht.« Sie rülpste laut.

»Aha«, machte Derick und schaute betreten auf seine Füße.

»Ich kann jetzt einer Fliege die Flügel vom Rücken schießen und ernähre mich ausschließlich von gegrilltem Pferd.«

Derick klappte der Mund auf.

»Oh Mann Derick. Das war ein Scherz«, sagte sie. »Natürlich sollst du mir eine Kutsche besorgen.«

»Geht in Ordnung«, meinte er ein wenig verstimmt und verschwand grummelnd in der Meute.

»Ihr gebt ein nettes Paar ab«, lachte Balki und paffte ein paar Ringe in die Luft. »Hmm. Ich sollte den Rest von meinem Kraut rauchen. In ein paar Stunden bin ich vielleicht tot.«

»Oder du isst einen Apfel«, antwortete sie. »Das wäre gesünder.«

Und beide grinsten.

Sie kehrten zurück zu Balaban, der sich soeben mit Giselher, Leuba und den anderen Anführern der Langobarden beratschlagte.

»Antilas hat sein gesamtes Heer zusammengezogen. Er hat mindestens doppelt so viele Männer wie wir alle zusammen«, schloss Balaban mit ruhiger Stimme.

»Unmöglich«, keuchte Giselher geschockt. »Beim Gotenhort waren es noch deutlich weniger.«

Balaban lachte bitter. »Wenn der Goldpreis stimmt, verkauft sich jeder.«

Derick kehrte zurück und er und Balki brachten sich in den Kriegsrat mit ein. »Er will König Theoderich an diesem Fluss einkesseln und die gotische Reiterei in die Fluten treiben.«

»Ich weiß. Ich habe hier eine Karte«, sagte Balaban und reichte sie den beiden.

Balki stutzte und starrte ungläubig auf das Blatt Pergament. »Könnt Ihr das lesen?«, fragte er tief in Gedanken versunken. »Wie lautet der Name dieses Flusses?«

Finster dreinblickend beugte sich Balaban über die Karte. »Das ist der Aufidus.« Und plötzlich trafen sich sein und Balkis Blick. Dem Hunnenkönig klappte der Mund auf.

Balki hatte ein verträumtes Lächeln aufgesetzt. »Kann das ein Zufall sein?«, fragte er.

Derick fühlte sich sogleich ausgeschlossen.» Was ist? Was hat es mit diesem Fluss auf sich?«

»Derick mein Junge«, begann Balki ein wenig hektisch. »Du erinnerst dich doch noch, wie wir die Alpen überquert haben?«

»Ja«, meinte Derick und schaute ihn fragend an.

»Da habe ich dir doch die Geschichte von Hannibal erzählt, dem Albtraum Roms.«

»Der Feldherr mit den Kriegselefanten?«

»Ganz genau«, lachte Balki. »Sein größter Sieg über Rom fand genau hier statt, an diesem Fluss. Die Schlacht von Cannae. Das ist jetzt über siebenhundert Jahre her. Die Römer hatten damals fast doppelt so viele Truppen wie er. Und dennoch hat er sie bezwungen.«

Dericks Miene hellte sich auf. »Dann können auch wir ihn bezwingen?«

»Ich habe die Schlacht von Cannae ausgiebig studiert«, brachte Balaban mit ein. »Wir müssen es versuchen. Wenn wir alles haargenau so machen wie Hannibal damals, dann müssten wir theoretisch die Schlacht gewinnen. Meine Hunnen können die Kavallerie in der rechten und der linken Flanke stellen. Deine Truppen Derick spielen den Köder.«

Derick biss sich auf die Lippen. »Das ist eine schwindend geringe Hoffnung.«

»Es ist die beste Hoffnung, die wir haben«, erwiderte der Hunnenkönig.

Derick seufzte. »Bleibt uns denn eine Wahl?«

Alle schauten Balki an und dieser schüttelte den Kopf. »Nein.«

Schnell teilten sie ihr Heer in fünf große Gruppen ein, zwei Teile bewegliche Kavallerie und drei Teile widerstandsfähige Fußsoldaten. Sie setzten sich sofort in Bewegung und Balaban und Zerco breschten mit ihren Pferden voraus.

»Wenn das funktioniert, höre ich mit dem Trinken auf«, flüsterte Balki leise und hielt den Atem an. Dann zog er sein Schwert hervor und folgte der Infanterie in nördliche Richtung.

Die Goten waren inzwischen umzingelt und verbarrikadierten sich am Flussufer.

Siegestrunken und voller Schadenfreude beobachtete Januarius Antilas, wie sie eine weiße Flagge durch die Luft wedelten und einen Unterhändler vorschickten. Antilas befahl seinen Männern, den Angriff für einen Augenblick einzustellen. Diese Genugtuung wollte er sich nicht entgehen lassen. Sein roter Umhang wallte über die Erde. Er setzte sich einen Lorbeerzweig auf das Haupt und ließ sich auf dem Stuhl nieder, den seine Männer herbeigebracht hatten.

Der Gote, ein alter Recke mit langen weißen Haaren, kam auf einem kümmerlichen Gaul daher geritten, stieg ab und rauschte mit wehendem Bart auf Antilas zu.

»Wer seid Ihr, dass Ihr es wagt, den König von Italien anzugreifen?«, schrie er ihn an.

Der Römer reckte sein Haupt. »Januarius Antilas! Der rechtmäßige Kaiser Roms! Verneige dich und friss den Staub zu meinen Füßen, Barbare!«

Dem alten Goten klappte der Mund auf. »Wer seid Ihr?«, stotterte er. »Ich habe noch nie von Euch gehört.«

»Ich bin das wiedergeborene Rom!«, verkündete er mit stolzer Stimme. »Und nun gestatte ich dir die Ehre, zu meinen Füßen sterben zu dürfen. Erschießt ihn!«

Und ehe der Alte begriffen hatte, lag er bereits im Staub und eine Blutlache bildete sich um seinen Körper.

Antilas erhob sich und setzte seinen Fuß auf ihm ab. »Führt den Angriff mit aller Härte weiter! Wenn die Sonne versinkt, wird das Römische Reich sich wieder erheben!«

Sein Befehl wurde sofort weiter verbreitet. Vom Flussufer ertönten Schreie. Pfeile und Speere flogen durch die Luft. Antilas Soldaten nahmen den Kampf wieder auf.

Manius trat mit geweiteten Augen an seine Seite.

»Nichts kann uns jetzt noch aufhalten«, frohlockte Januarius Antilas.

Doch Manius drehte den Kopf in alle Himmelsrichtungen, von einer seltsamen Unruhe befallen. »Hört Ihr das? Das sind Pferdehufe.«

Antilas nickte zuversichtlich. »Das ist Kaeso! Er kehrt zu uns zurück, nachdem er diese jämmerliche Schar im Süden besiegt hat.«

Manius war kreidebleich und deutete auf den nahen Hügel. Kleine Gestalten mit Kapuzen und Masken auf wendigen Pferden breiteten sich darüber aus wie ein aufgeschreckter Ameisenhaufen. An ihrer Spitze ritt ein Mann auf und ab und sie konnten seine Stimme bis zum Flussverlauf hören.

»Balaban!«, keuchte Antilas und in seinen vor Schreck geweiteten Augen stand nun die nackte Angst.

»HUNNEN!«, brüllte Balaban seinen Männern zu, während sie von allen Seiten über den Hügel hereinbrachen. In langen Formationsketten zogen sie ihre Kreise. »Heute beginnt das Ende unseres Volkes! Heute rüsten wir uns zu einem allerletzten Aufbegehren!« Balaban streckte sein Schwert in den Himmel. »Die Hunnen werden verschwinden, die Goten werden verschwinden und die Römer werden verschwinden. Nichts wird mehr bleiben von uns als Namen in staubigen Schriftrollen und zersplitterte Knochen im Boden. Doch noch sind wir lebendig! Sie können uns von ihrer Landkarte tilgen, aber niemals werden sie die Erinnerung an unsere Taten vernichten! Noch in tausenden von Jahren wird man von Hunnen, Goten und Römern erzählen! Von der Zeit der Recken und Rösser! Von der Zeit der Schlachten und Schilde! Der Helden und Heere! Der Zeit des Umbruchs! Der Zeit der Legenden! Der Zeit der Völkerwanderungen! *REITET AUS!!!*«

Und der Befehl zum Angriff verbreitete sich in Windeseile. Die Hunnen stürzten in das Tal wie die Wellen der Flut. Von beiden Seiten rasten sie in die Flanken der Römer und schlossen sie so in eine riesige Zangenbewegung ein. Gleichzeitig brachen nun die Fußsoldaten über die Ebene herein und verhinderten ein Ausbrechen der römischen Truppen nach Süden. An der Spitze der Angreifer rannten Derick, Giselher, Leuba, Hastein, Norik und Alvar. Sie brüllten und schwangen ihre Schwerter durch die Luft. Und dann trafen sie mit Antilas Männern aufeinander und ein gnadenloser Nahkampf begann. Überall wurden Kämpfer zu Boden geworfen, Schilde brachen entzwei und Schwertklingen trafen aufeinander. Man konnte nicht mehr ausmachen, wer zu wem gehörte. Das Grauen der Schlacht nahm alle Sinne gefangen. In einem wilden Kampfesrausch fegten die Langobarden einen Gegner nach dem anderen zur Seite, schlugen ihnen die Schwerter aus der Hand und streckten sie mit gewaltigen Hieben nieder. Ihre Taktik ging auf und das Söldnerheer war plötzlich eingekreist.

Doch nach wie vor waren sie zahlenmäßig überlegen. Es gelang ihnen, eine Schneise im Süden freizukämpfen. Dann donnerte erneut die Erde und ein weiteres Heer trat dem Kampf bei.

Derick hielt mitten im Kampf inne und starrte mit offenem Mund zum Fluss. Es war, als würden die Soldaten aus einer fernen Vergangenheit in die Gegenwart eingreifen. Es war ein Heer aus römischen Soldaten und sie stammten offensichtlich direkt aus der Ewigen Stadt. Die Söldner starrten ihnen verwirrt entgegen. Dann flog die erste Lanze über die Ebene, geworfen von einem Römer. Und Antilas Söldner begriffen jäh, dass sich ganz Italien gegen sie vereint hatte.

Inmitten der entsetzlichen Schlacht war Januarius Antilas wie zum Denkmal erstarrt. Manius stand neben ihm und konnte seinen Augen nicht glauben. »Sie sind gekommen! Die römische Stadtwache! Und ein paar Truppen der Senatoren!« Erleichterung klang aus seiner Stimme.

»Sie können nicht gewinnen«, hielt Antilas zornig dagegen. »Ich habe mehr Männer. Ich habe das Recht auf meiner Seite. Ich habe das Schicksal auf meiner Seite. Ich habe Virtus und Honos auf meiner Seite.«

Manius schüttelte neben ihm nachdenklich den Kopf. »Rom habt Ihr nicht auf Eurer Seite. Die Einwohner der Ewigen Stadt haben sich gegen Euch gestellt.«

»Dieser schwachsinnige Pöbel! Ich habe ihnen ein neues Theaterhaus errichten lassen und das ist der Dank?!«

»Ihr habt ihre Mitbürger ermorden lassen und ganze Siedlungen in Rom verwüstet.«

»Unsinn! Ich habe meine Gewalt immer nur gegen Barbaren gelenkt, nie gegen Römer!«

»Offenbar sehen sie das anders.«

»Diese Verräter! Ich werde den Senat auf die Grundmauern niederbrennen! Ich werde das Kapitol und den Palatin einebnen! Ich werde das ganze Forum Romanum in Flammen aufgehen lassen!«
Manius schüttelte erneut den Kopf. »Ich kenne diese Schlachtformation. Es ist die Schlacht von Cannae.«
Antilas Augen weiteten sich. Er war nun so blass wie ein Totenschädel.

»Offenbar kann uns Hannibal noch aus seinem Grab heraus bezwingen.«

»Wir sind nicht bezwungen!«, schrie Antilas. »Und wenn du das denkst, solltest du wenigstens den Anstand haben, dich in dein Schwert zu werfen!«
Manius blickte ihn lange und nachdenklich an. »Ihr könnt mir befehlen, was ich tun soll. Aber Ihr habt keine Macht über meine Gedanken«, sagte er mit ruhiger Stimme.
Antilas spie ihn regelrecht an. »Wie kannst du nur so treulos sein! Alles, was ich getan habe, habe ich für Rom getan! Rom! Ich habe immer nur für Rom gelebt, für die Römer, für euch!«
Aber Manius schüttelte den Kopf. »Nein! Es ist andersherum. Rom sollte nur für dich leben. Wir sollten alle nur für dich leben. Alle sollten dich verehren, für dich arbeiten, für dich kämpfen und für dich sterben. Du wolltest der Herr über unser aller Leben sein. Wir selbst haben dir überhaupt nichts bedeutet.«
»Du bist ein penetranter Dummkopf!«, zischte Antilas. »Du wirst mich nie verstehen! Verschwinde! Wenn du schon sonst zu nichts nütze bist, dann unterstütze wenigstens die Soldaten. Ich befehle dir zu kämpfen bis zum Tod! Oder bist du dazu zu feige?«
Manius blickte niedergeschlagen zu Boden. Dann kehrte er ihm den Rücken zu, marschierte geradewegs in das Meer aus Soldaten und wurde einst mit dem Tosen der Schlacht.

»Verräter!«, zischte Antilas ihm nach. »Verräter!« Dann wirbelte er fluchend herum und sah, wie sich die Schlinge um ihn immer enger zog. Ihre Feinde hatten sie nun von fast allen Seiten eingekesselt. Die Goten griffen vom Flussufer aus an und unterstützten die Taktik der Hunnen, Langobarden und Römer.

»Ich bin noch nicht bezwungen«, murmelte er leise vor sich hin. »Noch nicht bezwungen. Ich bin der Besitzer des Gotenhorts.« Er nahm den Lorbeerzweig von seinem Kopf und schleuderte ihn in den Staub. Dann löste er den roten Umhang von seinen Schultern und entfernte all die anderen Insignien, die ihn äußerlich von den gewöhnlichen Soldaten abheben sollten.

Mit dem Schwert in der einen und dem Schild in der anderen Hand mischte er sich unter seine kämpfenden Männer und bahnte sich einen Weg nach Osten, in die einzige Richtung, in die er noch flüchten konnte.

Die Männer sollen hier bleiben und kämpfen, dachte er bei sich. *Doch ich bin viel zu wichtig, um den Tod eines gewöhnlichen Soldaten zu sterben.*

Er erreichte seine eigene Kavallerie und die Pferde und Reiter boten ihm Schutz. Ein paar Streitwagen standen noch immer bereit und beherbergten Verpflegung und Ausrüstung. Einer von ihnen war bereits losgefahren, um die Ladung in Sicherheit zu bringen.

Darin werde ich kaum auffallen. Darin kann ich sicher entkommen.

Er pfiff ein paar Reiter zu sich her, die er als Mitglieder seiner Hausgarde erkannte. Auch Manius war unter ihnen und er war gezeichnet von der Schlacht. Antilas würdigte ihn keines Blickes. »Ihr da! Reitet nach Osten und bildet meine Schutzeskorte!« Sie gehorchten sofort und ritten ihm voraus, auch Manius folgte niedergeschlagen. Antilas selbst stieg geradewegs in die Kutsche, als er hinter sich eine Stimme vernahm

»Du bist wirklich ein Held.«

Der blanke Hass loderte in ihm auf. Er erkannte die Stimme.

»Balki!«, fluchte er und drehte sich auf dem Absatz um. »Du wagst es, mir unter die Augen zu treten?« Er blickte sich nach Söldnern um, die er dem alten Vagabunden auf den Hals hetzen konnte, doch weit und breit waren seine Männer in Kampfhandlungen verstrickt.

»Du hättest selbst einmal in deine Bücherei gehen und ein paar der alten Schriftrollen lesen sollen, die dort verstauben! Dann hättest du gewusst, was sich hier vor siebenhundert Jahren zugetragen hat Antilas!«

»Ihr habt nicht wegen ein paar alten Schriftrollen den Sieg errungen!«, brüllte Antilas ihm entgegen. »Ihr habt gewonnen, weil ihr Barbaren wie wilde Tiere kämpft ohne den leisesten Anflug von Ehre und Anstand.«

Balki lachte. »Ehre und Anstand? Ich wusste gar nicht, dass du die Worte überhaupt kennst. Aber deshalb liebe ich die Weltgeschichte so sehr. Aus der Vergangenheit kann man lernen. Wenn man die Geschichte nicht kennt, begeht man immer wieder dieselben Fehler.«

»Spar mir die Unterweisung! Du wirst immer nur die Geschichte lesen können. Ich aber schreibe die Geschichte mit meinen eigenen Händen.«

»Dann hoffe ich, dass du das Wort *Niederlage* gut buchstabieren kannst. Übrigens: den Angriff der Stadtwache hast du mir zu verdanken. Gerngeschehen übrigens. Und ich danke dir, dass ich ein paar Tage in deinem Haus leben durfte. Dank dir konnte ich genug Beweismaterial sammeln, um den ganzen Senat gegen dich aufzubringen.«

Antilas zitterte vor unterdrücktem Zorn. Seine Augen traten leicht hervor, aber er erkannte, dass Balki nur auf Zeit spielte. »Ich habe noch immer Anhänger im ganzen Reich. Du kannst deinen verfluchten Sieg heute feiern und meinetwegen einen ganzen Weinkeller leertrinken. Ich werde zurückkehren! Und ich werde dich finden, egal wo du dich auch verstecken magst. Und ich werde dich mehr leiden lassen, als jemals ein Mensch auf dieser Erde gelitten hat.«

»Erkläre mir das genauer!«, rief Balki ihm nach, doch Antilas war bereits in seiner Kutsche.

»Du willst nur Zeit gewinnen! Fahr los!«

Und der Streitwagen donnerte in einer Staubwolke davon.

»Warte!«, schrie Balki. »Antilas!« Er sah sich hilfesuchend um, während sein größter Feind auf einem Streitwagen entkam. »Verfluchter Mist! Ich muss irgendetwas tun können!«

Doch weit und breit war kein freies Pferd zu sehen. Seine Sicht war eingeschränkt. Die letzten kämpfenden Soldaten wirbelten eine Menge Staub auf. Nirgends war jemand, den er um Hilfe bitten konnte. »DERICK!«, brüllte er. »BALABAN!« Er sah dem Wagen nach, wie er in der Ferne immer kleiner wurde. »So ein Mist!«

Dann schnappte er sich einen Schild vom Boden und rannte querfeldein über das zertrampelte Schlachtfeld, verzweifelt auf der Suche nach seinen Freunden.

Tyra hatte an einem verlassenen Bauernhof gehalten. Ihre zwei Beschützer aus Dericks Gefolge saßen auf dem Boden und spielten irgendein Würfelspiel. Sie hingegen war auf das Dach der verfallenen Scheune geklettert, um die Schlacht am Flussufer besser sehen zu können. »Seht! Da kommen Streitwagen! Antilas Männer flüchten!«

Die beiden Bewacher erhoben sich und schauten nach Westen. »Verdammt!«, fluchte einer von ihnen. »Ich wünschte, ich hätte mitkämpfen können. Dann hätte ich einen strahlenden Sieg errungen, anstatt hier nur rumzusitzen.«

Tyra warf ihm einen zornigen Blick zu. Dann kehrte sie sich wieder dem Fluss zu. »Vielleicht geht dein Wunsch sogar in Erfüllung. Sie kommen unserem Hof ziemlich nah.«

Und plötzlich fühlte sie sich, als würde ihr Herz Eiswasser statt Blut durch ihre Adern pumpen. Geschockt zeigte sie auf den vordersten Wagen. »Das ist Januarius Antilas! Er flieht aus seiner eigenen Schlacht.«

Sie sprang nach unten und rannte zu ihrer Kutsche.

Die beiden Männer schauten immer noch unschlüssig von einem Streitwagen zum anderen. »Ich erkenne da überhaupt nichts.«

Sie stieg hinten ein und holte sich einen Bogen. »Wir können ihn aufhalten! Ihr müsst mich nur nahe genug heranbringen! Ich kann gut mit dem Bogen umgehen.«

Der Wachmann, der vorhin noch begierig auf einen Kampf gewesen war, trat hektisch ein paar Schritte zurück. »Nein nein. Unsere Aufgabe ist es, dich zu beschützen. Wir sollen uns nicht in Gefahr begeben.«

»Antilas entkommt!«, schrie sie ihn an. »Diese ganze Schlacht war umsonst, wenn ihm das gelingt! Wir müssen ihn aufhalten!«

Die beiden Langobarden wechselten einen Blick. »Aber wir sind nur zu dritt. Er hat eine ganze Garde um sich herum.«

»Elende Feiglinge!«, zischte sie. Dann durchtrennte sie kurzerhand mit einem Messer das Geschirr eines Pferdes, schwang sich auf seinen Rücken und galoppierte davon.

Die beiden Männer starrten ihr fassungslos nach, doch da war sie bereits hinter dem nächsten Hügel verschwunden.

»Die Frauen heutzutage«, meinte er staunend.

Balaban und Derick fanden sich auf dem Schlachtfeld. Sie stellten sich Rücken an Rücken und wehrten einen Söldner nach dem anderen ab. Dann marschierten sie mit gezückten Waffen Seite an Seite durch die feindlichen Truppen und schlugen eine Schneise durch ihre Reihen. Kein Gegner war diesen beiden Recken gewachsen.

Die Goten des Königs Theoderich hatten inzwischen die gesamte Kavallerie des Antilas auseinander getrieben. Sie bewegten sich auf ihren großen Pferden beinahe so sicher und anmutig wie die Hunnen. Große runde Schilde hingen an ihren Satteln und sie schleuderten gewaltige Speere.

Die Römer, die ihnen aus der Ewigen Stadt zu Hilfe gekommen waren, kämpften so diszipliniert, wie man es von ihnen erwartete. Sie schlossen sich zu der rechteckigen Formation namens Schildkröte zusammen und keiner der Söldner konnte an ihnen vorbei.

»Seht!«, rief Derick und seine Augen glänzten. »Sie ergeben sich! Sie ergeben sich scharenweise!«

An vielen Stellen des Schlachtfeldes waren die Söldner des Antilas auf die Knie gefallen und baten um Schonung.

»Noch haben wir nicht gewonnen«, entgegnete Balaban knapp, der nun wieder auf den Rücken eines Pferdes geklettert war.

Da hörten sie eine hohe Stimme hinter sich erschallen. Es war Balki, der völlig außer Atem auf sie zu gerannt kam. »Antilas entkommt! Antilas entkommt! Er entkommt auf einem Streitwagen!«

»Komm mit!«, antwortete Balaban schnell und ehe Balki wusste, wie ihm geschah, hatte ihn der Hunnenkönig gepackt und zog ihn mit einem gewaltigen Ruck auf den Rücken seines Pferdes. Balki japste auf vor Schreck und klammerte sich an dem Zaumzeug fest. Er rutschte rückwärts fast vom Sattel und schlackerte ungesichert durch die Luft, während Balaban sein Pferd durch kämpfende Männer, Felsen und Erdlöcher navigierte. Das Ross war so rasend schnell wie ein Blitz. Sie jagten über Stock und Stein. Kein Hindernis konnte sie aufhalten. Balki versuchte einen Blick über die Schulter zu werfen, doch er konnte Derick nirgendwo mehr erkennen. Sie jagten an flüchtenden Söldnern vorbei. Keiner machte noch Anstalten sie aufzuhalten. Am Horizont erkannte er eine Staubwolke.

»Das ist er! In diese Richtung ist er geflüchtet!«, rief Balki, der bei jedem Sprung des Pferdes hilflos über den Sattel hüpfte. »Geht das nicht ein bisschen langsamer?!«, keuchte er und ihm wurde ganz schwarz vor Augen.

Doch Balaban hörte nicht auf ihn. Todesverachtend spornte er sein Ross zu völlig neuen Leistungen an und der Abstand zwischen ihnen und Antilas wurde immer kleiner. Sie konnten bereits die Rückseite des Streitwagens sehen. Flankiert wurde er von mehreren Reitern.

»Halt mal!«, rief Balaban und reichte ihm die Zügel.

Balki fiel vor Schreck fast vom Pferd. Balaban hingegen hatte sich nun aufgerichtet und legte einen Pfeil zwischen seinen Fingern auf die Bogensehne. Weit spannte er sie. Dann pfiff der Pfeil durch die heiße Luft und fand zuverlässig und mit tödlicher Präzision sein Ziel. Der erste Reiter ging zu Boden.

Sofort begannen die Gardisten damit, eine Kurve zu reiten, um Balki und Balaban ins Visier nehmen zu können. Ein Pfeil surrte direkt an seinem Ohr vorbei.

»Vorsicht! Der da!«, schrie Balki, doch da hatte der tödliche Schütze bereits einen zweiten Pfeil aufgespannt und zielte damit direkt auf Balabans Brust.

Dann wurde der Reiter von einem Pfeil in die Seite getroffen und stürzte überrascht von seinem Pferd. Balki und Balaban drehten die Köpfe und erkannten Tyra, die auf einem schnellen Pferd die Verfolgung aufgenommen hatte.

»Ist sie lebensmüde?«, zischte Balaban, doch es schwang auch ein gewisser Stolz in seiner Stimme mit.

Von beiden Seiten nahmen sie die Gardisten Antilas in die Mangel. Dann jagte Derick herbei auf einem schwarzen Rappen und sein Pfeil brachte einen weiteren Gardisten zu Fall. Die letzten beiden Reiter brachen zur Seite aus, um sich in Sicherheit zu bringen.

»Die kommen sicher wieder!«, rief Derick besorgt.

Sie hatten nun Antilas Streitwagen fast erreicht. Er lehnte sich bereits aus dem eckigen Fenster und starrte ihnen mit hasserfüllter Miene entgegen. Sofort schickte Balaban einen Pfeil los, der in dem Holz des Streitwagens stecken blieb.

»Vorsicht!«, schrie Balki plötzlich. »Da vorne kommt ein riesiger Abgrund!«

Offenbar hatte auch Antilas es bemerkt. Sein Streitwagen zog eine gewaltige Kurve. Doch Tyra, die dem Wagen nun am nächsten war, ließ Pfeil um Pfeil auf ihn einprasseln. Antilas ging in Deckung. Sie traf die Räder, sie traf die Pferde und sie traf den Wagenlenker. Er sprang schutzsuchend von dem fahrenden Wagen. Die Pferde rammten sich gegenseitig, stolperten zu Boden und der Wagen schlitterte hilflos nach vorne. Januarius Antilas konnte sich gerade noch so mit einem Sprung nach draußen in Sicherheit bringen, ehe der gesamte Streitwagen den Abhang hinunter polterte.

Sofort zog er einen Bogen hervor und schoss auf Tyra, die sich mit ihrem Pferd reitend in Sicherheit brachte. Das Pferd wurde getroffen und brach wiehernd zusammen. »Zu mir ihr Narren! Ich bin euer Kaiser!« Seine Reiter kamen zurück, sprangen aus dem Sattel und flankierten ihn zu beiden Seiten. Aus den anderen beiden Streitwagen, die ebenfalls angehalten hatten, kamen noch mehr von seinen Söldnern geströmt.

»Es wäre ja sonst auch zu einfach«, rief Derick, der ein gutes Stück entfernt angehalten hatte, als die Söldner ihm einen Pfeilhagel entgegenschickten. Sofort sprang er von seinem Pferd und riss seinen Schild nach oben. »Tyra! Lauf zurück! Du musst die Reichweite ihrer Bogenschützen verlassen!«, schrie Derick ihr zu, aber sie hatte ebenfalls hinter einem Felsen Schutz gesucht und schoss nun einen Pfeil nach dem anderen auf ihre Angreifer ab.

»Lass mich runter! Lass mich runter! Du bringst uns noch beide um«, brüllte Balki, während Balaban mit seinem Pferd hin und her tänzelte, um den Pfeilen auszuweichen. Schließlich gab Balaban ihm einen Hieb und er plumpste zu Boden. Dort lag er dann im Staub, während Balaban nach vorne galoppierte. Von dort hörte er Kampfgeräusche. Er hörte, wie Derick immer wieder Tyras Namen rief. Sie waren hoffnungslos in der Unterzahl.

Er konnte erkennen, wie Balabans Pferd von einem Pfeil getroffen wurde. Der Hunnenkönig ging zu Boden und überschlug sich. Das Pferd jagte davon. Weitere Pfeile schlugen um ihn herum in die Erde und er konnte sich nur retten, indem er geradewegs auf den Abgrund zu hechtete und in einer Wolke aus Schutt und Staub verschwand.

Balki richtete seinen Blick zum Himmel und kniete sich in den Staub. Dann tat er etwas, was er seit über einem Jahrzehnt nicht mehr getan hatte. Er betete. »Lieber Gott. Ich weiß, das Leben ist ein Auf und Ab, und mir wird vermutlich niemals alles gefallen, was ich erlebe. Aber in diesem Fall möchte ich dich wirklich bitten, dich anflehen, von ganzem Herzen, bitte lass meine Freunde nicht sterben. Nicht um meinetwillen, sondern um ihretwillen. Sie sind jung. Sie haben eine Chance verdient, etwas aus ihrem Leben zu machen. Wenn heute jemand sterben muss, dann besser ich als sie.«

Und er sprang auf die Beine und rannte geradewegs querfeldein auf Derick zu.

»Fang!«, rief dieser und warf ihm einen Schild zu.

Balki und Derick rückten zusammen, um die Schutzfläche ihrer Schilde zu vergrößern. Tyra war weiter zurückgewichen und hatte sich hinter einem Kranz aus Bäumen in Sicherheit gebracht. Ein paar Söldner verschanzten sich in ihrer Nähe und schnitten ihr den Rückweg ab.

Die beiden Freunde wechselten einen langen Blick, während weitere Pfeile gegen ihre Schilde prasselten wie Hagelkörner.

»Nun. Ich denke, wir müssen es zu Ende bringen«, meinte Balki schwer atmend. »Außer uns ist niemand mehr hier!«

»Wir können es schaffen«, erwiderte Derick zuversichtlich. »Wir sind schon so weit gekommen.«

»Falls wir sterben«, begann Balki. »Ich bin stolz darauf, dein Lehrer gewesen zu sein. Du hast eine Menge gelernt.«

Derick lächelte grimmig. »Ich hoffe, du hast auch etwas von mir gelernt, ansonsten können wir das hier vergessen.«

Balki lachte. Dann zog er sein Schwert und sie rannten mit dem erhobenen Schild auf Antilas letztes Aufgebot an Soldaten zu. Ihre Haare wehten im Wind. Ihre Augen blitzten. Ihre Schuhe stampften über den Boden und wirbelten Staubwolken auf. Schritt um Schritt kamen sie näher auf ihren Feind zugeschritten.

Im Zick-Zack wichen sie den Pfeilen aus. Zwei Gegner rannten auf sie zu, doch sie konnten ihnen die Schilde entgegenwuchten.

»Betrachte es als Hindernislauf«, meinte Balki. »Erstes Hindernis!«

Jetzt war es Manius, der sich ihnen entgegen stellte, der römische Senator, der in den Diensten Antilas stand.

»Erst Köpfchen, dann Körper?«, fragte Derick außer Atem.

»Sehr gut! Gut erkannt!«, erwiderte Balki. Dann rief er laut: »Manius! Es ist vorbei! Du musst für ihn nicht sterben. Noch ist es nicht zu spät, die Seite zu wechseln.«

Der Römer senkte sein Schwert und seine Augen glänzten. »Ich habe bereits zu viel Schreckliches getan. Es ist zu spät. Es tut mir leid.« Er nahm eine Kampfhaltung ein.

»Wenn du jetzt stirbst, stirbst du als schlechter Mensch. Wenn du hingegen weiterlebst, hast du die Möglichkeit, einen Teil deiner Untaten wiedergutzumachen«, rief Balki.

Sie senkten die Schilde und schauten Manius direkt in die Augen. Er wirkte vollkommen hilflos.

»Du willst etwas Gutes tun? Dann kümmere dich um deine Verwundeten!«

Balki und Derick warteten einen Moment, doch als er keine Anstalten machte, sie anzugreifen, rannten sie um ihn herum.

Dann kamen ihnen auch schon die nächsten Gardisten entgegen gehetzt. Diese jedoch schienen sich nach einem Kampf zu sehnen und brüllten laut, während sie ihre Schwerter schwangen.

»Erst Körper, dann Köpfchen?«, fragte Balki schockiert. Derick antwortete nicht. »Gewalt?«, keuchte Balki. Er riss die Augen auf und wich zur Seite.

»Gewalt!«, schrie Derick und sie gingen zur Verteidigung über. Der Kampf begann.

Mit größter Mühe konnte Balki die Schwertstreiche seines Gegners abwehren. Derick hatte seine bereits überwältigt. Balki stolperte rückwärts zu Boden, als der Söldner weit ausholte. Doch der Schwabe fand einen faustgroßen Stein neben sich und ehe der Söldner zuschlagen konnte, schleuderte Balki ihm den Findling gegen den Helm. Es gab ein fürchterlich hohes Scheppern und der Wachmann kippte bewusstlos zu Boden.

Derick sprang an seine Seite und lachte, als er ihm aufhalf. »Du hast deinen ersten Feind besiegt«, rief er begeistert. »Ich bin stolz auf dich.«

»Ich hoffe, dass es der letzte Feind bleibt«, seufzte Balki und kam zitternd auf die Beine. »Ich tauge nicht zum Kampf.« Ein Surren ertönte, gefolgt von einem Keuchen. Balkis Muschelkette war aufgerissen und über die Erde verstreut.

Derick begriff erst nicht, was geschehen war. Er hielt noch immer Balkis Arm gepackt, doch der Schwabe stürzte rückwärts zu Boden. Sein Hemd war voller Blut. Derick untersuchte ihn sofort. Ein Pfeil lugte direkt aus seiner Brust. »Das Kettenhemd! Wieso trägst du das Kettenhemd nicht?«

»Es war unbequem«, keuchte Balki mit schmerzverzerrtem Gesicht, dann quoll Blut aus seinem Mund.

»Nein!« Ein weiterer Pfeil schlug neben ihnen ein. Sofort wirbelte Derick herum und riss seinen Schild nach oben.

Da stand Januarius Antilas, ganz alleine, ohne jede Bewachung. All seine Männer hatten ihm den Rücken gekehrt oder waren gefallen. Er stand vor ihm, rasend vor Zorn, und hielt den Bogen noch immer in den Händen. »Immerhin habe ich die Genugtuung, dieses Stück Dreck von der Erde getilgt zu haben«, schnaubte er und schoss einen weiteren Pfeil auf ihn ab. Derick sprang vor und wehrte den Pfeil mit dem Schild ab. Balki röchelte hinter ihm und spuckte Blut. Dann kippte sein buschiger Kopf leblos zur Seite.

»NEIN!!!«, schrie Derick. Er wirbelte herum und rannte auf Antilas zu. »NEEEEEEEEEEEEIN!!!« Er rannte so schnell, wie er noch nie in seinem Leben gerannt war. Er wusste nicht, was er tun konnte, um das Geschehene rückgängig zu machen. Er wusste nur, dass er an jeder Fingerbreite von Antilas Körper Rache nehmen wollte.

Antilas warf den Bogen zur Seite und zog ein römisches Kurzschwert. Dann stach er zu, doch Derick lenkte die Klinge zur Seite und wuchtete dem Römer sein Knie in den Magen. Antilas keuchte auf, dann traf ihn bereits der nächste Schlag ins Gesicht. Wie Hagelkörner ließ Derick seine Fäuste auf ihn niederprasseln. Dann wirbelte er sein Schwert durch die Luft und schnitt damit quer durch Antilas Rüstung. Blut spritzte über den Boden und der selbsternannte Kaiser stolperte nach hinten. Er versuchte zu fliehen, doch Derick schleuderte ihm geradewegs sein Schwert in den Oberschenkel. Er brüllte auf und überschlug sich am Boden.

»Das ist dein Werk! Und du wirst ihm nicht den Rücken zukehren!«, donnerte Derick. »Wie viele Tausend mussten deinetwegen sterben?«

»Ich hätte dich direkt in einer meiner Arenen von einem Löwen zerfleischen lassen sollen!«, zischte Antilas und spuckte Blut über den Boden.

Derick blieb wenige Schritte vor ihm stehen. Er hob sein Schwert auf und seine Finger krallten sich so fest um den Griff, dass seine Knöchel hervortraten. »Ihr habt versucht, mich umzubringen. Ihr habt meinen besten Freund umgebracht. Ihr habt versucht, die Frau zu töten, die ich liebe. Ihr wart bereit, unzählige Menschen zu ermorden für Euer eigenes Wunschbild!«

»Halt dein dreckiges Maul du barbarischer Bastard!«, spie ihm Antilas entgegen und krümmte sich am Boden wie ein Wurm, der vom Regen auf die Straße gespült worden war. »Ich habe für ein Ideal gekämpft! Wie halten es die Barbaren? Sie schlachten sich für nichts und wieder nichts ab, einfach weil es in ihrer Natur liegt. Und jetzt folge deinem barbarischen Trieb und schlag mir den Kopf ab! Zu mehr taugst du nicht!«

Derick stand über ihm und seine Hände zitterten. Er hörte ein paar langsame Schritte hinter sich und er wusste, was es zu bedeuten hatte. Er trat einen Schritt zur Seite und hinter kam Hunnenkönig Balaban zum Vorschein.

Die nackte Todesangst zeichnete sich auf Antilas altem Gesicht ab. Er spuckte Blut über den Boden und drehte sich zur Seite. Dann kroch er langsam und hilflos wie eine Made auf den Abhang zu. Balaban folgte ihm mit großen Schritten.

Kurz vor dem Abgrund hielt Antilas inne. Er blickte hinab in die Tiefe und dann wieder zurück in Balabans gnadenloses Gesicht. »Wir haben einen Vertrag«, grunzte er und versuchte, seine hochmütige Stimme wiederzuerlangen. Es funktionierte nicht. »Ich kann dir das Land verschaffen, das du brauchst. Ich gebe es dir. Was sagst du dazu? Was sagst du?« Er brachte kaum noch ein Wort zustande und starrte nun schwer keuchend und krächzend an Balaban hinauf. Er versuchte zu lächeln, doch es wirkte eher wie eine Fratze.

Der Hunne verzog nicht eine Miene. Dann ganz langsam und gemächlich zog er sein Schwert hervor und richtete es direkt auf die Brust seines Feindes. »Ich werde dich umsiedeln«, sagte er mit langsamer Stimme. Antilas Lächeln erstarb, als er den Hass in Balabans Blick bemerkte. »Über den Styx!«

Weit holte er aus mit seinem Schwert, da packte Derick seinen Arm. Mit vor Zorn glühenden Augen starrte Balaban ihn an.

»Du wirst mich nicht davon abhalten Derick!«

Aber Derick hielt ihn weiter eisern gepackt. »Wenn wir ihn auf diese Weise töten, dann sind wir nicht besser als er! Seine eigene Stadt hat sich gegen ihn aufgelehnt. Wenn wir ihn töten, dann geben wir ihm recht. Nehmen wir ihn gefangen und schaffen ihn nach

Rom. Dort soll er für seine Verbrechen zur Rechenschaft gezogen werden.«

Balaban blickte von Derick zu Antilas und wieder zurück.

Dann ließ Derick ihn los. Er richtete sein Schwert auf Antilas Brust. »Ihr seid der Barbar Antilas! Und morgen wird die ganze Ewige Stadt es sehen!«

Doch Antilas entzog sich seiner Gefangennahme. In einem letzten Anflug von Trotz spuckte er ihnen vor die Füße und rollte sich seitlich ab. Er rutschte am Abhang entlang, klammerte sich an einen Felsen und versuchte hinunterzuklettern. Balaban und Derick wechselten einen Blick. Beiden war sofort klar, dass er es nicht schaffen würde. Dann löste sich auch schon das Geröll, an dem Antilas sich festgeklammert hatte, und er stürzte geradewegs in einem Schwall von Erde und Staub in die Tiefe. Irgendein Geräusch brachte Januarius Antilas noch zustande, bevor er in der Staubwolke verschwand und mit banaler Endgültigkeit auf dem harten Steinboden aufschlug.

Der Staub lichtete sich und Derick machte einen Schritt vorwärts und lehnte sich leicht vornüber, um die zerschmetterte Hülle seines Gegners erkennen zu können.

»Es ist vorbei«, flüsterte er mit belegter Stimme. Dann drehten sie beide dem Abgrund den Rücken zu und kehrten zu Balki zurück. Tyra war bereits über ihn gebeugt und hatte seine Wunde freigelegt. Der Pfeil steckte noch immer darin.

»Wie geht es ihm?«, fragte Derick niedergeschlagen. Er befürchtete das Schlimmste.

Aus der Ferne näherte sich ihnen eine weitere bedrückte Gestalt. Es war der Römer Manius. Er hatte seine Rüstung und seine Waffen weggeworfen und ging nun traurig neben Balki in die Knie.

»Der Pfeil steckt in seinem Herzen«, sagte Tyra mit zitternder Stimme. »Es gibt nichts, was ich für ihn tun könnte.«

Balki öffnete die Augen und blickte verwirrt von einem Gesicht zum anderen. »Wo bin ich?«, murmelte er. »War ich nicht eben noch im Norden und wollte die Externsteine untersuchen?« Sein Blick blieb an Derick kleben und ein Lächeln breitete sich auf seinem Gesicht aus. »Ach natürlich! Ich erinnere mich. So ein verrückter Junge hat mich angegriffen und seitdem sind wir von einem Schlamassel in das nächste geraten.« Sein Lächeln wurde schwächer. »Wir haben einiges erlebt auf unserer Reise nicht wahr?« Dericks Stimme zitterte. »Das haben wir.« Er brach ab und starrte zu Boden. Tyra tätschelte seine Schulter.

»Nun«, begann Balki und schien sich wieder zu sammeln. »Wie lange dauert es, zu sterben? Ich weiß es nicht. Ihr müsst aber nicht die ganze Zeit hier herumhocken.«

Derick lachte niedergeschlagen. Dann erhob er sich und atmete tief durch.

»Das ist alles meine Schuld«, sagte Manius mit belegter Stimme. »Ich habe mich auf Antilas eingelassen. Er schien unsere letzte Hoffnung zu sein. Aber wir haben ein Ungeheuer zu unserem Anführer gemacht.« Er brach ab und schloss für einen Moment die Augen. »Ich werde nie wieder eine Entscheidung treffen, die andere Menschen betrifft. Ich werde der Politik für immer den Rücken kehren.«

Derick schüttelte nachsichtig den Kopf. »Nein«, sagte er bestimmt. »Du trittst für etwas ein. Du bist ein kluger Mensch. Verkaufe niemals deine Klugheit an die Dummen und Brutalen. Aber du darfst deine Intelligenz auch nicht verkümmern lassen. Es wird immer Menschen geben, die keine Ideale kennen, und Menschen, die in ihren Idealen ausschweifen. Man muss die Mitte finden.«

»Das habe ich jahrelang versucht. Aber wie soll man das tun, wenn alle anderen Menschen sich nur zu den Extremen hingezogen fühlen?«, erwiderte Manius betrübt.

»Man muss ihnen die Augen öffnen«, erklärte Derick. »Du lebst für ein Ideal, an das du glaubst. Du möchtest das Beste für deine Stadt, für dein Land. So viele Menschen leben nur vor sich hin und glauben an gar nichts. Hilf Ihnen, aus deiner Erfahrung zu lernen. Setze dich weiter für Rom ein und versuche die römischen Tugenden für die Nachwelt zu bewahren. Versuche etwas Gutes daraus zu machen und eines Tages werden die Römer sich wieder erheben und zu ihrer einstigen Würde und Größe zurückfinden. Doch wer versucht, seine Ansichten mit Gewalt durchzusetzen, der hat den Pfad der Weisheit verlassen.«

»Ganz mein Junge«, flüsterte Balki.

Da ertönte das Poltern von Hufen. Es war eine Schar Hunnen, die zu ihrem König zurückgeritten kam.

Balaban zögerte einen Moment. Dann sprang er auf. »Eskam!«, rief er. »Wir haben hier einen Verwundeten! Beeile dich!«

Einer der Hunnen kletterte aus seinem Sattel. Es war ein kleiner Mensch, mit altem Gesicht und sehr ungewöhnlicher Kleidung. Er trug einen braunen Mantel mit Kapuze, mehrere Ketten aus Tierknochen um Hals und Arme und einen Holzstab. Balki furchte seine buschigen Brauen, als sich der Hunne zu ihm herabbeugte.

»Er soll wegbleiben«, flüsterte er abweisend.

»Eskam ist unser Schamane«, erklärte Balaban mit belegter Stimme. »Wenn es noch jemanden gibt, der dich retten kann, dann er.«

Derick musste die Hunnen zur Seite drängen, um sehen zu können, was Eskam tat. Erst umfasste er den Pfeil mit beiden Händen und drehte ihn vorsichtig heraus. Ein ekelhaftes Knacken ertönte und ein Schwall an Blut sprudelte aus der Wunde. Dann strich er eine dünne Paste aus Kräutern in die Wunde und drückte seine Hand dagegen. Die Hunnen rückten enger zusammen. Derick konnte kaum noch etwas erkennen. Er hörte nur, wie der Schamane eigenartige Worte in einer fremden Sprache murmelte.

Er und Balaban wechselten einen langen Blick. Dann trat der Schamane zurück und Balki lag ausgestreckt vor ihnen. Er streckte alle Viere von sich und rührte sich nicht mehr. Eine Blutlache hatte sich um ihn ausgebreitet.

»Der Pfeil ist nicht in das Herz eingedrungen«, sagte der Schamane mit rauchiger Stimme. »Ich konnte die Blutung stoppen und verbinden. Wenn er die nächsten Minuten übersteht, dann hat er gute Überlebensaussichten.«

Derick und Tyra atmeten erleichtert auf. Balki blinzelte und öffnete die Augen, ohne sich von der Stelle zu bewegen.

Tyra kniete sich neben ihn und fuhr ihm vorsichtig über die Stirn. »Wie fühlst du dich?«

»Ein bisschen hungrig, um ehrlich zu sein«, antwortete der Schwabe. Eine lange Zeit lang lag er nur reglos auf dem Boden. Dann röchelte er und zuckte. Tyra half ihm, aufzusitzen.

»Meine Weinflasche«, krächzte er und seine Hände zitterten. Er war kreidebleich.

»Bittesehr«, sagte Derick, zog den Korken heraus und reichte sie Balki.

Der Schwabe lächelte bitter. »Ein letzter Schluck.«

Tyra und Derick steckten ihre Köpfe zusammen. Sie hatte Tränen in den Augen und er wirkte, als wäre er um zehn Jahre gealtert.

Langsam hielt Balki die Flasche an seine Lippen. Dann besann er sich eines Besseren und kippte sie in den Staub. »Weg mit dem Zeug! Mit dem Alkohol bin ich fertig.« Er setzte sich auf und atmete tief durch.

»Wie jetzt? Du stirbst nicht?«, rief Derick verwirrt.

»Es sieht nicht danach aus«, entgegnete der alte Vagabund und zuckte mit den Schultern. Er versuchte seine Pfeife zu stopfen. Dann hatten ihn Derick und Tyra auch schon von beiden Seiten in die Arme geschlossen und er ließ vor Schreck die Pfeife fallen. »Ist ja gut, ihr Lieben«, lachte er. »Ich bin trotzdem verletzt und ihr drückt genau auf die Wunde.«

»Entschuldigung«, sagten sie sofort und ließen ihn los.

Jäh blieb er stehen und wischte sich Blut vom Mundwinkel. »Das war wohl mein letzter Scherz«, flüsterte er und mit einem Mal kippte er vornüber und regte sich nicht mehr.

Erschrocken sprangen sie an seine Seite und beugten sie sich über ihn. »Balki!«, zischte Derick. »Jetzt nimm dich doch zusammen!« Doch der Schwabe rührte sich nicht mehr.

»Tyra«, flüsterte Derick und seine Stimme bebte. »Ich glaube, er ist tot.«

Sie saßen noch eine lange Zeit bei seinem reglosen Körper. Die verschiedenen Soldatengruppen strömten an ihnen vorüber, doch sie beachteten sie gar nicht.

Als es schon fast dunkel war, sattelte Derick seinen Rappen.

Wir können hier nichts mehr ausrichten. Es ist vorbei.

Er strich niedergeschlagen über die Mähne seines Pferdes. Tyra trat von hinten an ihn heran und legte ihm ihre Hand auf die Schulter.

»Ich kann kaum glauben, dass es vorbei ist«, sagte er matt. »Ich kann kaum glauben, dass er wirklich tot ist.«

»Wir sollten ihn beerdigen«, meinte Tyra schließlich und ihre Stimme war gefestigt.

»Meinst du etwa, er hätte uns beerdigt?«, fragte Derick und schüttelte den Kopf. »Wir lassen ihn liegen. Sollen ihn doch die Aasgeier auffressen.«

»Wie kannst du nur so etwas sagen?! Jeder Mensch hat ein Begräbnis verdient!«, widersprach Tyra energisch.

»Er nicht. Er war ein schrecklicher Mensch und er hat bekommen, was er verdient hat! Er war eine Bestie!«

»Ihr redet doch nicht etwa von mir, oder?«, fragte Balki, der gerade zu ihnen getreten war.

Derick machte ein verdutztes Gesicht. »Wir haben von Antilas gesprochen.«

»Achso«, machte Balki und stützte sich an seinem Pferd ab. »Ja das macht wesentlich mehr Sinn.«

»Bist du sicher, dass du reiten kannst? Ich will nicht, dass du wieder ohnmächtig wirst so wie vorhin, sonst kippst du noch aus dem Sattel.«

»Mir gehts prima. Ich darf zwar nichts mehr trinken, aber dafür hab ich ja immer noch mein Pfeifenkraut.« Er paffte ein paar Ringe. »Das ist die beste Medizin überhaupt. Dieser Schamane hat mir ein bisschen was von seinem Kraut gegeben. Mann oh Mann! Ich spür den Boden unter meinen Füßen gar nicht mehr.«

Derick verdrehte die Augen. »Ich finds ja toll, dass du endlich mit dem Trinken aufgehört hast, aber kannst du bitte auch gleich noch mit dem Rauchen aufhören?«

»Eins nach dem anderen«, scherzte Balki gemütlich.

Aus einer Gruppe Hunnen trat Balaban hervor. Offenbar hatten er, Manius, die Langobarden, die Goten und der Kommandant der römischen Stadtwache endlich einen Frieden ausgehandelt.

»Nun zu euch«, sagte er bedrohlich.

Balki machte ein bestürztes Gesicht. »Wir haben gerade den großen Bösewicht besiegt und ich habe entgegen aller Wahrscheinlichkeit überlebt. Willst du uns da jetzt wirklich die Stimmung ver-
miesen?«

»Ihr beide…« Seine Stimme bebte. »Ihr seid die elendsten, ehrlo-
sesten, anstrengendsten Nervensägen, die mir jemals über den Weg
gelaufen sind.«

»Balki ist die Nervensäge. Ich bin nur sein Leibwächter«, meinte
Derick und zuckte mit den Schultern.

»Ihr beide habt mich herausgefordert, im geistigen und im physi-
schen Duell. Und in beiden Disziplinen habt ihr mich fast besiegt.«

»Fast?«, fragte Derick ein bisschen gekränkt.

Balki lächelte. »Sieh es entspannt Balaban! Zu zweit ist man immer
besser dran als alleine. Selbst jemand wie du ist von dieser Regel
nicht ausgeschlossen.«

Balaban blickte zu Boden und seufzte.

»Oder willst du etwa einen Rückkampf?«, hakte Balki weiter nach.
»Ich stell dir eine Rätselaufgabe und Derick geht mit dem Schwert
auf dich los. Wie wär's?«

Doch der Hunnenkönig schüttelte den Kopf. »Ich habe genug gekämpft in meinem Leben. Ich werde keine Kriege mehr führen. Ich
werde nach Osten ziehen und meinem Volk einen friedlichen Platz
zum Leben suchen. Unser Kampf ist vorbei. Die Hunnen verabschieden sich aus der Geschichte.«

»Nimm es nicht so schwer! Ihr seid nicht das einzige Volk, das
diese Epoche nicht überlebt hat. Den Römern, Goten, Vandalen
und wie sie alle heißen, wird es einst genauso ergehen. Alles vergeht. Alles bleibt gleich.«

»Ist das nicht ein Widerspruch?«, fragte Derick verwirrt.

»Nein, mein Junge«, erwiderte Balki. »Leider ist es keiner.«

Da trat plötzlich Manius hinzu. Er reichte Balaban eine Schriftrolle. »Hier! Antilas hat seit Jahren durch Bestechung und Erpres-
sung Land konfisziert und gekauft. Ich denke, sein Ziel war es, an
Schlüsselpositionen Kastelle und Siedlungen zu platzieren. Die
meisten dieser Landstücke werden sich die vorherigen Besitzer nun
sehr schnell wieder zurückholen. Aber es gibt diese Landschaft im

Osten, die ist seit Jahrzehnten wie ausgestorben und kein Stamm hat in dieser Zeit versucht, sich dort niederzulassen. Die Besitzurkunde war zusammen mit anderen wichtigen Dokumenten in einer von Antilas Kutschen. Es ist das Land, das Antilas Euch versprochen hat, auch wenn er niemals wirklich beabsichtigt hatte, es Euch zu geben. Es gehört nun Euch. Möge Euer Volk dort wieder erblühen.«

Balaban starrte ihn fassungslos an. Dann reichte er ihm langsam die Hand. »Ich danke Euch Manius. Ich werde Eure Rechtschaffenheit niemals vergessen.«

Manius nickte knapp. »Es könnte allerdings sein, dass Ihr ein paar germanische Stämme als Nachbarn haben werdet.«

Balaban lächelte. »An die habe ich mich ja inzwischen gewöhnt.«

Manius nickte noch einmal, dann drehte er sich ab, um zu den Verhandlungen zurückzukehren.

Balaban wischte sich die Augen trocken und wandte sich dann wieder Balki und Derick zu. »Nun. Ich werde es nicht vermissen, euch zu jagen«, sagte er schließlich.

Dann löste er das Schwert aus seinem Gürtel und erst jetzt erkannte Derick, um welches Schwert es sich dabei handelte.

»Es gehört dir Derick, Arnulfs Sohn. Ich habe es dem Dieb Hilarius abgenommen, als ich in Antilas Villa eingedrungen bin. Er starb bei dem Versuch, es mir wieder abzunehmen. Deine Aufgabe ist also erfüllt.«

Derick brachte keinen Ton heraus. Dann nahm er das Schwert mit zitternden Händen entgegen. »Ich danke Euch Hunnenkönig Balaban.«

Er nickte und lächelte kurz. Dann stapfte er ohne ein weiteres Wort an ihnen vorbei und verließ den Hügel.

Balaban marschierte geradewegs zu seinem Pferd und hatte es auch schon fast erreicht, als ihn eine Gestalt einholte. Es war Tyra. Er blickte ihr nicht in die Augen, sondern verlud schweigend seine Waffen auf den Pferderücken.

»Du gehst?«, fragte sie schließlich, nachdem er das Gespräch nicht eröffnete.

»Ich habe Pflichten«, erwiderte er, ohne eine Miene zu verziehen.

»Ich muss mich bei dir bedanken«, meinte sie traurig. »Ich verdanke dir eine Menge.«

Er drehte sich zu ihr um. »Das ist noch nicht der Abschied«, sagte er knapp. »Wir sehen uns bestimmt noch einmal, bevor ich mit meinem Gefolge nach Osten ziehe. Aber jetzt muss ich erst einmal meine Krieger wieder einsammeln.« Und er schoss auf dem Rücken seines Pferdes davon. Die anderen Hunnen und der Schamane ritten ihm nach.

Tyra kehrte zu Balki und Derick zurück. Der Schwabe paffte Rauchkränze in die Luft und Derick bewunderte das Schwert, das er so lange gesucht hatte. Manius saß etwas abseits von ihnen auf dem Boden und dachte über seine Zukunft nach.

Derick blickte auf. »Ist er fort?«

»Er hat Pflichten«, sagte sie knapp und setzte sich dann neben Balki.

Auf einmal drang ein Geräusch an ihre Ohren: ein dumpfes und regelmäßiges Trommeln wie von einem gewaltigen Tier. Sie alle drehten die Köpfe. Ein riesiges weißes Ross trabte über das blutige Schlachtfeld und auf seinem Rücken thronte ein gewaltiger Recke. Das lange goldbraune Haar wirbelte im Wind und seine blauen Augen blitzten gefährlich. Hinter ihm ritten mindestens dreißig Goten auf ihren großen Pferden, die runden Schilde an die Satteltaschen gehängt.

Sie wussten sofort, wer der Mann an ihrer Spitze sein musste. Theoderich der Große, König von Italien, kam vor ihnen zum Halt, stieg von dem Rücken seines Rosses und stapfte mit seiner schweren Rüstung direkt auf sie zu. Er begann zu sprechen und seine Stimme klang edel und stolz.

»Mit Freuden kann ich Ostrom melden, dass der Aufstand niedergeschlagen wurde!«

»Die Oströmer werden sich freuen«, erwiderte Balki lächelnd und fügte leise an Derick gewandt hinzu: »Ich wusste doch, dass er diesen Titel wegen seiner Körpergröße hat.«

Ein paar Goten neben ihm stiegen von ihren Pferden und unterhielten sich in ihrer merkwürdigen Sprechweise. »Ich besuche besuche gestern Rom und ich finde, die Römer leben wie Vögel in Käfigen.«

»Die schon wieder«, knurrte Derick.

»Was für eine Schlacht!«, rief der König und schlug sich auf die Schenkel. Seine Worte waren dialektfrei. »Das erinnert mich an eine Geschichte, die meinem Waffenmeister Hildebrand vor nicht allzu langer Zeit wiederfahren ist. Es ist eine unglaublich ergreifende Geschichte und das Ende wird euch alle sehr zum Nachdenken stimmen.«

»Wir lieben Geschichten Eure Hoheit«, meinte Derick und neigte den Kopf.

»So hört denn zu!«, sagte Theoderich und begann mit klarer Stimme zu erzählen. »Hildebrand war in eine Schlacht geritten und traf dort auf seinen Sohn Hadubrand, den er seit langer Zeit nicht mehr gesehen hatte. Vater und Sohn befanden sich auf zwei unterschiedlichen Seiten und waren bereit, gegeneinander zu kämpfen. Doch als der Sohn seinen Namen nannte, erkannte ihn der Vater wieder und wollte ihn in die Arme schließen. Leider wollte der Sohn ihm nicht glauben und hielt ihn für einen Hochstapler. Er machte sich bereit, gegen seinen Vater zu kämpfen. Und was dann passierte, ist kaum zu fassen. Es wird euch den Atem rauben.«

»Wartet mal!«, unterbrach ihn Balki. »Euer Waffenmeister heißt Hildebrand und sein Sohn Hadubrand. Wie heißt dann sein Enkel? Sonnenbrand?«

König Theoderich wirkte sehr beleidigt. »Nein. Natürlich nicht. Wie ich gerade sagen wollte…«

»Ich sag schon seit Jahren, dass wir kreativer werden müssen, wenn es darum geht, Dingen einen Namen zu geben. Wie heißen denn die anderen aus seiner Verwandtschaft? Waldbrand? Weinbrand? Wundbrand? Wutentbrannt?«

»Wollt ihr die Geschichte nun hören oder nicht?«, zischte Theoderich wütend.

»Wie nennt Ihr Eure Kinder einmal König Theoderich? Vielleicht habt Ihr ja mal einen Priester zum Sohn. Dann könnt Ihr ihn Theologerich nennen.«

»Gut, wie ihr wollt«, meinte Theoderich mit knirschenden Zähnen und ritt zornig von dannen, ohne sich zu verabschieden.

Derick und Balki begannen in gackerndes Gelächter auszubrechen. Balki richtete sich seufzend auf. »*Aah*. Das Schicksal hat es mir missgönnt, zu Zeiten Alexanders oder Caesars gelebt zu haben. Aber immerhin kann ich von mir behaupten, dass ich Theoderich dem Großen eine Nase gedreht habe.«

»Oh Mann Balki!«, meinte Derick kopfschüttelnd. »Aber jetzt werden wir nie erfahren, wie die Geschichte von Hildebrand ausgegangen ist.«

Balki lachte und kam wieder auf die Beine. »Kein Grund zur Aufregung … Irgendjemand wird sie schon aufgeschrieben haben.«

Sie saßen eine Weile beisammen, während die verschiedenen Heere sich allmählich auflösten. Manius war mit der Stadtwache losgezogen, um in Rom nach dem Rechten zu sehen.

Giselher und Leuba unterhielten sich sehr freundlich miteinander. »Ich habe dir aus dem Schädelknochen des Hirsches, den ich neulich für dich erlegt habe, einen Trinkkelch geschnitzt«, sagte er und reichte ihr den Kelch.

Sie lächelte ihn an. »Das ist so romantisch. Wir sollten daraus eine langobardische Tradition machen.«

Balki verdrehte die Augen. »Das nenne ich einmal eine richtig dämliche Idee.«

Die letzten Hunnen sattelten gerade ihre Pferde. Unter ihnen war auch Zerco. Giselher und Leuba lösten sich plötzlich voneinander und traten auf ihn zu.

»Zerco. Ich habe mitbekommen, dass Ihr endlich das Land im Osten erhalten habt«, begann Giselher.

Der Hunne blickte ihn fragend an.

»Wenn ich das richtig gesehen habe«, fügte Leuba hinzu, »müsst ihr durch das Gebiet eines befreundeten Stammes.«

Giselher fuhr fort. »Wir werden ihnen einen Boten schicken und ihnen sagen, dass ihr Freunde seid und sie euch bei eurem Durchzug nicht behindern sollen.«

Zerco nickte knapp. Er wollte sich gerade auf sein Pferd schwingen, da hielt er inne und drehte sich noch einmal um. »Danke«, sagte er. Dann reichte er Giselher die Hand und sie schüttelten einander die Hände.

Balabans Hunnen waren bereits verschwunden. Dericks Langobarden gaben sich damit zufrieden, Antilas Streitwagen auszuplündern. Die Sonne stand bereits weit im Westen, als sie zum Fluss zurückgekehrt waren. Das Schlachtfeld war nun wie ausgestorben. Nur die Gefallenen waren geblieben und kündeten von dem schrecklichen Tag.

Balki kramte in seiner Tasche. Dann zog er eine seiner vielen zerknüllten Papyrusrollen hervor. »Meine Lebensziele«, las er laut vor. »Einen Staatsführer beleidigen? Erledigt! Einen großen Schatz ausgraben? Erledigt! Eine antike Schlachtordnung nachstellen? Erledigt! Einen intelligenten Schüler unterrichten?« Er warf Derick einen kurzen Blick zu. »Naja so halbwegs!«

»Hey!«, machte er beleidigt.

»Meine eigene Weinbrennerei aufmachen? Nicht erledigt! Den Punkt muss ich jetzt wohl aufgeben. Die Seefahrt des Odysseus nachspielen? Nicht erledigt! Ah das ist gut: Januarius Antilas überleben! Erledigt!«

Derick starrte ihn ungläubig an. »Hast du dir das alles gerade ausgedacht oder steht das da wirklich?«

»Keine Ahnung, warum schaust du nicht selbst?« Er hielt ihm die Liste vor die Nase. »Ach richtig, du kannst ja nicht lesen«, fiel es Balki wieder ein und er zog die Liste zurück.

Tyra lugte über Dericks Schulter und kicherte. »Ich kann lesen. Und das ist ein Rezept für Brombeerkuchen.«

Derick lachte laut auf und Balki machte ein verdrießliches Gesicht. »Das wird in Zukunft wohl nicht mehr so einfach sein, dich reinzulegen, wenn du sie an deiner Seite hast.«

»Das stimmt wohl«, erwiderte sie und schmiegte ihre Wange an Dericks Schulter. »Gott sei Dank.« Er nahm sie in den Arm.

»Nun«, meinte Balki und erhob sich rasch. »Ich lasse euch dann mal alleine. Ich wollte mich noch von Balaban verabschieden. Ich bin gespannt, ob er mich immer noch umbringen will.«

Der Schwabe hüpfte davon, paffte auf seiner Pfeife und summte eines seiner vielen Lieder.

»Er muss wie ein Vater für dich sein«, sagte Tyra lächelnd.

»Vater? Wohl eher der verrückte Onkel! Wenn ich einen verrückten Onkel hätte und dieser Onkel hätte einen verrückten Schwager und dieser verrückte Schwager hätte einen Lehrer mit einem Alkoholproblem, das wäre Balki.«

Sie kicherte. »Er ist der verrückteste Mensch, dem ich je begegnet bin«, flüsterte sie mit einem Lächeln in Dericks Ohr.

Er grinste und drückte sie an sich. »Oh ja. Wir sollten froh sein, dass wir ihm begegnet sind.«

Viele Abschiede

Die Luft war angenehm kühl, aber nicht kalt, wie sie eben nur nach einem heißen Sommertag sein konnte. Derick genoss die angenehme Temperatur. Bald, so wusste er, würde wieder der Herbst kommen und nach ihm der Winter … der erbarmungslose Winter, der in seinem Dorf im kalten Norden schon so viel Unheil angerichtet hatte. Tyras Hand schloss sich um seine und drückte sie leicht.

Die Schlacht war viele Wochen her. Sie waren zum Gotenhort zurückgekehrt. Alle hatten sich versammelt, die Hunnen, die Goten, die Langobarden und eine Schar Römer, die zu Manius gehörten. Sie hatten sich hier versammelt, um die Grabkammer für alle Zeiten zu versiegeln und so dem toten König Alarich seine ewige Ruhe wiederzugeben.

Manius wirkte zufrieden und lächelte, als das Wasser des Busento hinab in die Kammer strömte und den Gotenhort für immer verschlang. Dann schütteten die Soldaten Eimerweise Schutt und Kiesel in das Flussbett und der Eingang wurde immer kleiner, bis er schließlich verschwand.

Auch Balki war zufrieden. Offenbar hatten die Einwohner Roms sich zusammengetan, um die Siedlungen wieder aufzubauen, die Antilas zerstört hatte. Altrömer und zugewanderte Goten arbeiteten Hand in Hand. *Egal woher sie stammen, alle scheinen sich einander verbunden zu fühlen und unterstützten sich gegenseitig. Immerhin sind sie alle Einwohner derselben Stadt.*

Man hatte Verträge mit den Langobarden geschlossen, ihnen Schutz und Handelsprivilegien versprochen, und diese hatten sich im Gegenzug bereiterklärt, die Grenzen des Römischen Reiches zu respektieren und keine Überfälle und Plünderungen mehr auf römischem Gebiet durchzuführen. Selbst der Senat war zum ersten Mal seit langer Zeit wieder zu einer Übereinkunft gelangt. Sie hatten sich mit Manius und den Goten an einen Tisch gesetzt, um die

Ordnung in der Ewigen Stadt wiederherzustellen. Die Goten wiederum hatten sich einverstanden erklärt, dem Senat wieder mehr Mitspracherechte in der Regierung des Landes einzuräumen. Mit etwas Glück würden sie nach all den vergangenen Katastrophen wieder eine Ära der Stabilität einleiten. Soweit Balki erfahren hatte, hatte Manius eine Art Spendenbüro in Antilas abgebrannter Villa eingerichtet und kümmerte sich nun um die Familien der Gefallenen, die dieser kurze Krieg verschuldet hatte. Balki vermutete, dass ihm dafür auch noch der ein oder andere Goldvorrat seines ehemaligen Herrn zur Verfügung stand. *Auf diese Weise ist das Gold doch noch für etwas nützlich. Er hilft damit den Armen.*

»Ich freue mich, dass Manius eine Möglichkeit gefunden hat, sein Gewissen reinzuwaschen«, sagte Derick neben ihm. »Er wird viele Jahre hart arbeiten müssen, aber am Ende wird es das wert sein. Es gibt nichts Wichtigeres, als mit sich selbst im Reinen zu sein.«

»Hört hört!«, sagte Balki.

An seiner Seite schnaubte Balaban. Er wirkte wenig zuversichtlich. »Dieser Frieden wird nicht lange halten. Die politischen Unruhen in Rom werden irgendwann wieder aufflammen und die Stämme der Langobarden, die sich jetzt gerade in den Bergen sammeln, werden früher oder später in den Süden einfallen. Und Ostrom … wer weiß schon wie Ostrom bei all diesen Ereignissen reagieren wird? Bald werden sich all diese Völker, die sich eben noch die Hände gereicht haben, wieder die Köpfe einschlagen.«

Balki schnaubte. »Du redest gerade so, als ob der Krieg unvermeidbar wäre. Aber es sind die Menschen, die Kriege beginnen, und es sind die Menschen, die Frieden halten. Lass uns nicht allzu weit vorauseilen. Lass uns diesen kurzen Moment genießen. Der Frieden ist ein Schatz, den es zu bewahren gilt.«

Sie schwiegen einen Moment. Dann erhob Balaban wieder die Stimme. »Es gibt noch viele Stämme, die wegen den Umwälzungen dieser Epoche ihr Land verlassen mussten. Ich glaube kaum, dass irgendjemand ihnen Hilfe zukommen lassen wird, wo sie jetzt sind. Das Römische Reich wird noch von vielen Völkerwanderungen erschüttert werden, bis sich die Zeiten wieder beruhigen. Ich vermute sogar, dass unser kleines Abenteuer hier neben all den gewaltigen Ereignissen und Umwälzungen dieser Epoche komplett in Vergessenheit geraten wird.«

»Du meinst, kein Historiker wird von Balki dem lustigen Vagabunden schreiben?«, rief Balki enttäuscht.

»Es gibt hunderte Völker in dieser Epoche, hunderte Könige und hunderttausende lustige Vagabunden. Die Historiker werden sich auf das Wesentliche beschränken müssen. Andernfalls würden ihre Aufzeichnungen in keine Bibliothek mehr passen.«

Balki seufzte schwer. »Dann muss ich meine Geschichte wohl selbst niederschreiben.«

Derick lachte. »Das wird sicher fürchterlich historisch inakkurat.«

Balaban hörte ihnen beiden kaum zu. Er war sehr ruhig geworden, seit sie einen Teil des Schatzes zum Fluss zurückgebracht hatten. »Antilas hielt uns alle für Barbaren«, sagte er schließlich. »Eine Zeit lang habe ich mich auch wie ein Barbar gefühlt. Aber ich glaube, ich hab etwas verstanden. Nicht unsere Herkunft entscheidet, ob wir zivilisiert oder barbarisch sind, sondern unser Handeln. Identität ist ein komplexes Thema. Wir halten uns für Hunnen. Die Langobarden halten sich für Langobarden. Die Römer halten sich für Römer. Wenn wir uns alle einfach nur für Menschen halten würden, gäbe es keinen Zwist mehr zwischen den Völkern. Es reicht aber leider nicht, wenn nur eine Gruppe das einsieht. Alle Menschen müssen das verstehen.« Er drehte sich ab und marschierte schweigsam zu seinen Pferden zurück.

Als die Wasseroberfläche sich beruhigt hatte und der Busento wieder in seinen gewohnten Bahnen floss, zerstreute sich die Versammlung allmählich. Tyra ging noch einmal zu den Hunnen, um sich endgültig von Balaban zu verabschieden, immerhin war sie fast ein halbes Jahr mit ihm durch Europa gereist.

Die übriggebliebenen Langobarden wollten mit Leuba, Giselher und den anderen Seeleuten in den Norden zurückkehren. Sie hatten hier im Süden genug Schätze erbeutet.

»Unglaublich, wie sehr sich alles verändert hat«, meinte Derick, während er und Balki zu ihren Pferden liefen. »Vor allem ich habe mich verändert und das verdanke ich dir. Ich habe früher so viel dummes Zeug geredet und hatte mich nie wirklich unter Kontrolle.«

Balki hielt inne und schaute ein bisschen schuldbewusst drein. »Du hast mir auch viel beigebracht. Du hast einmal gesagt, dass du völlig leer wärst, weil ich dir alles genommen hätte, woran du je geglaubt hast. Doch ich bin es, der innerlich leer war. Durch dich habe ich wieder gelernt zu glauben. An mehr als an die eigenen Vorteile zu denken, an einen höheren Sinn und an eine höhere Gerechtigkeit zu glauben, das ist eine gute Sache, eine wahre Tugend. Und es ist eine noch viel größere Tugend, danach zu leben. Wir alle sollten uns hehre Ziele setzen. Du hast das Schwert ja nun wieder. Bring es nach Norden zu dem Grab deiner Eltern! Erweise ihnen die letzte Ehre. Sicher hätten sie es sehr gut gefunden.«

Derick musterte das edle Langschwert und schüttelte lächelnd den Kopf. »Ich glaube, es hätte ihnen noch besser gefallen, wenn ihr Sohn dem Tod den Rücken kehrt und sich wieder dem Leben zuwendet. Ich werde es selbst behalten. Und ich werde mein Leben und das meiner künftigen Familie damit beschützen.«

Balki nickte. »Ja. Gründe deine Familie in Frieden und Stille. Deine Kinder werden den Anbruch eines neuen Zeitalters erleben, in dem die Erinnerung an die Antike nur noch in verfallenen Gemäuern und verstaubten Texten zu finden sein wird. In dem Gedächtnis der Menschheit wird sie für lange Zeit verblassen.«

Tyra stand währenddessen schweigend vor dem Hunnenkönig. Er kraulte sein Pferd hinter den Ohren und blickte ihr ernst in die Augen, Blau in Blaugrün. »Du musst mir nichts erklären«, sagte er schließlich. »Du musst dich nicht bedanken. Du schuldest mir überhaupt nichts. Du warst meine Gefangene und jetzt bist du wieder frei. Du kannst tun, was immer du willst.«

Sie zögerte und ihre Augen glänzten. »Für eine Gefangenschaft war es gar nicht so schlimm.«

»Dann behalte es so in Erinnerung«, sagte er knapp. Und jäh löste er seinen eigenen Bogen aus einer Schlaufe am Sattel und reichte ihn Tyra. »Damit du es nicht verlernst«, sagte er ohne zu lächeln.

»Ich werde ihn nicht mehr brauchen. Ich möchte nie wieder kämpfen.«

Sie nahm die edle Waffe entgegen und wusste nicht, wie sie ihm danken sollte. Schließlich machte sie einen Schritt auf ihn zu und drückte ihm einen einzelnen Kuss auf die Wange. »Behalte du mich so in Erinnerung«, hauchte sie und entfernte sich wieder von ihm.

Er schloss für einen Moment die Augen. Dann öffnete er sie wieder und sein Gesichtsausdruck war verbittert, aber entschlossen. »Das werde ich.« Er schwang sich auf sein Pferd. »Leb wohl Tyra.« Er trabte ein paar Schritte voran, ließ sein Pferd anhalten und drehte sich ein letztes Mal zu ihr um. »Ich wünsche dir alles Glück dieser Welt.« Und schon war er davon galoppiert.

Tyra wartete noch ein paar Minuten, bis sie sich gefestigt hatte. Sie empfand eine Menge Mitgefühl für den König der Hunnen und sein untergehendes Volk. »Ich wünsche dir auch alles Glück dieser Welt«, flüsterte sie leise. Dann kehrte sie zu Balki und Derick zurück. Derick starrte sie nachdenklich an. Sicher hatte er sie mit Balaban gesehen. Sie packte den Bogen, den der Hunnenkönig ihr geschenkt hatte, auf das Pferd. Dann wandte sie sich den beiden Männern zu. »Ich habe mich verabschiedet. Wir können reiten.«

Sie stiegen alle drei auf ihre Pferde und ritten gemeinsam, gemächlich und gemütlich der Sonne entgegen. Kein Geräusch störte sie auf ihrer Reise außer dem Singen der Vögel.

Zerco und die anderen Hunnen warteten auf Balaban. Er ritt ihnen entgegen und brachte sein Pferd vor ihnen zum Stehen.

»Sie ist nicht mitgekommen?«, fragte Zerco niedergeschlagen.

»Ich will nicht darüber reden. Ist alles bereit?«

Zerco nickte. »Unser ganzes Volk ist aufbruchbereit. Auch unsere Späher sind zurückgekehrt. Manius hat die Wahrheit gesagt. Das Land ist fast völlig unbewohnt und wir können es sogleich in Besitz nehmen.«

»Falls noch irgendjemand dort lebt, ist er uns herzlich willkommen und darf gerne bleiben.«

Zerco nickte zustimmend. »Es ist ein flaches Land mit ein paar Hügeln. Es gibt dort einen kleinen Fluss, viele Bäche und sehr viel Weideland für unser Vieh.«

Balaban lächelte zufrieden. »Wir haben es endlich geschafft.«

»Es tut gut, Euch so glücklich zu sehen, mein König.«

»Ich hab dir doch gesagt, dass ich nicht mehr der König bin.«

»Ich bin es aber ganz sicher auch nicht«, erwiderte Zerco lachend. »Vielleicht sollten wir überhaupt keinen König mehr haben. Eine einzelne Person kann unmöglich all diese Verantwortung tragen. Ein Mensch müsste perfekt sein, um all diesen Aufgaben gerecht zu werden. Ich weiß nun, dass es keine perfekten Menschen gibt. Ich habe es jahrelang versucht, aber ich bin genauso kläglich gescheitert wie alle anderen Menschen vor mir.«

»Aber, wenn wir keinen König haben, wie sollen wir unseren Stamm dann verwalten?«

Balaban dachte einen Moment nach. »Es gibt viele Aufzeichnungen darüber, dass unsere Vorfahren die Angelegenheiten ihres Stammes einst in Versammlungen geklärt haben, in einem Rat. Wenn unsere Vorfahren es so geschafft haben, warum sollten wir es dann nicht auch schaffen? Einen einzelnen Anführer zu haben, der alle Entscheidungen trifft, war hingegen immer schon eher eine Option, die im Kontext des Krieges gewählt wurde. Aber unser Krieg ist vorbei. Wir haben Frieden.«

»Und wer wird Teil dieses Rates sein?«

»Die fähigsten Mitglieder unseres Stammes. Und jeder im Rat wird dieselbe Stimmkraft haben.«

»Das klingt sehr spannend. Ich bin gespannt, wie es so funktionieren wird.«

»Reiten wir nach Hause.« Und sie ritten gemeinsam von dannen, dem friedlichen Leben entgegen, das sie nun erwartete.

Auch Balki, Derick und Tyra ritten zufrieden über die Ebenen. Nach einigen Stunden hatte sich ein sehr munteres Gesprächsklima eingestellt. Sie alle waren glücklich darüber, wie sich nun alles entwickelt hatte.

»Ich bin nur froh, dass wir alle lebendig aus der Sache herausgekommen sind«, begann Tyra nach einer Weile.

Balki lachte. »Das war doch ein herrliches Abenteuer! Eines das
ich niemals müde sein werde, zu erzählen. Vielleicht dichte ich
auch ein paar Lieder darüber. Wer weiß?«

»Ja, wer weiß…«, wiederholte Derick. »Ich glaube Balaban hatte
recht. Die Goten werden Italien nicht lange halten können. Was
wird nach ihnen kommen? Wird Rom jemals wieder so werden,
wie es einmal war.«

»Nichts auf dieser Welt wird jemals wieder so sein, wie es einmal
war«, erklärte ihm Balki eindringlich. »Kein Baum, kein Stein und
kein Mensch. Die Geschichte verläuft nur in eine Richtung. Und
wir sollten dankbar dafür sein. Oder würdest du gerne wieder so
sein, wie du es am Anfang deiner Reise gewesen bist?«

Er schüttelte den Kopf. »Nein. Ich war ein blinder, zorniger Junge.
Ohne dich wäre ich ewig so geblieben und wäre einem Gespenst
hinterher gejagt. Auch Tyra hätte ich niemals kennengelernt.«

»Da siehst du«, lachte Balki zufrieden. »Und ich war ein zynischer,
egoistischer Alkoholiker. Ich sage es ja immer wieder. Aus der Geschichte lernt man für die Zukunft. Man begeht Fehler, bereut sie
und bessert sich. So ist es immer gewesen und so wird es immer
sein.«

»Seltsam«, erwiderte Derick. »Du hast dich doch überhaupt nicht
verändert.«

»Na hör mal! Ich hab mit dem Trinken aufgehört!«

»Und was sind deine Pläne für die Zukunft Balki?«, fragte Tyra
und lächelte auf liebevolle Weise. »Komm doch mit uns!«

Balki lachte noch lauter. »Einen Hof bestellen, Pflanzen säen und
ihnen beim Wachsen zusehen? Nein, vielen Dank. Ich bin wie das
Wasser. Ich muss in Bewegung bleiben, sonst setze ich Algen an.«

»Und wohin verschlägt es dich als nächstes?«, wollte Derick wissen.

»Ursprünglich hatte ich ja vor, den Norden zu bereisen und Runen,
Steine und Weltenbäume zu erforschen. Aber ich denke, ich werde

als allererstes meine Schritte nach Südosten lenken. An der Landbrücke zu Konstantinopel gibt es jemanden, dem ich einen Besuch abstatten möchte.«

»Das hatte ich ja fast vergessen«, rief Derick lachend. »Du hast ja längst ein Zuhause und eine Frau. Sie wird sich sicher freuen, dich nach all der Zeit wiederzusehen.«

»Daran zweifle ich«, lachte Balki.

»Ich kann es ihr nicht verübeln«, meinte Tyra vorwurfsvoll. »Wenn du jemals ohne Abschiedsworte für ein halbes Jahr verschwindest Derick, dann brauchst du gar nicht erst zurückzukommen.«

»Meiner Frau macht das nichts aus«, meinte Balki und schnippte einen juwelenbesetzten Ring in die Luft. »Sie ist es, die mich angespornt hat, solche Reisen zu unternehmen. Aber ich habe ihr versprochen, ihr einen Schatz mitzubringen und das habe ich vor. Vielleicht werde ich auf dem Weg sogar Balaban und seinen Hunnen begegnen. Wäre das nicht ein lustiges Treffen?«

Die drei Freunde ritten gemeinsam in den Sonnenuntergang. Als es dunkel geworden war, rasteten sie im Schutz einer kleinen Baumreihe. Am nächsten Tag ging es weiter und noch viele weitere Tage ihrer Reise vergingen ohne nennenswerte Zwischenfälle. Derick und Tyra würden nach Nordeuropa zu Tyras Familie zurückkehren. Balki wollte in den Südosten. Und so schwer es ihnen auch fiel, eines Tages kam die Stunde, in der sie sich verabschieden mussten. Sie umarmten sich alle drei, dann stieg Balki auf sein Pferd, paffte seine Pfeife und wandte sich dem Osten zu, während Derick und Tyra nach Norden abbogen.

»Werden wir uns eines Tages wiedersehen?«, rief Tyra geknickt. Der alte Vagabund lachte und winkte ihnen zum Abschied. »Auf jeden Fall. Ich würde nicht einmal davon ausgehen, dass unser Wiedersehen lange auf sich warten lässt. Wer mir über den Weg läuft, wird mich nicht so schnell wieder los.«

Als er weggeritten war, drehte sich Derick zu Tyra um. Der Himmel war rötlich vom Sonnenuntergang. Er umfasste ihr Gesicht und küsste sie. Sie erwiderte den Kuss. Nach einer Weile lösten sie sich voneinander und sahen sich glücklich an.

»Na was möchtest du jetzt machen?«, fragte Derick.

Sie grinste. »Bist du schon mal um die Wette geritten?«

»Nein.«

»Dann komm! Ich zeig dir, wie es geht.« Und sie ritten über das weite Feld davon.

Und so verließ Balki seine Freunde und reiste gemütlich nach Osten, der Sonne und dem nächsten Abenteuer entgegen.

Epilog

Balki hatte die Landbrücke erreicht, die das alte Griechenland mit Kleinasien verband. Wenn er weiter nach Osten ginge, würde er die Hauptstadt Byzantion erreichen, die seit einiger Zeit Konstantinopel hieß, und das Zentrum des Oströmischen Reiches war. Doch das war nicht sein Ziel.

Sein Weg führte ihn durch einen lichten Wald. Eigentlich war es eher eine alte Allee, die sich selbst überlassen worden war. Er ließ seine Pfeife durch seine Finger rotieren, überlegte einen Moment und ließ sie dann wieder in seiner Tasche verschwinden. Er hatte nun seit seinem Abschied von Derick und Tyra nicht mehr geraucht und er merkte, dass er bereits viel besser atmen konnte. Es war, als könnte er mit jedem Atemzug mehr Luft in seinen Brustkorb ziehen. Die Luft roch angenehm nach Pflanzen, Felsen und Salz.

Ich glaube, was mir am Rauchen eigentlich immer so gut gefallen hat, war das gemütliche Sitzen in der Natur inmitten von Stille und Frieden: einfach nur schweigen und im Moment sein. Aber das bekomme ich ja auch ohne Pfeifenqualm ganz gut hin.

Er überlegt einen Moment, ob er die Pfeife wegwerfen sollte, aber dann erinnerte er sich daran, dass sie ein Geschenk von Derick war, ein Zeichen ihrer Freundschaft, und er beschloss, sie als Erinnerungsstück zu behalten.

Eine Zeit lang folgte er einem kleinen Bach, der munter durch das weite Grasland gurgelte. Das sprudelnde Wasser war wie ein treuer Begleiter, der ein Reiselied mit ihm summte. Dann trennten sich ihre Wege und er überschritt eine gewaltige, grüne Fläche, die an einer Klippe endete. Er atmete tief durch.

Mehrere Steine waren dort aufgeschichtet und bildeten einen leichten Hügel. Das Rauschen des Meeres drang an seine Ohren. Seevögel zogen in der roten Abenddämmerung ihre Bahn und ihr Krächzten hallte über das weite Ufer. Er hielt inne. Die Wellen brandeten unten gegen gewaltige Klippen und spülten weißen Schaum über die Sandbänke. Doch hier oben befand er sich viele

Klafter über der Wasseroberfläche und er war sicher vor den Launen des Ozeans. Das Gras war trocken und keine Welle würde es erreichen bis zu dem Tag, an dem die Meere das Festland verschlingen würden. *Und diesen Tag werde ich vermutlich nicht mehr erleben.*

Das Grabmal war vollkommen unverändert. Nicht ein einziger Stein war zur Seite geschafft worden. Balki kam es vor, als wäre er nur wenige Stunden fortgewesen. Es kam ihm vor, als hätte er sie erst heute Morgen hier begraben. In Wahrheit waren natürlich Jahrzehnte ins Land gezogen.

Keine Welle wird deine Ruhestätte erreichen bis zum Ende dieser Welt, dachte er traurig und fuhr mit seinem Finger über die Runen, die er auf den größten der Steine geritzt hatte:

BALKI UND MONIA.

Er ließ den Blick über das Meer schweifen. Hier hatten sie einst lachend zusammen gesessen und sich die Meeresluft durch die Haare wehen lassen. Von hier aus wollten sie die ganze Welt gemeinsam erkunden. Er atmete tief durch und salzige Luft flutete seine Lungen. Die Abenddämmerung glitzerte auf den sanften Wellen des brandenden Meeres.

»Hallo Monia«, begann er ein wenig unschlüssig. »Ich habe sehr lange nicht mehr mit dir gesprochen. Ich war sehr beschäftigt.« Eine Träne trat plötzlich in sein braunes Auge und er wischte sie rasch mit einer Franze seines bunt gemusterten Umhangs beiseite. »Ich habe Antilas das Handwerk gelegt. Er wird nie wieder einem Menschen Leid zufügen können. Ich habe mich ganz schön gemacht, seit dem Tag, an dem wir uns kennengelernt haben, was? Erinnerst du dich noch? Ich war ein langweiliger Junge, ein Bücherwurm, der nie die Bücherei verließ. Du nahmst mich bei der Hand und hast mich aus meinem Alltag gezerrt. Du sagtest, du wolltest die ganze Welt mit mir bereisen. Und hier auf dieser Klippe haben wir Hochzeit gefeiert. Der Sonnenuntergang war damals genauso rot wie heute.« Er schniefte erneut und wischte sich mit seinen Franzen die Tränen von der langen Nase. »Ich hoffe, ich bin so geworden, wie du mich immer haben wolltest. Ich hoffe, du hast mit Begeisterung all meine Abenteuer verfolgt. Ich wünschte nur, du hättest dabei sein können.« Diesmal drehte er das Gesicht ab und atmete ein paar Mal schwer ein und aus, ehe er sich wieder mit gefestigterer Miene dem grauen Grabmal zuwandte.

»Ein Priester im Norden hat vor einiger Zeit zu mir gesagt: So sicher wie die Nacht auf den Tag folgt, so wird der Weltenbrand kommen. Alles was uns geschenkt ward, wird uns dort wieder genommen. Egal was wir lieben, was uns wichtig ist auf dieser Welt, egal was wir glauben, unser Eigen nennen zu können … wir werden es alles im Feuer verlieren.

Es hat mich damals sehr nachdenklich gemacht. Nur Angst hatte ich keine. Denn ich hatte ja bereits alles verloren. Meinen Weltenbrand erlebte ich bereits vor sehr vielen Jahren.«

Schweigend starrte er hinab auf den blanken Fels und versuchte sich ihr Gesicht vorzustellen in all ihrer jugendlichen Schönheit, ehe sie krank geworden war.

Er seufzte und räusperte sich. »Nun. Wo war ich? Ach ja.« Er kramte in seiner Ledertasche und zog einen goldenen Ring hervor. »Ich habe dir damals versprochen, ich würde dir einen Ehering aus dem größten Schatz unserer Zeit besorgen. Ich hoffe dieser hier entspricht deinen Vorstellungen. Es ist schade, dass du ihn niemals tragen wirst.«

Er machte ein kleines Loch in der Erde und vergrub den Ring darin, in dessen glitzernden Edelsteinen ihm sein eigenes Gesicht entgegenblickte. Als er das Loch wieder mit Erde gefüllt hatte, trat ein schwaches Lächeln auf seine Lippen.

»Es ist schon witzig. Erst vor wenigen Monaten habe ich mich über einen jungen Mann lustig gemacht, der ein altes Schwert zu dem Grab seiner Eltern zurückbringen wollte. Ich habe ihm gesagt, das sei die dümmste Motivation, die ich je gehört hätte. Und ich habe es ernst gemeint und das obwohl ich genau dasselbe vorhatte. Ich denke, im Kern sind wir Menschen eben alle gleichermaßen unvollkommen. Doch ist es nicht unsere Unvollkommenheit, die uns irgendwie liebenswert macht?«

Er lachte leise und kam auf die Beine. »Nein? Du bist anderer Meinung? Nun gut. Das überrascht mich nicht. Ich war schon immer ein hoffnungsloser Optimist.«

Und er stimmte im brausenden Branden der Wellen ein leises Liedchen an.

Die Zeit versinkt im Meer.
Wir blicken hinterher
und folgen ihr, ob arm ob reich.
Alles bleibt gleich.

Das Böse kommt und geht.
Und jedes Reich verweht.
Und kein Entkommen aus dem Kreis.
Alles bleibt gleich.